KB153097

당나라 퇴마사

II

당나라 퇴마사

구중궁궐의 대재앙

왕칭촨 지음 | 전정은 옮김

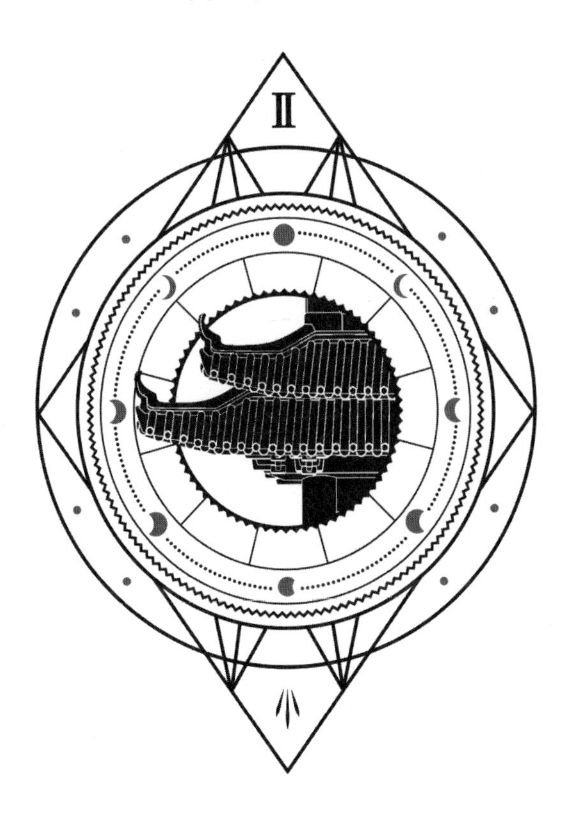

마시멜로

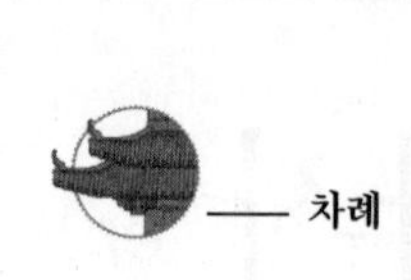

차례

상

천마살

하

뇌성의 전주

천마살

1장

장안성 괴살인 사건

"이자는 필시 놀라서 죽었을 겁니다!"

오육랑은 바닥에 쓰러져 죽은 사람을 능숙하게 살피면서 다년간 쌓은 금오위 암탐의 기백을 드러냈다.

"얼굴을 일그러뜨리고 두 눈을 크게 뜬 게 놀라 비명을 지르려는 모습인데, 몸에 치명적인 상처가 없군요. 생김새를 보니 돌궐인일 테고, 손바닥에 굳은살이 박인 것이나 굵직한 손마디를 보면 무공이 빼어난 사람입니다. 비록 엉망이 되긴 했지만 제법 귀한 옷이군요. 신발에 쓰인 부드러운 소가죽만 해도 더할 나위 없는 고급품이고요. 이렇게 신코가 위로 뒤집힌 형태의 장화는 요즘 장안의 부유한 호인(胡人)들 사이에서 유행하니 이 사람은 장안에서 생활한 지 좀 됐을 겁니다. 가장 이상한 부분은 여깁니다. 바닥에 찍힌 발자국을 보면 죽기 전에 전력을 다해 달렸는데 내내 같은 자리를 맴돌았군요."

마침내 오육랑의 말이 끝났다. 밤빛 속에 선 금오위 암탐들은 쥐 죽은 듯 조용해졌다. 심지어 희끄무레한 등롱 불빛조차 팔랑팔랑 떨리기 시작했다.

이곳은 장안성 입정방으로 약간 외지긴 하나 아무래도 국도요,

천자가 있는 곳이었다. 그런데 하필이면 이곳에서 건장한 돌궐 용사가 내내 제자리에서 미친 듯이 달음박질치다가 그대로 공포에 질려 죽었다. 이 얼마나 무시무시하고 기괴한 일인가. 대체 그는 죽기 전에 무엇을 봤을까?

"또 놀라 죽은 사람이라고? 근자에 장안성에서 이런 식으로 죽은 사람이 벌써 다섯이야."

거칠면서도 나른한 한숨과 함께 육충이 느릿느릿 걸어왔다. 그가 천천히 몸을 숙이자 이내 누군가 알아서 등롱을 가까이 가져왔다.

"육랑이 한 말이 맞아."

육충이 건들거리며 말했다.

"이자는 도술과 무술을 다 익혔을 거야. 손마디가 지나치게 굵은 건 주술이나 사술 같은 걸 수련했기 때문이겠지. 그래, 청영을 잠시 불러 물어보면 단박에 알 수 있을 거야. 그런데 넘어져 죽었으니 몸에 흙이 묻은 거야 이상하지 않지만 무릎과 팔꿈치 부분이 닳고 진흙도 묻어 있잖아. 지하 굴 같은 데서 기어나왔나?"

그의 의아해하는 눈빛을 보자 오육랑은 황급히 고개를 내저었다.

"이 부근에는 저 정도 몸집으로 들어갈 만한 지하 굴이 없을 텐데요."

그러면서 그는 또 죽은 사람의 손바닥을 뒤집어봤다.

"육 형, 좀 보십시오. 여기 손바닥에 이상한 자국이 있습니다."

"부적이군!"

육충은 깜짝 놀라며 죽은 사람의 왼손을 자세히 살폈다.

"피로 쓴 부적이군. 제 오른손 식지를 깨물어 쓴 거야!"

오육랑이 다급히 대답했다.

"죽기 전 손바닥에 피로 부적을 그렸다면 필시 지극히 중요한 일이었을 겁니다. 육 형은 도술에 정통하니 이 부적이 무슨 의미인지 아십니까?"

"사실 아주 흔한 부적인데……."

육충의 말이 끝나기도 전에 맞은편에서 관리 한 무리가 등롱을 들고 다가오는 것이 보였다. 그들의 복장으로 형부 관리임을 알아차린 오육랑이 황급히 마중 나가 두 손을 모으고 인사를 건넸다.

형부 관리 중 앞장선 두 사람은 놀랍게도 형부육위 가운데 둘째인 판기위 리명소와 셋째인 지기위 조경효였다. 그들 두 사람은 키 크고 야윈 도인을 좌우에서 모시고 있었다.

육충은 저도 모르게 두 눈썹을 치켜세웠다. 이제 보니 저 도인은 그와 '잘 아는 사이'인 청양자였다. 청양자는 종초객 휘하 결사단의 고수였다. 육충은 지난날 종상부에 잠입했을 때부터 그와 사이가 좋지 않았고, 용신묘에서 그와 한바탕 싸움을 벌이면서 원승을 알게 됐다. 육충은 마중 나가지 않고 느긋하게 팔짱을 꼈다.

"몇 달 못 봤더니 도장께선 갈수록 우아하고 멋져지시는구려!"

청양자가 분통을 터뜨렸다.

"육충, 퇴마사에 들어갔다고 해서 무사할 줄 아느냐. 승상 나리 눈에 네놈은 밟아 죽이기도 귀찮은 개미일 뿐이다!"

그는 땅바닥의 시신을 손가락질했다.

"저 시신은 우리가 데려간다!"

"무슨 자격으로?"

육충이 눈을 희번덕였다.

"그 입으로 개방귀 같은 소리만 빵빵 치면 다요? 수상쩍은 시신이라 우리 금오위가 여기서 사건을 조사하던 중이오. 알아들었소? 사건 조사!"

형부의 판기위 리명소가 헛기침을 했다.

"육 형, 우리도 명을 받고 왔……."

"당신도 입 다무시오. 저 늙다리 도사야 입으로 방귀를 뀌어도 무방하지만, 형부의 유명한 암탐인 당신이 어떻게 그런 뻔뻔한 말을 하시오? 이 장안성 거리에서 발생한 사건은 당연히 우리 금오위 퇴마사가 처리하지, 설마하니 형부에서 숟가락을 얹어보시려고?"

청양자는 화를 참지 못하고 황금빛이 번쩍번쩍하는 요패를 높이 쳐들며 외쳤다.

"눈깔을 크게 뜨고 똑똑히 보아라. 종상부의 요패다! 이 요패를 보면 종상을 대하듯 해야 한다."

"어이쿠, 정말 종상부의 밀명이란 말이오?"

과연 육충이 두 눈을 크게 떴다.

"한데 어쩌나, 이 몸은 글을 몰라서. 글자까지 꼬불꼬불해서 더 못 알아보겠구먼. 본 관은 맡은 임무가 있어 명을 따를 수 없소. 참으로 송구하오, 참으로 미안하오. 그만들 돌아가시오!"

"네 이놈, 실로 말이 통하지 않는구나!"

청양자는 분통이 터져 코와 귀에서 김이 날 지경이었다. 그는 손을 휘저으며 소리 질렀다.

"저 시신을 데려가라!"

형부 아역들이 리명소와 조경효의 눈치를 살피다가 그들이 고개를 끄덕이자 곧 달려들었다. 이쪽에서는 오육랑의 눈짓을 받은 금오위 암탐 몇몇이 기세등등하게 나아가 앞을 가로막았다. 금오위와 형부는 평소에도 사이가 나빴다. 지난번 이윤기의 행방을 추적할 때도 배화교 사원에서 대치한 적이 있으니, 지금은 더욱이 한 발짝도 물러설 생각이 없었다.

쌍방의 대치가 격해질 즈음, 형부의 대오 가운데 검은 장포로 온몸을 두르고 얼굴이 하얀 공자가 음침한 눈빛을 하더니 날렵하게 등 뒤에서 활을 꺼냈다.

"국공(國公), 잠깐!"

검은 장포 공자 옆에 있던 얼굴이 불그레한 노인이 황급히 그를 향해 손을 내저으며 나지막이 말했다.

"보는 눈이 많습니다."

"저 무뢰배가 바로 원승의 절친한 벗 육충이렷다?"

검은 장포 공자는 차갑게 콧방귀를 뀌면서 단숨에 활을 세우고 화살을 얹고 시위를 당겼다. 반짝이는 화살촉이 삽시간에 대오 맨 앞에서 쉴 새 없이 떠들어대는 육충을 겨눴다. 때는 깊은 밤이고, 공자의 궁술이 훌륭한 데다 대오 속에 조용히 숨어 있기도 해서, 갑자기 활을 쏘면 육충의 목숨을 앗을 가능성이 매우 컸다.

지기위 조경효는 대경실색한 채 생각했다.

'저분은 사람 죽이기를 빈대 한 마리 눌러 죽이는 것처럼 생각하는구나. 하지만 그랬다간 우리 형부가 뒷감당해야 한다.'

그는 황급히 웃는 얼굴로 나섰다.

"국공께서는 높은 분이고 가까운 날 경사가 있는데 구태여 저런 무식한 자를 상대하실 까닭이 없지요."

검은 장포 공자의 옥처럼 뽀얀 얼굴에 잔혹한 기운이 번쩍였다. 마침내 그가 천천히 활을 거뒀다.

하지만 대오 앞에 있던 청양자는 눈동자를 차갑게 번뜩였다.

'적을 잡으려면 우두머리부터 잡는 법. 머릿수에서 유리하니 먼저 저 육 씨 놈부터 붙잡자.'

그가 판기위 리명소에게 눈짓하자 두 사람은 곧 공격할 준비를 했다. 그런데 청양자가 상명검을 뽑으면서 하얀 광채를 드러낸 순간, 뜻밖에도 육충이 털썩 바닥에 엎어져 큰 소리로 외쳤다.

"아이고, 큰일 났소! 국도의 관리들, 백성들! 동네 어르신들! 어서 와보시오! 종상부 사람이 형부육위를 이끌고 와서 금오위를 해치려 하오! 종상부가 머릿수만 믿고 왕법을 무시하며 무고한 이를 해치고 있단 말이오!"

뱃심이 워낙 좋아서 그 외침은 근방은 물론 저 먼 곳까지 퍼져나갔다. 청양자는 화가 나서 기절할 뻔했다. 하지만 금오위와 형부 양쪽 인마가 모인 지금 정말 무력을 쓰면 틀림없이 소문이 쫙 퍼질 것이고, 이는 종상부와 형부에 무궁무진한 골칫거리를 안겨줄 게 분명했다.

"저런 옹고집 무뢰배를 만났으니, 후유, 이 일은 천천히 도모하시지요."

지위도 낮고 담력도 작은 리명소는 청양자보다 더 사달이 나는 것이 두려웠다. 대오 속에 우뚝 선 검은 장포 공자도 눈썹을 찡그리며 가라앉은 소리로 분부했다.

"사람들이 주시하고 있으니 힘으로 얻기는 어렵겠군. 종상 쪽에 일러 공식적인 방법을 찾아봐라."

얼굴이 불그레한 노인이 황급히 소식을 전하러 갔다. 청양자도 검은 장포 공자의 명을 어길 수 없는지, 대강 상의한 후 별수 없이 먼저 사람들을 물렸다. 씩씩거리며 떠나가는 청양자 일행의 낭패한 뒷모습에 육충은 고개를 젖히고 세 번 껄껄 웃은 다음 태연하게 말했다.

"이 몸 같은 사람은 못 봤을 테니 한 수 배웠다 생각하시오! 자, 시신을 들고 가자. 이리 이상하게 죽은 시신이 다섯 번째로 나타났으니 아주 중대한 사건이다. 저런 쥐새끼들에게 뺏길 수야 없지."

대당나라 경룡 연간 정월 한겨울의 일이었다. 섣달그믐이 얼마 지나지 않은 무렵이라 국도 장안은 본래라면 정답고 떠들썩해야 했다. 그런데 요 며칠, 거리에는 장안 괴살인 사건에 관한 각종 유언비어가 퍼지기 시작했다.

며칠째 이어지던 북풍이 마침내 잦아들고, 아침 햇살 한 줄기가 모처럼 만에 온기를 전해줬다. 사고가 벌어진 입정방 앞에는 일찌감치 금오위가 경계를 서고 있었다. 원승도 소식을 들은 후 이른 아침부터 육충 등을 이끌고 사건 발생 지점을 찾아와 살폈다.

"죽은 자가 다섯. 열이틀이라는 짧은 기간 동안 발생했고, 발생 지점은 다섯 방의 후미진 곳. 피해자 다섯은 상인 한 명, 거지 두 명, 노부인 한 명, 마지막으로 돌궐 무사 한 명."

청영이 소리 죽여 보고했다.

"검시관의 보고에 따르면, 다섯 사람 모두 눈에 띄는 외상은 없습니다. 개중 네 사람은 놀라 죽었을 가능성이 크며, 두 사람은 죽기 전 두 눈에서 피를 흘렸습니다."

갑자기 육충이 끼어들었다.

"다섯 사람 다 중독된 흔적이나 고에 당한 증상은 없었어?"

"없었어요. 독이나 무고에 당한 시신에는 독특한 색 시반이 나타나요."

대기가 길고 보기 좋은 아미를 추켜올렸다.

"가장 이상한 것은 대부분이 죽기 전에 제자리를 뱅뱅 돌았다는 거예요. 놀란 것도 놀란 거지만 온 힘을 다해 달리다가 기력이 다한 것도 사인 중 하나예요."

"틀림없이 죽기 전에 뭔가 무시무시한 것을 보고 필사적으로 달아나려고 했을 거예요. 하지만…… 제자리에서만 뱅뱅 돌았지."

청영은 여기까지 말하다가 우뚝 멈췄다. 찬바람 한 줄기가 불어와 퇴마사 사람들의 심장을 서늘하게 만들었다. 무엇보다 무서운 것은 피해자들이 놀라서 죽은 사실보다 죽기 전에 제자리를 뱅뱅 돌았다는 사실이었다. 십분 기괴한 이야기였다.

원승은 시종 일언반구 없이 고개를 숙이고 왔다 갔다 하며 살피기만 했다. 벌써 사건 현장의 땅이란 땅은 모조리 살펴본 참이었다.

청영은 저도 모르게 한숨을 쉬었다.

"가장 골치 아픈 건, 지금까지도 흉수가 왜 살인을 저질렀는지 알 수 없고, 그 규칙이나 원인도 모른다는 거예요. 그게 가장 무서운 일이죠."

오육랑도 한숨을 쉬었다.

"그렇습니다. 단서가 거의 없어요. 어쩌면 단서가 너무 많고 뒤죽박죽이라 되레 단서가 없는 셈이라 할 수도 있습니다."

"이 흙은 돌궐 무사의 무릎과 팔꿈치에 묻어 있던 건데, 은은하게 붉은빛이 도니 이곳 흙이 아닌 게 분명하군."

마침내 원승이 입을 열었다. 그는 품에서 종이봉투를 꺼내 안에

든 흙을 조금 끄집어냈다.

"그자의 무릎과 팔꿈치에는 이렇게 불그스름한 흙이 묻어 있었지만 다른 부위에는 없었네. 그자가 지나온 동굴이 비교적 넓었다는 뜻이지. 하지만 자네들도 살펴봐서 알겠지만, 발자국을 분석해보면 그자는 죽기 전에 분명히 제자리를 맴돌았네. 부근에 정말 비밀 통로나 땅굴 같은 것이 없었나?"

오육랑과 육충은 입을 모아 '없었다'고 대답했다. 육충이 불쑥 한마디 덧붙였다.

"찾는 사람 없는 도관 하나 빼고. 그쪽은 아직 자세히 살펴보지 못했어."

하지만 원승은 말없이 계속해서 땅 위의 흙만 뒤적였다. 마치 흙 밑에 무슨 비밀이 숨겨져 있기라도 한 것처럼. 문득 그가 똑같이 침묵을 지키고 있는 대기를 바라봤다.

"이곳 지살(地煞)이 어떤 것 같소?"

이 페르시아 여인은 영력이 가장 높은 퇴마사 요원이었다. 그의 물음에 그녀는 그제야 조용히 두 눈을 감았다가 잠시 후 다시 뜨고는 천천히 말했다.

"약간 이상해요. 하지만 그 이상함이 나타났다가 사라졌다가 해서 자세히 설명할 수가 없어요."

원승은 고개를 끄덕였으나 화제를 돌렸다.

"시신 다섯 구 중에 가장 쓸모 있는 것은 사실 그 돌궐 무사일세. 이상하군. 그자의 복장을 보면 일찍이 당나라에 귀순한 동돌궐 사람 같은데 종상부와 형부는 그 시신을 가져가 뭘 하려던 걸까?"

육충의 두 눈이 빛났다.

"원 대장, 그러니까 그들도 그 시신에서 뭔가 정보를 얻으려 했다는 거지?"

"그렇다네. 그자는 도술과 무술을 모두 익힌 자이니 죽기 전에 귀중한 정보를 남겼지."

육충이 눈을 찡그렸다.

"죽기 전에 손가락 피로 쓴 부적 말인가?"

청영은 의아한 얼굴이었다.

"하지만 그 부적은 평범해요. 도교에서 흔히 보는 진마부(鎭魔符, 마귀를 제압하는 부적)라고요."

"마귀를 제압하는 게 그 부적의 궁극적인 용도요. 하지만 진마부의 원시적인 의미는 바로 진마천존을 부르는 것이오! 치우 말이오."

"치우?"

장내에서 유일하게 중원 도술에 익숙지 않은 대기가 미소를 지으며 말했다.

"나도 알아요. 당신네 사람들에게 치우 이야기를 들은 적이 있어요. 치우는 황제와 같은 시대의 옛 신인데, 머리가 셋에 팔이 여섯이고 청동으로 된 피부에 쇠로 된 뼈를 가졌으며 힘이 장사였다면서요. 훗날 황제와의 전투에서 패해 죽었고요. 그런데 어쩌다 당신네 도가의 진마천존이 된 거죠?"

청영이 설명했다.

"도가의 신선 계보는 아주 방대해. 치우는 전쟁에 능해서 백귀를 굴복시킬 수 있고, 그래서 전쟁의 신으로 떠받들어졌지. 심지어 우리 대당나라 군대는 출전할 때 치우 깃발을 세우기도 해. 도가 역시 바로 그런 이유로 치우를 진마천존으로 받든 거야."

그녀는 말하다 말고 흠칫 놀라며 원승을 바라봤다.

"원 대장, 진마부의 원시적인 의미가 치우라는 건 설마 그자가 죽기 전에…… 치우를 봤다는 말인가요?"

원승이 천천히 말했다.

"진마부는 굳이 피로 쓸 필요가 없소. 그것 말고는 도저히 다른 이유를 떠올릴 수가 없군."

실로 너무나 기괴한 추측이었다. 설마 진마천존 치우가 현령하는 바람에 돌궐 무사가 놀라 죽은 것일까? 모두가 말이 없었다. 서늘한 북풍이 땅을 휘말아 올리자 한동안 옷자락이 펄럭펄럭 춤추는 소리만 들렸다.

갑자기 육충이 머리를 탁 때렸다.

"아차, 깜박했어. 방금 말했다시피 저쪽에 다 허물어져가는 도관이 있는데 그게 바로 치우 사당이야!"

"치우 사당?"

원승이 두 눈썹을 치켰다.

"그리 가서 보세."

그때 신속한 말발굽 소리가 짧았던 고요함을 깨뜨리면서 나는 듯이 달려왔다. 빠른 말 두 필이 끄는 마차가 멈춘 뒤 가리개가 걷히자, 원회옥이 앞장서서 내린 다음 이내 공손한 태도로 가리개를 걷고 누런 옷을 입은 내시를 부축해 내려줬다.

"성지요. 원승은 성지를 받으시오!"

누런 옷을 입은 내시는 가슴을 곧게 편 뒤 소리쳤다. 원승 일행과 원회옥 모두 우르르 꿇어앉았다.

"성인(聖人, 당나라 때 황제의 호칭)의 명이오."

내시는 더욱더 길게 목소리를 뽑았다.

"태평공주가 퇴마사 원승을 기황(岐黃, 기백과 황제를 의미)의 학문(의술을 말함)에 정통하고 현학(玄學)을 깊이 깨우쳐 의술과 역술이 절묘하다고 천거하였노니, 이에 특별히 원승을 태극궁으로 불러들여 짐의 병을 치료하게 하노라. 명을 받들라!"

황제의 명을 들은 사람들은 어리둥절했다. 원승은 본래 퇴마사 장관으로, 기괴한 사건을 수사하는 것이 임무였다. 그런데 지금 태평공주는 그를 입궁시켜 황제의 병을 치료하게 하라고 천거한 것이다. 내시는 성지를 읽기 무섭게 어서 마차에 올라 입궁하자고 원승을 독촉했다.

원승은 잠시 당황해하다가 대답했다.

"신…… 성지를 받듭니다."

원회옥이 알아보니, 황제 이현은 달리 급한 병이나 악질을 앓는 것이 아니라 최근 들어 늘 몸이 불편한 데다 요사이는 식욕도 없어서 크게 허약해졌다고 했다. 원승은 서재에서 침구와 특제 단약을 챙겨야 한다는 핑계를 대고 가까스로 반나절 시간을 벌었다.

내시가 떠난 뒤 육충은 저도 모르게 분통을 터뜨렸다.

"분명히 태평 그 계집이 복수하려는 거야! 당당한 퇴마사 장관이 어의가 되는 게 말이 돼? 성인의 병을 치료하라니, 잘해도 그뿐이고 못하면 어떻게 되겠어?"

청영 등 다른 사람들도 태평공주가 딴 뜻을 품었음을 알았다. 지난번 괴뢰고 사건에서 요행히 원승이 곡강 별장에서 달아나긴 했으나 그와 태평공주 사이에는 이미 깊고도 깊은 틈이 생겼다. 이번에 원승을 입궁시켜 황제의 병을 치료하도록 천거한 것도 틈을 봐서 기습하려는 생각일 터였다.

하지만 원승은 그다지 신경 쓰지 않고 담담하게 말했다.

"내가 떠나면 자네들은 가서 치우 사당을 조사하게. 그런 다음 우선 그 돌궐 무사의 신분을 확인하고, 다른 사건 현장에도 이상한 곳이 없는지 살펴보게."

육충이 나섰다.

"이대로 입궁하려고?"

원승은 짙은 구름 뒤에 가려진 처연한 해를 올려다봤다.

"아니, 지금은 어느 선배님 한 분을 뵈러 가려네."

"자네가 올 줄은 알았네만 이렇게 이를 줄은 몰랐네. 벌써 몇 번째인가?"

울적하고 늙수그레한 탄식이 가쁜 숨소리, 짙은 약 냄새와 함께 전해졌다.

"다섯 번째입니다."

원승은 한숨을 쉬고는 걸음을 내디뎌 구담 대사의 침실로 들어갔다. 들어서자마자 그는 눈이 어떻게 된 것이 아닌가 싶었다. 며칠 전에도 들렀는데, 그때만 해도 고작 피곤해 보이는 정도이던 천축의 대사가 지금은 피골이 상접해 침상에 반쯤 기대앉아 끊임없이 숨을 헐떡이고 있었다.

방 안은 어지러웠다. 큼지막한 탁상에는 온갖 별자리 그림이 쌓여 있고, 심지어 침상 한쪽에도 그림 책자가 여러 권 놓여 있었다. 구담 대사는 사람을 불러 치우게 할 겨를조차 없어 보였고, 손에는 아직도 반쯤 펼친 천상도(天象圖)를 들고 있었다.

"대사께서는 어찌 이러십니까?"

구담 대사의 야윈 얼굴을 본 원승은 몹시 이상하게 생각했다. 알다시피 그는 천축 세가의 대산학가로 놀라운 수행력을 지닌 사람이라 아무리 노심초사했다 한들 이렇게 허약해질 수는 없었다.

"소생이 의술을 조금 아니 혹시……."

원승이 급히 권했지만 구담 대사는 고개를 저었다.

"병을 물리치고 나아가 수명을 늘리는 일이라면 내게도 천축에 전해지는 비법이 있네."

그는 방 한쪽에서 약 달이는 데 열중하는 동자를 가리켰다.

"저 약초는 모두 궁에서 보내준 진귀한 것이네만, 애석하게도 내 마음의 병은 치료하지 못한다네. 어쩌면 이 모두가 내 운명인 게지."

원승이 자세히 물으려 했으나 구담 대사는 어느새 붓을 들고 몸을 돌려 탁상에 놓인 삼종이에 커다랗게 '다섯'이라고 쓰고 있었다.

다섯. 차가운 숫자였다. 벌써 죽은 이가 다섯이었다.

인구가 백만인 장안성에서 매일 정상 또는 비정상적으로 사망하는 사람은 많았다. 다섯 번이나 일어난 이 비정상적인 사망 사건은, 백성들이 보기에는 자연스레 귀신이 연상되는 일이지만, 관청의 해석은 훨씬 단순했다. 바로 우연의 일치였다.

그 우연의 일치 뒤에 흔치 않은 기괴한 점이 많다는 것은 원승과 퇴마사만이 알고 있었다. 그래서 원승은 이를 '장안성 괴살인 사건'이라 칭했다. 며칠 전 구담 대사를 방문했을 때 어쩌다 보니 이 이야기를 꺼내게 됐는데, 뜻밖에도 천축국 산학 대가인 구담 대사는 지극한 관심을 보였다.

구담 대사는 손을 떨면서 탁상에 놓인 그림 한 장을 집어 내밀었다. 대강 그린 간략하기 짝이 없는 장안성 지도로, 위에 검은 점이 네 개 찍혀 있었다. 먼젓번 괴살인 사건 네 건이 발생한 지점이었다. 원승이 죽은 돌궐 무사의 모습을 상세히 설명해주자, 구담 대사의 안색은 더욱 나빠졌다. 그는 붓을 들어 지도 위에 큼직한 점을 하나 더 찍었다.

"이번에는 죽은 이가 피로 기괴한 부적을 남겼습니다."

"치우 진마부!"

구담 대사는 원승이 삼종이에 바쁘게 그려 넣은 부적을 보고 두 눈썹이 한일자가 될 정도로 미간을 모았다. 집안이 중원에 들어와 산 지 이미 몇 대째인 만큼 그는 자연스레 중원의 문화를 익혀 치우도 전혀 낯설지 않았다.

"그들은 어째서 제자리를 뱅뱅 돌았을까요? 마치 마귀를 목격한 것처럼 말입니다. 그 부근에는 지하 굴이 없는데, 어째서 돌궐 무사의 몸에 이상한 진흙이 묻어 있었을까요? 설마 그자가 허공에서 툭 떨어지기라도 한 것일까요?"

구담은 대답이 없었다. 대신 붓을 휘둘러 지도에 기괴한 도안 몇 개를 그려 넣으며 느릿느릿 말했다.

"만약 다음 살인 사건이 장안성 남쪽 창락방 부근에서 발생한다면 내 추측이 옳다 볼 수 있네."

원승은 깜짝 놀랐다.

"대사께서 장소까지 예측해내셨군요. 남쪽 창락방이라…… 대관절 창락방의 어느 곳인지요?"

"모르네. 계산해낼 수가 없어!"

구담의 목소리는 거미줄처럼 가늘었다.

"이미 큰 착오를 저지른 것인가?"

원승은 참지 못하고 물었다.

"대사께서 말씀하신 큰 착오란 무엇을 가리키는 것입니까?"

구담은 묵묵히 있었다. 늙수그레하고 깊숙한 두 눈에 비할 데 없는 실망과 처연함이 비쳤다. 원승은 별수 없이 이렇게 말했다.

"정말 그렇다면 창락방에 암탐을 빽빽이 포진해서 진짜 흉수를 잡을 수 있겠군요?"

"아닐세. 정말 그리되면 전설 속의 악마가 부활할 것이네."

구담의 늙은 눈동자가 잿빛으로 번쩍였다.

2장

청룡 부적 사건

원승이 태극궁에 들어 황제를 알현한 일은 이번이 벌써 세 번째였다. 첫 번째는 안락공주가 친히 찾아와 데려갔을 때이고, 두 번째는 이융기가 실종된 괴뢰고 사건을 깨뜨린 후 황제의 부름을 받아 연회에 참석했을 때였다.

원승은 소환관의 안내를 받아 황제 이현이 있는 신룡전 앞에 당도했다. 수척한 어의 한 명이 계단을 내려오다가 멀리서 미소를 지으며 손을 모았다.

“대랑, 정말 왔군. 눈이 빠지게 기다리고 있었네.”

이자는 나이가 서른 살가량으로 품이 넓고 소매통이 큰 장포를 입었다. 유생처럼 반듯한 자태에 턱에는 먹을 칠한 듯 거뭇한 수염이 자랐고 붉은 기가 살짝 도는 하얀 얼굴에는 세상과 동떨어진 듯한 표일한 기운이 한 겹 숨겨져 있었다.

“청류(清流) 형.” 원승도 눈을 빛내며 자연스럽게 손을 모으고 웃어 보였다. “형께서 계시는데 공연히 이 아우가 나서서 웃음거리가 될 까닭이 어디 있겠습니까!”

이 준수한 태의 진청류는 본디 원승의 벗이었다. 그는 기황의 묘술에 정통해 약 반 첩으로 죽어가는 사람을 살린 일로 국도를 떠들썩하게 만든 적이 있었고, 원회옥의 두풍을 치료하기도 했다.

그게 사오 년 전 일이었다. 당시 원 나리는 두풍으로 울고 싶어도 울지 못할 정도로 시달렸는데 그때 아직 수행이 부족하던 원승은 속수무책이었다. 장안의 명의란 명의는 다 불러봤으나 효과가 없자 원회옥은 결국 진청류를 청했다. 진청류가 사신총혈(四神聰穴, 백회혈에서 전후좌우로 각각 한 치 떨어진 곳)에 침을 놓아 피를 내자 그 자리에서 효과가 나타났고, 이어서 천마탕을 잔뜩 지어 마셨더니 며칠 만에 두풍이 나았다.

그 일로 진청류는 원 씨 집안의 귀빈이 됐다. 더욱이 진청류는 서예에도 빼어났기에 종종 원승과 함께 서예와 의술을 교류하면서 망년지교를 맺었다. 하지만 원승은 근 이 년간 폐관 수련하느라 자연스레 오랜 벗들과 관계가 멀어졌다.

최근 산에서 내려와 퇴마사를 맡은 그는 지난날의 벗이 태의원 수석 어의가 되어 나이도 되돌릴 만한 놀라운 솜씨로 이성(二聖, 황제와 황후를 함께 일컫는 말)으로부터 깊이 총애 받고 있다는 말을 들은 적이 있었다. 오늘에야 구중궁궐에 들어와 옛 벗을 만나게 된 원승은 당연히 기쁨을 감추지 못했다.

다만 지금은 다시 만난 벗과 회포를 풀 겨를이 없었다. 진청류는 원승과 나란히 전각으로 들어가면서 황제의 병세를 상세히 들려줬다. 듣고 보니 성지를 전한 내시 말대로, 요즘 들어 황제가 울적하고 과민해 기혈이 역행하는 데다 근 이틀 동안은 차나 음식 생각도 없어져 제대로 식사를 한 적이 없다고 했다. 구름같이 많은 어의도 속수무책이었다.

이 말을 들은 원승은 불안했다. 그처럼 어려운 병이라면 의술이 절묘한 어의에게 맡기지 않고 왜 하필 자신을 불러들였을까?

"병을 치료하는 것은 곧 실을 뽑는 것과 같네. 폐하와 같은 증세는 더욱더 보양을 우선해야 하지. 하지만 이성께서는 단번에 낫기를 바라신다네. 자네도 알다시피 폐하의 용체에 누가 감히 강한 약을 쓸 수 있겠나?"

진 태의는 울적하게 한숨을 내쉬었다.

"대랑, 직언을 용서하게. 자네는 입궁하지 말아야 했어."

"소제로서도 마음대로 할 수 없으니 어쩌겠습니까? 진 형께 고견이라도 있으신지요?"

"이왕 왔으니 편히 하시게!"

진청류는 살짝 망설였으나 결국 긴말은 하지 않았다.

열디열은 숨결 한 줄기가 원승의 손바닥에서 흘러나왔다. 그의 하얀 이마에 조그마한 땀방울이 맺혔다.

맞은편 침상에 똑바로 누운 황제 이현은 길게 숨을 내쉬더니 누르스름한 얼굴에 홍조를 떠올리며 미소를 지었다.

"옳거니, 이것이 바로 도가의 포기술(布氣術)이더냐? 과연 효험이 신묘하구나."

하지만 원승은 다소 힘이 빠졌다. 며칠 못 본 사이 이 선량한 황제는 한층 늙고 쇠약해져 있었다. 순수한 노화는 어쩌면 만병 가운데 가장 치료하기 어려운 병일 것이다.

옆에 있던 위 황후도 미소를 지었다.

"원승, 그대는 과연 남다르구나. 진원 강기로 기를 펼쳐내는 비술만 해도 동료들을 훨씬 뛰어넘으니."

그녀의 고운 눈동자가 유야무야 옆에 있는 진 태의를 훑었다. 진 태의는 곧 하얀 얼굴에 살짝 당황한 기색을 띠며 고개를 숙였다.

위 황후가 다시 말했다.

"이틀 정도 궁에 머물며 전심전력으로 폐하를 진맥하고 보양하라. 참, 폐하, 폐하의 친누이 태평은 과연 사람 보는 눈이 있군요."

황제 이현도 온화하게 웃어 보였다.

"태평은 세심한 사람이지. 그대가 말하지 않아도 아오. 원승, 그대는 궁에 며칠 머물도록 해라. 우선은 가서 쉬어도 좋다. 이따가 짐과 함께 찬을 들자."

원승의 마음속에 여러 가지 생각이 스쳐갔다. 하지만 천자가 음식을 하사하는 것은 보통 사람으로서는 쉽사리 얻을 수 없는 영광이니 지금은 남는 수밖에 없다는 것을 똑똑히 알고 있었다. 그가 한마디 당부했다.

"성인께 아룁니다. 의원은 병이 나기 전에 치료한다는 말이 있습니다. 신이 생각하건대 용체를 보양하려면 여러 방면에서 손을 써야 하며 그 첫째가 바로 음식입니다."

위 황후는 고개를 끄덕였다.

"그것이 의술의 지고한 진리지."

원승은 고개를 들고 말했다.

"성후께 아룁니다. 신, 폐하께서 드실 음식을 결정할 권한을 청합니다."

이현의 늙은 눈이 반짝 빛났다.

"음, 그대는 늘 주관이 뚜렷했지. 오냐, 짐이 사람을 쓰기로 했으니 의심하지 않겠다. 모두 그대 뜻대로 하라. 짐에게 어떤 진수성찬을 바칠지 지켜보겠노라."

위 황후는 눈썹을 살짝 찡그렸으나 곧 가볍게 손을 마주쳤다. 그 소리에 전각 밖에서 훌쩍 키가 큰 청년 장군이 들어왔다. 군장을 했는데 최신식 반월형 포두(袍肚, 당나라 군복 부속품으로, 패검 등의 무기에 갑옷이 부딪혀 상하지 않도록 허리에 두르는 것)에 반짝이는 소가죽 허리띠를 둘렀고, 복두에도 진주가 한 알 박혀서 위엄 있으면서도 사치스러움이 느껴졌다. 하지만 더욱 눈길을 끄는 것은 옥같이 고우면서도 영기가 넘치는 외모였다.

원승은 그가 황궁 내정의 안위를 책임지는 태극궁 용기중랑장 양준임을 알아봤다. 이융기가 괴뢰고에 당한 후, 황제 이현은 자못 위기를 느끼고 특별히 금군에서 정예 고수를 차출해 태극궁 내위(內衛, 내궁을 지키는 호위병) 부대를 조직하고 '용기(龍騎)'라는 이름을 붙였다. 그 정예 금위군을 이끄는 이가 바로 양준이었다.

용기중랑장은 비록 종사품에 불과하나 양준은 이성으로부터 큰 총애를 받았다. 당나라 황실에는 오랑캐의 풍속이 있어서 궁 안의 후비와 궁녀는 후세의 황궁에서처럼 신하를 피하지 않았기에 양준은 종종 내정에 출입했다.

위 황후가 말했다.

"양 장군, 원 장군과 함께 상식국을 돌아보라. 원 장군의 거처도 그대가 안배하고."

이현이 또 급하지도 느긋하지도 않은 목소리로 끼어들었다.

"짐에게서 너무 멀지 않도록 태극궁 안으로 하지. 우선 침소를 마련해주어라."

명을 받은 양준은 지극히 말끔하고 자연스럽게 이성을 향해 예를 갖춘 뒤, 원승에게 점잖은 웃음을 지으며 먼저 전각을 나갔다.

신룡전에서 나온 뒤, 태의 진청류는 원승과 나란히 걸으면서 제법 거리를 벌리고 앞장서 가는 양준을 살피더니 나지막이 말했다.

"음양을 조절하고 오장을 든든히 하며, 비장과 위장으로 근본을 삼아야 한다. 대랑이 방금 한 말은 의술의 요점을 정확히 찔렀네. 보아하니 그간 의술이 크게 정진했군!"

원승은 그를 보며 망설이다가 결국 참지 못하고 물었다.

"청류 형, 우려되는 점이 있으신 모양이군요?"

"아아, 음식에는 절제가 있고 기거에는 규칙이 있어 함부로 해선 안 되지. 하여 안팎을 두루 갖춰야 한다는 도리는 우리도 아네. 다만 우리 같은 태의는 감히 그런 말을 할 수가 없다네. 대랑은 담력이 남다르네만, 한마디만 충고하겠네. 자네는 이곳이 처음이니 명철보신하려거든 상식국에 가서 너무 많은 말은 말게나."

진청류는 저 멀리 있는 양준의 우뚝한 뒷모습에 눈길을 던졌다. 점잖은 얼굴에 희미한 근심이 떠올랐으나, 그는 별말 없이 간략히 인사만 한 뒤 돌아서서 떠나갔다.

당나라 황궁에서 수라를 관장하는 곳을 상식국이라 불렀다. 상식국은 또 몇 곳으로 나뉘는데 재료를 볶거나 튀기거나 지지거나 자르는 일을 맡은 곳을 사선사라 했다. 사선사에 도착하자 양준은 책임자인 정육품 사선 제부를 불러 원승을 데리고 각 사를 둘러보게 했다.

황실은 규범이 방대한데, 황제의 음식을 손질하는 곳은 더욱 그랬다. 상식국에는 재료를 전담하는 사선사 외에 술과 마실 것을 다루는 사온사와 약선 및 처방전을 다루는 사약사, 심지어 궁인에게 공급하는 장작과 숯을 전담하는 사회사까지 있었다.

제 사선은 온화하게 생긴 뚱보로, 둘러보는 동안 궁정 음식에 관한 모든 것을 손바닥 들여다보듯 상세하게 미주알고주알 떠들어댔다. 용기중랑장 양준은 아무래도 무인이라 머리가 터질 지경이나, 인내심을 갖고 원승과 함께 황실 수라에 오르는 진미를 둘러봤다. 하지만 원승이 몇 달간 황제의 수라상에 올라간 찬 목록을 한 장 한 장 보여달라고 하자 양준은 끝내 버티지 못하고 작별 인사를 했다.

때는 막 오시(午時, 오전 11시~오후 1시)가 된 무렵이었다. 제 사선은 잠시 후 황제께 올릴 수라가 걱정스러웠으나 몇 달간의 찬 목록은 양이 적지 않은 데다 원승이 열중하고 있어서 떠나려니 실례가 될 것 같았다. 어쩔 줄 몰라 하고 있을 때 가리개 밖으로 누군가 지나가자, 그는 기뻐하며 황급히 그 사람을 불렀다.

"설 전선, 자네가 원 장군 곁에 있어드리게. 시간이 됐으니 나는 잠시 주방의 수라를 보러 가야겠네."

설 전선이 알겠다고 하며 들어왔고, 제 사선은 친절하게 그를 원승에게 소개했다.

"이쪽은 설 전선입니다. 설백미(薛百味)라 불릴 만큼 날 때부터 혀가 남보다 예민해 장안 연진연(煉珍宴) 대회에서 으뜸을 차지하기도 했지요. 반년 전에야 천거를 받아 입궁했는데 벌써 궁 안에서 첫손 꼽는 요리사가 됐습니다."

원승은 고개를 끄덕이며, 거의 시선을 들지도 않은 채 여전히 찬 목록만 살폈다. 제 사선은 설백미에게 눈짓한 후 바삐 떠나갔다. 방 안은 더없이 조용해서 찬 목록이 한 장 한 장 넘어가는 소리만 들렸다. 원승과 설 전선은 한 명은 앉고 한 명은 선 채 둘 다 묵묵히 말이 없었다.

한참 후, 원승이 찬 목록을 덮고서 설 전선을 향해 고개를 끄덕였다. 설 전선은 마흔 살가량에, 몸은 작고 통통하고 단단하며 살이 붙은 얼굴에는 기름기가 흘러 흔한 요리사의 모습이었다. 그래도 그 얼굴은 무던하고 차분한 느낌을 줬다.

"설 전선께서 장안성 연진연 대회에서 우승을 했구려."

원승도 알고 있었다. 연진연은 장안성에서 한가로이 지내는 귀족들이 거행하는 요리 대회로, 각지의 명 요리사가 모여 연속 십여 일간 치러졌다.

"참으로 쉽지 않은 일이오. 어느 해의 연진연이었소?"

"태평공주의 부름으로 공주부에 들어가기까지 삼 년 내리 그리 했습니다. 그리고 반년 전에 천거를 받아 입궁했지요."

설백미는 상냥하게 웃었다.

원승은 깜짝 놀랐다. 비록 산에 들어가 도를 닦으며 속세에 관심을 끊고 살았다지만, 그도 요리사에게 연진연 대회 우승이 얼마나 어려운지 알고 있었다. 그런데 눈앞에 있는 유별날 것도 없는 작은 뚱보가 연속 삼 년이나 우승했다니.

"이제 보니 설 전선은 태평공주의 추천으로 입궁했구려."

원승의 눈이 미미하게 반짝였다.

설백미는 무던해 보이는 얼굴을 살짝 붉히며 고개를 숙였다.

"공주와 성인의 후의 덕분입니다."

잠깐 말을 끊은 그가 문득 소리를 낮춰 말했다.

"원 장군께서는 과연 안목이 대단하십니다. 명 의원만이 병을 치료할 때 음식에 손을 쓰지요. 기실 성인의 병증은 음식 때문일 가능성이 아주 큽니다."

"상세히 말씀해주시오."

"성인께서는 사실상 보양이 지나치십니다."

설 전선은 한숨을 쉬었다.

"상식국에 사약사가 있는데 누군가 사약사에 의견을 냈고, 그쪽을 통해서 저에게 수라에 보양재를 더 넣게 하는 일이 흔합니다. 본뜻은 좋지요. 하나 과함은 아니함만 못하다는 말이 있고 성인께서는 용체가 허해 보양재를 받아들이시지 못하니 이리하면, 참, 그것이……."

"좋은 의견이오, 설 전선. 누구의 뜻인지 아시오?"

설백미는 가만히 그를 응시하며 말이 없었다. 그러다가 중대한 결심이라도 한 듯 별안간 탁상머리 코끼리 문양을 톡톡 두드리며 가볍게 말했다.

"참 정교한 조각이군요. 아무렴, 태평유상이니 만세면장이라!"

원승은 저도 모르게 움찔했다가 천천히 고개를 들고 무거운 목소리로 말했다.

"이 조각에 담긴 의미는 사실상 '대상무형 태평무사'요!"

'태평유상 만세면장'과 '대상무형 태평무사'는 별 뜻 없는 말 같지만 실제로는 어느 결사대가 서로 연락할 때 쓰는 암호였다. 그 결사대는 태평공주와 상왕이 나날이 사나워지는 위 황후와 종초객 등의 위협에 대항하기 위해 비밀리에 조직한 것으로, 철당(鐵唐)이라 불렀다. 사람 수는 많지 않으나 빼어난 정예로, 대부분 정보를 모으는 첩자 위주로 구성됐다. 육충이 바로 철당 결사대 중 한 명이고 그 암호를 훤히 알고 있었다.

더욱이 괴뢰고 일로 인해 원승은 이미 이융기와 단단히 얽혀 있었다. 그로서는 부득불 위씨파와 태평공주 쪽을 모두 방비해야 했고, 그런 이유로 육충에게서 기본적인 철당 암호를 약간 익혔다. 그런데 유별난 곳 없는 이 설백미가 철당 소속일 줄이야.

원승은 이내 설백미가 태극궁에 들어올 수 있었던 것은 모두 태평공주의 강력 천거 덕분이라는 데 생각이 미쳤다. 그렇다면 태평공주가 그를 철당으로 끌어들였을 가능성이 무척 컸다.

"원 장군께서 임치군왕과 교분이 두터우신 것을 알고 위험을 무릅써봤는데 과연 성공이군요."

설 전선은 두 눈을 반짝반짝 빛내며 시원하게 말했다.

"설 모는 일개 백성에 불과한데 공주 전하의 후의를 입어 공주와 상왕께 충성을 다하겠다고 맹세했습니다. 솔직히 말해, 이 태극궁 안에서 확실히 누군가 슬그머니 풍파를 일으키고 있습니다. 그자는 무장이고 놀랍도록 큰 실권을 쥐고 있지요."

그는 더이상 말을 잇지 않고 손가락으로 찬 목록에 적힌 '홍양지장(紅羊枝杖, 양을 통째로 구운 당대 고급 요리)'을 가리켰다. 손가락 끝은 '양' 자를 꾹 누르고 있었다.

원승은 저도 모르게 흠칫했다.

"그 사람이…… 양 장군이란 말이오?"

설 전선의 무던한 얼굴이 벌게졌다.

"그게 바로 무서운 점입니다. 비록 이성께 지극한 총애를 받고 있으나 누가 뭐래도 그는 일개 무인일 뿐이지요. 그런데 무슨 수로 제 권력만 믿고 사약사나 저 같은 요리사에게 함부로 수라에 보약을 더하라는 명령을 할 수 있겠습니까?"

원승은 침묵했다. 심사가 어지러웠다. 그때 문밖에서 다급한 발소리가 들려와 방 안의 무시무시한 침묵을 깨뜨렸다.

"알겠소."

원승은 더는 말하지 않고 탁상에 있는 종이와 붓을 들어 찬 목록을 쓱쓱 쓴 다음 설 전선에게 건넸다.

"제 사선에게 전해 이 목록에 따라 내일 폐하께 올릴 세 끼 수라를 준비하라고 말해주시오."

찬 목록을 흘끗 살핀 설 전선은 깜짝 놀라 고개를 들었다.

"이…… 이래도 되겠습니까?"

발소리는 이미 문밖까지 와 있었다. 양준의 웃음소리가 들렸다.

"안 될 것이 무엇이오? 성후께서 이미 이분 원 장군께 폐하의 음식을 맡기라 하셨소. 제 사선에게 모든 것을 원 장군의 안배에 따르라고 이르시오."

그는 빙긋 웃으면서 원승이 몸소 쓴 찬 목록을 받았다. 하지만 목록을 들여다본 순간 낯빛이 굳었다.

"원 형, 다…… 당신 참으로 담력이 크구려."

원승은 빙그레 웃으며 말했다.

"내일 아침 내가 몸소 사선사에 와서 준비 과정을 감독하겠소."

황혼 무렵, 양준은 친히 원승을 어느 외진 궁으로 데려갔다.

"성인의 명에 따라 원 형은 며칠간 궁 안에서 지내야 하오. 너무 멀어서도 안 되며 당연히 신룡전 부근에 묵을 수도 없소. 이리저리 생각해보니 이곳밖에 없더구려. 아쉬운 대로 이곳을 쓰시오."

양준은 그렇게 말하며 꽉 닫힌 대문을 밀어 열었다. 뜰에는 놀랍게도 잡초가 사람 키 반만큼 높이 자라 썰렁하고 스산했다. 버려진 지 오래된 곳이 분명했다.

"단각(丹閣)?"

원승은 전각 앞쪽 낡아빠진 편액에서 기괴한 이름을 읽어낸 뒤 무겁게 말했다.

"이 전각은 어떤 용도요?"

"지어진 지 아주 오래된 곳이오. 고조 때인가…… 아, 최소한 태종 때 지어졌을 거요. 어째서 '단각'이라는 기괴한 이름이 붙었는지는 오랜 궁인들도 모르오. 음, 다행히 전각 안은 깨끗하게 치워놨군. 하지만 음기가 강해서 귀신이 나온다는 소문이 있소. 하긴, 원 형은 도사 출신이니 당연히 겁내지 않겠지."

양준은 가면 같은 온화한 웃음을 지어 보이며 손을 모아 인사하고 물러갔다. 하지만 원승은 적응력이 뛰어나서 그다지 신경 쓰지 않고 안으로 들어갔다. 방 안 물품은 깨끗한 편이지만 얇게 먼지가 덮여 있었다.

잠시 후 내시가 저녁 식사를 가져왔다. 원승은 식사를 끝낸 뒤 양준이 떠나기 전에 했던 이상한 말을 떠올리고 마음이 동해 자연스럽게 방에서 나갔다. 돌연, 툭 하는 소리가 들려왔다. 뭔가 날카로운 것이 단각 대문을 때리는 듯했다.

원승은 흠칫했다가 재빨리 대문을 활짝 열었다. 밤빛에 묻힌 먼 곳의 가산 옆에서 옷자락이 언뜻 보이는 듯했다. 다시 돌아보니 대문 바깥에 동전 꿰미가 떨어져 있었다. 방금 누군가 대문에 던진 것이 분명했다. 문지방 앞에는 둘둘 만 삼종이가 보였다.

다시 눈을 들어 사방을 둘러보니 모든 것이 평온했다. 때마침 멀지 않은 곳에서 소환관 몇 명이 신나게 웃으며 지나갔다. 원승은 의심이 무럭무럭 솟아 삼종이를 주워 들고 조심스럽게 펼쳤다. 흔하디흔한 삼종이에는 단정하게 여덟 글자가 쓰여 있었다.

호랑이 굴, 속히 탈출.

원승은 천천히 삼종이를 움켜쥐고 의혹어린 눈으로 다시 한 번 멀리 어두운 곳을 훑었다. 누가 던진 것일까? 경고일까, 아니면 협박일까?

다시 꼼꼼히 글자를 들여다봤다. 단정하고 평범한 글자로, 획 하나하나 특색이라곤 찾아볼 수 없었다. 원승은 삼종이를 품에 잘 갈무리한 다음 조그만 동전 꿰미를 주워 코끝에 가져가 냄새를 맡아봤다. 저도 모르게 미간이 모아졌다. 이번 입궁이 너무나 수상쩍게 여겨졌다.

태평공주가 성인의 병을 치료할 사람으로 그를 천거하고, 궁 안에서 태평공주가 심어놓은 철당 소속 설백미와 마주치고, 그 설백미는 용기의 수장 양준이 불측한 일을 꾸민다고 귀띔하고, 황혼녘에 단각에 들기 무섭게 경고를 담은 종이를 받다니.

원승은 마음이 어지러웠다. 그는 묵묵히 행랑을 가로질러 전각 뒤로 갔다. 뜻밖에도 뒤쪽에는 제법 큼직한 뜰이 있었다. 마르고 차갑고 단단한 괴석 몇 개 앞으로 들풀이 바위보다 높이 솟아 있고 대나무가 그득한 곳이었다. 늦겨울이라 이미 누렇게 시든 대나무가 밤바람을 맞아 바스락바스락 떨리는 것이 꼭 슬픔에 빠진 귀신 무리 같았다.

몇 걸음 다가가자 별안간 괴이한 기운이 엄습했다. 늘어선 괴석들이 비스듬히 드리운 대나무 그림자에 비쳐 어렴풋이 움직이는 것 같았다. 한 걸음 다가설 때마다 대나무와 바위의 그림자가 슬그머니 바뀌어갔다. 원승은 속으로 흠칫했다. 버려진 냉궁에 누군가 법진을 펼쳐놓았을 줄이야.

도가의 모든 법진을 꽤 잘 알고 있는 그는 잠시 생각해본 뒤 비결을 파악하고, 커다란 바위 아래쪽에 어지러이 쌓인 돌무더기로 시선을 던졌다. 잠시 헤아려본 끝에 열쇠를 찾아낸 원승은 법진의 순서에 따라 돌무더기를 움직였다. 돌무더기를 들쭉날쭉하게 흩어놓고 나서야 그의 마음이 후련해졌다.

순간, 희미하던 눈앞의 경관 역시 훨씬 맑아졌다. 한 장 남짓 높이의 거석으로 이뤄진 가산 아래에 거무스름한 그림자 하나가 우뚝 서 있었다. 놀랍게도 그것은 청동으로 만든 연단로였다! 황궁 내정에 어째서 도사가 선단을 제련할 때 쓰는 연단로가 있을까?

방금 본 조그만 법진과 연결지어본 원승은 가슴이 철렁했다. 보아하니 그 법진은 단순한 문에 불과했다. 진을 펼친 자는 몹시 신중하게 이곳을 출입했고 떠날 때마다 법진으로 뭔가를 감췄다. 양준이 말한 귀신 소동도 혹 그자가 일부러 꾸민 짓이 아닐까? 그렇다면 도대체 누구일까? 이곳에 괴상한 법진을 펼친 것은 도대체 어떤 의도일까?

벌써 밤이 내려, 원승은 어쩔 수 없이 방으로 돌아가 등을 가져왔다. 등불에 자세히 비춰보니 연단로는 도가에서 흔히 쓰는 조그마한 것보다 커서 족히 사람 키 반만 했고 양식도 꽤 독특하고 오묘했다. 잔뜩 낀 먼지만 봐도 수십 년 된 낡은 물품임을 알 수 있었다.

문양을 자세히 살핀 원승은 더욱 놀랐다. 도가에서 흔히 쓰는 연단로는 덮개에 팔괘나 호리병 같은 도가의 법기, 또는 부적을 새겨 넣는데, 이 연단로에 그려진 문양은 중원 도가 양식이 아니라 은근히 서역 분위기를 풍겼다. 먼지를 벗겨내자 연단로 덮개 처마 아래로 음각된 범어 한 줄이 보였다. 범어를 약간 아는 원승은 그 문장을 알아봤다.

천축 장생사 나라이사파매.

나라이사파매! 마치 주문 같은 그 기다란 이름에 원승은 멍해졌다. 대략 육십 년 전, 문무로 이름난 천고의 대제 이세민이 함풍전에서 병으로 급서했다. 이세민은 죽기 전 천축 방사 나라이사파매가 제련한 장생불로약을 먹었다고 전해진다. 나라이사파매. 대당나라 황실로 하여금 다시는 과거를 떠올리고 싶지 않게 만든 그 호승은 일찍이 조야에 의해 역사의 먼지에 파묻혔다. 심지어 장안의 불가 및 도가 안에서 이뤄지는 가장 비밀스런 대화에서도 그의 이름을 거론하고자 하는 이는 없었다. 마치 그 이름이 악마의 주문 같은 공포의 색채를 띠기라도 한 것처럼.

그래도 뜻밖이었다. 이 연단로, 혹시 나라이사파매가 사용했을지도 모르는 연단로가 아직도 대당나라 내정인 태극궁에 보존되어 있을 줄이야. 원승은 곧 이 후미진 전각의 이름을 떠올렸다. 단각. 그랬다. 이제 보니 이곳은 지난날 나라이사파매가 단약을 제련하던 곳이었다. 황제에게 바칠 단약을 만드는 것은 얼마나 비밀스럽고 신성한 일인가. 안전이나 방위, 수차례에 걸친 심사를 위해 가장 좋은 장소는 당연히 황궁 안이었다.

원승은 서서히 고개를 들었다. 감색 하늘은 거무스름하고 광활했다. 한쪽이 이지러진 달도 때마침 싸늘하게 그를 주시하고 있었다. 육십 년 전, 저 달은 이곳에서 고되게 단약을 제련하던 나라이사파매를 지금처럼 싸늘하게 지켜봤을 것이며, 또 멀지 않은 취미궁 함풍전에서 단약이 완성되기를 애타게 기다리던 태종 황제를 지금처럼 싸늘하게 바라봤으리라.

신비한 연단로를 떠나면서, 원승은 문득 생각이 나 석진을 본래대로 복구한 뒤 커다란 바위 몇 개의 주요 배치를 살짝 바꿨다. 이렇게 하면 법진에 미묘한 변화가 생겨, 그 자신 말고는 아무리 법진에 능통한 술사라도 꽤 시간을 들여 헤아려야 깨뜨릴 수 있을 터였다.

밤빛이 무겁게 내려앉고 싸늘한 달만이 홀로 빛을 냈다. 정혜사 후원의 공터 앞에 사람 키만큼 자란 잡초는 벌써 시들었다. 무성한 잡초 앞의 멍석에는 잠시 보관하는 시신 몇 구가 놓여 있었다. 뒤 전각에는 조그마한 등불 하나를 켜놓았는데, 그 외로운 빛 한 점이 먹물 같은 사방의 어둠을 더욱 까맣게 보이게 했다. 밤바람이 소슬하니 후원을 관통하면서 복도에 매달린 풍경과 쓸쓸하게 시든 풀더미를 흔들어 다 함께 울어대게 했다. 밤 귀신의 흐느낌 같았다.

그늘에 은신해 있던 청영이 나지막이 투덜거렸다.

"시신 다섯 구를 보란 듯이 이곳에 옮겨놓고 돌림병이라면서 구경꾼들을 쫓아내자는 건 망할 당신 생각이었어. 그런데 뭐야. 여기서 적이 나타나기만을 기다리는 우리도 고생이 심하잖아. 이렇게 고생만 하고 소득이 없으면 당신 가만 안 둘 테니 두고 봐."

"당신이 날 가만 안 두는 데에 무슨 이유가 필요해?"

옆에 있던 육충이 얼굴을 바짝 붙여왔다.

"자자, 신기묘산하신 우리 청영님, 어디 말해봐. 원승 말이야, 근자에 늘 약간 멍해 있고 이번 사건도 너무 신비하게 굴잖아. 아니, 창락방 부근에 여섯 번째로 죽는 사람이 나타날 것이라 단언하면서 주의 깊게 살피라니. 그래놓고 구체적인 방위나 그렇게 추측한 이유도 알려주지 않았어. 이상하지 않아?"

"원 대장은 망할 당신 친구잖아. 당신도 그 속을 모르는데 내가 어떻게 알아? 그래도 매번 우리가 생각지 못한 점을 꿰뚫곤 했으니 기다려봐."

말하던 그녀가 갑자기 숨을 죽였다.

"왔어!"

육충은 대답하지 않고 그녀의 손을 힘껏 잡았다. 저 멀리서 사람 그림자 두 개가 매우 빠르게 다가오고 있었다. 특히 그중 한 사람이 풍기는 매서운 기운 때문에 육충도 감히 숨소리조차 낼 수 없었다. 환한 빛이 확 퍼지면서 반짝이는 등불이 두 사람을 비췄다. 앞장선 사람은 어깨가 떡 벌어지고 키가 크며 넓적한 얼굴에 부리부리한 눈을 해 가만히 있어도 위엄이 느껴지는 검기를 품고 있었다.

"설청산!"

육충은 그 사내를 뚫어지게 응시하면서 속으로 저주를 퍼부었다. 같은 때, 청영도 저 종상부의 제일 검객을 알아보고 육충을 향해 고개를 끄덕였다.

"보십시오, 국공. 이자가 바로 고력청입니다!"

설청산은 맨 뒤쪽에 놓인 시신 앞으로 곧장 걸어갔다. 종초객 휘하 제일 검객이라는 귀한 몸이지만, 함께 온 다른 사람에게 매우 예의를 차렸다. 함께 온 사람은 호리호리한 몸에 검은 장포를 걸쳤고, 얼굴은 관옥같이 미끈하며 등에 조그만 활을 메고 있었다.

설청산의 말을 들은 그는 차갑게 고개를 끄덕였다.

"수고롭겠지만 설 형이 샅샅이 살펴봐주게."

말투는 예의 발랐지만 완연히 명령 투였다.

"저자가…… 국공이라고?"

입과 귀가 서로 바짝 붙어 있다시피 한데도 육충은 신중하게 전음술을 썼다.

청영은 등불에 비친 영준한 얼굴을 뚫어지게 보다가 말했다.

"환국공(桓國公) 무연수(武延秀)야. 무측천의 종손. 요즘 원 대장 기분이 좋지 않았던 연유를 알아? 저 환국공 무연수가 곧 안락공주와 혼인을 올린대."

"무연수라면 당년 무씨파 일인자였던 무승사의 아들이군! 무측천이 황제가 됐을 때 무승사는 자나 깨나 태자가 되려는 꿈을 꾸다가 속병으로 생을 마감했지. 그런데 저 무연수란 자는 어쩌다 종상부 사람과 어울려 다니는 거지?"

육충이 의아한 듯 말했다.

"종초객은 무측천의 외종질이니 같은 무씨파이고……."

청영이 전음으로 몇 마디 전하는데, 설청산이 번개처럼 눈을 번득이며 그쪽을 홱 돌아보는 통에 두 사람 다 화들짝 놀라 입을 다물었다.

"어찌 그러나?"

무연수도 뭔가를 느낀 듯이 재빨리 활을 손에 쥐었다.

"아무것도 아닐 겁니다."

설청산이 빙긋 웃었다. 그는 온 신경을 시신에만 쏟고 있는 듯 잠시 응시하다가 말했다.

"고력청 이자가 종상부에 들어온 지는 벌써 이 년입니다. 담력 좋고 세심해서 종상께 자못 신임을 받았고, 그렇기에 저희도 이런 극비 조사를 맡긴 것이지요."

육충과 청영은 서로 마주 봤다. 비로소 저 돌궐 무사의 이름이 고력청이며, 예상대로 종상부의 심복 고수라는 것을 알게 됐다. 육충은 설청산이 어서 그 피로 쓴 기묘한 부적을 발견하기를 간절히 기도했다. 그것을 노리고 일부러 부적이 그려진 고력청의 손바닥을 목덜미 언저리에 잘 보이도록 놓아뒀다.

과연, 어른거리는 등불 빛 속에서 설청산이 몸을 숙이며 중얼거렸다.

"이게 뭐지? 아니, 피로 쓴 부적?"

무연수도 자세히 들여다보고 말했다.

"과연, 이 부적을 보아하니 우리 짐작이 정확하군."

"치우 진마부로군요!"

설청산의 목소리가 살짝 떨렸다.

"고력청이 죽기 전에 이 소식을 전하려고 했을 줄이야. 경하드립니다, 국공. 우리 비문(秘門)이 크게 빛날 시기가 왔습니다!"

무연수는 나지막이 콧방귀를 뀌었다.

"우리 쪽 이들에게 전갈해야겠군. 천재일우의 기회고, 대사가 이번 일에 달렸네."

두 사람은 다시 얼마간 자세히 살폈으나 더는 말이 없었다. 그 후 설청산이 작은 등잔을 불어 끄자 두 사람은 신법을 펼쳐 질풍같이 깊은 어둠 속으로 들어갔다.

두 사람이 완전히 멀어진 것을 확인하자 육충이 그제야 투덜거렸다.

"누구에게 전갈하겠다는 거야? 천재일우의 기회는 또 뭐고?"

하지만 청영의 목소리는 무거웠다.

"방금 저들이 아주 중요한 단어를 입에 담았어. 비문!"

육충은 차갑게 콧방귀를 뀌었다.

"비문 청사(清士)라, 설청산 저 자식이 비문 청사라니 뜻밖이군."

"물을 것이 있어."

청영이 난데없는 말을 꺼냈다.

"어째서 종상부 제일 고수 설청산 이야기만 나오면 입에 거품을 무는 거야? 당신과 그 사람 검법 초식을 보면 인연이 꽤 깊은 것 같던데?"

육충은 천천히 한숨을 내쉬었다.

"당신 원수가 누군지 말해줄 때쯤 나도 설청산과 내 이야기를 해줄게."

오시의 신룡전 안은 조용했다. 심지어 다소 답답할 정도로 조용해서, 한동안 잔과 쟁반이 가볍게 부딪는 소리만 울렸다. 옆에서 시중드는 궁녀와 내시는 숙연한 태도로 꼿꼿이 서서 감히 숨을 크게 쉬지도 못했다.

탁자 머리맡에 앉은 위 황후조차 아미를 찡그리고 다소 얼빠진 얼굴로 탁자에 놓인 찬을 바라봤다. 일국의 군주가 드시는 오찬이요, 게다가 이성이 함께하는 식사 시간이었다. 하지만 커다란 탁자에 올린 찬은 단 넷뿐이었다. 그것도 전부 소채로.

알다시피 이 무렵 당나라는 위 황후의 부추김에 사치를 숭상해 평상시 여는 연회에도 늘 이백여 가지 찬이 나왔다. 그것도 이성이 따로 식사할 때의 상황이었다. 오늘은 원승이 입궁해 황제의 병을 치료한다기에, 위 황후도 어느 정도 호기심이 일어 황제와 함께 식사하고자 친히 찾아왔다. 원승이 귀하디귀한 천자의 오찬을 소채 네 접시와 죽 하나, 국 하나로 간소하게 차렸을 줄은 생각지도 못한 일이었다.

수라를 맡은 사선사 제부는 찬을 올린 뒤 곧바로 멀리 내뺐다. 최근에 임시 부름을 받은 진 태의도 놀라 낯빛이 하얘진 채 간혹 원승에게 묻는 눈빛을 던졌다. 용기의 수장 양준은 전각문 앞에 시립해 있었는데 비웃음을 참지 못했다. 오직 원승만 낯빛 변화 없이 단정하게 탁자 아래쪽에 앉아 있었다. 모든 것이 더할 나위 없이 정상이라는 듯이.

그런데 별안간 이현이 웃음을 지었다.

"음, 조찬에는 쪽파와 두부, 삭힌 두부 매운 장, 오이 무침, 초염(椒鹽, 산초 열매 간 것과 소금을 섞어 만든 조미료)을 곁들인 얇은 쌀 전병을 내왔는데 도리어 짐의 식욕을 크게 돋웠지. 지금도 소채 몇 가지뿐이나 산뜻해 보이는구나. 소미(燒尾, 당나라 때 과거에 급제하거나 승진한 선비를 축하하던 연회로, 온갖 진미를 갖췄음) 요리니, 양 통찜이니 하는 정신 사나운 것들을 치우고 났더니 오히려 식욕이 난다."

원승이 태연하게 말했다.

"영명하십니다. 성인의 용체는 허하고 건조한데 실상 보양이 과했습니다. 오늘 이후로 더는 고기와 생선을 많이 잡수지 마십시오. 담백하게 잡수심이 적절하며, 가장 좋은 것은 오곡입니다. 오곡은 대지에서 나는 것이고 식물의 씨앗이므로, 그 속에 식물의 정화를 담고 있습니다. 따라서 소장이 일부러 오곡미죽을 준비하……."

그의 말이 끝나기도 전에 황제는 벌써 초염으로 조미한 채 썬 갓 한 움큼을 입에 넣고는 칭찬을 쏟아냈다.

"맛있구나. 파를 넣은 두부탕도 파릇파릇하니 보기 좋고……."

이현의 늙수그레한 얼굴에 홍조가 살짝 비쳤다. 위 황후 이하 모두가, 흡사 늙은 농부처럼 흔한 농작물로 만든 음식을 입안에 가득 넣고 아주 맛있게 먹는 천자를 경악한 얼굴로 바라봤다. 온 전각 안이 천자가 우적우적 음식 씹는 소리로 가득했다.

태의 진청류는 이성의 온화한 안색을 보고 자연스럽게 따라 웃었다.

"원 장군은 과연 보통 사람이 아니군요. 《황제내경》 〈소문〉에 '오곡을 양분 삼고 정기를 보양함으로써 기운을 늘린다'고 했으며, 또한 미죽은 비장과 위장을 조섭하는 데 가장 좋습니다. 이 진청류, 실로 감탄할 따름입니다!"

위 황후도 부드러운 얼굴로 웃었다.

"영을 전하라. 퇴마사 원승은 절묘한 솜씨로 수라를 조정하고 각별히 마음을 썼으니 비단 열 필과 옥여의 한 쌍을 상으로 내리겠다."

원승은 황급히 몸을 숙이며 감사를 올렸다. 양준은 저도 모르게 두 눈을 크게 뜨고 '이런 것으로도 상을 받다니' 하는 표정을 지었다. 위 황후는 따끈하고 향기로운 전병 하나를 집어 생글거리며 입으로 가져갔다. 오랜 세월 병마에 시달린 이현과 달리 그녀는 세심하고 정성 들여 만든 음식을 즐겼다. 지금처럼 황제와 함께 식사하는 것도 그저 모양내기에 불과했다. 난화지(엄지와 중지를 접어 맞대고 나머지 손가락을 편 모양)를 취한 손이 얄따란 전병을 입에 넣기도 전에, 별안간 위 황후가 나지막이 신음했다.

"어찌 그러시오?"

이현이 의아한 얼굴로 황후를 바라봤다. 무슨 까닭인지 얼굴이 벌겋게 부은 위 황후가 벌떡 일어나더니 큰 걸음으로 나는 듯이 달리기 시작했다. 격앙되어 숨을 가쁘게 쌕쌕 내쉬는 모습이 마치 광증을 앓는 사람 같아서, 사람들은 절로 깜짝 놀랐다.

"황후, 대체…… 대체 어찌 된 일이오?"

이현도 이상을 느끼고 큰 소리로 외쳤다.

"태의, 진 태의! 속히 가서 보라!"

진청류가 쫓아가려는데, 갑자기 위 황후가 우뚝 멈춰 섰다. 별안간 그녀의 정수리에서 빛줄기 하나가 솟아올랐다. 빛은 처음에는 노을처럼 옅었지만 곧 석양처럼 선명해졌고, 뒤이어 붉음 속에 보랏빛이 묻어나면서 아침 해처럼 눈부시게 빛났다. 처음에는 위 황후의 정수리에서만 솟아나던 빛이 금세 온몸에 가득해졌다. 위 황후는 마치 눈부신 붉은빛 속에서 목욕을 하거나 온몸에서 밝고 아름다운 붉은빛을 힘차게 뿌려대는 듯한 모습이었다.

"보살…… 보살님이시다!"

어느 궁녀인지 몰라도 그렇게 외치며 바닥에 털썩 엎드렸다.

"보살님! 관음보살께서 강림하셨다!"

또 다른 궁녀 두 명도 높이 외치며 꿇어 엎드렸다. 삽시간에 전각 안에 있던 내시와 궁녀가 모조리 꿇어앉았고, 진 태의와 양준마저 깜짝 놀라 바닥에 엎드려 참배를 올렸다. 너무나도 괴이한 상황인데다 붉은 빛줄기도 지극히 넓게 퍼지고 신성한 기운까지 담고 있는 탓에, 위 황후는 흡사 신이 강림한 것처럼 거룩하고 순결한 기운을 풍겼다.

전각 안에서 엎드리지 않은 사람은 단둘뿐이었다. 한 사람은 원승으로, 그는 여전히 제자리에 앉아서 생각에 잠긴 듯 살짝 눈을 찡그리기만 했다. 다른 한 사람은 바로 황제 이현이었다. 그의 신분으로 황후에게 무릎 꿇는 것은 허락할 수 없는 일이었다. 하지만 그 역시 놀라움에 낯빛이 누레져서 상을 꽉 잡고서야 겨우 쓰러지지 않을 수 있었다.

전각을 그득히 채운 궁인들이 알아서 머리를 조아리는 사이, 느닷없이 위 황후가 신음을 지르더니 휘청하며 바닥으로 늘어졌다.

"황후!"

이현이 큰 소리로 외치며 앞장서서 달려가 황후를 부축했다. 하지만 위 황후는 이미 두 눈을 꼭 감고 인사불성이었다.

"태의! 어서 와보라!"

이현은 계속해서 소리쳤다. 진청류가 손이건 발이건 닥치는 대로 움직여 허겁지겁 달려갔다.

"원승, 무엄하구나!"

양준이 버럭 외쳤다.

"대체…… 대체 이성께 무슨 음식을 올렸기에 성후께서 이, 이런 괴질을 얻으신 것이냐!"

그의 외침에 전각 밖의 용기내위들이 총총히 달려와 문 앞에 떡하니 버티고 서서 황제의 명령만 기다렸다. 이현도 다소 의심스런 눈길로 멍하니 원승을 바라봤다.

"아닙니다. 소장의 말을 들어주십시오, 폐하."

원승이 황급히 외쳤다.

"성후께서는 미처 수라를 잡수지 못하셨습니다. 하물며 성인께서는 많이 잡수셨으나 이상 증세는 조금도 나타나지 않았습니다."

이현은 위 황후가 탁상에 떨어뜨린 알따란 전병이 여전히 동글동글 완벽한 형태를 한 것을 보고서야 알았다는 듯이 말했다.

"옳다. 원 경, 그대는 좋은 사람이야. 짐은 그대를 의심한 적이 없다. 속히 가서 황후를 살펴보라."

"염려치 마십시오, 폐하."

벌써 위 황후를 부축해 일으킨 진 태의가 말했다.

"맥상이 다소 빠른 것을 볼 때, 피로가 과해 혼절하셨을 따름이니 큰 지장은 없으실 것입니다."

황제는 오로지 원승만 믿고 있었다.

"원 경, 속히 가서 구하라."

마침내 위 황후가 막힌 숨을 폭 내쉬면서 눈을 뜨더니 이현을 향해 살짝 고개를 끄덕여 보였다.

"별일 아닙니다. 그저 피곤하여……."

"어찌 된 일이오? 도대체 이 무슨 일이란 말이오?"

이현은 무척 당황해했다.

"특히 그 빛줄기, 그건 어찌 된 영문이오?"

원승이 무거운 소리로 말했다.

"지금으로서는 까닭을 헤아릴 수 없습니다. 아마도 성후께서는…… 귀신에 씌신 듯합니다."

"폐하, 보십시오. 저것이 무엇이온지요?"

내시 하나가 소리를 질렀다. 귀가 따갑도록 날카로운 목소리였다. 사람들이 그 손가락이 가리키는 곳을 돌아보니, 반룡이 조각된 전각 안의 금빛 기둥 앞에 누런 삼종이 한 장이 펄럭이고 있었다. 종이는 크지 않았으나 아주 정교하게 가위질해, 금빛 기둥을 휘감은 금빛 용의 주둥이에 딱 맞게 꽂혀 있었다. 언뜻 보면 금빛 용이 물어온 것 같았다.

"부적입니다!"

양준이 떨리는 소리로 말했다.

"설마…… 설마 누군가 주술을 부린 것인가?"

막 깨어난 위 황후는 양준의 외침을 듣고 용 주둥이에 물린 기괴한 부적을 보더니 얼굴이 사르르 굳으며 또다시 혼절했다.

원승이 달려가 훑어본 뒤 서둘러 말했다.

"이성께서는 염려치 마십시오. 이는 나쁜 부적이 아니라 가택을 지키고 사귀를 쫓는 오악진형도입니다."

그는 용의 주둥이에서 조심스럽게 누런 부적을 빼내 다시 꼼꼼히 살폈다. 과연 도사들이 쓰는 오악진형도였다. 본디 오악진형도는 도교에서 잘 알려진 부적 중 하나로, 기이한 부호로써 태산과 숭산 등의 오악 형상을 나타낸 것이었다. 때때로 바깥 둘레에 청룡과 백호 같은 사령수의 도안을 배치하기도 했다. 진(晉)나라 때 명도사인 갈홍의 《포박자》에는, 무릇 도를 닦은 선비가 산골짜기에 은거할 때는 반드시 오악진형도를 몸에 지녀야 한다고 기록되어 있었다. 그래야 산에 사는 귀신과 정령, 벌레, 호랑이, 요괴 같은 독물이 가까이 오지 못한다는 것이다. 도가에서는 오악진형도가 사귀를 쫓고 요괴를 물리치고 재앙을 제거하고 복을 부르는 효과가 있다 여겨 종종 이를 이용해 사귀를 쫓았다. 당나라 때는 군주와 백성이 아울러 도를 좋아해서 이현도 오악진형도에 관해 대략 알고 있었다.

원승의 설명을 들은 그는 마음이 약간 진정되어 다시 물었다.

"한데 어찌하여 이곳에 나타났느냐?"

원승도 당황했다.

"그것은…… 확실히 미심쩍습니다!"

"그대는 황후가 귀신에 씌었다고 했지. 그대는 본디 도가의 인재이니 속히 사귀를 쫓아내어라! 그리고 서둘러 국사를, 선기 국사를 청하라. 두 사람이 함께 면밀히 살펴야 한다."

"성인께 아뢥니다. 선기 국사는 이미 어명에 따라 폐하의 복을 기원하고자 태산으로 갔습니다."

양준이 얼빠진 얼굴로 대답했다.

"그랬지."

마음이 혼란스러운지 황제도 말에 조리가 없었다.

"원승 그대는 대현원관의 관주요, 퇴마사의 수장이니, 그대가 황후에게 씐 사귀를 쫓도록 하라."

"성인, 신의 말을 들어주십시오. 맥상으로 보건대 성후께서는 큰 지장이 없으시니 우선 푹 정양하도록 해주십시오. 폐하께서도 잠시 편안히 쉬실 필요가 있습니다."

원승의 눈빛은 맑고도 굳건했다. 이 굳건한 눈빛에 마침내 이현의 마음도 조금 차분해졌다.

진청류도 말했다.

"염려 놓으십시오, 폐하. 신이 감히 단언컨대 성후께서는 오장이 고르고 평온하십니다. 혹시 상서로운 조짐일 수도 있습니다."

"그렇지요, 상서로운 조짐이지요!" 양준이 황급히 따라 말했다. "방금 성후께서 눈부신 빛을 뿌리셨으니 이는…… 실로 전에 없는 상서로운 조짐입니다."

"그러기를 바랄 뿐이로다."

이현은 길게 숨을 내쉬었다.

"원승, 진청류, 오늘 밤 그대들은 궁에 머물며 하시라도 부름을 받도록 하라. 원승, 황후에게 큰 지장이 있건 없건, 이 괴이한 부적 사건은 그대가 반드시 속속들이 조사해야 할 것이다."

원승과 진청류는 급히 명을 받았다. 진작 와 있던 내시와 궁녀들이 위 황후를 업고 곁을 따르는 진 태의와 함께 부리나케 침궁 내전으로 향했다. 이현도 급히 따라갔다. 내전 깊숙이 들어가기에 불편한 신분인 원승은 비로소 손에 든 누런 부적을 자세히 살폈다.

흔하고 값싼 삼종이에다 그 안에 적힌 부적도 쉽게 볼 수 있는 오악진형도였다. 도안은 주사로 아무렇게나 그린 듯하고 붓놀림도 평범했다. 청룡, 백호, 주작, 현무 등 사령도 지극히 단순하게 그려져 있었다.

별안간 그의 눈에 도형 왼쪽 위 구석, 청룡의 주둥이 쪽에 적힌 두 글자가 들어왔다.

양의.

양의란 또 어떻게 해석해야 할 것인가? 원승은 저도 모르게 움찔했다. 흔히 보는 오악진형도에는 '양의'니 '사상'이니 하는 표시가 없었다. 주사로 써서 새빨간 빛을 띤 두 글자가 흡사 피처럼 눈을 따갑게 찔렀다.

3장

백호 부적 사건

원승은 이번에도 본래 배정된 단각으로 돌아가 쉬면서 부름을 기다렸다. 막 밤이 내려앉을 무렵, 갑작스런 발소리와 허리에 찬 옥패 부딪는 소리가 들리고, 이어서 난초와 사향 냄새가 풍겼다. 궁녀가 어지를 전하러 온 줄 알고 원승은 황급히 마중 나갔다. 그런데 은방울 같은 웃음소리가 들렸다.

"됐다. 내가 알아서 들어가마. 원 대장군께서 계시는 한 귀신들이 함부로 침범하지 못할 테니 너희는 안심하고 물러가거라."

안락공주의 목소리였다. 원승은 심장이 두근거렸다. 그처럼 오랜 시간이 흘렀건만 그녀의 목소리를 들으면 여전히 가슴이 설렜다. 등잔 하나가 길을 밝히는 가운데 황록색 궁장을 입은 안락공주가 사뿐사뿐 다가왔다.

"공주께 인사 올립니다."

원승은 황급히 예를 올렸다. 그제야 생각이 났다. 최근 들어 워낙 바쁘다보니 두 사람이 만나지 못한 지도 벌써 두세 달째였다.

"어째서 늘 이렇게 점잖게 구는지 몰라."

그녀가 까르르 웃었다.

"축하라도 해야겠군요. 소식을 듣고 바삐 모후를 뵈러 갔는데, 과연 당신이 짐작한 대로 모후께선 무사하세요. 아, 교의에 기대앉아 웃으면서 이야기도 하시더군요. 그 순간 배꽃 술을 반 근쯤 마신 것처럼 온몸에서 열이 오르고 더웠는데 무슨 일이 있었는지는 기억나지 않으신다면서……."

귀에 익숙한 웃음소리에 원승의 마음도 한결 가벼워졌다. 손수 등롱을 든 그녀를 보자 그는 황급히 손을 내밀어 등롱을 건네받고서 그녀와 함께 원락 안으로 들어갔다. 안락을 가까이 시중드는 시녀 설안이 입을 가리고 쿡쿡 웃으며 단각 대문 앞을 가로막고 서서 신중하게 다른 이들의 시선을 막았다.

모후가 무사한 것을 본 덕분에 안락도 별다른 걱정 없이 모후의 병세에 관해 몇 마디 나눈 뒤 웃으며 말을 돌렸다.

"하여간 이 일은 십분 수상해요. 태평 고모님이 당신을 추천해 입궁시키다니 실로 보는 눈이 있으신 거죠. 당신이 이곳에 남아 기괴한 사건을 살피면 딱 맞겠네요."

별 뜻 없이 한 말이지만 듣는 원승은 갑자기 심장이 덜컥했다. 확실히 공교로운 사건이었다. 태평공주가 그를 추천해 불러들이자 위 황후가 괴질을 얻었으니, 그 둘 사이에 무슨 연결이라도 있는 것은 아닐까? 그가 눈을 찡그리고 말이 없자 안락이 가볍게 물음을 던졌다.

"무슨 단서가 있나요?"

원승은 고개를 가로저었다.

"지금은 기묘한 부적 한 장뿐입니다."

그는 생각에 잠겼고 그녀는 망설였다. 두 사람 다 말이 없었다. 사박사박 발소리만이 흔들거리는 궁등 아래로 쓸쓸히 울려 퍼질 따름이었다.

마침내 안락이 말을 꺼냈다.

"알아요? 나 성혼하는 거."

원승은 한숨을 쉬었다. 이성이 가장 예뻐하는 막내딸 안락공주의 혼사로 벌써 조야가 떠들썩했다. 일찍이 무측천의 주나라 때 안락은 당시 기세가 최고조에 있던 무삼사의 아들과 성혼했다. 이현이 등극한 지 오래지 않아, 위 황후 소생이 아닌 까닭에 무시당하고 핍박받은 태자 이중준이 견디다 못해 정변을 일으켰는데, 비록 일은 실패로 돌아갔으나 그 와중에 무삼사 부자가 피살됐다.

누구보다 아름다운 대당나라 공주는 이 년 동안 독수공방한 끝에 마침내 다시 혼인하게 됐다. 곧 부마가 될 행운의 남자는 역시 무씨 집안 출신으로, 무삼사의 당질, 횡포하고 방자한 미남자 무연수였다.

"공주의 행복을 축원드립니다."

그는 유유히 말하고는 다시 소리 죽여 물었다.

"공주께서는 그분을 좋아하시겠지요?"

"만나본 적은 있어요. 꽤 영리한 남자더군요."

그녀의 목소리에서는 기쁨도 근심도 읽어낼 수 없었다.

"당신도 알겠지만, 그 사람은 무씨 집안 후손 중에 빼어난 인물이에요. 내 신분에선 그러는 수밖에……."

그는 고개를 끄덕였다. 한순간 무슨 말을 해야 좋을지 알 수가 없었다. 그녀 역시 곧 사방을 둘러보고 웃으며 말을 돌렸다.

"양준이 당신 숙소에 제법 신경을 썼군요. 참 정갈한 원락이에요. 나도 와본 적이 없는 곳인데. 원 대장군, 같이 한 바퀴 돌아봐요."

원승은 심장이 죄어들었지만, 그래도 빙긋 웃으며 아무렇지 않게 등롱을 들고 그녀와 함께 뒤뜰로 들어갔다. 마침 때는 겨울밤이라 맑은 달이 휘영청 밝고 버려진 냉궁의 뜰은 유난히도 쓸쓸했다. 자신도 무슨 생각으로 그랬는지 모르지만 그는 안락을 석진 앞으로 데려갔다.

"아주 괴상한 곳이군요!"

안락은 진법을 몰랐으나 괴석 앞에 서자 정신이 아득해지는 것 같았다.

"누군가 다녀갔군!"

원승은 흠칫했다. 놀랍게도 자신이 손봐둔 바위 몇 개가 옮겨져 있었다. 등롱을 들어올려 사방을 비추자 과연 바닥에 희미하지만 어지러운 발자국이 보였다.

"무슨 말이죠?"

안락은 영문을 알 수 없는 얼굴이었다.

"다행입니다. 그자는 제가 설치한 진법을 파해하지 못했군요."

원승은 그렇게 말하면서 어느새 자신이 설치한 석진의 문을 열고 안락을 안으로 데려갔다.

"괴상하게 생긴 화로군요. 향을 피울 때 쓰는 훈로인가요?"

안락은 한눈에 괴상한 연단로를 발견했다.

"단약을 만들 때 쓰는 연단로입니다. 다만 서역 양식이지요. 육십 년 전, 천축의 방사 한 명이 한때 이곳에서 태종 황제를 위해 단약을 만들었지요."

원승의 간략한 설명에 안락 역시 절로 옛일을 떠올리고 탄식을 하다가 갑자기 정신이 퍼뜩 들었다.

"조금 전에 누군가 이곳에 다녀갔다고 했죠? 하지만 당신이 고쳐 놓은 진법을 깨뜨리지 못했다고요. 그 사람은 누구고, 대체 무슨 의도로 찾아온 거죠?"

원승은 고개를 저으며 무겁게 말했다.

"어쩌면 이 모든 것이 태종 황제의 죽음에서 기인했을지도 모릅니다. 아십니까? 태종 황제께서 어떤 연유로 붕어하셨는지."

"조정에서는 태종 황제께서 갑작스럽게 병을 얻어 붕어하셨다고 했어요. 당신이 말한 천축국 방사라면 나도 어렴풋이 알지만 도대체 무슨 일이 있었는지는 몰라요. 자세히 들려줘요!"

원승은 생각을 정돈한 다음 비로소 자초지종을 이야기하기 시작했다. 본디 당태종 이세민은 문치와 무공을 모두 이루고 당나라를 정관의 치로 이끌었으나, 십여 년간 제위에 있다가 반백이 된 말년에는 별수 없이 안일한 향락에 빠져들었고, 늙고 쇠약해지자 단약을 즐겨 먹었다.

"……정관 22년, 태종 황제께서 붕어하시기 전, 당시 장사였던 왕현책이 중천축(당시 인도는 다섯 구역으로 나뉘었는데 그중 가운데 지방에 있던 곳)에 사신으로 가다가 당시 중천축에서 왕위를 찬탈한 역신 아루나슈와의 습격을 받았습니다. 왕현책은 홀로 달아난 뒤 토번과 네팔왕국 등에서 병사 수천을 빌려 다시 중천축으로 돌아갔습니다. 그렇게 해서 적은 수로 많은 수와 싸워 중천축의 수만 병마를 무너뜨리고 중천축 디나바디왕국 찬탈자 아루나슈와를 붙잡아 태종 황제께 바쳤습니다. 우리 대당나라 역사상 '한 사람이 한 나라를 무너뜨린' 가장 유명한 사건이지요!"

"맞아요. 그 이야기는 나도 들었어요. 왕현책은 화우진(火牛陣, 소

뿔에 무기를 달고 꼬리에 기름 묻힌 갈대를 묶어 불을 붙임으로써 적군으로 돌진하게 하는 전법)까지 펼쳐 중천축 코끼리 부대를 대파했다죠!"

그녀는 아이처럼 웃음을 지었다.

"왕현책은 중천축 디나바디왕국을 무너뜨리고 그 국왕을 사로잡았을 뿐 아니라 그곳 국사였던 나라이사파매도 데려왔습니다. 천축에서 온 그 방사는 이백 년을 살았다고 자처하며, 장생불로술을 알고 금석으로 비밀의 단약을 만들 수 있다고 했지요. 마침 고질병이 재발하신 태종 황제께서는 그 말에 마음이 동해 그 방법대로 단약을 만들라 명하셨습니다."

"설마 그 단약을 만들던 곳이 바로 여기라고요?"

안락은 거무스름한 연단로를 돌아보며 다소 얼떨떨해 물었다.

"아마 그럴 것입니다. 하지만 마음 아프게도 태종 황제께서는 일 년 후 함풍전에서 붕어하셨습니다. 사서에는 태종께서 이질로 돌아가셨다고 기재됐습니다."

"어쩜 그런 우연이. 고작 일 년도 안 됐다니요?"

안락이 이어 말했다.

"사실 나는 부황과 모후 앞에서 못할 말이 없지만, 유독 태종 황제의 사인에 관해서라면 누구도 섣불리 입에 담지 못해요. 당신 말대로 태종께서 이질로 돌아가신 게 조정의 정론이에요."

"이질이요?"

원승은 쓴웃음을 지었다.

"우리 대당나라에는 명의가 수없이 많건만, 고작 이질이 일국의 군주를 죽음에 이르게 할 수 있겠습니까? 실상 의술과 도술을 익히는 이들 사이에서는 태종 황제께서 천축 방사가 만든 단약을 잘못 복용해 돌아가셨다는 이야기가 있습니다." (당태종 이세민이 단약을 잘못 먹어 죽었다는 설은 이미 후세 사학가들도 인정했으며 널리 퍼져 있다. 다만, 당중종 이현 재위 시에는 이 설이 태종 황제의 무용과 영명함에 어긋나므로 줄곧 조정에서 그런 소문을 억눌렀다 – 작가 주)

"참 괴상한 일이군요!"

안락은 호기심이 불쑥 솟아났다.

"가장 이상한 점은 저 연단로가 아직도 이 단각에 있다는 거예요. 어째서 저것을 내내 이 태극궁 안에 보관했을까요?"

그녀가 갑자기 원승의 소맷자락을 당겼다.

"이봐요, 사건 해결 전문가인 원 대장군님, 대선인님. 어차피 할 일도 없는데 당신이 한번 조사해봐요. 육십 년 전 용맹하고 영명하던 우리 태종 황제께서 대체 무슨 연유로 붕어하셨는지 말이에요."

원승은 화들짝 놀랐다. 첫째는 그녀의 말이 실로 기상천외하기 때문이요, 둘째는 이 일이 지나치게 대담하다고 느껴져서였다.

"뭘 그리 겁내요. 그래봤자 우리 둘이서 몰래 조사하는 것뿐이고 남들에게 공개하는 것도 아니잖아요."

안락은 세상 두려울 것 없는 얼굴이었다.

그녀가 '우리 둘이서'라고 하는 순간 원승의 심장이 살짝 뛰었으나, 곧 이 연단로와 이곳 단각, 그리고 누군가 엿보고 있는 기괴한 법진에 지대한 비밀이 숨겨져 있다는 데 생각이 미쳤다. 그리고 지금 이곳 태극궁 안에서는 위 황후가 신령의 강림을 받는 기괴한 사건이 연출되고 있었다. 혹여 태종 황제의 죽음을 파헤친다면 지금 태극궁에서 벌어지는 괴이한 사건에 도움이 되지 않을까?

"좋습니다. 공주께서는 신통하시니 저를 위해 태종 황제의 기거주(起居注, 황제의 일상생활을 기록한 것)와 왕현책의 관직 이력을 찾아봐 주십시오. 그리고 신뢰도 높은 정관 시기의 각종 야사도 구해주십시오. 찾기 어렵겠지만 조정에서 역사를 연구하는 사관이나 민간에서 역사를 배우고 기록하는 이들에게서 정보를 얻을 수 있을 것입니다."

"좋아요. 조사하기로 약속했어요!"

안락이 눈을 빛냈다.

"태종 황제의 사인을 깊이 조사해내겠다는 과분한 바람은 없습니다. 이 연단로와 내력을 알 수 없는 저 발자국을 밝히는 것이 주요 목적입니다. 이것을 조사하면 현재 궁에서 벌어지는 괴사건을 밝히는 데 도움이 될지도 모릅니다."

그 후 이틀간, 원승은 이성을 진맥하며 예전처럼 바쁜 나날을 보냈다. 다행히 황제 이현은 심각한 병은 없었고, 위 황후 역시 예상대로 허열이 심할 뿐 큰 문제는 없었다.

이튿날 황혼녘, 약속대로 안락공주가 예상보다 많은 자료를 들고 찾아왔다. 확실히 그녀는 조정에서 큰 힘을 갖고 있어서, 오래된 연구 자료를 구해내 그 서적 목록과 주제를 정리할 수 있었다. 물론 그 자질구레한 일은 한 무리 문인들이 그녀 대신 처리했다.

"방법을 찾았어요. 문하성의 기거랑을 불러 사료를 얻어냈죠."

원승을 보자마자 안락은 생글생글 웃었다.

"그 밖의 사서와 민간 야사 자료도 있어요."

기거랑은 황제의 기거를 전문으로 기록하는 관리였다. 원승은 신통방통한 공주가 당태종의 기거주 등 다양한 자료를 찾아낸 사실에 속으로 혀를 내둘렀다.

단각은 본래도 후미지고 조용하지만, 안락은 문으로 들어서기 전에 궁녀를 바깥에 세워 지키게 했다. 두 사람뿐인 난각 안은 더욱더 조용했다.

원승은 안락이 가져온 사료를 꼼꼼히 뒤적이다가 저도 모르게 나지막이 탄식했다.

“그랬군요. 태종 황제께서는 정관 16년 이전에도 수차례 수렵에 나가 말을 몰고 활을 쏘셨군요. 자못 원기가 왕성하셨던 겁니다. 하지만 정관 17년 4월, 태자 이승건이 모반죄로 폐위됐는데 그 일로 타격이 크셨던 것이 분명합니다. 그 후 의기소침하고 울적해하시더니 용체가 나날이 나빠지셨지요. 정관 17년에서 임종하시던 23년까지 칠 년 동안에는 단 한 번밖에 수렵을 나가지 않으셨군요. 정관 17년에 어가가 친정해 요동을 정벌하러 가셨는데 형세가 좋지 못했고, 먼 길을 다니시다 경사에 돌아오셔서는 병으로 쓰러지셨습니다. 정관 21년 2월에는 중풍을 얻으셨고요. 고작 쉰 살이셨지요. 다행히 11월에 병이 나아 조정을 돌보실 수 있게 됐습니다만, 고작 사흘에 한 번이었습니다. 그래도 용체는 조금 회복되신 것 같군요. 정관 22년에 생애 마지막 수렵을 나가 화원(華原)에서 사냥하셨으니까요. 아시다시피 태종 황제께서는 일 년 후 급서하셨으니 이는…….”

안락이 참다못해 말을 받았다.

“그분께서 붕어하시기 일 년 전까지는 비교적 강건하셨군요. 수렵까지 나가실 정도였다니!”

원승이 고개를 끄덕이며 말했다.

"다음 줄을 보시지요. 정관 21년 정월, 개국 원훈인 고사렴이 병으로 별세하자 태종께서는 몹시 비통해하며 몸소 그 저택에 찾아가 조문하려 하셨습니다. 장손무기가 만류하며 권했습니다. '폐하께서는 이미 금석 단약을 복용하셨사오니 방사의 금기에 따라 장의를 가까이하시면 아니 되옵니다. 천하 창생과 종묘를 생각하시어 자중하시옵소서!' 이로 보아 태종 황제께서는 줄곧 단약을 복용하셨군요. 다만 당시 우리 도가의 단약은 그분의 용체에 그리 큰 영향을 미치지 못했습니다. 심지어 일 년 후에 수렵까지 나가셨으니까요. 문제는 정관 22년 왕현책이 중천축 디나바디왕국을 무너뜨린 뒤 그 국왕 아루나슈와 및 내력 불명의 방사 나라이사파매를 포로로 잡아온 데서 비롯됐습니다. 그 뒤 이야기는 앞서 말씀드린 대로입니다. 태종께서는 천축의 방사를 깊이 예우하시며 이곳에 특별히 단각을 짓게 하셨지요. 하지만 그 천축 방사가 단약을 만든 지 일 년여 만에 급서하셨습니다."

안락은 탄식했다.

"태종 황제께서 그 사파매인지 뭔지 하는 자의 단약을 잡수시고 붕어하신 게 거의 확실하군요!"

"세 가지 의문점이 있습니다! 첫째, 사파매인가 뭔가 하는 자의 내력이 이상합니다."

원승도 안락의 이름 생략법을 따라 했다.

"그자는 적국에서 왔습니다. 잊지 마십시오. 그자와 태종 황제 사이에는 조국의 멸망이라는 원한이 있습니다! 왕현책이 우리 대당나라가 무너뜨린 나라의 저명한 방사를 황제께 진상하고, 나아가 장생불로약을 제련하게 했다니 실로 어리석은 일이지요. 둘째, 천축의 방사 나라이사파매의 최후가 이상합니다. 놀랍게도 천수를 다했다는군요. 태종 황제께서 그 약을 복용한 지 몇 달 만에 급서하셨는데, 그 방사는 무사히 천수를 누렸지요. 재위를 이어받은 당고종께서 신하들의 꾐에 미혹되신 까닭입니다. 나라이사파매를 치죄하면 태종 황제께서 우매하게 단약을 복용하다 붕어하셨음을 천하에 인정하는 것과 마찬가지라는 게 그 주장이었지요. 그래서 방사는 추궁을 받지 않고 천수를 누렸습니다. 세 번째, 나라이사파매의 연단 과정이 의심스럽습니다. 듣자니 그자는 신비한 약재가 여럿 필요하다고 선언했다는군요. 특히 타국의 신령스런 나무에서 나는 기묘한 나뭇잎 저뢰나 같은……."

안락이 '풋' 하고 웃음을 터뜨렸다.

"그 방사는 늘 그런 기기괴괴한 이름을 쓰는군요. 우리 대당나라 사람이 듣고 이해할 수 있는 말로 해석할 수는 없었나요? 길상화라든가 여의과 같은 말로요."

"그들은 일부러 그런 이름을 썼습니다. 필시 신묘한 척하기 위해서겠지요. 저뢰나는 보기 드문 약물인데, 원기를 보양하는 효과가 있으며 그 효능이 오석산을 뛰어넘는다고 전해집니다. 다만 지극히 희귀해서 도가에서도 가위눌릴 때 사용하는 고급 물건으로 여겨지지요. 그런데 제 사문의 도가 기록에서 어느 독특한 도술 문파가 이를 이용한 무술(巫術)에 능하다고 쓰인 것을 본 적이 있습니다. 바로 소요마종(逍遙魔宗)이지요!"

"소요…… 마종?"

'마종'이라는 두 글자에 안락공주는 까닭 없이 오싹해졌다.

원승은 쓴웃음을 지으며 말했다.

"미종도 본래는 도술을 수련하는 문파로, '소요문'이라 불렀습니다. 기원이 무척 오래되어, 서한 전으로 거슬러 올라간다는 말도 있습니다. 그 문파에도 기인과 고인이 제법 많았지요. 그런데 고조의 개국 초기에 태자 이건성이 선비를 예로 대함으로써 소요문의 기인을 대거 초빙했습니다. 애석하게도, 주인이 무너지면 신하도 무너진다는 말이 있듯, 현무문의 변이 일어나 이건성이 피살되자 소요문의 기인들도 숙청당했고 조정으로부터 '마종'이라는 낙인을 받았습니다. 그 후 마종의 자제들은 강호 깊숙이 숨어 결단코 자신을 마종이라 칭하지 않았습니다. 다만 행적을 숨기기 위해 '비문'이라 부르며 평소 청렴한 선비, 즉 '비문 청사'라고 자처했습니다."

갑자기 그는 입을 다물고 더는 말하지 않았다. 소요마종의 이야기는 본디 현문에만 전해졌다. 안락공주 같은 금지옥엽에게는 아득한 선인들의 전설과 다르지 않았다. 더욱이 현무문의 변 때 태종 이세민이 형제를 살해하고 아버지를 핍박한 일은 떳떳하게 입에 담을 수 없는 이야기였으니 원승도 그녀 앞에서 너무 많이 말하고 싶지 않았다.

"사료 가운데 두 가지가 제법 흥미롭군요."

그는 화제를 돌렸다.

"하나는 민간 야사에서 수집한 《선일록》인데, 정관 연간에 '달이 떠오르니 해는 떨어지리. 여주인이 노래하니 천마를 부르리'라는 유언비어가 있었다고 기록되어 있습니다. 태종 황제께서 어느 시기쯤에 정신이 불안정해져 밤마다 천마의 울부짖음을 듣고 잠을 이루지 못하셨는데, 그 후 휘하의 대장인 울지공과 진경이 이렇게 자청했습니다. '신들은 평생 썩은 나무 베듯 사람을 죽여 쌓인 시신이 개미처럼 많으니 어찌 한탄 잡귀를 두려워하겠사옵니까! 원컨대 갑주를 차고 곁을 지키게 해주십시오!'"

안락공주가 손뼉을 치며 웃었다.

"그 이야기는 나도 들었어요. 태종께서 두 사람을 궁문 양쪽에 세웠더니 과연 밤새 평안했다고요. 그 후 태종 황제께서는 화공에게 명해 갑주를 입은 두 사람의 험상궂은 모습을 그리게 해서 궁문에 걸어두셨어요. 지금까지도 그 두 장군이 저승에서 수문신으로 봉해졌다는 전설이 전해지잖아요."

원승도 미소 지었다.

"저승에서 신으로 봉해진 것은 전설일 뿐입니다. 지금 우리 대당나라에서 집집이 문에 걸어두는 화상은 울루와 신도(둘 다 중국 신화에 나오는 신으로, 사귀를 쫓는 효과가 있다 전해짐)입니다. 진경과 울지공 두 분은 우리 대당나라의 개국 명장이고 국공으로 봉해지셨으니, 태종 황제를 제외하면 감히 누구도 사귀를 쫓는다는 이유로 그 화상을 문 앞에 걸지는 못하지요. 하지만 뜻밖에도 이 야사를 기록한 사람이 굴돌전이군요. 개국 명장 굴돌통의 아들이라 보고 들은 것이 많은 사람입니다. 결코 지어낸 기록이 아니지요. 특히 야사 마지막에는 울지공과 진경이 갑주를 차고 궁을 지킨 이래 아무 일 없게 된 후, 원천강에게 '법술을 행해 귀신의 재앙을 제거하라'는 명령이 떨어졌다고 되어 있습니다. 원천강은 대당나라 개국 당시의 제일 국사로서, 비와 바람을 부를 줄 알고 술법은 세상에 비교할 자가 없다고 전해지며, 현문에서도 숭배 받는 자리에 있습니다."

안락은 깜짝 놀라 예쁜 눈을 동그랗게 떴다.

"그러니까, 당시 태종 황제께서 국사 원천강에게 술법으로 사귀를 쫓으라 명하셨다는 건가요? 설마 당시 상황이 이상했나요?"

"그렇습니다. 이 참언을 보십시오. '여주인이 노래하니 천마를 부르리.' 앞 구절은 훗날 측천여제 이야기와 맞아떨어지나 당시에는 아무도 몰랐겠지요. 하지만 뒤 구절 '천마를 부르리'는 태종 황제께서 밤꿈에 귀신을 만난 일을 뜻하는 것일 수 있습니다. 당시 상황이 기괴하고 위급했음을 알 수 있는 말이지요. 그렇지 않았다면 태종께서 왜 제일 국사에게 귀신의 재앙을 제거하라 명하셨겠습니까? 그리고 이 단각은 왜 육십 년간 온전하게 보존됐을까요? 특히 연단로 바깥의 조그마한 청석 법진은 엄연히 원천강의 솜씨입니다. 이 모든 것이 실로 남들의 예상을 넘어서는 일이지요!"

"당신은 대체…… 뭘 알아낸 거죠?"

"어쩌면 태종 황제의 죽음은 우리가 상상한 것보다……." 원승은 잠깐 멈추고 생각하다가 이윽고 천천히 말했다. "더 수상할지도 모릅니다."

안락공주는 대번에 안색이 변했다. 이미 밤이 깊었고, 단각 안의 촛불은 도깨비불처럼 번쩍거렸다. 두 사람 다 감히 말을 잇지 못했다. 그저 심장만 쿵쿵 뛸 뿐이었다. 이 순간, 그들은 제국에서 가장 깊숙이 숨겨진 비밀을 건드린 것이었다.

"그럼 계속 조사해야 할까요?"

그녀가 살며시 물었다.

"그래야지요! 아무래도 그 배후에 숨은 자가 육십 년간 줄곧 이 태극궁 안을 배회했으리라는 느낌이 듭니다!"

원승의 낯빛은 숙연했다.

"저를 도와 한 번 더 사료를 조사해주시지요. 첫째는 사파매니 뭐니 하는 그 천축 방사의 최후입니다. 태종 황제께서 붕어하신 후, 단약을 헌납한 그 원흉은 어찌 됐을까요? 그리고 둘째는……."

오후가 되자 원승은 여느 때처럼 이성을 진맥하러 갔다. 요 이틀 황제 이현은 황후의 괴질이 염려되어 잠을 이루지 못하다가 그제야 원승의 포기술 치료를 받고 편안히 잠들었다.

피로를 살짝 느끼며 일어나던 원승은 침전 입구에 있는 시위가 자신을 향해 화급히 손을 흔드는 것을 발견했다. 용기중랑장 양준의 심복인 낭장 서도였다.

원승이 살며시 전각에서 나오자 서도가 그를 와락 잡아당기며 떨리는 소리로 말했다.

"원 장군, 또 문제가 생겼습니다. 서해지에 괴사건이 벌어졌지 뭡니까! 일주향 전에 궁녀 하나가 광증이 발작해 내원 서해지 와호석으로 뛰어올라 소리소리 지르는데……."

원승이 무겁게 말했다.

"일개 궁녀가 갑자기 실성했다 해서 서 장군이 이토록 허둥거릴 필요는 없지 않소?"

"흔한 실성이 아닌 것 같아 그러지요. 귀신에 씌었을 가능성이 높단 말입니다. 서해지는 벌써 얼어붙었는데 그 궁녀가 와호석에 기어올라 죽간 하나를 휘두르며 대역무도한 소리를 질렀습니다."

서도는 키가 크고 마른 남자로, 피부가 약간 거무스름해서 대부분 번듯하게 생긴 남자들로 이뤄진 용기내위 중에서 거의 눈에 띄지 않았으나 어찌 된 셈인지 양준의 눈에 들었다.

"대역무도한 소리라니 어떤 말이오?"

서도의 얼굴은 한층 창백해졌다. 그는 이를 악물고 소리 죽여 말했다.

"진왕이 태자와 제왕 때문에 난을 일으켜 병사를 이끌고 이를 주살했는데, 폐하께서 놀라실까 두려우니 신하를 보내 숙위를 서게 했다는 말이었습니다!"

원승의 안색도 삽시간에 창백해졌다. 어젯밤 그도 안락공주와 함께 태종 황제가 행한 현무문의 변에 관해 이야기했는데, 지금 이 말도 현무문의 변에 관련된 이야기였다. 당시 진왕이던 이세민은 선수를 쳐서 그 형제인 태자 이건성과 제왕 이원길을 습격해 살해한 뒤 대장 울지공에게 명해 '고조를 숙위'하게 했다. 말이 숙위지, 실제로는 인질 삼는 것이나 마찬가지였다.

당시 고조 이연은 서해지에서 배를 띄워 놀고 있었는데, 갑주 차림에 창을 들고 흉흉하게 달려온 울지공이 고조를 향해 큰 소리로 외친 것이 바로 저 말이었다. 이연은 울지공에게 제압됐고, 곧바로 어지를 내려 모든 장군에게 진왕의 지휘를 따르라 일렀다. 이는 천자를 옆에 끼고 제후를 호령하는 고단수 수법이었다. 이 명령이 떨어지자 안팎은 곧바로 안정됐다.

우연도 이런 우연이 없었다. 바로 어젯밤 현무문 사건을 입에 담았더니 오늘 누군가 귀신에 씌어 현무문의 변에서 정세를 뒤집어놓은 일을 외치다니.

원승은 다급히 서해지 쪽으로 달려갔다. 과연 꽁꽁 얼어붙은 호수 위에 늠름하게 누운 호랑이 형상의 흰 돌이 있고, 돌 위에 한 여자가 혼절해서 가로누워 있었다. 양준이 시위 몇 명을 이끌고 이리저리 바삐 움직이는 중이었고, 궁인 몇 사람도 전전긍긍하며 옆을 지키고 있었다.

부하가 마침내 원승을 데려온 것을 보자 양준은 침울한 얼굴로 두 손을 포개 인사했다.

"원 형, 큰 골칫거리가 찾아왔소."

원승은 이처럼 낙담한 표정의 양준을 본 적이 없어서 절로 동정이 솟아났다. 그는 궁인들이 약간 멀어진 틈을 타 조용히 말했다.

"양 장군은 오랫동안 내정을 지키셨으니 태극궁을 잘 아실 것이오. 지난날 고조 황제께서 바로 이곳에서 배를 띄워 즐기셨소?"

그가 묻는 것은 당연히 현무문의 변 때 고조 이연의 상황이었다. 양준은 눈동자를 빛내며 고개를 끄덕이더니 곧 이마에 흐른 식은땀을 닦았다. 그때는 북풍이 쌩쌩 불어오고 있었으나 원승의 얼굴에도 땀이 솟았다.

궁인들에게 상세히 물어보니 서도가 말한 것과 대략 일치했다. 다만 궁인들은 현무문의 변이라는 대당나라 조정에 의해 봉인된 지 오래인 역사적 사실을 알지 못하기에, 대부분 시시덕거리며 발작한 궁녀 이야기를 거침없이 입에 담았다.

원승이 다시 물었다.

"저 궁녀가 누군지는 조사했소?"

양준은 무겁게 한숨을 내쉬었다.

"예의라고 하는데…… 성후께서 꽤 마음에 들어 하며 가까이 두신 시녀요."

원승은 심장이 다시 한 번 움찔했다. 고개를 숙이고 그 궁녀를 자세히 살피니, 용모가 제법 고운 스무 살가량의 여자로 지금은 인사불성이며 아직도 몸에 경련을 일으키고 있었다. 그때쯤, 예의와 극히 가까운 것이 분명한 궁녀 하나가 눈물을 머금고 말했다.

"예의 언니는 어젯밤에는 멀쩡했어요. 그런데 오늘 아침 일어나서 만났을 때 눈빛이 약간 흐리멍덩하지 뭐예요. 방금 사달이 났다고 해서 제가 맨 먼저 달려왔는데, 두 분이 아시다시피 헛소리를 하는 것 말고도 몸을 말아 웅크리고서 짐승처럼 울부짖었어요."

"그리고……." 양준이 차가운 얼굴을 하고 누런 삼종이 한 장을 건넸다. "또 이런 것이 치맛자락에 딱 붙어 있었소."

또 하나의 오악진형도.

그 종이를 건네받는 원승의 손마저 살며시 떨렸다. 앞서 신룡전 용 기둥에 나타난 부적과 똑같은 모양이었다. 흔하디흔한 필체, 어디서나 볼 수 있는 누런 삼종이. 하지만 원승은 또 이 부적과 신룡전에 나타난 부적의 차이를 한눈에 알아차렸다. 바로 오른쪽 위 백호상 바깥에 주사로 쓴 '삼재'라는 글자였다. 첫 번째 부적에는 청룡상 바깥에 '양의'라고 쓰인 것을 똑똑히 기억하고 있었다.

원승은 더욱 눈을 찌푸리며, 손가락으로 예의의 인당혈과 인중혈을 살짝 눌렀다. 예의가 몸을 부르르 떨더니 눈을 반짝 떴다. 하지만 그 눈빛은 혼탁하고 어지러웠으며, 당황하고 두려운 빛을 발했다. 곧이어 입에서 괴괴한 외침이 흘러나왔다. 분명했다. 그녀는 미쳤다. 원승은 한숨을 쉬었다. 미쳤으니 망정이지, 심문을 당했더라면 대역무도한 죄를 뒤집어써야 했으리라.

"뭐…… 뭐라고 하는 거요?"

양준은 예의의 입에서 흘러나오는 괴상한 소리에 간담이 서늘했다. 명백하게도 인간이 내는 소리라곤 할 수 없었다. 모호하고 거칠어서 흡사 들짐승이 지르는 분노의 울부짖음 같았다.

원승의 눈빛이 어지러이 흔들리더니 불쑥 말했다.

"호랑이 울음이오. 호랑이 울음을 흉내 내고 있소!"

"어째서요?"

양준의 목소리가 떨렸다. 자신도 곧 미쳐버릴 것만 같았다.

원승은 다시 한 번 고개를 젓고는 손에 쥔 부적을 흔들며 물었다.

"성후께서 이 일을 추궁하셨소?"

양준은 다소 곤란한 낯빛으로 대답했다.

"예의는 성후의 사대 수행 시녀 중 하나요. 그러니 우리도 감출 수는 없소."

원승이 눈을 찌푸리며 말했다.

"양 장군, 내정에서 이런 변고가 벌어진 것은 장군의 일이오. 어째서 '우리'라고 하시오? 이 몸은 이성의 용체를 조섭하러 왔을 뿐이오."

양준이 뻔뻔스럽게 웃음을 지었다.

"도적 떼나 역적이 쳐들어왔다면야 궁궐을 수비하는 일은 자연히 이 몸의 책무요. 하지만 지금 벌어지는 것은 하나같이 십분 괴이한 사건들이니 퇴마사의 임무잖소."

그 말이 떨어지기 무섭게 궁인 한 명이 허둥지둥 달려와 높이 외쳤다.

"양 장군, 원 장군! 과연 이곳에 계셨군요. 어서, 어서 오십시오. 이성께서 부르십니다!"

조용한 신룡전 안에서는 태의 진청류가 위 황후에게 침을 놓는 중이었다. 위 황후의 뒷덜미에 꽂힌 은침 너덧 개가 반짝반짝 빛을 냈다. 두 눈을 살짝 감은 위 황후의 안색은 아침나절 원승이 뵈었을 때보다 조금 더 평화로웠다.

"많이 좋아지셨습니다!"

진 태의가 우아한 동작으로 마지막 은침을 뽑아내자 위 황후는 마침내 길게 숨을 내쉬었다.

이현이 다정하게 황후의 손을 토닥였다. 역사상 부인을 가장 아낀 이 황제는 황후의 안색이 편안해지자 금방 따라 차분해졌다.

"예의는 대관절 어찌 된 일인가?"

위 황후는 위엄어린 눈을 뜨기 무섭게 얼굴을 굳혔다.

"듣자하니 또 기괴한 부적이 나타났다지?"

갑자기 양준이 한 발짝 나아가 허리를 숙이고 말했다.

"성후께선 실로 영명하십니다. 확실히 조금 전 하늘도 놀랄 괴사건이 벌어졌습니다."

말솜씨가 좋은 그는 맛깔나게 양념을 쳐가며 귀신에 씐 예의 이야기를 고한 다음 자신에게는 아무 잘못 없는 양 원승을 바라보며 탄식했다.

"원 장군, 황궁 안에서 이같이 괴이한 사건이 벌어졌으니 퇴마사는 책임을 피할 수 없소!"

그의 교묘한 한마디에 이성의 시선이 원승에게로 향했다. 과연 위 황후가 차갑게 말했다.

"원 장군, 그대는 영허문의 선재로서 견문이 풍부하니 대관절 어찌 된 노릇인지 알겠지. 그래, 무고인가, 아니면 요술인가?"

"용서하십시오, 성후. 나타난 부적은 정통 도가의 오악진형도로 사귀를 쫓기 위한 용도일 뿐입니다. 소장은 진정으로 이런 무고를 본 적이 없습니다."

그는 부적을 바쳤다. 약간 축축한 오악진형도가 위 황후와 이현의 손에서 이리저리 전해졌고, 심지어 위 황후 뒤에 선 진 태의마저 한참 들여다봤다.

마침내 부적이 원승의 손으로 돌아오자, 비로소 위 황후가 천천히 입을 열었다.

"확실히 사악하고 기이한 사건이니 이제 그대의 퇴마사에게 전권을 주겠네! 흥, 첫 번째는 본 궁이고 두 번째는 본 궁의 수행 시녀라니. 본 궁의 괴질은 차치하고 이 부적만 하더라도 수상하군. 대관절 어떤 자가 썼으며 그 의도는 무엇인가?"

그녀의 목소리는 높지 않았으나 북풍같이 매서운 추위가 담겨 있었다. 신룡전 안의 신하와 궁녀 모두 두려움에 입을 꾹 다물었다.

이현이 동정의 눈길로 원승을 바라보며 말했다.

"퇴마사의 정예를 궁궐 안으로 불러들여도 좋다. 다만, 워낙 요사한 사건이라 밖으로 새어나가면 천자의 위엄을 해칠까 저어되니 사건 조사는 기필코 기밀로 해야 할 것이다. 양준, 그대는 즉시 용기내위들에게 일러 한시도 태만하지 말게 하라."

"신, 명을 받듭니다."

원승은 그저 느릿느릿 이렇게 말하는 수밖에 없었다.

"신, 명을 받듭니다!"

양준의 목소리도 다소 침울했으나, 눈동자만큼은 무거운 짐을 내려놓은 듯 교활한 이채를 띠었다.

원승이 막 신룡전에서 물러나오자 진청류가 묵묵히 따라나와 무거운 목소리로 말했다.

"양준 그자는 항상 저렇다네. 대랑도 방비할 수밖에 없을 걸세."

"일러주셔서 감사합니다, 청류 형. 방금 침을 놓는 것을 보니 숙련된 장군이 점호를 하듯 이미 모든 것을 헤아리셨더군요. 침법이 정교하고 과감해서 악 침왕을 훨씬 뛰어넘습니다."

"악 침왕?"

빙그레 웃는 것을 보니 국도의 명의와 비교되는 것을 하찮게 여기는 것이 분명했다. 진청류는 이렇게만 말했다.

"자네도 알다시피 대대로 도술과 의술에는 분명한 구분이 없었네. 우리 사문도 오악진형도에 관해 연구한 바가 있다네. 자네가 말한 대로 그 부적은 순전히 사귀를 쫓는 용도지. 다섯 가지 부호로 오악을 나타내고, 바깥 둘레에는 청룡, 백호, 주작, 현무 같은 사령을 배치한 것 말일세. 보게나, 두 건의 괴사건에서 두 장의 괴부적이 홀연히 나타났고 각기 청룡과 백호 위에 표식이 있었으니 이는 순서를 암시하지 않겠나?"

"순서라고요?"

원승은 걸음을 멈추고 눈을 찡그렸다.

"첫 번째 사건은 신룡전에서 일어났고 부적은 용 기둥에 나타났으니 청룡과 상응하겠지요. 두 번째 사건은 백호석 위에서 일어났고 심지어 예의는 호랑이 울음소리를 냈으니 백호에 상응합니다."

진 태의는 고개를 끄덕이며 말했다.

"그렇다는 것은 다음번에는 응당 주작이 아니겠나?"

그의 목소리가 곧 다시 무거워졌다.

"하나, 양의, 삼재라고 쓴 기괴한 표식은 무슨 비유일꼬?"

"가장 단순한 비유일 가능성이 큽니다. 날수 말입니다!"

원승이 천천히 말했다.

"신룡전 용 기둥 위의 부적에는 '양의'라는 주해가 붙어 있고, 이틀 후 백호석 괴사건이 발생했습니다. 이번에 나타난 백호부에는 또 '삼재'라는 주해가 있었으니……."

진 태의가 안도의 숨을 쉬며 말했다.

"대랑도 이미 계획이 서 있었군. 사흘 후 주작이란 말이지?"

"이 순서대로라면 앞으로 사흘 후 또 괴사건이 발생하며, 주작과 관련되어 있을 것입니다. 소제는 태극궁을 잘 알지 못하는데 태극궁에서 주작과 상응하는 명칭을 가진 곳이 어디일까요?"

"나야 일개 낭중일 뿐인데 태극궁 안의 전각이며 누각에 대해 어찌 잘 알 수 있겠나? 그 일은 양준 장군에게 물어야 할 것일세. 다만, 양 장군에 관해서는 다소 주의를 기울이게."

"진 형께서는 양준이…… 예사롭지 않다 생각하십니까?"

진청류는 고개를 돌리고 웅대한 기세를 뽐내는 신룡전을 돌아보며 입꼬리에 가소로운 냉소를 떠올렸으나 아무 말 하지 않았다.

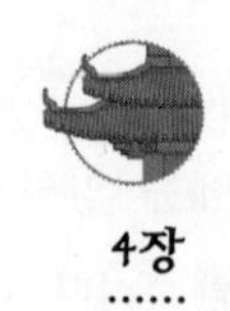

4장

비밀 석진

황제의 명령이 떨어졌으니 원승은 부하들을 소집하는 수밖에 없었다. 이튿날 아침 일찍, 육충이 청영과 대기를 데리고 입궁했다. 그와 함께 기괴한 새 소식도 가져왔다. 과연 원승이 추측한 대로 장안성 남쪽 창락방에서 여섯 번째로 신비하게 죽은 시신이 나타난 것이다. 피해자는 떠도는 도사였다. 이전 사건과 똑같이 놀라서 죽은 데다 죽기 전에 미친 사람처럼 제자리를 뱅뱅 돌았다고 했다.

부하들로부터 '신기묘산'이라는 찬탄을 들은 원승은 속으로 깜짝 놀랐다. 이 모두가 구담 대사의 신기묘산이었다. 그런데 구담 대사는 도대체 무슨 수로 예측해냈을까?

"아차, 한 가지 더 있어. 그 돌궐 무사는 고력청이라고 하는데 예상대로 종상부의 심복 고수였어. 아마 그놈 신분은 비밀에 부쳐졌을 거야. 내가 종상부에 잠입해 있는 동안 만나본 적이 없거든."

육충은 그날 밤 정혜사 밖에 자리 깔고 기다리다가 엿들은 무연수와 설청산의 대화를 상세히 보고했다.

"비문!"

그 기괴한 단어를 들은 원승이 저도 모르게 몸을 부르르 떨었다.

"설청산과 무연수가 비문에 속해 있다고?"

그의 눈동자에 처음으로 놀람이 어렸다. 하지만 그 일을 깊이 추궁하고 싶지 않아 다른 것을 물었다.

"그들은 분명히 치우 부적에 관심을 뒀을 걸세. 그래, 그 돌궐 무사 고력청이 죽은 곳 주변에 있다는 치우 사당에는 가봤나?"

"아주 평범한 도관이었어. 향불도 없이 썰렁하고 달리 이상한 곳도 없었어. 아, 그렇지. 여섯 번째 시신이 나타난 곳에도 작은 도관이 있었어. 황제(黃帝, 중국 민간 전설의 신이자 중국의 시조로, 치우와 결전을 치름) 사당인데 그 떠돌이 도사가 머물던 곳이야. 하지만 황제 사당 안에 치우상도 모시고 있더군."

원승은 철저히 침묵에 빠졌다. 장안성 안에서 일어난 몇 차례 괴살인 사건은 그의 상상보다 복잡한 것이 분명했다. 특히, 놀랍게도 그 일에는 종상부와 신비한 '비문'이 얽혀 있었다.

하지만 지금 퇴마사의 호걸들은 장안성 괴살인 사건을 주시할 여력이 없었다. 입궁한 순간부터 퇴마사의 급선무는 태극궁에서 일어난 더욱더 기괴한 신비 부적 사건을 조사하는 것이었다.

원승이 궁궐에서 일어난 부적 사건의 전후 사정을 대강 이야기했을 무렵, 양준이 다급하게 달려왔다. 금오위 퇴마사 정예가 사건 조사를 위해 입궁했다는 소식을 듣자 용기중랑장 양준은 제 손아귀에 틀어쥔 내정 수비권이 깎여나갈까봐 약간 조바심이 났다. 그래서 몸소 찾아와 따따부따 떠들면서, 누구든 일단 궁궐에 들어오면 반드시 자신, 양 대장군의 지시를 따라야 한다고 은근히 강조했다.

그의 잔소리를 듣고 있던 육충이 견디다 못해 나섰다.

"양 대장군, 우리야 당신 지시를 따라도 상관없소. 하지만 그러다가 사건을 깨뜨리지 못하면 양 대장군 혼자서 책임지는 거요?"

양준이 가장 두려워하는 것이 바로 제 몸에 불똥이 튀는 일이었다. 이 말을 듣자 그는 화들짝 놀라 황급히 대답했다.

"그게 가당키나 한 말이오? 성인께서 옥음을 내리시어 이미 원 장군께 사건 해결을 맡기셨잖소!"

그제야 원승이 빙그레 웃으며 말했다.

"육충, 자네가 오해했네. 양 장군 말씀은, 장군이 내정의 무력을 장악하고 있으니 자연히 전력을 다해 우리 퇴마사의 사건 조사에 협력하겠다는 뜻일세."

양준은 연신 눈알을 굴리다가 별수 없이 못 이기는 체 히죽히죽 쓴웃음을 지었다.

"그렇소, 바로 그 말이오. 전력을 다해 협력하겠소."

"그렇다면 이따가 양 장군께서 내시성 액정국에 연통해 여기 여걸 두 분을 궁인들 틈에 끼워 넣어주시오. 각 궁궐 전각을 자유롭게 출입할 수 있으면 가장 좋소. 육충은 상식국 사선사에 들여보내 요리사로 삼아주시오."

육충은 깜짝 놀랐다.

"원 대장, 나더러 요리를 하라고? 난 국이며 떡이며 산해진미 같은 걸 먹을 줄만 알지 만들 줄은 모른다고!"

양준도 머리를 긁적이며 탄식했다.

"뭐, 내 사촌 아우인데 이성의 명을 받들어 사선사에서 일거리를 맡았다고 해두겠소. 아마 아무도 시비 붙지 않을 거요."

육충이 히죽거리며 두 손을 모았다.

"아이고, 이거 참, 과분하기 짝이 없구려. 부디 만수무강하시오, 사촌 형님!"

육충같이 넉살 좋은 인물 앞에서는 양준도 어쩔 도리가 없는지, 무시하고 원승을 돌아보며 말했다.

"급한 일이 하나 더 있소. 그 오악진형도 말인데, 벌써 단서를 찾아냈소. 부적은 모두 궁 안에서 나온 것이오."

"궁 안이라니, 설마 궁궐 안에 도관이라도 있소?"

원승이 의아해하며 물었다.

"우리 대당나라 천자께서는 태상노군을 시조 현원황제로 존숭하시니 궁 안에 도관을 둬도 이상할 게 없잖소."

양준이 입을 삐죽이며 말을 이었다.

"그 도관은 삼청전이라 부르오. 오로지 도를 닦는 일에 몰두하는 여도사들이 있는데, 개중에 명성이 높은 이들은 육순이 넘은 다섯 도사로 '능연오악'이라 일컫는다오."

"능연오악?"

원승은 그 호칭이 자못 특이하게 느껴졌다.

"삼청전 옆이 곧 능연각이오. 능연각에 스물 남짓 되는 개국 공신의 화상을 모신다는 것은 장안 백성이면 누구나 아오. 까닭은 모르지만 능연오악은 능연각을 특히 중시해서 종종 그 전각 안에서 폐관 수련하오. 게다가 다섯 사람의 법호에 '악' 자가 들어가기도 해서 결과적으로 '능연오악'이라는 칭호를 얻은 거요. 모두 정통 도가를 따르며, 어명에 따라 사귀와 재앙을 물리치는 법사를 치르기도 하오. 듣자니 가장 흔히 쓰는 부적이 바로 오악진형도라더구려. 내 휘하 시위가 꼼꼼히 견줘봤더니, 신비 부적 사건에 나왔던 그 기괴한 부적은 능연오악을 비롯한 삼청전 여도사들이 법사를 치를 때 흔히 쓰는 오악진형도와 완전히 똑같았소."

"어디 가서 봅시다."

원승은 고개를 돌리고 육충 일행에게 분부했다.

"자네들 신분은 비밀이니 일단 이곳에서 움직이지 말고 내가 돌아올 때까지 기다리게."

삼청전은 전각이라는 이름이 붙었지만 실제로는 태극궁 안에서 대당나라 천자가 도교 의식을 거행하는 장소였다. 태청, 상청, 옥청 등 도교의 신을 모시는, 세 채의 원락으로 이뤄진 소형 도관이었다.

황궁 안의 도관은 그에 따른 규칙이 있어서, 출가한 여도사들은 모두 제왕을 대신해 도를 닦는 자리에 있었다. 능연오악은 나이가 지긋하고 덕망도 높은 데다, 당고조 때부터 태극궁에서 수행을 했으니 경력이 오래된 만큼 자못 성깔과 위세가 있었다.

용기중랑장 양준이 퇴마사 원승과 함께 몸소 왔다는 말을 듣자, 능연오악은 관주인 청악산인의 인솔 아래 나와 손님을 접대했다. 하지만 그 접대란 실로 단순하기 짝이 없었다. 흔한 인사말도 없고, 그저 눈을 내리뜬 채 우두커니 앉아 있기만 했다. 심지어 어린 도사를 시켜 맑은 물 한잔 올리란 말도 없었다.

양준은 늙은 여도사 다섯의 뻣뻣한 태도에 속이 뒤집혀 대충 몇 마디 한 다음 바로 오악진형도 두 장을 건네며 차갑게 말했다.

"이 부적은 신비 부적 사건에서 나타난 것이오. 삼청전에서 만든 오악진형도와 모양이 같은지 한번 보시오."

"확실히 우리 삼청전에서 사귀를 쫓을 때 쓰는 오악진형도와 똑같구려. 하나."

청악산인이 담담하게 대답했다.

"똑같이 생긴 이런 부적은 승업방에 있는 현도관에 몇 푼 주면 얼마든지 구할 수 있소. 본 관에는 우리 다섯 자매와 어린 여도사 셋이 전부이고, 평소 수행에 매진하느라 부적을 만들 틈이 없소. 삼청전에서 쓰는 부적 또한 사람을 보내 현도관에서 구해온 것이오."

청악산인이 말하는 동안 자신을 제대로 쳐다보지도 않자, 양준은 더욱 속이 상해 퉁명스레 외쳤다.

"하지만 지금은 당신네 삼청전에서 흘러나온 부적 때문에 이성께서 놀라셨소. 그 부적 두 장이 증거요!"

능연오악 중 다섯째인 정악산인이 낭랑하게 말했다.

"빈도들은 고종 황제 때부터 입궁해 황실을 위해 복을 빌고 수련해왔소. 한데 고작 장안성 안에서 얼마든지 구할 수 있는 부적 두 장을 가지고 우리 삼청전을 모함하다니, 그런 판결로 어찌 대중을 굴복시킬 수 있겠소?"

나이는 가장 젊으나 혀는 누구보다 날카로웠다.

양준이 소리쳤다.

"이런 대역무도한 죄는 당연히 속전속결해야 하는 법이오! 말하시오. 두 사건이 발생했을 때 당신들은 어디에 있었소? 당신네 다섯 사람 외에 어린아이 셋은 또 어디 있었으며 무엇을 했소?"

정악산인이 대답했다.

"빈도들은 삼청전 안에서 기를 닦으며 수양했소."

"당신네 사람 말고, 당신들이 삼청전 안에 있었다는 것을 누가 증명할 수 있소? 그러니까…… 증인이 없잖소?"

양준이 흉악하게 웃음 지었다.

"있소!"

갑자기 청악산인이 입을 열었다.

"누구요?"

양준의 다급한 물음에도 청악산인은 태연자약하게 대답했다.

"고종 황제와 개국 국사이신 원 조사님이시오!"

원승이 참지 못하고 물었다.

"대당나라 개국 국사이신 원천강이 도장의 조사란 말씀입니까?"

"그렇소!"

청악산인은 몸을 일으켜 하늘을 향해 공손하게 머리를 조아렸다.

"바로 빈도의 사조시오. 원 조사께서는 빈도의 존사께 밀명을 내려, 본문의 제자를 이끌고 평생 도를 닦아야 하며, 큰일이 없는 한 오로지 삼청전과 그 옆 능연각에서 수행해 깨달음을 얻되 바깥으로는 한 발자국도 나가지 말라 하셨소."

원승은 눈썹을 찡그리고 말없이 생각에 잠겼다. 하지만 양준은 콧방귀를 뀌었다.

"고종 황제와 원천강을 내세우면 다 해결될 것 같소?"

청악산인이 탁자를 내리치며 큰 소리로 말했다.

"빈도는 어려서부터 도가에 들었고, 원 조사께서 만년에 몸소 고르신 제자로서 자연히 대당나라에 충성을 다하고 있소. 더욱이 우리의 도력이면 부적 사건 같은 비열한 수단을 쓸 필요도 없소."

"오만하고 요사한 도사로구나. 원천강이라 해도 우리 대당나라 왕법을 뛰어넘을 수 없다! 흥, 제아무리 그럴듯하게 입을 놀려도 떡하니 있는 물증을 이기지는 못하지. 일단 저들을 압송하라!"

양준은 최근 실성한 예의 일로 몹시 울적해 있던 터라 분노를 억누를 수 없었다. 그 휘하의 서도가 영을 받고 즉시 청악산인에게 달려갔다. 그 역시 이 뻣뻣한 여도사가 진작 눈에 거슬리던 터라 흉흉한 기세로 달려가 곧장 청악산인부터 바닥에 쓰러뜨리려 했다. 그런데 뜻밖에도 그는 쾅 하는 소리와 함께 전각 기둥에 세게 부딪히고 말았다. 머리가 핑핑 돌고 혼절할 것처럼 아팠다.

"감히 장안법 같은 요술을 써!"

대로한 양준이 벌떡 일어나더니 질풍처럼 쌍장을 뻗어 청악산인의 목을 움켜쥐려 했다. 원승은 그의 손가락 끝에 은은하게 어린 붉은빛을 봤다. 놀랍게도 사대 도문 중 하나인 곤륜문 정통 도술, '십지등(十指燈)'이었다. 저 도술을 수련하고 나면 적과 맞설 때 가두기, 태우기, 혼절시키기, 움직이지 못하게 하기 등 다양한 효과를 내어 실로 마음먹은 대로 적을 죽이거나 붙잡을 수 있었다.

보아하니 양준이 용기내위 수장 자리에 오른 것은 절대로 번듯한 외모 덕분만이 아니었다. 지금 저 공격 수법만 봐도 형부육위 같은 관아의 고수를 한참 뛰어넘는 솜씨였다. 양준의 손가락에 어린 붉은빛은 갈수록 왕성해져 흡사 열 줄기 불길이 이는 것 같았다. 불길은 이대로 청악산인의 냉랭한 얼굴을 집어삼킬 듯했다.

"조심하시오!"

갑자기 원승이 외쳤다. 이 외침은 청악산인이 아니라 양준을 일깨우기 위함이었다. 외침과 함께 그 자신도 움직였다. 그는 허공을 가르며 날아가 양준의 어깨를 붙잡은 뒤 진기를 써서 힘껏 끌어당겼다. 어깨에서 거대한 힘을 느낀 양준은 원승이 쓸데없이 방해한다고 투덜거리려 했다. 그런데 바로 다음 순간, 눈앞이 어른어른하더니 바로 앞에 펼쳐진 깊고도 깊은 못이 시야에 들어왔다.

그랬다. 당당한 용기내위 수장의 지금 모습은 몹시 우스꽝스러웠다. 그는 상대를 공격하는 것이 아니라 아무것도 없는 바닥을 움켜쥐려 하고 있었다. 그보다 더 괴상한 것은, 그 순간 그의 발밑에 느닷없이 신비한 연못이 생겨났다는 사실이었다. 다행히 원승이 일찍 알아차리고 위기일발의 순간 그를 낚아채올 수 있었다. 그렇다 해도, 양준의 두 발과 바지춤은 축축이 젖어 꼴이 몹시 낭패스러웠다. 원승은 비록 양준 같은 성품을 경멸했지만, 아무래도 함께 온 사이라 그가 창피당하는 것은 원치 않았다.

그렇지만 나서는 순간 원승 역시 그 속에 빠지고 말았다. 이내 주위에서 온갖 기운이 미친 듯이 덮쳐와 그의 눈 코 입과 정신을 공격해 온몸의 기혈을 뒤집어놓았다. 눈에 보이는 것, 귀에 들리는 것이 죄다 괴상하게 일그러지고 바뀌었다. 발밑은 연못이었다가 괴석이었다가 깊은 낭떠러지가 되기도 했고, 귓가에는 세찬 바람 소리가 쌩쌩 들려오는 등 별의별 신기한 상황이 펼쳐졌다.

원승은 재빨리 정신을 집중했다. 사방을 둘러보니 능연오악 중 네 사람이 각기 전각의 네 곳을 점거하고 첫째인 청악산인은 그 가운데 조용히 서서 어렴풋이 진법을 이루고 있었다.

"건곤오악진법이군요. 실례하겠습니다!"

원승은 재빨리 포원수일(도가의 토납 자세 중 하나)했다. 진을 이끄는 청악산인은 혼란해하지 않고 불변으로써 변화에 대응하는 원승을 보자 저도 모르게 고개를 끄덕이며 미소를 지었다.

"원 장군은 과연 영허문의 뛰어난 제자답구려. 한 수 배웠소이다."

그녀가 손짓하자 나머지 네 사람은 곧 진법을 거뒀다.

양준도 마침내 정신을 차리고 소리소리 질렀다.

"반역이다, 반역이야! 저 도사들이 모반을 하는구나!"

"양 장군, 서두르지 마시오." 원승이 담담하게 말했다. "신비 부적 사건은 다섯 분과는 무관하오."

"원 형, 그게 무슨 말이오?"

"신룡전 사건 당시 저분들은 그 자리에 계시지도 않았소. 백호석 사건 때에도 저분들의 종적은 없었소. 함부로 사람을 해쳐서는 안 되오."

"원 형, 누가 뭐래도 저들에게 혐의가 있으니 일단 잡고 봅시다!"

양준은 연신 원승에게 눈짓하면서 속으로는 그의 멍청함을 원망했다. 당장 이성이 사건을 추궁하는 판국이니 그 압박은 산처럼 무거웠다. 일찌감치 혐의 있는 자들을 붙잡아 보고하는 것이 최선인데, 마침 능연오악이 공공연히 대항하니 핑계 삼기에 딱 좋았다.

"이성께서는 우리 퇴마사가 신비 부적 사건을 총괄하라고 분명히 밝히셨으니, 부디 양 장군은 끼어들지 마시오."

양준은 말문이 막혔다. 하지만 조금 전에 원승의 도움을 받았고, 어차피 퇴마사를 방패막이로 삼을 생각이어서 차마 펄펄 뛰지는 못하고 냉소만 지었다.

"뭐, 원 형이 사건 처리를 맡았으니 당연히 결정권이 있소."

"산인께 여쭙니다." 원승은 다시 청악산인을 마주 봤다. "귀 관의 오악진형도 부적은 평소 어느 곳에 두며, 누가 접근할 수 있습니까?"

청악산인은 한숨을 쉬었다.

"삼청관의 주 전각 신상 앞에 있소. 그곳을 찾아 경의를 표하는 비빈과 궁녀, 내시 모두 쉽게 손에 넣을 수 있소."

"좋습니다!" 원승은 나지막이 탄식했다. "외람되지만 한 가지 더

여쭙겠습니다. 산인들께서는 삼청전에 속해 계시는데 어째서 능연각의 이름을 따셨는지요?"

"빈도들이 비록 삼청전에서 도를 닦고 있으나, 도가의 최고신 삼청의 명의를 써서 '삼청오악'이라 칭하기에는 아무래도 분수에 넘치지 않겠소."

청악산인은 담담하게 웃음 지었다.

"기실 원 조사께서 본 문에 내리신 밀명이 있소. 본 문 제자들은 능연각과 막대한 인연이 있으니 매달 열닷새에 능연각에 올라 선현을 위해 복을 빌라는 명이었소."

"선현을 위해 복을 빈다고요?"

원승은 고개를 돌리고 창문 밖으로 웅장한 능연각을 내다봤다.

"소생이 능연각의 대명을 우러른 지 오래라, 한번 올라 구경하고 싶은데 가능하겠습니까?"

"용서하시오, 원 장군. 이성의 명령 없이는 누구도 능연각에 오를 수 없소."

청악산인이 딱 잘라 말했다.

"괜찮습니다. 여러 도장의 수행을 방해해 송구합니다. 이만 물러가겠습니다."

원승도 기분 상해하지 않고 도가의 규칙에 따라 돈수를 올린 뒤 돌아서서 나갔다. 원승이 헛걸음하고 물러가자 양준은 얼굴 가득 경멸을 띠고 속으로 비웃었다. 막 전각문을 넘어선 원승이 그를 돌아보며 말했다.

"양 장군께 또 수고를 끼치게 되어 미안하지만, 이대로 상식국에 다녀옵시다."

그제야 육 씨 성을 쓰는 '사촌 아우'를 떠올린 양준이 저도 모르게 얼굴을 굳혔다.

황실 규칙에 따르면 낯선 이를 황제와 후비의 식사를 전담하는 사선사에 꽂아 넣기란 몹시 번거로운 일이었다. 다행히 퇴마사가 사건 해결이라는 중임을 맡으라는 황제의 어명이 있었고, 또 양준이 가운데서 중재하자 정육품 사선인 제부는 감히 양준의 눈 밖에 날 일을 하지 못했다. 이렇게 해서 평생 부엌에 들어가본 적이라곤 없는 육 검객 어르신은 영광스럽게도 대당나라 황실 주방 요리사가 됐다.

제부가 걱정스런 얼굴로 '사촌 아우' 육충을 데리고 사선사로 들어가는 것을 보자 양준의 얼굴에 음침한 냉소 한 줄기가 스쳐갔다. 그는 고개를 돌려 막 달려온 설 전선을 보며 말했다.

"저 육충이라는 자를 단단히 지켜봐라. 저들이 아무것도 손에 넣지 못하게 해야 한다."

다소 거무스름한 설 전선의 통통한 얼굴 위로 붉은 광채가 한 겹 어렸다. 그는 묵묵히 고개를 끄덕였다. 양준은 음산한 목소리로 말했다.

"네게도 기회다. 알겠느냐?"

설 전선은 여느 때 같은 얼굴로 이렇게만 대답했다.

"양 장군의 명령을 삼가 따르겠습니다."

하지만 양준은 냉소를 쳤다.

"최근에 진 태의와 가깝게 지내는 것 같더군? 그자에게 붙는다 해서 내게서 빠져나갈 수 있을 것 같으냐?"

설 전선은 고개를 숙였다.

"소인이 어찌 감히 그런 생각을 하겠습니까! 진 태의도 먹고 마시고 요리하는 것을 좋아하는지라 소인을 마음에 들어 하기에 종종 그런 이야기를 나눴을 뿐입니다. 진 태의는 버섯 요리에 가장 뛰어난데, 버섯이란 지극히 신선하고 맛이 있으며 육류와 같은 성질은 없으나 육류 모양을 띤다는 말을 입버릇처럼 하지요. 그 말이 소인 마음에 쏙 들더군요. 실제로 각종 버섯은 하나하나 독특한 산천초목의 영기를 지니는데……."

"그만!" 양준은 짜증스럽게 이 초절정 황실 요리사의 요리론을 중단했다. "진청류를 만나도 좋다. 단, 만나는 김에 그자도 지켜봐라."

원승은 황명을 받아 예의와 가까이 지낸 궁녀들을 세세히 심문하는 한편, 청영에게는 비밀리에 명해 예의의 침실을 수색하게 했다. 예의는 위 황후의 사대 수행 시녀 중 한 명으로 자못 재기가 뛰어났다. 성품이 도도한 까닭에 가장 친한 벗이라는 궁녀도 그녀를 가까이하기 어려운 상대로 느꼈다. 그녀가 속으로 정말 무슨 생각을 하는지는 영원히 누구도 알지 못했다.

소상하게 심문을 끝낸 뒤 원승이 단각으로 돌아왔을 때는 이미 오시에 가까웠다. 막 대문 앞에 이른 그는 움찔했다. 문지방 앞에 조그만 동전 꿰미가 떨어져 있고, 그 아래 돌돌 말린 삼종이가 깔려 있었다. 원승이 말린 종이를 주워 펼쳐보니 전과 같은 여덟 글자가 쓰여 있었다.

호랑이 굴, 속히 탈출.

좌우를 돌아보니 이번에는 숫제 사람 그림자조차 없었다. 그자는 미리 이곳을 찾아 몰래 종이를 던져놓은 것이 분명했다. 원승은 고개를 저었다. 이 태극궁 안은 실로 수수께끼투성이였다.

예를 들면, 이 삼종이를 던진 사람도 적인지 벗인지 알 수 없고 그 진의를 파악하기도 어려웠다. 원승은 단각으로 돌아올 때마다 참지 못하고 석진 앞을 둘러봤다. 이번에도 '삼종이 수수께끼'는 잠시 제쳐두고, 후원의 가산 앞으로 돌아가 집중해서 살폈는데 곧 이상이 발견됐다. 누군가 석진에 손을 댄 흔적이 있고 신비한 발자국도 또 생겨났다.

원승은 심장이 철렁했다. 오악진형도 괴사건이 잇달아 일어나 바쁜 와중이지만, 단각 뒤쪽의 석진도 태종 황제의 죽음이라는 대당나라의 궁극적인 비밀과 연루되어 있으니 깊이 파헤쳐봐야 했다.

땅바닥의 발자국은 무질서하고 어지러워, 침입자가 한참 배회했음을 알 수 있었다. 침입자는 정신적으로 당황해 있었다. 제법 많은 발자국이 각기 보폭을 달리했기 때문이다. 또 심리적으로는 초조해했다. 곳곳에 발자국이 깊이 찍힌 것을 보면 초조한 마음에 힘줘 발을 디딘 것이 분명했다. 법진을 이루는 바위를 움직이기도 했지만, 확실히 원승이 펼친 법진을 깨뜨리지는 못했다.

침입자는 대체 누구일까? 대체 무엇을 찾고 있을까?

"원 대장군, 원 대장군 어디 계세요?"

낭랑한 부름 소리가 그를 깊은 생각에서 끌어냈다. 안락공주가 또 단각에 행차했다가, 사방을 둘러봐도 그를 찾지 못하자 사람을 시켜 불러대고 있었다. 원승은 황급히 몸을 돌리고 법진에서 나가 안락공주를 만났다.

태극궁 안에 잇달아 괴사건이 터졌다는 말에 안락공주도 근심이 깊었다. 아무래도 여인의 생각이란 남자와는 달랐다. 그녀는 직감적으로 궁 안에서 일어나는 괴사건이 단각 후원의 괴상한 석진, 즉 태종이 급서한 일과 관련이 있으리라 여겼다. 평생 해내지 못한 일이 없다 자부하는 이 대당나라 제일 미녀는 제 집안인 황실의 비밀을 파헤치는 신비한 임무를 발견하자 자연히 호기심이 왕성해져, 지칠 줄 모르고 또다시 온갖 사료를 모아왔다.

방 안으로 돌아온 원승은 촛불을 켜고 한참 동안 사료를 유심히 들여다본 다음 비로소 가만히 탄식했다.

"지난날 그 천축의 방사 사파매는 저뢰나 같은 신기하고 괴상한 약초를 요구했고, 태종께서는 국력을 쏟아부어 약초를 찾게 하셨군요. 그 후 그자는 일 년이라는 오랜 세월 동안 단약을 제련했고요. 하지만 태종 황제께서는 그 약을 복용한 뒤 고작 두 달 후에 급서하셨습니다. 그 후의 일은 공주께서도 알고 계시지요. 상식대로라면 그자는 극형에 처해야 마땅하나 고종 황제께서는 부친의 존엄을 위해 치죄하지 않으셨습니다."

안락이 분한 듯 코웃음을 쳤다.

"그래서 군주 시해라는 대죄를 지은 그 이국의 방사는 추궁당하지 않고 풀려나 본국으로 돌아갔고, 더욱이 천수를 누렸어요. 여기 이《당경감》에서 그렇게 주장하고 있어요."

"그 사파매가 무슨 수를 썼기에 신무하고 영명하신 태종 황제가 신처럼 떠받들고 무슨 말이든 믿게 되셨을까요?"

"그게 무슨……."

안락공주는 알 듯 말 듯한 표정이었다.

"이 사료에 적힌 말을 다시 보십시오. 예를 들어 정관 5년에 태종께서는 도참을 힘써 꾸짖으시며 '이는 실로 근거 없는 일'이라 하셨습니다. 이로 보아 한창때의 태종께서는 장생술을 낮잡아보신 것이지요. 그런데 그 후에 틀림없이 어떤 변고를 당하셨을 겁니다. 그 변고는 세간의 힘으로는 설명할 수 없었을 가능성이 크고, 그것이 쇠처럼 굳센 마음을 가지신 태종 황제를 황황한 사람으로 바꿔놓아 부득불 귀신의 힘에 기대게 하고 호승을 깊이 믿게 만든 것입니다."

원승은 그렇게 말하며 고개를 저었다.

"애석하군요. 공자께서는 괴력난신을 입에 담지 않으셨다 하니, 사관이 있는 사실을 쓴다 한들 이처럼 설명할 수 없는 신비하고 괴이한 일에는 소홀했겠지요. 그런 일들은 기껏해야 야사에나 기록됐습니다."

'야사' 이야기가 나오자 그의 뇌리에 번뜩이는 것이 있었다.

"굴돌전의 《선일록》!"

안락도 두 눈을 빛냈다.

"그것이로군요? 태종 황제께서 밤중에 천마의 울음을 듣고 원혼이 찾아와 잠을 이루지 못했는데, 울지공과 진경이 자청해 문을 지키자 평안해졌다는?"

그렇게 말하면서 그녀는 손놀림도 빠르게 잔뜩 쌓인 서적 속에서 《선일록》을 찾아 원승 앞에 내밀었다.

원승은 책자를 받아 서둘러 넘겨봤다. 이미 본 단락이라 이번에는 한눈에 열 줄씩 읽었고 이어서 그 속에 적힌 다른 괴이한 사건들도 빠르게 훑었다. 보면 볼수록 그의 안색은 어두워졌다. 한참이 지난 뒤에야 그가 책을 덮으며 무겁게 말했다.

"책 이름이 《선일록》이라더니 과연, 뜬소문이 아니라 세상에 전해지지 않은 '일'화를 '선'전하는 내용이군요. 보십시오. 태종께서 천리마가 죽자 마부에게 화풀이하시다 장손 황후의 충고를 들은 일화와 고조의 열한 번째 아들 한왕 이원가가 신동이라는 일화, 또 이부상서 당검이 바둑에서 태종께 이겼다가 피살될 뻔했는데 강직한 울지공이 구해냈다는 일화가 담겨 있습니다. 이 수많은 일화는 태종의 사적에 관한 것이 많으며 나아가 다른 사료에도 기재되어 있으니 신뢰도가 낮지 않습니다. 도리어 태종께서 천마의 울음을 들었다는 항목이 가장 특이하군요. 다른 사료에서는 볼 수 없는 기록이니……."

안락이 무겁게 말했다.

"하지만 장안 거리에는 여러 소문이 떠돌고 있어요. 울지공과 진경이 수문신으로 봉해졌다는 이야기도 신비하게 퍼져 있다고요."

"사실 가장 중요한 것은 이곳, 원천강에게 법술을 행해 귀신이 미치는 재앙을 제거하라고 명했다는 부분입니다. 그 일에 제일 국사 원천강마저 움직였다면 태종 황제께서는 결코 잠자리가 불안하다는 둥 흔한 울렁증을 앓은 것이 아님을 알 수 있습니다."

안락은 놀란 목소리로 말했다.

"당신이 추측한 대로군요. 당신 말대로, 이게 바로 태종 황제께서 겪은 설명할 길 없는 괴이한 사건이 아니겠어요?"

원승도 두 눈에 환하게 빛을 발하며 고개를 끄덕였다.

"또 있습니다. 울지공과 진경의 화상으로 문을 지켰다는 일화가 있는데, 두 사람의 화상이 어디에 있는지 아무도 본 적이 없습니다.

하지만 단 한 곳, 실제로 두 사람의 화상이 존재하는 곳이 있지요."

안락공주의 맑은 눈이 반짝였다.

"그러니까…… 능연각 말이군요?"

태종 황제 이세민은 등극 후 힘써 나라를 다스리고 정관의 치를 열었으나 중년 이후 차차 기력이 약해지자 지난날을 추억하기를 즐겨, 황궁 태극궁 안에 능연각을 지어 당시 '화성(畵聖)'이라 불리던 염입본이 그린 스물네 공신의 화상을 모시게 했다. 이세민은 종종 누각에 올라 화상을 보며 아끼고 믿었던 신하들을 추억했다.

이 일은 이미 천하에 널리 미담으로 전해졌다. 세인들은 능연각에 오르는 것을 신하로서 가장 큰 영광으로 여겼고, 후세의 시인 이하는 '임이여 잠시 능연각에 오르시오. 그 어느 서생이 만호후가 되었는지'(〈남원십삼수·그 다섯 번째〉의 한 구절)라는 길이길이 전해지는 명구를 써내기도 했다.

전하는 말에 따르면, 스물네 명 공신의 화상은 진짜 사람만 하며 북쪽을 향해 세워졌다고 했다. 그중에는 자연히 악국공 울지공과 호국공 진경의 화상도 있었다.

원승은 고개를 끄덕이며 말했다.

"그러니 과아께서 다시 한 번 자료를 조사해주십시오. 태종 황제께서 능연각에 오르신 시간을 상세히 알고 싶습니다. 음, 그리고 왕현책이 올렸던 승전보도……."

"네! 과아가 명을 받듭니다!"

원승은 살짝 당황했다. 방금 온통 사건 생각만 하느라 얼떨결에 그녀의 방명을 부르고 말았다. 뜻밖에도 안락공주는 아름다운 웃음을 지으며 자연스럽게 대답했다.

저녁 햇살의 잔광 속에 그녀의 고운 보조개는 영롱한 달처럼 밝고, 그녀의 두 눈동자는 가을 물처럼 맑았다. 그는 조용히 그녀를 바라봤다. 문득, 마음이 설렜다. 그녀가 이처럼 수고를 아끼지 않고 자료를 조사하는 것은 진정 육십 년 전 대당나라 황실의 비밀을 파헤치고 싶어서일까, 아니면…… 그와 함께 있고 싶어서일까?

이 생각은 일단 튀어나오기 무섭게 봄날 들풀처럼 쑥쑥 자라나 그의 마음을 삼 가닥처럼 어지러이 헤집어놓았다. 공교롭게도 두 사람이 마주 보는 동안, 그녀는 추호도 시선을 피하지 않았다. 게다가 그가 넋 놓고 자신을 응시하자 안락공주는 점점 더 뜨겁게 눈동자를 불태우며 숫제 앞으로 한 발짝 사뿐 내딛기까지 했다.

원승은 황급히 고개를 돌리고 필사적으로 정신을 가다듬었다. 하지만 짧은 순간 천 번 만 번 뒤엉켰던 심사를 풀어내고 갈피를 잡기가 너무도 어려워서, 그저 울적하게 한숨 쉬며 이렇게 말할 수밖에 없었다.

"지금은 저도 아직 헤아릴 수 없는 부분이 많습니다. 만약 제가 옳게 추측했다면 천하를 놀라게 할 수도 있는 일이니, 바깥에는 알리지 말아주십시오."

"천하를 놀라게 한다고요?"

안락은 누가 봐도 그의 말을 새겨듣지 않는 것처럼 도리어 생긋 웃었다.

원승은 무슨 말을 해야 좋을지 몰라 화제를 돌렸다.

"쓸데없는 이야기를 들었습니다만, 양준 장군과 진 태의는 다소 사이가 좋지 않은 것 같더군요."

안락이 웃으며 말했다.

"사이가 나쁜 게 당연해요. 그뿐이겠어요, 아예 철천지원수죠."

"철천지원수라니요?" 원승은 어리둥절했다. "같은 일에 종사하면 원수라는 말이 있긴 하지만, 두 사람 중 한 사람은 호위고, 다른 한 명은 의원인데 어쩌다 원수가 된 겁니까?"

"그건 말이에요."

안락의 고운 뺨 위로 살포시 홍조가 어렸다. 그녀는 소리를 죽여 말했다.

"두 사람 다 모후를 위해 일하고 있어서예요. 아, 당신도 알 거예요. 두 사람은 용맹하거나 멋스럽고, 모후께서도 자태가 여전하시잖아요. 아무래도 아름다운 성후 앞에서 비위를 맞추고 싶기 마련이죠."

꽤 대담한 말이었다. 그 말을 들은 원승은 화들짝 놀랐지만, 곰곰이 생각해보면 그래도 약간 에둘러 말한 셈이라 저도 모르게 쓴웃음을 지으며 말했다.

"그랬군요. 그런 말씀은 제게 하시면 안 됩니다."

"누가 물으래요? 당신이 물으면 나는 뭐든 알려줄 거예요."

그녀는 그윽하게 그를 바라보다가 그의 백옥 같은 얼굴이 빨개지자 그제야 '풋' 하고 웃음을 터뜨렸다.

"알려주면 어때요. 당신이 감히 바깥에서 함부로 혀를 놀리기야 하겠어요?"

그제야 원승도 위 황후가 궁궐에서 음란한 일을 한다는 소문이 일찍이 항간에 떠돌고 있다는 사실을 떠올렸다. 소문에는, 위 황후의 첫 번째 정인은 바로 피살된 안락공주의 부마 무숭훈의 아버지이자 당년 무씨파의 수장이던 무삼사라고 했다. 당시 무삼사는 자주 내정에 출입했고, 심지어 황제 이현 앞에서 위 황후와 시시덕거리기도 했다. 하지만 훗날 태자 이중준이 정변을 일으켰을 때 무삼사와 무숭훈 부자 모두 난군 속에 목숨을 잃었다. 혼란한 대당나라 황실이여!

침묵이 찾아들 즈음 문밖에서 다급한 발소리가 들리더니 육충이 청영과 대기를 데리고 급히 들어왔다. 문안으로 들어서자마자 마주 보고 가만히 서 있는 안락공주와 원승을 발견한 세 사람은 저도 모르게 움찔했다. 눈치 빠른 청영이 먼저 허리를 숙이고 미소를 띠며 말했다.

"공주 전하께 인사 올립니다."

그녀는 지난번 종상부의 대소란 때 안락공주를 한번 본 적이 있었다. 다행히 그때는 저녁나절이었고 약간 역용을 했기에 안락공주는 그녀를 알아보지 못했다. 안락은 청영과 육충에게 고개를 끄덕여 보이고는, 고운 눈으로 페르시아 여인을 훑어보며 가볍게 말을 건넸다.

"네가 대기로구나? 음, 과연 색다른 아름다움을 지녔군."

대기는 당황해하다가 불쑥 말했다.

"공주 전하, 전하께서도 역시 아름다우시군요. 저보다 훨씬 더 아름다우세요!"

안락은 어리둥절하다가 저도 모르게 웃음을 터뜨렸다. 아름답다는 칭찬을 수없이 들었지만, 대기같이 이렇게 솔직하고 이렇게 사랑스럽게 말한 사람은 여태 없었다. 그녀는 곧 희미하게 한숨을 내쉬었다.

"너는 원 장군 곁에 있으니 이분을 잘 돌봐드려라."

대기는 까닭 모르게 얼굴을 붉혔지만 고집스럽게 안락을 응시하며 또랑또랑하게 대답했다.

"반드시 공주 전하의 명대로 하겠어요."

육충은 대기와 안락 사이에 미묘한 분위기가 흐르는 것을 감지하고 원승에게 눈짓했다. 원승은 못 본 척하는 수밖에 없었다. 청영도 이상을 감지하고 황급히 웃으며 나섰다.

"원 장군께 보고드립니다. 분부하신 대로 신룡전과 백호석 두 사건 현장에 있던 이들을 상세히 조사했습니다."

원승은 그제야 안도의 숨을 내쉬었다.

"우선 들려주시오."

"저는 두 사건에서 가장 괴이한 부분은 그 신비한 부적이 어떻게 신룡전 용 기둥 위에 나타났는가 하는 점이라 여겼습니다. 당시 이성 외에 그곳에 있던 사람은 열일곱 명으로, 궁녀가 열 명, 내시가 네 명, 시위가 세 명이었습니다."

원승이 무겁게 말했다.

"당시 성후의 상태가 평소답지 않아 장내가 몹시 혼란스러웠소. 이성을 제외하면 누구든 부적을 놓아둘 수 있었소!"

청영은 고개를 끄덕였다.

"저도 그리 생각해서 그들을 하나하나 꼼꼼히 조사했는데, 대부분 입궁한 지 수년 된 궁녀와 내시였으나 시위 중 한 사람만 올해 갓 금군에 들어왔다가 공교롭게도 용기내위에 편입된 자임을 발견했습니다. 반드시 다시 심문해야……."

안락공주는 이들이 구구절절 상황을 설명하며 꼼꼼하게 사건을 분석하자 몹시 무료했다. 게다가 지금은 비상 상황이라 원승을 방해하고 싶지도 않아서, 모후를 뵈러 가야겠다며 산뜻하게 돌아서서 나갔다. 사람들은 단각에서 나가는 그녀를 배웅했다.

그제야 청영은 조심스럽게 폭이 좁은 종이 두 장을 꺼내 원승에게 건네며 소리 죽여 말했다.

"방금 예의의 방을 뒤져 찾은 겁니다."

종이는 고급품이며 향기가 났고, 윗면에는 연시 한 수가 쓰여 있었다.

심방(尋芳, 꽃을 찾아감)하여 보노라, 갓 핀 꽃 속의 화예(花蕊, 꽃술)
금장(錦帳, 비단 휘장) 속 상사몽은 하노라, 의의(依依, 어렴풋함)
붉은빛 하나가 깨뜨린 꽃발 가득한 봄
하늘 끝은 이로부터 아노라, 두 마음.

아주 빼어난 솜씨는 아니지만 교묘하게 예의의 이름자를 끼워 넣은 것으로 보아 꽤 신경 쓴 시였다.

"의미를 숨긴 시인가?"

원승이 생각에 잠긴 목소리로 말했다. 그는 이미 시의 앞 두 구절 마지막에 '예의'라는 이름자가 들어 있음을 알아차렸다.

"심금은 양준의 자입니다!"

청영이 말하자 원승은 즉시 눈을 찌푸렸다. 이 연시 앞 두 구절 첫 글자는 각각 '심' 자와 '금' 자, 마지막 글자는 각각 '예' 자와 '의' 자가 들어 있으니, 과연 각별히 신경 쓴 시였다.

육충이 얄따란 종이 두 장을 팔랑팔랑 흔들며 말했다.

"이건 궁궐 안 용기내위 비밀 전각에서 찾아낸 양준의 필체야.

아주 딱 맞아떨어지지."

"양준!" 대기가 코웃음을 쳤다. "세상에, 용기내위의 수장이 예의와 사사로이 정을 통했을 줄이야. 간덩이가 부은 놈이네요!"

원승은 여전히 태연자약했다.

"그렇다고 해도 설마 양준이 예의에게 독수를 썼을까?"

청영이 대답했다.

"당연히 다양한 해석을 할 수 있습니다. 누가 뭐라든 예의는 성후 곁에서 시중드는 사대 시녀 중 한 사람이니, 혹 양준이 뭔가를 시도했다가 실패하자 죽여 증거를 없애려던 것은 아닐까요?"

원승은 고개를 저었다.

"이 시는 어디에 있었소? 소중히 보관되어 있었소, 아니면 대충 쑤셔 넣어뒀소?"

대기가 그를 흘낏 보더니 소리 죽여 말했다.

"좋은 질문이에요. 이 종이는 금박 장식을 한 단향목 장신구 함 비밀 공간에 들어 있었어요."

"그리고 종이 한쪽을 오랫동안 만지작거린 흔적이 있군. 또 '붉은빛 하나가 깨뜨린 꽃밭 가득한 봄'이라는 구절을 보면, 양준이 뭔가를 도모하다 실패한 것은 분명 아니오."

원승은 서해지에서 본 양준의 비통한 표정을 떠올리고, 그가 어째서 그렇게 상심했는지 마침내 깨달았다.

청영은 움찔했다.

"이대로 성인께 보고해야 할까요?"

"아직 한참 멀었소!"

황궁 안의 복잡하게 얽힌 관계를 잘 아는 원승은 무턱대고 사달을 일으킬 이유가 없었다.

"양준이 예의와 사적인 관계가 있다는 이유만으로 그가 예의를 죽이고 비밀 부적을 썼다고 주장할 수 있겠소?"

대기가 불쑥 말했다.

"당신네 중원의 도가 일은 나는 잘 몰라요. 하지만 내가 가장 이상하게 생각하는 것은 어째서 매번 저 오악진형도가 나타났느냐는 거예요."

육충이 손을 비비며 말했다.

"당신뿐만 아니라 본 검객께서도 모르겠소. 설마 진짜 흉수가 도사인가?"

"옳은 말일세. 오악진형도는 두 괴사건에서 무엇을 의미할까?"

되묻던 원승이 갑자기 말했다.

"우리 도가에서 오악진형도와 가장 관계 있는 것이 무슨 신이오?"

잠시 생각해본 청영이 낭랑하게 대답했다.

"오악진형도의 기원은 아주 머나먼 옛날이지요. 태상도군이 '하관육합'에서 만들었다는 말도 있고, 한나라 동박삭의 주장대로라면 황제가 만들었다고도 합니다. 제후를 정벌하고 치우를 사로잡은 뒤로 제후가 황제를 천자로 떠받들게 되자, 황제가 친히 오악을 찾아 그 산 모양을 본뜨고 이를 이어서 오악도를 만들었다는 말이지요. 그래서 후세의 도가 제자들은 그 그림이 오래전 황제 시대로 거슬러 올라간다고 생각하고 있습니다."

"그렇소, 황제!"

원승의 눈빛이 환하게 빛났다.

"청영이 한 이야기는 동박삭이 쓴《오악진형도서》에 나와 있소.

그 글에는 황제와 긴밀한 관계가 있는 또 다른 신이 등장하는데, 모두 알 거요."

"치우!"

육충이 외쳤다.

"맞았네. 황제와 치우는 탁록 들판에서 큰 싸움을 치렀는데, 싸움에서 진 적이 없는 치우는 누차 황제를 패퇴시켰네. 심지어 세간에는 '황제는 치우와 아홉 번 싸워 이긴 적이 없다'는 말까지 전해졌지. 그렇기에 전쟁에 능한 치우는 차츰차츰 병주전신(兵主戰神)이 됐네. 더욱이 진시황은 치우를 여덟 신 가운데 전신으로 모셨고, 후세의 제왕들도 출정하기 전에 치우에게 제를 올리게 됐지."

"맞아! 나중에 일부 도가 문파에서 치우를 진마천존으로 떠받들고, 꽤 많은 문파에 치우진마결이 전해졌어."

무슨 까닭인지 육충의 목소리가 떨리기 시작했다.

"그 돌궐 무사가 죽기 전에 피로 쓴 부적 기억하지?"

사람들은 도무지 이해할 수 없는 기묘한 느낌에 사로잡혔다. 장안성에서 잇달아 벌어진 괴살인 사건이, 설마 황궁 안에서 일어나는 신비 부적 사건과 무슨 관계가 있는 것일까?

"우연 아닐까?"

청영은 한숨을 내쉬었다.

"어쨌거나 그 부적을 제외하면, 치우와의 연관성은 모두 우리가 근거 없이 추측해낸 것뿐이잖아."

원승은 설레설레 고개를 저었다. 모두 각자의 생각에 잠긴 탓에 방 안이 조용해졌다. 침묵 끝에 육충이 한숨 쉬며 말했다.

"황궁 안에서 사건을 조사하는 건 아주 위험하고 골치 아프군.

지난번 괴뢰고 사건 때 임치왕의 행방을 찾는 것보다 훨씬 심해."

원승도 다소 씁쓸하게 탄식했다.

"청류 형의 말이 옳았네. 속히 이 일에서 몸을 빼야 하네. 이 사건은 황실의 기밀과 지대한 관계가 있는 것 같네. 처리에 일말의 실수라도 있으면 모두가 위험에 깊이 빠져들 걸세."

별안간 청영이 육충을 향해 말했다.

"잠깐, 궁궐 안의 신비 부적 사건은 위 황후에게서 시작됐잖아. 그렇다면 누가 위 황후에게 손을 썼을까? 설마…… 태평공주?"

육충은 코를 만지작거리며 고개를 저었다.

"태평 그 할망구는 심사가 깊고 독해. 하지만 우리가 들은 소식에 따르면 이렇게 일찍 위 황후에게 손쓸 리 없어."

원승이 번쩍 고개를 들고 씩씩하게 말했다.

"안심하시오. 우리는 반드시 무사히 출궁할 수 있을 테니. 시간이 늦었으니 두 낭자께서는 가서 잠시 쉬시오."

원승의 솜씨를 익히 아는 이들은, 퇴마사 수장인 그가 평소처럼 의연한 모습을 보이자 마음이 편해졌다. 청영이 대기를 잡아끌고 먼저 대청에서 나갔다. 대기는 몇 발짝 청영을 따르다가 갑자기 원승을 돌아보며 말했다.

"안락공주가 또 성혼한대요."

원승이 고개를 끄덕였다.

"나도 아오. 상원절이 지난 다음 정월 열엿새라고 들었소."

"맞아요. 또 다른 사람의 신부가 될 사람이 왜 자꾸 당신을 찾아오죠?"

페르시아 여인의 반짝이는 눈동자가 그를 깊이 응시했다. 원승은 저도 모르게 당황했다. 무슨 말이든 하고 싶었지만, 대기는 이미 몸을 돌려 잰걸음으로 청영을 따라 나가고 있었다. 곱다란 뒷모습이 보랏빛을 띠는 연한 대나무처럼 짙디짙은 밤빛 속으로 빠르게 스며들었다.

대청 안에 있던 육충이 갑자기 한숨을 푹 쉬었다.

"청영에게 들었는데, 그동안 저 낭자께서는 안락공주 성혼 소식을 듣고 몹시 기뻐했대. 걸핏하면 아무 이유도 없이 웃곤 했다나."

원승은 불현듯 씁쓸한 마음이 일어 무슨 말을 해야 할지 몰랐다.

5장

……

신마 치우

달빛은 비스듬히 기운 송백 가지로 체를 친 듯 땅바닥에 부스러졌다. 그 모습이 마치 외로이 떠도는 혼백 같았다. 최근 양준은 심기가 불편했다. 외롭고 처량한 달빛을 걸친 정원에 홀로 선 그 역시 떠도는 혼백 같았다.

"원 형, 이 늦은 시간에 찾아오다니 무슨 가르침이라도?"

원승이 등을 들고 달빛을 지르밟으며 유유히 다가왔다.

"양 장군, 혹시 이 황궁에 치우상을 모시는 곳이 어딘지 아시오?"

"치우?" 양준은 짜증스럽게 고개를 저었다. "없소!"

"혹시 치우상과 관련된 물건은?"

"치우는 상고시대의 흉신이라 할 수 있고 황궁 안은 길한 것을 중시하는데 어찌 치우와 얽힌…… 아, 생각났소."

양준의 눈빛이 밝게 빛났다.

"삼청전 안이오. 당신도 그곳을 보지 않았소?"

원승은 고개를 끄덕였다.

"능연오악은 편전 난각 안에서 우리를 접대했소. 그날 나오면서 급히 훑어보니 편전 옆 후원에 작은 비석이 하나 있고 그 위에 '치우'라고 적혀 있던데, 잠깐 본 터라 그 뜻을 확실히 알 수가 없소."

양준이 코웃음 치며 말했다.

"그럼 함께 가서 봅시다. 그 늙은 도사들은 밤이면 늘 삼청전 옆 능연각에서 도를 닦으니, 지금은 잔소리하는 사람이 없을 거요. 하지만 이것만은 미리 말해두겠소. 그곳은 대대로 정해진 궁궐의 금지구역이니 살펴보기만 하고 함부로 굴지는 마시오."

두 사람은 달빛을 밟으며 나란히 걸었다. 갑자기 원승이 입을 열었다.

"예의 말이오, 장군도 잘 아는 사람 아니오? 성후의 사대 시녀 중 한 명이니 당연히 자주 마주쳤을 테고……."

"무슨 말을 하고 싶은 거요?"

양준의 목소리가 약간 쉬었다.

"양 장군께서 무척 상심한 것 같아서 하는 말이오."

원승이 한숨을 지었다.

"양 장군이 궁궐의 안전을 총괄하느라 자주 내정을 출입하고 순시하신 것도 성인께서 최근에 안배하신 일 아니오?"

그는 진작 이상하게 여기고 있었다. 물론 후궁도 시위들이 밤낮 순찰 돌며 지킬 필요가 있지만 엄격한 교대제로 단속하고 있었다. 양준 같은 미남자가 공공연히 후궁에 묵으며 일하는 것은 실로 대담무쌍한 행위였다.

양준은 안색이 살짝 변했으나 사실대로 대답했다.

"이중준이 모반을 일으킨 뒤로 궁 안 수비가 강화됐소. 특히 지난번 임치군왕 이융기가 괴뢰고에 당한 일 때문에 이성께서 한층 불안해하시며 궁궐을 더욱 단단히 경호하라 하셨소. 나는 밤이 돼도 편히 잠드는 일이 거의 없소. 그래, 그건 왜 묻소?"

"양 장군이 밤에 편히 잠들지 못하는 것은 당연하오. 마음 써야 할 사람이 워낙 많으니…… 심방하여 본 갓 핀 꽃 속의 화예, 금장 속 상사몽은 의의! 궁궐의 한 재녀가 양 장군에게 농락당하고 버림받은 탓에 결국 사랑이 원한으로 변해 울적해하다가 미쳐버렸소. 이는 궁궐을 음란하게 한 중죄요."

"무, 무슨 허튼소리를 하는 거요?"

삽시간에 양준의 얼굴에 힘줄이 불룩 솟았다.

"또 있소. 양 장군은 용기의 수장으로서 수시로 사선사에 출입해 성인께서 드실 보양식에 수작을 부렸으니 이는 대역무도한 죄요."

"저, 정말 황당무계한 소리군!"

양준이 포효했다. 손가락 끝이 예리한 붉은 광채를 쏟아내며 번개같이 원승의 목덜미를 움켜쥐었다.

하지만 원승은 빙그레 웃으며 말했다.

"그 손가락을 죄면 날 죽여 입막음할 수 있겠구려?"

돌연 양준의 손이 부들부들 떨렸다. 다섯 손가락은 뜨거운 불덩이에 달군 쇠기둥처럼 붉은 광채를 토해내며 원승의 목덜미에 줄기줄기 화상 자국을 남겼다. 하지만 원승은 고개를 들고 먹처럼 새까만 하늘을 올려다보며 태연하게 말했다.

"그런다고 진정 모든 것을 깨끗이 없앨 수 있을 것 같소?"

"아니오, 정말 내가 아니오!"

양준은 큰 소리로 부르짖으며 화다닥 손을 놓았다. 붉은 광채가 번뜩이고 핏방울이 튀었다. 원승은 나무토막처럼 푹 쓰러졌다. 양준이 대경실색해 외쳤다.

"원승, 당신……."

"나 여기 있소."

원승은 아무 예고도 없이 그의 뒤에 나타나 손수건으로 목덜미를 살짝 닦았다. 불길에 그을렸던 곳에는 핏자국 하나 없었다.

"예의가 그런 최후를 맞아 나도 심히 마음이 아프오. 정말 내가 한 짓이 아니란 말이오!"

양준은 무거운 짐을 내려놓은 양 숨을 크게 헐떡였다.

"믿지 못하겠거든 성후께 보고하고 성후께서 나를 어찌 처분하시는지 보시오! 고작 당신이 읊은 시 몇 구절만으로 내 죄라고 판단할 수 있소? 가령 모사가가 내 필체를 흉내 냈거나 누군가 마음먹고 나를 비방한 것이라면 어쩌겠소? 성후께서 나를 믿으실지 당신을 믿으실지 어디 봅시다!"

그가 갑자기 흉악한 웃음을 터뜨렸다.

"내 감히 확신하지만, 원 장군, 정말 당신이 그렇게 하면 결단코 아무 이득도 보지 못할 거요!"

"알고 있소."

원승은 태연자약하게 그를 바라봤다.

"나도 성후께서 내 말을 믿지 않으실 것이고, 심지어 핑계를 찾아 나를 치죄하시리라 확신하오. 하지만 지금은 믿지 않을지언정 언젠가는 믿어주실 날이 올 것이오."

양준의 안색이 더욱 나빠졌다.

"원 형, 충고 한마디 하겠소. 나는 총애를 받는 사람이오!"

그의 두 눈에서 빛이 활활 타올랐다.

"지금은 단지 난관에 부닥친 것뿐이오. 당신이 나와 손잡고 내가 난관을 건너도록 도와준다면 훗날 부귀영화를 얻었을 때 절대로 잊지 않겠소."

궁지에 몰려 애걸하는 양준의 눈빛을 보며, 원승은 도리어 나지막이 한숨을 쉬었다. 궁궐에서 벌어지는 음란한 일에 관해서라면 그는 본래부터 깊이 간섭할 뜻이 없었다.

"그 모두가 모함이오. 원 형, 누가 나를 모함했는지 알고 있소!"

"누구요?"

"진청류요!" 양준은 씩씩거리며 손을 비벼댔다. "그놈은 줄곧 나를 시샘했고, 내가 성후께 총…… 신뢰를 받는 것을 질투하고 증오했소!"

촛불 아래 비친 옥같이 하얀 그의 준수한 얼굴이 간간이 분노를 담은 홍조를 떠올렸다. 그 홍조가 그를 더욱더 준수하고 매혹적으로 보이게 했으나, 원승은 순간순간 구역질이 났다. 원승은 문득 쓴웃음을 지으며 말했다.

"성후께서 시키는 일이면 무엇이든 할 것이오?"

양준은 엄숙하게 대답했다.

"기꺼이 성후를 위해 간뇌도지할 것이오!"

"신룡전에서 벌어진 일에 관해 양 장군은 달리 아는 것이 있는 모양이던데?"

원승이 한 자 한 자 힘줘 말했다.

"뭐?"

"성후의 용체에서 신비한 빛이 흘러나왔을 때, 신룡전에 있던 모든 이가 영문을 몰라 놀라워했지만 양 장군은 그리 놀라지 않아 보였소. 덕분에 당신이 연극에 능숙하지 않은 사람임을 알 수 있었지."

양준은 안색이 급변했으나 곧 온 힘을 다해 마음을 가라앉히고 무거운 소리로 말했다.

"그러면 또 어떻소? 설마 그 표정 하나 때문에 죄를 물을 거요?"

그때 그림자 하나가 번뜩이더니 육충이 귀신같이 나타나 웃으면서 말했다.

"아무렴, 양 장군 말씀이 옳아. 양 장군은 이 육충의 사촌 형님인데 용의자일 리 있겠어? 안심하시오, 양 장군. 아무도 이 육충의 사촌 형님을 건드리지 못하니까."

말을 마친 그가 넓적한 검을 느릿느릿 집어넣었다. 양준은 얼굴이 더욱 창백해진 채 속으로 중얼거렸다.

'이제 보니 육가 놈이 내내 숨어서 지켜보고 있었구나. 방금 내가 진짜로 공격하지 않아 다행이야.'

앞쪽에 뻗은 길고 긴 복도를 돌아가자 곧 삼청전 앞에 이르렀다. 때는 깊은 밤이어서 전각 안은 한층 더 고요했다. 세 사람은 곧장 맨 뒤쪽에 있는 원락으로 향했다.

"바로 저거요. 치우정이라는 우물!"

양준이 등을 쳐들고 앞에 보이는 평평한 원형 석판을 가리켰다.

"우물뿐이라고?"

원승이 몸을 숙여보니 원형 석판의 바깥 둘레는 족히 다섯 자는 됐고 두께도 한 자에 가까웠다. 그가 앞서 본 작은 비석은 고작 두 자 높이여서, '치우'라는 두 글자만 드러나고 맨 밑에 적힌 '정' 자는 시든 풀과 돌멩이에 가려져 있었다.

"이 태극궁 안에서 치우와 관계있는 곳이라면 여기뿐이오."

양준이 콧방귀를 뀌었다.

"왜 이 우물은 이렇게 큰 돌로 막았지?"

육충이 석판을 툭툭 두드리며 중얼거렸다.

"그야 모르지." 양준이 차갑게 대꾸했다. "궁궐에는 저 우물을 열지 말라는 오래된 엄명이 있다는 것만 알고 있소."

"치우…… 진마부!"

육충이 손바닥으로 석판에 수북이 쌓인 눈을 툭툭 털어내자, 등불 아래로 낯익고도 차디찬 부적이 모습을 드러냈다. 원승이 등불을 들어 사방을 둘러보니, 우물 앞에 시커멓고 높다란 그림자 하나가 우뚝 서 있는 것이 보였다. 거대한 비석인데, 그 위에 새겨진 문양이 자못 괴상했다.

"저 비석에 새겨진 건……." 육충이 손에 든 작은 등잔으로 비석을 비췄다. "오악진형도잖아!"

"그렇군!" 원승은 도리어 안도의 숨을 내쉬었다. "오악진형도와 치우 진마부는 한 벌짜리 금제가 분명하네."

그는 다시 등불을 들어 우물 위 둥근 석판을 자세히 살폈다. 치우 부적 아래에 소전체로 글이 몇 줄 쓰여 있었다.

> 붉은 책 옥으로 쓴 글자는 천지를 안돈하고, 병주이신 치우는 귀신의 부절이라.
>
> 영험한 군주 혁혁하시니 천명을 대행하고, 사살(邪煞)이 물러나니 북두성이 건곤을 움직인다.
>
> 정관 17년, 원천강이 칙명을 받아 공손히 쓰노라.

순간, 원승은 심장이 죄어들었다. 정관 17년이라면 태종 황제가 원천강에게 법술을 행해 귀신의 재앙을 쫓으라고 명했다던 그해가 아닌가. 그렇다면 바위를 덮은 이 우물의 금제는 바로 당시 원천강이 만든 것이었다.

"뭔가 찾아냈소?"

양준이 의아한 얼굴로 그를 바라봤다.

"비밀이오!"

원승은 머리 위의 깊디깊은 하늘을 아득히 올려다보며 속으로 길게 한숨을 뽑았다.

'과연 이곳은 대당나라 황실의 궁극적인 비밀과 이어져 있었군.'

그는 고개를 돌려 양준을 향해 말했다.

"양 장군, 이 우물의 금제가 무척 괴이하니 성인의 안위를 위해 더 자세히 살펴야겠소."

양준은 대경실색했다.

"그럴 수는 없소. 오기 전에 함부로 굴지 않겠다고 약속하지 않았소? 궁궐에는 이곳에 함부로 들어가는 자는 죽음에 처한다는 엄명이 대대로 전해지고 있소! 조금이라도 소문이 새어나갔다가는 나마저……."

마구 땍땍거리던 그는 갑자기 원승의 두 눈이 환하게 빛나는 것을 보고 정신이 아득해졌다.

"원승, 감히 내게 사악한…… 술법을……."

"누가 감히 우리 사촌 형님을 괴롭혀?"

육충이 불쑥 팔을 뻗어 양준의 뒤통수를 툭툭 때렸다.

"요즘 사촌 형님이 수고가 과하셨지. 좀 쉬셔야겠소."

도술 고수 두 사람이 강약을 섞어 협공하자 양준은 순순히 바닥에 늘어졌다.

"성가신 사촌 형님이 잠드셨군. 한 시진 정도 틈이 있어!"

육충이 히죽 웃었다.

원승의 시선은 줄곧 크고 높은 비석을 응시하고 있었다. 그가 무거운 소리로 말했다.

"내 추측이 틀리지 않았다면 저 비석은 궁 안에서 가장 큰 오악진형도이자 사귀를 제압하는 법진의 주요 장소일 것이네. 게다가 원천강은 진을 펼칠 때 경법(鏡法)을 잘 썼지."

"경법?"

"'거울에 상이 맺혀 그림자처럼 형을 반사하니 음양이 상생한다'라는 논리일세."

원승은 들고 있던 등을 비석 뒤에 선 나무에 걸어놓고 비석의 높이를 꼼꼼히 측정했다. 그런 다음 높이와 같은 거리로 떨어져 한참 배회하다가 마침내 걸음을 멈췄다.

"치우정과 거리를 고려해보면 이곳이겠군."

"자네 말대로 하지!"

육충이 널찍한 소매를 휘둘러 현병술을 펼쳤다. 허공에서 삽 두 자루가 나타나 원승이 지목한 곳을 파들어가자 금세 두 자 너비의 조그마한 구덩이가 생겨났다.

"역시, 찾았군!"

원승이 나지막이 외치며 구덩이에서 돌 상자를 끄집어냈다.

"저 높은 비석이 양이라면 이 돌 상자는 거울에 반사된 그림자인 음이네. 더욱 중요한 물건이지."

비록 말투는 가벼웠지만, 돌 상자를 여는 그의 손은 속에 기관이 숨겨져 있을까봐 신중히 움직였다. 툭 하는 소리와 함께 너비가 한 자쯤 되는 돌 상자의 뚜껑이 손쉽게 열렸다.

그 즉시 원승의 안색이 굳었다.

"이미 누군가 열어봤군. 원천강은 세심하고 신중한 성품이라 했으니, 절대 이렇게 아무 금제도 걸지 않았을 리 없어."

상자에 등불을 비추자 각종 술법용 부적이 보였다. 〈대금광신주〉, 〈태상동현신주경〉에서부터 〈태상북극복마신주살귀록〉, 〈병주치우진마수지인장록〉까지 온갖 문과 부적이 망라되어 있었다. 다만, 누군가 한번 들춰본 듯 몹시 난잡하게 뒤섞여 있었다.

육충이 심각하게 말했다.

"누가 열어봤을까? 뭘 가져갔지?"

"가장 중요한 것을 가져갔네. 진물(鎮物)!"

"진물?"

"영기를 띠고 사귀를 억누르는 보물 말일세. 도가에서는 흔히 보석이나 법기, 오색토 같은 것을 진물로 쓰지."

원승은 상자 안을 세심하게 매만지다가 '앗' 하고 소리쳤다.

"이거였군!" 그는 손가락을 들어 그 사이에 끼운 잎 조각을 응시하며 천천히 말했다. "원천강이 사용한 진물이 저뢰나 잎일 줄이야!"

저뢰나 잎을 잘 모르는 육충은 눈만 둥그렇게 떴다. 원승도 설명할 틈이 없어 이렇게만 말했다.

"시간이 많지 않네. 서둘러 이 돌 상자를 묻게."

육충도 쓸데없는 말은 하지 않고 다시 현병술을 써서 눈 깜짝할 사이 상자를 묻은 다음 흙을 덮어 평평하게 다졌다.

"어이, 그래도 해보려고?"

땀을 뻘뻘 흘리며 바삐 일하던 육충은 원승이 숙연한 모습으로 치우정 앞에 서 있는 것을 발견하고 화들짝 놀랐다.

"이 어르신이 진법은 잘 모르지만 알아볼 수는 있네. 이곳 금제의 힘은 모두 저 기괴한 우물에 모여 있어. 더욱이 여긴 아마도 지난날 국사였던 원천강이 펼친 진이라고. 어리석게 굴지 마!"

"이 우물……." 원승은 숙연한 얼굴로 서쪽으로 기운 달을 올려다봤다. "내 사문의 쇄마원에 있던 진원정을 떠올리게 하는군."

다섯째 사형을 따라 야밤에 진원정을 살피다가 겪은 기괴한 일을 떠올리자 원승은 아직도 몸이 오싹 떨렸다. 하지만 이를 악물고 말했다.

"그래도 어찌 됐건 반드시 살펴봐야겠네!"

육충은 어쩔 도리가 없어 고개를 설레설레 저었다.

"미리 말해두는데, 자네가 내려갔다가 무슨 위험에 처해도 이 형님은 절대 구하러 가지 않을 거야. 이 육 검객 어르신의 신조는, 친구를 위해서는 양 옆구리에 칼을 맞을 수는 있지만 친구와 나란히 헛된 죽음을 맞진 않는다는 거야."

그는 주절주절하면서도 현병술로 무른 쇠사슬과 단단한 쇠사슬을 하나씩 꺼내 원승의 허리를 바짝 휘감았다. 우물을 덮은 석판은 묵직했지만 도술을 지닌 두 사람이 힘을 쓰면 쉽사리 옮길 수 있었다. 그런데 이 석판에 보이지 않는 강력한 힘이라도 실렸는지, 안간힘을 쓰고 현병술로 만든 삽 세 자루로 열심히 파낸 다음에야 겨우 한 사람 들어갈 만한 틈이 생겼다.

"원승, 이 우물과 석판 모두 지독하게 이상해."

기진맥진한 육충이 크게 숨을 내쉬며 말했다.

"머리만 들이밀고 대충 살펴보기만 하라고. 공연히 위험을 무릅

쓰지……."

그 말이 미처 끝나기도 전에 원승이 몸을 날려 뛰어들었다. 오래된 우물 속으로 떨어지는 원승의 귓가에 육충의 놀란 외침이 들려왔다.

"원승, 자네 미쳤……."

하지만 그 외침은 마치 괴물에게 한입에 삼켜진 듯 순식간에 사라져버렸다. 원승은 끝없이 떨어지는 것을 느꼈다. 다섯 장, 열 장, 스무 장, 쉰 장…… 실로 깊이를 헤아릴 수 없는 우물이었다. 놀랍게도 이곳은 진원정보다 한참 더 깊었다. 물론, 원승은 알고 있었다. 아마도 이 모든 것은 자신의 착각이리라. 허리춤에 묶인 음양쌍삭이 아직 느슨하기 때문이었다. 육충의 현병술이 끝없이 늘어나는 쇠사슬을 만들어낼 수는 없었다.

별안간 원승이 우물 벽을 와락 움켜쥐었다. 그 즉시 떨어지는 느낌이 뚝 그쳤다. 그는 사건을 조사하러 왔을 뿐 목숨을 내던지려는 것이 아니었다. 여기서 더 내려갈 수는 없었다. 그는 숨을 크게 쉬었다. 주위는 무서우리만큼 고요해서 마치 천지가 처음 열린 뒤의 태곳적 세상 같았다.

하지만 원승은 강기를 밖으로 뿜어내 또렷이 감지할 수 있었다. 적막하고 음산한 이곳에서는 두 개의 힘이 암암리에 서로 겨루고 있었다. 두 힘 모두 강력한 살기를 지녔다. 하나는 필사적으로 날뛰며 출구를 찾아 마구잡이로 부딪쳐댔고, 다른 하나는 전력을 다해 진압하고, 억누르고, 저지하고 있었다.

강력한 두 힘은 너무도 방대하고 묵직해서, 원승도 내심 경계심이 솟았다. 적시에 우물 벽을 잡았기 망정이지 계속 내려가 저 두 힘이 겨루는 곳에 떨어졌다면, 그 힘에 눌려 원신이 전부 망가지고 백치가 됐을 것이다.

그는 한 손으로 품을 더듬어 만년촉을 꺼냈다. 촛불을 켜려는 순간, 느닷없이 눈앞이 확 밝아지며 기이한 광채 하나가 솟아났다. 마치 깊고 어두운 동굴 속에서 거대한 촛불 만 개가 일시에 타오르는 듯했다. 그 광채는 눈부시고, 넓고, 묵직했으나 한편으로는 스산한 기운이 짙게 묻어 있었다.

원승은 그 밝은 빛에 눈을 뜨기조차 어려울 지경이었지만 충격을 받아 두 눈이 휘둥그레졌다. 평생 한 번도 본 적 없는 광경을 목격했기 때문이다.

쏟아지는 빛 한가운데 거대하고 위엄 넘치는 그림자 하나가 늠름하게 서 있었다. 온몸에 갑주를 두른 그 그림자는 놀랍게도 거대한 팔이 여덟 개에, 이마에 뾰족한 뿔이 나 있고, 등불처럼 번쩍이는 무시무시한 눈에서 흉흉한 빛을 폭사하고 있었다.

치우!

원승은 소머리에 팔 여덟 개라는 특징을 대번에 알아봤다. 저것이 바로 사귀를 제압하는 법진의 핵심, 진마천존 치우였다. 별안간 그 웅대한 빛이 바짝 가까워지고, 치우의 무시무시한 눈동자가 유성처럼 그를 향해 날아들었다.

깜짝 놀란 원승은 가까스로 오른팔을 움직여 법결을 짚으려 했다. 하지만 손을 움직이는 순간 느닷없이 무력감이 엄습했다. 진마천존 치우 앞에서, 원승 자신은 나무를 흔들어보려는 왕개미처럼 미미하고 보잘것없는 존재로 느껴졌다.

그는 퍼뜩 깨달았다. 저 치우는 지난날의 국사 원천강이 첩첩이 펼친 법진의 핵심적인 힘이요, 자신은 애초에 대항할 힘조차 없다는 것을.

"돌아가자!"

그는 재빨리 허리에 묶인 음양쌍삭을 잡아당겼다. 우물 위에서 잔뜩 신경을 돋우고 있던 육충은 금세 이를 감지하고 황급히 강기를 써서 쇠사슬을 끌어올렸다. 원승은 구름을 탄 것처럼 날아올랐다. 무시무시하게도, 치우의 신상은 숫제 움직이지도 않았는데 순식간에 가까이 접근해왔다. 원승이 보기에는 저 칼처럼 날카로운 핏빛 두 눈동자가 끊임없이, 자꾸자꾸 커지는 것 같았다. 저 등불처럼 빛나는 눈동자에 잡아먹히겠다고 느끼는 순간, 갑자기 허리춤이 허전해졌다. 놀랍게도 무른 쇠사슬과 단단한 쇠사슬 두 개가 동시에 툭 끊어진 것이다.

"안 돼!"

원승은 목이 터져라 소리를 지르며 필사적으로 우물 벽을 붙잡았다. 바로 그때 손 하나가 쑥 튀어나와 그를 단단히 움켜쥐었다.

"이 염병할 자식!"

육충이 욕지거리를 쏟아냈다. 그 순간, 원승은 그 소리가 세상에서 가장 듣기 좋은 소리라고 생각했다.

"알아냈네."

원승은 쓰러질 만큼 지친 몸에도 아랑곳없이 우물 밖으로 기어나오자마자 헐떡이며 말했다.

"예상대로 진마천존 치우였어. 그리고 진물이 저뢰나 잎이라는 것이 또 다른 열쇠야!"

행림각은 태극궁 서북쪽에 있었다. 본디 부름을 기다리는 태의가 임시로 묵는 관사인데, 진청류는 의술이 뛰어나 수시로 이성의 부름을 받았기에 최근에는 이곳에 머물고 있었다.

이른 아침의 햇볕은 다소 따스했다. 지금 관사 안의 두툼한 질탕관은 보글보글 맑은 소리를 내며 사방에 향기를 퍼뜨리고 있었다.

"향기롭군요! 죽을 이런 경지까지 끓여내다니 요리의 명수라 해도 되겠습니다."

원승이 웃으면서 안으로 걸음을 옮겼다. 그의 시선이 뜨거운 김을 뿜어내는 질탕관을 한번 훑었다가 조그만 화로 앞에 단정하게 앉은 진청류에게로 내려앉았다.

진청류는 빙그레 웃으며 일어나 두 손을 포개 인사했다.

"원 대랑은 먹을 복이 있는 사람이군. 청하지도 않았는데 알아서 때를 맞춰 오다니."

원승은 유유히 자리에 앉아 삼종이 한 장을 내밀었다.

"청하지도 않았는데 왔다니요? 이것이 청류 형의 초청장 아닙니까?"

쭈글쭈글하게 구겨진 삼종이를 펼쳐보니 '호랑이 굴, 속히 탈출'이라는 여덟 글자가 적혀 있었다.

"부끄럽구먼."

진청류는 다소 난처한 표정이었으나 결국 후련하게 웃었다.

"내가 이런 잔재주를 부린 것은 기실 아우를 일깨우기 위해서였다네. 이 황궁 구중궁궐은 범과 늑대의 소굴일세. 신비막측한 부적 사건은 물론이고 이 삼종이 사건조차 밝혀낸다는 보장이 없다고 말일세. 쯧, 이렇게 빠를 줄은 몰랐네. 어찌 간파했는가?"

"삼종이와 동전 꿰미 새끼줄 모두 약 냄새가 스며들어 있었습니다. 또, 이 아우가 궁궐 깊이 들어온 것이 처음임을 헤아려볼 때, 청류 형 같은 옛 벗을 빼면 이런 호의를 베풀 사람이 없지요."

"아아, 약 냄새 때문이었군. 진작 알았더라면 짙은 훈향을 쬐었을 텐데."

진청류는 껄껄 웃음을 터뜨렸다.

"청류 형은 정석대로 일하는 분이니 당연히 이런 잔재주는 거들떠보지도 않으시겠지요."

아이처럼 유쾌하게 웃는 그를 보자 원승도 마음이 따스해졌다.

"하지만." 진청류는 웃음을 거뒀다. "오늘은 마침 잘 왔네. 지금 자네와 퇴마사의 처지가 지극히 흉험하다는 것을 알려주려던 참일세. 성후께서는 몇몇 부분에서는 나를 꺼려하지 않으시니 들으면 안 되는 이야기를 많이 들을 수 있다네. 어젯밤 종초객이 부마가 될 무연수를 데리고 성후께 안부를 물으러 입궁했네."

그는 여기까지 말하고 잠시 멈춘 다음 쓴웃음을 지었다.

"무연수가 부마가 된다는 것은 알고 있겠지?"

원승은 묵묵히 고개를 끄덕였다. 무연수는 무측천 때 무씨파 수장이던 무승사의 아들로, 회양왕에 봉해지기도 했으나 돌궐에 화친을 청하러 갔다가 아무 이유 없이 돌궐의 가한 묵철에게 수년간 감금됐고, 장안 4년에야 돌아와 환국공, 좌위중랑장에 봉해졌다. 안락공주의 첫 번째 남편 무숭훈과 그 아비 무삼사가 죽은 후, 무연수는 당금 조정에서 무씨파를 대표하는 중견 인물이라 할 수 있었다. 일전에 육충으로부터 설청산이 무연수를 데리고 정혜사에 와서 야밤에 고력청의 시신을 살핀 일을 들은 원승은 그때 이미 무연수가 종상부 사람과 무척 가깝다는 것을 알았다.

진청류는 원승과 안락공주의 소문을 들은 적이 있는 듯 빙그레 웃고는 소리 죽여 말했다.

"그자와 종초객은 모두 무씨파의 수뇌부일세. 더욱이 야심도 매우 크지. 종초객이 모략에 능한 것은 말할 필요도 없겠지. 무연수는 검은 옷을 즐겨 입는데 무엇 때문인지 아는가? 근자에 국도에서 이른바 '검은 옷을 입은 신의 자손이 하늘 옷을 입는다'는 참언이 떠돌자, 그 심복이 무연수에게 이는 천하 백성이 무씨를 그리워하는 의미로 필시 주나라가 다시 일어날 징조라고 진언했기 때문일세. 무연수가 바로 측천여제의 종손이니 참언에 들어맞게 응당 검은 옷을 입어야 한다는 게지."

"그런 일이 있었다니요!" 원승은 더욱 놀랐다. "청류 형께서는 어찌 아셨습니까?"

"대답은 같네. 이 형이 긴요한 자리에 있기 때문이지! 그 때문에 무연수도 빈번히 찾아와 나를 끌어들이려 했네. 이 이야기는 그가 모두 술자리에서 한 실언일세."

진청류는 한숨을 쉬었다.

"어젯밤 이야기를 계속하세. 무연수가 종초객을 동반하고 입궁해 성후께 문안을 올렸을 때 자네 이야기를 꺼냈네. 그 둘은 자네 퇴마사를 이씨파로 가름 짓고, 반드시 핑계를 만들어 일찌감치 뿌리를 뽑아야 한다고 열심히 성후를 부추겼다네!"

"핑계라…… 그들이 만들려는 핑계가 무엇인지 모르겠군요."

원승은 길게 한숨을 내쉬었다. 종초객은 그의 숙적이라 할 수 있고, 무연수는 안락공주와의 관계로 더욱더 그를 눈엣가시로 여길 터였다. 하물며 얼마 전 육충이 괴살인 사건 문제로 꼼짝없이 그들에게 미움을 사지 않았는가.

진청류는 무거운 목소리로 말했다.

"종상은 과감하게 결단을 내려야 한다고 진언했고, 성후께서는 성인을 봐서라도 기회를 보고 움직여야 한다고 대답하셨네. 그분이 정한 기한은 다음번 부적 사건이 발생하는 때일세!"

원승의 얼굴 근육이 실룩였다. 애초 태평공주가 성인의 병을 치료하라고 그를 추천한 것부터 이미 좋은 뜻은 아니었다. 그 후 곧바로 신비막측한 태극궁 신비 부적 사건을 맞닥뜨렸고, 이제는 위 황후마저 호시탐탐 노리는 상황에 부닥쳤다. 다음번 신비 부적 사건이 발생하면 퇴마사에 죄를 묻겠다고? 이는 퇴마사가 위험에 직면했다는 뜻이었다. 두 사람 다 말이 없어, 한순간 방 안에는 보글보글 죽 끓는 소리만 들렸다.

한참 후, 비로소 원승이 침울하게 미소를 지었다.

"태평공주까지 셈하면 이 원승은 이씨파와 무씨파 양쪽 모두의 눈엣가시로군요."

진청류도 한숨을 푹 쉬었다.

"이유가 한 가지 더 있네. 안락공주 때문에라도 아우는 죽어야만 한다네. 안락공주는 바야흐로 성혼을 앞두고 있네. 조정에도 민간에도 자네와 공주의 연애담이 풍문으로 떠돈다네."

원승은 암울했다. 조야의 사람들은 본래 갖다 붙이기를 잘하는데, 괴뢰고 사건 때 안락공주가 다른 의견을 묵살해가며 고집스럽게 그를 보호하기도 했으니 더욱더 변명할 말이 없었다.

"안락공주의 이번 혼인은 사실상 다시 한 번 무 씨 집안과 손을 잡는 일일세. 알다시피 무 씨는 측천여제 집권 때부터 수십 년간 힘을 모아 그 세력이 두텁네. 이 씨 외에 또 다른 방대한 세력이니 성후께 큰 도움이 되지. 무 씨 집안에 죄를 짓지 않기 위해 성후께서는 반드시 자네를 제거하려 할 걸세. 호랑이 굴에 들어왔으니 속히 탈출하게."

진청류의 눈동자에 관심이 담뿍 담겼다.

"이 말은 아우에게만 들려주는 것이 아닐세. 이 어리석은 형에게도 똑같이 적용되지. 나도 서로 속고 속이는 이 궁궐에 질린 지 오래라 요 며칠 밖으로 나갈 길을 모색하던 참이네."

"청류 형께서도 떠나시려고요?"

원승은 또 한 번 놀랐다. 그가 더 물으려고 할 때 문밖에서 누군가 웃으며 말했다.

"좋습니다, 좋아요. 훌륭한 죽이 또 있군요!"

길게 늘어지는 웃음소리와 함께 작고 통통한 설백미가 문을 열고 들어왔다. 원승을 발견한 그는 황급히 손을 포개어 예를 올렸다.

"아니, 원 장군께서도 계셨군요. 실례했습니다."

비록 원승과 철당 결사대의 암호를 주고받은 사이지만, 이 순간 무던해 보이는 그의 얼굴에서는 이상한 표정이라곤 한 치도 찾아볼 수 없었다. 원승이 눈을 빛냈다.

"아니, 설 전선과 청류 형도 잘 아는 사이군요?"

진청류가 웃으며 대답했다.

"설 전선은 요리 솜씨가 국도 제일이라, 종종 찾아가서 식이요법을 가르침 받는다네. 설 노제, 때마침 잘 왔네. 일단 죽부터 한 그릇 들게."

설백미는 재빨리 웃음을 지었다.

“이 죽은 진 태의의 절기지요. 죽에 율무와 아마를 넣고 살구씨를 갈아 낙(酪, 반 응고 유제품)을 만들어 넣기까지 했습니다. 더 중요한 것은 각종 버섯까지 넣어 신선한 맛이 머릿속에 쫙 스민다는 것이지요. 죽 끓이기란 약 달이기와 같아서 불의 세기와 시간, 물을 더하는 양도 깊이 연구해야 합니다. 진 태의께서는 명의이시나, 주방에 몸담으신다면 틀림없이 명 요리사가 될 겁니다. 이 죽은 버섯의 신선한 맛과 살구씨의 맑은 향기를 극치로 끌어올려…….”

그는 그렇게 떠들어대는 한편 화로에 놓인 질탕관을 이리저리 만져 노련하게 죽을 끓인 다음 진청류와 원승에게 떠줬다.

“죽 한 그릇을 그토록 고심해 끓이시다니, 청류 형만이 이처럼 절묘한 일을 해내실 수 있지요!”

원승은 속으로 진청류가 방금 한 말을 곱씹느라 맛 좋은 음식을 입에 넣어도 천천히 음미할 기분이 아니었다.

진청류는 반 그릇을 먹고 나서야 말했다.

“요 이틀 성후의 병세가 차차 안정되고 있으니 나도 잠시 국도를 떠나 있을까 한다네. 설 형도 오늘 작별하러 찾아온 걸세.”

원승이 때맞춰 물었다.

“청류 형은 태의이신데 어째서 국도를 떠나려 하십니까?”

“천하를 살려야 좋은 재상이고 좋은 의원이다. 이게 우리 진 씨 집안의 가훈일세. 좋은 의원은 고작 몇 사람을 살릴 뿐이나 좋은 관리야말로 천하를 살릴 수 있지. 모처럼 성후께서 높이 봐주시어 이 형을 바깥의 사품 관직에 추거해주셨네.”

진청류는 원승을 지그시 응시했다.

"이 어리석은 형이 방금 한 말을 명심하게. 이 황궁은…… 일찌감치 벗어나는 것이 좋네."

원승은 고개를 끄덕였다. 그인들 왜 그런 생각을 하지 않았겠는가. 다만 형세가 형세인지라 벗어나기가 몹시도 어려웠다. 오랜 벗 두 사람은 묵묵히 마주 봤다. 두 사람 모두 똑같이 복잡한 심경이었다. 침묵 끝에 진청류가 입을 열었다.

"설 전선은 며칠에 한 번씩 와서 요리와 죽 끓이는 법을 지도해주는 사람이니 외부인이라 할 수 없지. 그러니 말해보게. 부적 사건은 좀 진전이 있나?"

원승은 약간 망설이다가 대답했다.

"청류 형은 예의를 아십니까?"

"알지. 좋은 아이일세."

진청류는 한숨을 내쉬었다.

"사흘 전에 예의가 사사로이 손 태의를 찾아가 진맥을 청한 적이 있다네. 그녀는 줄곧 정신이 밝지 못한 듯했지. 손 어른은 벌써 칠순을 넘겨 경험 많고 덕 깊은 분이며, 정신을 달래는 데 특유의 비방을 갖고 계시네."

원승은 진청류의 말이 모두 사실이라는 것을 알고 있었다. 벌써 청영이 궁녀들 입을 통해 알아냈고, 심지어 손 태의도 자세히 조사했기 때문이다.

"의술이 고명하신 청류 형이 보기에 의학적으로 예의는 어떤 증상입니까?"

"억증(癔症)이지. 환각을 보고 환청을 듣는 증상 말일세! 그런 증상은 열정 넘치는 청춘 남녀에게 많이 발생하는데, 바라고도 얻지 못하면 왕왕 억병이 생긴다네."

피라도 흘릴 것 같던 양준의 벌건 두 눈동자가 떠올라, 원승은 저도 모르게 무겁게 탄식했다.

"진 태의, 안녕하시오. 듣자니 진 태의가 곧 장안을 떠난다기에 이 연수가 특별히 작별 인사하러 왔소."

지극히 온화하고 듣기 좋은 웃음소리에 이어 훤칠한 사람 하나가 유유자적하게 들어왔다. 스무 살 남짓한 청년으로, 머리에는 연보라색 복두를 두르고, 둥근 옷깃에 소매통이 좁은 말쑥하고 단정한 장포를 입고 그 바깥으로 검은 여우가죽 옷을 비스듬히 걸친 차림이었는데, 소가죽 재질의 부드러운 장화에는 금실로 수를 놓아 독특한 화려함을 풍겼다. 청년은 외모가 말끔하고 피부는 맑고 투명해서, 먹물처럼 새까만 여우가죽 옷을 맵시 있게 갖춰 입자 고운 옥 같은 따스한 기질이 더욱 돋보였다. 영준함으로 말하자면 결단코 양준보다 못하지 않았다.

'연수라면…… 무연수?'

원승의 머릿속에 퍼뜩 그런 생각이 스쳤다. 저 사람이 바로 그녀가 시집갈 부군이구나. 그가 걸친 빛이 날 만큼 새까만 여우가죽 옷을 다시 유심히 보니, 과연 조금 전에 진청류가 말한 '검은 옷을 입은 신의 자손이 하늘 옷을 입는다'는 말에 꼭 맞았다.

"아니, 환국공께서 왕림하셨군요." 진청류는 황급히 일어나 예를 올렸다. "감당하기 어려운 호의십니다."

"성후의 용체에 뜻밖의 일이 생겼다기에 특별히 문안을 올리러 왔는데, 마침 바로 옆이라 이렇게 만나러 온 것이오."

청년은 매우 자연스럽게 웃었다.

원승에게 뜻밖인 것은, 당금 무씨파에서 가장 유명한 젊은 국공이 몸소 진청류를 만나러 온 사실이었다. 진청류도 말로는 예의를 갖췄지만 간단하게 읍한 것이 전부여서 두 사람의 교분이 자못 깊음을 짐작할 수 있었다.

곧 부마가 될 국공 나리가 나타났으니 원승과 설 전선은 자연히 일어나 예를 올렸고 곧 진청류가 양쪽을 소개했다. 뜻밖에도 무연수는 원승과 설백미에게는 눈길조차 주지 않고 진청류에게만 미소를 지으며 인사말을 건넸다.

"진 형이 곧 장안을 떠난다니 내 특별히 진귀한 약재를 선물하려 하오. 용연향과 소합향, 남해의 진귀한 향료인데 부디 기꺼이 받아 주시오."

"세운 공도 없이 녹을 받다니요. 이 청류가 국공의 후대를 어찌 감당하란 말씀입니까."

진청류의 말에 무연수는 옥같이 부드럽게 웃었다.

"그리고 진 형에겐 금을 즐기는 우아한 취미가 있다고 하더구려. 내 최근에 진(晉) 대의 고금을 찾아냈는데 혜강(嵇康, 죽림칠현 중 하나로 금에 뛰어남)이 썼던 중니금이라는 말이 있소. 며칠 있다가 진 형의 저택으로 보내드리리다."

진청류는 황급히 두 손을 모았다.

"진 모의 출사가 비록 성후의 추거를 받았다고는 하나 단번에 사품에 오른 것은 모두 환국공이 무 씨 집안의 힘으로 조당에서 적극적으로 도와주신 덕분입니다. 실로 감사를 다할 길이 없습니다."

원승은 무연수에게 공기 취급 받고 오만하게 업신여김을 당하고도 아무렇지 않았다. 하지만 지금은 저도 모르게 호기심이 일었다. 이미 무씨파의 기둥과도 같은 젊은 지도자 무연수가 어째서 진청류 같은 일개 궁정 어의에게 이토록 열심히 아첨하는 것일까? 아무래도 이것이 바로 조금 전 진청류가 말한 '자리'의 힘인 모양이었다!

무연수는 진청류와 한차례 입에 발린 말을 주고받은 다음에야 비로소 원승을 돌아봤다. 삽시간에 눈빛이 날카로워졌다.

"그대가 바로 원승인가?"

"그렇습니다."

거들먹거리는 무연수 앞에서도 원승은 여전히 담담했다.

"그대는 퇴마사를 이끌 뿐 금오위에서 일을 맡고 있지 않은데 어찌 입궁했지?"

말투도 꽤 무례했고 심지어 '원 장군'같이 조금이나마 격식 있는 호칭도 쓰지 않았다.

진청류가 황급히 나섰다.

"원 장군은 도술과 의술에 정통해서, 황명을 받고 성인을 진맥하러 입궁했습니다."

무연수는 다소 오만하게 원승을 곁눈질했다.

"그대도 진맥을 할 줄 안다고?"

그때 설백미가 눈치 없이 한 발 나섰다.

"환국공께 아뢰니다. 원 장군은 실로 의술이 뛰어납니다. 약간만 솜씨를 보였을 뿐인데도 며칠간 식음을 멀리하시던 성인께서 식욕이 왕성해지셨지요."

무연수는 차갑게 코웃음 치며 그를 사납게 노려봤다. 눈총을 받은 설백미는 즉시 움츠러들어 본래 자리로 돌아갔다.

원승은 여전히 담담하게 무연수를 바라보다가 불쑥 말했다.

"환국공께서는 신체 강건하고 호선무에 정통하며 궁술이 남다르시나, 오른쪽 팔꿈치가 약간 좋지 않고 허리가 늘 불편하시군요. 본디 시력이 무척 좋으셨으나 최근 들어 감퇴했을 것입니다."

무연수는 깜짝 놀랐다.

"아, 아니, 어떻게 그런 것을……."

진청류는 무연수의 안색을 보자마자 원승이 단언한 말이 십중팔구 맞아떨어졌음을 알고 칭찬을 금치 못했다.

"원 대랑은 참으로 안목이 훌륭하군 그래. 환국공께서 말씀하실 때면 눈을 가늘게 뜨니 응당 시력이 감퇴한 상태겠지. 한데 허리와 오른쪽 팔꿈치가 불편하신 것은 어찌 알았나?"

"환국공께서 궁술이 빼어나신 것은 아마도 돌궐에 사자로 갈 적 고된 훈련의 소치일 것입니다. 무릇 궁수란 부지런히 활쏘기를 익혀야 하니 오른쪽 팔꿈치를 과도하게 접고 펴야 하지요. 그리고 허리를 지나치게 꼿꼿이 세우시는 것을 보니 아마도 호선무를 출 때 허리를 다치셨을 것입니다."

무연수는 더욱 놀랐다. 본래 당나라에는 돌궐의 호선무가 성행했다. 돌궐에 억류됐을 때 딱히 할 일이 없던 그는 회전 난도가 극히 높은 이 춤을 열심히 익혔다. 그때 그는 풍류 청년이라 자부했고 호승심도 강해서 종종 돌궐 청년들과 어울려 궁술과 춤을 겨루곤 했는데, 그러다가 힘을 너무 주는 바람에 허리를 조금 다치고 말았다. 이는 본디 극히 은밀한 일이어서, 안목이 칼날처럼 예리한 원승이 단박에 파악할 줄은 전혀 예상치 못했다.

"과연 고견일세." 진청류는 큰 소리로 웃었다. "원 대랑은 혜안을 지녔군."

본래 병을 앓는 사람은 의술이 고명한 의원에게 존경심을 품기 마련이었다. 대당나라의 미래 부마 나리 역시 오만한 마음이 수그러들었지만 그래도 콧방귀를 뀌었다.

"그저 운이 좋아서 소가 뒷걸음질 치다 쥐 잡은 것이겠지. 치료할 방법은 있는가?"

"용서하십시오, 국공 나리. 소생의 의술은 보잘것없습니다. 어찌어찌 시험 삼아 치료할 수는 있으나 뒷걸음질 치다 쥐를 잡으라 하시면 속수무책이지요."

그 말에 말문이 막힌 무연수는 얼굴이 시뻘게져 대번에 폭발할 것 같았다. 진청류가 재빨리 허허 웃으며 중재에 나섰다. 그는 무연수의 어깨를 살며시 토닥이며 말했다.

"환국공, 너무 마음에 두지 마십시오. 원 장군이 농을 한 것뿐입니다. 하물며 용맹하기가 맹호 같으신 국공께 그런 소소한 불편함이야 애초에 병이라 할 수도 없지요. 나중에 이 청류가 침으로 조섭해드리면 되지 않겠습니까."

무연수는 곧 그 말에 담긴 뜻을 알아차렸다. 곧 대당나라 제일 미녀인 공주를 맞이할 몸으로 숙질을 앓는다는 소문이 퍼지면 자신에게도 크게 불리할 터였다. 그래도 이대로 입도 벙긋 못한 채 손해를 보는 것은 도저히 견딜 수 없어 냉소를 흘리며 말했다.

"원 장군이 문무를 두루 갖췄다는 말은 익히 들었네. 언젠가 틈이 나면 원 장군의 궁술을 한번 가르침 받고 싶군."

원승은 불현듯 한 가지 생각이 떠올라 눈을 반짝 빛냈다. 무연수는 돌궐에 오래 살았고 그 남다른 궁술은 바로 돌궐인으로부터 배운 것이었다. 그리고 입정방에서 죽은 고력청 역시 돌궐인이었다.

"좋습니다. 장소는 장안성 입정방에 있는 치우 사당으로 하시지요. 어떠십니까?"

원승도 차갑게 웃음을 지었다. '입정방의 치우 사당'이라는 말이 떨어지는 순간, 방 안에는 삽시간에 차가운 정적이 흘렀다.

무연수의 눈빛은 어느덧 칼날처럼 날카롭게 변해 있었다.

"그처럼 외진 곳까지 알고 있다니, 퇴마사는 과연 틈만 있으면 어디든 들어갈 수 있나보군!"

원승의 시선이 방 안에 있는 이들의 얼굴을 빠르게 훑었다. 그가 미소를 지으며 말했다.

"정월 열엿새가 바로 국공의 대혼이 있는 경사스런 날이지요. 그토록 경사스런 날을 앞두고 국공께서 시간을 허비해가며 원 모에게 궁술을 가르쳐주신다면 실로 감당하기 어려운 일입니다. 그러니 그 약속에는 차마 응하지 못하겠군요. 이만 물러가겠습니다!"

그는 가볍게 읍한 뒤 무연수의 싸늘한 눈빛을 받으며 느린 걸음으로 방을 나섰다.

그가 나가는 것을 보자, 설 전선도 자신이 성후 곁의 총아와 미래의 부마 곁에 남아 있을 처지가 아님을 알고 허둥지둥 몸을 숙여 작별한 뒤 빠른 걸음으로 뒤따라 나갔다.

"설 전선은 자주 청류 형을 찾아와 담소를 나누시오?"

시리도록 추운 북풍 속을 천천히 걷는 동안 원승의 낯빛은 이미 본래대로 돌아가 있었다.

설백미가 나지막이 탄식하며 말했다.

"진 태의도 따지자면 유가이시니 조리법을 까다롭게 따지고 먹고 마시는 것에도 자못 깊이가 있으시지요. 비록 요리에 큰 노력을 들이기는 원치 않으나 독특한 생각이 많고 특히 죽에 뛰어나십니다. 그분이 꼼꼼하게 죽을 배합하면서 살구씨를 비비고 율무를 씻고 버섯을 고르는 것을 보노라면, 때로는 참 기묘한 느낌이 들곤 하지요."

"청류 형을 안 지 오래됐는데, 본래 그런 분이오. 아주 작은 일에도 죽을 만들 때처럼 기나긴 시간을 들이지."

원승은 설백미의 거무스름하고 둥근 얼굴을 바라보며 소리를 낮췄다.

"저 부마께서는 늘 저렇게 청류 형에게 잘 보이려 하시오?"

"진 태의 뒤에 성후가 계시는데 누군들 잘 보이려 들지 않겠습니까? 아, 물론, 양 장군은 빼고 말입니다."

설백미도 목소리를 낮췄다.

"원 장군, 성 서쪽 치우 사당에서 무슨 일이 있었기에 장군께서 언급하자마자 환국공이 그런 표정을 지으신 겁니까?"

"그곳에서 살인 사건이 일어난 적 있는데 별 뜻 없이 던져본 것뿐이오. 실은, 나도 신마 치우와 장안성, 심지어 궁궐의 태극궁이 무슨 관계가 있는지 계속 조사 중이오."

원승은 걸음을 빨리하면서도 목소리를 낮췄다.

"소인은 입궁한 지가 너무 짧아 잘 알지 못합니다. 오늘부터는 원 장군을 도와 더욱 자세히 살피겠습니다. 한데……."

설백미의 얼굴은 온통 의혹투성이였다.

"원 장군은 궁 안에서 벌어진 신비 부적 사건 조사에 전념하신다고 들었는데, 신마 치우는 어쩌다 끌어넣으신 겁니까?"

"겉으로는 관련 없어 보이는 일도 뒤에서는 이리저리 엮였을 수 있소. 다만 아무도 유의하지 않을 뿐이지. 최근에 나는 단각 후원에서 괴상한 법진을 발견했고, 그 안에서 신비한 연단로를 찾아냈소. 뜻밖에도 그 연단로에 치우의 표식이 있었소."

원승은 목소리를 더욱더 낮췄다.

"만약 그대가 철당 결사대가 아니었다면 이토록 중요한 일을 알려주지는 않았을 것이오. 명심하시오. 이 일은 절대로 밖으로 새어 나가서는 안 되오."

설백미는 놀란 얼굴로 연신 고개를 끄덕였다.

"원 장군께서 하신 말씀은 실로 듣도 보도 못한 이야기입니다. 하지만 온 힘을 다해 조사해보겠습니다."

원승은 점점 더 빠르게 걸으면서 무거운 목소리로 말했다.

"좋소. 오늘 저녁에는 포기법으로 성인을 치료해드려야 하니 틈을 낼 수 없을 것 같소. 내일 저녁 단각으로 찾아오면 상세히 알려주겠소. 혹 최근에 사선사에 이상한 일은 없었소?"

"이상한 점은 없었…… 아차, 얼마 전에 양 장군께서 괴상한 녀석을 데려왔습니다. 육 씨 성을 쓰는데 얼굴에 수염이 더부룩하더군요. 요리의 요 자도 모르는 것 같은데 사선사에 들어오다니, 세상에 이처럼 우스꽝스런 일이 또 있겠습니까?"

"육 씨……."

원승은 저도 모르게 헛기침을 했다.

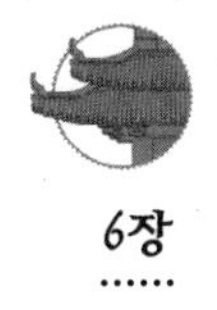

6장

당태종 죽음에 얽힌 수수께끼

그때 육충은 벌을 받는 중이었다. 괴상하게 썰어놓은 무 한 쟁반이 탁자에 놓여 있었는데, 마치 입을 헤벌리고 웃는 괴물 같았다. 정육품 사선 제부가 탁자를 두드리며 뾰족하게 외쳐댔다.

"네놈이 썰어놓은 것을 봐라! 크기도 제각각이고 엉망진창이야! 어디 길거리 개한테서 칼 잡는 법을 배웠냐? 개에게 물어뜯으라고 해도 네놈이 썬 것보다는 곱겠다."

육충은 화가 나서 혼절할 지경이었다. 육 검객 어르신께서는 본디 금세 사람들과 친해지는 성격이고, 각종 잔재주에도 능해 사선사에 들어간 지 얼마 되지 않아 곧 전선 및 요리사들과 가까워졌다. 사선사 잠입 건은 모든 것이 물처럼 순조로웠으나 단 하나 해결하지 못한 골칫거리가 바로 사선사 수뇌인 제 사선이 미주알고주알 트집 잡는 것이었다. 고작 이틀밖에 되지 않았는데 벌써 세 번이나 훈시를 들었다.

육충은 주방 일을 거들떠보지도 않던 사람인데, 오늘은 난생처음으로 무를 썰라는 명령을 받았다. 문득 신이 난 그는 부엌칼로 검선문의 신비한 검술을 운용해 무를 삼 푼은 굵게 칠 푼은 가늘게 썰어냈다. 굵은 부분은 아주 굵고 가는 부분은 아주 가늘어서 삐죽빼죽

한 것이 나름대로 운치가 있었기에 그 스스로는 자연스런 멋이 있다며 뿌듯해했다.

그런데 제 사선은 이 '자연스런 멋'이 있는 무채를 보고 저러다 날아가지나 않을까 싶을 정도로 펄펄 뛰었다. 그는 탁자를 얼마나 두드려댔는지 손바닥이 시뻘게진 채로 소리소리 질렀다.

"노려보면 어쩌려고? 본 관이 훈계를 하는데 그래도 수긍을 못해? 양 장군에게 추천받았다고 이 사선사에서 대충 뭉개고 지낼 수 있다는 생각은 마라."

육충은 애써 노기를 가라앉히고 웃는 얼굴로 말했다.

"아이고, 그럴 리가요. 대충 뭉개고 지내려고 온 것은 아닙니다. 이게……."

그가 계속 말하려는데, 문득 문밖으로 야리야리한 그림자 하나가 언뜻 나타나더니 청영이 손짓하는 것이 보였다.

"아차, 일이 있어서 잠시 물러가겠습니다."

육충은 황급히 말하고는 순식간에 몸을 날려 나갔다. 제 사선이 볼 때는 눈앞이 한번 어른거렸을 뿐인데, 저 수염쟁이는 어느새 밖으로 나가 있었다. 그가 눈을 비비고 자세히 보자, 육충이 어여쁜 궁녀와 소곤소곤 밀담을 나누고 있었다.

제 사선도 아리따우면서도 재기 있는 저 궁녀를 알아봤다. 저 궁녀가 육충을 찾아온 것을 벌써 세 번이나 목격했기 때문이다. 저 궁녀는 그야말로 절색인데, 어쩌다가 반쯤 멍청이인 저 수염쟁이가 마음에 들었는지 모를 노릇이었다.

육충은 미녀에게 아주 바짝 다가서서 귀에 대고 속삭이다시피 했다. 그러다가 얼마 후, 육충이 귀찮아 죽겠다는 표정을 지으며 조급하게 손을 휘저었다. 미녀는 헤어지기 아쉬운 듯했지만, 육충이 대놓고 그녀의 고운 어깨를 두드리자 그제야 배시시 웃으며 재빨리 떠나갔다.

제 사선은 놀라고 질투가 나서 성큼성큼 달려나가 육충의 가명인 '육생'을 소리쳐 불렀다.

"육생, 이 대담한 놈! 가, 감히 공공연히 궁녀를 희롱해!"

"희롱하긴 누가 희롱했다고요! 발등에 불 떨어진 것처럼 초조해 죽는 마당에 그럴 정신이 어디 있습니까!"

"바짝 붙어서 어깨까지 두드려놓고 그것이 희롱이 아니면 무엇이냐?"

"어깨 좀 두드렸다고 희롱이면 우리는 아예……."

육충이 흠칫 입을 다물었다.

"왜, 너희가 또 뭐?"

제 사선은 놀라고도 흥미로워 두 눈을 환하게 반짝였다. 얼굴이 발그레 달아오른 그를 보자 육충은 속으로 얼씨구나 싶어 일부러 히죽거리며 말했다.

"사선께서 뭘 생각하셨든 우리는 다…… 흠흠."

제 사선은 힘들 때 동고동락한 처와 첩의 딱한 얼굴을 떠올리고 미칠 것처럼 질투가 나서 얼굴을 굳히고 외쳤다.

"너희가 대체 뭘 어찌했다는 것이냐? 본 관이 양 장군께, 아니지, 퇴마사 원 장군께 가서 보고하겠다. 그것이 바로 음란한 짓이야, 알겠느냐! 눈치껏 자세히 말해봐라. 같이 있을 때 뭘 했는지 어서 사실대로 고하지 못할까! 자세히 고할수록 좋다. 본 관이 마음이 약해져 용서해줄지도 모르니."

"아니, 대인, 여태 그런 데 관심이 있으십니까?"

육충이 눈을 휘둥그레 떴다.

"제 사선, 기다려주시오. 무슨 일이오?"

그때 마침 원승이 들어왔다. 제 사선의 의분에 찬 고발을 들은 원승은 육충에게 손짓하며 일갈했다.

"감히 그런 일을! 이쪽으로 오너라. 본 관이 상세히 캐물을 것이다."

제 사선은 육충이 고개를 숙이고 원승을 따라 멀리 사라지는 것을 신이 나서 바라봤다. 때때로 원승의 매서운 질책이 들려왔다.

"사선사에 들어간 지가 언제인데 가장 기본인 칼 다루는 법도 모르다니, 무슨 수로 중임을 맡을 것이냐! ……뭐, 양준이 추거했다고? 본 장군은 성인의 명을 받아 이성의 수라를 총괄하고 있다. 너 같은 자는 더욱 엄밀히 조사할 것이다!"

제 사선은 속으로 감탄해 마지않았다.

'원 장군은 과연 명불허전이구나! 권력자도 두려워하지 않다니!'

제때 나서서 육충을 사선사에서 데리고 나온 원승은 가는 길에 청영, 대기와 합류했다.

"자주 사약사를 찾아 묻는 사람이 있었는데 확실히 양준이었어. 그런데 자네가 말한 철당 결사대 설백미는 약간 이상했네. 뜻밖에도 양준과 아주 가까이 지내더군. 만약 성인의 수라에 열이 나고 건조하게 하는 보약을 더 넣게 했다면, 실상 그 설백미란 자가 가장 의심스러워……."

단각으로 돌아오자마자 육충은 사선사에서 고생고생하며 알아낸 각종 정보를 자세히 떠들어댔다.

"잡다한 소식이긴 하네만 제법 쓸모가 있겠군."

원승은 생각이 많아져 뒷짐을 지고 천천히 거닐었다.

육충이 그를 응시하며 말했다.

"자네가 그런 모습일 때면 속에 이미 계획이 섰다는 거 다 알아!"

"계획이 서려면 아직 한참 멀었네!"

원승이 무겁게 말했다.

"장안성 안에서 벌어진 일련의 괴살인 사건, 태극궁에 있었던 두 건의 신비 부적 사건, 그리고 육십 년 전 태종 황제 시절의 비밀. 전혀 상관없어야 할 일들이지만, 지금 보니 사실상 희미하나마 복선이 길게 이어져 있네. 이 세 가지에서 가장 큰 연관점은 바로 치우와 오악진형도일세. 장안성 괴살인 사건에서 돌궐 무사가 죽기 전에 치우 진마부를 그렸고, 그 치우 진마부는 태종 때 개국 국사인 원천강이 사귀를 쫓고자 쓴 것이지. 그때 오악진형도도 함께 썼는데, 그 오악진형도는 두 번에 걸친 태극궁 부적 사건에서 신비롭게 등장했네."

청영이 눈을 찡그리며 말했다.

"정녕 이 모든 것의 근원이 육십 년 전 정관 연간의 법진에 얽힌 비밀이라고 생각하십니까?"

"앞서 말한 것처럼, 최근에 나는 정관 때의 비밀 기록을 조사했고, 확실히 생각지 못한 것을 발견했소. 정관 연간에 태종 황제께서는 분명히 수(祟)를 입으셨소."

"수라뇨?"

대기는 잘 모르는 말이었다.

"귀신이 내리는 재앙을 '수'라고 하오. 도가에서는 살(煞)의 일종으로 여기지. 태종 황제께서는 어떤 사악한 살, 즉 사살에 공격받아 정신이 불안해지고 밤잠을 못 이루셨을 가능성이 크오. 해서 부득이 국사 원천강으로 하여금 몸소 사귀를 쫓는 법술을 펼치게 하신 것이오. 그것이 바로 삼청전 안에 있는 치우정 법진의 유래요."

원승의 눈빛이 아득해졌다.

"가장 무시무시하고 중요한 것은, 지금 누군가 고심을 다해 그 사살의 기운을 풀어놓으려 한다는 것이오. 장안성에서 일어난 수차례의 살인 사건과 태극궁 신비 부적 사건이 모두 그와 관련 있는 것 같소."

"지금, 누군가 그 사살을 풀어놓으려 한다고?"

육충은 놀라 두 눈이 휘둥그레졌다. 원승의 말이 도저히 믿기지 않았지만 곰곰이 생각해보니 말이 되는 것 같기도 했다.

청영이 가장 먼저 깨우치고 놀란 소리로 말했다.

"그러니까, 장안성에서 일어난 괴살인 사건은 사람이 한 일이 아니라 사살의 힘이라는 말씀입니까? 정녕 그렇다면 그 사살의 힘이 벌써 풀려난 것일까요?"

"적어도 그 힘은 이미 준동하고 있소. 심지어 일부는 벌써 새어 나와 장안성에서 수차례 살인 사건을 일으켰고!"

원승의 눈동자는 캄캄한 밤처럼 어두웠다.

"나는 무척이나 의심스럽소. 누군가 그것을 완벽히 조종하거나 또는 풀어주려는 것이 아닌지. 정말 그렇게 된다면 그 결말은 아마도…… 장안을 피로 씻게 될 것이오!"

전각 안은 순식간에 조용해졌고 사람들은 섬뜩함에 몸을 떨었다.

정말로 그처럼 거대한 힘이 존재한다면, 그리고 그 힘을 마음대로 풀어놓는다면, 백만 인구가 사는 이곳 대당나라 국도는 괴멸이라는 결말을 맞이할 가능성이 컸다. 한순간, 끔찍하게 죽은 돌궐 무사와 핏빛으로 돋보이던 치우 부적, 그리고 치우정 앞에 있던 방대하고 웅장한 오악진형도 등이 사람들의 눈앞에 주마등처럼 스쳐갔다.

갑자기 육충이 허벅지를 탁 때리며 말했다.

"그날 우리가 돌궐 무사를 찾아냈을 때 종상부 청양자가 와서 시신을 빼앗으려 했어. 혹 그놈들이 몰래 계획을 꾸민 걸까?"

원승이 대답했다.

"적어도 그들은 이미 뭔가를 알고 있네. 우리가 아는 것보다 더 많이. 예컨대 그 사살의 힘이 대관절 무엇인지, 육십 년 전 마종의 비문과 관계가 있는지 하는 것 말일세. 이런 중요한 점에 관해 우리는 아직 실마리조차 없네."

대기가 불쑥 말했다.

"당신은 이미 대책을 세웠을 거예요. 그렇죠?"

"운이 좋다면 혹시 오늘 밤에 진전이 있을지도 모르오."

원승이 빙긋 웃었다.

"그물을 쳐놨으니 그에 따라 준비하도록 합시다."

원승 쪽은 적절히 준비를 끝내 만사가 갖춰져서 그물을 치고 기다리기만 하면 되는 상황이었다. 그런데 막이 오르기 전에 예상 밖의 전주가 끼어들었다.

황혼이 진 뒤 뜻밖에도 안락공주가 또 단각에 왕림했다.

"이게 다 당신이 지난번에 요청한 것들이에요. 국사관에서 가져온 왕현책이 올린 승전보에…… 참, 태종 황제께서 능연각에 오른 일은 심지어 기거주에도 기재되어 있지 않았어요. 다행히 내가 여기 이《능연어람》을 찾아냈죠. 능연각 삼청전을 총괄하던 여관주가 당시 했던 일을 상세히 기록한 거예요."

안락은 원승의 당부를 한시도 잊지 않은 듯, 방에 들어서자마자 신이 나서 자신의 성과를 자랑했다.

원승은 기쁘면서도 걱정스러웠다. 기쁨은 안락공주가 찾기 쉽지 않은 자료를 구해왔기 때문이고, 걱정은 오늘 밤 그물을 치고 짐승을 잡으려던 중에 대당나라 제일의 공주가 왕림하는 바람에 애써 기다리던 사냥감이 놀라 달아날지도 모르기 때문이었다.

그래도 그는 그녀가 열심히 구해온 자료를 상세히 살폈다.《능연어람》이 먼저였다. 당시 삼청전의 여관주는 당금 능연오악의 스승격인 인물일 터였다. 그들에게 있어 지존이신 천자가 전각을 찾는 일은 지고무상한 영광이었으니 자연히 정성껏 기록해뒀다. 다만 내용이 간략해서 천자가 왕림한 시간과 동반자 및 천자의 언행만 짤막하게 몇 줄 적혀 있을 뿐이었다. 덕분에 원승도 금세 읽었다. 일다경(차 한잔 마실 정도의 시간)이 지난 후 그가 책자를 덮으며 가라앉은 소리로 말했다.

"괴이하군요. 태종 황제께서 매달 열닷샛날 저녁에 능연각에 오르셨다니…… 게다가 초기 몇 차례는 늘 국사 원천강을 동반하시고……."

"참 이상하죠." 안락공주도 고운 눈을 잔뜩 찡그렸다. "어째서 저녁이어야 했을까요? 누각에 올라 화상을 구경하기에는 낮이 더 잘 보이지 않나요?"

"생각을 바꿔, 태종 황제께서 누각에 오르신 것이 화상을 구경하기 위해서가 아니라 다른 일 때문이라고 한다면 조금도 이상하지 않지요!"

원승은 빙긋 웃으며 이어서 왕현책이 올린 승전보를 뒤적였다. 얼마 지나지 않아 그가 탄식하며 말했다.

"과연, 그해 왕현책은 빌린 병사로 타국을 무너뜨려 무한한 영광을 이뤘습니다. 하지만 공을 청하는 승전보를 보십시오. 여기 적힌 포로 명단의 첫 번째 이름은 당연히 국왕 아루나슈와입니다. 하지만 사파매는 두 번째도 아니고 세 번째에 적혀 있습니다. 그자는 애초에 국사도 아니었고, 그저 천축에서 의술과 단약을 다루던 기인인데 왕현책이 잡아다 바쳤던 것뿐입니다."

안락공주가 말했다.

"그렇다면 특이할 것도 없는 이국의 방사가 어떻게 천축의 국사로 둔갑했고, 어쩌다 태종 황제께서 깊이 신임하고 무슨 말이든 따르는 살아 있는 신선이 됐죠?"

"지난번에 이야기했던 소요마종, 비문을 기억하십니까?"

원승은 유유히 말을 이었다.

"이건성이 피살된 후 그 배후에 있던 소요마종 세력은 완전히 괴멸되지 않고 비문으로 변해 때를 기다리며 칩거했습니다. 태종 만년에 이르러 비문 세력이 그분 곁에 잠입했을 가능성이 아주 큽니다. 물론, 그들은 신하나 장수가 아니라 승려나 도사, 의원, 무당 같은 이들일 수 있습니다. 그런 이들은 조정에 숨겨진 세력이지요."

"숨겨진 세력?"

"승려나 도사, 의원, 무당은 아무런 실권도 갖지 않으니 드러난 세력에 속하지 않습니다. 하지만 각기 절기를 지녔기에 군왕의 총애를 얻을 수 있고, 때로는 말 한마디로 조정을 좌우하는 힘을 발휘하기도 하니, 절대 얕볼 수 없습니다. 해서 숨겨진 세력이라 말한 것입니다."

여기까지 말하자 원승의 눈앞에는 또다시 혜범의 음울한 웃는 얼굴이 떠올랐다.

"생각해보십시오. 사파매는 사로잡힌 일개 이국 방사의 신분으로 지극히 짧은 시간 안에 영명하신 태종 황제의 총애를 얻었고, 심지어 태종께서 단약을 잡수시고 급서한 뒤에도 무사히 빠져나갔습니다. 필시 누군가 그를 도왔을 것입니다. 아마도 사파매 곁에는 비문의 기인들이 있어서 사파매를 도와 군왕을 홀리고 파란을 부추겼을 것입니다!"

"비문?" 안락공주의 안색이 창백해졌다. "하지만 사파매는 중천축의 방사잖아요. 어떻게 중원 소요마종의 잔당과 결탁할 수 있죠?"

바로 그때 '타닥타닥' 하는 무척 괴상한 소리가 두 번 울렸다. 원승이 홱 시선을 들어 창밖을 내다봤다. 하지만 겨울이라 창에 종이를 두껍게 발라놓았고 바깥도 깜깜해서 아무것도 보이지 않았다.

"왜 그래요?"

이토록 엄숙한 그의 표정을 거의 본 적이 없는 안락은 절로 깜짝 놀랐다.

원승은 후원 가산에 펼쳐진 법진 앞에 육충 등 세 사람이 그물을 쳐놓았다는 것을 알고 있었다. 그런데 그자는 정말 올 것인가?

그는 날렵하게 창가로 다가가 빠르게 두 번, 느리게 한 번 창살을 두드렸다. 이는 사전에 정한 암호로, 현재 상황을 묻는 뜻이었다. 금세 청영의 전음이 날아들었다.

"안심하세요, 장군. 고양이 두 마리가 실수로 가산에 뛰어들었습니다."

원승은 저도 모르게 안도의 숨을 쉬며 다시 느린 박자로 세 번 창틀을 두드렸다. 풀을 때려 뱀을 놀라게 하는 일이 없도록 하라는 암호였다. 곧 청영이 전음으로 대답했다.

"잘 알겠습니다."

안락은 청영의 전음을 들을 수 없지만 원승의 심각한 표정을 보자 뭔가 깨달은 듯 소리 죽여 물었다.

"긴요한 일이라도 있어요?"

원승은 고개를 끄덕이고는 그녀가 놀랄까봐 일부러 웃음 지으며 말했다.

"저희가 함정을 팠는데 아마 짐승이 걸려들 겁니다. 범인지 늑대인지는 모르겠지만……."

말을 알아들은 안락은 도리어 기뻐하며 속삭였다.

"아주 재미있겠군요. 나도 구경하게 데려가줘요. 본 공주는 무슨 구경이든 다 해봤지만, 관아에서 도적을 잡는 건 한 번도 보지 못했어요!"

원승은 웃어야 할지 울어야 할지 몰랐다.

"평범한 도적이 아닙니다. 필시 몹시 교활하고 솜씨도 비범한 자일 것입니다. 저 함정을 간파할 가능성도 아주 커서 우리가 나가면 놀라 달아날지도 모릅니다."

안락은 그의 손을 살며시 잡으며 애원했다.

"몰라요, 그런 건. 당신은 신통력이 뛰어나잖아요. 날 데리고 가서 구경시켜줘요."

그녀의 손은 뼈가 없는 것처럼 나긋나긋하고, 부드럽고, 따스했다. 그는 또 마음이 혼란해졌다. 뿌리치고 싶었지만 그녀가 화를 낼까 겁이 났다. 망설이는 사이, 창밖에서 잇달아 괴상한 소리가 들려오고 곧이어 청영의 전음이 귓속을 파고들었다.

"또 고양이 한 마리에 산토끼 한 마리가…… 음, 너무 이상하군요. 아마 그자가 짐승을 부리는 술법을 아나봅니다!"

원승은 말없이 다시 창틀을 느리게 세 번 두드렸다. 갑자기 손등이 뜨끔했다. 안락이 살짝 꼬집은 탓이었다. 그녀는 앵두 같은 입술을 살짝 깨물고 그를 노려보고 있었다. 자기도 해보고 싶은 듯 장난기가 묻은 표정이었다.

원승은 기가 막혔지만, 문득 좋은 생각이 떠올랐다. 그자가 계속 짐승을 움직여 떠보는 것이라면 원승 자신이 이곳에 있을까봐 우려해서가 분명했다. 만약 보란 듯이 안락을 배웅하러 나가면 도리어 그자의 경계를 풀 수 있을지도 모른다.

그가 계획을 설명하자 안락은 더욱더 눈을 빛내며 연신 고개를 끄덕였다. 원승은 문을 열고 길게 웃음을 지었다.

"시간이 늦었으니 조심히 돌아가십시오, 공주 전하……."

안락도 아름다운 목소리로 응답한 후 사뿐사뿐 나갔다. 이곳은 안마루 하나에 바깥마루 두 개가 이어진 큰 채인데, 설안 같은 수행 시녀들은 바깥마루에서 기다리고 있었다. 두 사람이 나오자 시녀들은 각기 등불을 드니 손난로를 바치니 하며 안락공주를 에워싸고 마루를 나섰다.

방에서 나가기 무섭게 안락공주는 일부러 큰 소리로 말했다.

"바깥이 무척 어둡군요. 원 장군, 좀 더 배웅해줘요!"

원승도 낭랑하게 대답했다.

"소신이 마땅히 할 일입니다."

일행은 보란 듯이 단각을 나섰다. 구불구불 이어진 길을 얼마쯤 걸어간 원승은 곧 안락을 살짝 붙잡고서 살그머니 돌아갔다. 그에게 팔을 붙잡힌 안락공주가 웅혼한 힘이 전해지는 것을 느끼는 순간, 그녀의 몸은 땅에 발이 닿지 않을 만큼 빠르게 앞으로 나아갔다. 꼭 구름을 탄 것 같은 기분이었다. 반쯤은 그의 도술 덕분이고, 반쯤은 날아갈 것 같은 기분 탓이었다.

단각은 대부분 어둠에 뒤덮였고, 궁등 몇 개만이 나른하게 깜빡이며 희미한 불빛으로 마루 앞쪽을 얼룩덜룩 하얗게 비추고 있었다. 원승은 안락을 데리고 나는 듯이 어둠 속으로 들어가 어두컴컴한 가산 그늘 아래서 살금살금 앞으로 나아갔다.

원승은 가산에 펼쳐진 법진을 일목요연하게 파악하고 있었다. 오늘 오후에 이미 '짐승 잡는 그물'을 펼치기 좋게끔 법진을 처음대로 돌려놓았을 뿐 아니라 대폭 간소화해뒀다. 그는 그 '짐승'이 반드시 올 것이라고, 심지어 자신이 공주를 배웅하려고 단각에서 나가는 것을 본 지금은 벌써 움직였을 것이라고 믿었다.

가산의 법진 앞까지 숨어들었을 때쯤, 사방은 여전히 두려우리만큼 고요했고 간간이 애처로운 고양이 울음소리만 들려왔다. 달 한쪽이 이지러졌지만 달빛은 아직 환했다. 얄따란 망사같이 몽롱한 빛 무리에 비친 가산은 마치 둥둥 떠 있는 것처럼 흐릿해 보였다.

도가의 법진을 한 번도 본 적 없는 안락은 불시에 그 모습을 목격하자 사방에 있는 차갑고 딱딱한 바위가 마치 언제든 달려들어 사람을 물어뜯으려고 웅크린 괴수같이 생각됐다. 심장이 오그라들고 두려움이 치솟고 별안간 눈앞의 모든 것이 아른아른 흔들렸다. 그때 갑자기 손바닥에서부터 순수한 온기가 전해져와 금세 정신이 멀쩡해졌다. 원승이 제때 강기를 주입해준 것이다. 안락이 가볍게 안도의 숨을 내쉬며 그를 향해 생긋 웃는 순간, 귓가에 바늘처럼 가느다란 목소리가 들려왔다. 바로 청영의 전음이었다.

"공주 전하, 원 장군, 그자가 왔습니다. 얼굴은 똑똑히 보이지 않으나 이미 법진으로 들어갔습니다."

원승은 서둘러 한 발 나아가 안락 앞을 가로막았다. 저 앞 어둠 속에서 촛불 빛 하나가 홀연히 나타났다. 희미한 것이 마치 도깨비불 같았다. 촛불 빛이 키 크고 마른 그림자를 비춰냈다.

"서도!"

안락은 하마터면 소리를 지를 뻔했다. 그자는 바로 용기내위 수장 양준의 심복인 낭장 서도였다. 원승도 저 거무스름하고 마른 남자를 기억하고 있었다. 백호석에서 예의가 발작했을 때 소식을 전하러 온 이가 바로 그였다. 오늘 그물에 뛰어든 짐승이 저자라니 뜻밖이었다.

파란 그림자 하나가 번개같이 서도에게 부딪쳐갔다. 청영이 허공으로 몸을 날려 덮친 것이다. 용기내위 낭장인 서도는 당연히 솜씨가 여간 아니었지만, 도술에 정통한 청영과 비교하면 아무래도 훨씬 부족했다. 낭패한 몰골로 잇달아 두 번 공격을 피한 그는 곧 몸이 뻣뻣해진 채 오색 띠에 친친 휘감겼다. 오색 띠는 예측 불가의 신룡처럼 허공을 가르고 돌면서 그를 종자(粽子, 찹쌀을 잎으로 돌돌 말아 찐 음식. 쫑즈)처럼 꽁꽁 묶었다.

서도가 포박당하자 안락은 속으로 안도의 숨을 내쉬며 일어나려고 했다. 그런데 원승이 그런 그녀의 손목을 살며시 붙잡아 앉혔다. 그녀도 이상한 것을 알아차리고 황급히 그의 곁에 몸을 웅크린 채 상황을 지켜봤다.

"너는 누구냐? 야심한 밤에 이런 곳에 오다니 도대체 저의가 무엇이냐?"

청영이 화접자를 켜고 물었다.

"아니, 용기내위구나!"

서도는 안색이 하얗게 질린 채 숨을 헐떡였다.

"그렇다, 나는…… 이 어르신은 용기내위 낭장이자 양 장군의 부하다. 오늘 밤 궁 안을 순찰하다가 검은 그림자를 보고 의심스러워 여기까지 쫓아왔는데…… 그, 그림자가 사라졌다."

청영은 움찔했지만 곧 다시 외쳤다.

"변명은 소용없다. 쓸데없는 말은 집어치…… 앗, 왜 그러느냐?"

뜻밖에도 서도는 그대로 혼절했다. 청영은 한숨을 쉬며 멀지 않은 곳에 있는 검은 그림자를 향해 외쳤다.

"밤새 기다렸는데 쓸모없는 것만 잡았어."

어둠 속에서 대기가 몸을 일으키며 콧방귀를 뀌었다.

"일단 데려가야지. 원 장군이 돌아와서 처리하시게."

청영은 오색 띠를 잡아당겨 키 크고 마른 서도를 갓난아기처럼 번쩍 들더니 빠르게 가산 밖으로 나갔다.

가산 앞은 다시 한 번 끝 모를 어둠에 둘러싸였다. 겨울날 밤바람이 쌩쌩 몰아치자 안락공주는 저도 모르게 여우가죽 웃옷을 단단히 여몄지만, 여전히 음랭한 기운이 사방에서 스멀스멀 덮쳐오는 기분이었다. 다행히 그때 원승이 그녀의 손을 꽉 쥐었고, 안락은 다시 한 번 훈훈한 온기가 몸을 감싸는 것을 느꼈다. 그 온기에서 느껴지는 안전함은 여태껏 누구도 준 적이 없었다. 비록 대당나라에서 제일가는 귀한 공주지만 그 순간 그녀는 불쑥 이런 생각이 들었다.

'이렇게 그에게 단단히 손을 잡힌 채 오래오래 살 수 있다면 얼마나 좋을까.'

바로 그때, 가산 앞 희미한 달빛 속으로 그림자 하나가 휙 날아들었다. 그 그림자는 몹시도 얇아 마치 종이를 잘라 만든 것처럼 한들한들했다. 그림자는 좌우를 둘러보더니 가산 앞에 펼쳐진 괴석 법진으로 조심조심 접근했다.

법진에는 본디 겹겹이 금제가 걸려 있었으나, 원승이 짐승 잡는 그물을 치기 위해 몰래 바꿔놓아 아주 단순한 형태가 되어 있었다. 더욱이 조금 전 서도가 마구잡이로 뛰어드는 통에 법진의 효력이 크게 줄어, 검은 그림자는 별로 힘들이지 않고 연단로 앞까지 들어갈 수 있었다.

달빛은 은자처럼 밝고 희었다. 연단로는 해와 달의 정화를 흡수하는 요괴처럼 한층 더 휘황찬란했다. 검은 그림자가 달빛 아래 흔들흔들하더니 별안간 연단로를 움켜쥐고 살살 흔들었다. 달그락달그락하는 가벼운 소리가 깊은 겨울날 고요한 밤중에 유난히도 귀에 거슬렸다. 박자를 정확히 맞춘 흔들림에 놀랍게도 연단로가 반응했다. 낡고 탁해 보이던 연단로의 몸체가 줄기줄기 빛을 뿌리기 시작했다.

원승의 눈이 절로 휘둥그레졌다. 저 연단로에는 그가 모르는 비밀이 숨겨져 있고, 저 검은 그림자는 그 비밀을 아는 게 분명했다.

안락도 놀라서 눈을 동그랗게 떴다. 저 검은 그림자가 흡사 땅에서 튀어나온 유령처럼 이상하게 느껴졌다. 얼굴을 자세히 보고 싶었지만, 이상하게도 그림자는 달빛 아래 서 있는데도 옅은 안개가 덮인 양 이목구비를 또렷이 구별할 수 없었다.

아찔하며 놀란 그녀가 그만 전보다 크게 움직였다. 검은 그림자는 즉시 이를 감지하고 번쩍이는 눈빛으로 그녀가 숨은 곳을 바라봤다. 원승은 속으로 한숨을 쉬며 황급히 강기를 끌어올렸다. 소매 속에 든 춘추필이 살짝 튀어나와 공격할 준비를 했다.

바로 그때 확 하고 빛이 환하게 퍼졌다. 놀랍게도 검은 그림자가 촛불을 켠 것이다. 허연 빛 무리가 거대한 연꽃처럼 펼쳐지며 기괴한 풍경을 비췄다. 안락은 흘끗 눈길을 던진 즉시 온몸이 딱딱하게 굳었다. 마침내 그녀도 저 검은 그림자의 얼굴을 똑똑히 볼 수 있었다.

그자는 키 크고 마른 호승으로, 매부리코에 날카로운 눈을 했고, 새하얀 수염이 기괴한 흰색 꽃잎처럼 가슴 앞에 잔뜩 늘어져 있었다. 그 순간 연단로에서 불길이 활활 일었다. 뜻밖에도 호승은 단약을 만들고 있었다. 찰나의 순간, 강렬한 생각이 안락공주의 머릿속을 점거했다. 저 검은 그림자는 바로 사파매다! 육십 년 전 태종 황제를 해친 사파매!

설마, 저자가 아직 죽지 않았다고? 사파매는 여전히 연단로에 불길을 더하고 있었으나, 번갯불처럼 날카로운 두 눈은 그녀를 바라보고 있었고 심지어 미소까지 보냈다. 육십 년의 광음을 뚫고 온 괴상야릇한 미소였다. 안락은 곧 깨달았다.

'사파매가 죽지 않았을 리 없어. 육십 년이 지났잖아. 그자는 벌써 죽었어! 그렇다면 지금 나타난 저건 틀림없이 그자의 귀혼이야!'

그녀가 본 것은 사파매의 귀혼이 연단을 하는 모습이었다. 그녀는 갑자기 온몸을 부들부들 떨었고, 곧이어 쓰러질 듯 눈앞이 어질어질해지는 것을 느꼈다.

쉿! 갑자기 귓가에 원승의 가벼운 일갈이 들어왔다. 이어서 뒤통수의 대추혈로 따스한 강기가 스며들자 안락은 크게 숨을 내쉰 후 비로소 정신이 들었다. 이상한 일이지만 괴상한 호승의 모습도 그 즉시 희미하게 흐려졌다. 뒤이어 안락의 눈앞이 눈부시게 빛나더니, 불길을 내뿜던 연단로, 키 크고 마른 호승, 음침한 눈빛…… 기괴한 광경 모두가 다 타버린 꽃불처럼 사라져버렸다.

안락은 하늘과 땅이 팽팽 도는 것 같아서 혼절할 뻔했다. 원승이 재빨리 그녀의 가녀린 허리를 감싸 안았다. 안락이 억지로 버티며 쳐다보니, 환한 촛불 빛과 불길은 진작 사라지고 없었다. 연단로는 여전했고 달빛도 처음과 다름없는데, 검은 그림자는 이미 종적을 감춘 뒤였다.

"동북쪽! 아직도 그물 안에 있어요!"

이번에 전음을 보낸 것은 놀랍게도 대기였다.

"좋소. 그물을 조일 때 조심하시오!"

원승의 목소리는 처음처럼 침착했다. 그 침착함이 안락에게 정신적 안정을 가져다줬는지, 마침내 그녀가 숨을 할딱이며 물었다.

"어떻게 된 거죠? 당신도 봤어요? 방금 그…… 귀혼?"

"봤습니다. 하지만 귀혼은 아닙니다!"

원승이 부드럽게 말했다.

"환술이 일으킨 소살술입니다. 맞습니다. 우리는 확실히 육십 년 전의 광경을 봤지요. 하지만 그건 단지 법술을 펼친 자가 이곳 지살에 갈무리된 정보를 꺼내 환상을 그려낸 것뿐입니다."

안락은 놀라 고운 눈을 휘둥그레 뜬 채 중얼거렸다.

"그러니까 귀혼은 아니지만 정말 육십 년 전의 광경이라는 거죠? 그것을 누군가 법술 같은 것으로 끄집어냈고요?"

"대략 그렇습니다!"

어느새 만년촉을 켠 원승이 성큼성큼 연단로 앞으로 걸어갔다.

"이곳에 그토록 많은 비밀이 묻혀 있을 줄이야. 전에는 유의해서 보지 못했지요."

청영도 어둠 속에서 걸어나왔다.

"흥, 참으로 교활한 자로군요. 감히 섭혼술을 펼쳐 공주께서 환각을 보는 틈을 타 혼란을 일으키고 빠져나가려 하다니. 하지만 그자도 자신이 아직 그물 속에 있는 줄은 몰랐을 겁니다."

이제 보니 그녀와 대기는 그리 멀리 가지 않은 모양이었다. 대기가 보이지 않는 것을 보면 그물에 걸린 사냥감을 쫓아간 것이 분명했다. 청영은 재빠른 솜씨로 만년촉 두 개와 작은 등잔 하나에 불을 붙였다. 환한 불빛 아래에 놓인 낡은 연단로는 놀랍게도 기이한 광채를 뿜고 있었다. 연단로의 몸체는 열심히 연마한 것처럼 윤이 나 아주 아름답게 탈바꿈해 있었다. 혼이 쏙 빠질 듯한 아름다움이었다.

"거의 매일 이 연단로를 살폈지만 이렇게 아름답게 변할 줄은 몰랐습니다."

원승은 한숨을 쉬었다.

"보아하니 그들은 과연 수많은 비밀을 알고 있군요."

안락이 참지 못하고 물었다.

"당신이 말한 그들이란 설마…… 비문인가요?"

원승은 탄식했다.

"적어도 방금 그자는 우리가 모르는 비밀을 완벽히 알고 있었습니다. 본래는 버려진 연단로라고 생각했는데, 그자가 손보고 먼지를 털어냈더니 환골탈태해서 새것처럼 반짝이는군요."

"이 연단로는 기세가 넘치는 형태로군요."

청영이 정신을 집중해 자세히 살피더니 탄식을 토했다.

"세상에…… 세 발 달린 솥 모양 연단로라니!"

"솥발 분류 방식에 따르면, 세 발은 양이고 네 발은 음입니다. 이 연단로는 양의 수를 취했군요. 솥은 가장 안정된 물건이니, 세 발을 가진 양의 연단로는 확실히 사귀를 제압하는 물건으로서 나무랄 데 없지요. 하지만 솥을 발명한 사람은 바로 황제이고, 후세의 도가는 그를 도교의 시조 현원황제로 떠받들고 있습니다."

원승은 그렇게 말하면서 천천히 몸을 숙여 연단로에 새롭게 드러난 정교한 무늬를 살며시 매만졌다.

"그러니, 여기 새겨진 것도 도조 현원황제의 그림입니다."

안락은 원승의 손가락이 닿은 황제의 부조를 흘낏 쳐다봤다. 하지만 한나라 때부터 천하에 널리 퍼진 황제의 모습은 그녀도 많이 본 터라 곧 반대편으로 돌아가 다른 쪽을 살폈다.

이 연단로에는 중원과 서역의 것이 전부 있다고 해도 될 만했다. 황제와 태상노군 외에도 중원에서는 보기 드문 서역의 신마들도 괴이하고 흉악한 형으로 새겨져 있었다.

원승이 설명했다.

"이 연단로를 설치한 자는 호승 사파매니 당연히 천축 본토의 신마를 보탰겠지요."

"이건 뭐죠?" 안락이 파초 같은 식지를 뻗어 황제 그림 뒤편의 괴물 부조를 짚었다. "천축의 마왕인가요?"

"소머리에 팔이 여덟……." 청영은 깜짝 놀랐다. "치우로군요?"

원승이 고개를 끄덕였다.

"병가는 치우를 전신으로 여기고, 도가는 진마천존으로 여깁니다. 도가에서는 현원황제의 지위가 치우보다 훨씬 높긴 하나, 진마부적에서는 진마천존인 치우가 사귀를 제압하는 특성이 더욱 강하기에 그 형상이 더 크고 눈에 띄지요. 그렇군요, 진마부적!"

그의 시선이 연단로를 훑고, 가산을 훑은 뒤 다시 단각을 향했다.

"이 단각과 가산의 법진은 모두 사귀를 제압하는 용도로 만든 거대한 진마부적입니다."

"사귀를!" 안락이 저도 모르게 외쳤다. "우리가 추측했던 것과 꼭 맞는군요. 태종 황제가 사살에 공격받았다는 것 말이에요."

"치우도 있습니다!" 청영이 그 말을 받았다. "이건 삼청전 안에 있는 치우정에 그려진 형상과도 일맥상통합니다. 태극궁 안에는 이런 진마부적 법진이 여러 곳에 펼쳐져 있는 것 같군요."

"지금 가장 중요한 것은 그 검은 그림자가 어째서 이곳에 왔고, 어째서 기괴한 수법으로 이 연단로를 조종했느냐는 것입니다."

원승은 검은 그림자가 했던 대로 연단로를 살며시 흔들었다.

"분명히 뭔가를 찾으러 왔을 겁니다."

원승이 한참 흔들어도 연단로가 아무런 반응이 없자, 청영은 저도 모르게 한숨을 쉬며 말했다.

"역시 그놈을 잡아 똑똑히 심문하시지요!"

원승이 갑자기 손을 멈췄다. 괴상한 기운 한 자락이 산모퉁이에서 돌아 나오는 한가로운 구름처럼 등불 사이로 어른거린 탓이었다. 이런 괴상한 기운은 원승 같은 절정의 천재만이 감지할 수 있었다. 그 괴상한 기운은 연단로 뚜껑 아래쪽 불룩한 뱃속에서 나오고 있었다. 연단로에 장작을 넣는 곳이었다.

원승은 눈을 찡그리더니 불쑥 연단로를 열었다. 황금빛 광채 한 줄기가 휘리릭 솟구쳤다. 청영은 보지 못했고 안락도 보지 못했다. 원승이 본 것도 눈부신 빛이 넓게 퍼지면서 거대하고 괴상한 것이 그 황금빛을 따라 연단로 속에서 솟아오르는 것뿐이었다.

나타난 것은 사람의 형상을 했으나 머리가 아홉 개였다. 아홉 개 머리 가운데에는 추악한 것도 있고 준수한 것도 있고, 화난 것도 있고 슬퍼하는 것도 있었다. 놀랍게도 그것은 머리 아홉 달린 천마로, 혼이 쏙 달아날 만큼 요염한 아름다움을 지녔다. 원승은 온 힘을 다해 정신을 추슬렀지만 그래도 두 손이 바르르 떨리는 것을 막을 수 없었다.

원승은 한때 사문의 금지구역인 쇄마원에서 이 괴물을 본 적이 있었다. 하지만 그것은 존사인 홍강 진인이 거짓 술수로 만든 환상이었다. 그 후 그는 서운사 염라전 안에서 호승 혜범과 싸웠는데, 그 무시무시한 벽화 〈지옥변〉에 머리 아홉 달린 천마의 영혼이 붙어 있었다. 지금껏 그는 그것이야말로 진짜 머리 아홉 달린 천마라고 여겨왔다.

그런데 대관절 어느 하늘에서 인간 세상으로 뚝 떨어졌는지 모를 끔찍한 천마가 어째서 이 연단로 안에 봉인된 것일까?

"멈춰라!"

천마가 감금을 뚫고 나오려는 것을 보자 원승은 황급히 기를 끌어올려 크게 외치며 손에 든 춘추필을 힘차게 휘둘렀다. 금빛 붓이 번개처럼 천마의 아홉 머리를 그었다. 머리 아홉 달린 천마는 괴로운 신음을 내더니 몸을 뒤틀고 울부짖으면서 빠른 속도로 오그라들어 서서히 연단로 안으로 돌아갔다.

'쉭' 하는 괴상한 소리와 함께 천마는 누런 연기를 피워올리며 금세 얄따란 비단 자락으로 변했다. 황금빛 광채도 따라서 사라졌고 주위는 고요함을 되찾았다. 촛불 두 개와 등불 하나가 내뿜은 불빛만이 희미하게 반짝일 뿐이었다.

원승이 크게 숨을 헐떡이며 물었다.

"방금 뭘 보셨습니까?"

안락이 의아한 목소리로 말했다.

"당신이 춘추필을 꺼내 허공에 한 번 그은 것만 봤어요."

청영도 즉시 대답했다.

"연단로에서 안개가 솟구쳤는데 장군께서 붓을 휘두르자 흩어졌습니다. 그런 다음 연단로에서 연기가 한 줄기 피어오르는 것 같았고……."

원승은 속으로 안도의 숨을 쉬었다. 청영은 머리 아홉 달린 천마를 안개로 봤고, 안락은 안개나 누런 연기조차 보지 못했다. 두 사람의 수행이 부족해 저마다 달리 본 모양이었다.

그는 떨리는 손으로 얄따란 비단 자락을 주웠다. 처음 눈에 들어온 것은 비단 양쪽 끝에 적힌 시 같기도 하고 주문 같기도 한 구절이었다.

왕이 시해한 왕
민초가 모욕한 군주
제(齊)와 노(魯)에 위세를 떨쳐 전신이 되고
불사의 몸으로 병주가 되니
병주의 신력으로
천마의 살을 끄집어내었노라.
천마가 노하니 구중(九重, 하늘 또는 제왕을 뜻함)이 어지럽고
천마가 탓하니 만승(萬乘, 천자를 뜻함)이 스러진다.

"병주의 신력, 천마의 살?"

별안간 원승의 심장이 와락 오그라들었다. 지나치게 위험한 시였다. 한순간, 치우상과 진마부적 등 다양한 것들이 주마등처럼 눈앞을 스쳐갔다. 두 단락짜리 주문 아래로 표홀한 필체로 조그맣게 쓴 글이 보였다.

현무문의 참변 이래 울적하게 서른 해를 보내었다. 목하 대신할 몸을 얻어 금단으로 천자를 해한다. 천마의 살이 이루어졌으니 당의 주인은 모두 쇠하리라. 비록 패상에서 싸우기로 약속하였으나 대장부 죽은들 무엇이 두려우랴. 군왕의 은혜와 원한은 웃으며 나누는 이야기로 부치리니. 즐겁지 아니한가. 즐겁지 아니한가. 즐겁지 아니한가.

세 번에 걸친 '즐겁지 아니한가'라는 글은 어느 것 하나 다르지

않게 큼직하고 소탈해서 쓴 사람의 심정이 어찌나 후련한지 똑똑히 알 수 있었다. 이어 조그마한 글자 아래 낙관을 보니, 호탕하고 힘찬 필체로 여섯 자가 쓰여 있었다.

소요종 지기자(知機子).

원승의 머릿속에 절로 쿵 소리가 났다. 이제 보니 그자였다. 명성 쟁쟁한 지기자. 지난날 태자 이건성 휘하에서 첫손꼽는 지혜 주머니이자 소요마종의 일대 성존(聖尊). 원천강이 지난날 도가의 제일 국사라면, 마종을 휩쓴 지기자는 바로 술법에 있어 원천강 평생의 적수였다.

원승은 비로소 깨달았다. 갑작스럽게 나타났던 머리 아홉 달린 천마는 역시 진짜가 아니라 소요마종 비문에 뿌리를 둔 신비한 환술이었다. 모든 금제는 이 얄따란 비단 자락을 감추기 위한 것이었다. 이 모든 것의 배후에 마종의 성존 지기자의 귀신같은 그림자가 있었기에!

이내 이런 생각도 들었다. 방금 나타난 머리 아홉 달린 천마는 어째서 혜범이 쇄마원 법진 속에 펼쳐놓은 형상과 완전 똑같을까? 혜범을 떠올리자 그의 심장은 더욱 오그라들었다. 혜범 그 늙은 여우는 그의 눈앞에서 천서의 그림 두 장을 불태웠다. 그가 그 책자를 '천사책(天邪冊)'이라 부른 것은, 소문으로 전해지던 '천사책(天邪策)'이 그 책자와 관계있을 가능성이 크기 때문이었다. 책자는 무척 길었는데, 이미 겪은 〈지옥변〉과 〈모란〉 외에 그가 본 것은 연단로 그림이 전부였다.

여기까지 생각이 미치자, 혜범의 서늘한 목소리가 또다시 심장 깊숙이 스며들었다.

'이 연단로가 모든 것의 시작이다…….'

모든 것의 시작. 혜범이 말한 것은 아마도 이 연단로이리라. 그 늙은 여우는 무엇을 알고 있었을까? 원승은 비단 자락을 쥔 채 달빛 아래 서서 깊은 생각에 잠겼다.

"이봐요, 왜 그러죠?"

진흙상처럼 꼼짝하지 않는 그를 보자 안락은 겁이 나서 살며시 그의 팔을 잡아 흔들었다. 원승은 흠칫하며 겨우 정신을 차리고 무겁게 탄식했다.

"우선 방으로 돌아가시지요. 청영, 가서 사람들이 그물에 뛰어든 짐승을 잡았는지 살펴보시오."

오늘 밤 알아서는 안 될 일을 너무 많이 알았다는 사실을 민감하게 느낀 청영은 재빨리 대답한 후 돌아서서 나는 듯이 달려갔다.

난각 안으로 돌아오자 안락은 묵직한 여우가죽 옷을 벗을 겨를도 없이, 그의 창백한 얼굴을 보고 저도 모르게 초조하게 말했다.

"어떻게 된 거예요? 당신, 무엇을 본 거죠?"

"바꿔치기!"

원승이 잇새로 짤막하게 내뱉었다.

"뭐라고요?"

"지난날 왕현책이 올린 승전보로 보아, 사파매는 평범한 호승이고 왕현책도 별 뜻 없이 태종 황제께 헌상했을 것입니다. 왕현책이 무심코 한 행동에 식견 있는 마종의 인물이 기발한 생각을 해냈고 이로 인해 명성이 쟁쟁한 지기자가 등장했음이 분명합니다. 그렇군요. 그 평범한 호승 사파매는 이미 죽었을 가능성이 큽니다. 나중에 태종 황제 앞에서 그럴듯하게 혀를 놀린 사파매는 기실 그자와 바꿔치기한 지기자였지요!"

"지기자?"

안락은 그 괴상한 이름을 처음 듣는 것이 분명했다. 하지만 어찌 된 셈인지 그의 마음 한쪽이 서늘해졌다.

"그자는 이건성 휘하 첫손꼽는 모사로, 수법이 뛰어나 마종의 다섯 갈래를 총괄했고 당대 도술의 제일인자로 불렸습니다. 이건성이 현무문에서 죽은 뒤, 위징 같은 부하 대다수는 태종 황제께 귀순했으나, 완강하게 버티다가 소탕당한 이들도 있었습니다. 하지만 태종 황제가 가장 꺼리던 지기자는 바닷속에 가라앉은 바위처럼 종적이 묘연했지요. 그 후 수십 년간 조정에서 금오위와 여러 밀정을 보내 수색했지만 아무런 소득이 없었습니다. 나중에는 국사 원천강이 몸소 각지 현문 고수들을 움직여 비밀리에 그자를 조사했으나 여전히 종적을 찾기 어려웠습니다."

원승은 얇은 비단 자락을 살짝 흔들며 나지막이 탄식했다.

"놀라운 일이지요. 원천강같이 강력한 사람도, 애써 찾아다닌 평생의 적수가 호승 사파매로 분해 태종 황제 곁에 잠입했다는 사실을 알아차리지 못했으니까요! 지기자는 다년간 서역을 떠돌아서 서역의 여러 술법을 두루 안다고 전해졌으니, 호승을 사칭하는 것쯤은 손바닥 뒤집듯 쉬웠을 겁니다."

"이 비단 자락에 적힌 글은 몹시 괴상한데 어떻게 추측해냈죠?"

안락은 여전히 원승이 한 말을 이해할 수가 없었다.

원승은 한숨을 쉬었다.

"앞의 네 구절을 보십시오. '왕이 시해한 왕, 민초가 모욕한 군주. 제와 노에 위세를 떨쳐 전신이 되고, 불사의 몸으로 병주가 되니……' 누구를 말하는 것이겠습니까?"

그는 곧바로 자문자답했다.

"언뜻 보기에는 치우 같겠지요. 치우는 당시 염제, 황제와 천하의 주인을 다퉜고, 황제가 염제를 싸움에서 물리치자 황제와 천하를 다투다 패해 목숨을 잃었습니다. '왕이 시해한 왕'이라는 구절과 들어맞지요. 그 후 치우는 악명을 얻어 백성들 사이에 흉악한 마귀의 모습으로 전해졌으니 '민초가 모욕한 군주'이기도 합니다. 치우가 굴기해 다스린 땅은 당연히 제와 노이고, 진시황 때 제의 서쪽에 치우 사당이 있었습니다. 진시황은 치우를 여덟 신 가운데 병주전신으로 봤으니 이는 '제와 노에 위세를 떨쳐 전신이 되고 불사의 몸으로 병주가 되니'라는 구절과 맞아떨어집니다."

안락이 무겁게 말했다.

"그렇게 보면 이 주문은 병주인 치우를 찬양하는 거군요. 진마부적은 본래 치우가 중심이니 뻔하죠!"

"이 주문이 치우를 찬양하는 것처럼 보이나 사실상 찬양하는 대상은…… 현무문에서 피살당한 대당나라 은태자 이건성입니다!"

원승이 차갑게 코웃음 치며 말했다.

"지난날 태자 이건성은 현무문의 변에서 진왕 이세민에 의해 화살을 맞고 죽었으니 '왕이 시해한 왕'이며, 그 후 용했던 사적은 숨겨지고 민간에는 심지어 그가 태자 시절 고조 황제의 비와 어찌어찌했다는 유언비어가 나돌았으니 '민초가 모욕한 군주'입니다. 제와 노에 위세를 떨쳤다는 것은, 지난날 고조께서 개국하실 적에 진왕이던 태종 황제는 부친을 따라 서쪽을 정벌했지만, 태자 이건성은 병사를 이끌고 제와 노 지방에서 조반의 기치를 세운 두건덕의 부장 유흑달을 쓸어내고 그 틈에 제와 노의 영웅호걸을 대거 끌어들인 일을 말합니다. 참, 소요마종의 성존 지기자도 바로 그때 투신했지요."

"이제 보니 모든 구절에 두 가지 뜻이 있었군요!" 안락은 깨달았다. "그렇다면 '불사의 몸'이라는 구절은 서러움을 담은 바람이겠군요."

"마지막을 보십시오. 천마가 노하니 구중이 어지럽고 천마가 탓하니 만승이 스러진다…… 이는 도가의 주문에 쓰는 소혼 기도문과는 전혀 다릅니다. 완전히 사살을 부르는 원한의 주문이지요!"

"원한의 주문……." 안락이 떨리는 소리로 말했다. "그들이 부른 것은 어떤 사살이죠?"

"본래라면 이 구절로는 해석하기 어렵지만 다행히 뒷부분에 작은 글씨로 주해가 있었습니다. '목하 대신할 몸을 얻어 금단으로 천자를 해한다. 천마의 살이 이루어졌으니 당의 주인은 모두 쇠하리라.' 이 두 구절은 지기자가 사파매를 사칭하고 태극궁에 잠입한 뒤 사악한 금단을 제련해 태종 황제께 먹임으로써 천자를 해쳤음을 의미합니다. 주문의 마지막 두 구절, 즉 '천마가 노하니 구중이 어지럽고 천마가 탓하니 만승이 스러진다'의 자연스런 해석은, 지기자가 펼친 것이 '천마의 살'이며 대당나라의 만승지존을 노렸다는 것입니다. 그 예봉은 대당나라의 주인을 겨눠 그들 모두가 죽도록 만듭니다!"

"천마의 살…… 대당나라의 주인 모두 죽도록……!"

안락공주는 신음에 가까운 비명을 질렀다.

"그 대마두 혼자만의 사악한 바람일 뿐이에요. 비록 태종 황제께서는 금단을 잘못 복용해 붕어하셨지만, 그 후 황실의 자손과 후계자는 그래도……."

이렇게 말하던 그녀가 별안간 경악한 얼굴로 입을 다물었다. 무시무시한 생각이 떠오른 탓이었다. 그녀는 곧 떨리는 목소리로 말했다.

"세상에, 당시 태종 황제께서 먼저 고른 황태자 이승건은 모반으로 고발당해 폐위되고 울적해하다가 죽었죠. 심지어 태종 황제께는 열네 분의 황자가 있었지만 황조부이신 고종을 제외하면 모두…… 비명에 갔어요!"

원승의 안색도 굳었다. 그는 사서를 많이 읽었는데, 지금 헤아려보니 당태종 이세민의 열네 황자 중에서 훗날 요행히 등극한 당고종 이치와 평범하고 무능한 열셋째 이복을 제외한 나머지는 자결하거나 피살되거나 요절하는 처참한 결말을 맞았다.

"아닙니다." 원승이 한숨을 쉬며 말했다. "이 주문에서 '만승이 스러진다' 즉, '당의 주인이 모두 죽는다'는 말은 대당나라 군주, 또는 곧 군주가 될 후계자의 죽음을 뜻할 겁니다!"

"당의 주인…… 후계자?"

안락은 더욱더 가슴이 철렁했다.

"맞아요. 태종 황제께서 한창때 붕어하셨고, 처음 세운 황태자 이승건은 모반으로 폐위되어 태종 황제 생전에 우울함에 시달리다 죽었어요. 게다가 황위에 연루된 셋째아들 오왕 이각과 넷째아들 위왕 이태는 살해되거나 유폐되어 모두 젊어서 일찍 세상을 떠났지요. 그리고 즉위하신 고종 황제께서는 줄곧 건강이 좋지 않았고 일찌감치 풍을 앓아 몸소 나라를 다스리지 못하셨어요."

생각을 이어가자 그녀는 말을 하면 할수록 심장이 서늘했다.

"황조부 다음에 그분의 태자도 있죠. 장남인 진왕 이충이 가장 먼저 황태자가 됐지만 폐서인되고, 나이 스물 남짓에 사약을 받았어요. 이충 다음으로 다섯째 백부이신 이홍도 일찍이 황태자가 되셨지만 스물세 살에 갑자기 돌아가셨고요. 그 후 여섯째 백부 이현(李賢, 중종 이현과는 다른 인물)은 황태자로 세워진 지 얼마 안 되어 역모로 고발당했고, 강제로 자진했을 때 겨우 서른두 살이셨어요. 그 다음은 부황이신데, 부황께서도 내내 건강이 좋지 않으셨어요."

안락은 갑자기 소름이 끼쳤다.

"그리고 부황이 고르셨던 그 못된 태자 이중준도 역모를 일으키다 패해 주살당했죠! 아아,. 자세히 헤아려보면 이중준 그 못된 놈 이전에 우리 중윤 오라버니도 있어요. 오라버니는 태어나자마자 영해 원년에 고종 황조부로부터 황태손으로 봉해졌어요. 우리 대당나라 미래의 국본이셨죠. 하지만 무주 시기 장역지(무측천의 남총) 형제의 모함을 받아 곤장을 맞아 죽었어요. 겨우 열아홉 살 때요."

모두 황실의 일이다보니 그녀는 말 그대로 손바닥 들여다보듯 훤히 알고 있었다. 특히 마지막에 언급한 오라버니 중윤은 황제 이현의 장남으로, 위 황후 소생이자 안락과는 동복 남매였다. 그는 태어난 지 한 달 만에 당고종의 명으로 황태손이 됐다. 하지만 무주 말년, 누이동생 영태군주 이선혜와 매부인 위왕 무연기 등과 사사로운 대화 도중 장역지 형제가 제멋대로 내궁에 출입한다는 이야기를 나눈 일로, 열아홉 살의 이중윤은 친할머니인 무측천의 명에 따라 매질을 당해 죽었다.

자연히 원승도 그 이야기를 듣자 심장이 서늘해졌다. 극비밀은 아니어서 항간에 잘 알려진 이야기였다. 다만, 평범해 보이는 그 '사고'들이 갑자기 크나큰 음모와 연관되고, 나아가 아귀가 딱딱 맞아떨어지자 심장이 철렁하지 않을 수 없었다.

"아니야, 초반의 시기가 맞지 않아요!"

갑자기 안락이 또 생각난 듯 무겁게 말했다.

"가짜 사파매는 태종 만년에야 입궁했지만, 태자 이승건이 역모로 폐위된 것은 그보다 몇 년 전의 일이잖아요? 어떻게 태자의 폐위를 천마살의 소치로 여길 수 있겠어요?"

"확실히, 사파매는 정관 22년에야 입궁해 단약을 제련했고 태자 이승건이 모반하다 폐위된 것은 정관 17년의 일입니다."

원승의 입가에 쓴웃음이 한 줄기 나타났다.

"하지만 이런 생각은 해보셨습니까? 천마살을 펼치는 일을, 지기자가 구태여 정관 22년까지 기다렸다 진행했을까요?"

"그 말은……." 안락이 무겁게 말했다. "《선일록》에 기재된 대로 태종 황제께서 밤잠을 이루지 못한 시기는 정관 17년이었을 거예요. 그 후 같은 정관 17년에 능연각을 세우셨죠. 그렇다면 지기자가 천마살을 펼친 것은 틀림없이 정관 17년 이전이겠군요."

원승은 고개를 끄덕이고 무겁게 말했다.

"지기자는 그 주인인 이건성의 복수를 위해 고심을 다해 천마살을 펼치고 대당나라의 국운을 겨눴습니다. 가장 먼저 노린 이가 바로 태자 이승건이었지요. 정관 17년에 태자 이승건이 폐위된 후 태종 황제께서도 정신이 불안정해지기 시작해 부득불 국사 원천강에게 법술을 펴게 하셨습니다. 그것이 바로 태극궁 삼청전 안에 있는 치우정 진마부적 법진의 유래지요. 국사 원천강의 진마부적 법진이 완성되자 천마살의 힘이 줄어든 덕택에 태종 황제께서는 끝내 무사하셨습니다. 별수 없이 다른 기회를 찾아야 한 지기자는 마침내 정관 22년에 호승 사파매라는 하늘이 내린 기회를 발견했지요. 지기자는 한때 수년간 서역을 다녀 천축 말과 도술을 잘 알았고, 입신의 경지에 이른 역용술까지 더해졌으니, 전쟁 포로 가운데 별반 눈에 띄지 않는 호승을 사칭하는 일쯤은 귀신도 모르게 해낼 수 있었지요. 하물며 대신 입궁한 후에는 잠복한 지 오래인 소요마종 비문의 기인 한 무리가 그를 곁에서 도왔을 것입니다. 저는 그가 처음 태극궁에 왔을 때 태종의 신임을 얻고자 이 완벽한 진마부적 법진에 몇 가지 제안을 했으리라 생각합니다. 생각해보면 천마살은 본시 지기자가 직접 펼쳤으니, 그 사살을 제거하는 일도 쉽지 않았겠습니까? 덕택에 그가 살짝 손을 쓰자 태종께서는 나날이 편안해지셨고, 자연히 그를 향한 신뢰도 나날이 증가했겠지요. 그야말로 상궤를 벗어난 방식으로 문제를 해결한 것입니다. 당시 국사 원천강은 방방곡곡을 수색하고도 자신의 적수를 찾아내지 못했는데, 마존인 지기자가 호승으로 변장해 구중궁궐로 잠입했다고는 결코 생각지 못했을 것입니다. 이곳 단각의 본래 사명은 가짜 사파매가 황명을 받아 만든 사귀를 쫓는 법진일 것입니다."

원승은 연단로를 톡톡 두드렸다.

"그것이 단각이 여태 보존된 연유이기도 하지요. 단각 전체가 법진으로서 사살을 억누르고 있으니까요! 다만 지기자가 행한 모든 것은 결국 형가가 두루마리 지도 맨 안쪽에 숨긴 비수 같은 것이었지요. 게다가 비수는 두 개였습니다! 첫 번째 비수가 바로 태종 황제께 헌상한 단약입니다."

안락공주는 놀라 안색이 새하얗게 변한 채 찬 숨을 들이켰다.

"그러니까…… 태종 황제의 죽음은……."

"결단코 우리가 아는 것처럼 단약을 잘못 드셨기 때문이 아닙니다. 도리어 지기자가 고심해서 획책한 암살로 인한 것입니다!"

원승은 한 자 한 자 힘줘 말했다.

그 순간, 한겨울의 밤바람마저 뚝 그치는 통에 전각 안은 바깥의 낙엽 소리마저 들릴 정도로 고요해졌다. 이는 대당나라 개국 이래 가장 크고 또 가장 무서운 비밀일 가능성이 컸다. 천고의 명군 이세민의 죽음이 암살 계획으로 인한 것이며, 그 암살의 배후에 대당나라의 국운이 걸린 사살의 수수께끼가 얽혀 있었다니.

한참 후, 그제야 원승이 울적하게 한숨을 내쉬며 말했다.

"예, 심지어 더할 나위 없이 완벽한 암살이었지요."

사파매로 분한 지기자가 흥분을 참지 못해 연단로 안에 득의양양한 글귀를 남기지 않았더라면, 원승 역시 아무리 생각해도 자초지종을 설명하지 못했으리라. 그리고 이 비밀은 영원히 묻혔을 것이다.

안락은 분통을 터뜨렸다.

"가짜 사파매, 그 살인자는 결국 유유자적 법망을 빠져나가 천수를 누렸죠?"

원승은 느릿느릿 고개를 저었다.

"지기자의 최후는 그처럼 유유자적하지 않았을 것입니다. 싸우다 죽었을 가능성이 있습니다."

"그 대마두가 싸우다 죽어요?" 안락은 무척 기뻐했다. "누가 그 자를 죽였죠?"

"이 비단에 '패상에서 싸우기로 약속하였으나 대장부 죽은들 무엇이 두려우랴'라고 쓰여 있는 것을 보면, 그는 곧 생사의 싸움을 치러야 했던 것 같습니다. 지기자가 '죽은들 무엇이 두려우랴'라고 표현할 정도라면 상대도 틀림없이 탁월한 대종사였을 것입니다. 심지어 이런 생각도 드는군요. 어쩌면 그 강적이 워낙 신통력이 뛰어나 지기자 역시 생사의 고비를 느끼고 비로소 이 비단 자락을 남겨 인연이 있는 후인에게 제 공을 알리려던 것이 아닐까 하고요. 지기자의 천성으로 미뤄보건대, 필시 소요마종의 후인에게 이 비단 자락을 남기려 했을 것입니다. 비문의 청사들이 훗날 자신이 남긴 단서를 따라 이 비단을 찾아내기를 기다렸던 것이지요. 하지만 육십 년이 지난 지금에야 비로소 우리 손에 발견됐습니다. 이로 보아 나중에 지기자가 비문에 남긴 단서가 어디선가 끊겼을 것입니다. 이를 설명할 길은 하나밖에 없습니다. 지기자가 생사의 결전에서 피살당한 것이지요. 물론, 이는 제 추측에 지나지 않습니다. 그 싸움이 어찌 됐는지, 특히 싸운 상대가 어떤 고인인지는 알기 어렵습니다. 심지어 현문의 큰 문파들도 소요마종의 우두머리인 지기자의 행방을 모릅니다."

"그랬군요!" 안락은 입술로 쓴웃음을 지어냈다. "단각이 처음처럼 완벽하게 지금까지 보존된 것은 사살을 억누르는 신비한 사명이 있기 때문이었어요. 다만, 해가 지나고 세월이 가면서 양준 같은 용기내위 수장마저 그 사명을 자세히 알지 못해 이러저러하다 당신을 묵게 했고, 당신 역시 또 이러저러하다 이 신비한 수수께끼를 파헤치게 된 것이군요."

"저는 차라리 우연히라도 이 일을 건드리지 않았기를 바랍니다. 누가 뭐라 해도 지나치게 중대한 비밀이니까요. 하지만 문득 대담한 추측이 드는군요."

갑자기 그가 입을 다물었다. 눈동자에 살포시 구름이 드리워졌다. 심장이 어지러이 쿵쿵 뛰었다. 진청류가 이미 그에게 분명하게 경고했다. 위 황후와 종초객이 그를 제거할 기회를 찾고 있다고. 구중궁궐 신비 부적 사건은 여전히 수수께끼 같은 일투성이에다 그와 퇴마사는 이미 절벽 끝에 서 있어서 언제든지 영원히 돌아오지 못할 곳으로 추락할 수 있었다. 그런데 지금 크나큰 기회가 눈앞에 나타났다. 잘만 잡으면 행여 커다란 역전의 기회가 될 수도 있었다.

"대담한 추측이라니, 어떤 거죠?"

안락은 그의 눈동자에 어린 의미 모를 구름을 응시하며 가만히 물었다.

"줄곧 의심스러웠습니다. 어째서 별안간 성후의 옥체에서 붉은빛이 쏟아지는 신비한 일이 벌어졌을까 하고 말입니다. 지금 퍼뜩 떠올랐는데, 천마살이 진정 나라의 주인과 그 후계자를 노린다면 혹시 성후께서 입으신 재앙 또한 그와 관련이 있지 않을까요?"

그의 목소리는 몹시 가벼웠으나 안락의 귀에는 마치 우렛소리같이 들렸다. 원승은 그녀에게 커다란 가설을 안겨줬다. 만약 그녀의 모후가 신룡전에서 당한 재앙이 천마살의 공격이라면, 이는 곧 위 황후야말로 사실은 대당나라의 다음 군주라는 말이 아닌가?

"알겠어요." 그녀도 온 힘을 다해 목소리를 억눌렀다. "당신의 추측…… 사실은 무척 일리가 있어요."

원승이 나지막이 말했다.

"그럴 가능성이 있다면 먼저 성후께 몰래 알려드리셔도 됩니다."

"그러겠어요. 그것도 가능한 한 빨리!"

안락은 그의 말에 담긴 뜻을 알아들은 것이 분명했다. 맑은 눈이 환하게 반짝였다.

"방금, 당신이 말한 두 비수 중 다른 하나는 뭐죠?"

"지기자가 사파매로 분해 태극궁 깊이 들어온 것은 결단코 단순히 태종 황제께 독단을 바치기 위해서만은 아닙니다. 그자는 국사 원천강이 펼친 천마살을 억누르는 법진을 파괴할 생각이었습니다. 비록 완전히 성공하지는 못했으나, 진마부적 법진을 깨뜨리는 방법을 남긴 것은 확실합니다."

"그 천마라는 거……." 안락은 소름이 쫙 끼쳤다. "도대체 뭐죠?"

"모릅니다!"

원승은 고개를 저었다. 이 세상에 정말로 천마의 힘이란 것이 있을까? 그는 이내 잠꼬대 같던 구담 대사의 말을 떠올렸다.

'전설 속의 악마가 부활할 것이네.'

심장이 또다시 먹구름으로 뒤덮였다. 잠시 생각에 잠긴 그가 마침내 이를 악물면서 말했다.

"한 가지 부탁이 있습니다만, 공주께서 승낙하실지 모르겠군요."

"말해봐요!"

안락은 그가 사건을 속속들이 파헤치는 모습을 보는 것이 처음이었다. 그의 결론은 대담하고 놀라웠으나 공교롭게도 이치에 꼭 맞아떨어져서, 그녀의 방심이 기꺼이 믿고 따르게 했다. 그 순간, 눈을 찡그리고 고민에 잠긴 그를 바라보노라니 불현듯 심장 한쪽이 뜨거워지며 이런 생각이 들었다.

'이 사람이 나더러 시집가지 말라고 부탁한다면 난 그가 하라는 대로 하겠지?'

"혹 방법을 마련해주실 수 있을까요?"

원승은 고개를 돌려 창밖의 짙고 깜깜한 밤을 바라보며 말했다.

"내일 밤, 비밀리에 능연각에 올라가고 싶습니다!"

"능연각이요?"

안락은 무척 당황했다.

능연각에는 정관 시기 대당나라의 공신 스물네 사람의 화상이 모셔져 있었다. 고종과 무측천 때 속속 새로운 이를 더했으나 대략적인 구조는 한 번도 변함이 없었다. 상식적으로는, 삼청전 옆에 세워진 그 웅장하고 높은 누각은 결코 태극궁 안에서 기밀로 취급되는 장소가 아니었으나, 보통 사람은 그곳에 오를 수도 없고 허가도 받지 못했다. 하물며 해가 지면 더욱 그랬다.

"삼청전의 능연오악이 빈번히 누각에 올라 도를 닦으며 지키곤 하니 그분들을 방해할 생각은 아니고, 더욱이 이성을 놀라게 해드릴 마음도 없습니다. 다만, 사건을 해결하는 데 필요해서 직접 능연각에 한번 올라가봐야 합니다. 구실을 마련해 이성께 어지를 받아주십시오."

"좋아요." 여인의 마음이 다시 한 번 뜨거워졌다. "내일 밤에 데리러 올게요."

7장

그대여, 잠시 능연각에 오르라

북풍은 점차 잦아들었으나 높은 밤하늘에 끊임없이 흐르는 구름이 드문드문 달빛을 가렸다. 희끄무레한 달빛 속을 검은 그림자 하나가 별똥별처럼 가로질렀다.

검은 그림자는 오늘 밤 단각 앞으로 왔을 때부터 위험을 무릅쓰고 있음을 알았다. 하지만 방법이 없었다. 윗선에서 강하게 몰아붙이는데 어쩌겠는가. 나갔던 원승이 돌아온 것을 알아차리자 심장이 서늘해졌다. 대당나라 퇴마사의 수뇌, 영허문에서 제일가는 선재라는 이름은 일찍이 국도에 떠들썩하니 알려져 있었다. 그로서는 그런 상대를 이길 자신이 전혀 없었다.

검은 그림자는 오늘 밤에 사명을 완수하지 못하리라 확신하고 과감히 달아나기로 결정했다. 다행히 그에게는 최후까지 아껴둔 도주 비법이 있었다. 이곳 법진의 비밀 또한 그가 몸담은 비문 내부에만 전해져왔다. 그는 비문의 환술을 써서 강제로 마종의 선배 지기자가 남긴 지살의 정보를 끌어내 육십 년 전 사파매가 단약을 제련하던 광경을 그려냈다.

그 기괴하고 음산한 장면은 예상대로 안락공주를 혼비백산하게 만들었다. 원승이 주의를 돌려 안락공주를 보살피는 찰나, 그는 빠른 속도로 내뺐다. 그는 정말 한 줄기 그림자로 변해 단각을 지나고 긴 회랑을 통과하고 가산을 돌아 가장 어두운 곳에서 나지막한 궁궐 담장을 뛰어넘었다.

그는 자신의 신행술에 무척 자신만만했다. 국도를 통틀어 자신보다 신행술이 뛰어난 자는 다섯을 넘지 않으리라 생각할 정도였다. 가는 길은 순조로웠다. 추격병도 없고 순찰하는 시위와도 전혀 마주치지 않았다. 하지만 아무래도 그는 뭐라고 해야 할지 모를 괴이함을 느꼈다. 미리 잘 익혀둔 길이 어딘지 비틀린 것 같고, 미로에 들어선 착각을 느낀 것도 여러 번이었다.

마지막 한 번은 귀타장(鬼打牆, 어두운 밤 방향을 분간하지 못해 제자리를 맴돌게 하는 괴현상)까지 만나, 평범하고 낯익은 가산 앞을 몇 번이나 뱅뱅 돌다가 겨우 나갈 수 있었다. 사선사에 있는 자신의 침실 문을 연 순간에야 비로소 그는 완전히 마음을 놓았다.

그런데 갑자기 눈앞이 환해졌다. 누군가 방 안에 있다가 촛불을 켰기 때문이다. 이어서 느긋한 목소리가 들렸다.

"이제야 왔소?"

설 전선은 즉시 온몸이 뻣뻣해졌다. 그가 즐겨 앉는 서양식 긴 의자에 육충이 나른하게 누워 그를 보면서 생각 없이 히죽거리고 있었다.

'저 얄미운 육생 놈이 이 시간에 여긴 무슨 일이지?'

설 전선에게 맨 먼저 든 생각은 바로 저자를 죽여 비밀을 지키자는 것이었다. 그가 양손을 움직이자마자 강력한 기운이 허공을 가르며 짓눌러왔다. 보랏빛이 번쩍하더니 산을 집어삼킬 듯한 넓적한 철검 한 자루가 어느새 그의 목에 닿아 있었다.

육충은 애당초 움직이지도 않은 듯 똑같은 자세로 나른하게 늘어져 있었지만, 눈동자에는 조롱이 다분했다.

"이 육 나리 앞에서 잔재주 부릴 생각 마시오. 이 나리가 가장 잘하는 게 바로 각종 기습, 속임수, 음모거든. 파렴치한 일이라면 내가 천하제일이지."

"그러니까 당신이…… 육충?" 설 전선은 한숨을 쉬었다. "며칠 알고 지냈는데도 당신이 명성 쟁쟁한 육 검객일 줄은 생각도 못했습니다."

"알랑방귀 뀌면서 친한 척하지 말고. 하긴, 다 사실이니 알랑방귀라곤 할 수 없지만. 솔직하게 털어놓으쇼. 왜 슬그머니 단각을 염탐했으며, 신비 부적 사건은 또 어떻게 꾸며냈소? 능지처참을 당할 죄이긴 해도, 이 육 검객 어르신과 아는 사이임을 참작해서 시신만은 온전히 해달라고 이성께 부탁드려주겠소."

"육 검객, 또 농을 하시는군요. 밤마실 좀 다녀왔다고 그렇게 어마어마한 죄를 씌우는 법이 어디 있습니까?"

"정직하고 무던하게 생겨서는 성품까지 신중하시군. 하지만 안됐구려, 여우같이 교활한 원승을 만났으니. 물론, 신기묘산에다 지용을 겸비하고 속이 바다처럼 깊어 희로애락을 드러내지 않는 이 육 검객 어르신도 만났고."

육충은 더욱 편안하게 자세를 바꿨다. 검도 허공에서 핑그르르 돌면서, 살그머니 몸을 틀던 설 전선의 목을 겨눴다.

"원 장군은 당신이 평범한 요리사가 아니란 걸 벌써 알아차렸소. 이렇게 말하더군. 진 태의의 그 후끈후끈한 난각에서 나와 함께 찬바람을 맞으며 한동안 빠르게 걸었는데도 당신 이마에는 땀방울 하나 없었다고. 그래서 원 장군은 고의로 귀가 솔깃한 화제를 던져 구미를 당긴 뒤 슬쩍 속도를 높였소. 보통 사람 같으면 몹시 버거워했을 텐데 당신은 그와 한참 이야기하면서도 뒤처지거나 헐떡이지도 않았다지."

널찍한 이마에 보일락 말락 땀방울이 솟았지만 설백미는 허허 웃으며 말했다.

"제가 비록 이름난 요리사지만, 어려서부터 고생이 많았고 요리를 배우러 가서는 삼 년간 장작 패고 물 긷는 등 고된 노동을 했답니다. 더욱이 태평공주부에 있을 때도 한동안 힘든 훈련을 받은 적이 있지요."

태평공주 이름이 나오자 그의 얼굴이 엄숙해지고 목소리는 무거워졌다.

"태평유상, 만세면장!"

육충도 눈을 찡그리며 무겁게 말했다.

"대상무형, 태평무사!"

설백미의 낯빛이 약간 편해졌다. 그가 쓴웃음을 지으며 말했다.

"과연, 육 나리 역시 철당 결사대셨군요."

"이제 보니 다 같은 편이네. 아이고, 만나서 반갑구나. 흥! 그딴 짓거리는 그만하시지!"

육충의 얼굴에 다시금 나른함과 비웃음이 떠올랐다.

"공주 전하께서 당신더러 입궁해 뭘 하라고 하셨소? 단각을 염탐하라고 하셨소? 당신이 비문 청사라는 것을 공주께선 아시오? 공주 전하를 얼마나 많이 속였소? 거짓부렁 지어낼 생각 마쇼. 딱 두 시진이면 내가 철당의 수장을 찾아 다 밝힐 수 있으니까."

그가 '비문'이란 말을 꺼내자 설백미의 얼굴이 순식간에 굳었다.

"그래도 포기 못하시겠다? 당신이 지은 밥을 먹으면 백 가지 맛을 느낄 수 있다 해서 '백미'라고 불린다던데, 그게 다 고생해서 배운 요리 때문만이 아니라 태어날 때부터 남다른 영력을 가진 데다 심지어 비문에서 오래 수련했기 때문이 아니오? 그래야만 보통 사람들보다 맛이나 촉감, 향 같은 걸 훨씬 잘 느끼거든. 애석하게도 성공해도 소하 탓, 실패해도 소하 탓이라 하잖소. 영력의 고수는 자신보다 더 영력이 강한 사람과 마주치는 것을 가장 꺼리지. 돌아오는 길이 왜 그리 오래 걸렸는지 아시오?"

설백미는 경악했다. 조금 전에 마주쳤던 괴이한 귀타장을 떠올린 그가 놀란 소리로 말했다.

"누군가 날 쫓으며 영력 공격을 했던 겁니까?"

육충은 싸늘하게 웃으면서 속으로 중얼거렸다.

'이제 보니 이 땅딸보는 아무것도 모르는군. 대기 그 여자, 정말 대단한데? 귀신도 모르게 술수를 부리다니.'

육충은 즉각 얼굴을 굳히고 외쳤다.

"말해보쇼. 단각 가산의 법진과 그 신비한 연단로에는 대관절 무슨 비밀이 있소?"

"당신이 비문을 알 줄이야!"

설백미는 울적한 듯 한숨을 길게 토했다.

"그렇습니다. 나는 비문의 청사지요. 그 점은 태평공주께서도 모르시지만, 맹세컨대 지금껏 태평공주를 저버리는 짓은 추호도 하지 않았습니다. 신비 부적 사건은 더욱더 나와 아무 관계가 없고요."

육충의 눈빛이 더욱 살벌해졌다.

"비문의 청사는 마종의 부흥을 가장 중시하며, 평생 단 두 가지 일만 한다고 들었소. 그중 하나가 당신네 '진종(眞宗)', 즉 당신들을 이끌고 마종을 부흥할 진짜 주인을 찾는 것이지. 그래, 진종은 찾았소?"

설백미는 차갑게 콧방귀 뀔 뿐 말이 없었다.

"다른 하나는 어느 신비한 힘을 찾아다니는 것이지. 듣자니 지난날 지기자와 관련 있는 힘이라더군. 사실대로 말해주지. 당신네 마종 후손들이 저뢰나를 열심히 찾아다니는 건 이 어르신도 이미 알고 있소. 그러니까 어서 사실대로 털어놓으시지. 왜 단각에 갔소? 뭘 하려던 거요?"

"다…… 당신이 저뢰나를 알다니?"

황실 요리사의 눈빛에서 날카로움과 미치광이 같은 열정이 드러났다.

육충은 은근히 기뻤다. 그가 한 이야기는 반은 진짜 반은 가짜며, 권유를 삼 푼, 위협을 칠 푼 담아 입에서 나오는 대로 지어낸 것이다. 그는 즉시 냉소를 지으며 말했다.

"태평공주를 끌어들이면 태평무사할 거로 생각진 마시오. 거짓말이 한마디라도 들통나면 이 어르신이 당신을 꼼꼼하게 찢어발길 테니까. 보장하지만 아무 소리도 나지 않게 처리할 수 있소."

육 검객 어르신의 섬뜩한 웃음에 이어 자화열검이 위세를 자랑하듯 설백미의 목덜미에 바짝 달라붙었다. 날이 살짝 스쳤을 뿐인데 어느새 검신 위로 피가 한 줄기 배어 나왔다.

하지만 설백미는 고개를 들고 늠름하게 말했다.

"얼마든 저를 이성께 넘겨보십시오. 내가 어떤 최후를 맞는지, 그리고 이 일에 태평공주가 연루될지 어떨지 잘 지켜보시지요!"

"그럴 필요 없어!"

차가운 콧방귀 소리가 들리더니 그늘 속에서 대기가 몸을 드러냈다. 그 예쁘장한 얼굴을 보자 설백미는 순간적으로 온몸이 부르르 떨렸다. 눈앞에 있는 저 아름다운 두 눈은 밝은 등잔처럼 순식간에 그의 마음속까지 비췄다.

"말해줘, 그 신비 부적 사건은 네가 벌인 거야? 말해줘, 너희는 저뢰나 잎을 찾아서 뭘 하려던 거지? 말해줘, 단각 안에는 대체 무슨 비밀이 숨겨져 있어?"

여인은 부드럽게 그를 바라보며 말했다. 목소리가 꿈결처럼 가볍고 나긋나긋했다.

"아닙니다. 신비 부적 사건은 나와 상관없어요!"

별안간 설백미의 이마에 식은땀이 송골송골 맺혔다.

"저뢰나, 저뢰나 잎은……."

"그래, 난 그 사람을 봤어. 정말 그가 너더러 그러라고 했어?"

대기의 목소리가 다소 가빠지고 의혹에 잠겼다.

"그자입니다, 그자…… 야, 양……."

설백미는 어느새 허황한 꿈에 빠져든 느낌을 받았다. 그는 온 힘을 다해 저항하고 그 사람 이름을 말하지 않으려 발버둥 쳤다.

바로 그때, 쾅 하는 소리와 함께 방문이 부서질 듯 거칠게 열리고 양준이 다급히 뛰어들었다. 어찌나 급히 들이닥쳤는지 차가운 밤바람 한 줄기가 새어들어 방 안의 등불이 바르르 떨렸다.

"그자를 풀어줘라!" 양준이 사납게 외쳤다. "그자는 내가 상식국에 심은 암탐이다."

육충은 어리둥절했지만 곧 콧방귀를 뀌었다.

"이보시오, 양 장군, 이자는 우리가 힘들게 낚은 대어요. 암탐이라는 말로 빼앗아가시려고?"

양준이 한 손으로 설백미를 잡아당겼으나, 육충이 허공에 고정한 철검은 여전히 찰거머리처럼 설백미의 목덜미에 딱 붙어 있었다.

하지만 양준은 아랑곳하지 않고 냉소를 쳤다.

"이곳은 태극궁이지 퇴마사가 아니다! 구중궁궐 사람들이 네 말을 듣겠느냐, 아니면 용기중랑장인 내 말을 듣겠느냐? 여봐라!"

그가 짤막하게 외치자 문밖에서 용기내위 십여 명이 쩌렁쩌렁하게 대답했다.

"삼가 양 장군의 명령을 따르겠습니다!"

양준이 냉소를 지으며 손을 휘저었다.

"설 전선을 데리고 가라. 이따가 내가 그자에게 몇 가지 물을 것이다."

그러자 범이나 늑대 같은 용기내위들이 뛰어들어 설백미를 앞뒤로 들고 성큼성큼 문을 나섰다. 평소 짐병을 부려대는 육충이지만 열 명 남짓한 용기내위가 호시탐탐 노려보는 데에야 경솔하게 굴 수 없었다. 그는 하는 수 없이 철검을 거두고 씩씩대며 말했다.

"양 장군, 참 위풍당당하시군. 하지만 이번 일은 반드시 이성께 가져가 명확하게 따져볼 거요."

"본 장군이 다시 한 번 말하지. 설 전선은 내 손으로 꽂아 넣은 암탐이고, 기실 이는 성후께서 친히 계획하신 일이다. 믿기지 않으면 가서 성후께 여쭤봐라."

양준은 냉소를 남긴 채 돌아서서 나갔다.

"이 어르신보다 더 뻔뻔하군!"

분개한 육충이 발을 탕탕 구르며 대기에게 말했다.

"미안하게 됐소. 그래, 시간이 좀 짧았는데 우리 마나님께선 뭐라도 '봤'소?"

"짧다는 걸 알면서도 이 마나님을 귀찮게 하긴!"

대기도 속으로는 억울했지만 금세 장난스럽게 생긋 웃었다.

"하지만, 소득이 전혀 없지는 않았어요."

안락공주를 배웅하고 바삐 돌아온 원승이 육충 등과 합류해, 단각 안에는 다시 한 번 퇴마사 네 사람이 모였다. 육충이 씩씩거리며 있었던 일을 설명하자 원승은 화내지 않고 대기에게 이렇게 묻기만 했다.

"무엇을 봤소?"

대기는 망설이듯이 말했다.

"설백미도 원신의 영력을 수련한 사람이지만, 다행히 나보다는 한 수 낮았죠. 단각에서 달아날 때 그자는 나 같은 영력의 고수가 있을 거라곤 전혀 예상하지 못했고, 나도 남몰래 공격했기에 선기를 점할 수 있었어요. 물론 사선사에서 정면으로 겨룰 때는 그자도 전력을 다해 저항했어요. 하지만 원신의 영력을 겨룰 때는 반항하면 할수록 머릿속에 집념이 뚜렷해지기 때문에 오히려 쉽게 발각되는 게 특징이에요. 비록 시간은 짧았지만 두 가지를 알아냈어요. 첫째, 그자가 말하려던 사람은 정말 양준이라는 거예요. 하지만 그자가 내게 저항할 마음을 품은 것도 알아볼 수 있었어요. 어쩌면 일부러 나더러 양준이란 자를 살펴보게끔 한 건지도 몰라요. 단, 그러다보니 또 다른 것을 노출했죠. 그자의 내력 말이에요."

"그자의 내력은 태평공주 쪽 철당 결사대 아니오?"

"아니에요. 필시 다른 내력도 있어요."

페르시아 여인의 눈동자가 반짝했다.

"난 아주 기괴한 곳을 봤어요. 황금빛과 푸른빛이 눈부시게 빛나는 저택 안에 농염한 모란이 잔뜩 피어 있었어요. 널찍하고 위엄 있는 난각에는 설백미가 중년인 한 사람, 청년 공자 한 사람의 분부를 듣고 있었고요. 그중년인은 마르고 키가 크며 새하얀 수염을 길렀어요."

"모란이 잔뜩 핀 저택이라면, 종상부야!" 육충은 이내 종상부 밤 연회에서 겪은 무시무시한 기억을 떠올렸다. "마르고 키가 큰 수염쟁이는 종초객이 분명해."

"청년 공자는 나도 아는 사람이었어요." 대기는 얼굴을 살짝 붉혔다. "바로 안락공주를 맞아들일 미래의 부마 나리, 무연수였어요."

"당신이 무연수를 어떻게 아오?"

원승은 참지 못하고 끼어들었다.

"그 사람이 안락공주를 맞이한다기에 일부러 저택을 찾아가 밖에서 기다렸죠. 부마 나리께서 어떻게 생겼는지 보려고요."

다시 고개를 높이 든 대기의 얼굴에 홍조는 없었다. 원승은 말문이 막혔다.

청영이 재빨리 헛기침하고 화제를 본래대로 돌렸다.

"가장 중요한 것은 설백미란 자가 실로 거대한 꿍꿍이를 품고 있다는 것입니다. 만약 그가 종상부의 첩자라면 철당 결사대가 전부 노출되지 않을까요?"

"정반대야. 그자는 애초부터 철당 결사대가 아니었어!"

육충이 냉소를 지었다.

"철당 결사대는 하나같이 위험한 곳에 있기 때문에 오직 한 사람, 노당(老唐)하고만 연락해. 노당이 누군지 아는 사람은 없어. 그자는 평범하기 짝이 없는 하인을 통해 명령을 전하지. 쌍방이 연락에 사용하는 암호는 보통 여덟 글자야. 단 한 번만 쓰는데, 설백미가 쓴 '태평유상'이라는 암호는 진작 기한이 지났지."

원승이 쓴웃음을 흘렸다.

"기한이 지나서 내게 알려준 것인가?"

"에이, 암호는 자주 바꿔야 하는 거잖나. 내가 원 대장에게 알려줬을 때는 기한이 지나기 전이었지."

원승의 표정이 숙연해졌다.

"그자가 철당 결사대라는 것은 사칭이고 도리어 종초객과 무연수의 비밀 지령을 받았다면 그 신분은 이미 빤하군. 그자는 아마 무씨파의 고급 첩자인데 뛰어난 요리 솜씨에 힘입어 태평공주부에 들어갔을 걸세. 철당 결사대에 들어가려 했을 가능성이 크지만, 태평공주는 오라버니인 황제에게 잘 보이려는 마음 때문인지 그를 황궁에 추거했던 걸세. 무연수와 종상부 무리가 한마음으로 돌궐 무사의 사인을 조사하려 애쓰는 것을 볼 때, 무씨파도 줄곧 천마살을 추적해왔겠지."

육충은 참지 못하고 무릎을 탁 쳤다.

"원 대장, 기왕 그렇다면 어서 명령을 내려줘. 한시바삐 그놈을 잡아 고문해서라도 불게 만들어야지!"

하지만 원승은 고개를 가로저었다.

"비문 청사는 흔히들 죽음을 두려워하지 않는다네. 하물며 그자는 정말로 태평공주의 추천을 받아 입궁했으니 자백을 받자고 고문을 가하면 틀림없이 모든 일을 태평공주에게 덮어씌울 걸세. 그러니 지금은 공연히 풀을 건드려 적을 놀라게 할 때가 아닐세. 자네 둘은 속히 사선사로 가보게. 설백미가 양준의 거처로 피신했으니 이 틈에 그자의 방 안을 살펴보는 걸세. 명심하게. 모든 것은 귀신도 모르게 해야 하네."

청영과 육충이 명령을 받고 서둘러 나가자 비로소 대기가 가만히 말했다.

"당신, 조심해요. 요즘 들어 야위었어요."

"당신도 그렇소." 원승의 웃는 얼굴은 다소 울적했다. "퇴마사가 소용돌이에 휘말렸소. 저들 모두 나를 노리고 왔건만, 결국 모두 끌어들이고 말았군. 특히 당신을……."

"그런 식으로 남 취급하는 거 싫어요. 무슨 소용돌이에 휘말리든 난 겁 안 난다고요."

원승은 마음이 따스해졌다.

"고맙소. 당신과 함께 있으면 나도 즐겁소."

그는 조용히 그녀를 바라봤다. 그녀는 아름답고 활발하며 으스대기 좋아하는 미녀지만 그 아름다움에는 기이한 힘이 담겨 있었다. 원승을 차분하게 만들어주는 힘이었다.

"하지만 당신과 함께 있으면 늘 마음이 조마조마해요! 가장 불안했을 때가 언제더라?"

대기가 두 눈을 반짝였다.

"맞아, 형부 여섯 놈과 싸울 때였을 거예요. 그때 그 신포도 있었던. 하지만 이상해요. 그처럼 위험한 순간에 당신이 옆에 있는 것을 보자 마음이 차분해졌어요."

"그때 나도 일부러 침착한 척했던 거지, 실상 속으로는 몹시 조급했소. 나 혼자라면 만사가 두려울 것 없지만, 무슨 일이 있어도 당신이 그자들 손에 들어가도록 놔둘 수는 없었소. 그때 숫제 이런 생각도 했소. 당신네 검은 낙타에 혹시 사람을 어디론가 훽 사라지게 하는 비장의 기술은 없을까 하고 말이오."

"그럼 아주 완벽히 연기를 잘했네요. 나까지 속였으니까요."

대기가 까르르 웃었다.

"당신이 말한 비장의 기술, 확실히 우리 검은 낙타에도 있어요. '교변선'이라고, 산 사람을 신선처럼 허공에서 불쑥 나타나거나 사라지게 할 수 있죠!"

"교변선?" 원승은 절로 흥미가 일었다. "대관절 어떤 비결이오? 내게 알려줄 수 없소?"

"교변선은 영력이 강한 사람이 조종해야 해요. 예전에는 항상 내 차지였는데 내가 검은 낙타를 떠난 뒤에는 우리 아버지만 그럭저럭 해낼 수 있죠."

대기는 고운 눈을 커다랗게 떴다.

"배우고 싶어요?"

원승은 한숨 쉬며 말했다.

"퇴마사 일이 갈수록 힘들어지오. 이곳저곳에서 찾아와 귀찮게 구니 비 오기 전에 창을 손본다고, 언젠가 정말로 해먹기 힘들어지면 당신네 검은 낙타에 가서 생계라도 꾸려볼까 싶소."

그의 진지한 말투에 대기는 어리둥절했지만 곧 쿡쿡 웃음을 지었다.

"훌륭해요, 원 대랑. 육충과 오래 지내더니 그 번지르르한 말투까지 배웠군요. 좋아요, 이 마나님께서 바로 가르쳐주죠."

다음 날 이른 아침, 거세진 북풍이 구중궁궐의 전각과 누각 사이를 맹렬하게 오가며 요란하게 포효를 질러댔다. 그러나 위 황후가 머무는 감로전 안은, 후끈후끈한 난로를 피우고 향로에서도 그윽한 향기가 솔솔 퍼져 봄처럼 아늑했다. 다만 지금은 전각 안이 쥐 죽은 듯이 고요해서 찬바람에 부풀어오른 창호지만 사각사각 신음을 내고 있었다.

나른하게 용상에 기댄 위 황후의 안색은 우물물처럼 어두웠다. 가까이에서 시중드는 궁녀와 환관은 눈치 빠르게 멀찌감치 물러서서 숨도 크게 내쉬지 못했다. 양준은 억울한 일을 당한 얼굴을 하고 위 황후 앞에 서 있었다. 준수한 얼굴에는 여자 같은 교태와 가련함이 묻어났다.

어젯밤 그는 마음이 답답해서 푹 자지 못했다. 위급한 순간 설백미가 미리 방 안에 설치해둔 방울 달린 실을 살그머니 흔들고, 때마침 휘하의 내위가 부근을 순찰하고 있었기 망정이지, 그렇지 않았더라면 아마 제때 달려가 구해내지도 못했을 터였다. 퇴마사에 끌려가 심문을 받았다면, 저 땅딸보 설백미가 견디다 못해 무슨 변고를 일으켰을지 아무도 모를 일이었다.

양준은 어쩔 수 없이 남몰래 온갖 핑계를 지어냈다. 그리고 설백미가 또 퇴마사에 시달려 자신을 불러낼까봐 간곡하게 당부하기도 했다. 설백미는 온 힘을 다해 해명했다. 그 자신은 그날 밤 내내 얌전히 방에 머물렀는데, 육충 그놈이 씩씩거리며 들이닥쳐 헛소리를 늘어놓으면서 어르고 달랬다는 것이다.

양준은 또 다른 심복 서도도 퇴마사가 구실을 붙여 잡아뒀다는 데 생각이 미쳤다. 비록 돌아오기는 했으나 얼굴이 완전히 흙빛이 되어 있었다. 생각할수록 화가 난 그는 다급히 위 황후를 찾아가 원승의 죄상을 고발했다. 원승이 조사 명목으로 자신과 자신의 심복에게 창을 겨누고 있는데, 이는 달리 속셈이 있으리라는 고발이었다.

"그렇다면 그자가 실컷 고민하도록 내버려둬라!" 위 황후는 오히려 냉소를 지었다. "그래야지. 그자가 가만히 있으면 어찌 나의 원을 이뤄주겠느냐?"

양준은 기쁜 마음에 곧 순종적으로 눈을 내리뜨고 대답했다.

"성후의 뜻에 따라 모든 것을 착착 진행하고 있습니다."

"흔적을 남겨서는 안 됨을 명심해라. 특히 그자는…… 어찌해야 할지 알겠지!"

양준이 웃으며 말했다.

"그 요리사가 소관을 찾아와 종오품 관직을 달라 요구하기에 큰 일을 위해 이미 승낙했습니다. 흐흐, 그 일을 완수하기만 하면……."

위 황후의 시선이 아련하게 창밖으로 향하는 것을 보자 그는 조심조심 앞으로 나아갔다.

"듣기로는 진 태의가 지방관으로 나간다지요?"

위 황후는 가만히 한숨을 내쉬었다.

"너를 이겨내지 못할 것 같으니 과감하게 물러나기로 한 것이지. 아아, 소심한 사람 같으니…… 하나 네 뜻에는 부합하지 않느냐?"

그녀는 이렇게 말하면서 교태롭게 생긋 웃었다. 그 웃음 한 번에

방 안이 봄빛으로 물들었다. 양준은 즉각 능글맞은 얼굴로 가까이 다가가려 했다. 하지만 위 황후는 멀지 않은 곳에서 귀먹고 눈먼 척 서 있는 궁녀와 환관 쪽을 흘깃거리며 그의 얼굴을 살짝 두드리고는 나지막이 말했다.

"저녁에 와서 시중들거라. 일단 물러가서 원승을 잘 감시해라. 종상 쪽에서 전한 소식에 따르면, 원승 그자는 이미 완전히 이융기 편이 됐다는구나. 안락마저 그자를 붙들어놓지 못한 모양이야. 기왕 그렇다면 차라리 보내지 말고 영원토록 궁궐 안에 남겨둬야지!"

"모후!"

갑자기 전각 입구에서 아리따운 외침이 들려왔다. 안락공주는 워낙 서둘러 달려오느라 문가에 선 소환관이 '안락공주 듭시오'를 반쯤 외쳤을 때쯤 이미 종종걸음으로 전각 안에 들어서고 있었다. 딸의 낯빛이 다소 이상한 것을 본 위 황후는 자신이 마지막에 한 말을 들었으리라 확신하고, 일부러 침착하게 말했다.

"무슨 일이기에 우리 귀여운 따님이 이렇게 초조해하실까?"

안락의 심장은 마구 날뛰고 있었다. 과연 그녀는 그 말을 들었다. 역시 짐작대로 모후는 원승에게 호된 공격을 펼치려는 것이다. 자신의 낯빛이 몹시 나쁘다는 것을 아는 그녀는 애써 마음을 가다듬고 억지로 웃음을 지으며 말했다.

"모후, 큰일 났어요. 보고드릴 비밀이……."

안락공주가 흠칫 입을 다물고 멀지 않은 곳에 선 궁녀들을 신중하게 훑어봤다. 위 황후가 눈을 찡그리며 급히 손을 휘저었다.

"너희는 모두 물러가거라!"

양준과 궁녀, 환관이 전부 물러가자 안락공주가 그제야 떨리는 소리로 말했다.

"제가 온갖 수를 동원해 태종 황제께서 육십 년 전에 급서하신 연유를 알아냈어요. 그리고…… 천마살이라는 중대한 정보도요!"

"천마살?"

이런 기괴한 단어를 들은 위 황후는 처음에는 다소 놀랐다. 그런데 원승이 알아낸 태종의 사인과 천마살에 관한 자초지종을 딸에게 들은 후, 대당나라 황후의 얼굴에서는 당황하고 두려운 빛이 가시고 도리어 희색이 떠올랐다.

"세상에, 그랬더냐."

위 황후가 벌떡 일어났다. 두 눈이 신비한 보물을 발견한 것처럼 반짝였다. 그녀는 용상을 탁 내리치며 말했다.

"얻기 힘든 기회다. 병사를 부릴 때는 빠름이 중요한 법, 반드시 박차를 가해 날이 어두워지기 전에 처리해야 한다."

태극궁의 겨울밤은 세상 만물이 조용했다. 하늘에는 떠가는 구름 한 점 없고 달은 휘영청 밝았다. 은처럼 빛나고 투명한 빛 무리가 능연각의 가지런한 창살 틈으로 쏟아져 들어왔다.

능연각은 삼청전 옆에 있는 웅장하고 위엄 있는 높은 누각이었다. 비록 외진 곳에 자리했으나 규모가 대단히 크고, 정해진 시각에 누각을 청소하는 시종 말고는 오직 황제만이 오를 수 있었다.

다행히 안락은 이성이 가장 어여삐 여기는 막내 공주로서 모후를 움직여 부황의 허락을 받아냈다. 위 황후는 안락에게서 '천마살' 이야기를 듣고 어마어마한 충격을 받았으나 그 괴이한 사실에 지대한 호기심이 생겨 몸소 황제를 설득하러 나섰고, 그제야 이현도 마지못해 윤허했다.

다만 안락공주는 근심이 생겼다. 비록 그녀도 모후가 원승을 입궁시킨 동기를 의심하긴 했으나 오늘 낮에야 그 추측에 확신이 들었다. 그래서 그녀의 마음은 내내 어지러웠다.

그런데 그녀가 심히 이상하게 느낀 것은, 능연각에 오른 지 오래지 않아 원승이 사람을 시켜 등불을 끄게 한 일이었다. 그는 달빛 아래에서 조용히 명화를 감상하겠다고 했다.

참 이상한 사람이었다. 그림이나 꽃이나 미인을 감상할 때는 밝을수록 더 잘 보이는 법 아닌가? 하지만 그녀에겐 오히려 더 좋았다. 설안이 눈치 빠르게 하녀들을 데리고 누각을 내려가자, 널찍한 능연각은 다시금 그녀와 그 두 사람의 세상이 됐다. 특히, 맑은 달빛이 모든 것을 순결하고 아름답게 바꿔놓았다.

원승은 그 순결한 달빛 속에 조용히 서서 사람 크기만 한 화상을 넋 나간 듯 하나하나 바라봤다. 이곳 그림들은 정관 시기의 화성 염입본의 진적으로, 비록 어렵게 조사해낸 사건과는 무관하지만 그의 눈에는 성 하나만큼 가치 있는 보물이었다.

모든 것이 그의 예측대로였다. 등불 아래에서는 세밀한 획 하나하나까지 똑똑히 보였으나, 등불을 끈 뒤 달빛 속에서 가만히 보니 비로소 이 그림들의 정수가 드러났다. 깨끗하고 밝은 달빛 아래에서 오랫동안 집중해 바라보던 원승은 초상화가 실제처럼 생생하고 그 속에 있는 사람 한 명 한 명이 움직이는 것 같다고 느꼈다. 옷자락이 흔들리고, 수염이 휘날렸다. 게다가 개개인이 주는 기운과 숨은 의미도 달랐다.

그는 퍼뜩 깨달았다. 역시, 이 능연각은 법진이었다. 그것도 흔치 않은 법진.

그림의 절세 대가 염입본이 피를 토하며 그려낸 스물네 폭의 거대한 초상화. 그림 자체만으로도 결코 원승 자신의 화룡술에 뒤지지 않을 만큼 빼어난 기상을 지녔는데 거기에 국사 원천강이 몸소 행한 법사까지 거쳤으니, 여러 문신과 무장의 초상화는 이미 독특한 생명과 힘을 지녔을 가능성이 컸다.

안락공주는 그림과 도술에 능통하지 못했고 초상화를 자세히 들여다볼 마음도 없었다. 그녀는 그의 옆에 오뚝하니 서서 살그머니 곁눈질했다. 달빛 아래에 비친 원승의 옆얼굴은 옥을 조각한 것처럼 완벽해 보였다. 그녀가 곧 혼인하게 될 미남자 무연수와 비슷하게, 원승 역시 수려함과 용맹함을 모두 갖춘, 실로 문무 쌍벽의 남자였다. 더욱이 이 남자는 언제 어느 때건 태산처럼 진중해서 강렬하게 의지하고 싶은 마음이 들게 했다. 방심이 두근두근 떨리고, 갑작스럽게 무시무시한 생각이 솟아났다.

'이런 남자가 어째서 내 사람이 될 수 없는 걸까? 내가 이 남자를 얻지 못한다면, 그 누구도 이 남자를 얻을 수 없어. 모후의 계획은 그냥 내버려두자.'

이런 생각이 불쑥 치솟자 그녀 자신조차 두려워졌다.

"누구냐!"

돌연 원승이 호통을 쳤다. 갑작스런 호통에 그녀의 아리따운 몸이 바르르 떨렸다. 자칫하면 넘어질 뻔했으나 다행히 원승이 그녀의 팔을 움켜잡았다.

"왜 그래요?"

안락공주가 놀란 소리로 물었다.

"아닙니다. 제가 의심이 과했습니다!"

그는 홱 고개를 돌렸다. 눈앞에 있는 초상화 속 사람은 새까만 갑주를 입고 손에는 강편을 들고 곱슬곱슬하게 구레나룻을 기른 모습이었다. 다름 아닌 울지공이었다. 초상화 속의 울지공은 고리눈을 부릅뜬 모습이고, 공격 준비를 마친 강편은 은은히 떨리는 것이 당장이라도 사나운 기운이 허공을 가르며 떨어질 것 같았다. 방금은 이 초상화가 가져다준 지대한 충격에 환각을 본 것이 분명했다.

그는 무의식적으로 창을 바라봤다. 창을 뚫고 들어온 달빛은 가장 먼저 이 그림 위로 쏟아졌지만 그래도 정면이 아니라 약간 비껴나 반쪽만 환하게 비췄다. 고개를 돌려 다시 초상화를 바라보자 이번에도 원승의 정신이 마구 진동했다. 마치 저 강편에 혼백이 짓눌리는 기분이었다.

능연각에 모신 염입본의 진적 초상화 스물네 폭은, 그림 자체의 기백도 몹시 호탕하고 그림에 담긴 기세도 매우 날카로웠다. 한순간, 원승은 자신이 능연각이 아니라 어느 낭떠러지 사이에 서 있으며, 저 앞에 흔들흔들 움직이는 천근의 거석이 언제든지 굴러 떨어져 자신을 고깃덩이로 짓이겨놓으리라는 착각에 빠질 정도였다.

"등불을 켜겠습니다!"

가벼운 탄식과 함께, 그는 등잔대에 놓인 유리 등에 불을 댕겼다. 능연각은 화재가 가장 치명적이기 때문에 등불마다 유리 덮개를 씌우고 그림에서 멀찍이 떨어진 등잔대에 놓아뒀다. 환한 불꽃이 일렁이자, 초상화에 그려진 울지공의 기세가 약해지고 미미하게 떨리던 강편도 움직임을 멈췄다. 하지만 원승은 두 눈을 가늘게 떴다. 울지공의 화상 아래로 흐릿하게 찍힌 붉은 인장이 보인 탓이었다.

옛사람들은 글이나 그림에 도장을 찍는 풍속이 있었는데, 이는 당대에 시작됐고 이를 가장 힘써 주장한 사람이 공교롭게도 당태종 이세민이었다. 그는 친히 쓴 '정관'이라는 두 글자로 옥공에게 붉은 연주인(聯珠印, 별개의 도장을 이은 것)을 새기게 해, 자신이 감상한 장서와 그림에 찍었다고 전해진다. 이 능연각 안의 초상화 스물네 폭에는 모두 태종 황제의 '정관'이라는 연주인이 찍혀 있었다.

하지만 울지공 초상화에 찍힌 인장은 손바닥만큼 컸다. 심지어 흔한 관인(官印)보다도 컸다. 글씨체도 흔히 쓰는 구첩전(九疊篆, 꺾임이 많고 균형을 이룬 글씨체로 주로 인장에 사용)이 아니라 기괴한 도형이었다. 놀랍게도 그 도형은 오악진형도였다!

오악을 의미하는 기괴한 부호에 네 귀퉁이에는 청룡, 백호, 주작, 현무 등 사령수가 배치되어 있었다. 한나라 때부터 사람들은 청룡과 백호, 주작, 현무가 각기 동, 서, 남, 북 네 방위를 의미한다고 믿었고, 하늘의 사령으로서 사악함을 물리치고 마귀를 제압할 수 있으며 사방을 수호한다고 생각했다. 사령의 모양은 한대 건축물의 와당이나 묘실의 벽화, 동경의 부조에 흔히 나타난다. 이 붉은 인장에 찍힌 사령은 가장 흔히 나타나는 한대 와당 도형으로, 소박하고 생생한 필치로 사령을 각기 네 귀퉁이에 넣고 가운데에 북두칠성을 새겨놓았다. 사령과 오악 부호가 손바닥만큼 큼직한 인장에 들어 있는데, 마치 날 때부터 그런 것처럼 자연스럽고 끊이지 않는 웅장한 기세가 느껴졌다.

"천지를 한 치에 거두고 사방을 손가락에 모았군. 과연 고명한 솜씨야!"

원승은 은은하게 팔딱이는 기운을 응시했다. 순간, 치우정 앞 거대한 비석에 그려진 오악진형도와 두 번에 걸친 신비 부적 사건에서 나타난 기괴한 부적이 빠르게 눈앞을 스쳤다. 마침내 그가 길게 숨을 내쉬며 말했다.

"이제 보니 이곳이 바로 진의 눈이었군요!"

"진의 눈?" 안락이 의아한 목소리로 물었다. "그게 무슨……."

"이 능연각 전체가 사실은 국사 원천강이 설계한 사귀를 제압하는 법진이었습니다. 태극궁에 있는 법진 세 곳 가운데 능연각이 그 핵심이지요. 그리고 그중에서도 울지공의 거대한 초상이 법진의 눈으로서 대국을 감독하니, 이게 바로 진의 눈입니다."

안락공주는 알아들은 듯했다.

"생각해보니 어쩌면 이 울지공의 초상화 때문에 수문신이 됐다는 전설이 생겼는지도 모르겠군요."

"맞습니다." 원승은 대답하면서 사방을 둘러봤다. "보아하니 제 추측대로, 지난날 태종 황제께서 밤에 능연각에 오르신 것은 모두 도를 닦기 위해서였습니다."

"도를 닦아요?"

"천마살의 사살이 직접 공격한 대상은 바로 태종 황제였습니다. 비록 여러 곳에 법진을 세워 사귀를 억눌렀다 해도 그 실효성은 본인이 몸소 도를 닦고 복을 비는 것보다는 못하지요."

그는 이렇게 말하며 울지공의 초상화 맞은편 커다란 창문 둘을 가리켰다.

"저 창살의 기괴한 모양을 보십시오. 뭐로 보이십니까?"

안락공주는 어리둥절해하다가 놀란 소리로 외쳤다.

"북두칠성이네요!"

"그렇습니다. 창살의 격자가 아주 교묘하게 에워싼 공간은 공교롭게도 북두칠성 형태를 하고 있습니다. 달빛이 서역에서 난 유리판을 통과하면 이 화상 위에도 북두칠성 모양이 나타나지요."

그는 손가락을 뻗어 비단에 그린 초상화를 살며시 더듬었다.

"태종께서 수련하신 것은 오랫동안 전해져온 도가의 칠요성신법일 것입니다. 북두칠성은 안으로는 오장육부와 칠식(사람이 가진 일곱 가지 감각을 의미하는 불교 용어)에 대응하며, 밖으로는 성신으로서 이십팔수(천구를 스물여덟 구역으로 나눈 곳의 각 별자리)를 총괄합니다. 이십팔수는 다시 청룡 칠수와 백호 칠수, 주작 칠수, 현무 칠수로 나뉘는데, 이는 사령과도 상응하지요. 진마부적을 쓰고 도를 닦기까지 했으니 빈틈없는 배치로군요."

이렇게 말한 그는 북두칠성 형상을 띤 유리 창문을 응시하며 말없이 생각에 잠겼다. 문득 고개를 들다가 안락공주의 멍한 눈빛과 부딪치자 그의 심장은 절로 쿵 내려앉았다. 그때 누각 안은 서늘하고 고요했지만, 대청은 유리 등잔이 쏟아내는 말간 불빛으로 가득해서 흡사 이리저리 흔들리는 수은 같았다. 그 은빛 광채에 비친 안락공주는 그 자태가 유난히 곱고 단아했으며, 눈 같은 피부도 영롱하게 반짝였다. 훤칠한 몸을 꼿꼿이 세운 원승도 그 풍채가 준수하고 우아했다. 두 사람은 흡사 월궁 속에 선 한 쌍의 선남선녀 같았다. 시선이 맞닿은 순간 두 사람 모두 황홀경에 빠졌다.

하지만 원승은 자연스럽게 이런 생각을 했다.

'이런 날은 앞으로 다시는 없겠지.'

그는 고개를 돌리고 가볍게 말했다.

"성혼을 축하드립니다."

안락도 가볍게 숨을 토했다.

"지난번에…… 벌써 축하했잖아요."

원승은 입을 다물었다. 또 무슨 말을 해야 좋을지 몰랐다.

"그리고 물었죠. 그 사람을 좋아하느냐고요."

그녀가 초조하게 그를 바라보며 그윽한 어조로 말했다.

"사실…… 내 눈에 그 사람은 당신만 못해요."

홀연 그의 심장이 부르르 떨리고, 심장 깊숙한 곳에서 뜨거운 기운이 치솟았다. 하지만 그 기운은 이내 먹구름에 짓눌려 서서히 가라앉았다. 그는 그저 무겁게 탄식만 내뱉었다.

"말씀 감사합니다. 하지만 그는 무 씨 집안을 대표하며, 그 뒤에는 공주께서 필요로 하시는 강력한 세력이 있습니다."

안락의 얼굴에 어렸던 웃음이 굳었다. 그녀는 속으로 가만히 원망했다.

'저렇게 차분하게 말하는 것을 보니, 이 사람 마음속에 더는 내가 없구나. 그래, 그 이국 여자 대기, 그 여자의 무게가 점점 커지고 있겠지?'

여기까지 생각하자 원망이 봄날 덩굴처럼 쑥쑥 자라나 마음속을 채웠다.

'이 사람은 아직 자신이 심각한 위험에 빠진 것을 몰라. 내가 진실을 말해주지 않으면 모후의 계략에 따라 영원히 이곳에 붙잡혀 있겠지, 영원히! 나는 이 남자를 얻을 수 없지만 대기도 그를 얻을 수 없어. 그 어떤 여자도 얻을 수 없어.'

"왜 그러십니까?"

그는 그녀의 이상을 예민하게 알아차렸다.

"아무것도 아니에요. 당신, 내가 혼례를 올리는 날 반드시 와야 해요!"

평소와 똑같은 목소리를 낼 수 있다니, 그녀 자신조차 이상할 지경이었다. 하지만 그래도 그의 형형한 눈빛을 똑바로 보기가 무서워서 그녀는 몸을 돌리고 가볍게 한숨을 쉬었다.

"늦었군요. 나 먼저 돌아가겠어요. 당신도 일찍 내려가도록 해요."

"공주 전하를 배웅하겠습니다."

원승은 작은 등잔을 들고 그녀와 함께 누각 입구까지 걸어가 그 곱고 아리따운 뒷모습이 느릿느릿 나가는 것을 바라봤다. 저 아리따운 그림자는 지난날 그에게 가장 아름다운 꿈이었다. 지금, 그 꿈이 흔들흔들 멀어지고 있었다. 심장이 다시 한 번 아팠지만 그는 이내 속으로 쓴웃음을 지었다. 닿을 수 없는 꿈이라는 것을 잘 알면서 어째서 좇아야 하는가? 그냥 멀리 날아가도록 내버려두자.

8장

……

도와 마의 싸움

난각으로 돌아온 뒤에도 원승은 여전히 다소 황홀한 상태였다. 하지만 곧 육충이 충격적인 소식을 가져왔다.

"자네 명령대로 어젯밤 비밀리에 설백미의 방을 조사했고, 밀서 한 통을 찾아냈어. 만일에 대비해 오늘 새벽에 출궁해서 확인해봤네. 적어도 필체를 보면 확실히 태평공주의 서신이야!"

육충은 이렇게 말하며 손바닥만 한 서한지 하나를 건넸다.

태평공주가 친히 설백미에게 밀서를 보냈다니! 원승도 말이 나오지 않을 만큼 놀라 황급히 서한지를 받아 들었다. 눈처럼 하얀 이 서한지는 항간에서 가장 비싼 박죽지로 만든 것이며, 이름은 춘설전이었다. 서한지에 은은하게 고상한 무늬가 비치고, 심지어 그윽한 향기도 났다. 원승은 이 조그마한 서한지 가격이 백미 한 말을 넘으리라 믿어 의심치 않았다. 그 위에 적힌 필체를 보니 청아하면서도 대범해서 언뜻 보면 여자 글씨 같지 않았다.

성인의 음식에 더 마음을 써야 하며, 행동거지는 대담하되 신중해야 할 것이다! 행적을 깊이 숨기고 대사를 기다릴지니!

육충이 탄식하며 말했다.

"삼랑 곁에 있는 자에게 보여줬는데, 역시 태평공주의 필체야."

서한지를 구겨 쥐는 원승의 낯빛은 종이처럼 창백했다. 이것이 태평공주의 서한이라면 실로 대담하기 짝이 없는 밀서였다. 더욱이 이는 설백미가 태평공주를 따르는 사람임을 증명하는 것이기도 했다. 그자는 틀림없는 철당의 정예이며, 그것도 직접 태평공주를 상대하는 최고급 암탐이었다.

육충이 참지 못하고 말했다.

"위 황후와 종상 쪽은 벌써 천사책을 발동해 상왕과 태평공주가 수장인 이씨파를 일망타진하려는 중이야. 그렇다면 태평공주 성격상, 수비보단 공격이다 싶어 기병(奇兵, 정공법이 아닌 기습을 노리는 군대)인 설백미를 궁에 들여보내 대사를 진행하려던 게 아닐까?"

원승은 저도 모르게 두 눈을 잔뜩 찌푸렸다.

태평공주는 성품이 강직하고 일처리도 직접적이었다. 위 황후 일당의 천사책을 알았으니 앉아서 죽음을 기다리기보다 선수를 쳐서 동귀어진하자며 맞불을 놓을 가능성이 농후했다. 그렇게 생각하면 그녀에게 선발되어 입궁한 설백미는 바로 불퇴의 각오를 한 결사대였다. 무엇보다 골치 아픈 문제는 그만한 수준의 결사대는 필시 태평공주 쪽 고급 기밀에 속할 것이므로, 이융기나 상왕조차 알아낼 방도가 없다는 것이었다.

"태평 그 할망구 짓이야! 이 삼랑에게도 같은 편인 척 술수를 쓴 적이 있고 원 대장에게도 그랬으니 하물며 위 황후 같은 적은 어떻겠어!"

육충은 계속 투덜거렸다.

"아차차, 정말 그렇다면 설백미를 추궁할 수 없겠군. 그자를 심문하다가 태평을 끌어내기라도 하면 임치군왕과 상왕도 위험해지지, 아무렴!"

"정말 설백미란 말이에요?"

대기가 생각에 잠긴 목소리로 말했다.

"설마 내 영력으로 탐지한 것이 완전히 착오였다고요? 그자가 정말 태평공주의 절대적인 심복이라는 거예요?"

원승은 느리지만 단호하게 고개를 저었다.

"하지만 설백미는 철당의 여덟 자 암호도 옳게 못 맞혔는데……."

그러다가 원승은 문득 생각난 듯 소름 끼치는 표정으로 말했다.

"어서 이 서한지를 본래 자리에 돌려놓게!"

"본래 자리에?"

육충은 어리둥절했다.

"그래, 빠를수록 좋네. 귀신도 모르게!"

육충은 곧 깨닫고 알겠다는 듯이 말했다.

"그렇군. 절대로 설백미에게 들켜서는 안 되지."

원승이 웃으며 말했다.

"과연 육 검객 어르신께서는 총명하시군. 수고스럽겠지만 퇴마사에 한 번 더 다녀와주게. 우리 아버지를 찾아 금오위가 비밀 보관 중인 장안 지도를 내어달라 하고, 오육랑을 시켜 괴살인 사건이 발생한 지점 여섯 곳을 정확히 표시하게."

육충은 참지 못하고 물었다.

"아직도 장안성에서 벌어진 괴살인 사건을 신경 쓰고 있었군. 하지만 우리가 당장 처리해야 할 일은 태극궁 신비 부적 사건이라는 것을 잊지 말게. 그 부적에 적힌 '삼재'라는 구절대로라면 내일이 바로 사흘째 날이라고……."

대기도 말했다.

"그리고 진 태의 쪽에서 소식이 왔어요. 위 황후는 아직도 우리를 제거하려고 한대요. 이번에 우리가 순조로이 궁궐에서 나갈 수 있는지 없는지는 당신이 신비 부적 사건을 어떻게 깨뜨리느냐에 달려 있다고요! 도대체 계획이 있긴 한 거예요?"

원승이 웃으며 말했다.

"당신은 이미 계획이 있는 것 같은데?"

"내가 보기에 가장 의심스런 사람은 양준이에요!"

페르시아 여인은 사뭇 진지하게 그를 바라봤다.

"백호 사건의 그 궁녀, 예의와 그자는 연인관계였어요. 그리고 처음 청룡 부적이 나타났을 때 위 황후의 몸에 열과 빛이 났는데, 그자는 황후의 철저한 심복일 뿐 아니라 당신이 볼 때 그다지 놀라거나 당황하지도 않았다면서요."

원승은 그녀를 바라보며 웃었다.

"대기, 요즘 많이 정진했구려. 신중하고 사려 깊어졌소."

대기가 고운 눈썹을 찡그렸다.

"그런데 왜 웃어요? 설마 내 말이 틀렸어요?"

육충이 웃으며 말했다.

"확실히, 대기가 한 말은 꽤 일리가 있어. 이유라면 또 하나 있네. 두 사건에서 죽은 사람이 없다는 것도 예사롭지 않아. 공교롭게도 죽은 사람이 없다는 이유 덕분에 용기내위 수장인 양준이 대단한 책임을 질 일도 없었지. 그래서 이 부적 사건은 우리 퇴마사가 할 일이 됐고. 이로 미뤄볼 때 양준이 가장 큰 용의자야!"

대기가 분개하며 나섰다.

"그리고 우리가 천신만고 끝에 잡은 설백미도 양준 그놈이 풀어줬잖아요."

"양 장군은 절대로 무관하다 할 수 없네. 하지만 지금은 역시 가만히 상황 변화를 지켜보세! 아니, 청영, 왜 그러시오?"

문득 원승은 내내 말이 없던 청영의 얼굴이 새파랗게 질리고 안색이 변한 것을 알아차렸다.

"아무것도 아닙니다."

춘설전을 살짝 잡는 그녀의 손가락이 바르르 떨렸다.

육충도 자연스레 짙은 눈썹을 찡그리며 나지막이 말했다.

"당신, 임치군왕 쪽에서 태평의 필체를 확인하고 돌아올 때부터 내내 상태가 이상했어. 대관절 무슨 생각을 하기에 내게도 터놓고 이야기할 수 없는 거야?"

청영은 하얀 치아를 살짝 물었다.

"물건을 본래 있던 곳으로 돌려놓으려는 것은 당분간 설백미를 놀래지 않아 태평공주를 끌어들이지 않으려는 것이겠지요. 하지만 어째서 이번 기회에 태평공주를 쓰러뜨리면 안 되는 건가요?"

여인이 창백한 얼굴을 들자 눈동자가 반짝반짝 빛났다.

"태평공주는 앞서 임치군왕 이융기를 몰래 해치려 했고, 그 후에는 원 장군을 죽이려 했습니다. 과감하고 악랄한 사람이라 한 번에 성공하지 못하면 다시 시도할 텐데, 설마하니 우리는 쥐 잡다가 독 깨뜨릴까 벌벌 떨며 가만히 앉아 죽음을 기다려야 하는 건가요? 어째서 반격하지 않는 거죠?"

방 안에 있는 모두가 침묵에 잠겼다. 청영의 말이 옳았다. 괴뢰고 사건에서 태평공주는 이미 이융기에게 살심을 품었고, 마지막에는 원승을 곡강 별원에서 죽이려고 했다. 심지어 퇴마사가 지금 마주한 곤란도 태평공주가 딴 뜻을 품고 추거함으로써 벌어진 것이다. 지금, 어쩌면 설백미, 그리고 분명한 증거인 이 춘설전은, 퇴마사 영웅들이 태평공주에게 반격할 절호의 기회가 되어줄지도 몰랐다!

육충이 입을 열었다.

“우리 모두 못할 말이 없는 형제자매잖아. 당신이 태평 그 할망구를 암살하고 싶다면 그렇다고 말하면 될 것을 왜 그런 얼굴을 해?”

“왜라니! 나는 반드시 반격할 생각이니까! 이런 식으로 내내 누군가 숨어서 활을 겨눌까봐 걱정하며 지내고 싶지는 않아!”

청영의 안색은 더욱 창백해졌다.

“아니지.” 육충이 가볍게 한숨을 쉬었다. “이봐, 마누라, 당신에게는 가족의 원수가 있어. 여태 그 원수가 누군지 몰랐다가 근자에 열심히 수색한 끝에 마침내 알게 됐지. 애석하게도 그 원수 집안은 세력이 무척 컸어. 너무 커서 심지어 내게도 도움을 청하려 하지 않았고, 그 원수가 누군지도 알려주지 않았어. 하지만 이젠 나도 알았어.”

원승과 대기 모두 당황했다. 세 사람의 눈빛이 야위고 창백한 청영의 얼굴 위에 엉겨붙었다. 모든 것이 명백했다. 청영의 원수는 뜻밖에도 태평공주였다.

“내 일이야. 당신이 신경 쓸 거 없어. 그리고 난 당신 마누라가 아니야, 아니라고.”

살며시 고개를 젓는 청영의 고운 눈에 눈물이 맺혔다.

“청영!” 육충은 뜨거운 피가 끓어오르는 것을 느끼고 와락 소리

질렀다. "태평 그 망할 할망구쯤 뭐가 대단해? 이 어르신이 바로 가서 베어버리면 돼."

"당신은 필요 없어! 우리 가족의 원수는 나 스스로 처리해!"

청영은 춘설전을 와락 움켜쥐고 돌아서서 달려가려 했다. 별안간 사람 그림자가 눈앞을 휙 지나치더니 어느새 원승이 그녀 앞을 가로막았다.

"복수하고 싶다면 다 함께 갑시다."

청영은 걸음을 멈췄지만 아무 말이 없었다. 무엇 때문인지 몰라도 원승의 맑고 차분한 눈빛을 대하자 그녀의 마음도 다소 가라앉았다.

"나도 앉아서 죽음을 기다리는 사람은 아니오. 다만."

원승이 천천히 말했다.

"이런 생각은 해봤소? 태평과 상왕은 지금 입술과 이같이 서로 의지하며 영광과 피해를 함께하는 사이요. 그토록 온갖 궁리를 짜내는 위 황후가 이 춘설전을 손에 넣는다면 설마하니 상왕을 놔주겠소?"

그는 길게 탄식했다.

"생각해보시오. 설백미는 태평공주 이름을 댄 다음 이어서 누구를 통해 태평공주와 연락했는지 말해야 하오. 내 감히 내기할 수도 있소. 낯 두꺼운 설백미라면 죽음이 눈앞에 닥쳤을 때 반드시 우리 퇴마사를 물어뜯을 것이오. 설백미를 양준에게 빼앗겼으니, 양준의 배후에 위 황후가 있음을 알 수 있소. 그리고 내 알기로 위 황후가 제거하려는 대상 중에 가장 먼저 당하는 쪽이 우리 퇴마사요."

청영의 몸이 바르르 떨렸다. 마침내 그녀가 가벼운 목소리로 말했다.

"좋아요. 당신들이 이겼어요!"

그녀는 서한지를 거칠게 육충의 품에 던져 넣고는 나는 듯이 밖으로 나갔다.

"청영, 이봐 마누라님!"

당황한 육충이 그녀를 부르다가 투덜거리며 말했다.

"내가 가보지."

육충은 재게 발걸음을 놀려 청영 뒤를 쫓아갔다.

이튿날 아침, 원승은 양준을 만났다. 두 사람은 마음이 통한 듯 설백미 이야기는 단 한 자도 입 밖에 내지 않은 채 어느 곳에 경비를 강화해야 하는가만 논의했다. 기실 요 며칠 양준은 벌써 원승이 지목한 대로 삼청전의 주작당과 남해지에 인접한 영작각 등 의심스런 곳에 경비를 강화했다. 오늘이 '삼재'가 가리키는 날이기에 내위들이 쏟아져 나와 궁궐 안은 시장 통처럼 시끄럽고 혼란했다. 예상과 달리 오전은 내내 평화로웠다.

기가 막히는 육충의 말솜씨와 다정한 대기의 위로 덕택에 결국 청영은 감정을 추슬렀다. 뿐만 아니라 육충과 함께 퇴마사에 가서 소식을 수소문하기도 했다. 오후가 되자, 두 사람이 기괴한 소식을 가지고 다급히 돌아왔다.

원승의 아버지 원회옥의 말에 따르면, 방금 거리에서 놀라운 이야기를 들었다고 했다. 정관 이래 대당나라 황실은 줄곧 신비한 사살의 공격을 받아왔는데, 그 사살의 이름은 '천마살'이며 늘 황위 계승자를 정확히 노렸다는 이야기였다. 그 말을 할 때 원회옥은 아주 이상한 표정이었다고 했다. 사살의 공격이니 하는 기괴한 소문은, 원회옥 같은 유학자 출신 관리들이 듣기에는 본시 황당무계했다. 하지만 이세민, 이승건에서부터 이번 조정의 전 태자 이중준 등 여러 사람이 겪은 일로 보아 믿지 않을 수 없었으리라.

무엇보다 무서운 것은, 황궁에 있는 위 황후도 부적을 통한 사살의 공격을 받고 몸에서 붉은빛을 뿌리는 바람에 황궁이 발칵 뒤집혔다는 이야기였다. 뜻밖에도 바로 얼마 전에 태극궁에서 일어난 사건이 외부로 새어나갔다. 이로 인해 항간에는 신비 부적 사건을 뒤집어볼 때 사살 공격을 받은 위 황후가 바로 진정한 천자요, 대당나라의 다음번 만승지존이 될 가능성이 높다는 증명이라는 소문이 떠돈다고 했다.

원회옥이 육충에게 이 이야기를 한 것은, 육충을 통해 구중궁궐에 있는 아들에게 더욱더 조심하라고 일깨워주기 위해서였다. 황위 싸움이 얽힌 일이니 한 번의 부주의로도 돌이키지 못할 지경에 빠질 수 있었다.

육충의 말을 들은 원승은 쓴웃음을 흘렸다.

"그렇게 빠를 줄은 몰랐네. 태극궁 부적 사건도 그렇지만, 내가 막 추측해낸 천마살 이야기까지 퍼졌을 줄이야!"

육충은 저도 모르게 놀란 소리를 질렀다.

"그 천마살이 정말 자네가 추측한 건가?"

원승은 고개를 끄덕이고 자신과 안락공주가 그저께 밤에 나눈 이야기를 상세히 들려준 다음, 유유히 한숨을 쉬었다.

"내가 일부러 안락공주를 통해 위 황후에게 알리게 한 것일세."

육충이 쓴웃음을 지었다.

"항간에 그렇게 빨리 소문이 퍼진 것을 보면, 누군가 고의로 뒤에서 파란을 부추기고 있는 게 분명하군. 헤헤, 위 황후가 무슨 생각인지 말하지 않아도 뻔해."

원승이 태연하게 말했다.

"위 황후는 일찍부터 우리에게 칼을 갈고 있었네. 하지만 국본을 노리는 천마살이 있다면 야심만만한 위 황후는 이를 기회로 세를 조작하려 들 테니, 혹 우리 퇴마사가 빠져나갈 기회가 생길지도 모르네."

"원 대장은 천재라니까. 자네가 일부러 안락공주에게 비밀을 누설하게 한 데에는 역시 깊은 뜻이 있었군! 아 참, 중요한 것을 잊을 뻔했네."

그렇게 말한 육충이 연노란색 기다란 베를 건넸다.

"오육랑이 자네 분부대로 만든 것일세."

원승이 받아보니 베 위에 먹줄로 세밀한 격자를 긋고 현재 장안성의 방 이름을 표시해놓았다. 바로 금오위가 소장한 장안 백팔 개 방 구역 지도였다. 대당나라 때에는 지도, 특히 국도의 구역 지도는 고급 기밀에 속해, 육부나 금오위 같은 특수 기관만 소유할 수 있었다. 지도에는 이미 세심한 오육랑이 그간 일어난 괴살인 사건의 발생 지점을 석회로 표시해놓았다.

"모두 여섯 곳이야. 바로 여기 이 흰 지점."

육충이 지점을 짚었다.

"오육랑 말로는, 요 며칠은 괴상하게 죽은 사람이 더 나타나지 않았다는군. 그런데 다섯 번째 피해자인 돌궐 무사가 죽은 곳 부근에 있던 치우 사당 말이네. 방금 발견했는데 그 후원 구석에 꼭 치우정

같이 생긴 구덩이가 있고 억지로 연 흔적이 있었어. 암탐들이 들어가서 살펴보려 했지만 지살이 이상해 보여 내가 만류했지."

"만류하기 잘했네." 원승이 한숨을 쉬었다. "그곳은 아마 치우정과 유사한 금제투성이 지하 법진일 걸세."

육충이 말을 이었다.

"여섯 번째 사건 발생 지점 부근에는 별로 크지 않은 황제 사당이 있는데 역시 안에 치우 신상을 모셔놓았네. 자네가 알려준 대로 찾다보니 또 이상한 것을 알아냈지. 앞서 네 번의 사건 발생 지점에서도 부근에 치우 신상이 발견된 거야. 한 군데는 근처에 치우 도관이 있고, 다른 세 군데 부근에는 정관 연간에 건축된 태공묘가 있는데 그 안에 치우 신상이 있었어."

"듣기로는 태종 황제 즉위 후에 나라가 내우외환에 시달리고 돌궐의 침략까지 받자, 태종께서 강자아(姜子牙, 주나라 건국에 큰 공을 세운 정치가. 태공망)의 화신이라 자칭하며 태공이 은거했던 반계에 태공묘를 짓고, 장안성 안에도 태공묘를 여러 채 세우셨다 하더군."

원승이 무거운 소리로 이어 말했다.

"하지만 장안 태공묘 안에 치우상이 모셔져 있을 줄이야."

청영이 말했다.

"강태공은 병서 《육도》를 써서 병가의 시조로 추앙받고, 치우는 진시황 때 '병주'로 봉해졌지요. 그렇다면 강태공의 묘에 치우를 모신 것도 사리에 맞는 일이에요."

"무엇보다 이상한 점은, 괴살인 사건이 일어난 곳 부근에 모두 치우상이 있었다는 것이네!"

이렇게 말한 원승은 손가락에 찻물을 찍어 지도에 그림을 그렸다. 찻물이 그려낸 희미한 선이 석회로 표시된 지점 여섯 곳을 잇기 시작했다.

"보게. 이것이 무엇처럼 보이나?"

그는 천천히 손을 움직여 마지막 지점, 태극궁까지 선을 이었다. 육충이 움찔하더니 놀란 소리를 토해냈다.

"북두칠성!"

"그래, 국사 원천강이 지난날 만든 사귀를 제압하는 법진은 바로 북두칠성을 핵심으로 삼았네."

원승의 눈앞에 능연각에서 본 기묘한 북두칠성 창살이 떠올랐다. 그는 나지막이 탄식했다.

"별로 눈에 띄지도 않던 사건 현장 옆의 사당들을 떠올리면 모든 것이 낱낱이 드러나지. 치우 신상을 모신 사당 여섯 곳은 사실 지난날 원천강이 만든 법진일세. 황궁 안 삼청전 치우정과 더불어 정확히 북두칠성 형태를 이루지."

육충이 놀란 소리로 물었다.

"치우 위주로 만든 일곱 군데의 법진이 북두칠성 모양을 만들어 다시 방대한 칠성 법진을 이루고 있었군! 그 방대한 칠성 법진이 지키는 것은 바로…… 국도인 장안성 전체인가?"

천천히 고개를 끄덕이는 원승을 보자 육충은 더욱더 놀랐다.

"그 방대한 사귀 제압용 법진을 깨뜨리면 사살의 제약이 사라지겠군. 그럼 자네가 전에 말한 대로 장안이 피로 물드는 게 아닌가?"

모두 두려움에 낯빛이 변했다. 대기가 참지 못하고 물었다.

"장안 전체가 피로 물들 거라고요? 지기자가 불러낸 사살이 도대체 어떤 것이기에 그런가요?"

"천마살이라 했으니 그 사살은 당연히 천마요!" 원승은 탄식했다. "천마가 무엇이냐고는 묻지 마시오. 나도 그 주요 부분은 모르니까. 그 마지막 비밀을 아는 이는 틀림없이 비문 사람이오. 설백미나 부적 사건을 꾸민 자, 또는 호승 혜범 같은!"

'호승 혜범'이라는 말을 꺼내자 원승은 갑자기 또 다른 '호승'을 떠올리고 저도 모르게 눈을 빛냈다.

"어쩌면 아는 사람이 또 있을지도 모르오!"

침실은 예전처럼 짙은 약 냄새와 복잡한 성도로 가득했으나 구담 대사의 기침 소리만은 예전보다 훨씬 약해져 있었다.

원승은 탁자에 장안 지도를 펼쳤다. 반짝이는 촛불 빛 덕분에 장안성 백팔 개 방 사이로 그가 다시 먹줄로 그려놓은 북두칠성 모양이 한층 선명하게 보였다.

"이것이구나."

구담 대사는 그 그림을 뚫어지게 보면서, 헐떡이는 것 같기도 하고 웃는 것 같기도 한 소리로 말했다.

"이것이 바로 국사 원천강이 평생 추구해온…… 장안성 칠성 진마 법진일세."

"진마?" 원승은 탄식했다. "소생도 어느 신비한 두 곳에서 천마를 본 적이 있습니다. 생생한 머리 아홉 달린 천마였고, 하나는 사람의 마음을 갉아먹을 수 있는 몇 갈래 환영이었지요."

쇄마원과 〈지옥변〉 벽화 앞에서 원승이 목격한 광경을 자세히 듣고 나자, 구담의 눈빛은 더욱더 응어리졌다.

"다행일세. 그 두 번 모두 진정한 천마는 아니라네. 전자는 진을 펼친 자의 심법의 금제일 뿐이며, 후자는 진을 펼친 자가 심혈을 기울여 수집한 천마의 그림자지."

"천마의 그림자?"

"천마의 위력은 지극히 커서 천마의 본모습을 본 이는 그 의식 속에 수집된 천마의 그림자만으로도 지극히 끔찍한 살인 법보를 만들 수 있다고 전하네. 그 염라전 안에서 원 대랑이 마주한 것이 천마의 그림자였기 망정이지, 만약 진짜 천마였다면 대랑의 목숨이 어찌 아직 남아 있겠나!"

원승은 쓴웃음을 지었다.

"진짜 천마라니요? 지금껏 저는 천마란 그저 전설에 불과하다고 생각했습니다."

"이른바 '도가 한 자 높아지면, 마는 한 길 높아진다'라고들 하지. 그 마가 곧 천마라네. 도가와 불가에서는 일반적으로 사람의 마음을 어지럽힐 수 있는 신비한 힘으로 해석하지. 한데 당나라 개국 국사이신 원천강 선사께서 선친께 천마에 관한 먼 옛날의 이야기를 들려주신 적이 있네."

구담 대사는 모락모락 김을 뿜는 약을 건네달라고 한 뒤 단숨에 꿀꺽 삼킨 다음 비로소 천천히 말을 이었다.

"원 선사께서는, 천마는 상고시대부터 실제로 존재했으나 다른 세상에서 왔을 뿐이라고 하셨네. 황제와 치우의 큰 싸움에서 쌍방 모두 천마를 움직였네. 후세의 전설에 치우가 파견했다고 일컫는 풍백(風伯, 바람의 신)과 우사(雨師, 비의 신), 그리고 황제가 청한 한발(旱魃, 가뭄의 신)은 기실 다른 세상의 천마였지."

원승은 깜짝 놀랐다. 어려서부터 익숙하게 들어온 황제와 치우의 싸움 뒤편에 이처럼 놀라운 이야기가 담겨 있을 줄이야.

"천마는 우리가 사는 이 세상에 온 뒤로 이곳 법칙에 제약을 받아 마력이 크게 꺾였네. 하나 천문에는 여전히 강력한 영향을 미칠 수 있었으니, 그것이 후세의 신화 속에서 바람, 비, 가뭄의 신으로 바뀌어 전해졌지. 전설에는 천마가 사람의 마음을 어지럽힐 수도 있으며, 그렇기에 사람의 마음과 천문이 상호 영향을 주게 된다고 했네. 이것이 곧 천인합일(天人合一)의 유래라네."

원승은 한숨을 내쉬었다.

"선사이신 홍강 진인께서 깨달음을 얻어 말씀하신 적이 있습니다. 황제와 치우의 싸움은 실상 천하에 처음 있었던 도와 마의 싸움이라고 말입니다."

"옳은 말일세. 원 선사의 말씀에 따르면 첫 번째 도와 마의 싸움 결과 치우가 붙잡혀 죽었으나, 그 후 황제는 아주 골치 아픈 문제에 맞닥뜨렸네. 천마를 죽일 수가 없었던 거지. 황제 쪽에 섰던 한발조차 크나큰 골칫덩어리였다네. 죽지도 않고 기껏해야 억눌러 복종시킬 수밖에 없었지. 황제는 온갖 꾀를 내어 비로소 천마를 진압했네. 듣기로 마지막으로 복종시킨 천마는 죽은 후에도 흩어지지 않은 치우의 영혼에 의지했다더군."

원승은 조용히 중얼거렸다.

"그것이 바로 후세에 치우가 병주이자 진마천존으로 받들어진 연유로군요."

"바로 그런 논리에 따라 치우가 천마의 비밀을 장악했다고 전해진다네."

구담 대사가 유유히 말을 이었다.

"하나 천마가 죽지 않는다면 깨울 수도 있는 법! 천마가 다시 한 번 깨어난 것은 무왕이 주왕을 토벌할 때였다고 하네. 무당과 귀신의 술법을 숭상하던 상나라와 주나라 군신은 천마를 깨워 전쟁을 돕게 했고, 마지막에는 천하 방사들의 선조인 여상이 대법진을 펼쳐 굴복시켰지. 그것이 도와 마의 두 번째 싸움이었네."

원승은 묵묵히 고개를 끄덕였다. 여상은 별호가 비웅(飛熊)이며 자는 자아로, 무왕이 주왕을 토벌할 때의 수석 모사였다. 나중에 그는 제나라 주인으로 봉해졌으며, 병서《육도》를 저술해 후세에 병가의 주인이라 불렸다. 하지만 도가에서는 그를 방사의 선조로 떠받들며 태공이라 불렀다.

"최근 천마에 관한 전설로는, 대랑의 존사이신 홍강 진인이 생전에 머리 아홉 달린 천마를 굴복시켰다는 이야기가 있지."

구담 대사는 약간 망설이다가 천천히 말을 이었다.

"하나 나는 줄곧 그분의 설법에 의구심을 품고 있었다네. 허허, 가신 분을 의심하다니 부디 용서해주게."

원승은 그저 빙그레 웃으며 말했다.

"선사께서 머리 아홉 달린 천마를 굴복시켰다는 이야기는 소생도 그저 귀로만 들었을 뿐입니다."

원승은 속으로 고민했다. 아직은 존사의 비밀을 지키려 하는데, 눈앞의 나이 든 호승은 비밀을 많이 아는 것 같았다.

"다만, 홍강 진인이 언급했던 머리 아홉 달린 천마의 모습은 정확했네. 지난날 원 선사께서 남기신 화상과도 완전히 부합했다네."

구담 대사는 늙수그레한 손을 떨며 그림 한 폭을 펼쳤다. 오래된 그림이지만 필치가 세밀하고 생생했다. 그림에 나오는 머리 아홉 달린 괴물은 흉악함과 공포, 요사한 아름다움을 한 몸에 갖춰, 그림 전체가 기이한 분위기를 풍기면서 삽시간에 원승의 넋을 빨아들였다. 그랬다. 이는 그가 쇄마원 우물 속에서 본 머리 아홉 달린 천마의 형상과 똑같았다.

원승은 참지 못하고 탄식했다.

"원천강 선사께서 친히 그리신 화상이군요. 그렇다면 원 선사 또한 머리 아홉 달린 천마를 친히 보셨겠지요. 소생은 이 천마의 모습이 몹시 괴이해서 줄곧 의아하게 생각했습니다!"

구담 대사도 탄식했다.

"그렇다네. 여기 있는 천마는 아홉 개 머리를 가졌는데, 어찌하여 아홉인지 아는가? 전설에 따르면 북두칠성 옆에는 매번 보이지는 않는 별이 두 개 더 있다 하네. 하나는 필성, 다른 하나는 보성으로 '좌보우필'이라 이른다네. 《사기·천관서》에서도 이 두 별을 언급한 적이 있는데, 안쪽에 있는 것을 창, 바깥쪽에 있는 것을 방패라 했네. 바로 천문학에서 이르는 '북두구성, 칠현이은(七現二隱, 일곱은 드러나고 둘은 숨는다)'이지."

원승이 알겠다는 듯이 말했다.

"이제 보니 천마의 머리 아홉은 하늘에 있는 북두구성과 상응하는 것이군요. 어쩐지, 원 선사께서 왜 칠성 법진으로 사귀를 제압하셨나 했더니. 참, 태극궁 안에는 치우정 말고도 연단로 법진 및 삼청전과 긴밀히 엮인 능연각이 있습니다. 그렇다면 장안성 칠성 진마 법진은 사실상 칠현이은의 북두구성 형태로군요!"

"대랑은 과연 절정의 총명함을 지녔군. 기실 원 선사의 장안성 칠성 법진은 사귀를 제압했을 뿐 아니라 절세 대전 최후의 싸움이 되기도 했네. 수말 당초에 터졌던 세 번째 도와 마의 싸움을 생각해보게. 원 대랑은 도가 명문 출신이니 응당 그에 관해 들어봤겠지. 오히려 빈승은 외부인이라 선친께 대강만 들었을 뿐이라네."

"세 번째 도와 마의 싸움이라…… 맞습니다."

원승은 가만히 탄식했다.

"당시 중원을 종횡하던 규염객과 자양 진인, 삼원의 이정, 원천강, 지기자 등 이름난 도사들이 모두 그 놀라운 싸움에 휘말렸지요."

수나라 말에 사해를 진동시킨 규염객 등의 이름을 거론할 때마다 그는 늘 설레는 마음을 금할 수 없었다.

"상세한 이야기는 빈승도 잘 알지 못하네만, 그 길고도 파란만장한 누차 반복되던 싸움은 현무문의 변까지 이어졌고, 마침내 소요마종이 지지하던 태자 이건성이 피살되고 마종이 대패함으로써 끝났음은 알고 있네."

원승도 그 큰 싸움의 결말을 들어봤기에 그 말을 듣자 저도 모르게 탄식했다.

"마종은 비록 이건성의 죽음으로 천하를 잃었으나 정예 고수들은 건재했지요. 특히 그 우두머리인 지기자는 절세의 기재로, 마종을 비문으로 만들고 놀라운 힘을 지닌 천마살을 펼쳐 천마로 하여금 지살을 동원해 대당나라 국본에 해를 입혔습니다. 정말 그렇습니까?"

"그렇다네. 지기자는 마종의 전승에서 천마를 깨우는 모종의 비법을 얻었을 가능성이 크네. 당시 원 선사께서는 사살을 깨뜨리고자 선친을 찾아와 계측을 도와달라 청하셨고, 선친께서 힘껏 도우신 끝에 장안의 지살을 동원한 거대 칠성 법진을 설계하셨네. 일곱 별자리는 장안성 내 일곱 개 방에 흩어지고 영안거, 청명거, 조거, 용수거 등의 수로를 가로지르며 지살과 수살을 움직이지."

"그렇군요." 이제 전부 알게 된 원승이 반사적으로 말했다. "필시 황제가 천마를 굴복시켰던 옛이야기를 따르느라, 각 별자리의 중심이 하나같이 진마천존인 치우였군요!"

구담 대사는 울적하게 긴 한숨을 내쉬었다.

"하나 선친께서는 끝내 이해하지 못하셨네. 당신께서 원 선사를 도와 설계한 칠성 진마 법진은 가히 모든 것에 대비한 만전지책이라 할 수 있으며, 그 후 천마도 소식이 감감했건만 어찌하여 태종 황제께서 그렇게 급서하셨는지 말일세."

원승이 천천히 말했다.

"태종 황제 곁에 있던 호승 사파매가 바로 변장한 지기자였기 때문이지요!"

그는 품에서 지기자의 시가 적힌 얇은 비단을 꺼내고, 연단로 법진에서 알아낸 갖가지 추측을 모두 이야기했다.

"그랬군! 역시 그랬어!"

구담 대사는 얇은 비단을 움켜쥐고 허허 쓴웃음을 지었다.

"원 선사 같은 절정의 천재가 필사적으로 싸우고도 매번 수세에 몰리고 종종 지기자에게 선기를 빼앗긴 것도 이상하지 않네 그려."

무슨 까닭인지 그는 더없이 슬프게 웃더니 갑자기 입꼬리로 피를 한 줄기 쏟았다.

"대사! 너무 심려하지 마십시오!"

깜짝 놀란 원승이 다급히 진기를 써서 지혈하고 기운을 다스려 줬다.

"이 늙은이는…… 이미 가망이 없네."

구담 대사는 바삐 움직이는 원승을 침울한 얼굴로 만류하고 무겁게 말했다.

"지기자는 과연 교활한 자이나 원 선사 또한 패배한 것은 아닐세. 더욱이 지기자는 결국 원 선사 손에 죽었다네."

"무슨 일이 있었습니까? 말씀해주십시오, 대사님!"

지기자가 남긴 얇은 비단에서 그가 죽었으리라는 추측만 대강 했던 원승은 당연히 호기심이 일었다.

"원 선사께서는 태종 황제께서 붕어하시기 전 태극궁 안을 의심하셨다네!"

구담 대사의 늙은 눈에서 희미한 광채가 번쩍였다.

"하여 방금 내가 역시 그랬구나, 라고 했던 것이네! 장안성 칠성 법진은 바로 도전장이었네. 지기자가 모습을 드러내 결전을 치르도록 몰아붙이는 도전장!"

원승도 퍼뜩 깨달았다.

"칠성 법진이 만들어지자 천마를 다시 깨우기 힘들게 된 데다 원천강 국사께서 태극궁 내부를 의심하기 시작하자, 지기자는 사파매를 사칭하고 벌인 수작이 간파당하지 않도록 위험을 무릅써가며 모습을 드러내 응전할 수밖에 없었군요."

"두 대종사가 정정당당하게 벌인 최후의 일전이었으나, 또한 지극히 은밀한 싸움이기도 했네. 지기자는 고심을 다해 준비한 비문의 실력을 세상에 드러내고 싶지 않았기에 단둘이 결전을 치르자는 요구를 했지."

"어쩐지." 원승이 한숨을 쉬며 말했다. "정종 도가의 문인인 저도 그런 큰 싸움을 들은 적이 없습니다."

"장안성, 나아가 중원의 도가 및 마종 모두 그 일을 알지 못했네. 오직 돌아가신 부친만이 원 선사께 그 비밀을 들으셨다네. 패상의 결전에서 지기자는 천마의 그림자를 동원했는데, 바로 이 그림이 생겨난 이유라네."

구담 대사는 천마 그림을 매만졌다.

"그 후, 지기자는 칠성 법진 중 다섯 진에 뛰어들었으나 결국 거대 법진의 지살 속에서 치우의 불을 유발해 재가 됐네."

"지기자는 기꺼이 죽음으로 뛰어들었군요!"

비단에 적힌 '대장부 죽은들 무엇이 두려우랴'라는 구절을 떠올린 원승은 마침내 모든 것이 명확해졌다.

"그는 죽음으로써 천마살을 마지막으로 보호한 겁니다."

"그 이유로, 원 선사께서도 진법을 발동해 손수 지기자를 불태워 재로 만드셨음에도 얻은 것보다 잃은 것이 많다 생각하셨지. 천마살을 알아낼 마지막 기회를 잃으셨으니 말일세."

구담 대사는 다소 멍한 눈으로 천마 그림을 바라봤다.

"진실로 저 본모습을 내 눈으로 보고 싶구먼. 도가의 천인합일설에 따르면 사람의 마음을 어지럽히는 것이 천마인데, 목하 인심이 혼란하니 혹여 천마가 정말로 부활에 가까워졌는지도 모르네."

구담 대사는 마치 그림 속 천마에게 넋을 통째로 빼앗긴 양 뚫어지게 응시했다.

"원 대랑, 이제는 그대가 천마의 비밀을 아는 유일한 사람일세."

"대사님."

원승은 그의 헐떡임이 심해지는 것을 보자 갑자기 불길한 예감이 들었다. 느닷없이 그가 나지막이 외쳤다.

"대관절 누가 대사께 독을 줬습니까?"

구담 대사는 진작 중독된 상태였다! 원승이 지난번 이 천축 세가의 대사를 만난 뒤 이미 짐작한 일이었다. 구담 대사의 깊은 수행과 가전 비술이라면, 갑자기 중병이 드는 것은 있을 수 없는 일이었다. 더욱이 약초에 통달한 노인이므로 독약을 잘못 먹을 리도 없었다. 그렇다면 결론은 하나, 지극히 고명한 원수가 이 대산학가에게 몰래 독약을 쓴 것이다.

그 말에 별안간 구담 대사의 눈빛이 흔들렸다. 그러나 그는 곧 나직이 탄식하며 고개를 저었다.

"내 잘못일세. 내가 그를 잘못 봤지. 그는 내 제자인 설성수라네."

"설성수 그자는 지금 어디 있습니까?"

"찾지 못했네. 그자는 역용술에 능하고 심기가 몹시 깊으며 사람 마음을 훤히 헤아린다네. 본시 늘그막에 내 천문학과 산법을 물려줄 기재를 찾았다 여겼건만, 이럴 줄은……."

그의 눈동자에 잿빛이 점점 더 짙어졌다.

"혹 이것이 바로 천마의 저주일지 모르네. 천마의 비밀을 아는 이는 저주를 당하게 되는 법, 혹자는 그를 파묻기도 하지만 혹자는 그에 잡아먹히지. 때가 됐네. 나는 안다네. 천마가 나타날 것이네!"

"대사님……."

구담 대사의 눈동자에서 빛이 흩어졌다.

"원 대랑, 대랑이 손수 천마를 묻어야 하네. 결단코 나처럼 잡아……."

천축 세가의 대산학가는 '잡아먹힌다'는 말을 미처 끝내지도 못한 채 침울하게 고개를 떨구고 다시는 소리를 내지 않았다.

"설성수는 분명히 가명일세! 구담 대사의 가족과 하인들에게 상세히 물었더니 모두 하는 말이, 그자는 지극히 평범한 인물로 몸이 다소 뚱뚱한 것 외에는 거의 특징조차 없는 데다 조용하고 말수도 적다는군. 반년 전에 찾아와 스승으로 모시며 가르침을 청했고, 매달 무척 신비롭게 한두 번씩 방문했으나 석 달 전 대사께서 병환이 난 뒤로는 바닷가에 떨어진 모래알처럼 종적을 감췄네."

낙심한 채 황궁으로 돌아온 원승은 울적하게 방 안을 서성이며 구담 대사를 방문해 알아낸 것을 육충 등에게 알려주고 상의했다.

"성이 설이고 약간 뚱뚱?" 육충이 불쑥 말했다. "설백미 그 자식 아냐?"

원승은 고개를 저었다.

"설마 그렇게 딱 맞아떨어지기야 하겠나."

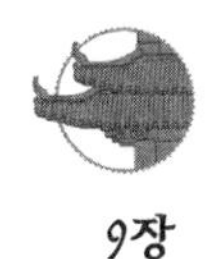

9장

주작 부적 사건

"원 장군, 어서!"

뾰족한 부름 소리가 원승의 목소리를 잘라놓았다. 누런 옷을 입은 내시가 총총히 달려와 명을 전했다.

"성후의 부름이오!"

'성후'라는 두 글자에 원승은 곧 마음이 무거워졌다. 하지만 지체할 수 없어 내시를 따라 바삐 감로전으로 달려갔다.

"원 경, 요즘 잘하고 있더구려! 이틀 전에는 몸소 성인의 수라를 조정했는데, 비록 즉효는 없으나 폐하께 입맛이 돌게 해드렸지. 그리고 요 며칠 궁궐의 비밀 부적 사건을 전력을 다해 조사했다지. 그래, 진전은 있는가?"

용좌에 비스듬히 앉은 위 황후의 웃을락 말락 하는 눈동자는 날카롭고 차가운 빛을 머금고 있었다.

"성후께 아룁니다."

위 황후가 세상 걱정 없는 듯이 묻자 원승도 조심스레 대응하지 않을 수 없었다.

"이번 부적 사건 같은 수상쩍은 일은 여태 보지 못했습니다. 만약 어느 역적이 배후에서 꾸민 일이라면, 심지어 그자가 어떤 목적으로 이런 일을 했는지도 헤아리기 어렵습니다. 흉수의 의도를 알지 못한다면 진정으로 사건을 해결하기는 어려울……."

"만약……." 위 황후는 차분하게 그의 말을 잘랐다. "사건을 일으킨 자가 진짜 사람이 아니라 모종의 신비한 힘이라면?"

움찔한 원승은 위 황후의 서늘한 눈빛에 눌려 고개를 숙였다. 그는 잠시 생각을 정리한 다음 대답했다.

"성후께서는 영명하십니다. 신비 부적 사건에서 가장 신기한 점이 바로 두 사건이 일어났을 때 느닷없이 현장에 나타난 부적입니다. 신이 백번 생각해도 풀어낼 수 없는 점이었으나, 최근 단각 부근을 조사하다가 육십 년 전 태극궁에 관련된 옛일을 발견했고 마침내 천마살의 비밀을 알아냈습니다."

이미 준비해서 온 그는 천마살의 비밀을 풀 것은 풀고 줄일 것은 줄여 이야기했다. 사건 발생 후 설백미를 잡아낸 일은 쏙 빼되 양준의 심복 서도가 부주의로 함정에 빠진 일은 빠뜨리지 않았다. 그런 뒤 마지막으로 조심조심 말을 맺었다.

"지난날 국사 원천강은 천마살을 억누르고자 오악진형도와 사령도를 배합해 사용했습니다. 신은 최근 황궁 안에서 발생한 신비 부적 사건이 육십 년 전의 그 비밀과 연결됐을 가능성이 지극히 높다고 생각합니다."

"그렇지. 원 경의 그 분석이 일리도 있고 근거도 있군. 이번 사건은 신비막측하니 사람의 소행이 아닐 것이네."

위 황후의 얼굴이 약간 흥분했다.

"청룡과 백호 부적이 나타났는데, 앞으로 공격받을 가능성이 가장 큰 이가 누구라 생각하는가?"

"신이 우둔해 아직 흉수의 진정한 의도를 파악하지 못했습니다."

"원 경, 그대는 아직 젊어 일에 주도면밀함이 부족하구려."

위 황후는 콧방귀를 뀌었다.

"영사이신 홍강 국사는 이미 타계했고, 당금의 선기 국사는 도를 닦는 일에만 몰두하느라 큰일을 함에 있어 멀리 내다보지 못하네. 우리 대당나라는 도교를 국교로 삼아 국사의 지위가 높지. 바라건대 후임 국사는 그대가 되어야 할 터……."

이렇게 빠를 줄이야. 위 황후는 광란에 빠진 도박꾼처럼 도박판에 열을 올렸다. 이미 죽음의 함정에 깊이 빠졌다고 여겼는데, 어찌어찌하다가 이처럼 크고 신기한 역전의 기회가 생길 줄은 원승도 생각지 못했다.

"그러니 문제를 따져볼 때 모든 것을 본 궁부터 먼저 생각하게. 본 궁의 마음을 생각하고, 본 궁을 우선하게. 이를테면 그대가 방금 한 이야기는 요 며칠 사이 이미 조야에 은근히 퍼져 있네. 그러하니 그대는 마땅히 그 천마살이 본 궁을 노리는 것은 아닌지 생각해야 하네."

위 황후가 던지는 의미심장한 눈빛을 바라보며, 원승은 이렇게 말하는 수밖에 없었다.

"영명하십니다. 청룡 부적이 나타났을 때 성후께서는 열감을 느끼셨고 심지어 옥체에서 이상한 빛이 나기도 했습니다. 그리고 백호 부적은 직접 성후의 수행 시녀 예의를 공격했습니다. 두 사건 다 성후 주위에서 일어났으니 성후께서 판단하신 대로인 듯합니다."

냉혹하다 못해 잔혹한 정치 세계에서는 원승도 둥글둥글해지려 노력하지 않을 수 없었다. 특히 지금 처한 상황에서는 퇴마사 전 대원의 안위를 고려해야 했다. 안락이 비밀을 누설한 순간부터 그가 노린 것이 바로 이 순간이었다.

진리를 깨우친 듯한 원승의 표정을 보자 위 황후의 눈빛도 점점 뜨거워졌다.

"그렇지. 이런 일은 퇴마사 수장인 그대가 친히 선포해야만 그 의미가 확고부동하다는 것을 응당 알 터. 성인께서도 그대의 말은 믿으시지 않는가."

원승의 이마에는 어느새 식은땀이 배어 있었다. 이 정도면 이미 적나라한 암시였다. 그는 이를 악물며 말했다.

"성후께서 내리신 깨우침을 들으니 구름이 걷히고 해를 보는 기분입니다. 신도 속으로는 이미 셈이 섰으나 그 결말이 어찌 될지는 감히 허투루 말할 수 없습니다. 모든 것은 심사숙고하고 세세히 살핀 다음 결론을 내려야 합니다."

위 황후는 앞의 말만 듣고 만면에 봄바람을 띄웠으나, 뜻밖에도 이 젊은이가 뒷부분에서 다시 발을 쏙 빼자 절로 눈빛이 차가워졌다. 하지만 곧 다시 마음이 풀렸다. 듣기로 원승은 보기 드문 고집쟁이라고 하니, 이런 말을 입 밖에 내도록 하는 것만도 쉬운 일이 아니었다.

"좋다. 하면 그대가 심사숙고하고 세세히 살피기를 기다리지."

위 황후는 태연하게 웃음 짓다가 금세 또 엄숙하게 말했다.

"하나, 오악 부적이니 사령수니 하는 것 뒤에 정녕 못된 수작을 부린 자가 있다면, 반드시 그자를 잡아내 가차 없이 죽이게!"

"신, 성후의 명을 받들겠습니다."

그때 궁녀 한 명이 비틀거리며 달려왔다.

"성후께 아룁니다. 큰일이 벌어졌습니다!"

위 황후는 그녀가 바로 자신의 사대 수행 시녀 중 하나인 방관임을 알아보고서 겨우 노기를 억누르며 꾸짖었다.

"무슨 일이기에 호들갑이냐?"

최근 궁궐 안에서 빈번히 괴사건이 발생하자 압박에 쫓긴 양준이 주로 낭보만 전하고 비보는 전하지 않은 탓에 위 황후는 수행 시녀를 사방에 보내 소식을 탐문하게 했다. 방관은 바로 그 일을 도맡아 관리하고 있었다. 방관이 가쁜 숨을 내쉬며 말했다.

"성후, 또 벌어졌습니다. 이번에는…… 학우전입니다!"

원승마저 저도 모르게 얼굴이 굳었다. 학우전. 이는 '주작'과 맞아떨어지는 이름인 데다 하물며 시일도 딱 사흘이 지났으니 '삼재'에 담긴 숫자에 부합했다. 설마 또 신비 부적 사건이란 말인가?

학우전은 태극궁 북쪽에 있으며, 북해지와 서해지 두 호수에 둘러싸인 곳이었다. 전각은 무척 크지만 약간 휑했고 황제나 황후, 비빈이 묵은 적이 극히 드물었다. 그러나 원승이 달려갔을 때, 전각 앞은 시위와 구경 온 내시들로 복작복작했다. 환한 횃불과 궁등이 내뿜는 빛 아래로 괴상한 풍경이 똑똑히 보였다.

학우전이 이런 이름을 얻은 까닭은 전각문 밖에 있는 여섯 기둥과 관계있다고 했다. 하나가 한 아름이나 되는 거대한 녹나무 기둥 위에는 살아 있는 듯 생생하고 깃털조차 또렷하게 구분되는 나는 학 몇 마리가 새겨져 있었다.

하지만 원승은 녹나무 기둥 조각을 감상할 여유가 없었다. 가장 눈에 띄는 기둥 위에 사람이 매달려 있었기 때문이다. 그 사람은 나는 학처럼 양팔을 활짝 펼친 자세인데, 양 손목이 가로대 양 끝에 있는 구멍에 끼워져 흡사 통째로 가로대에 단단히 박힌 것 같았다. 서풍이 쌩쌩 불어 그자의 옷자락이 펄럭펄럭 휘날렸다.

"청류 형!"

원승은 목구멍에서부터 뽑아낸 듯한 비명을 질렀다. 그자는 바로 진청류였다. 두 눈을 꼭 감은 그는 죽었는지 살았는지 알 수가 없었다. 기둥 꼭대기에 매달려 이리저리 흔들리는 몸이 마치 바람을 타고 나는 것 같았다.

"어찌 된 일인가?" 원승이 시위들을 향해 화난 목소리로 꾸짖었다. "어째서 내려주지 않았는가?"

양준이 시위들 속에서 천천히 나와 가라앉은 목소리로 말했다.

"원 형, 오셨구려. 실로 괴상한 사건이고 신비 부적 사건의 연속이니 이는 퇴마사의 일이잖소. 우리 용기내위는 감히 독단적으로 처리할 수 없어 그저 현장을 지키며 원 대장군께서 와서 결정해주기를 기다렸을 뿐이오."

육충도 달려왔다. 그는 원승과 눈짓한 후 손을 휘둘러 현병술을 펼쳤다. 오구검 두 자루가 허공을 베며 가로대에 묶인 밧줄을 끊었다. 진청류의 몸이 추락했으나 현병술로 만든 밧줄이 그 허리를 휘감아 안전하게 끌어왔다.

원승은 단번에 진청류를 받았다. 손을 대자 몸은 아직 따뜻하지만 뻣뻣하게 굳은 것이 느껴졌다. 황급히 손을 가까이 가져가 콧김을 확인했더니 호흡도 거의 없는 상태였다. 그는 가슴이 철렁해 황급히 기운을 끌어올려 강기를 주입했다. 진청류의 몸이 바르르 떨리더니 참았던 숨이 탁 터지며 호흡이 돌아왔다. 하지만 여전히 인사불성이었다.

"부적이…… 또 나타났군!"

별안간 육충이 놀란 목소리로 외쳤다.

시선을 든 원승은 그제야 진청류가 매달렸던 기둥에 새겨진 조각을 볼 수 있었다. 학이 기둥을 선회하며 날아오르고 그 맨 위에 거대한 새 한 마리가 나는 조각이었다. 그 거대한 새의 형상은 한나라 때부터 세상에 전해지는 주작의 모습 그대로였다.

기둥에 조각된 학과는 달리, 주작은 처마 아래에 위치해 노주(겉으로 드러난 기둥) 꼭대기로 돌출된 형태였고, 진청류를 매단 가로대는 그 거대한 주작 위에 걸려 있었다. 진청류를 구해내자 그 주작이 더욱 눈에 띄었다. 그리고 그 주작 부리에는 부적 한 장이 물린 채 팔락팔락 흔들리고 있었다.

육충이 널따란 소매를 휘두르자, 비조 하나가 빠르게 날아올라 단단히 부적을 잡아서 살며시 빼냈다. 이번에도 평범한 누런빛 삼 종이에 매우 익숙한 오악진형도가 그려져 있었다. 주작 도형 밑에는 주사로 '태극'이라고 쓴 빨간 글자가 있었다.

원승은 부적을 잡았다. 저도 모르게 손이 살짝 떨렸다. 때가 되면 정확히 신비 부적이 출현하고, 때가 되면 의미가 일치하는 지점에 기괴한 사건이 발생한다. 대관절 이는 사람의 짓일까, 아니면 사살의 공격일까? 대관절 이 모든 것은 무엇을 위함일까?

"성후 납시오!"

뾰족하고 길게 늘어지는 외침 속에서 과연 위 황후가 사람들을 이끌고 달려왔다. 누가 뭐래도 진청류는 이 풍류 넘치는 황후의 마음속에서 차지한 자리가 남달랐다. 그녀는 자못 서둘러 달려오느라 심지어 궁녀가 드는 각양각색 궁등도 제대로 준비할 틈이 없어, 질서 없이 흔들리며 처량한 빛을 내는 등 두 줄이 전부였다.

"정녕 진 태의냐? 그 사람은 어떠냐?"

위 황후가 가마에서 내리기 무섭게 서둘러 물었다. 양준이 황급히 달려와 보고하려 했다. 그러나 위 황후는 지금 젊은 연인을 상대할 기분이 아니어서 원승을 불러 상세히 물었다.

"진 태의는 이미 혼절했고 상황이 몹시 긴박합니다."

원승이 침울하게 보고했다.

"신이 보기에는, 몸이 쇠약해져 힘들게 움직이면 좋지 않으니 우선 학우전에 들여 쉬게 하면서 속히 태의에게 보여야 합니다."

위 황후는 하얗게 질린 얼굴로 총총히 학우전으로 들어가면서, 곧바로 손을 저어 어수선한 궁녀와 시종, 시위를 물렸다. 전각 안에는 양준 같은 측근과 원승만 남았다. 위 황후는 전각 구석에 누운, 생사를 알 수 없는 진 태의를 보자 눈빛이 복잡해졌다. 사실 저 단정하고 우아한 중년 태의는 그녀의 첫 번째 비밀 연인이었다. 더욱이 원기왕성한 젊은 연인 양준과 달리, 자상하고 세심해서 훨씬 편했고 헤어지기 아쉬웠다.

원승은 재빨리 비밀 부적을 내밀었다. 주작 그림 옆에 '태극'이라는 글이 쓰여 있었다. 위 황후가 삽시간에 눈빛을 굳히며 어둡게 말했다.

"원 경, 대관절 이 그림은 어떤 의미인가?"

"벌써 세 번째 나타난 그림입니다. 앞서 두 번에서는 청룡 옆에 '양의'라는 주석이, 백호 옆에 '삼재'라는 주석이 달려 있었습니다. 마침 성후의 용체가 불안해졌을 때 사건이 발생한 곳은 청룡과 관련된 신룡전이었고, 또 '양의'와 수가 일치하는 이틀 후 서해지 백호석에서 예의가 발작을 일으키는 괴사건이 벌어졌습니다. 그리고 사흘 후 지금 이 사건이 벌어졌는데, 그 사흘과 '삼재'는 수가 일치합니다."

"청룡, 백호, 주작, 현무." 위 황후는 코웃음을 쳤다. "그 수상쩍은 순서로 미뤄 다음 사건 발생은 현무와 관련 있는 곳이겠구려? 그렇다면 '태극'은 어떤 의미인가?"

"태극이 양의를 낳고, 양의는 사상을 낳습니다. 양의가 이틀을 의미한다면 태극은 아마도…… 하루일 것입니다!"

별안간 전각 안이 싸늘해졌다. 하루, 열두 시진 안에 태극궁에 무슨 일이 벌어질까? 위 황후의 서릿발 같은 눈빛이 양준을 향했다.

"예의는 어떻게 됐느냐?"

"정신이 나간 증상이라 어의들은 속수무책이고 원 장군 또한 손을 쓰지 못했습니다. 지금까지 조금도 차도가 없습니다."

예의 이야기가 나오자 양준의 안색이 금세 어두워졌다. 그렇게 말하는 사이, 태의원에서 경력이 가장 오래된 손 태의가 사람들을 이끌고 부랴부랴 달려와 위 황후에게 예를 올린 뒤 곧바로 진청류를 진맥했다. 위 황후는 관심어린 얼굴로 서둘러 일하는 손 태의를 묵묵히 바라봤다. 내내 진청류의 상태를 걱정하던 원승은 얼른 가서 도왔다.

의술이 고명한 두 사람은 각기 장기를 발휘해 침구, 추나, 포기술 등을 번갈아 펼치며 한참 분주히 움직였지만, 진청류는 시종 정신을 차리지 못했다. 마지막으로 포기술을 펼쳤으나 효과를 보지 못하자, 얼굴이 식은땀투성이가 된 원승이 장탄식을 하고 낙심한 모습으로 일어났다.

그런데 갑자기 손이 약간 당겨졌다. 뜻밖에도 진청류의 손가락 끝이 그의 손을 살짝 잡은 것이다. 원승은 당황한 나머지 환각이 아닐까 생각했다. 다행히 곧 다시 당기는 느낌이 났고, 그 후 또 세 번째 느낌이 전해졌다. 하지만 진청류의 두 눈은 내내 꼭 감겨 움직일 줄 몰랐다. 눈가에서 또르르 굴러 떨어지는 눈물 한 방울만 빼고.

원승은 동요했다. 그는 이 벗을 잘 알았다. 진청류는 겉모습은 우아하고 온화하지만 사실은 감동을 잘하고 나아가 눈물도 잘 흘렸다. 때로는 토론이 뜻대로 잘되어 눈물을 흘렸고, 때로는 지난 일을 추억하다가 눈물을 흘렸고, 때로는 고통과 감개무량함에 눈물을 흘렸다. 심지어 파안대소할 때 눈물을 흘리기도 했다. 그런데 지금, 놀랍게도 그가 눈물을 한 방울 흘렸다. 말없이 서서히 몸을 일으키는 원승의 안색은 무겁고 흐렸다.

치료에 효과가 없자 위 황후의 안색은 더욱 어두워졌다. 그녀가 차갑게 말했다.

"손 태의, 무슨 일이 있어도, 태의원의 힘을 모조리 쏟아부어서라도 그를 구해야 한다. 사흘 후에도 청류가 여전히 이런 모습이라면 너희 같은 용렬한 의원들은 평생 다시는 의술을 행할 필요가 없게 될 것이다."

손 태의는 늙수그레한 얼굴에 식은땀을 뻘뻘 흘리고 연신 머리를 조아리면서, 증세가 괴이하고 까다롭다느니, 병이 너무 깊어 손쓸 방도가 없다느니 하는 변명을 늘어놓았다.

위 황후는 그를 무시한 채 부적을 집어 들고 원승과 양준을 향해 차갑게 말했다.

"부적 순서에 따르면 내일 또 괴사건이 발생할 것이며 그 지점은 현무와 관련 있을 터, 그래, 가능성이 가장 큰 곳이 어디인가?"

양준이 두 눈을 빛내며 무겁게 말했다.

"아마도…… 현무문일 것입니다!"

호사를 누려온 위 황후의 고운 얼굴이 미미하게 일그러졌다.

현무문. 당연히 현무문이었다! 이 태극궁에서, 세상 사람들이 가장 자주 들어 알고 있는 건축물이 무엇인가 묻는다면 그 답은 틀림없이 현무문이리라. 용수원에 자리한 현무문은 지세가 다소 높았다. 그 문루는 태극궁 궁성을 굽어보는 형태로, 구중궁궐에서 중요한 문이었다. 이 중요한 위치 덕분에, 현무문에서는 세상을 깜짝 놀라게 한 피비린내 나는 커다란 사건이 두 번 발생했다.

가깝게는 전 태자 이중준이 병란을 일으켜 위 황후와 안락공주를 죽이려 했을 때였다. 그때 그는 난군을 이끌고 현무문 문루 아래까지 공격해왔으나 문루 앞에서 가로막혀 일은 실패로 돌아갔다. 그 후, 황제 이현과 위 황후는 현무문을 신무문으로 개명했고, 심지어 문루의 이름도 승리의 의미를 담은 제승루라 지었다.

물론 가장 유명한 것은 바로 팔십여 년 전 일로, 당시 그곳에서 대당나라 국운에 영향을 미친 현무문의 변이 발생했다. 이세민은 손수 활을 쏘아 동복 친형 이건성을 죽이고 권력 탈취에 성공한 후 마침내 제위에 올랐다.

위 황후는 이내 조금 전 원승이 상세히 보고한 천마살에 생각이 미쳤다. 그 사살도 바로 요사한 마종 사람이 현무문의 변 때 목숨을 잃은 이건성의 복수를 하고자 한 데서 기원하지 않았는가?

현무문. 사살이 시작된 바로 그곳. 설마하니 열두 시진 후에는 그곳이 다시 사살의 종착점이 될 것인가?

"내일은 상원절이니 본 궁은 성인과 함께 관운전에서 근신들을 위한 연회를 베풀 것이네. 군신이 함께 즐기는 큰 행사가 아닌가!"

위 황후가 잇새로 말을 뱉었다. 양준은 재빨리 고개를 푹 숙였고, 원승도 심장이 졸아들었다.

정월 대보름 상원절. 이는 대당나라에서 보기 드물게 백성과 함께 즐기는 축제일이었다. 이날 밤에는 성 전체에 야간 통금이 풀리며, 나아가 황제도 신명을 내야 했다. 여러 신하를 불러 큰 연회를 베푸는 것이 보통이고, 심지어 각국 사절을 연회에 청하기도 했다.

하지만 최근 두어 달간 황제 이현의 몸이 좋지 않아서 이번에는 내정 관운전에서 소규모 연회를 열어 근신을 초청하기로 했다. 군신이 함께 즐기는 이 큰 행사는 일찌감치 준비되어 있었다. 연회에 참가하는 근신도 고심해 선발한 뒤 사전에 통지했고, 훌륭한 상과 선물도 준비해놓았다.

"신, 반드시 온 힘을 기울이겠습니다!"

원승은 이렇게밖에 말할 수 없었다.

"온 힘을 기울이기만 하면 되는가? 그대는 심사숙고하고 세세히 살핀다 했건만 아직 그 결과를 보여주지도 않았다!"

위 황후는 이런 때에도 바짝 몰아붙이는 것을 잊지 않았다.

원승은 속으로 흠칫 놀라 심사가 몹시 어지러워졌다. 천마살의 결말을 간파하기 아직 한참 먼 일이고, 그렇다고 천마살이 위 황후를 노린다고 선포해 너무 일찍 그녀의 바람을 들어주면 자신의 이용가치가 사라져 언제든 퇴마사와 함께 토사구팽 당할 수 있었다.

그가 말이 없자 위 황후는 목소리를 더욱 매섭게 냈다.

"퇴마사의 책임은 재앙을 제거하고 사귀를 물리치는 것. 지금 퇴마사 수장인 그대 눈앞에서 이 궁궐에 요사스런 일이 잇달아 벌어지고 있으니, 가장 먼저 책임을 다하지 못한 자는 바로 그대, 원승일세. 그렇지, 그대의 퇴마사는 인재를 선발할 때 격식에 얽매이지 않기에 호인 여자도 있다지? 오늘 밤 그 여자를 본 궁의 침궁인 감로전으로 보내게. 궁 안이 태평하지 못하니 본 궁 곁에 절기를 지닌 여자 호위를 두는 것이 지당한 법!"

원승은 심장이 철렁했다. 위 황후는 마지막에야 숨긴 이를 드러내 대기를 인질로 잡아두려 했다. 공교롭게도 그 이유에는 거절할 방도조차 없었다.

"왜? 안 되겠는가?"

평소 희로애락을 드러내지 않는 원승의 얼굴이 지금은 잔뜩 놀란 기색을 띠자, 위 황후는 남몰래 득의양양해하며 묵직한 소리로 말했다.

"안 되는 것인가, 아니면 아쉬워 내놓지 못하는 것인가?"

원승은 저도 모르게 길게 탄식하며 대답했다.

"대기가 호인 출신이라 황실의 예법을 알지 못해 불가피하게 성후를 놀라게 해드릴까 염려하였을 따름입니다."

"상관없네. 본 궁이 어찌 그 여인과 똑같이 굴겠는가?"

위 황후의 눈이 차가워졌다.

"하지만 만약 내일 그대가 부적 사건을 깨뜨리지 못한다면, 나아가 신하들 앞에서 또다시 현무 부적이 나타난다면, 그때는 본 궁도 그대를 지켜주지 못하네!"

차갑고도 매섭기 짝이 없는 이 말은 원승에게 건널 수 없는 죽음의 선을 그어준 것과 마찬가지였다.

"신, 삼가 성후의 의지를 받들겠습니다."

원승은 고개를 숙였다.

옆에 있던 양준도 엄숙한 태도로 황급히 고개를 숙였다. 그의 얼굴에도 똑같이 먹구름이 빽빽하게 끼어 있었다.

삼경(三更, 밤 11시~새벽 1시)이 가까운 시간, 태극궁 서북쪽 행림각의 난각 안에는 이미 처소로 돌아온 진청류가 여전히 침상에 똑바로 누워 있었다. 안색은 창백했다. 흔들리는 등 그림자 아래에서, 손 태의가 아직도 늙은 태의 세 사람을 데리고 그의 병세를 상세히 살피는 중이었다. 위 황후의 엄명으로, 어의들은 부득불 여럿이 의견을 모아가며 전력을 다했다. 하지만 지금, 네 명의는 두 갈래로 나뉘어 각자 제 주장을 내세우며 쉼 없이 떠들고 있었다.

원승이 문을 열고 들어서며 말했다.

"손 어른, 여러분, 우선 조금 쉬시지요. 제가 청류 형의 병세를 살펴보겠습니다."

속수무책에 빠진 손 태의 일행은 원승을 보자 구세주를 만난 것 같았다. 이럴 때 자진해서 이 고된 일을 맡겠다는 물정 모르는 자가 있을 줄이야. 태의들은 속으로 불경을 외우면서, 행여 원승이 마음을 바꿀까 두려운 듯 그에게 '행림의 신예'요, '정의감 강한 인물'이라는 딱지를 붙여주고는 냉큼 물러났다.

난각 안이 썰렁해졌다. 원승은 진청류의 손을 살짝 잡아 강기를 천천히 흘려 넣으며 무겁게 말했다.

"청류 형, 조금 좋아지셨습니까?"

진청류가 천천히 눈을 뜨더니, 비록 허약한 목소리지만 평온하게 말했다.

"그자는 등 뒤에서 나를 덮쳐 제압했네. 도술에 정통한 자일세. 그자의 본모습은 보지 못하고 그저 손만 봤네. 손가락에서 빛이 나더군!"

"누군지 압니다!"

원승의 눈앞에 허둥거리던 양준의 얼굴이 스쳤다.

"나도 그가 누군지 아네! 비록 그 얼굴은 보지 못했으나 그자를 아주 잘 알고 있지. 다 자란 남자이면서도 분가루를 즐겨 바르는데 나는 그 향에 익숙하다네."

"도술에 정통한 데다 느닷없이 공격했으니 이런…… 당시의 일을 좀 더 자세히 말씀해주시겠습니까?"

"그는 냉소하며 나를 꼭두각시 삼아 공연을 하겠다더군!"

"꼭두각시…… 공연?" 원승은 두 눈썹을 잔뜩 찌푸렸다. "그래서 청류 형은 잠시 참으며 그자가 대관절 무슨 공연을 하는지 지켜보셨군요!"

"이곳에는 온통 그자의 사람들일세. 성후 또한 미혹되셨고……." 진청류는 슬프게 말했다. "내가 이렇게 반쯤 죽은 척해야 내게 신경 쓰지 않겠지. 나머지 일은 대랑에게 달렸네!"

"앞으로 여섯 시진 남았습니다. 그가 현무문에서 무슨 꼭두각시 공연을 하려는지 곧 알 수 있을 것입니다!"

"대랑, 이는 자네와 내 마지막 기회일세. 현무문에서는 반드시 성공해야 하네!"

진청류의 목소리는 낮고 묵직했다. 눈물 한 방울이 다시 그의 눈가로 흘러내렸다.

원승은 그 눈물방울을 봤다. 그 속에 달갑지 않은 마음과 낙담, 억울함이 들어 있음을 알아차린 그는 저도 모르게 얼음처럼 차가운 진청류의 두 손을 꽉 잡았다.

"안심하십시오, 청류 형. 제가 반드시 그자의 꼭두각시 공연이 최고조에 이르렀을 때 본모습을 드러내게 하겠습니다!"

진청류는 흡족해하며 두 눈을 감았다.

"나는 당분간 혼절한 척해야 하네. 부탁이니 손 태의나 다른 이들이 계속 나를 괴롭히지 않게 해주게."

정월 대보름 상원절은 대대로 조정이 중요하게 여긴 명절이었다. 태극궁은 벌써 화려하고 눈부시게 장식됐고, 각양각색에 크기도 다양한 등 기구와 나무형 등대, 산 모양 등대가 각 곳 궁문과 주요 전각 앞에 놓였다.

어젯밤 원승은 육충 일행과 밤을 새우다시피 하며 밀담을 나눴고, 또 대기에게는 황실의 예법을 조금 가르친 뒤 오랫동안 신신당부했다. 대기를 감로전에 보낼 때, 평소처럼 스스럼없이 웃으며 돌아서는 그 페르시아 여인을 보자 원승의 심장은 날카로운 칼로 도려내는 듯했다.

비록 하룻밤 내내 거의 눈을 붙이지 못했으나, 원승의 눈빛은 여전히 예리했고 피로라곤 한 줌도 느껴지지 않았다. 오늘은 상원절이었다. 저녁이 되면 신비한 현무 사건이 벌어질 수도 있었다. 그때가 바로 자신과 퇴마사에 주어진 기한이었다. 죽음 또는 구원. 모두가 오늘 밤에 달려 있었다. 원승은 부득불 자구책을 마련하지 않을 수 없었다. 그 자구책의 첫걸음은 바로 황제를 배알하는 것이었다.

그는 황제를 진맥한다는 명목으로 궁궐에 불려왔으나, 신비 부적 사건이 발생한 후에는 가진 힘 대부분을 사건을 파헤치고 사악함을 제거하는 데 쏟고 있었다. 아침에 기상하면 황제의 침궁인 신룡전에 가서 황제 이현을 한차례 진찰하곤 했으나 이런 진찰은 보통 상징적인 의미였다. 그의 조리를 받아 몸이 다소 호전된 이현은 그를 볼 때마다 온화하게 위로를 몇 마디 한 다음 돌아가게 했다.

하지만 이날 아침에는 원승이 상세히 보고하기도 전에 이현이 먼저 신비 부적 사건의 근황을 물었다.

"황후는 짐이 충격을 받을까봐 나중 일은 짐에게 알리지 않았다. 하나 짐은 모두 알고 있다. 황후의 몸에 이상이 생기고 청룡 부적이 발견된 다음, 또다시 백호 부적 사건과 주작 부적 사건이 잇달아 벌어졌고, 진 태의마저 사살에 당했다지?"

원승은 속으로 깊이 한숨을 쉬었다. 이제 보니 황제는 듣지도 묻지도 않는 것 같지만, 실제로는 궁궐에서 일어난 신비 부적 사건을 손바닥 들여다보듯 훤히 알고 있었다. 그렇다면 조야와 항간에 흘러나간 천마살 이야기도 벌써 알고 있을까?

별수 없이 고개를 든 원승은 이현의 안색이 다소 어두운 것을 알아차렸다. 그는 이를 악물고 천천히 대답했다.

"신이 오늘 배알하러 온 것은 올릴 말씀이 있어서입니다."

"말하라!"

"성인께서는 만 리를 훤히 내다보시는 분입니다. 지난번에 나타난 주작 부적에는 '태극'이라 쓰여 있었고 이는 열두 시진 후인 오늘, 태극궁 안에서 마지막으로 현무와 관련된 괴사건이 벌어짐을 암시합니다."

"그 괴사건을 근절할 수 있느냐?"

이현의 눈빛은 엄숙했다.

"듣자니 황후가 이미 네게 최후 선고를 내렸다지. 오늘 밤 연회에 오는 이는 하나같이 조정의 요직에 있는 중신들이다. 만약 그들 앞에서 또 괴사건이 벌어지면 짐도 너를 지켜줄 수 없다."

"신은 할 수 없습니다. 또한 하고 싶지도 않습니다!"

"무어라?"

갑자기 원승이 깊이 읍하며 말했다.

"성인께서는 부디 밝게 살펴주십시오. 이 구중궁궐, 나아가 국도 전체가 앞을 내다볼 수 없는 사살의 공격을 마주하고 있습니다. 심지어 국도 장안이 피로 물드는 참혹한 상황이 벌어질지도 모릅니다. 신비 부적 사건을 근절하는 일은 그에 비교하면 그야말로 큰 소의 털 한 올에 지나지 않습니다. 당면한 급선무는……."

이현은 저도 모르게 찬 숨을 길게 들이쉬었다.

창밖의 삭풍도 그 순간 더욱 기승을 부려, 바람이 휘말아 올린 조그마한 모래알이 유리 창문을 두드려대고 쨍쨍 섬뜩한 소리를 냈다. 황혼녘이 되자 비로소 온종일 휘몰아치던 찬바람이 그치고 하늘이 씻은 듯이 깨끗해졌다.

양준은 종일 바빠서 앉아 식사할 틈도 없었다. 용기중랑장이 이 중요한 날에 바쁜 것은 당연했다. 해가 뉘엿뉘엿 서쪽으로 기울 때쯤에야 그는 겨우 천보랑 바깥에 설치된 용기내위의 비밀 전각으로 돌아가 한숨을 돌렸다. 전각에 들어가기 무섭게 밖에서 두 번 길게,

두 번 짧게 문 두드리는 소리가 들리고, 곧이어 설백미가 유령처럼 따라 들어왔다.

양준은 잔뜩 핏발이 선 눈을 크게 뜨고 나지막이 말했다.

"곧 길시다. 등 연회에서 각처의 곡예단이 나와 공연할 때가 네게는 바로 최적의 시기다. 용감하게 나아가 공을 이루기만 하면 되는 것이다. 알겠느냐?"

"선비 삼천을 길러도 일을 성공시키는 자는 한 사람이라 했습니다. 이 설백미, 결단코 명을 저버리지 않겠습니다."

순박해 보이는 설 전선의 웃는 얼굴에도 지금은 전에 없던 매서움이 어려 있었다.

양준은 안도의 숨을 쉬며, 탁자에 있는 균자(鈞瓷, 중국 사대 도자기 중 하나로, 유약과 굽는 방식이 독특함) 찻잔을 들어 바싹 마른 목을 축인 다음 가만히 말했다.

"알면 됐다. 가거라. 미리 가서 준비해라."

설백미는 깊이 예를 올리고 돌아서서 방을 빠져나갔다. 양준은 그가 물러간 방향을 응시하며 생각에 잠겼다.

그때 병풍 뒤에서 아리따운 그림자 하나가 불쑥 나오며 고운 목소리로 불만을 토했다.

"성후께서 맡기신 그중요한 일을 저 요리사에게 시켜서 정말로 해낼 수 있을까요?"

여자는 고작 스무 살가량으로, 용모는 예쁘장하지만 끝이 살짝 올라간 양 눈썹에서 경박함이 엿보였다. 오색 빛깔 궁장은 그녀가 궁궐에서 지극히 높은 자리에 있음을 의미했다. 그녀는 바로 위 황후의 사대 수행 시녀 중 하나인 방관이었다. 그녀를 바라보는 양준의 눈빛은 곧바로 열정과 탐욕으로 타올랐다.

그는 낮은 소리로 웃으며 말했다.

"누님, 저 요리사를 얕보지 마십시오. 저자는 겉보기에는 어수룩하지만 사실상 상황 변화에 대응이 빠르고 몹시 약삭빠릅니다. 가장 중요한 것은 저자가 태평공주의 추천을 받았다는 것이지요. 무척 보기 드문 신분입니다. 수고롭겠지만 성후께 만사가 순조롭다고 전해주십시오."

"성후께서 특별히 나더러 가서 다시 물어보라 하셨어요. 저 요리사가 언제 대사를 치르기로 했죠?"

"곡예단의 환술공연이 절정에 이르면 사령등 놀이가 시작됩니다."

양준은 다소 기가 막힌 듯이 웃으며 대답했다.

"이 또한 성후의 의견입니다. 근자에 궁 안에 일어난 신비 부적사건이 사령으로 수작을 부렸으니, 특별히 가장 고명한 환술사와 등놀이 장인을 불러 사령등 놀이를 펼침으로써 사악함을 제압하는 것이지요. 요리사는 바로 그때……."

"좋아요." 방관이 요염하게 미소 지었다. "하지만 성후께서는 요즘 당신을 못 미더워하세요."

"귀띔해주셔서 감사합니다." 양준도 자못 태연하게 웃었다. "성후께서는 제가 못 미더우신 게 아니라 오늘 같은 대국에 대처하지 못할까 걱정하시는 것이겠지요."

"알면 됐어요. 나는 그저 당신이 성후의 총애를 잃을까 염려되어 그래요."

방관이 몸을 배배 꼬면서 다가서더니 섬섬옥수로 그의 양어깨를 살짝 매만졌다.

"감사하다고 했는데, 어떻게 감사할 생각이죠?"

그녀의 손길을 받은 양준의 하얀 얼굴이 즉각 벌겋게 달아올랐다. 기분이 좋아져 그녀를 끌어안으려 했지만, 그녀는 성후가 가까이하는 시녀이며 성후가 일부러 자신을 떠보려고 보냈을지도 모른다는 데 생각이 미쳐 곧바로 움츠러들었다.

"당신을 희롱하는 게 참 좋아요. 바라면서도 용기를 못 내는 모습을 보면 재미있거든요."

방관은 생글거리며 그의 뺨을 꼬집었다.

"시간이 됐으니 나는 돌아가서 보고해야겠어요. 명심해요. 앞으로는 이 누나에게 잘해야 한다는 걸."

양준은 물뱀처럼 허리를 비틀며 사뿐사뿐 걸어가는 그녀를 바라보며 "요망한 것" 하고 나지막하게 욕설을 한 뒤, 차를 한 모금 마시고 느릿느릿 방을 나섰다. 비밀 전각을 나오는 순간 그는 움찔 당황했다. 설백미가 뒷짐을 진 채 아무 소리 없이 걸어오고 있어서였다.

"어째서 아직 이곳에 있느냐?"

양준은 눈을 찡그리고 나지막이 꾸짖었다. 설백미가 '엇' 하는 소리를 냈다. 저녁 어스름에 비친 그의 얼굴이 약간 딱딱해 보였다.

"겁을 먹었군." 양준이 한 발 다가서 압박하며 서늘한 소리로 말했다. "대사가 눈앞이다. 이 중요한 순간에 겁을 먹고 번복하는 것은 용납할 수 없다!"

설백미가 황급히 대답했다.

"아, 아닙니다. 오해십니다, 대인. 제가 돌아온 것은 대인과 다시 상의하기 위해서입니다. 그 대사를 반드시 그 시간에 해야 합니까?"

"물론이다. 사령등 놀이는 색채가 현란해서 누구라도 눈이 어지럽고 정신이 몽롱해질 테니 그때가 최적의 시기다. 왜 그리 꾸물대는 것이냐? 때가 되면 크게 움직여야 하고, 절대 실수가 없어야 한다는 것을 명심해라."

"명을 받들겠습니다." 설백미는 길게 한숨을 쉬었다. "소인, 바로 가서 준비하겠습니다."

양준은 눈을 찡그렸다. 어딘가 이상한 느낌이었지만, 어젯밤 거의 잠을 자지 못한 탓에 지금은 두 눈이 따끔거려 깊이 생각할 기분이 아니었다. 벌써 해가 떨어진 것을 보자 그는 바삐 관운전으로 향했다.

설백미는 그의 뒷모습을 보고서야 길게 숨을 내쉬더니 웅크렸던 몸을 천천히 펴며 중얼거렸다.

"들킬 뻔했네. 이런 때 오는 게 아니었나봐. 완전히 어두워진 다음에 왔으면 더 좋았을걸."

뒤룩뒤룩 살찐 요리사 입에서 느닷없이 고운 목소리가 튀어나왔다. 양준이 들었다면 틀림없이 소스라치게 놀랐으리라. 이 설백미는 바로 분장한 청영이었다. 그녀는 속으로 가만히 헤아렸다. 필시 양준이 설백미에게 극비의 임무를 맡겼고 그 '대사'가 사령등 놀이 때 실행될 모양인데, 애석하게도 도대체 뭔지 알 수가 없었다.

청영이 다시 고개 들어 하늘을 보니, 해는 완전히 모습을 감췄고 둥그렇고 하얀 달이 하늘가에 둥실 떠 있었다. 다만 아직은 희미해서 꼭 얇은 종이를 잘라 붙인 것 같았다. 상원절 등 연회가 곧 시작될 텐데 시간이 너무 급박했다. 어렵게 알아낸 이 소식을 어떻게 원승에게 전할 수 있을까?

그녀는 머리를 굴리며 멍하니 몸을 돌리다가 그만 온몸을 부르르 떨었다. 눈앞에 누군가 서 있었다. 그녀와 똑같은 차림새에 똑같은 표정을 한 사람, 저 사람이야말로 진짜 설백미였다. 어둑어둑한 저녁 빛 속에서 두 명의 설백미는 묵묵히 서로를 바라봤다.

청영은 설백미의 눈동자에 빛 그림자가 어른거리는 것을 보고 아차 싶었다. 하지만 그때는 이미 선수를 빼앗겨 달아나고 싶어도 힘이 따르지 않았다. 이어서 온몸이 뻣뻣해지고 사지가 저릿저릿해지는 느낌이 찾아왔다. 머릿속도 마치 어두컴컴한 동굴에 들어간 것처럼 점점 뿌예졌다. 그녀는 힘껏 고개를 저으며 깊고도 어두운 동굴에서 나오려 애썼다. 하지만 결국 완전히 빠져나올 수 없었다.

"고맙구려!" 설백미가 희미하게 웃었다. "참으로 하기 곤란한 일이라 실은 나도 후회가 심했다오. 심지어 대역을 찾아볼까 하는 기상천외한 생각까지 했지. 한데 어디 가서 대역을 찾겠소? 그런데 웬걸, 진종께서 보우하시고 하늘이 가엾이 여기시어 당신같이 신기한 대역을 내려주셨구려."

그가 손을 홱 휘젓자 거대한 자루가 청영의 머리를 덮었다. 눈앞이 칠흑같이 까매졌다. 청영의 귓가에는 설백미의 득의양양한 웃음만 들려왔다.

"갑시다. 우선 아무도 알아차리지 못할 비밀스런 곳을 찾아야지."

'육충, 원승…… 어디 있어?'

청영의 머릿속으로 이런 생각이 유성처럼 스쳐갔고, 곧이어 그녀는 자신이 끝없는 동굴 속에 완전히 빠져든 것을 느꼈다.

그때 원승과 육충은 현무문 문루 앞을 지키고 있었다. 신비 부적 순서대로라면 마지막 사건은 현무문에서 일어날 가능성이 매우 컸다. 퇴마사는 도리상 당연히 가장 가능성 높은 곳에 배치됐다.

낮 동안 쌩쌩 불던 바람이 밤하늘을 깨끗이 씻어놓았다. 하늘은 진한 남색을 띠고, 밝고 고운 달빛은 현무문 앞 누대의 날아오를 듯 솟은 처마와 치미에 얇디얇은 은빛을 덧씌웠다. 무성한 겨울나무, 굽이진 마른 물길, 높고 낮은 가옥들이 한결같이 몽롱하고 처량한 달빛에 가려 꿈처럼 덧없는 느낌을 줬다.

육충은 기다란 검을 비스듬히 껴안고 노주에 기댄 채 둥글둥글 찬 달을 올려다보며 나른하게 말했다.

"달이 막 떴으니 그 마두가 벌써 움직이지는 않겠지. 이 어르신이 홀가분하게 달 좀 감상할 수 있게."

"달빛이 참 곱군!" 원승도 자연스럽게 탄식했다. "이토록 아름다운 달빛과 풍경 아래에서 거대한 음모가 일어날 때가 머지않았다니, 안타깝네."

멀거니 달을 응시하던 육충이 불쑥 말했다.

"사부님이 생각나는군. 처음 사문에 들어갔을 때도, 사부님께서 첫 번째 법문을 가르쳐주셨을 때도 모두 보름달이었지. 지금 보면 사부님은 내 비록 나이는 어려도 목숨을 내놓고 싸우기로는 사문에서는 대적할 자가 없는 것을 아시고, 내 성질을 연마할 묘수를 생각해내신 거였어. 하지만 그때는 어렸으니 무슨 수로 사부님의 고심을 이해했겠나? 밤마다 넋 놓고 달만 바라보는데, 정말 미치는 줄 알았네."

"아주 재미있었겠군."

원승은 소년 육충이 홀로 넋 놓고 달을 바라보는 모습을 상상하고 웃음을 떠올렸다.

"영사이신 단운 도장은 성품이 호방한 분이라 중년에는 검을 끼고 거리낌 없이 세상을 종횡하셨으나 만년에는 여유롭고 소탈해지셨다더군. 외향적이던 분이 내향적으로 바뀐 것은 도를 깨우치셨기 때문인가?"

육충은 고개를 저었다.

"사부님은 예순 때 재난을 당해 한쪽 다리를 저셨는데, 그때부터 훨씬 내향적이 되셨어. 나는 늦게 입문했는데, 그때만 해도 사부님의 다리는 사문 내에서 금기가 된 화제였지. 어느 날 내 성질머리가 여전한 것을 보신 사부님은 모진 방법을 고안해내 나를 어느 구덩이 안 법진에 떨어뜨려놓으셨지. 아주 지독히도 위험한 법진이었어. 갑작스럽게 그 속에 떨어진 나는 억지로 버틸 수밖에 없었지. 그 속에 꼬박 사흘을 갇혀 있었는데, 내가 느끼기엔 꼭 삼 년 같았어. 그곳에서 나온 후 사부님께서 말씀하시더군. 사흘간 나를 가둔 것은 내 썩어질 목숨을 세 번 구한 것이나 마찬가지라고. 강호에는 저 구덩이 법진보다 위험한 곳이 훨씬 더 많기 때문이라고 말일세. 그런 다음 그분은 평생 내 마음 깊이 새겨진 한마디를 남기셨다네. 강호살이에는 목숨이 제일이다!"

"영사께서는 아주 좋은 스승일세. 자네는 '목숨이 제일'이라는 말을 한결같이 믿고 따랐지."

"맞아. 그 일로 나는 내 목숨이 몹시 중요하며, 싸우거나 대결할 때 목숨을 가지고 놀 필요가 없다는 것을 깨달았지. 그런데 말이야, 구덩이 안에서 진짜 같기도 하고 환상 같기도 한 풍경을 많이 봤네. 사부님께서 다리를 다치게 된 연유도 포함해서. 놀라운 일이지만, 그분의 다리를 해친 사람은 대사형이었네! 대사형에 관해서는 수많은 전설이 있었고, 사문에서 대사형을 숭배하는 사람도 아주 많왔지. 나도 그중 하나였고. 하지만 대사형은 일찌감치 사문에서 사라졌어. 누군가는 대사형이 사문을 배신했다고도 했지. 그래도 대사형이 사부님의 다리를 망가뜨렸을 줄은 정말이지 꿈에도 몰랐네. 그 대사형의 이름은…… 설청산일세!"

"설청산!"

원승은 눈썹을 찡그렸다. 그도 육충이 그 사람을 거론하는 것을 여러 번 들었다. 종상부에 잠입했을 때쯤 그 절정의 검객과 척을 진 줄 알았는데, 그런 연고가 있었다니 뜻밖이었다.

"그 후로 사부님께 캐물었지만, 사부님은 설청산은 문파를 세우려 했고 규칙에 따라 싸워서 스승을 이겨야만 산을 나가 문파를 세울 수 있었기 때문이라고 하셨어. 설청산이 사부님의 다리를 그렇게 만든 것은 고의가 아니었다고 말이야. 심지어 태연하게 웃으시면서, 누가 뭐래도 제자에게 실수로 다치는 편이 강호의 다른 고수에게 맞아 다치는 것보다 낫다고도 하셨지."

원승은 가볍게 탄식했다.

"영사께서는 과연 바르고 소탈하시군. 설청산에게 아무런 원한도 없으시다니."

"정확히는 한동안 미워하셨다고 해야겠지. 내가 빠진 구덩이 법진 속에는 그 법진을 펼친 사람의 원한과 공포, 분노가 기록되어 있었기 때문에 나도 비로소 그 장면을 본 거야. 물론 나중에는 진정으로 내려놓으셨지만."

갑자기 육충이 이를 갈며 말했다.

"하지만 이 어르신은 아니야!"

"사람에게는 내려놓지 못하는 일이 있기 마련일세."

원승이 희미하게 한숨을 쉬었다.

"그 예로……." 육충이 고개를 비틀어 그를 응시했다. "자네가 하산해서 퇴마사에 들어간 것도 그 여자를 향한 정을 내려놓지 못해서가 아닌가?"

원승은 고개를 들고 아름답고도 먼 달을 바라봤다.

"맞네. 누가 뭐라 해도 그녀는 내게 가장 아름다운 순간을 선사했으니까. 하지만 지금은 이미 내려놓은 기분이 드네."

육충이 웃음을 터뜨렸다.

"자넨 이렇게 바보 같은 모습이 되레 진실해 보이는군. 진짜 사람 같아."

"내가 언제는 사람이 아니었나?"

"대부분 희미한 허상 같지." 육충이 입을 삐죽였다. "자넨 너무 냉정하잖아. 자네가 화를 내는 걸 거의 본 적이 없고, 두려워하는 것도 본 적 없어. 자넨 마치 만사에 무관심한 양 모든 것을 빈틈없이 네모반듯한 가면 아래 숨겨놓지. 그게 아주 무섭고 허상 같아서 진짜 사람 같지가 않아. 가끔 바보 같은 사랑꾼이 될 때만 빼고."

원승은 낯빛 하나 변하지 않고 말했다.

"많은 사람이 가면 아래로 모습을 감추고 산다네. 심지어 자네, 육 검객 어르신께서도 마찬가지일세. 자네의 가면은 웃고 싶으면 웃고 화가 나면 욕을 하는 모습이지만, 나는 자네의 진실한 내면을 알지 못하네. 자네는 철당 결사대지. 언젠가 우리 퇴마사와 철당이 충돌한다면 자넨 어느 편에 서겠나?"

육충의 눈빛이 번쩍였다. 항변하고 싶어 하는 듯했지만 그는 끝내 입을 열지 않았다. 원승이 무심한 듯 꺼낸 한마디는 사실상 두 사람의 아픈 곳을 정확히 찔렀다. 비록 생사를 함께한 적 있는 두 사람이지만, 결국은 정치의 소용돌이 중심에 있었다. 이 방대한 조정 세력 저변에 흐르는 암류에 휩쓸리고 두드려 맞다보면 어쩔 수 없는 선택을 하게 될지도 몰랐다.

"원승, 나는 처음부터 끝까지 자네를 벗으로 여길 거야."

마침내 육충이 느릿느릿 한마디 했다.

"고맙네." 원승은 빙긋 웃고는 불쑥 말했다. "가면 이야기가 나와서 말인데, 어쩌면 대기는 예외일지도 모르네. 그녀는 가면을 쓰고 있지 않은 것 같단 말이지."

육충은 저도 모르게 한숨을 쉬었다.

"옳은 말이야. 가면이 가장 얇은 사람이 대기고, 가면이 가장 단순한 사람은 나지. 그리고 가장 두꺼운 가면을 쓴 사람은 자네, 원장군이야."

"내 가면이 두껍다는 건 내 낯가죽이 두껍다고 돌려 욕하는 것인가?"

육충은 쿡쿡 웃더니 장단을 맞추지 않고 이렇게 말했다.

"가면이 가장 많은 사람은 청영이야. 청영은 결국 그 춘설전을 내려놨지만, 속으로도 정말 내려놨는지 모르겠네."

그때 멀지 않은 곳에서 사죽 소리가 들려왔다. 관운전에서 열리는 등 연회가 벌써 시작된 것이다.

원승이 무거운 목소리로 말했다.

"청영은 혼자 가서 양준을 상대하겠다고 고집했네. 추측건대 마음속으로는 아직 내려놓지 못했어. 마음이 놓이지 않거든 가보게. 어쨌거나 우리도 멀뚱히 이곳에 앉아 적이 나타나기만을 기다릴 것은 아니니까."

그때 갑자기 육충이 소리를 질렀다.

"잠깐만! 저쪽에…… 불이 난 것 같은데?"

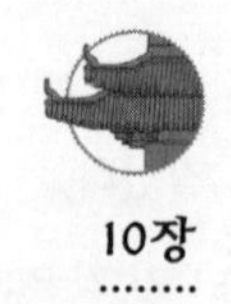

10장

천마의 비밀

무측천의 최전성기 때 신도 낙양에서 매년 상원절에 동원된 등불은 수십만 개에 달했다고 한다. 이현은 등극 후 위 황후의 부추김에 매사 호사를 부렸고, 지금도 국도 장안성 안에 호화로운 등불이 수만 개나 켜져 있었다. 특히 궁궐 길이며 주요 성문 앞에는 하나같이 축제용 커다란 막을 설치하고, 천막 하나에 등이나 초를 수천 개 세워 불을 밝혔다.

더욱이 이날은 야간 통행이 허용되어 커다란 주루에서부터 부호 저택에 이르기까지 손님을 불러 모으고자 갖은 애를 써서 진기한 등대를 설치했는데, 대부분 안에 기관 장치가 있어서 온갖 변화를 일으키며 보는 사람을 붙잡아두곤 했다.

대내 태극궁 안의 등불은 당연히 한층 성대하고 화려했다. 현무문, 양의전 등 주요 전각의 궁문 앞에는 등으로 만든 용이나 봉, 나아가 신선이나 보살 모습을 한 대형 등산이 세워졌다. 오색찬란한 그 등불은 보는 이로 하여금 감탄을 자아내게 했다.

특히 등 연회의 중심지인 관운전 앞에는 용과 봉 모양의 거대 등산 한 쌍이 서 있었다. 마주 춤을 추는 높이가 수 장에 달하는 용과 봉은 위에 오색등 만여 개를 달고 적잖은 꽃등에 유리나 주옥을 장식한 덕분에 달빛과 다툴 만큼 반짝반짝 빛을 냈다.

천자가 친히 베푼 연회인 만큼 자연히 뭇사람이 모두 참석했다. 상왕 이단, 태평공주, 종초객 등 각 곳 중신들이 관운전에 모였다. 이미 황제의 용체가 편치 못하다는 풍문이 쫙 퍼져 있었다. 아무래도 지금의 당나라는 무주 혁명이라는 변화를 겪은 뒤 또다시 무측천을 힘껏 따라 하려는 위 황후에게 시달림을 받고 있고, 그로 인해 강성하던 제국도 민심이 어지러워져 쉽사리 흔들리는 모습으로 변해 있었다. 그렇기에 오늘 이 특별한 자리에서, 황제 이현은 어떻게든 기운을 내 대당나라 각 세력 대표자들 앞에 얼굴을 내밀고, 자신이 아직 건강하며 정국을 충분히 장악할 수 있음을 보여야 했다.

궁궐은 오늘의 연회를 위해 오랫동안 성심껏 준비했다. 음식만 해도 최고급 연회 수준에 맞춰 각지의 특선요리가 올라왔고, 심지어 녹미장(鹿尾醬, 사슴 꼬리로 만든 진귀한 요리), 감로갱(甘露羹, 불교에서 도리천에 있다는 달콤하고 신령스런 액체로 만든 요리), 타제갱(駝蹄羹, 낙타 발굽으로 만든 요리) 등 온갖 진귀한 요리도 나왔다.

식탁에 놓인 식기마저 최고급이었다. 잔은 서역의 일류 유리잔 또는 무소뿔잔이며, 쟁반과 그릇은 전부 황금이나 옥 종류인 데다 심지어 상아 젓가락조차 황금을 상감해 넣은 것이었다. 식탁 위의 갖가지 식기만으로도 금빛으로 번쩍번쩍하니 눈이 부실 만큼 호화로웠다.

술잔이 이리저리 엇갈리는 사이 태상시 교방(教坊, 당대에 궁정에서 춤과 음악을 관장하던 곳)이 공들여 준비한 궁정 악무를 선보이고, 이어 왕후대신 저택 내 이름난 악단이 번갈아 전각 앞에 나와 기예를 바쳤다.

격에 맞게 오늘 밤 연회에는 수많은 악무와 곡예가 준비됐고, 하나같이 등대를 맴돌며 공연을 펼쳤다. 전각 앞에 세운 거대한 용봉등산 외에도, 날아다니는 신선이나 상서로운 동물 모양으로 정교하게 만든 오색등이 전각 안을 적잖이 장식해 휘황찬란하게 광채를 흩뿌리고 있어서 문신들의 시흥을 돋웠다.

다만 이 상서로움과 번화함 밑에서는 보이지 않는 물결이 출렁이고 있었다. 종초객을 수장으로 둔 위씨파는 기세등등했다. 좀이 쑤신 종초객은 제 글솜씨를 믿고 일어나, 화려한 등과 상서로움을 소재로 시부를 지어 박수갈채를 받았다. 조정 내 이씨파의 두 수뇌, 상왕 이단과 태평공주 남매는 각자 고민이 있는 데다, 근신들만의 연회인지라 시부에 뛰어난 휘하 문인을 데려올 수 없던 탓에 영 기세가 약했다.

주연이 시작된 뒤로 양준은 도리어 처음만큼 긴장하지 않았다. 그는 임시 주방으로 삼은 옆 전각으로 슬그머니 들어가 설백미를 찾았다. 이런 최고급 연회에서 유명한 요리사들은 당연히 바빴다. 하지만 벌써 술이 세 순배 돌고 설백미가 가장 자랑하는 인기 요리 몇 가지도 나간 터라 지금쯤이면 그도 한가로워야 할 시기였다.

사실 요리와 곡예 공연 순서 및 시기는 모두 양준이 편성했다. 순서를 잘 알기에 이제 곧 연회의 절정인 사령수 어룡등 놀이가 시작될 터이니 '대사'를 준비해야 한다고 귀띔해주러 온 참이었다. 하지만 옆 전각 안을 두 바퀴 둘러봐도 설백미의 모습은 찾을 수가 없었다. 사전에 연습한 대로라면, 지금 그 땅딸보는 그가 와서 소식을 전하기를 착실히 기다리고 있어야 했다. 어디로 간 것일까?

양준의 이마에 어느새 식은땀이 맺혔다. 다급해진 그는 부뚜막

앞에서 바삐 움직이는 다른 황실 요리사들에게 자세히 물었다. 두 사람에게 물었는데 둘 다 어리둥절한 표정이었다. 한 사람은 방금 설백미를 본 것 같다고 했고, 다른 한 사람은 설백미가 한참 동안 보이지 않았다고 했다. 양준이 초조해하며 땀을 뻘뻘 흘리는 순간, 작고 통통한 설백미의 모습이 마치 귀신처럼 스르륵 나타났다.

"빌어먹을, 어딜 갔던 것이냐?"

양준이 그를 와락 붙잡아 옆으로 끌고 간 뒤 소리 죽여 외쳤다.

"이번 곡이 끝나면 바로 사령등 놀이가 시작되고 네놈이 등장할 차례다. 정신 바짝 차려!"

"압니다." 설백미는 땀을 닦으며 나지막이 대답했다. "한데 소인이 몹시 긴급한 일이 떠올랐지 뭡니까? 그 일만 제대로 처리하면 대사를 완수하기란 손바닥 뒤집는 것이나 다름없습니다. 잠시 이야기 좀 하시지요, 양 장군."

"이럴 때 무슨 긴급한 일이 있단 말이냐?"

양준은 땅딸보의 귀싸대기를 올려붙이고 싶었지만, 황급해하는 그의 눈빛을 보자 한숨을 푹 쉬며 그를 따라 옆 전각을 빠져나갔다.

교방의 아름다운 악무가 그치자, 갑자기 전쟁용 북 소리가 울리며 환한 빛을 번쩍이는 용 모양 등 두 개가 전각 안으로 헤엄쳐왔다. 전각 안에 있던 신하와 시립한 무희, 궁인들의 눈앞이 환해졌다. 이미 각양각색의 등과 절묘한 춤과 곡예를 질리도록 본 그들이지만, 지금 펼쳐지는 신비한 광경은 여태 본 적이 없었다. 빛으로 휩싸인 금빛 용 두 마리가 정말 허공을 날아 전각 안으로 들어왔기 때문이다. 태평공주와 종초객 등 견식이 넓은 사람들은 정교하기 짝이 없는 등에 환술을 조합한 것임을 알아봤다. 필시 최고급 환술사가 뒤에서 조종하고 있을 터였다.

등으로 만든 용 두 마리는 길이가 족히 한 장이 넘었다. 사람들은 용의 몸에서 금은보화며, 영락(瓔珞, 구슬을 꿰어 목에 걸게 만든 장신구), 유리로 장식한 조그마한 등을 똑똑히 볼 수 있었지만, 유독 용을 움직이는 사람은 볼 수 없었다. 쌍룡은 대전 안을 오르락내리락 빙빙 돌면서 이와 발톱으로 위협하는 모습을 취했다. 사람들은 잠시 넋을 잃었다가 마침내 입을 모아 찬탄을 터뜨렸다. 전각에서는 박수갈채가 계속 이어졌다. 태평공주와 상왕 이단조차 날아다니는 등불 용에 시선을 빼앗겨, 일시적으로 술 마시는 것조차 잊었다.

떠들썩한 대전 안에서 긴장한 이는 오직 한 사람뿐이었다. 바로 위 황후였다. 대당나라의 성후는 비록 애써 웃는 표정을 지었으나 시선은 재빠르게 전각 안을 훑고 있었다. 애석하게도 내내 양준의 모습이 보이지 않자 그녀는 저도 모르게 속으로 욕설을 퍼부었다.

'쳐 죽일 놈, 이럴 때 어디에 자빠져 있는 게야!'

역정을 내며 고개를 돌리던 그녀는 딸 안락공주도 어디론가 사라진 것을 알아차렸다. 이상하군. 누구보다 떠들썩한 것을 좋아하는 아이가 이처럼 훌륭한 등놀이 환술을 놓칠 리가? 설마 미래의 부마와 밀회라도 갔나? 고작 하루도 못 참고?

다시 고개를 들자, 멀지 않은 탁자 앞에서 미래의 부마 무연수 역시 고개를 쭉 빼고 사방을 둘러보는 것이 보였다. 안락공주를 찾는 것이 분명했다.

"큰일 났습니다. 성후께 아뢰옵니다. 부…… 불이 났습니다!"

그때 방관이 뛰어들어 떨리는 소리로 말했다.

"현무문에 불이 났습니다!"

비록 목소리는 크지 않았으나 몸이 휘청거려 전각에 있는 뭇 신하의 시선이 쏠렸다. 다행히 등놀이를 지휘하던 환술사는 그녀에게 신경 쓰지 않아서, 쌍룡은 여전히 쉼 없이 춤을 추고 있었다.

신경이 날카롭던 위 황후는 이 말을 듣자 온몸을 부르르 떨며 꾸짖었다.

"현무문에 불이라니…… 현무문을 지키는 이가 누구더냐?"

"소인은 모릅니다. 참, 퇴마사가 그곳을 지킨다고 들었습니다."

방관이 두서없이 대답했다.

"원승, 이 대담한!" 위 황후는 유리잔을 탁자에 세게 내려놓았다. "또 그자렷다. 몇 번이나 직무를 소홀히 하더니 큰 화를 불렀구나. 내 그자를……."

"기다려보시오." 별안간 이현이 떨리는 황후의 두 손을 가볍게 잡아 눌렀다. "서두르지 말고 사람을 보내 물어봅시다."

다행히 물을 필요도 없었다. 전각 앞을 지키는 시위 한 명이 다급히 달려와 연유를 보고했다. 이제 보니 공연한 소란이었다. 현무문 앞에 있던 대형 등산에서 까닭 없이 유등 하나가 뒤집혀 등잔대를 태운 것뿐이었다. 천막이 매우 높은 탓에 불길이 거세어 보였지만, 등산을 설치할 때부터 화재를 예방하고자 불에 잘 타는 물건을 주변에 두지 않았기에 금세 불길이 잡혔다. 위 황후는 민망해져 노한 얼굴로 방관을 노려봤다.

이현이 의미심장하게 웃었다.

"오늘은 상원절이니 만사가 길할 것이오."

다행히 전각 안에 풍악 소리가 큰 데다 신하들은 구불구불 춤추는 쌍룡에 감탄하느라 대당나라 성후의 추태를 눈여겨본 사람은 몇 없었다.

그때 풍악의 곡조가 변해, 우렁찬 전고 소리가 격앙되고 면밀한 비파 소리로 바뀌었다. 긴박한 비파 연주 속에 큼직한 맹호 한 마리가 사납게 전각으로 뛰어들었다. 이 맹호는 앞서 들어온 신룡보다 몸집이 더 컸고 몸은 은색 등으로 장식되어 있었다. 등불과 은광이 어우러져 빛을 내자 호랑이의 은빛찬란한 몸이 더욱 눈부셨다. 놀랍게도 은빛 호랑이 역시 공중에서 나는 듯이 내달아, 마치 그 발밑에 보이지 않는 구름이 있는 듯했다. 거대한 은빛 호랑이와 금빛 용 두 마리는 전각 안에서 엉겼다 떨어졌다 장난을 치며 빙빙 돌았다.

소낙비처럼 빼곡하던 비파 연주가 갑자기 다시 활기 넘치는 쟁 연주로 바뀌고, 이번에는 날렵하고 불붙은 듯 새빨간 난새 두 마리가 전각으로 날아들었다. 새의 형상은 난조 같기도 하고 봉 같기도 했으나 몸집은 별로 크지 않았다. 몸이 불꽃같은 빨간색으로 빛나는 것은 남방을 대표하는 주작의 모습과 일치했다.

이때 전각 안은 용 두 마리와 호랑이 한 마리가 허공을 선회하느라 빛이 뒤섞여 마치 환상 속 같았다. 군신들은 그 광경에 폭 빠졌다. 오직 위 황후만 내심 불안해했다. 사령등 놀이가 거의 반이 지나 절정의 순간이 점점 가까워지는 게 빤히 보이는데, 양준과 설백미는 어디로 갔을까? 나를 실망시키려는 것은 아니겠지?

그때 이현이 위 황후를 향해 수염을 매만지며 미소 지었다.

"보기 드물게 훌륭한 곡예구려. 황후, 참 신경 많이 썼소."

켕기는 데가 있는 위 황후도 어쩔 수 없이 억지웃음을 지었다.

"모처럼 명절이 되어 군주와 신하가 함께 즐기는 자리니, 마땅히 성인을 기쁘게 해드려야지요."

갑자기 풍악 소리가 뚝 그쳤다. 전각 안을 환히 밝히던 등불과 촛불도 삽시간에 어두워진 것 같았다. 위 황후의 심장이 즉시 긴장했다. 양준에게서 이 등놀이 환술에 관해 상세히 보고를 받은 그녀는 사령등 환술이 마지막으로 현무가 등장할 때 절정을 이룬다는 것을 알고 있었다. 현무는 거북과 뱀 두 가지 형상을 띠고 있어서 가장 만들기 복잡하고 또 희귀했다. 듣자니 환술극단이 머리를 쥐어짜고 여러 차례 연습한 끝에 비로소 거북과 뱀을 닮은 신비한 현무 모양의 대형 등을 만들어냈다고 했다.

그리고 양준의 준비대로라면, 사람들이 등놀이에 숨죽이고 깊이 빠져든 순간, 요리사인 설백미가 나타날 예정이었다. 오늘 상원절 연회의 최절정은 사실, 바로 그 순간이었다. 과연, 격앙된 악기 소리가 갑자기 뚝 그쳤다.

하지만 느닷없이 찾아온 정적은 색다른 정취를 자아냈다. 마치 보이지 않는 커다란 손이 전각에 있는 군신 모두의 혼을 단단히 움켜쥔 것 같았다. 거대한 거북 한 마리가 침착하게 전각 안으로 기어들어왔다. 오행의 색깔 분포에 따르면, 현무는 물의 기운인 북쪽에 자리하니 응당 검은색이었다. 하지만 상원절 등 연회는 길하고 상서로워야 하므로 거북 역시 온몸이 황금빛이었다. 거대한 등딱지는 셀 수 없이 많은 금빛 등으로 장식됐고, 불빛이 밝아졌다 어두워졌다 반복하고 색깔도 이리저리 바뀌면서 일곱 빛깔로 반짝였다. 허공에서 춤추던 청룡과 백호, 주작이 거북을 에워싸고 빙글빙글 돌자 가지각색 등불이 이리저리 나부꼈다.

황금 거북은 대전 중앙에서 걸음을 멈췄다. 돌연, 큼직한 등딱지가 갈라지고 그 틈으로 거대한 금빛 뱀 한 마리가 천천히 솟아올랐다. 굵기가 족히 한 아름은 될 법한 금빛 뱀은 머리에 빨간 등잔을 받치고 있었다. 빨간빛이 어우러진 금빛 몸뚱이가 느릿느릿 떠오르면서 별스런 요기를 풍겼다. 뱀은 느릿느릿 돌아서서 식탁 앞에 있는 대당나라 군신을 등졌다.

"조심하십시오! 문제가 있습니다!"

갑자기 전각 안에서 허둥거리는 비명이 터졌다.

"앗, 저 사람 좀 보시오."

"자객인가?"

놀랍게도 뱀 몸뚱이에 사람이 매달려 있었다. 용기중랑장 양준이었다. 그는 입가에 피를 흘리고 혀를 쭉 빼문 채 빨갛고 튼튼한 밧줄에 목이 단단히 묶여 있었다. 누가 봐도 목매 죽은 귀신 모습이었다. 양준이 아직 죽지 않은 것은 분명했지만 지금 모습은 자못 괴상했다. 마치 스스로 목 졸라 죽으려는 듯이 두 손으로 제 목을 단단히 움켜쥔 자세에, 입안과 목구멍에서 솟아난 피가 앞섶을 검붉게 물들여놓은 모습이었다. 곧 이쪽저쪽에서 궁녀들이 놀란 비명을 지르기 시작했다.

위 황후는 더욱 놀라고 슬퍼 혼절할 뻔했지만, 억지로 버티며 애통하게 외쳤다.

"어서! 어서 구하거라!"

담력 큰 환관 몇 명이 부랴부랴 달려가 양준을 내려놓으려 했으나 뱀이 너무 높아서 발돋움하고 폴짝폴짝 뛰어도 손이 그의 목에 닿지 못했다. 머리가 잘 돌아가는 환관 하나가 힘껏 뱀을 잡아당겼지만 뜻밖에도 뱀은 꿈쩍하지 않았다.

'컥' 하는 이상한 소리가 들리더니, 갑자기 양준이 숨을 몰아쉬며 쉰 목소리로 말했다.

"설백미, 나를 죽인 자는 설백미……."

그러더니 고개를 비뚜름하게 떨어뜨리고는 더는 아무 소리도 내지 않았다.

황제 이현도 온몸이 부들부들 떨렸으나 억지로 탁자를 짚고 버티면서 양준을 가리키며 떨리는 소리로 말했다.

"어서 가서 살펴보아라. 죽었느냐, 살았느냐?"

병부상서를 맡은 적이 있는 종초객은 평소 담력이 세다고 자임하던 터라 용기를 내어 달려갔다. 엎드린 환관을 밟고 올라 양준의 코에 손을 가져간 그가 절로 큰 소리를 냈다.

"죽었습니다. 양 장군은 피살됐습니다. 자객이 있다! 어서, 어서 어가를 호위하라!"

방금까지 울리던 풍악이 뚝 그치고, 막 뒤에서 조종하던 환술사와 등 놀이꾼도 심상치 않음을 느낀 듯 공연을 멈췄다. 놀란 탓인지 너무 갑작스럽게 멈추는 바람에 거대한 용 두 마리가 허공에서 툭 떨어지고, 백호와 주작도 힘없이 바닥에 늘어졌다.

커다란 현무만이 기관 덕분에 여전히 거대한 몸집을 천천히 돌리고 있을 뿐이었다. 양준의 몸을 매단 거대한 뱀은 그 무게에 약간 기울어진 채 회전했다. 그제야 사람들은 양준의 목숨을 앗아간 상처가 등에 있음을 알아차렸다. 그의 등 복판에는 단검 하나가 자루 끝까지 박혀 있었다. 거대 뱀이 여전히 느릿느릿 움직이는 동안 그 위에 매달린 양준도 일그러지고 굳어진 얼굴을 느릿느릿 돌렸다. 이 때문에 이쪽저쪽에서 비명이 터졌다.

위 황후는 여전히 양준의 시신을 뚫어지게 노려봤다. 한파와도 같은 추위가 심장 깊숙이에서 솟아올랐다. 신비 부적 사건 네 번째, 현무 사건이 정확히 주작 사건 발생 하루 다음 날 벌어졌다. 앞서 세 사건과 비교할 때 이 마지막 사건은 더욱 기괴하고 으스스했다. 심지어 전례 없이 사람이 죽었다.

위 황후는 와락 소리를 질렀다.

"여봐라, 누구 없느냐! 원승이 직무를 소홀히 하여 간악한 무리가 함부로 궁정을 어지럽히게 했느니! 그자를 잡아 능지처참하라! 능지처참!"

양준은 이미 죽었으나 그의 심복인 서도는 건재했다. 그가 허둥지둥 가까이 달려와 떨리는 목소리로 말했다.

"소장, 명을 받들겠습니다. 성후께서는 심려치 마십시오. 소장이 가서 그자를 포박하겠습니다."

"잠깐!" 이번에도 이현이 외쳐 서도를 불러 세우고는 침중하게 말했다. "포박할 자는 원승이 아니다. 양준이 죽기 전에 살인자는 설백미라고 외치지 않았더냐? 그래, 그 손재주 좋은 요리사렷다?"

신하들 사이에 있던 태평공주도 설백미의 이름을 들은 차에, 오라버니가 이런 어명을 내리자 자연히 혼비백산했다. 하지만 해명할 말이 없었다.

"영명하십니다. 소장도 일찍부터 요리사 설백미를 수상쩍게 여기고 있었습니다!"

바로 위 상사인 양준이 죽었으니 승진할 희망이 커졌음을 떠올린 서도는 재빨리 머리를 굴렸다.

"또한, 환술사들도 혐의를 피할 수 없습니다. 하나도 빠뜨리지 않고 잡아들이겠습니다."

그의 외침은 자못 우렁차서 전각에 있는 사람은 누구나 들을 수 있었다. 이상한 일이지만, 그 말이 떨어지자마자 구석에 있던 황금 용이 갑자기 움찔하는 바람에 몸통에 단단히 묶여 있던 등잔이 툭 엎어졌다. 기름이 흘러나오고 곧바로 불길이 치솟았다. 거대한 황금 용은 대나무 살과 비단, 마지를 묶어 만든 것으로 뜨거운 기름을 붓자 금세 화룡으로 변했다.

"조심해라! 조심해라! 불이다! 어가를 호위하라!"

"불이야, 불! 어서 어가를 호위하라!"

전각 안팎에서 놀란 부르짖음이 잇따라 터졌다. 전각 앞을 지키는 시위와 환관이 모조리 달려왔다. 전각 밖에서도 그보다 많은 시위가 "어가를 호위하라" 하며 목청 터지게 외치는 소리가 아득히 들려왔다. 잠깐 사이 백호와 주작에도 불꽃이 튀어 활활 타올랐고 전각은 즉각 불길에 휩싸여 연기가 자욱했다. 환관과 궁녀들이 물을 길어와 사방에 마구 쏟아붓느라 상황은 갈수록 혼란해졌다. 대당나라 이성과 군신은 비할 데 없이 낭패한 모습이었다.

짙은 연기와 치솟는 불길이 큰불로 번지려는데, 별안간 허공에서 거센 물길이 쏟아졌다. 마치 하늘에서 쏟아지는 폭포수처럼 곧바로 화룡을 내리쳤다. 물길이 몹시 거센 데다, 불길은 이제 막 타올라 아직 완전히 퍼지지 않은 까닭에 금세 약해졌다. 이 '때맞춰 내린 비'는 허공에서부터 끊임없이 쏟아지며 하나에서 둘로, 둘에서 다시 셋으로 갈라졌다가 눈 깜짝할 사이에 다섯 갈래 폭포수로 변했다.

물줄기 다섯 갈래 사이로 누런 옷을 입은 여도사 다섯 명이 엄숙히 서서 수결을 짚으며 주문을 읊조리고 있었다. 바로 능연오악이었다. 그들 다섯 명이 선 자세는 자못 독특해서, 척 봐도 기괴한 진법이 분명했다. 다름 아닌 건곤오악진법이었다. 그들은 대대로 이곳에서 몇 장 떨어진 능연각을 지켜왔는데, 그곳에 있는 그림이 몹시 진귀해 주로 수계 도술을 수련한 덕에 비를 내려 불을 끄는 일은 손바닥 뒤집듯이 쉬웠다.

위 황후는 다섯 여인을 보자 마음이 푹 놓여 격렬히 기침을 하며 외쳤다.

"선고들 마침 잘 와줬네. 어서, 어서 어가를 호위해 처소로 모시게."

불길이 기승을 부리기 어렵게 되자, 종초객 등 신하들은 비로소 충심을 보여야 한다는 데 생각이 미쳐 분분히 이성 곁으로 달려와 충성스럽고 용감하게 지키는 태도를 보였다.

서도도 위 황후 곁에 가서 속삭였다.

"성후께서는 실로 영명하십니다. 예상대로 소장이 부하를 보냈으나 요리사 설백미는 종적을 감췄습니다. 그리고 방금 소식을 들었는데, 현무문 앞에 있어야 할 원승과 육충도 보이지 않는다고 합니다."

"보이지 않아?" 위 황후는 이를 으드득 갈며 소름 돋도록 잔혹한 소리로 말했다. "원승과 설백미 모두 잡아 대령하라! 살았으면 생포하고 죽었으면 시체라도 가져와야 할 터! 하나라도 빠뜨리면 네 목을 잘라야 할 것이다!"

관운전의 소란이 최고조에 달한 순간, 원승과 육충은 달을 감상하고 있었다. 하지만 달구경하는 장소는 몹시 은밀했다. 두 사람은 능연각 바깥 구석에 선 측백나무 옆 그늘에 바짝 움츠린 채 남몰래 강기를 운용해 누각 옆 나무나 돌멩이와 거의 혼연일체되어 있었다.

정월 보름의 달빛은 과연 유혹적이었다. 저녁이 되자 서풍도 더는 불지 않았고, 밤하늘은 씻어낸 듯 맑았다. 가득 찬 밝은 달이 고요한 밤하늘에 맺혀 마치 황금 원반을 씌워놓은 듯했다.

맑고 깨끗한 달빛은 능연각 유리창을 통과하면서 정교한 창틀에 조각조각 갈라져, 북두칠성 형상으로 울지공의 용맹하고 험상궂은 초상화에 도장을 찍었다. 크고 작은 것이 어우러진 일곱 개 별이 운치 있고 신기한 운율을 이뤘다.

약간 통통한 새하얀 그림자 하나가 울지공 초상화 앞에 엄숙하게 서서 칠성을 응시하고 있었다. 흥분한 듯 몸이 바들바들 떨렸다. 그는 천천히 손을 뻗더니 허공에서 손대지 않고 초상화를 매만지며 혼잣말을 중얼거렸다.

"개양, 요광…… 두병(斗柄, 북두칠성의 자루 부분을 이루는 세 별. 개양, 요광, 옥형을 말함)이 동쪽을 가리키면 천하가 봄이요, 두병이 북쪽을 가리키면 천하가 겨울이라…… 필시 이곳이겠구나."

그는 길고 가느다란 손가락으로 천천히 초상화 아랫부분을 짚었다. 그곳에는 큼직한 인장이 찍혀 있었다. 오악진형도 인장. 그자는 양손을 가슴 앞에 모아 손가락으로 불길 같은 모양을 취하며 기괴한 수인을 만들어 천천히 오악진형도를 눌렀다.

"설백미, 이 도둑놈, 여기 있었구나!"

냉소와 함께 육충이 성큼성큼 누각에 올랐다.

"서라!"

하얀 장포를 걸친 설백미는 여전히 엄숙하게 선 채 말했다. 무던해 보이는 얼굴에는 아무런 표정도 없었다.

"아이고, 그래도 제법 담력은 있구나. 이 어르신더러 서라고? 차라리 아예 죽으라고 명령하지 그래?"

육충은 히죽거리며 검을 쥐었다.

"그렇다면 죽어라!"

설백미의 말에 육충은 웃어야 할지 울어야 할지 몰랐다. 철컥 하는 소리와 함께 자화열검이 검집에서 뽑혔다. 저런 멍청이를 상대할 때는 속전속결이었다.

"죽어라!"

설백미가 쉰 목소리로 냉소를 터뜨리더니, 갑자기 발치에 둔 보따리에서 누군가를 꺼내 목을 움켜쥐고 아래로 꾹 눌렀다. 넋이 나간 듯한 그 사람은 놀랍게도 설백미와 똑같은 모습을 하고 있었다.

육충은 안색이 싹 변했다. 새로 나타난 '설백미'의 얼굴에서 역용가루가 벗겨지면서 아리땁고 수려한 얼굴이 드러난 것이다. 놀랍게도 그 사람은 청영이었다.

설백미가 청영의 목을 틀어쥔 것을 본 육충은 두 눈에서 불꽃을 쏟아내며 일갈했다.

"망할 요리사 놈, 어쩌려는 거냐?"

"뭘 어쩌려는 것이 아니다. 네놈은 움직이지 말고 순순히 거기서 기다려라. 내 잠깐 달구경을 한 다음 네 미인을 놓아줄 테니."

"제법 고상하군. 아니지." 육충은 움찔했다. "너는 설백미가 아니야. 그 눈빛이 틀렸어. 대체 누구냐?"

"그자는 진청류일세!"

맑고 차가운 웃음소리에 이어 등불이 반짝이면서, 손에 작은 등잔을 든 원승이 느릿느릿 능연각으로 올라왔다. 눈앞의 하얀 그림자를 바라보는 그의 눈빛에는 어둠이 가득했다. 그는 나지막이 탄식하며 말했다.

"청류 형, 정녕 몰랐습니다. 진짜 꼭두각시 연극을 한 사람이 청류 형일 줄이야! 지난날 국사 원천강은 칠성 진마 법진을 펼쳤고, 이 능연각은 바로 그 법진의 최대 비밀이 담긴 곳이지요."

'설백미'는 온몸을 바르르 떨더니 어쩔 수 없는 듯 길게 한숨을 내쉬었다. 그의 몸이 우두둑 우두둑 소리를 내더니, 서서히 훤칠하고 우뚝한 진청류의 몸으로 변해갔다. 이어서 그는 팔을 떨쳐 청영을 육충에게 집어던졌다. 육충이 황급히 달려가 받아보니 여인은 인사불성이었다. 그가 따져 묻기도 전에 진청류가 차갑게 말했다.

"잠시 혼절했을 뿐 큰 문제는 없다. 이 내가 어찌 일개 여자를 괴롭히겠느냐."

육충은 비로소 안도했으나, 상대방이 대범하게 인질을 돌려준 마당에 나아가 공격하기가 민망했다.

진청류는 묵묵히 원승을 바라볼 뿐이었다. 그의 뒤에서 비치는 달빛은 너무도 맑고 너무도 옅어, 원승이 손에 든 등불의 눈부신 빛 덕분에 유난히도 처량해 보였다. 심지어 진청류마저 처량한 그늘 속에 한 줄기 하얀 그림자로 변했다.

"원 대랑, 등불을 꺼줄 수 있겠나." 진청류는 또다시 한숨을 쉬었다. "이토록 달이 아름다운데 등불을 켜다니, 저 맑고도 하얀 달빛을 모욕하지 말아주게."

"청류 형이 원하시는 것은 달구경만은 아닐 테지요." 원승이 차갑게 말했다. "울지공 초상화에 있는 법진의 눈을 훔치려는 게 아닙니까?"

진청류는 서서히 눈을 가늘게 뜨며 말했다.

"법진의 눈이라, 그토록 흥미로운 것까지 알고 있군. 또 무엇을 알고 있나?"

"비문을 알고, 지기자를 압니다. 그리고 태종 황제의 죽음과 장안성 칠성 진마 법진도 알지요. 심지어 청류 형이 바로 설성수라는 이름을 쓴 자인 것도 압니다. 절치부심 끝에 구담 대사에게 접근해 천문학과 산법을 연구한다는 명목으로, 구담 씨 집안에 있는 장안성 칠성 진마 법진에 관한 수많은 비밀을 빼내고 목적을 이루자 독을 써서 몰래 구담 대사를 해쳤다는 것도 말입니다."

진청류는 탄식하며 말했다.

"내가 없었더라도 구담은 오래 살 수 없었네. 그의 집안은 천마의 저주를 당했다네. 다행히 그가 내게 많은 것을 알려줬으니 가치 있는 죽음이라 할 수 있지. 원 대랑의 다른 추측도 들어보고 싶군."

원승은 그가 구담 대사의 죽음을 별일 아닌 것으로 치부하며 마치 그 천축의 산학가가 죽음으로써 가장 크게 세상에 공헌할 수 있다는 듯이 말하자 혐오감이 치솟았다. 하지만 그 기분을 눌러 참으며 천천히 말했다.

"아마도 모든 것이 태종 황제의 죽음으로부터 시작됐을 것입니다. 고조 때 현무문의 변이 벌어진 후 은태자 이건성을 따르던 마종도 큰 타격을 입었으나, 지기자를 수장으로 하는 마종 사람들은 신묘한 재주 덕에 완전히 소탕되지 않았을 뿐 아니라 오히려 비문이 되어 삼교구류(三教九流, 유, 불, 도 세 종교와 유가, 도가, 법가 등의 아홉 유파를 이르는 말)에 깊이 섞여들었지요. 심지어 선도(仙道)라는 이름으로 서서히 대당나라 조정에 잠입해 차츰차츰 숨은 세력 가운데 손꼽는 자리까지 올라갔습니다. 지기자는 숫제 천하의 비난도 아랑곳하지 않고 천마살을 펼침으로써 천마의 힘을 불러들여 대당나라의 국본을 흔들려고 했습니다. 이른바 태자는 나라의 근본이라 했습니다. 천마살의 예봉은 대당나라 국본이던 태자 이승건을 첫 번째 희생자로 삼았습니다. 나아가 이승건의 경쟁자, 위왕 이태 등도 차례차례 재앙을 당했습니다. 남은 피해자는 바로 대당나라 태종 황제였지요. 그분은 밤이면 귀신 꿈을 꾸며 정신적으로 불안해하셨습니다. 만부득이한 상황이 되자 본디 귀신과 점복을 믿지 않던 태종 황제께서도 어쩔 수 없이 국사 원천강을 청해 법사를 펼쳐 사귀를 억누르게 했지요."

원승은 천천히 말을 이었다.

"하지만 지기자는 천하 도술의 제일인자로 불린 만큼 다시 몰래 진을 만들고 술법을 펼쳤으며, 국사 원천강의 능력으로는 천마살을 완전히 깨뜨릴 수 없었습니다. 원천강은 어쩔 수 없이 진마천존 치우를 위주로 한 일곱 개의 성진을 장안성 안에 세웠는데, 이것이 장안성 칠성 진마 법진입니다. 태극궁에 있는 것은 칠성진의 머리 부분이고 법진의 눈은 능연각에 있습니다."

"그렇다네. 능연각은 법진, 그것도 지난날의 국사 원천강이 펼친 칠성 진마 법진의 핵심일세. 그리고 칠성이 비추는 울지공의 초상이 바로 그 눈의 중심이지."

진청류는 천천히 고개를 저었다. 놀라기도 하고 슬프기도 한 표정이었다.

"자네는 어떻게 알았나? 구담 그 늙은이가 죽기 전에 알려줬나? 아니야, 구담이라 해도 그것까지 알지는 못했을 텐데."

원승은 울적하게 웃음을 지었다.

"그렇습니다. 구담 대사도 대략만 아셨을 뿐, 나머지는 모두 제가 추측한 것입니다. 그러니 부디 비문 내 최고급 기밀에 밝은 비문 청사, 청류 형이 증명해주시지요. 이 칠성 법진은 지나치게 방대해서 계속 유지하려면 반드시 매달 보름에 진의 눈인 능연각에서 운공하고 법사를 펼쳐야 합니다. 심지어 처음에는 나라의 주인이 와서 몸소 수련해야 했지요. 능연각 여도사들의 기록에 따르면 태종 황제께서는 매달 보름날에 누각에 오르셨습니다. 사실상 그때 태종 황제는 가위눌림을 이겨낼 법사를 하신 것이지요. 나라의 주인이 사귀를 물리치는 법사를 베푼 일은 옛날에도 있었습니다. 진시황과 수양제 모두 그런 일을 했지요."

진청류는 콧방귀를 뀌었다.

"그것은 정관 연간의 조정에서 최고의 기밀이었네. 특히 국본에 관계된 일이니 아는 이가 손에 꼽을 정도였지. 심지어 소문이 꼬리에 꼬리를 물어 울지공과 진경이 태종 황제를 위해 대문을 지키며 귀신을 쫓았다는 전설이 생겨나기도 했네."

"국사 원천강이 천마의 비밀을 완전히 통찰할 수 없던 것처럼, 지난날의 지기자도 마찬가지로 칠성 법진과 능연각의 비밀을 정확히 알아낼 수 없었지요. 하지만 청류 형이 몸담은 비문은 수십 년간 힘들게 애쓴 끝에 능연각의 비밀을 어렴풋이 감지했을 것입니다. 그리고 청류 형은 황궁에 들어온 뒤 운 좋게도 마침내 능연각 울지공 초상화에 담긴 마지막 비밀을 간파하셨지요."

원승이 말했다.

"도가의 법진에 따르면, 정월 보름에 하는 수련이 효과가 가장 큽니다. 이 법진을 유지하고자 하든 그 힘을 빼앗으려 하든 마찬가지지요. 하나 애석하게도 능연오악은 매달 보름에 이곳에 와서 도를 닦습니다. 그들은 대당나라 개국 국사 원천강이 황궁에 남겨둔 강력한 후임이었지요. 청류 형의 능력으로는 절대로 홀로 다섯 사람과 맞서 싸워 이길 수 없었습니다. 생각해보면 지난날 국사 원천강은 능연각에 법진을 펼치면서 오악진형도를 주 부적으로 삼았습니다. 그 술법이 대대로 전해져 능연오악 손에 들어갔고, 당연하게도 그들은 종종 오악진형도로 수련을 하거나 사귀를 물리쳤을 것입니다. 그 점에 착안해 청류 형은 절묘한 모함과 유인책을 생각해내고, 신비롭게 등장한 오악진형도 한 장으로 신비 부적 사건을 일으켰지요. 딴마음을 품은 자들 두어 명이 귀띔해준 탓에 사건을 해결하러 온 저마저도 능연오악을 의심할 뻔했지요. 청류 형께는 애석하게도, 이 원승은 아직 선악을 구별하는 힘이 조금 남아 있어서 결국 다수 의견을 물리치고 선고 다섯 분을 내버려뒀습니다. 다행히 청류 형은 미리 다음 계책도 생각해두셨지요. 신비 부적 사건을 연달아 펼쳐, 청룡, 백호, 주작, 현무라는 순서와 삼재, 양의, 태극이라는 시간을 이용해 결국 정월 보름과 현무 사건 일자를 맞추셨지요. 보아하니 청류 형은 여전히 저를 꺼리신 모양입니다. 심지어 온갖 궁리를 다해 죽다 살아난 뒤 마지막으로 제게 오해를 심어주셨으니까요. 현무문을 지키는 중임은 자연히 제가 짊어지게 됐지만, 단지 유인책의 첫걸음이었을 뿐입니다!"

원승의 목소리가 고조됐다.

"청류 형이 반드시 달성하고자 한 목적은 능연오악을 따돌리는 것이었습니다. 청류 형의 운이 좋았지요. 상원절 등 연회는 일찍부터 능연각의 지척에 있는 관운전에서 열리게 되어 있었으니까요. 그래서 사령등 놀이 환술 마지막에 양준을 살해해 사람들이 자객이 침입했다고 여기게 하고, 그 후 교묘하게 화재를 일으키셨지요. 능연오악은 능연각을 지키는 이들로, 첫 번째 임무는 바로 능연각이 불타지 않게 하는 것이었습니다. 오룡어수술은 그분들의 장기지요. 그렇기에 관운전에 불길이 일자, 능연오악은 비록 능연각에서 법사를 치르는 중이었지만 그 소란을 듣고 불을 끄러 달려갔습니다."

여기까지 듣자 진청류가 갑자기 길게 탄식했다.

"우리는 알고 지낸 지 참 오래됐지. 대랑, 나는 줄곧 자네가 불세출의 기재라고 생각했다네. 과연, 그 복잡하고 기묘한 일을 마치 직접 본 것처럼 추측해냈군!"

"대부분 추측뿐입니다. 청류 형에 비해 더 아는 것이라면 지기자가 남긴 얇은 비단 자락 정도지요."

"지기자?"

진청류는 온몸을 부르르 떨더니 곧 깨달은 듯이 외쳤다.

"아아, 단각의 법진 말이군! 애석하게도 그 법진은 내가 한 번도 보지 못한 술법으로 포진되어 몇 차례 시도해봤으나 아무 소득이 없었네. 참으로 궁금하군. 지난날의 지기자 조사께서는 그 궁 안에서 무엇을 하셨는가?"

원승은 차갑게 콧방귀를 뀌었다.

"칠성 법진은 분명히 효과가 뛰어났고 태종 황제께서도 만년에 심신이 건강하시던 시기가 있었습니다. 지기자는 당연히 천마살이 영기를 잃었음을 감지했으나 원천강이 펼친 칠성 법진의 눈이 대관절 어디에 있는지 찾아낼 도리가 없었지요. 하지만 내내 기회를 보다가 마침내 다른 사람으로 속이고, 숨은 세력 가운데 비문에 속한 고수들의 도움을 받아 호승 사파매란 이름으로 황궁에 들어왔습니다. 태종 황제의 호감을 얻기 위해 그는 황궁 안에서 약간의 술수를 부렸는데, 서역의 술법으로 단각의 가산 법진을 강화하는 것이었지요. 손수 천마살을 펼친 사람이니 당연하게도 그 방법은 즉시 큰 효과를 봤고 한동안 태종 황제를 편안하게 해줬을 가능성이 큽니다. 이어서 수많은 숨은 세력 고수들의 부추김을 받아, 가짜 호승은 태종 황제의 절대적인 신임을 받았지요."

그는 계속 말했다.

"그때의 지기자가 무력을 썼다면 쉽사리 태종 황제를 해칠 수 있었을 것입니다. 하지만 당세의 마존이던 그는 무력을 경시했습니다. 그는 천축의 단약을 진상해 몰래 태종 황제의 목숨을 해쳤지만, 그 후 숨은 세력 내의 비문 고수들이 계속 고종 황제를 꼬드겨 그의 과실을 추궁하지 않게 만들었지요. 대당나라 사상 가장 참혹하고 뼈아픈 실패일 겁니다. 심지어 당나라 조정의 누구도 이 크나큰 실패를 인지하지 못했지요. 지기자가 한 모든 일은 흔적을 전혀 찾아볼 수 없고, 사서에도 호승 사파매의 이름만 남아 있기 때문이지요. 하지만 지기자의 평생 숙적인 원천강은 마지막에 어떤 단서를 발견했고, 저로선 추측하기 어려운 방법으로 지기자와 결전을 약속했던 것이 분명합니다. 지기자는 비문 전체와 천마살의 궁극적인 비밀이 너무 일찍 드러나지 않도록 부득불 응전에 나섰지요. 결전 전날, 그는 단각 법진에 있는 연단로에 서둘러 쓴 비단을 넣었고, 덕분에 저 같은 후인이 비밀을 약간 알게 됐지요."

진청류는 연신 고개를 저으며 말했다.

"지기자 도조께서 남긴 비밀을 얻고자 나는 몰래 세 번이나 단각을 살피고, 설백미를 종용해 두 번이나 찾아보게 했네. 애석하게도 결국 재주 좋은 대랑이 먼저 얻었군. 정말이지 하늘의 장난일세, 하늘의 장난이야."

"확실히 하늘의 장난이지요. 청류 형은 우리 집안에 은혜를 베풀었고, 저와 청류 형 또한 다년간 교분을 맺었습니다. 하지만 애석하게도 저는 청류 형을 꿰뚫어보지 못했습니다. 심지어 지금 이 순간에도 청류 형이 그토록 심혈을 기울여 이 자리까지 온 것이 도대체 무엇을 이루기 위해서인지 모르겠습니다."

"천마의 비밀일세!"

진청류는 저도 모르게 그를 지그시 응시하며 지극히 복잡한 눈빛으로 한 자 한 자 말했다.

"반드시 전력을 다해 천마의 비밀을 깨뜨리고 천마의 힘을 풀어놔야 한다네. 이것야말로 우리 비문이 만세의 기틀을 다지게 될 크나큰 임무라네. 이에 비교하면 일신의 영욕과 출사 따위는 거론할 가치조차 없지!"

"그렇다면 장안성에서 무고하게 목숨을 잃을 백성들은 무엇입니까?" 원승이 분연히 말했다. "천마가 만든 지살이 바깥으로 나가면 장안성이 피로 물들고 수천에서 수만에 이르는 인명이 황천길을 가게 될 것입니다!"

"비문의 만세 기틀에 비교한다면 장안성의 목숨 수천이야 개미나 먼지처럼 보잘것없네."

이 말을 들은 사람은 누구나 놀라고 분노했다. 특히 원승은 더욱 무겁게 한숨을 쉬었다. 진청류는 이미 미쳐버린 것이 분명했다.

참다못한 육충이 소리쳤다.

"비문이 만세토록 이어져? 듣자하니 진 낭중께서는 비문에서 꽤 높은 지위에 있나본데!"

진청류는 몸을 꼿꼿이 펴고 숙연하게 말했다.

"돌아가신 조부께서는 대당나라 개국 태자의 유복자였다!"

육충은 깜짝 놀랐다.

"대당나라 개국 태자라면…… 이건성의 증손자라고?"

"현무문의 변 이후 세상 사람들은 개국 태자 이건성의 다섯 아들이 죄다 피살되고 온 집안이 황실 족보에서 쫓겨났다고 했네만, 회임 여섯 달 된 여종이 비문의 도움을 받아 천신만고 끝에 멸문의 화를 벗어났다는 것은 알지 못했지. 그분이 바로 내 증조모일세. 증조모께서는 고생을 견디며 조부를 기르셨고 성을 '진'으로 바꾸셨네. 이세민이 한때 진왕이었기 때문에 우리 집안은 그 글자를 성으로 삼아 복수를 다짐했지. 달아날 때 증조모를 호위한 비문의 고수들은 병사를 갈라 적을 유인한 뒤 차례차례 전사했고, 우리 집안의 신분은 비문에서도 극소수만 알고 있네."

힘들었던 지난 시절 이야기가 나오자 진청류는 고개를 들고 쓴웃음을 지었다. 눈가에 또다시 눈물방울이 맺혔다.

원승이 놀란 소리로 말했다.

"그런 이야기가 있었군요. 하지만 말씀대로라면 비문 내에서도 청류 형의 신분을 인정하는 사람이 없겠군요?"

진청류는 울적하게 웃음을 흘렸다.

"하지만 내게는 선조인 개국 태자가 남기신 인장이 있네. 그것을 증거로 삼으면 이 진청류는 비문 사람들이 열심히 찾아 헤매는 비문의 진종이 되는 걸세!"

비문의 진종이란 천하에 흩어진 수많은 마종 비문의 인사들이 수고를 마다하지 않고 찾아다니는 비문 내 진명 천자였다. 원승도 그에 관해 들은 적이 있었다. 심지어 비문 사람 모두가 비문의 진종은 진정으로 마종을 흥성시킬 것이라 믿고, 아직도 수많은 열혈인사가 그를 위해 기꺼이 목숨을 바치려 한다는 것도 알고 있었다.

원승은 무겁게 한숨을 쉬었다.

"애석하군요. 설령 입증할 인장이 있다 한들 그 고강한 비문 고수들이 청류 형을 비문의 진종으로 인정할지는 모를 일입니다. 그렇기에 위험을 무릅쓰고라도 우선 칠성 법진을 깨뜨려 천마의 힘을 손에 넣을 수밖에 없으셨겠지요. 성인께서 한동안 용체가 편치 못하셨던 것은 언뜻 보기에 기름진 음식에 물렸기 때문인 것 같으나 매일 드신 식단을 자세히 살펴보니 사실은 몸을 따뜻하게 하는 보양식을 과도하게 사용했더군요. 안정적이면서도 모진 수법이지요. 특히 흔적이 남지 않는다는 것이 중요합니다. 저는 오랫동안 조사하고 헤아린 끝에 본래는 설백미의 혐의가 가장 크다고 여겼습니다. 설백미는 시종일관 양준을 바짝 따랐고 양준이 위 황후의 열혈 추종자라는 것을 생각하면, 그 일은 위 황후의 소행이라 추측할 수 있지요."

그의 말이 이어졌다.

"하지만 요리에 푹 빠진 설백미든, 아니면 양준이든 위 황후든, 모두 약에 관해서는 그리 정통하지 못합니다. 성후 곁의 사람 가운데 이처럼 느리면서 피 한 방울 보지 않고 사람을 죽일 수 있는 묘수를 지닌 이는 청류 형뿐이지요. 아무래도 청류 형의 첫걸음은 성인께서 일찍 붕어하신 뒤 위 황후를 도와 황권을 장악하는 것이었겠지요. 그리고 두 번째 걸음은 위 황후를 조종하는 것이었습니다. 모습을 깊이 숨긴 비문 고수이자 명의로서 청류 형은 도술이든 약물이든 쉽게 쓸 수 있지요. 하지만 그다음에는 무엇을 하려 했습니까? 성후의 첫손꼽는 남총으로서, 비문의 진종이라는 이름을 위해 비문의 각 명문가와 한바탕 싸움이라도 벌이려 했습니까?"

"첫손꼽는 남총?"

진청류가 잇새로 냉소를 흘렸다.

"원 대랑은 나를 너무 얕보는군. 나로서는 심지어 그 비문 진종이라는 헛된 이름조차 쟁취할 필요가 없네. 천마의 비밀을 손에 넣기만 하면 비문 진종 자리는 손만 뻗으면 얻을 수 있다네. 그때 위 황후의 도움을 받으면 천하가 모두 내 것이지!"

그의 눈동자가 활활 타올랐다.

"원 대랑, 행여 내가 잘못했더라도…… 자네는 평소 벗에게 인자한 사람 아닌가. 우리의 교분으로 보아 내 자네를 진심으로 대한다면 자네도 나를 과히 방해하지는 않겠지?"

원승의 마음은 어두워졌다. 진청류와 그는 비록 막역지우는 아닐지언정 다년간 좋은 벗으로 지내왔다. 그런데 하필이면 그런 벗과 적이 돼야 한다니. 그 사실이 그에게 혜범을 떠올리게 했다. 본디 아버지처럼 여기던 스승이 어찌어찌하다 그의 가장 큰 적이 되리라고는 전혀 예상하지 못했다. 혜범을 떠올린 순간 그는 무슨 생각이 났는지 몸을 부르르 떨더니 참지 못하고 물었다.

"청류 형은 노승 혜범을 아시겠군요. 그가 무슨 말을 해주지 않았습니까?"

진청류의 눈빛이 반짝였다.

"혜범과 나는 모두 조정의 총아라네. 그런 우리 두 사람이 교분을 맺는 것은 예사로운 일일세."

원승은 즉시 진청류의 이상한 눈빛을 알아차리고 외쳤다.

"이제 보니 혜범도…… 본디 비문 사람이군요. 필시 그자가 청류 형에게 머리 아홉 달린 천마의 비밀을 안다고 했을 겁니다."

짧은 순간, 혜범 또는 존사인 홍강 진인에 관한 수많은 의문이 마치 흐르는 물처럼 마음속으로 스며들어와 하나하나 풀려갔다.

존사 홍강 진인은 본디 정통 현문의 종사인데, 어째서 각종 사술과 서역의 방술에 정통했으며 심지어 호승으로 분장하고도 마각을 드러내지 않을 수 있었을까? 이는 존사가 본래 비문 사람이기 때문이었다. 비문을 세운 조사 지기자는 한때 서역에 몸을 숨긴 적이 있고 그 후 호승 사파매로 분해 황궁 깊숙이 들어갔다.

홍강 진인은 천하를 위해 해악을 제거하고자 머리 아홉 달린 천마를 굴복시켰다고 자처했으나 그 후 머리 아홉 달린 천마는 쇄마원에 다시 나타났다. 그 천마의 모습은 어째서 원승이 단각 가산 법진에서 본 것과 똑같았을까? 원승으로서는 몹시 불가사의하게 여기던 일인데, 존사를 비문 사람, 심지어 기밀 대부분을 아는 비문의 고수로 놓고 보니 얼음이 녹듯 의문이 풀렸다.

염라전에 있던 신비한 벽화 〈지옥변〉 위에서 빠져나간 아홉 개의 빛줄기를 떠올리자, 원승은 혜범이 천마의 비밀을 어렷 알고 있다고 더욱 확신했다.

진 태의는 코웃음 치며 설레설레 고개를 저었다.

"긴말할 것 없네. 내 이미 오랫동안 도모해온 일이 성공을 눈앞에 두고 있네. 자네는 나를 막아선 안 되며, 막을 수도 없네."

그가 천천히 손을 들자 손바닥 위에 이채가 반짝였다. 신기하게 생긴 커다란 옥 인장이 영롱하게 빛을 내고 있었다.

"진 낭중께서 무엇을 하려고 저렇게 큰 인장으로 사람을 놀라게 하실까?"

육충도 입으로는 대수롭지 않게 말했지만 사실은 심상치 않음을 느꼈다. 그는 여전히 정신을 차리지 못한 청영을 한쪽에 조심히 내려놓은 다음 검을 뽑았다.

"청류 형…… 탁본을 하려는 겁니까?"

원승이 놀란 소리로 외쳤다.

탁본은 명가의 비석에 종이나 비단 같은 것을 씌우고 먹을 적셔 솔질해 그 진적을 따오는 것이었다. 탁본 방법은 예로부터 있었는데, 당대에 이르러 서법이 번창함에 따라 탁본도 크게 발달했다.

하지만 지금 원승이 말한 탁본이란 희귀한 도가의 술법이었다. 본래 울지공의 초상화에 찍힌 것과 같은 기이한 부적은 신비한 효력을 갖고 있어서 흔히 많은 술사가 탐내곤 했다. 이런 부적은 대부분 혼자만의 비결로 제련하며 보기 드물기도 해서, 술사들 사이에 이를 본뜨는 탁본술이 생겨났다. 특수한 법술로 제련한 옥 인장을 사용해 훔치려는 부적을 덮어서 본뜨는 방법이었다. 옥 인장은 대부분 평평하지만, 전용 구결로 술법을 펼치면 원하는 부적을 훔칠 수 있었다.

진청류는 오랫동안 준비해왔다. 네모진 옥 인장에서 반짝이는 은

광만 봐도 그의 탁본술이 범상치 않으리라는 것을 알 수 있었다.

"미리 말하지 않았는가. 자네는 나를 너무 얕봤네. 더욱이 자네는 천마의 위력이 어떤지 잘 모르지!"

진청류가 흉측하게 웃었다.

"이것이 내 독문 번천인법일세!"

옥 인장의 은광이 초상화에 찍힌 부적을 비췄다. 울지공의 초상화는 더욱더 환해졌고, 달빛이 그려낸 북두칠성 형상 역시 빛을 자르르 흘리며 눈부시게 반짝였다. 초상화에서 웅장한 힘이 퍼져나오자 숫제 능연각 전체가 미미하게 떨릴 정도였다.

원승의 눈앞에서 빛 무리가 반짝였다. 많고 많은 괴상한 정보가 초상화의 부적 위로 솟아올라 나는 듯이 옥 인장으로 내닫더니 이내 인장이 뿜어내는 은광에 녹아들었다.

"번천인? 법진 전체의 효력을 본뜨려는 것입니까?"

원승이 놀란 소리로 외쳤다.

울지공 초상화 위의 부적은 기실 전체 법진의 눈의 중심이었다. 그렇다면 칠성 법진의 효력이 가장 큰 정월 대보름 상원절에 번천인을 쓰면 정말로 탁본을 뜨듯 법진 전체의 효력을 훔칠 수 있을지도 몰랐다. 칠성 법진은 천마를 제압하기 위한 것이니, 이렇게 하면 손쉽게 천마의 비밀을 찾을 수도 있었다!

"멈춰!"

원승과 육충이 일제히 소리 질렀다. 원승은 춘추필을 꺼내 우보(禹步, 도교에서 제를 올릴 때 취하던 보법)를 밟으며 공격 준비를 했다. 하지만 쿵, 쾅 하는 소리와 함께 원승과 육충은 거의 동시에 바닥에 쓰러졌고, 무기마저 놓칠 뻔했다.

"원 대랑, 괜찮은가? 말해주는 것을 잊었군."

진청류가 안된 얼굴로 두 사람을 바라봤다.

"오늘 밤 이 시각에는 칠성 법진의 진세가 발동되어 그 어떤 법기나 도술도 쓸 수 없다네. 섣불리 쓰는 자는 심각한 반서를 입게 되네."

그는 가볍게 옷소매를 떨쳤다.

"물론, 내가 오랫동안 연구해온 번천인법은 제외하고 말일세."

원승은 일어나려고 했으나 어디라고 할 것 없이 온몸이 아파서 하릴없이 그를 바라보는 수밖에 없었다. 진청류가 입은 옷은 눈처럼 새하얬는데, 손에 든 옥 인장이 다시금 은광을 발하며 흰옷에 감싸인 그를 마치 그림 속에서 걸어나온 신선처럼 환히 비췄다. 진청류는 오른손으로 인장을 들고 왼손으로는 여유롭게 품에서 뭔가를 꺼내 살짝 털었다. 전각 안에 금세 짙은 약 냄새가 퍼졌다.

"저뢰나 잎?"

원승은 쓴웃음을 지었다.

"치우정 옆에 있던 진마부적 상자에서 얻은 것이겠지요. 그중 극히 일부를 성후께 나눠줬고 그 덕분에 성후의 온몸에서 빛이 났군요."

"그랬네. 성인의 용체가 나날이 나빠지니 성후께서는 다소 조바심이 나서 세상을 깜짝 놀라게 할 길조를 만들자는 생각에 골몰하시다가 결국 내게 묘계를 내라 하셨지."

진청류는 한숨을 쉬었으나 목소리는 자못 득의양양했다.

"나는 저뢰나 잎의 효과가 오석산보다 뛰어나다는 것을 떠올리고 그런 계책을 올렸네. 잎을 드신 후 신선이 강림한 것처럼 몸에서 붉은빛이 나면 필시 큰 소동이 일어나겠지. 대당나라 신민들은 모두 신선 이야기를 좋아하지. 그 일이 끝난 뒤 살짝 살을 붙여, 성후께서는 정광 선녀가 하림하신 몸이니 자연스레 또 다른 측천여제가 되리라는 말을 지어낸 것일세."

진청류는 그렇게 말하며 저뢰나 잎을 입으로 가져갔다. 흥분한 나머지 눈가에 눈물이 비쳤다.

"나는 천신만고 끝에 이 묘약을 찾아냈네. 그 일이 어찌 쉬웠겠나? 성후께 드린 것도 실로 아까운 낭비였다네. 사실 지난날 사파매가 이세민에게 이 잎을 먹인 것은 큰 잘못이 아닐세. 다만, 이 저뢰나 잎은 단도(丹道, 신선이 되는 도교의 수련법)를 이뤄 몸속에 금단이 만들어진, 수행력 높은 사람만 먹을 수 있네. 보통 사람이 과하게 먹으면 몸이 이겨내지 못해 반드시 조열로 죽게 되지."

큼직한 저뢰나 잎이 그의 입으로 들어갔다. 몇 번 씹자 그의 얼굴이 발그레해지더니 곧이어 양어깨도 은은한 붉은빛이 나기 시작했다. 붉은빛은 양어깨에서 용암처럼 흘러내려 눈 깜짝할 사이 그의 온몸을 붉게 물들였다. 너무나도 자극적인 빛깔이어서, 마치 그의 온몸에 핏빛을 덧씌운 것 같았다.

"때가 됐네. 원 대랑, 세상을 놀라게 할 이 순간을 보게 됐으니 자네들도 삼생의 행운이라고 할 수 있지! 은나라와 주나라의 목야 전투에서 강자아가 법사를 펼쳐 진을 깨뜨린 이래 이천 년, 마침내 다시 천마의 신력이 녹아든 사람이 나타났으니……."

진청류는 양손으로 옥 인장을 흔들림 없이 받쳐 머리 위로 높이 들었다. 다시 눈물이 흘렀다. 큰 공을 눈앞에 두고 격앙된 마음에서 흐르는 열혈의 눈물이자, 오욕과 부담을 견디며 와신상담 끝에 얻은 감격의 눈물이었다.

원승은 비틀비틀 일어났지만 강기는 단 한 줄기도 끄집어낼 수 없었다. 더욱이 지금은 누각 안의 법진이 발동되어, 지난날 혜범의 염라전에서 그랬던 것처럼 그와 육충이 아무리 소리를 질러도 바깥으로 소리를 전할 방법이 없었다. 무수한 빛이 구불구불하거나 똑바르거나 네모지거나 둥글거나 각양각색의 기괴한 형태를 만들면서, 끊임없이 진청류의 몸으로 쇄도했다.

원승은 이를 보면서도 아무런 방법이 없었다. 문득 그가 한숨을 쉬며 말했다.

"법진의 효력을 본뜬들 또 어떻습니까? 칠성 법진이 하루아침에 와해되지도 않을 텐데 지금 당장 무슨 수로 천마의 힘을 받을 수 있겠습니까?"

"그것이 비문의 마지막 비밀일세!"

진청류가 냉소하며 말했다.

"수나라 말의 도와 마 싸움에서 왜 마종이 성공을 앞두고 무너졌는지 아는가? 그때는 천마가 그만큼 강대하지 않았기 때문이네. 하지만 본 문은 도조이신 지기자 때부터 연구한 끝에 드디어 천마를 강하게 만드는 비법을 발견했네. 그것은 바로 제왕의 머리일세!"

"제왕의 머리?"

"그렇다네. 제왕의 피를 이은 자의 머리로 천마에 제를 올리면, 제물로 바쳐진 제왕은 강력한 원한을 품음으로써 그 머리에 사악한 기운이 응집되어 천마의 힘을 빠르게 강화한다네."

진청류의 웃음이 더욱 흉측해졌다.

"첫 번째 제왕의 머리는 바로 망국의 군주 수양제였네. 그는 부하인 우문화급 손에 죽었고 소 황후 손에 대충 묻혔지. 그날 저녁, 지기자는 그의 목을 훔쳤네. 첫 번째 제왕의 머리를 제물로 바친 것은 기실 단순한 실험이었으나 뜻밖에도 효과가 범상치 않았지. 그 후로 도조이신 지기자는 흥이 나서 수나라의 폐태자 양용, 난세 속에 황제를 칭했던 우문화급, 왕세충, 설거, 소선 등의 머리를 훔쳐 제물로 바쳤네. 지기자의 계산에 따르면, 아홉 번째 머리를 바쳤을 때 천마의 힘이 최고조에 오른다고 했네. 이것이 바로 머리 아홉 달린 천마의 유래일세."

"머리 아홉 달린 천마는 제왕의 머리를 제물로 바쳐야만 하는 것이었군요!"

원승은 온몸이 섬뜩했다.

"정말 잔학무도한 미치광이로군! 이리 재고 저리 재더니 결국 한 짓이 제왕의 목 여섯 개를 훔치는 것이라니!"

육충이 참지 못하고 욕설을 퍼부었다.

"일곱 개일세! 일곱 번째 목은 내 선조이신 대당나라 개국 태자 이건성이었지!" 진청류는 천천히 말을 이었다. "그리고 내가 여덟 번째를 완수했네. 얼마 전에 죽음을 당한 태자 이중준! 그리고 아홉 번째는……."

"아홉 번째는 누굽니까?"

진청류가 미처 대답하기 전에 별안간 누각 저편에서 사근사근하고 고운 외침이 들려왔다.

"원승, 당신 거기 있어요?"

안락공주의 목소리였다. 본디 안락공주는 등 연회가 시작됐을 때부터 영 무료했다. 이런 구경거리라면 지겹도록 보아온 금지옥엽인 그녀는 가장 떠들썩한 순간에 도리어 외로움을 느끼곤 했다. 괜스레 원승이 생각나자, 그녀는 살그머니 관운전을 빠져나와 부근을 한가롭게 걸으며 달을 구경했다.

능연각에 이르렀을 때 문득 얼마 전에 원승과 누각에 올랐던 일이 떠올라 마음이 동했고, 발길이 이끄는 대로 그곳에 다가갔다. 그녀가 누각 앞에 도착했을 때는 진청류가 번천인을 펼치고 저뢰나잎을 먹은 시점이라 누각 위에 붉은빛이 어려 있었다. 안락공주는 놀라고 의아했다. 게다가 원승이 마음에 걸리기도 해서 아예 누각 위로 달려갔다.

원승은 깜짝 놀라 고개를 비틀었다. 안락공주가 누각 입구의 계단에 아리땁게 서 있는 것을 보자 그는 황급히 뒤에 있는 육충에게 외쳤다.

"세우게! 절대로 공주를 다가오게 해선 안 돼!"

진청류는 갑작스럽게 등장한 안락공주를 보고 약간 흠칫했지만 크게 놀라거나 당황하지 않고 도리어 거만스럽게 웃음을 터뜨렸다.

"마지막 아홉 번째는 바로 나일세. 마지막으로 천마와 하나가 될 사람!"

길게 이어지는 웃음소리와 함께 갑자기 그가 옥 인장으로 제 미간을 눌렀다. 장엄한 능연각 전체가 격렬하게 흔들리며 울지공의 초상화에서 눈 따가울 만큼 환하디환한 빛이 솟아났다. 흡사 불길에 활활 타오르는 것만 같았다. 이어서 진경, 정지절 등 무장들의 초상화가 빛을 냈고, 잇따라 장손무기, 두여회 등 능연각에 있는 다른 초상화도 하나같이 빛을 뿜어댔다. 능연각은 눈부신 광채로 가득 찼다.

영문을 모르는 안락공주는 놀라고 기뻐하며 외쳤다.

"여, 여기서도 등놀이를 해요?"

"공주 전하, 조심하십시오. 진청류는 역적입니다!"

육충은 위험하다는 것을 뻔히 알면서도 도술을 펼칠 힘이 없어, 그저 온 힘을 다해 그녀 앞을 막아서기만 했다.

"이곳에 온 자는 모두 인연이 있는 것일세. 이 위대한 순간의 증인으로 삼아주겠네!"

흥분한 진청류는 다시 뜨거운 눈물을 주르륵 흘렸다. 화려한 등불처럼 반짝이는 무수한 광채 아래 그의 몸이 떨리기 시작했다. 마치 보이지 않는 거대한 힘이 그의 몸으로 스며드는 것 같았다. 그의 떨림은 갈수록 빨라졌고 정도도 갈수록 커졌다. 그러다가 별안간 무시무시한 괴성을 내지르더니 번갯불을 맞은 듯이 온몸에서 빛을 번쩍이기 시작했다. 눈 깜짝할 사이 그의 왼쪽 어깨에서 머리 하나가 불쑥 솟았고, 이어 오른쪽 어깨에서도 하나가 튀어나왔다.

기괴한 광경인 데다 튀어나온 머리들이 흉측하고 끔찍한 것을 보자 안락공주는 저도 모르게 비명을 질렀다. 여인의 날카로운 비명 속에서 진청류는 계속 변화하고 있었다. 또다시 기괴한 머리 하나가 튀어나왔고, 이어서 네 번째, 다섯 번째가 나타났다. 괴상한 머리들은 준수한 모습, 호방한 모습, 추악한 모습, 온화한 모습 등 각기 다른 모습을 했는데, 무엇 때문인지 다소 흐릿해서 마치 옅은 그림자 같았다.

육충이 놀란 소리로 말했다.

"저, 저게…… 저자가 정말 머리 아홉 달린 천마로 변한 건가?"

"아닐세. 청류 형! 어서 멈추십시오, 속은 겁니다. 당신이 바로 아홉 번째란 말입니다!"

원승은 마르고 훤칠한 진청류의 몸이 아직도 계속 떨리는 것을 바라보다가 퍼뜩 생각난 듯 큰 소리로 외쳤다.

"혜범은 일부러 그 기밀을 누설한 겁니다! 실제로는 함정을 파서 청류 형 스스로 호랑이 먹이가 되도록 한 것입니다. 청류 형 말대로라면, 방금 비문의 진종을 자처했으니 청류 형이 딱 아홉 번째가 되는 거란 말입니다!"

진청류의 진짜 머리는 원승의 말을 들은 듯 순식간에 얼굴을 일그러뜨리며 참담하게 외쳤다.

"그렇네! 나…… 나는 천마에게 먹힐 생각일세!"

"어서 멈추십시오. 이러다간 몸과 영혼을 모두 잃고 완전히 사라집니다!"

원승은 달려들고 싶었으나 걸음을 옮기기도 힘들었다. 진청류는 여전히 필사적으로 몸을 비틀며 발버둥 치고 있었다. 그가 반평생 고심해 준비한 까닭은 천마의 힘을 얻기 위해서였다. 온몸에 강력하고 괴이한 힘이 스며들고, 원신 안에서도 강력한 정기가 이리저리 부딪히는 순간에 이르자, 삽시간에 두려움과 슬픔, 당황, 분노가 교차하면서 심장이 쥐어짜는 듯이 아팠다.

'내가 사라진다. 다시는 진정한 내가 아니다. 오늘부터 이 세상에 있는 진청류는 더는 내가 아니다.'

이런 생각이 주마등처럼 머릿속을 스치자 그는 뼛속까지 스미는 공포를 맛봤다.

"대랑, 어…… 어서 나를 구해주게!"

마침내 진청류가 애원했다. 그가 수년간 획책해온 대역무도한 계획은 사실상 구사일생의 위험을 무릅쓰는 일인 만큼 죽음을 두려워하지 않은 지 오래였다. 하지만 지금 순간은 죽음보다 훨씬 더 두려웠다. 사람이 영원히 다시는 자신이 될 수 없는 것이야말로, 자신의 영혼마저 완전히 먹혀버린다는 것이야말로 죽음보다 더 비통한 일이었다.

"죽이자!"

육충이 나지막이 외쳤다. 그는 분명히 알았다. 어쩌면 다음 순간 진청류의 몸에 머리 아홉 개가 모두 솟아날 때쯤이면, 머리 아홉 달린 천마가 저 몸을 빌려 부활할 수도 있었다. 진 태의와 전혀 교분이 없는 육 검객 어르신은 과감하게 결정을 내리고 가까스로 어검술을 펼쳤다. 하지만 검광을 번뜩이며 허공을 가르고 날아간 자화열검은 석 자쯤 가다가 육중하게 바닥으로 떨어졌다. 육충은 경맥이 요동치는 것을 느끼며 따라 쓰러졌다.

안락공주는 제 손가락을 꽉 깨물고 나서야 남부끄러운 비명을 지르지 않을 수 있었다. 하지만 아리따운 몸은 계속해서 바들바들 떨렸다.

"공주 전하, 당황하지 마세요."

갑자기 나긋한 손 하나가 안락을 붙잡았다. 대기의 목소리는 자못 침착했다.

"상황이 좋지 않으니 먼저 피해 계세요."

오늘 밤 상황은 특수했다. 원승은 이미 퇴마사 정예 모두에게 힘을 모아 움직이라는 비밀 명령을 내렸고, 위 황후의 부름을 받고 감로전에 인질로 간 대기도 마찬가지였다. 위 황후는 확실히 그녀를 여자 호위로 여겼기에, 현무 부적 사건이 일어나기로 된 오늘 밤에는 관운전에도 데려갔다. 환술공연이 절정에 이르렀을 때 대기는 약속대로 살그머니 능연각으로 달려왔다. 귀띔을 받은 안락공주는 멍하게 고개를 끄덕이고는 서둘러 누각 입구로 물러났다.

그때, 일곱 번째 머리가 서서히 진청류의 어깨를 뚫고 솟아났다. 진청류의 진짜 머리는 도리질을 멈췄고, 그의 두 눈도 서서히 감겼다. 감긴 눈꺼풀 안에서 기이한 빛이 흘러나와 더욱더 무시무시해 보였다.

원승은 저도 모르게 숨을 길게 들이쉬었다. 이제는 그도 능연각 법진에 통달한 능연오악이 때맞춰 돌아오리라는 희망을 품지 않았다. 어쩌면 다음 순간 머리 아홉 달린 천마가 진청류의 몸을 빼앗고 부활할지도 몰랐다. 목숨 건 일전을 벌이는 수밖에 없었다. 마종이 이천 년 동안 바라온 천마의 강림이 마침내 실현됐으나, 일반 중생들에게는 멸망에 가까운 잔혹한 소식이었다.

원승은 한 발짝 다가섰다. 느리고도 느린 걸음이었다. 능연각의 법진이 아직도 그의 강기와 정신을 힘차게 뒤흔들고 있기 때문이었다.

바로 그때, 느닷없이 시원한 기운이 등 뒤로 스며들었다.

"나 여기 있어요!"

대기의 목소리도 약간 떨렸지만 이상하리만큼 꿋꿋했다. 이 간단한 한마디가 원승의 마음을 순식간에 가라앉혔다.

나 여기 있어요! 두 사람이 힘을 합친 것이 벌써 몇 차례였다. 장안 제일 신포도, 형부육위의 철창 같은 포위도, 그리고 배화교 사찰에 펼쳐진 원한의 진 속의 가장 어두운 순간도, 두 사람은 늘 한마음으로 힘을 합쳐 몇 번이고 난관을 건넜다. 지금의 위험이 비록 그

때보다 크지만, 그 가볍고 부드러운 한마디는 여전히 원승의 마음을 가라앉힐 수 있었다.

곧이어 대기의 양손이 원승의 이마를 살짝 눌렀다. 강력한 원신의 힘이 줄줄이 그의 심장으로 흘러들었다. 하지만 원승이 정신을 차렸더라도 강기는 여전히 능연각의 강력한 법진에 제약을 받고 있었다. 더군다나 그 역시도 알고 있었다. 지금 대기는 강력한 영력에 의지해 홀로 법진에 맞서고 있는 반면, 이 칠성 법진에 동원된 지살은 국도인 장안 전체였다. 대기는 오래 버틸 수가 없었다.

원승은 진청류가 여전히 몸을 비틀어대고, 능연각 전체가 눈부신 광채에 휩싸이고, 장엄한 초상화 위에 모여든 강력한 빛이 끊임없이 진청류에게 쏟아지는 것을 봤다. 그리고 진청류는 점점 더 끔찍하고 점점 더 강력하게 변하고 있었다.

하지만 제아무리 강력한 사자에게도 약점은 있었다. 이를테면 사자의 눈 같은. 이마에서 전해지는 청량한 기운은 점점 강해졌지만 원승은 대기가 거의 막바지에 도달했음을 느꼈다. 시간은 기다려주지 않았다! 다행히 그 짧디짧은 순간, 원승은 이미 '강력한 사자의 눈'을 간파했다. 바로 진청류가 손에 든 옥 인장이었다.

원승은 전신의 힘을 모조리 끌어올려 다시 진청류에게로 쇄도했다. 뒤에 있던 대기가 가녀린 비명을 터뜨리며 쓰러질 듯이 비틀거렸다. 그 짧은 순간 영력을 거의 다 써버린 것이다. 그는 힘껏 일장을 휘둘러 진청류의 손목을 때리려고 했다. 하지만 그 손은 쇳덩이처럼 바닥으로 툭 떨어지고 말았다. 별수 없이 억지로 힘을 짜내 진청류의 손목을 잡아당기려 했지만, 마치 거대한 기둥을 잡고 흔드는 기분이었다.

진청류의 어깨에 솟은 기괴한 머리 일곱 개가 일제히 기괴한 웃음소리를 흘렸다. 가까운 쪽의 두 개는 어느새 입을 쩍 벌리고 원승을 물어뜯으려 했다.

"청류 형, 빨리 번천인을 던지십시오!"

원승은 전력을 다해 옥 인장을 빼앗으려 드는 한편, 목이 터져라 외쳤다.

"나는…… 할 수 없네. 구해주게……."

진청류의 목소리는 거미줄처럼 가늘고 미약했다. 하지만 다른 머리 일곱은 울거나 웃거나 하면서 와락 팔을 휘둘렀다. 산을 무너뜨리고 바다를 뒤집을 것 같은 세찬 힘이 밀어닥치자 원승은 경맥이 뒤흔들리고 피가 목구멍까지 역류했다. 위급한 순간, 그는 재빨리 지혜를 짜내 피를 울컥 토했다.

그 피는 모조리 옥 인장에 묻었다. 끊임없이 법진의 힘을 받아들이고 있던 번천인은 곧 걸쭉한 피에 범벅이 됐고, 그 즉시 인장에 흐르던 빛이 어두워졌다. 본디 대대로 도를 닦는 데 사용하는 각종 법보는 깨끗함이 생명이어서 더러워지거나 망가지는 것을 피해야 했다. 이 때문에 일부 방문 좌도는 동물의 피로 수행을 망가뜨리기도 했다. 원승은 바로 그 도리를 이용해 자신의 피로 번천인법의 '약점'을 명중시킨 것이다.

인장이 피에 더럽혀지기 무섭게 흘러들던 법진의 힘도 뚝 그쳤다. 진청류의 어깨 위로 솟은 머리 일곱 개가 입을 모아 하늘을 향해 길게 울부짖었다. 처절하고 끔찍한 울음소리가 쉼 없이 능연각에 메아리쳤다.

비록 아직도 천근만근 무겁지만 손바닥으로 전해지던 괴력이 이미 쇠약해진 것을 느끼자, 원승은 진청류의 손목을 단단히 붙잡고서 다시 인장에 선혈을 뱉었다. 옥 인장의 빛이 모조리 흩어졌다.

진청류의 어깨에 솟은 일곱 머리도 동시에 울부짖음을 뚝 그치고 괴상한 눈 열네 개를 부릅떴다. 비할 데 없이 원망스럽고 처절한 눈빛이었다. 다음 순간, 머리 일곱 개는 미친 듯이 뒤틀며 발악했지만 전부 희미하게 흐려지다가 결국 다 타버린 불꽃처럼 사라져갔다. 진청류의 어깨에서는 일곱 가닥 핏줄기가 솟구쳤다.

"원 대랑, 고맙네……."

진청류는 마침내 구슬픈 신음을 흘렸다. 어깨에서 피가 용솟음쳤다. 흐느적거리며 쓰러진 그의 얼굴에는 핏기라곤 하나도 없었다. 오직 눈가로 뜨거운 눈물만 흐를 뿐이었다.

11장

다시 나타난 천서

정월 열엿새. 상원절의 흥겨움은 아직 흩어지지 않았고, 장안성 하늘도 집집이 켰던 등잔의 잔불이 퍼져나간 양 아침노을마저 유난히 찬란했다.

원승은 퇴마사 난각에 가만히 앉아 오랫동안 토납을 했다. 지치고 창백한 얼굴 위로 마침내 혈색이 떠올랐다. 오랜만에 돌아온 퇴마사였다. 이제야 이 평범하고 조그만 건물이 이토록 아름답다는 것을 느꼈다.

육충이 문을 밀어젖히고 들어와 말했다.

"이제 좋아진 것 같군?"

원승이 고개를 저었다.

"장안 칠성 법진의 핵심에 있으면서 법진의 위력에 타격을 받았잖은가. 비록 대부분 진청류가 받았지만, 그렇다고 그리 쉽게 낫겠나? 한 달 동안은 강기를 끌어올리기 힘들 걸세."

"구경하러 가지 않겠나? 안락공주의 혼례잖아. 위 황후가 가마를 빌려줬고, 이성도 안복문으로 행차해 구경한다는군. 떠들썩하기가 보름날 등 연회보다 더하면 더했지 못하지 않을걸."

원승이 웃으며 고개를 저었다.

"그 떠들썩함이 나와 무슨 상관인가."

육충은 그의 웃는 얼굴 뒤에 자리한 쓸쓸함을 알아차리고 화제를 돌렸다.

"황궁의 신비 부적 사건이 끝났으니 성내 괴살인 사건도 사라졌겠지?"

원승이 유유히 대답했다.

"말했다시피 정관 연간에 국사 원천강은 장안 칠성 법진을 펼치고 장안성의 용맥과 지살의 힘, 그리고 치우 부적의 힘을 빌려 천마를 억눌렀네. 하지만 진청류가 태극궁 안에 설치된 진마 법진의 비결을 알아내고 치우정 부근의 진마 부적 상자를 망가뜨려 그 안에 있던 중요한 진물 저뢰나 잎을 훔치고 부적까지 망가뜨렸지. 천문학 중에 '북두구성, 칠현이은'이라는 말이 있네. 북두칠성 옆에 잘 보이지 않는 별이 둘 있기에 나온 말일세. 하나는 필성, 하나는 보성으로, 이른바 '좌보우필'이라고 하지. 원천강이 펼친 장안 칠성 법진에도 아홉 별자리가 있는데, 그중 일곱 개가 주성(主星)이고, 두 개는 자성(子星)이었네. 태극궁 안의 능연각 법진이 주, 치우정과 단각 법진이 자. 지기자는 생전에 단각의 자성 법진에 손을 썼을 가능성이 있는데, 이제 치우정 자성 법진마저 망가졌네. 그래서 주성 법진인 능연각은 자성 법진에 끊임없이 법진의 힘을 불어넣어야 했지. 마치 커다란 둑에 구멍이 생긴 것처럼 말일세. 이것이 진청류에게 기회를 줬을 뿐 아니라 장안 칠성 법진 전체의 효력을 많이 감소시켰네. 따라서 천마가 준동하기 시작한 걸세. 억누르지 못한 천마는 이리저리 쓸려가는 노도와도 같아서 사방을 뒤지며 둑의 무너진 구멍을 찾았지. 진청류가 말한 대로 천마는 제왕의 머리 하나가 부족해 아직 힘이 완성되지 않았지만, 새어나온 살기(煞氣) 한 줄기만으로도 사람을 흔적 없이 죽여버리기에 충분했네. 장안 괴살인 사건의 피해자는 모두 일부러, 또는 우연히 법진의 별자리가 있는 치우 사당 같은 곳에 접근했다가 지살의 공격을 받았네. 돌궐 무사 고력청은 한 발 더 나아갔지. 그는 치우 사당 밑에 있는 지하 법진에 들어갔다네. 정신적으로 큰 해를 입은 후 갖은 애를 써서 멀리 달아났지만 결국 버티지 못하고 죽음을 맞았네. 이른바 지살이란 땅 중심에서 나오는 원자(元磁)의 힘인데, 온갖 환각을 일으키게 만들지. 그래서 피해자가 제자리에서 뱅뱅 돈 걸세. 달아나다 버티지 못하고 죽은 고력청까지 포함해서. 그것이 바로 장안 괴살인 사건이 벌어진 연유일세."

원승은 길게 안도의 숨을 쉬며 말했다.

"다행히 어젯밤에 우리가 밤새 치우정과 단각 법진의 금제를 보강했으니, 당분간 천마가 득세하기 어려울 걸세."

육충은 긴 의자에 사지를 쫙 벌리고 앉더니 중얼거렸다.

"진청류도 참 이상한 자야. 그자는 일찌감치 위 황후에게 저뢰나 잎을 요만큼 먹여 신선이 강림한 것처럼 몸에서 붉은빛이 나게 했어. 훗날 위 황후가 등극해 권력을 차지하게 만들려는 절묘한 밑밥이었겠지. 한데 그런 묘계를 내놓고 어쩌자고 위 황후에게 지방관으로 보내달라고 청했을까?"

"진청류는 위 황후에게 묘계를 바쳤지만, 위 황후는 그 일을 또 다른 정인인 양준에게 맡겼으니까. 그 일이 진 태의의 질투에 불을 댕긴 데다 나아가 불안감과 두려움까지 심어줬지. 그는 자신이 젊은 미남자와 싸워 이길 수 없으리라 느꼈네. 위대한 선배가 있지 않나? 여황제 무측천의 첫 번째 남총 풍소보 말일세. 그 가짜 화상은 무측천의 궁궐에서 총애를 잃은 후 고깃덩이가 되도록 두드려 맞았네. 그 선배의 전철이 반드시 손을 써야 한다고 진 태의에게 경고한 걸세. 어쩌면 그도 일찌감치 손을 쓸 생각이었는지 모르네. 청류 형의 속마음은 참으로 깊었네. 먼저 지방관으로 나간다는 유언비어를 퍼뜨려 자신이 양준과의 총애 다툼에서 세력을 잃었음을 알리고, 그 일에 관심 두지 않는 척해서 양준과 위 황후가 경계를 풀게 하는 한편 내 경계심도 풀어내려 했지. 그러니 누가 알았겠나? 입만 열면 황궁의 싸움에서 멀리 떠나고 싶다던 사람이 황궁 안에서 평지풍파를 일으킬 줄이야."

원승은 한숨을 쉬었다.

"그는 한꺼번에 여러 이득을 취할 수 있는 신비 부적 사건을 획책했네. 위 황후 등이 계획에 따라 움직일 때, 진청류는 살그머니 신룡전 용 기둥에 올라가 청룡 부적을 꽂았지. 예의를 점찍은 것은 예의가 위 황후의 사대 수행 시녀 중 한 명이지만 양준의 숨겨진 연인이기도 했기 때문일세. 아마 그녀가 양준을 남달리 돌봐줬겠지. 진 태의는 두 사람이 사통한 증거를 얻지 못한 것 같네만, 확실히 뼛속 깊이 그를 미워했네. 태의 신분이니 예의에게 접근하기는 쉬웠겠지. 더욱이 비문 소속이라 자연히 미혼술 같은 도술에도 능했을 테니, 예의에게 광증을 일으키는 것쯤 손바닥 뒤집기처럼 쉬웠을 것일세."

육충은 쓴웃음을 흘렸다.

"진 태의는 참 모진 사람이군. 세 번째인 주작 부적 때는 아예 자신을 내놨으니까. 이 검객 나리를 가장 놀라게 한 묘수였어."

"그렇게 하면 자신이 피해자가 되어 자연스레 혐의를 줄일 수 있으니까. 더욱이 재앙을 입었으니 남들의 동정을 살 수도 있지. 내가 똑똑히 봤는데, 그때 달려온 위 황후는 안색마저 하얗게 질려 있었네. 우쭐거리며 기뻐하던 양준도 그 일 덕에 최대 패배자가 됐지."

육충은 '허' 하고 찬탄을 터뜨렸다.

"네 번째는 바로 마지막 상원절 등 연회 때의 이판사판 유인책이었어. 하지만 자네는 언제 진청류의 수작을 간파했나? 등 연회 전부터 그자를 의심한 건가?"

"솔직히 말하면 청류 형의 위장은 아주 훌륭했네. 그가 말한 대로 그는 나를 몹시 꺼려서, 하루라도 빨리 보이지 않는 싸움터인 이 태극궁을 떠나라고 몇 번이나 권했네."

원승의 웃음이 다소 씁쓸해졌다.

"하지만 자신을 학우전에 매달아놓는 일을 지나치게 빈틈없이 처리해 도리어 망치고 말았지. 현장에서 쓸 만한 단서를 전혀 찾지 못했기 때문에 나는 더욱 의심이 들었네. 예를 들면 이런 걸세. 청류 형의 두 팔은 가로대에 묶인 것이 아니라, 사전에 가로대 양쪽 끝에 둥글게 파놓은 구멍에 들어가 있었네. 누구도 혼자서는 제 양팔을 묶을 수 없기 때문이지. 하지만 청류 형은 누가 뭐래도 주작부적 사건의 피해자였고, 나도 내심 그를 용의자로 설정하고 싶지 않아 꼬치꼬치 묻지 않았네. 하지만 상원절 등 연회가 있기 전, 나는 원흉이 능연오악을 유인한 뒤 능연각을 침범하리라고 예측했네. 그때는 우리도 별수 없이 위험을 무릅써야 했지. 다행히 성인께서 그 일을 하문하셨고, 만부득이하던 나는 그 대담한 계획을 솔직히 말씀드렸네. 다만, 마지막 현무 부적 사건에서 사람이 죽을 줄은 예상 못했지. 그 전까지는 죽은 사람이 없었으니……."

육충은 한숨을 쉬었다.

"자네 말대로 장안을 피로 물들였을지도 모를 천마살과 비교하면 양준의 죽음은 작디작은 일이지."

"하지만 위 황후는 결코 그렇게 여기지 않았네."

원승이 담백하게 미소 지었다.

"다행히도 내 소매에는 줄곧 양준이 예의에게 준 연시가 들어 있었고 오늘 아침에 유용하게 쓸 수 있었지. 그 종이를 받은 위 황후는 화가 치밀어 손을 부들부들 떨며 연신 외치더군. 죽어 마땅한 배신자, 그런 놈은 마땅히 죽어야지, 하고 말일세."

그날 아침, 하늘이 희미하게 밝아올 무렵, 원승은 황제와 위 황후에게 마지막 보고를 올렸다. 자객 진청류와 설백미는 수십 년 전 마종 잔당인 비문의 청사일 가능성이 높으며, 그들이 온갖 애를 써서 천마살로 위 황후를 노린 것을 보면 불측한 마음을 품고 있으니 성인께서도 유의하시라는 내용이었다. 다행히 이제 마종의 잔당을 쓸어냈으니 위 황후도 무탈하고 궁궐도 태평해졌다고 아뢰었다.

원승은 일부러 진 태의와 위 황후의 비밀 음모와 속사정은 뭉뚱그려 말했다. 궁궐의 내밀한 사정이 얽혀 있는데 어떻게 감히 드러내놓고 입에 담을 수 있을까. 동시에 원승은 단각 법진에서 얻은 지기자의 유서와 설백미의 침소에서 찾아낸 서한을 바쳤다. 물론 그가 이미 손을 써서, 위조된 태평공주의 밀서는 일찌감치 없애버린 뒤였다.

이현은 신룡정변으로 어머니인 무측천이 강제 퇴위하자 창졸간 등극한 황제였다. 더욱이 당나라는 수십 년간 정치적 변화가 컸고 그사이 무측천이 숫제 당나라를 없애고 주나라 왕조를 열기도 했으므로, 지난날의 국사 원천강이 비밀리에 장안 칠성 법진을 펼쳐 천마살에 대항한 일에 관해서는 이현도 알지 못했다. 상원절 전날, 원승은 신룡전에 문안을 올리러 가서 처음으로 황제에게 그 이야기를 꺼냈다.

오늘 아침, 원승에게서 상세한 보고를 듣고 천마살에 관한 기록과 서신을 살펴본 뒤, 황제 이현은 갑자기 바늘방석에 앉은 기분이었다.

수십 년 동안 천마살의 위협에서 벗어난 대당나라 황제는 그의 부황인 고종 이치밖에 없는 것 같았다. 하지만 이치 역시 일찍부터 몸이 좋지 않았고 장년 때는 현기증과 풍을 앓아 친히 정사를 돌보지 못했다. 모후인 무측천은 비록 장수했지만 모후가 행한 크나큰 일은 바로 대당이라는 천명을 뒤엎는 것이었다.

무엇보다 이현을 은근히 불안하게 만든 것은 황후가 이미 사살의 공격 대상이 됐다는 사실이었다. 설마 위 황후가 다음 무측천이 될 것인가?

원승은 무측천이 당나라를 주나라로 바꿨기 때문에 천시(天時)에 의해 천마살의 위력이 이미 해소됐다고 설득할 수밖에 없었다. 황제 이현도 그제야 한숨 돌렸다.

지금까지도 원승의 눈앞에는 의아해하고 얼떨떨해하던 이현의 눈빛이 가시지 않았다. 안락공주의 혼사 준비만 아니었다면 황제가 언제까지 캐물었을지 모를 일이었다.

"어쨌든 간에 우리 퇴마사가 성공적으로 황궁에서 빠져나왔으니

다행이지!"

육충은 기지개를 켰다.

"청영은 어제 황혼이 내리기 전에 제멋대로 우리를 속이고 설백미로 변장해 양준을 속이러 갔다가 뜻밖에도 진짜 설백미를 만나 붙잡히고 말았대. 나중에 말해주던데, 설백미는 그녀를 커다란 자루에 담아 임시 황실 주방으로 만든 옆 전각 구석에 놓아뒀다는군. 답답해하던 차에 갑자기 누군가 나타나 꺼내줬는데, 바로 설백미로 변장해 숨어든 진청류였지. 한자리에 설백미 세 사람이 나타났으니 그 광경이 얼마나 기괴했을지, 말하지 않아도 알 만해."

원승은 저도 모르게 한숨을 쉬었다.

"앞으로 청영을 잘 지켜봐야겠네. 다시는 혼자서 위험한 일을 하게 해선 안 되네."

"진청류도 남자는 남자야. 그 자리에서 자결할 줄 알았는데 뜻밖에도 꼿꼿한 데가 있더군. 깨어난 다음 이성 앞에서 모든 것을 솔직히 털어놓고 자신이 비문의 진종이라 칭하면서 웃는 얼굴로 자결했으니까. 죽을 때도 그처럼 자랑스러워했으니 대장부야. 하지만 설백미는 어쩌지? 달래도 넘어오지 않고 꾸짖어도 듣지 않아. 이 어르신보다 더 뻔뻔해서 무조건 풀어달라고만 하니 원. 정말 골칫덩일세. 그놈, 아무리 태평공주의 추천을 받았다지만 도대체 뭘 하려던 걸까?"

"양준은 위 황후에게서 또 다른 중대한 임무를 맡았지. 바로 태평공주를 모함하는 일이었네. 그들이 바란 것은 등 연회가 최고조에 이르렀을 때 설백미가 뛰쳐나가 문무대신 앞에서 태평공주의 역모를 고발하는 것이었지. 그는 태평공주가 추천해서 입궁했고 진 태의와 가깝게 지내기도 해서, 자연스럽게 양준의 눈에 들었네. 그래서 골치 아픈 일을 그자에게 떠넘긴 것이지."

육충은 설백미의 방에서 찾아낸 춘설전을 떠올리고 한숨을 내쉬었다.

"정말 애를 많이 썼더군. 꼭 진짜같이 태평공주의 필체를 흉내 냈으니까. 하지만 공교롭게도 그게 가장 큰 허점이었어!"

"그랬지. 설사 설백미가 태평공주의 철당 첩자라 해도 태평공주처럼 신중한 사람이 그렇게 노골적인 서신을 보내 적에게 트집 잡힐 일을 했겠나? 다만, 당시에는 공연히 적을 놀라게 할까봐 춘설전을 제자리에 돌려놓을 수밖에 없었네."

육충은 춥지 않은데도 몸서리를 쳤다.

"하지만 위 황후는 그런 허점 같은 건 신경 쓰지 않을걸. 설백미가 용감하게 사람들 앞에 나와 지목하면, 그가 태평공주의 추천을 받았다는 이유로 성인께서는 십중팔구 믿으셨을 거야. 그렇게 되면 상왕과 태평 모두 처참한 결말을 맞았겠지."

"양준은 채찍과 당근을 모두 써서 설백미를 단단히 장악하고 있다 자부했네. 하지만 설백미의 진짜 신분이 종상부의 비문 청사라는 것은 몰랐지. 설백미는 원신을 이용한 공격에 정통한 사람이고, 황궁에 잠입한 진짜 목적은 천마의 비밀을 찾는 것이었네."

육충이 쓴웃음을 지었다.

"옳아. 그놈이 무던한 낯가죽으로 내게 제 신분을 털어놨지. 게다가 진청류의 입에 발린 소리에 넘어갔는지, 진청류가 자신들이 열심히 찾아다닌 비문의 진종이고, 진청류의 비밀 지시로 몰래 단각가산 법진에 들어가 불측한 짓을 하려 했다고 하더군. 하긴, 사실상 그자는 진청류가 버리는 돌이었네. 언제든 집어던져 우리를 혼란에 빠뜨릴 돌 말이야. 심지어 등 연회가 최고조에 이르렀을 때, 진청류는 갑자기 모습을 드러내 더욱 강한 미혼술로 그자를 제압하고 곧 이어 양준을 사지로 끌어들였지."

육충은 어젯밤 진청류가 변신했던 끔찍한 모습에서부터 원승이 자세히 들려준 무시무시한 천마의 내력을 떠올리고 뒤늦게 두려움에 떨며 물었다.

"원 대장, 우리도 천마를 잠시 억눌렀을 뿐인데, 그렇다면 그게 다시 힘을 찾아 쳐들어올까?"

원승도 심장이 철렁해 나지막이 탄식했다.

"국사 원천강도 완전히 없애지 못했으니……."

여기까지 말했을 때 오육랑이 허둥지둥 달려와 떨리는 소리로 말했다.

"큰일 났습니다. 무연수가 원 장군을 연회에 초청했습니다."

육충이 피식 웃었다.

"무연수는 공주를 맞이하기도 바쁜데 원 장군을 불러서 뭐 하게? 시위라도 하겠다는 거야, 아니면 홍문연이라도 베풀겠다는 거야?"

시선이 오육랑이 쥔 정교한 초청장에 놓인 물건에 닿자 그의 얼굴이 즉시 굳었다.

"대기에게 사고가 생겼어?"

초청장에 놓인 것은 바로 고운 머리카락이었다. 구불구불하고 금빛을 띤 머리카락이 부마 무연수의 초청장과 함께 오다니 그 의미는 말하지 않아도 분명했다. 대기가 무연수에게 납치당한 것이다.

청영도 바삐 들어와 원승에게 말했다.

"어쩐지 오늘 아침부터 대기가 보이지 않더군요. 저와 육충이 구하러 가겠어요. 원 장군은 진기를 쓸 수 없으니 나서지 않는 게 좋겠어요."

하지만 원승은 그 자리에 단정히 앉아 꼼짝도 하지 않다가 불쑥 물었다.

"초청장에 뭐라고 쓰여 있나?"

"사륙변려문(四六騈儷文)이 잔뜩 쓰여 있는데, 대강의 뜻은 장군이 오늘 오시에 그자의 별원에서 열리는 연회에 꼭 참석해야 하며, 그렇지 않으면……."

오육랑은 덜덜 떨며 금빛 머리카락을 흔들었다.

육충이 벌떡 일어나 외쳤다.

"무 씨 도적놈이 간덩이가 부었구나! 청영, 가서 그놈을 손봐주자."

갑자기 원승이 말했다.

"구할 방법이 있나? 무연수는 미리 준비하고 있네. 정말 싸운다면 우리 전부가 무너질지도 모르네."

"설마 가만히 있자는 말인가? 대기는 자네 때문에 무 씨 놈에게 잡혀간 거라고."

육충이 분노를 터뜨렸다.

"구하러 가야지. 하지만 내 말대로 하게."

원승은 여전히 제자리에 꼼짝없이 앉아 있었다. 심지어 옷자락 하나 흔들림이 없었다.

"무연수는 무씨파의 후기지수(後起之秀)일세. 자네, 철당의 세작이 무 씨 저택에 성공적으로 잠입했다는 말을 했던 것으로 기억하는데……."

태산처럼 듬직한 그의 계획을 듣던 육충이 별안간 한숨을 푹 쉬었다.

"원승, 내가 자네 친구라서 다행이야. 적이었으면 틀림없이 자네를 몹시 두려워했을 걸세. 자넨 너무 주도면밀하고 냉정하거든."

원승이 고개를 숙이며 말했다.

"이럴 때는 냉정하지 않을 수 없네."

그가 오른손을 펴자 놀랍게도 손바닥에는 워낙 힘줘 쥔 탓에 손톱에 찍힌 자국이 빨갛게 남아 있었다.

가느다란 눈송이가 하늘하늘 날려 하늘은 온통 어두침침했다. 아직 오시가 되지 않은 시각, 장안성 교외의 호화로운 장원은 진작 등을 달고 오색 비단을 장식하고 대청 가득 휘황찬란한 등불을 켜 경사스럽게 꾸며졌다.

후원 한쪽, 드문드문 그림자를 드리운 매화 숲 앞으로 눈송이가 듬성듬성 떨어지는 곳에 식탁 두 개를 펼쳐놓았는데, 그 위에는 뜨끈뜨끈하게 데운 녹의주(綠蟻酒, 새로 빚은 곡주를 거르기 전에 마시는 것으로, 그 위에 뜬 술지게미가 푸르고 개미 같다 하여 녹의주라 불림) 몇 잔만 놓여 있었다. 무연수는 튼튼한 활을 들고 식탁 앞에 오연하게 서 있었다. 오늘은 특별히 빨간 융복을 입어 옥 같은 용모며 늠름한 자태가 더욱 돋보였다.

원승은 묵묵히 식탁 앞에 앉아 있었다. 여느 때처럼 고요해 보이는 백의를 입어 하늘 가득 흩날리는 눈송이와 하나가 된 듯했다. 번쩍이는 그의 시선은 맞은편의 아리따운 그림자에 단단히 박혀 있었다. 대기는 식탁에서 백여 걸음 떨어진 오래된 매화나무에 묶인 채 고운 머리카락을 흩날리고 있었다. 얼굴에는 아무 표정이 없었지만 몸은 부들부들 떨고 있었다. 원승의 몸도 미미하게 떨렸다.

그의 아래쪽 자리에는 괴상한 용모를 한 노인 셋이 앉아 있었다. 세 사람 얼굴에 하나같이 붉은빛이 어른거리는 것을 보면 지극히 수행이 높은 도술 고수임이 분명했다. 위엄어린 눈동자가 표범처럼 그를 뚫어지게 응시했다.

그보다 더 원승을 놀라게 한 것은 상석에 단정하게 앉은 중년 무사였다. 그자는 몸집이 훤칠하고 얼굴에는 자부심이 가득했다. 머리에 복두를 쓰고 옷깃이 둥근 남색 장포에는 소매와 앞섶에 점점이 매화를 수놓아 우아하고 품격 있어 보이지만, 보는 이에게 지대한 압박감을 주는 사람이었다.

"설청산?"

원승은 남색 장포를 입은 문사를 바라봤다. 그는 단정하게 앉아 있었으나 날카로운 검처럼 벼려졌다. 그 혼자 뿜어내는 위엄이 붉은 얼굴을 한 노인 셋보다 컸다.

"원 장군."

남색 장포를 입은 문사가 살짝 고개를 끄덕였다. 예상대로 그는 종상부의 제일 고수이자 육충이 가장 꺼리는 동문 대사형이었다.

"종상부의 설 검객께서 환국공이 베푸시는 오늘 연회의 귀빈이었소?"

원승이 태연하게 웃었다.

"재상 나리의 명을 받고 왔소. 술 석 잔 마신 뒤 떠날 것이오."

설청산이 딱딱 끊는 투로 말했다. 술 석 잔. 보아하니 무연수가 오늘 준비한 함정은 술 석 잔 마실 시간이면 끝날 모양이었다.

원승은 다시 한 번 무연수를 바라봤다.

"어쩔 생각입니까?"

하지만 무연수는 점잖게 그를 향해 웃어 보였다.

"방금 퇴마사의 세작을 하나 잡았네. 이 여자는 몇 번이나 조정의 주요 정보를 염탐하려 했으니 그 자리에서 주살당해도 마땅해!"

"당신은 죄를 판단할 권리가 없습니다!" 원승이 한 자 한 자 말했다. "하물며 오늘 이 자리는 나를 위해 마련했을 텐데, 일개 여자를 괴롭힐 필요가 어디 있겠습니까!"

"원 장군도 내가 얼마나 바쁜지 잘 알 텐데. 공주를 맞이하러 나갈 때까지 한 시진도 남지 않았네. 하나 나는 반드시 오늘 이 일을 성공시킬 걸세." 무연수도 한 자 한 자에 힘을 줬다. "그렇지 않으면 발을 뻗고 잘 수가 없으니까."

그가 손에 쥔 활을 천천히 들어올렸다.

"조당과 항간에 자네와 공주의 소문이 돌고 있네. 그 소문의 진위가 어떻든 난 그저 자네를 없애버리고 싶을 뿐이야. 하긴 옳은 말이지. 내게는 치죄할 권리가 없네. 하지만 자네를 죽일 수는 있지."

그의 손이 활을 서서히 잡아당기자, 화살촉이 서늘한 빛을 번뜩이며 백여 걸음 밖의 대기를 똑바로 겨눴다. 대기의 눈동자에는 이미 놀람과 두려움이 어려 있었다. 온 힘을 짜내 몸을 비틀어봤지만 아무 소용이 없었다.

"멈추십시오!"

원승은 노성을 터뜨리며 남몰래 강기를 끌어올렸다. 하지만 그 강기는 곧 있는 듯 없는 듯한 세 갈래 기에 막히고 말았다. 바로 얼굴이 붉은 세 노인의 솜씨였다.

다친 곳이 아직 낫지 않은 원승은 이 가벼운 맞대결에서 생각대로 힘이 따르지 못하는 것을 느꼈다. 하물며 지금 그의 옆에는 호시탐탐하는 설청산마저 있었다.

"자네를 끌어들이기 위해 심혈을 쏟아부었지!"

무연수는 이미 활을 끝까지 당긴 상태였다. 시위 당기는 소리가 마치 이를 가는 것 같았다.

"항간에 떠도는 풍문에는 심지어 어젯밤에도 공주가 자네와 같이 있었다지."

"풍문이 아닙니다. 공주 전하께서는 확실히 저와 함께 능연각에 있었습니다. 하지만 퇴마사의 다른 사람들도 그 자리에 있었지요. 당신 맞은편에 있는 대기 낭자까지도 말입니다."

"그런 것까지 신경 쓰고 싶지 않다!"

무연수는 돌궐에 머무는 동안 출신입화의 궁술을 연마해서, 시위를 잔뜩 메긴 후에도 손은 태산처럼 흔들림이 없었다. 다만 목소리는 살며시 떨렸다.

"나는 자네가 죽기를 바랄 뿐이야. 더욱이 죽기 전에 뼛속 깊이 고통스럽게 해줄 생각이지."

원승은 천천히 두 주먹을 움켜쥐었다. 무연수는 미친 게 분명했다. 저 미치광이가 법도 따위를 신경 쓸 리 없었다. 원승을 죽인 다음, 그는 무씨파와 위 황후가 가진 힘을 전부 동원해 법도에 대항할 터였다. 태평공주가 말했듯이, 그가 죽으면 조정에서 눈물을 흘릴 사람은 몇 되지 않으리라. 하물며 위 황후를 포함해서 궁궐 안의 여러 귀인 또한 원승이 빨리 죽기를 바랄 것이다.

바로 그때 웅장한 기운이 허공을 가르며 짓쳐왔다. 세 노인은 움찔하며 경계를 돋웠다. 내내 말이 없던 설청산이 별안간 눈썹을 추키며 나지막이 외쳤다.

"육충이겠군!"

강력한 검기였다. 비록 아직은 수십 장 밖에 있지만, 설청산은 이미 그 예봉이 등에 닿은 느낌이었다. 곧이어 노복 한 명이 비틀비틀 들어와 애처롭게 소리쳤다.

"국공께 아뢰옵니다. 큰일 났습니다. 문밖에 어떤 수염쟁이가 나타나 검을 휘두르며 들어오려고 합니다. 저희로선 막을 수가……."

무연수는 노복을 돌아보지도 않고 차갑게 말했다.

"검객 십여 명을 청해오지 않았느냐?"

노복은 떨리는 소리로 대답했다.

"벌써 여덟 명이 그 수염쟁이에게 손목이 잘렸고, 나머지는 달아났습니다."

갑자기 호쾌한 웃음소리가 들려왔다.

"설청산, 그 안에 있는지 다 안다. 당장 나오지 않으면 네놈은 청산에 숨은 도적놈이다!"

설청산이 뛰어나가려고 엉덩이를 들썩이는 세 노인을 훑어보더니 천천히 몸을 일으키며 무겁게 말했다.

"술 석 잔 마실 시간이면 충분하겠지요?"

"충분하오."

무연수가 음침하게 웃었다. 웃음소리가 그치기도 전에 설청산의 모습은 어디론가 사라졌다.

같은 순간, 마침내 무연수의 화살이 쏘아졌다. 화살은 귀를 찢는 파공성을 내며 대기에게 날아갔다.

원승은 다시 한 번 노성을 터뜨리며 소매에서 금빛 붓을 꺼내 질풍처럼 무연수를 찍어갔다. 붓끝에서 노란 광채가 번뜩이더니 황금 용 한 마리가 솟아올랐다. 그의 화룡술은 오래 운기행공한 다음에야 펼칠 수 있는데 지금은 너무 급하게 펼친 탓에 가진 도술을 거의 한계치까지 써야 했다.

황금 용이 솟아나자 기괴한 붉은 광채 세 줄기가 빙빙 돌면서 그물처럼 용을 옭아맸다. '퍽' 하는 소리와 함께 화살이 대기의 얼굴을 스치고 뒤에 있는 매화나무에 박혔다. 원승은 온몸이 부르르 떨리면서 입에서 선혈을 뿜었다.

"소개하는 것을 잊었군. 저 세 분은 천라삼로라 불리는데, 적을 가두는 대천라 법진이 장기라네."

무연수는 여유롭게 두 번째 화살을 뽑았다.

"미안하게 됐네. 첫 번째 화살이 빗나갔군! 물론, 이 국공께서 일부러 그랬지만."

산처럼 묵직한 설청산의 몸이 장원 밖에 나타나자 육충이 거만하게 다가왔다. 육충은 단도직입적으로 말했다.

"설청산, 사문을 배신한 지 몇 년째냐?"

"내 지난날 자립해서 문호를 세우고자 했으나 스승께서 허락지 않으셨다. 보는 눈이 없었던 게지."

설청산은 뒷짐을 지고 으스스하게 말했다.

"나를 보고도 대사형이라고 부르지 않느냐."

"한마디로 회포를 풀었으면 충분해."

육충은 '흥' 하고 콧방귀를 뀌었다.

"사형이라 부르는 건 더욱 못할 짓이고. 바로 무기나 뽑지!"

자화열검은 이미 검집에서 뽑혀 있었지만, 검기는 하늘하늘 떨어지는 눈송이처럼 있는 듯 없는 듯 표표했다.

"검기에 깊이가 있고 속태가 전혀 없군."

설청산이 빙그레 웃었다.

"보아하니 육 사제의 수준이 지난날의 나 못지않군."

"친한 척은 넣어두시지. 이 어르신이 종상부에 잠입해 있을 때 너는 뭘 해도 나를 아니꼽게 여기지 않았느냐?"

"너와 나는 같은 검선문 출신인데 너는 종상부에 들어와서도 내게 의탁하지 않았으니 억지로 올바른 길로 끌어들일 수밖에."

설청산의 양손이 서서히 올라왔다. 손바닥 사이로 검광 한 줄기가 표홀하게 흔들렸다.

"누구냐?"

설청산의 손바닥 사이로 검이 빠른 속도로 솟았다 내렸다 하더니 느닷없이 육충 옆에 있는 하얀 그림자를 내리찍었다. 그 그림자는 조금 전 아무 조짐도 없이 육충 옆에 나타났고, 지금은 손을 들어 검을 휘두르고 있었다. 검광 두 줄기가 허공에서 교차했다. 하얀 그림자가 표표히 비켜났다. 종상부 제일 고수와 급작스럽게 한 초식을 주고받고도 의외로 별로 밀리지 않았다.

"영허문 제자?"

설청산은 저도 모르게 눈썹을 한데 모았다.

"이 몸은 영허문 홍강 진인의 관문제자(關門弟子, 마지막 제자. 이 제자를 받은 후 문을 닫았다고 하여 이렇게 부름) 고검풍입니다. 열아홉째로 들어왔기 때문에 사형들은 저를 소십구(小十九)라고 부릅니다."

하얀 옷을 입은 그는 극히 눈에 띄는 소년이었다. 두 눈이 밝게 빛나고 재기발랄하며 얼굴은 옥같이 흰 데다, 눈처럼 흰 장포를 몸에 걸치고 검을 가로 세운 채 가슴을 쭉 편 자세였다. 마치 4월 초순의 밝고 고운 햇빛 같았다.

설청산의 긴 눈썹이 더욱더 한데 모였다. 영허문에는 제일인자로 불리는 원승 말고도 자질이 남다른 소십구가 있다는 말을 그 역시 들은 적이 있었다. 그런데 이렇게 나이 어린 소년일 줄이야. 방금 보여준 잠깐의 검세만 봐도 이 소년은 확실히 강적이었다.

육충은 전혀 아랑곳하지 않고 고개를 저었다.

"오다가 만났어. 이 녀석은 공을 세워 퇴마사에 들어오고 싶다더군. 본래는 데려올 생각이 없었지만 그랬다간 죽자고 매달릴 것 같아서."

영허문의 열아홉째 제자는 햇살처럼 환하게 웃었다.

"다행히 설 검객을 찾아냈으니 이제는 설 검객과 겨루면 되겠군요. 시작하시죠."

부마 무연수가 어느새 시위를 잔뜩 당겨 활은 보름달처럼 둥글어져 있었다. 또 '쉭' 하는 소리와 함께 시위를 떠난 화살은 대기의 어깨를 꿰뚫었다. 처절한 비명과 함께 핏방울이 하늘 높이 튀었다.

"멈춰라!"

원승의 입가에도 피가 흘러내렸고, 목소리는 쉬다시피 했다.

"원 장군이 오장육부가 찢어질 듯 고통스러워하는 것을 보니 더 할 나위 없이 흡족해지는군. 하지만 안타깝네. 더 놀아줄 시간이 없으니! 저 여자 먼저 가서 자네를 기다리고 있게 해주지."

커다란 웃음소리 속에서 무연수가 번개같이 시위를 당겼다. 세 번째 화살이 '쉭' 하고 날아가 대기의 가슴을 관통해 그녀를 매화나무에 단단히 못 박았다. 이번 화살은 유성같이 빨라서 대기는 마지막 비명을 지를 틈조차 없었다. 원승은 이미 공격을 포기하고 매화나무에 매달린 아리따운 그림자만 뚫어지게 응시하며 꼼짝도 하지 않았다.

붉은 얼굴의 세 노인이 서로 눈짓하더니 삼각형을 이루고 압박을 가하며 다가왔다. 무연수가 마련한 오늘 이 함정은 우선 원승이 마음에 둔 사람을 쏘아 죽인 후 그가 혼란에 빠진 틈을 타 베는 것이었다. 방금 몇 차례의 교전 덕에 세 노인은 원승의 강기가 허한 것을 명확히 알아차렸다. 그는 중상을 입은 것이 분명했다.

그런데 바로 이때, 쾅 하는 굉음과 함께 매화원의 쪽문이 거칠게 열렸다. 육충이 영허문의 소십구를 데리고 으스대며 들어왔다. 무연수가 경악한 얼굴로 돌아봤다. 대검객 설청산의 능력으로도 술 석 잔 마실 시간 동안 육충을 막지 못했다니 도저히 믿기지 않았다. 그를 더욱 놀라게 한 것은 육충 뒤에 황삼을 걸친 시위 두 사람이 따르고 있다는 것이었다. 이들은 황궁 용기내위 복장이며, 그 수장은 놀랍게도 서도였다.

"이거, 이거, 축하할 일이군!"

육충이 멀찍이서 무연수를 향해 두 손을 포개어 보였다.

"태극궁에서 요사한 사건을 일으킨 원흉 설백미를 잡아 죽여 신위를 크게 떨친 것을 축하드리오, 무 부마."

육충 등에게 함부로 저택에 침입했다고 꾸짖으려던 무연수는 그

축하 인사를 듣자 완전히 얼이 빠졌다. 어느새 육충이 매화나무 앞으로 달려가 대기의 몸을 묶은 밧줄을 풀고 피투성이가 된 '대기'를 끌어내렸다.

일순, 무연수는 자신이 꿈을 꾸고 있다고 생각했다. 그가 손수 쏘아 죽인 사람은 확실히 대기의 옷을 입고 있었지만, 미모의 페르시아 여인이기는커녕 거칠고 평범한 얼굴이었다. 그에게는 너무나도 낯익은 설 전선, 겉으로는 태극궁 사선사의 뛰어난 요리사로 알려졌으나 실제로는 비문의 청사인 설백미였다.

하지만 문제는 그게 아니었다. 조금 전만 해도 나무에 묶인 사람이 어여쁜 페르시아 여인인 것을 똑똑히 봤는데 어째서 땅딸보 요리사로 변한 것인가?

서도가 놀라고 기쁜 얼굴로 달려와 설백미의 시신을 낚아챘다. 그리고 마치 연인을 보듯 요리조리 살피더니 거듭 말했다.

"감사합니다, 부마. 정말 감사합니다. 이 도적놈이 바로 태극궁의 원흉 중 하나입니다. 오늘 밤까지 이놈을 붙잡지 못했다면 소장의 목이 달아났을 겁니다."

무연수는 온몸이 뻣뻣해진 채 멍하니 중얼거렸다.

"어떻게…… 설백미가……?"

서도는 그가 설백미의 죄상을 묻는 줄 알고 냉큼 몸을 굽히며 말했다.

"여기 이 육충이 귀띔해줬습니다. 설백미의 침소를 수색하다가 글 두 통을 발견했는데 모두 울분을 토한 내용이었지요. 알고 보니 이놈은 비문 청사로, 진작부터 황궁에 섞여 들어와 성후께 불측한 짓을 도모하려 했지 뭡니까!"

옆에 있던 육충은 속으로 씩 웃으며 생각했다.

'원승은 역시 주도면밀하다니까. 위 황후가 애써 태평공주의 밀서를 위조했는데 마지막 순간에 설백미의 글로 바꿔놨잖아. 그 진위야 어차피 사람이 죽었으니 증명할 수도 없고…….'

서도는 다시 육충을 향해 연신 고개를 끄덕였다.

"이보게 육충, 고맙네. 자넨 역시 좋은 친구야. 이만한 공을 아무 대가 없이 내게 양보해주다니 말일세."

움직일 기회를 노리던 붉은 얼굴의 세 노인도 하나같이 어리둥절했다. 무연수는 숫제 바보가 된 양 그 자리에 뻣뻣하게 서서, 육충이 엄지를 치켜들며 '지용을 겸비하여 황궁 제일의 원흉을 몸소 쏘아 죽이신 분'이라는 둥 '젊은데 벌써 앞길이 쫙 폈다'는 둥 입에 발린 칭찬을 해대는 것을 듣고 있을 뿐이었다.

하늘 가득 휘날리는 가느다란 눈발 속에서 원승은 쓸쓸히 몸을 돌려 매화원을 나섰다. 원문을 돌아 나간 순간, 얼음 같은 그의 목소리가 바늘처럼 무연수의 귀에 날아가 박혔다.

"오늘 일과 환국공의 화살 세 대는, 이 원승, 마음에 새겨뒀다가 훗날 반드시 돌려드리겠습니다!"

아리따운 그림자 둘이 매화원 밖에서 원승을 기다렸다. 청영이 대기를 부축하고 점점 커지는 눈송이 아래 서 있었다.

"원 장군, 묘계였습니다." 청영이 웃으며 말했다. "우리 첩자가 조금 거들었으나 따지고 보면 원 장군이 전수해준 교변선의 위력 덕분이지요."

"나도 대기에게 한번 배웠을 뿐인데 이제 막 그 요점을 깨우쳤

소. 싸움에 임해서야 창날을 갈아 허둥지둥 나선다는 말이 이런 게 아니겠소."

그는 따스한 눈길로 페르시아 여인을 바라봤다.

"고생하지는 않았소?"

다시금 저 익숙한 미소를 보자 대기는 문득 몹시 억울해져서 콧방귀를 뀌었다.

"고생했죠. 이게 다 당신 때문이라고요!"

원승은 살며시 그녀의 손을 잡고 말했다.

"괜찮소. 내가 여기 있잖소."

내가 여기 있다. 짤막하기 그지없는 이 한마디는 마치 신비한 주문이라도 되듯 삽시간에 두 사람의 마음을 따뜻하게 녹였다.

"두 사람이 그렇게 쉽게 설청산을 따돌릴 줄은 몰랐네."

원승이 육충을 바라봤다.

"자네의 이 열아홉째 아우가 큰 도움이 됐지. 오는 길에 우연히 만났는데, 울며불며 퇴마사에 들어가게 해달라고 하더군."

육충이 고검풍의 어깨를 툭툭 치며 말했다.

"소십구, 때를 아주 잘 맞춰 나타났구나."

원승은 고검풍에게 빙그레 웃어 보였다.

"어째서 퇴마사에 들어오고 싶으냐?"

"고검풍, 열일곱째 사형께 인사 올립니다!"

고검풍은 공손하게 예를 올린 다음 곧바로 고개를 들고 한 자 한 자 힘줘 말했다.

"소제는 반드시 퇴마사에 들어가야 합니다. 존사님의 복수를 해야 하니까요."

원승은 별처럼 반짝이는 그의 눈동자에 은은하게 어린 살기를 바라보다가 마침내 무겁게 한숨을 내쉬었다.

"좋다!"

고검풍은 빙긋 웃었지만 어째서인지 그 웃음은 다소 우울해 보였다.

"자네와 소십구 둘이서 어떻게 그리 쉽게 설청산을 따돌렸나?"

원승이 다시 육충을 바라봤다. 여전히 믿기지 않는 얼굴이었다.

과연 육충은 한숨을 쉬며 말했다.

"우리는 설청산과 아예 싸우지도 않았네. 대치하고 있을 때 갑자기 두 사람이 달려왔는데, 하나는 시골뜨기 같은 동영 검객이고, 다른 하나는 괴상한 모습을 한 천축의 환술사였지. 두 사람 다 기세가 몹시 기괴하고 수행력이 깊어 보였는데, 상황을 보니 설청산을 찾아온 것 같더군. 설청산은 두 사람을 보자마자 당해내지 못할 것을 알고 재빠르게 물러갔네."

동영의 검객과 천축의 환술사! 원승의 두 동공이 확 줄어들었다. 지난번 그 두 사람에게 쫓겨 실수로 원한의 진에 들어갔던 끔찍한 경험이 떠올라 심장이 서늘해졌다. 설마 혜범이 온 것인가?

시선을 모으고 바라보니, 과연 그 두 고수가 저 앞, 말라비틀어진 나무 밑에 서 있는 것이 보였다. 이상하게도 지금까지는 저 두 사람이 어디에 몸을 숨기고 있었는지 전혀 알아차리지 못했다.

"우리 주인께서 원 장군을 청해 회포를 풀고자 하시오."

동영 검객이 성큼성큼 다가와 우렁차게 말했다. 그가 가리키는 쪽을 보니, 길가에 선 팔각정 아래 누군가 단정히 앉아 있었다. 반은 호인, 반은 도사 같은 차림새에 만면에 장사치 같은 웃음을 띤 사람, 바로 호승 혜범이었다. 원승은 퇴마사 사람들을 이끌고 팔각정 앞으로 갔으나, 동영 검객이 무뚝뚝하게 손을 저었다.

"원 장군 혼자만 가시오."

육충은 버럭 화가 나 맞서서 따지려 들었고, 심지어 고검풍은 이미 무작정 들이밀고 있었다. 원승이 빙그레 웃으며 말렸다.

"자네들은 여기서 눈 구경이나 하고 있게."

그는 성큼성큼 정자 안으로 걸음을 옮겼다.

"눈이 참 아름답군요!"

혜범이 원승을 향해 부드럽게 웃었다.

"이처럼 좋은 설경에 어찌 술이 없을 수 있겠습니까? 원 대장군께서 지혜로 태극궁의 신비 부적 사건을 깨뜨리고 마음에 둔 페르시아 미인을 구하셨으니, 응당 한바탕 마셔야지요!"

정자 안의 돌 탁자에는 뜨거운 술 한 주전자가 놓여 있었다. 원승의 시선이 혜범의 양손으로 향했다. 지나치리만큼 마르고 긴 손이 낡은 책자를 느릿느릿 펼쳤다. 빨간 유리 축이 하늘을 뒤덮은 새하얀 눈발 속에서 유난히 눈길을 끌었다.

"또…… 천사책이오?" 원승은 냉소했다. "저는 천서라고 부르는 것이 좋더군요!"

혜범은 유유히 족자를 넘겨 곧장 연단로가 그려진 쪽을 펼쳤다.

"이제 이 화폭에 담긴 뜻을 아셨겠지요?"

너무나 익숙한 연단로였다. 원승이 이 천서를 본 것은 벌써 세 번째인데, 지난 두 번 다 이 연단로 그림을 봤다.

"단각 법진에 있던 연단로……."

원승이 냉소를 지으며 말했다.

"어쩐지 당신이 이른바 '머리 아홉 달린 천마'를 알고 있더라니! 이제 보니 당신은 애초부터 비문 사람이었고, 천마의 비밀이야말로 평생 추구해온 것이었구려. 쇄마원의 머리 아홉 달린 천마와 〈지옥변〉 벽화의 천마 환영도 바로 당신이 심혈을 기울여 연구해낸 성과가 아니오?"

"그것들이야 천마에 얽힌 비밀의 한낱 껍데기일 뿐이지요. 달빛이 만들어낸 괴수의 그림자가 무섭기는 해도 결국에는 그림자에 불과한 것과 같다고 할까요."

"맨 먼저 천마의 비밀을 탐구한 사람일 것이오. 또한 태극궁에 있는 북두칠성의 자성 법진도 가장 먼저 알아냈을 것이고……."

여기까지 말하던 원승은 별안간 모골이 송연해졌다.

"당신도 태극궁에 들어갔겠군?"

"우스운 말씀이군요! 빈승의 예전 신분은 대당나라 국사였고 지금도 위 황후와 태평공주의 총아이니 황궁에 들어가는 일쯤이야 식은 죽 먹기가 아니겠습니까?"

혜범의 늙은 얼굴에 다시금 그 사악한 미소가 떠올랐다.

"홍강 국사였을 때 빈승은 두 번 황궁에 들어가 이성의 복을 빌었고, 한번은 삼청전 안에서 며칠 머물기도 했지요. 다만 사나흘 밤이란 너무 짧아서 비문에 전해져오는 수많은 기밀을 완벽히 확인하고 명확히 밝힐 수는 없었지요."

혜범은 다시 낙담한 표정이 됐다.

"그래서 대신 그 모든 것을 조사해줄 그림자가 필요했지요. 그러다가 마침내 진청류를 찾아냈고요."

"당신은 그 세 치 혀와 비문 내의 은밀한 신분을 이용해 그를 홀렸고, 당연히 금세 그를 망가뜨렸지."

"모두 그 스스로 선택한 일이지요."

혜범은 어쩔 수 없다는 듯이 한숨을 푹 쉬었다.

"빈승은 애초에 그자를 유혹한 적이 없습니다! 천마의 비밀은 본디 그가 평생 추구해온 것이니, 빈승이 없었더라도 그 비밀을 위해서 죽음도 불사했을 겁니다."

"하지만 그는 당신을 만나는 바람에 몸과 영혼이 모두 소멸할 뻔했소."

원승은 늙은 얼굴에 떠오른 신비한 웃음을 노려보다가 얼른 한 가지 생각이 떠올라 참지 못하고 탄식했다.

"앞서 두 번 그림을 불태웠을 때 당신은 일부러 내게 첫 장에 있는 연단로 그림을 보여줬소. 필시 그때 내게 미혼의 씨앗을 심어놨겠지. 도대체 무슨 목적이었소? 단순히 단각 법진에 있던 이 연단로에 유의하게 하려던 것이오?"

"대랑께서 또 모르는 척하시는군요."

혜범의 미소는 점점 더 의미를 헤아릴 수 없게 변했다.

"천마살은 본래 우리 비문의 최대 비밀입니다. 다만 최근 들어 진청류의 존재로 인해 그 비밀을 더는 지킬 수 없게 됐지요. 혼자서 천마의 힘을 차지하려 하다니 실로 주제를 모르는 생각입니다. 지난날의 지기자조차 그런 망상을 품지 않았건만! 한데 공교롭게도 그자는 특수한 지위에 있었지요. 성후와의 관계 때문에 도무지 제거할 수가 있어야지요."

"그래서, 내가 그 일에 관심을 두게 해 그를 약하게 만들고 잘라

내기를 원했구려?"

"중요한 것은, 천마살의 예봉이 위 황후를 겨눠 성후에게 대당나라를 통치할 천명이 있음을 예언했다는 점이지요! 그 이야기는 대랑의 입을 통해 천하에 알려져야 성후에게 유리합니다."

혜범은 연단로 그림을 찢어낸 뒤 강기를 끌어올렸다. 불빛 하나가 손가락 끝에서 반짝반짝했다. 그가 느릿느릿 여유를 부리며 말했다.

"본디 빈승이 극비리에 천사책에 넣어둔 것들이지요."

그가 손가락을 구부려 살짝 퉁기자 연단로 그림이 즉시 불타올랐다.

"대랑을 죽이려 하다니 무 부마도 참으로 분수를 모르는군요. 빈승이 어찌 대랑이 죽게 내버려둘 수 있겠습니까? 대랑은 빈승이 선정한 천서의 증인인데 말입니다."

하얀 눈 속에서 빨갛게 아름다움을 뽐내는 불꽃을 바라보면서도 원승은 극심한 한기를 느꼈다. 이 늙은 호승은 도대체 얼마나 많은 비밀을 아는 것일까?

두 사람은 벌써 여러 차례 겨뤘다. 그때마다 원승 자신이 승리를 거머쥔 것 같지만 혜범 역시 진 것이 아니었다. 심지어 혜범은 훨씬 더 먼 훗날의 대국을 내다보는 것 같았다. 혜범은 늘 실책을 저지르는 것 같지만 그의 계획은 두려우리만큼 심원했다. 흡사 완전히 발동한 기관 같아서, 잇따라 장애를 만나도 우직하게 움직이며 막을 수 없는 기세로 다음, 또 다음의 거대한 음모를 일으켜나갔다.

"당신은 줄곧 오늘을 기다리고 있었겠구려. 천마살의 비밀이 내 입으로 세상에 알려지는 날을!"

원승이 가라앉은 소리로 말했다.

"하지만 나는 이미 성인께 분명히 아뢰었소! 이번 일로 이성 사이에는 보이지 않는 거대한 틈이 생겨났는데, 정녕 위 황후에게 좋은 일이라고 생각하오?"

"만사는 복과 화가 함께 따르는 법, 어찌 단순히 좋고 나쁨을 결론지을 수 있겠습니까?"

혜범은 어느 쪽인지 모를 기이한 웃음을 지었다.

"아아, 하늘빛을 보아하니 곧 더욱 큰 안개가 따라오겠군요."

큰 웃음소리와 함께 혜범은 몸을 일으켜 표표히 팔각정을 나섰다. 야윈 그림자가 금세 하늘 가득 흩날리는 눈 속으로 녹아 사라졌다. 정자 안 돌 탁자에 놓인 그림은 불꽃 속에서 일그러져 재가 됐다.

원승은 저도 모르게 고개를 들었다. 하늘은 온통 먹구름으로 뒤덮이고 눈발은 더욱더 가늘고 빽빽해지고 있었다. 저 멀리 보이는 정자와 층층이 누각들이 어느새 처량하고 어두운 싸락눈에 희미해졌다. 그 모습이 마치 더 큰 안개가 장안성 전체를 휩쓸 것이라고 예언하는 듯했다.

뇌성의 전주

서장

근래 경기 지역에 큰 가뭄이 들었다. 관도 양쪽의 나무는 뙤약볕에 누르스름하게 타들어갔고, 잡목 숲 옆의 개울도 바짝 말랐다. 해가 서쪽으로 기울자 말 탄 군사 백여 명의 무리가 마차 몇 대를 호송해 숲가에 자리한 규모가 크지 않은 사당으로 들어갔다.

최부군묘.

대오를 이끄는 장군 이립은 고개를 들고, 운무와 낙조 사이로 낡아빠진 사당 문 위에 큼직하게 적힌 네 글자를 올려다보며 저도 모르게 숨을 푹 내쉬었다. 이번 호송 작전은 십분 비밀스럽고 긴급했다. 이곳은 종남산과 장안성 바깥쪽 남곽 근교가 교차하는 지점으로, 속칭 성남(城南)이라 불리며 멀리 장안성이 내다보이는 장소였다.

오늘 밤 내 장안성에 들어가 병부의 높은 분께 보고하기에는 이미 늦은 때였다. 아무래도 허 선생 말대로 이곳 최부군묘에서 하룻밤 자고 생각해봐야 할 모양이었다. 마당으로 들어선 이립은 다소 멍해졌다. 눈앞에 있는 건축물은 단 한 글자로 요약할 수 있었다.

원.

마당 전체는 원형이고, 그들이 들어선 정문 외에 양쪽에도 각기 꼭 닫힌 문이 달려 있으며, 그 사이사이 전각과 집채가 흩어져 선

모습이었다. 둥그런 마당 한가운데에는 원형 전각이 우뚝 서 있었다. 이 둥근 전각을 빼면 마당 안은 텅 비다시피 했고, 정문 오른쪽에 늠름하게 선 사람 높이의 육정육갑(六丁六甲, 천간지지를 관장하는 열두 명의 신) 석상이 전부였다.

이 둥글둥글한 마당에 서서 그 가운데 솟은 둥글둥글한 전각을 보고 있자니, 이럽은 순간적으로 방향 감각이 흐려지는 것 같았다. 그는 묘지기의 극진한 도움을 받아가며 병사를 지휘해 마차 세 대를 둥근 마당으로 들여놓았다. 육정육갑 신상과 마주 선 집채 안에서 호상(胡商) 네 명이 고개를 내밀고 구경했다. 묘지기는 그 호상들도 길을 가다가 잠시 묵으러 왔고 내일 저녁이면 떠난다고 소개했다. 호상들은 예의가 발라서, 신상 아래에 단정히 서서 바삐 일하는 병사들과 인사를 나눈 뒤 곧 방으로 들어갔다.

최부군묘는 바로 판관 최자옥을 모시는 곳이었다. 최 판관은 정관 연간에 현령이던 사람으로, '낮에는 이승의 일을 처리하고 밤에는 저승의 원귀를 판결한다' 해서 사후에 저승 가서 판관이 됐다는 전설이 있었다. 대당나라에서는 가가호호 최자옥을 모르는 사람이 없었다. 이는 당시 소문이 자자하던 '당태종 지부 유람'(당태종이 경하 용왕 일로 죽어 저승에 갔는데 위징이 저승 판관인 최자옥을 추천해 결국 그 도움으로 되살아난다는 이야기로, 《서유기》에 나옴)이라는 전설 덕분이었다.

하지만 그를 모신 이 사당은 외진 곳에 있어서 참배객이 그리 많지 않았다. 이럽은 도리어 그 점이 마음에 쏙 들었다. 사람이 적으면 귀찮은 일도 적기 때문이었다. 그가 이번에 호송하는 물건은 절대 평범하지 않았다. 바로 낙양에 있는 대당나라 기계감에서 새로 연구해낸 갑옷과 튼튼한 쇠뇌였다.

영철갑이라는 이름의 신형 갑옷 이백 벌은, 천하에 유명한 대당나라 명광갑을 정련하고 개조해 만든 것으로, 흔한 활로 오십 보 밖에서 힘껏 쏜 화살을 막아낼 만큼 튼튼하면서도 아주 가볍고 간편해서 그야말로 영철이라는 이름대로였다.

신형 쇠뇌 오십 대는 기계감 소속 노 제조 명장 여럿이 수년간 연구한 끝에 얻은 최신의 성과였다. 그중 가장 예리한 섬전노는 흔히 쓰는 벽장노의 사정거리 이백삼십 보를 이백팔십 보까지 끌어올렸고, 한 사람이 들고 다니며 조작할 수 있었다. 그 밖에 신기노 다섯 대도 있었다. 이 대형 쇠뇌의 사정거리는 놀랍게도 삼백오십 보로, 일반적인 복원노를 훨씬 앞섰다.

영철갑과 섬전노는 가히 현 당나라 군사 제조업에서 최고의 성과라 할 수 있었다. 그래서 이립이 맡은 호송은 극비였고, 심지어 병부의 요구에 따라 고의로 성남으로 길을 돌아 눈에 띄지 않는 계하문으로 입성할 예정이었다. 오는 내내 이립은 보물단지 같은 마차 세 대를 아무 데나 놓아두고 밤을 보낸 적이 단 한 번도 없었다. 이번에도 여느 때처럼 신상 뒤쪽에 있는 널따란 편전에 짐을 부려놓았다.

장안성이 지척이라, 호송길 내내 조마조마하던 이립도 마침내 팽팽한 신경에 긴장을 풀었다. 맞은편에 묵는 호상들은 귀인에게 아첨하는 일이라면 재주가 귀신같아서, 이립의 관직이 낮지 않은 것을 알아채고 서역 산 용혈 포도주 세 단지를 보내줬다. 군무를 맡은 이립으로서는 지나치게 흥을 낼 수 없는 상황이었는데 다행히 병사는 많고 술은 적었다. 일행은 묘지기들에게 이리저리 시중을 받으며, 술은 조금 마시고 밥을 배불리 먹었다.

사품 부장인 이립은 그때까지도 전혀 예상하지 못했다. 자신이 대당나라 경룡 연간에 일어난 가장 신비롭고 이상한 사건 중 하나를 겪게 되리라는 것도, 자신 역시 그 운명의 계곡 저 바닥으로 떨어지게 되리라는 것도.

"용, 요사한 용이다!"

한밤중, 마당에서 호상 하나가 서투른 당나라 말로 크게 소리쳤다. 이립과 병사들은 허둥거리며 달려나갔다가 칠흑같이 새까만 하늘에 흘러가는 먹구름 사이로 거대한 검은 용 한 마리를 목격했다. 검은 용은 완벽한 비늘 갑옷을 갖췄고, 눈은 번갯불같이 번쩍였다. 용이 입을 쩍 벌리고 숨을 마구 들이켜자, 마치 바람이 잔 구름을 휘말아가듯 바닥에 있던 술이며 연꽃 항아리 속의 빗물, 심지어 지붕의 기와 조각마저 그 새빨갛고 커다란 입속으로 빨려들어갔다.

그다음은 바로 편전 안에 있는 갑옷과 쇠뇌였다. 뜻밖에도 그 귀중한 보물들이 하나하나 앞다퉈 하늘로 날아올라 검은 용에게 삼켜졌다. 이립은 초조해 미칠 것 같아 두려움조차 잊었다. 용의 배가 불룩해지면서 지면과 점점 가까워지는 것을 보자 그는 이것저것 따질 겨를도 없이 창을 휘둘러 힘껏 그 배를 찔렀다. 창을 찔러 넣는 순간, 놀랍게도 불룩하던 용의 배가 펑 터지고 갑옷 두 벌이 후두두 떨어졌다.

검은 용은 분노의 포효를 지르더니 머리와 꼬리를 휘저으며 사당 바깥으로 날아갔다. 이립 일행도 목을 쳐들고 급히 뒤쫓았다. 하지만 둥그런 마당을 벗어난 지 얼마 안 되어 생기를 되찾은 검은 용은 머리를 쳐들고 길게 울음을 터뜨리면서 곧장 하늘 저 멀리 날아갔다.

이립은 병사들과 함께 울부짖고 펄펄 뛰며 노성을 질렀지만 아무 소용이 없었다. 두 다리에 힘이 풀린 그는 별수 없이 마당으로 돌아갔다. 대문을 지난 그가 첫 번째로 한 일은 오른쪽으로 꺾어 마차를 보관한 편전으로 달려간 것이었다. 마당 안은 어두컴컴해서 전각 앞에 선 육정육갑 신상의 까만 그림자밖에 볼 수 없었다.

전각문을 활짝 열어보니 안은 텅텅 비어 있었다. 갑옷과 쇠뇌를 실었던 마차는 진작 어디론가 사라지고 없었다.

"이럴 리가! 이럴 수는 없다!"

이립은 미친 듯이 울부짖었다.

"저 요사한 용이 어째서 갑옷과 쇠뇌를 삼켰단 말이냐? 수색해라. 당장 수색해!"

병사들도 번쩍 정신을 차리고, 흉흉한 기세로 둥근 마당 안의 크고 작은 집채로 뛰어들어 한 칸 한 칸 방문을 걷어차 열었다. 이립은 초조한 나머지 이마에 식은땀이 송송 맺힌 채로 앞장서서 호상들이 있는 방문을 걷어찼다. 순간 검은빛이 반짝하더니 오래된 나무처럼 굵직하고 거무스름한 용 여러 마리가 마구 튀어나왔다.

이립은 순간적으로 지옥에 들어온 줄 알고 온몸이 뻣뻣하게 굳었다. 뱀인지 용인지 모를 셀 수 없이 많은 괴물이 끊임없이 방에서 쏟아져 나와 그의 곁을 지나쳐 마당으로 헤엄쳐갔다. 소스라치게 놀란 그는 미친 사람처럼 고래고래 소리를 질렀다. 호상과 묘지기들도 쇳소리를 질러대며 앞다퉈 사당에서 달아났다. 병사들도 전부 당황해서 허둥지둥 소리를 지르며 그 대열에 합류했다.

용인지 뱀인지 모를 괴물은 어느새 광분에 찬 검은 파도가 되어 이립을 덮쳤다. 이립은 소리를 지르며 우당탕 나동그라졌다. 칼을 뽑고 싶었지만 가위에 눌린 것처럼 사지가 뻣뻣하게 굳어 어쩔 도리가 없었다. 괴물이 간질간질 그의 몸을 타고 끝없이 기어오르는 것만 느껴질 뿐이었다.

요사하고 기이한 거대한 검은 용이 다시 나타나 먹구름처럼 널찍하고 어슴푸레한 밤하늘을 점거했다. 어둡고 차가운 눈이 환한 등잔처럼 빛을 내며 얼음처럼 서늘하게 그를 응시했다. 이립은 땅에서 발버둥 치며 일어나 처절한 비명을 지르며 문밖으로 빠져나갔다. 그날 밤의 놀라운 변고로 인해 그는 완전히 미치고 말았다.

1장

신임 상사

"근자에 한나라 국도 장안에 괴이한 일이 자주 일어났느니, 그중에서도 가장 괴이한 일이 무엇인고 하니, 바로 장안에 지부(地府, 저승)로 통하는 신비로운 지하도가 있다는 풍문이었도다. 다시 말해 한나라 국도의 발밑에 신비한 세계가 있다는 것인즉, 이를 '장안 지부'라 불렀노라……."

막 오시가 지난 때였다. 정교한 화청(花廳, 과원 또는 꽃밭에 마련한 객청)에는 조그마한 창문 전부를 막대를 세워 반쯤 열어놓은 덕분에, 안에서도 바깥에 새로 끌어온 샘 한 줄기와 수려한 모습의 희디흰 바위를 똑똑히 볼 수 있었다. 이융기는 푹신한 긴 의자에 비스듬히 기댄 채 실눈을 뜨고, 주렴 뒤의 여인이 아리따운 목소리로 가만가만 읊는 변문(變文, 당대의 설창문예로, 말과 노래, 그림 등으로 이야기를 서술함)을 듣고 있었다.

후세의 평서(評書, 송대에 유행한 민간 설창문예로, 노래 없이 전통 어투로 이야기를 서술함)와는 달리 변문은 말과 노래를 결합한 것으로, 다루는 소재는 불경이나 역사, 민간 전설 등이 많았다. 당나라 초기에는 이미 산문과 운문이 합쳐진 전기(傳奇, 단편소설 같은 것)를 짓는 일이 흥해, 변문에도 새로 지은 전기가 꽤 많았다.

"이러한 장안 지부의 전설은 결단코 뜬소문이라 할 수 없었으니, 3월, 화평방 동남쪽 땅이 홀연히 쩍 갈라지며 지하 굴이 생겼기 때문이더라. 걸인 두 사람이 실족하여 빠졌는데, 그 굴은 바닥을 알 수 없이 깊으며 곧장 지하 명계로 통했노라. 명계의 지하 굴은 스산한 바람이 불고 무수한 악귀가 울부짖는 곳. 두 걸인이 혼비백산하는 사이 갑자기 어둠 속에서 누군가 크게 부르며, '두 걸인은 아직 수명이 다하지 않았으니, 지하 굴에 들어와 명계에 뛰어들면 아니 되는 법. 사흘을 돌려주어 세인들에게 경고로 삼으라'고 했나니. 두 걸인은 얼떨결에 다시 인간 세상으로 돌아가 장안성 아래에 있는 지부 이야기를 전하였고, 과연 사흘 후에 홀연히 죽음을 맞았도다."

여인은 고운 옷차림을 하고 품에는 비파를 안은 채 주렴 뒤에 단정히 앉아 당당하면서도 차분하게 이야기를 이었다.

"5월. 장안성 동시에 술을 목숨처럼 좋아하는 늙은 도박꾼이 있었더라. 어느 날 그가 혼절했다가 되살아나기라도 한 양 반나절 후에 깨어나더니, 장안 지부의 음산한 이야기를 한 후 이야기를 끝내자마자 쓰러져 죽었으니……."

이융기는 옥피리를 살짝 흔들고 고개를 가만히 돌리며 듣고 있다가 문득 옆에 엄숙하게 앉은 원승을 향해 웃으며 말을 건넸다.

"원 대랑, 이것이 최근 항간에 퍼진 최신 변문, 장안 지부 변문이네. 비록 눈가림으로 대당나라를 한나라로 바꾸기는 했으나 우리 대당나라 장안의 방 이름조차 그대로지."

하지만 원승은 의미심장하게 미소를 지었다.

"변문 판결법이라니 참으로 세상에 보기 드문 방법입니다."

이융기가 큰 소리로 껄껄 웃었다.

"이성의 눈에 이 삼랑은 과히 머리가 잘 돌아가지 않는 방탕한 군왕이라네. 그러니 차라리 빈틈없이 풍류 방탕한 모습을 보여야지. 그러지 않았다면 무슨 수로 원 대장군의 직속상관이 될 수 있었겠나!"

원승이 지혜로 구중궁궐의 신비 부적 사건을 해결한 후 태평공주는 어사 한 무리를 움직여, 그 사건이 어가를 놀라게 했으니 국도와 황궁의 방위를 전면적으로 증강하라고 청하는 글월을 올리게 했다. 곧이어 태평공주 본인도 몸소 글을 올려, 퇴마사에 과감하게 권한을 내려야 하며 나아가 금오위에서 독립시켜 대리시처럼 크고 작은 안건을 재조사하는 권한과 책무를 맡기라고 주장했다. 하지만 아무래도 원승은 아직 경력이 일천해서 강하고 힘 있는 새로운 상급자가 이끌 필요가 있었다. 그녀가 퇴마사를 이끌 사람으로 책임지고 추거한 사람은 놀랍게도 임치군왕 이융기였다.

태극궁 안에서 신비 부적이라는 요사한 사건이 터지고, 그 일을 꾸민 자와 피살자가 각기 위 황후의 총신이던 어의와 용기내위 수장이었으니, 위 황후로서는 체면이 크게 깎였다. 물론 위 황후도 무섭게 몰아붙이는 태평공주가 이번 기회에 이씨파 손에 권력을 쥐여 주려는 것을 알고 있었다. 하지만 태평공주가 추거한 이가 대당나라에서 제일가는 방탕한 군왕 이융기임을 알자 크게 안심했다.

이융기는 상왕의 셋째아들로, 신분이나 경력이 장남인 세자 이성기에 한참 못 미쳤다. 게다가 괴뢰고 사건 때 남녀 간의 정으로 말미암아 괴뢰고에 당한 뒤로 내내 머리가 맑지 못해 안락공주 같은 황족 젊은이들 사이에서 웃음거리가 되어 있었다. 그런 방탕한 공자에게 퇴마사를 맡기는 것은 위 황후 일파에게는 그야말로 백해무

익이었다.

그렇게 해서 달포 전쯤, 조정에서는 퇴마사를 금오위에서 독립시켜 대리시 소속 분과 기구로 만들어 임치군왕 이융기에게 잠시 맡긴다고 선포했다.

"삼랑께서는 어째서 구태여 오욕을 자처하십니까?"

원승은 한숨을 쉬었다.

"풍류 군왕인 이 삼랑은 정사를 모른다, 사건 보고를 할 때도 가희를 불러 악곡과 변문을 지을 것이라는 소문이 국도에 파다합니다. 심지어 항간에는 '곡이 틀리면 삼랑이 돌아본다'(삼국시대 주유가 악곡을 잘 알아서 조금만 틀려도 돌아봤다는 설화에 빗댄 것)는 말이 돌고 있습니다!"

"그런 말이 퍼져 있다니 참으로 위안이 되는군!"

이융기는 기분 좋게 웃었지만, 눈동자에는 어두운 구름이 잠깐 반짝였다가 사라졌다.

"위 황후는 속이기 쉬우나 태평 고모는 방비하기 어려운 사람임을 알아야 하네! 우리 태평 고모께서 나를 퇴마사 수장으로 고른 것은 물러남으로써 나아가게 하는 균형 잡기라네. 사실상 그분은 마음속 깊숙한 곳에서 아직도 나를 무척 꺼리고 있네. 이렇게 풍류를 즐기고 방탕하게 살아야 태평 고모나 또 다른 여러 사람에게 대항할 수 있네."

원승은 속으로 한숨을 쉬었다. 이융기가 비교적 곤란한 위치에 있는 것은 그도 알았다. 대당나라는 장유유서를 따지는 곳이었다. 이융기는 셋째인 데다 더욱이 큰형 이성기는 본디부터 현명하다는 평판을 얻고 있었다. 그러니 이융기가 아무리 재주가 많은들 결국 큰형을 뛰어넘을 수는 없었다. 따라서 이융기는 그저 재주를 숨기고 기다리는 수밖에 없었다. 지금 보면 이런 태도가 주효한 것은 분명했다. 도리어 전화위복이 되어 각 세력다툼 속에서 퇴마사의 실권을 쥐지 않았는가.

이융기는 생각에 잠긴 듯 옥피리에 시선을 줬다. 괴뢰고 사건에서 이 옥피리는 그가 옥환아 등을 상대했던 법보지만, 그 후에는 옥환아를 그리게 하는 추억의 물건이 됐다.

"아직 그리우십니까?"

이 말을 꺼내자마자 원승은 몹시 후회했다. 하지만 이융기는 빙긋 웃었다.

"이미 많이 잊었네."

원승은 그의 웃음소리에 묻은 쓸쓸함을 느끼고 다시금 주렴 뒤에서 흥미진진하게 이야기하는 여자를 바라봤다. 그 용모에서 어렴풋이나마 옥환아의 모습이 비쳤다. 다행히 이융기가 또 화제를 돌렸다.

"저 여인이 이야기한 장안 지부 전설은 최근 몇 달간 짝자그르하게 퍼졌네. 장안성 밑에 지부로 통하는 지하 굴이 있다는 이야기인데, 정말로 놀라운 일이지. 듣자하니 이성께서도 놀라셨다더군. 그리고 달포 전에는 장안성 밖에서 요사한 용이 갑옷과 쇠뇌를 탈취한 사건이 일어나지 않았나? 정말 믿기지 않는 일이지."

원승은 당연히 그 신기한 사건들을 잘 알고 있었다. 이 말을 듣자 그의 얼굴도 곧 근심스런 표정이 됐다.

"옳습니다. 지부 전설이 퍼진 지 벌써 오래라 민심이 황황해졌습니다. 최부군묘 안에서 일어난 요룡의 군기 탈취 사건은 더욱 골치 아픕니다. 잃어버린 쇠뇌와 갑옷이 대당나라 최고급 군기인지라 어떤 후환이 일어날지 참으로 걱정입니다."

"최근 이성께서 따로따로 나를 호출해 기밀 임무를 하나씩 내리셨네. 위 황후는 지부의 풍문을 조사하는 데 박차를 가하라는 특명을 내렸네. 평소에도 각종 길조를 믿는 사람인데, 장안성 밑에 지부가 있다는 말이 들리니 마음이 편치 않겠지. 성인께서는 다음 날 은밀히 나를 입궁시켜 또 다른 비밀 임무를 맡기셨는데, 바로 우리 퇴마사더러 현진법회의 안전과 방위를 주관하라는 것이었네."

이융기는 이렇게 말하며 자조를 흘렸다.

"내 군왕의 신분으로 퇴마사의 수장이 되어 내내 하는 일 없이 지내기는 했지만, 일이 없는 것이야 그렇다 해도 이렇게 한 번에 큰 임무가 두 가지나 떨어질 줄이야!"

"현진법회라고요?"

원승은 눈을 찡그렸다.

"십 년에 한 번 있는 현진법회는 대당나라 현문에서 가장 성대한 행사입니다. 본래는 종정시가 할 일인데, 어쩌다가 퇴마사가 맡은 겁니까? 더군다나 성인께서 직접 밀지를 내리셨다니요?"

"듣자니 현진법회에 대당나라 술법계에서 가장 뛰어난 오대 술사가 운집한다더군. 성인께서는 절정의 술법을 지닌 대종사들에게 마음을 놓으실 수 없어 특별히 나를 불러 퇴마사가 공식적으로 그 현문 최대 행사에서 치안을 유지하는 중책을 맡으라 하셨네."

이융기가 대답했다.

"사실상 견제이자 감시지."

이융기의 눈에서 반짝 빛이 났다.

"다만 성인께서 자네와 내게 마련해주신 신분은 아주 은밀하네. 나는 황실 종친이라는 신분으로 법회 개장 의식에 참석하고, 그대는 대현원관주이자 영허문의 대표로서, 오대 술사를 제외한 여섯 번째 대술사로 참석하는 것이네."

원승은 흠칫 놀랐다.

"현진법회에 오대 술사가 모이기는 하지만 따지고 보면 위 황후의 심복인 선기 국사가 주재하는 자리입니다. 한데 성인께서 단독으로 우리 퇴마사더러 현진법회를 몰래 감시하라는 밀명을 내리시다니요. 두 분 사이에 벌써 응어리가 생긴 모양이군요?"

"자네가 뿌린 씨앗이지. 천마살의 예봉이 위 황후를 겨눴음은 그녀가 대당나라 차기 군주라는 의미를 담고 있네. 아무리 성인께서 인자하고 후덕한 분이라 해도 의심이 일지 않을 수 없겠지. 다만……."

이융기는 깊이 탄식했다.

"성인의 용체가 심히 걱정일세. 내가 뵈었을 때는 이미 몹시 허약한 노인이셨네. 그분 말씀으로는 시시때때로 눈앞이 어지럽고, 심하면 앞이 보이지 않을 때도 있다는군."

눈앞에 선량하고 노쇠한 황제의 모습이 떠오르자 원승도 측은한 마음이 들었다.

"아." 이융기가 다시 옥피리로 제 머리를 툭 때렸다. "최부군묘에서 일어난 요룡 사건은 이미 형부가 맡았는데, 형부육위가 족히 한 달을 바삐 움직였으나 여태 소득이 없다 하네. 해서 형부시랑 주방행도 만부득이하게 내게 도움을 청했는데, 우리가 가서 살펴봐야 하지 않겠나?"

원승의 두 눈동자가 환해졌다.

"요룡 군기 탈취 사건은 참으로 짐작하기 어렵지요. 심지어 갑옷을 훔친 흉수가 장안성 아래 지부로 들어가 물건을 숨겼다는 풍문마저 있더군요. 따라서 요룡 사건과 지부 사건은 밀접하게 이어져 있으니 반드시 현장을 살펴야 합니다."

요룡 군기 탈취 사건이 발생한 지 한 달여 뒤, 퇴마사 신임 상사인 이융기는 마침내 퇴마사의 뭇 영웅을 이끌고 최부군묘 현장을 찾았다.

날씨는 지독하게 무더웠다. 원승은 최부군묘의 색다르고 웅장한 원형 마당 한가운데 뒷짐을 지고 서서 사방을 둘러보며 느릿느릿 말했다.

"원형 마당에 전각은 들쑥날쑥하니 참으로 괴상한 형태로군요."

이융기도 고개를 끄덕였다.

"이번 사건에서 잃어버린 고급 영철갑과 섬전노가 장안성에 흘러들어가면 정예병 삼백을 무장시키기에 족하네. 목전에 일도 많은 시기인데 국도에 그만한 병사가 매복해 있다면 그 결과는 상상할 수도 없고, 해서 이성께서 진노하셨지. 형부육위란 자들이 한 달이나 뛰어다니면서 무엇을 알아냈나?"

새로 퇴마사에 들어온 고검풍이 이 일에 관해 형부육위와 소통하는 일을 맡았기에 낭랑하게 대답했다.

"알아낸 것이 약간 있습니다. 첫째, 이렵이 병사를 이끌고 최부군묘에 들어갔을 때 맞이한 묘지기는 모두 가짜였습니다! 최 판관을 모신 이 사당은 본래부터 참배객이 많지 않았는데 며칠 전에 갑자기 기인 몇 사람이 떠돌이 도사 차림을 하고 찾아와 거창하게 사당을 통째로 빌리고 본래 있던 도사들을 모두 내보냈다 합니다. 필시 그자들이 바로 군기를 노리고 온 진짜 흉수일 겁니다. 안타깝게도 갑옷과 쇠뇌는 날개라도 돋친 듯 사라졌고, 이립이 요룡에게 놀라 미쳐버린 그날 밤, 가짜 도사들 또한 흔적도 없이 사라졌습니다. 동시에 호상 네 명도 사라졌지요. 둘째, 형부가 전력을 다해 추적한 끝에 사흘 후 도망친 이립을 찾아냈지만, 그자는 이미 제정신이 아니었고, 오로지 '허 선생'이라는 말만 반복해서 중얼거렸다 합니다! 알고 보니 허 선생은 이립이 오는 길에 만난 술사인데, 재주가 빼어나서 이립과 몇몇 병사에게 점을 봐줬는데 말하는 족족 맞혔다고 합니다. 이립은 그자를 무척 믿고 따랐습니다."

문득 원승이 말했다.

"그 허 선생도 군사들과 함께 최부군묘에 들어갔느냐?"

"아닙니다. 허 선생은 그들과 며칠 동행하다가 표연히 떠났습니다. 떠나기 전에 이립 등에게 노정을 계산해주며, 최부군묘에서 쉬었다 가면 흉을 피할 수 있다고 건의했습니다."

사람들은 모두 깊이 생각에 잠겼다. 고검풍이 말을 이었다.

"셋째, 그날 밤 이립 휘하의 병사들도 놀라서 간이 오그라들었고 머리를 싸맨 채 내뺐습니다. 다음 날 점심때쯤에야 담이 큰 노련한 병사 몇 명이 한데 모여 다시 최부군묘에 가서 상세히 살펴봤는데, 사당 안은 텅 비고 묘지기마저 찾아볼 수 없었다고 합니다. 호상 넷이 머물던 방, 즉 용이 튀어나온 전각 역시 텅 비어 있었습니다. 그 병사들은 모두 하옥됐는데, 그날 밤 일만 물으면 여전히 벌벌 떨면서도 증언은 대체로 일치했습니다. 넷째, 실종된 호상 네 사람은 요룡 사건 발생 보름 후에 발견됐습니다. 형부육위의 조사에 따르면 네 사람은 본래 서역의 환술사였고, 추적당해 빠져나갈 길이 없어지자 놀랍게도 장안성 남쪽 교외에서 명계로 가는 지하 굴로 들어가 달아났습니다."

육충이 덧붙였다.

"명계로 가는 지하 굴이란 바로 근자에 떠도는 장안성 지부 전설에 나오는 입구죠."

고검풍은 한숨을 쉬었다.

"그 굴은 지형이 몹시 복잡하고 괴이해서, 네 사람은 그대로 종적을 감췄습니다. 그들 넷이 다시 나타난 것은 바로 열흘 전으로, 장안 평강방에 있는 어느 고급 상점에서 죽어 있었습니다. 상점 점원의 진술에 따르면, 네 호상이 묵은 지 이틀밖에 되지 않았고 사건 발생 전에 서 선생이라는 술사를 만났다고 합니다. 서 선생은 살아 있는 신선 같아서 점을 쳐주면 틀림없이 들어맞았다고 합니다. 그래서 점원도 아주 인상이 깊었다고 하더군요. 사건 발생 전후로 네 호상은 술사를 객방으로 청해 실컷 마셨는데, 해가 저물 때까지 마신 다음에야 술사가 거나하게 취한 채 작별하고 나왔습니다. 점원이 마지막으로 객방에 들어가 호상들에게 술을 내줬을 때는 황혼녘이었습니다. 일주향이 지난 뒤 호상들 방에서 비명이 들렸는데, 점원들이 곧바로 문을 따고 들어갔더니 호상 세 명은 이미 죽어 있고 나머지 한 사람은 행방불명됐다고 합니다."

"방문이 단단히 잠겨 있고 세 사람이 급사했다면 누가 그들을 죽였다는 거지?"

내내 조용히 듣고 있던 대기가 참지 못하고 끼어들었다.

"설마 네 사람 중에 사라졌다는 한 사람인가?"

고검풍은 생각에 잠긴 목소리로 말했다.

"형부도 최대 용의자는 사라진 호상이라 생각하고 있었어요. 사실 그자는 환술배우들의 반수, 사미르라고 하더군요."

대기가 절로 쓴웃음을 지었다.

"뭐야, 이 마나님과 같은 일을 하는 사람이잖아. 하지만 사미르라는 이름은 아주 낯설어. 전혀 유명하지 않거나 낙양 또는 장안 환술계에 한 번도 모습을 드러내지 않은 자일 거야."

문득 원승이 육충을 바라보며 물었다.

"청영은 왜 아직 오지 않는가? 요즘 무슨 일로 바쁜 거지?"

육충은 머리를 긁적였다.

"그 마나님께서는 요즘 수수께끼투성일세. 참, 나, 아무래도 집안의 규율로 따져야 할 것 같군."

갑자기 대기가 사납게 노려보자 그는 재빨리 나지막하게 웃으며 말했다.

"그런 눈으로 보지 말아줘, 대기 누이. 방금 한 말은 절대로 청영에게 전하면 안 돼."

원승은 쓴웃음을 지으며 대기를 돌아보고 말했다.

"그렇다면 사미르는 배후의 주모자가 일부러 낙양과 장안이 아닌 곳에서 불러온 환술극 고수이고, 남몰래 국도에 들어와 일을 처리했을 가능성이 높구려."

"아마 그럴 거예요. 가장 이상한 일은 따로 있어요."

고검풍이 무거운 소리로 말했다.

"사미르는 평강방 밀실 사건이 벌어지고 사흘 뒤에 붙잡혔어요.

하지만 자신의 본래 신분을 절대 인정하지 않고, 도리어 자신은 장안 서시에서 활동하는 환술사 설노타라고 고집을 부리고 있어요."

"설노타?" 대기는 분노했다. "그자가 미쳤구나? 설노타는 서시 환술계에서 아주 유명하지만 반년 전에 죽었다고 들었어."

고검풍이 웃으며 말했다.

"바로 그게 이상한 점이죠. 사미르는 공당(公堂, 심문하는 곳, 법정)에서, 몸을 수색해 신분증명서가 나오건 말건 자신은 죽어도 설노타라고 주장했거든요. 형부 쪽 사람들도 분통이 터졌고, 대장인 소목은 대놓고 '네가 말한 설노타는 이미 죽었다!'고 소리쳤대요. 그 말을 듣자 사미르는 벼락을 맞은 것처럼 충격에 빠진 얼굴로 '설노타가 죽었다고? 내가 바로 설노타인데 설노타가 죽어?' 하고 중얼거리다가 갑자기 바닥에 픽 쓰러져 피를 토하고 혼절했죠."

"그래서?" 대기는 동종업계 사람인 그에게 꽤 관심을 보였다. "내내 혼절해 있는 거야?"

고검풍은 침울하게 고개를 저었다.

"줄곧 형부 감옥에 갇혀 있는데, 여러 명의가 진료했지만 차도가 없어서 여태 혼수상태에요."

이 말이 끝나자 둥그런 마당 안은 금세 침묵에 잠겼다. 그가 묘사한 상황은 너무도 괴상했다. 살인 혐의가 있는 환술배우가 붙잡힌 뒤 엉뚱한 신분을 주장하다가 그 사람이 죽었음이 밝혀지자 곧바로 쓰러져 인사불성이 되다니.

그때 아리따운 그림자 하나가 총총히 달려왔다. 청영이었다.

"죄송합니다. 조금 늦었습니다."

청영은 땀을 닦으면서 재빨리 사람들에게 이야기를 들은 뒤 곧

바로 말했다.

"필시…… 그 술사가 수작을 부렸겠군요!"

다른 사람들도 분명히 그런 생각을 했다. 부장 이럽이 맨 처음 신비한 술사 허 선생을 만났고, 최부군묘에서 하룻밤 묵으라는 기괴한 제안을 따랐다가 그곳에서 요룡을 만났다. 그리고 요룡 사건의 용의자인 사미르 등 환술배우 역시 서 선생이라는 술사를 만난 뒤 넷 중 셋이 죽고 하나는 혼절했다. 허 선생과 서 선생은 동일인이 아닐까?

고검풍은 사람들의 생각을 헤아리고 계속 말했다.

"병사들과 평강방 상점 점원의 진술을 들어보면, 허 선생과 서 선생은 키나 몸집이 비슷해요. 비록 용모가 완전히 다르고 목소리도 일치하지 않지만, 비슷한 점도 있었어요. 두 사람 다 먹처럼 새까만 대나무 막대기를 들고 있었고, 남색 교령(交領, 앞섶을 겹치는 방식의 옷) 평복을 입었다는 거죠."

그가 초상화 두 장을 펼쳤다.

"이미 형부에서 증인의 묘사대로 초상을 그리고 체포 공문을 발행해 전력으로 두 사람을 추적 조사 중이에요."

원승이 초상화를 응시하며 말했다.

"그 술사가 역용을 했다면 이미 이런 모습이 아닐 것이다."

이융기가 물었다.

"그대는 두 술사가 동일인이라고 단정하는 것 같군?"

"가능성이 다분합니다! 게다가 이자는 일찌감치 모든 것을 궁리해놨습니다. 역용을 하고 목소리를 바꾸는 일쯤은 어렵지도 않겠지요. 그리고 그 새까만 대나무 막대기 말이지만……."

원승이 고개를 저으며 말했다.

“아마도 일부러 그처럼 눈에 띄는 특별한 물건을 썼을 겁니다. 그리고 다시는 쓰지 않겠지요.”

이융기는 고개를 끄덕이며 유유히 한숨을 토했다.

“사실 상부에서 가장 조바심 내는 일은 진짜 흉수를 찾아내는 것이 아니라 어떻게 해서든 잃어버린 갑옷과 쇠뇌를 찾는 것일세.”

사람들은 그 말에 담긴 깊은 뜻을 알아차리고 심장이 철렁했다. 그런 이야기가 오가는 동안 일행은 검은 용이 나왔다던 편전에 들어갔는데, 그 안은 이미 휑뎅그렁하니 비어 있었다.

고검풍이 말했다.

“형부가 현장을 살펴보고 추측하기로는, 요룡이 출현해 갑옷을 잃어버린 날 밤, 말은 여전히 마구간에 있었습니다. 말을 동원하지 않았다면 건장한 병사 서른 명이 연속해서 두 시진을 바삐 움직여야만 무거운 군 장비를 운반해 나갈 수 있었을 겁니다. 하지만 실제로 그 검은 용이 마당을 떠나 하늘로 솟은 뒤 이랍 일행이 편전으로 돌아가보니, 그 무거운 갑옷과 쇠뇌는 벌써 종적을 감췄지요. 형부 육위 모두 틀림없이 요사한 술법을 썼으리라 여기고 있습니다.”

“청영.” 원승은 아직 땀이 식지 않은 여인을 다시금 바라봤다. 깊은 의미가 담긴 눈빛이었다. “당신은 각 문파의 술법에 정통한데, 그런 것이 가능한 도술이나 요사한 술법이 있소?”

“오귀반운술? 아니지, 오귀반운술은 돈이나 옥, 비단 같은 것만 훔칠 수 있습니다. 군기는 너무 크군요.”

청영은 다시 중얼거렸다.

“혹시 육정육갑술일까요? 하지만 그건 제단에 올라 펼쳐야 하고,

제약도 많은데…… 혹시 모종의 둔갑술로 도둑질한 게 아닐까요?"

술법 하나를 생각해낼 때마다 여인은 금세 도리질을 치며 부인했고, 차츰 깊은 생각에 빠져들었다.

원승이 가볍게 탄식했다.

"그렇소. 천하의 술법이란 정신, 기운, 법진, 부적 네 종류로 나뉘는데, 큰 도리와 비교하면 하나같이 지엽에 불과하오. 지엽의 술법으로는 영원히 대세를 좌지우지할 수 없소."

참다못한 고검풍이 물었다.

"원 대장, 대세란 게 뭐예요?"

며칠간 육충 등을 따르다보니 그도 그들의 말투를 배워 이따금 '원 대장'이라는 새로운 호칭을 쓰곤 했다.

"예를 들어보마. 지금은 변경이 평안하지 못하다. 만약 우리가 어느 높으신 도사를 청해 오귀반운술이나 육정육갑술 같은 것으로 적군의 양초를 귀신도 모르게 빼돌려 적군이 싸우지도 않고 무너지게 하는 계책을 꾸몄다고 하자. 그런 방법이 가능하겠느냐?"

육충이 저도 모르게 으하하 웃음을 터뜨렸다.

"당연히 안 되지! 그게 되면 이 천하가 도사와 화상의 세상이 되지 않았겠나? 평소에 병마를 조련하거나 병서를 연구할 필요도 없겠지. 일이 생겨도 그저 술법 높은 쪽이 장땡이니까!"

이융기도 무거운 소리로 말했다.

"옳은 말이군. 원승, 그렇다면 주술과 술법은 사소한 일을 할 수 있을 뿐, 수레 몇 대에 달하는 갑옷과 쇠뇌를 몰래 운반하는 큰일은 결단코 그런 신비한 힘으로 해결할 수 없다는 말인가?"

원승이 고개를 끄덕였다.

"신비한 힘으로는 대세를 좌우할 수 없으니, 교묘하게 갑옷을 운반할 수 있었던 것은 의당 뛰어난 술책 덕분일 것입니다."

"어쩐지!" 갑자기 고검풍이 제 이마를 탁 쳤다. "육충 형님 말로는, 우리 퇴마사가 신비한 사건을 여럿 해결했지만 그 바닥을 파헤쳐보면 기본적으로는 사람의 술책으로 인한 것이지, 결단코 도술이나 신비한 힘에 의한 게 아니라고 했어요."

원승은 가상하다는 눈빛으로 소십구를 향해 웃어 보였다.

"언젠가 너도 알게 될 것이다. 이 세상에서 가장 괴이하고 신비한 것은 바로 헤아릴 수 없는 사람의 마음이라는 것을!"

그는 다시 한 번 기괴한 원형 마당을 둘러보다가, 눈앞의 우뚝하고 낡은 최부군묘의 원형 전각 외에도 마당 정문 좌우로 대칭을 이루는 문이 둘 있는 것을 발견했다. 만약 저 문을 모두 연다면 이 둥근 마당은 세 대문을 기준으로 정확히 세 부분으로 나눌 수 있었다.

"유감이군. 형부가 때를 잘못 골라 도움을 청했으니."

이융기가 고개를 들고 하늘빛을 가늠하더니 나지막이 한숨을 쉬었다.

"내일 십 년에 한 번 있는 현진법회가 시작되네. 성인의 명에 따라 퇴마사는 대당나라 현문에서 가장 성대한 법회의 치안을 책임지게 됐네."

원승이 불쑥 말했다.

"군왕께서 잊으신 모양입니다만, 우리 퇴마사에는 또 다른 중임이 있습니다. 바로 지부 전설을 철저히 조사하는 것이지요. 그리고 이 사건의 용의자인 네 환술배우는 바로 명계로 가는 입구를 통해 달아났습니다. 그들은 장안 지부의 비밀을 아는 것이 분명합니다."

"좋아!" 이융기는 약간 망설였으나 곧 동의했다. "그렇다면 길을 둘로 나누지. 자네는 현진법회 육대 술사 중 한 명이니 당연히 무리를 이끌고 법회가 열리는 천경궁을 지키게. 나는 육충을 데리고 먼저 요룡 사건과 지부 사건을 조사하고 있겠네. 하지만 내일은 우리 둘 다 현진 법회의 개장 의식에 참여해야겠지."

2장

법회에 일어난 의문

"군왕, 보십시오. 저 앞이 바로 우리 대당나라에서 가장 유명한 황실 도관, 천경궁입니다!"

종정시 관리의 또록또록한 외침에 이융기 등은 고삐를 당겨 말을 세웠다. 앞쪽으로 석양 가운데 우뚝하니 선 기세 웅장한 도관이 보였다. 거대한 편액에 적힌 '천경궁' 세 글자는 기운 해가 자아낸 희미한 아지랑이 속에서 마치 금을 덧씌운 양 황금빛으로 반짝였다. 하지만 도관의 대문은 꼭 닫혀 있었다.

최근 들어 가뭄이 극성을 부려 장안 일대는 입춘부터 지금까지 비가 내린 적이 없었다. 하지만 도관 양쪽의 잡목들은 여전히 푸르다 못해 시퍼렇고, 그 빛을 입은 헌헌한 대문마저 거짓말 같은 벽옥색을 띠어 굳게 닫힌 문의 위엄을 더욱 돋보이게 했다.

대당나라에서 도가의 업무를 관장하는 종정시 관리는 이름이 왕경인데, 나이가 많지 않고 경험이 부족했다. 지금도 그는 몹시 민망해하며 황급히 외쳤다.

"선기 국사, 임치군왕과 원 장군께서 당도하셨는데 어찌 문을 열어 빈객을 맞이하지 않으십니까?"

"임치군왕께서 왕림하셨는데 이 천경궁 관주 선기, 용은(龍隱) 국사를 비롯한 여러 도우(道友)를 이끌고 나와 마중하는 것이 늦었습니다."

낮고 묵직한 웃음소리가 울리더니 푸르른 나무와 어우러진 문 앞에 난데없이 다섯 사람이 모습을 드러냈다. 누런 수염에 누런 머리카락을 한 선기 국사가 그들 가운데에서 웃음 띤 얼굴로 돈수했다. 선수를 쳐서 상대를 제압하는 방법이었다. 그들 다섯 사람은 흡사 땅에서 솟아난 것 같아서 기묘한 술법을 쓴 게 분명했다. 왕경은 놀라 입을 다물지 못하고 연신 "훌륭합니다, 훌륭해요"라고 외쳐댔다.

"이곳에 법진을 펼쳐놨습니다!" 고검풍이 눈을 빛내며 차갑게 콧방귀를 뀌었다. "선기가 법진의 지살을 이용해 몸을 숨긴 것일 뿐, 저들은 일찌감치 이곳에 있었습니다."

원승은 빙그레 웃으며 아무 말 하지 않았다. 오늘은 현진법회 첫날이라 규칙이 상당히 많았기에, 원승은 현문에서 수련한 적 있는 막내 사제 고검풍만 데려왔다. 이쪽에서는 벌써 이융기가 미소를 지으며 말에서 내려, 선기 국사의 안내로 다른 네 종사와 인사를 나누고 있었다.

네 사람 가운데 가장 명성이 높은 이는 바로 용은 국사였다. 홍강 국사가 물고한 후, 대당나라 삼대 국사 중에 선기 국사와 용은 국사 둘만 남았다. 내내 정사에 열중해온 선기 국사와 달리, 용은 국사는 수년간 은거한 채 수련하며 거의 모습을 드러내지 않았다. 용은 국사는 '만 팔천의 법문은 사소한 기술이요, 오직 성인에 충성하는 것이 큰 도리다'라고 선포하고, 성인에게 충성을 바치겠다고 밝힌 적이 있었다. 이로 인해 큰 명성을 얻었고, 심지어 세간에는 '용은이

났으니 천하가 족하다'는 말까지 생겨났다.

이융기가 집중해서 보니, 용은 국사는 용모가 매우 청수했다. 본디 예순이 넘은 사람인데 관옥 같은 얼굴에는 주름 하나 없고 두 눈은 별처럼 환해, 가만 보면 전설 속에 묘사된, 우선에 윤건을 쓴 제갈공명처럼 표표하고 신비로운 기운이 느껴졌다. 임치군왕도 '군주에게 충성을 바친 국사'의 드높은 이름을 오래도록 들어왔기에 톡톡히 인사말을 건넸다. 도리어 용은 국사는 그 이름처럼 말이 적고 말투에도 거리감이 느껴지는 냉담함과 오만함이 묻어 있었다.

단운자(丹雲子)는 사대 도문(道門)에서 쟁쟁한 명성을 날리는 검선문 종주로, 바로 대검객이신 육충 나리의 은사였다. 몸에는 아주 평범한 마옷을 걸치고, 달리 잘생기지도 않은 얼굴에는 소탈하고 자유로운 웃음을 띤 그는 비록 한쪽 다리를 절지만 자못 속세를 노니는 듯한 기개가 엿보였다.

곤륜문 현임 종주 소적하(蕭赤霞)는 이미 칠순이 넘었으나 몸은 산처럼 우람했다. 짙은 눈썹에 고리 눈을 한 그는 피부는 고동색이며 머리카락은 눈처럼 희었는데, 네모진 얼굴은 칼로 깎아낸 듯해서 화내지 않아도 위엄이 있고 기세도 듬직했다.

쌀쌀맞은 용은 국사와 달리, 소적하는 태평공주부를 자주 방문하고 단운자는 상왕과 다년간 교분이 있어서, 두 사람 다 이융기와 친근하고 즐겁게 이야기를 나눴다.

마지막에 나온 사람은 바로 혼원종 종주인 천월(淺月) 진인이었다. 백옥 같은 얼굴에 긴 눈썹과 봉황의 눈을 하고 있어 희끗희끗한 양쪽 귀밑머리만 아니면 서른 살가량으로 보였다. 환한 별 같은 두 눈에서 영기가 넘치는 데다 몸에 걸친 하얀 장포까지 어우러진 모습은 마치 그림 속에서 걸어나온 신선 같았다.

원승은 혼원종주 천월 진인과 일찍부터 아는 사이였고, 용은 국사, 소적하, 단운자와는 명성은 익히 들었어도 만나본 적이 없었다. 네 사람을 유심히 살펴보니, 천월 진인과 용은 국사는 모두 유생 차림이고, 소적하는 문사처럼 앞섶을 내는 금포(襟袍)를 입었으며, 단운자마저 당시 문인들이 자주 입는 마로 지은 도포를 걸쳤다. 사대종사는 복장에서부터 현문 술사임을 알아볼 수 없는 모습이었다.

왕경은 선기 국사가 이융기를 문밖에 세워놓고 인사를 나누자 초조한 마음에 속히 문을 열고 빈객을 맞이하라는 눈짓을 계속했다. 원승이 알아차리고 왕경의 어깨를 툭툭 두드리며 웃었다.

"왕 대인은 모르시겠지만 이는 현진법회만의 독특한 규칙인 폐문갱(閉門羹, 문을 닫고 입구에서 국만 대접한다는 뜻으로, 문전박대라는 의미)이오. 술사의 귀빈들만이 폐문갱을 맛볼 자격이 있소."

왕경은 '아아' 하고 대답했지만 통 이해가 가지 않았다. 멀리서 온 손님을 문전박대하는 것이 귀빈을 대하는 도리라니?

고검풍이 코웃음 치며 눈썹을 치켰다.

"선기 국사께 감히 묻겠습니다. 이곳 폐문갱 법진은 결코 임치군왕께 바치는 것이 아닐 터, 필시 우리 영허문에 보여주기 위함이겠지요?"

선기 국사는 쌀쌀하게 그를 흘끗 보더니 대답 없이 웃기만 했다. 묵인이나 다름없었다. 본디 현진법회는 워낙 유명해서 법회가 열리기 무섭게 전국 방방곡곡에서 도를 닦는 이들이 몰려들기 마련이나, 법회에 들어갈 수 있는 술사는 극히 제한적이었다. 따라서 대종사급의 법회 주최자는 가장 먼저 폐문갱 법진을 만들어, 꼭 닫힌 대문 사방에 몰래 법진을 펼친 다음 실력이 다소 떨어지는 술사들이 알아서 물러가게 했다.

이융기는 저도 모르게 시선을 모아 문 닫힌 도관을 자세히 바라봤다. 과연, 대문 위로 보일락 말락 하는 빛이 점점 왕성해지고 있었다. 흡사 수천 개의 칼과 검이 빛을 뿌리는 것 같았다.

선기 국사의 오만한 표정에 고검풍은 속이 확 뒤집혀 무겁게 말했다.

"열일곱째 사형, 소제가 시험해보고 싶습니다!"

고검풍은 원승의 대답을 기다리지도 않고 흰옷을 펄럭이며 유성처럼 빠르게 대문으로 달려들었다. 별안간 우르릉 쾅 하는 괴성이 터졌다. 눈처럼 하얀 금포를 입은 고검풍이 문 앞에 도착하자마자 꽉 닫힌 대문 위로 마치 황금빛 연꽃이 무수히 피어나는 것처럼 금광이 환하게 퍼졌다.

고검풍은 막힌 신음을 토했다. 하얀 금포가 뒤흔들리고 어느새 어깻죽지에 상처가 몇 줄기 생겨났다. 소십구는 곧게 뻗은 눈썹을 치키며 장검으로 하얀 검광을 만들어내 피어나는 금광을 갈랐다.

"이런." 고검풍이 검술로 법진을 상대하려는 것을 본 원승이 저도 모르게 외쳤다. "소십구, 어서 돌아오너라!"

콩을 볶는 것처럼 귀 따가운 소리가 울리더니, 고검풍의 온몸이 하얀 빛 덩어리로 변해 금광 속을 이리저리 유영했다. 그가 이르는 곳마다 검광이 금광과 교차하면서 힘찬 울림이 터져나왔다.

그러다가 별안간 귀청이 터질 것 같은 천둥소리가 나더니 하얀 그림자 하나가 저 멀리 날아갔다. 원승은 표표히 날아올라 가볍게 고검풍을 받아냈다. 그때 고검풍이 입은 흰옷은 여기저기 찢어져 어깨와 등 부분에 하얀 피부가 드러나 있었다.

"열일곱째 사형, 죄송합니다." 고검풍은 부끄럽고 화가 나 얼굴을 검붉게 물들이며 말했다. "영허문의 낯을 깎고 말았어요."

"크게 다치지 않았으면 됐다!"

원승은 태연한 표정이었으나 심장이 살짝 떨렸다.

대당나라에는 본래 영허문, 검선문, 혼원종, 곤륜문, 자전문이라는 다섯 개의 유명한 도가 문파가 있었다. 하지만 곤륜문은 전임 종주 포무극이 이름난 자객 천하제삼살 손에 암살당하면서 명성이 크게 깎였고, 후임 종주 소적하가 온 힘을 쏟아 분위기를 진작시키기는 했으나 딴마음을 품은 호사가들이 여전히 그 이름을 빼놓다보니 지금은 '사대 도문'이 되고 말았다. 지금도 그랬다. 현문에서 가장 성대한 현진법회에서 영허문 사람이 폐문갱 법진을 깨뜨리지 못한다면 사대 도문에서 제명될 가능성이 높았다.

"원 장군, 그대는 성인께서 지명하신 법회 술사요. 내 보기에는 구태여……."

이융기도 법진의 위험성을 알아차리고 관리 신분으로 선기 국사를 누르자고 암시했다. 하지만 원승은 웃으며 고개를 저은 뒤 말없이 춘추필을 꺼내 들고 성큼성큼 앞으로 나아갔다. 걸음을 옮길 때마다 황금색 붓으로 허공에 점을 찍었는데, 붓 아래로 빛이 반짝이며 용처럼 은은하게 꿈틀댔다.

꼭 닫힌 도관의 문 앞에 이르자 원승의 춘추필도 느려져 붓놀림 하나하나가 산처럼 무거워 보였다. 이상한 말이지만, 놀랍게도 소십구를 해쳤던 문 위쪽의 무시무시한 금광이 이번에는 빛을 내지 않았다.

원승이 현묘한 방식으로 마지막 점을 찍자, 별안간 허공에 빛이 번쩍번쩍하더니 아득히 먼 산의 울창한 푸른 나무며 우뚝 솟은 대문, 잇닿은 담장이 그려진 진짜같이 생생한 그림 한 폭이 불쑥 나타났다. 옆에서 보던 이들이 감탄을 연발하는 사이, 허공에 뜬 신비한 그림이 갑자기 도관 문을 향해 끝없이 흘러들기 시작했다.

"천지가 이토록 드넓으니 안팎의 구분이 어디 있는가!"

긴 읊조림과 함께 원승의 몸도 희미하게 흐려졌다. 그가 입은 금포, 그리고 머리카락은 숫제 먹물을 흠뻑 머금은 것처럼 변해 그림 속의 사람으로 변해갔다. 읊조림이 끝나자 그는 어느새 천경궁 문 앞에 안전하게 서 있었다. 같은 순간, 등 뒤에 있던 천경궁의 꼭 닫힌 대문이 벌컥 열렸다.

"천지를 화폭으로 여기면 거둠과 놓음을 마음먹은 대로 할 수 있고 안과 밖의 구분도 없도다. 과연 영허문 제일인이라는 이름에 부끄럽지 않구려!"

문밖에 있는 선기 국사는 침착한 투로 길게 웃었다. 하지만 원승을 바라보는 그의 눈빛은 몹시도 복잡했다.

용은 국사도 손에 쥔 우선을 흔들며 웃었다.

"홍강 국사가 이만한 제자를 얻었으니 아쉬울 것이 무엇이랴!"

용모는 우아하고 청수하지만 목소리는 다소 거칠었다.

"명을 더럽히지 않아 다행입니다. 영허문 원승, 여러 선배께 인사 올립니다."

이름 높은 도사들이 쏘아내는 탄복의 눈길을 마주하자 원승의 마음도 편안해졌다.

이번 현진법회에 조정은 주최자를 세 명 파견했다. 제일 국사이자 천경궁 주인인 선기가 자연히 그 수좌였고, 또 다른 국사 용은 역시 도우러 달려왔다. 하지만 이들 두 사람은 조정보다는 술사의 대표였다. 원승은 비록 세 번째 주최자지만, 퇴마사의 수뇌인 사품 중랑장 관직에 있으니 실질적인 조정의 대표자였다. 따라서 원승이 법진을 깨뜨린 일은 삼대 주최자 사이에 은근히 벌어진 첫 번째 겨룸이기도 했다.

"군왕, 드시지요!"

선기 국사는 다시 이융기를 향해 미소 지으며 공손하게 청했다. 천경궁 안에서 악기 소리가 크게 울렸다. 도를 닦는 어린아이인 도동(道童) 열두 명이 대문 양옆에 줄지어 서서 악기를 연주하며 환영했다. 일행이 막 대문 안으로 들어서자 천경궁 대문이 '끼익' 소리를 내며 다시 닫히려고 했다.

그때 갑자기 문밖 저 멀리서 외침이 들려왔다.

"기다려주십시오. 이 비천한 몸에게도 기회를! 이 비천한 몸에게 기회를 주십시오. 부탁입니다, 제발 부탁드립니다!"

약간 살찐 사람 한 명이 나는 듯이 달려오는가 싶더니 눈 깜짝할 사이에 천경궁 문 앞에 당도했다.

선기 국사가 몸을 돌리고 차갑게 말했다.

"그대는 누구이기에 현진법회에 함부로 뛰어들려는 것인가?"

그 사람은 문 앞으로 달려와 공손하게 양손을 맞잡고 예를 올린 다음 낭랑하게 말했다.

"실로 송구하옵니다. 소생은 일본국 견당사절 부사인 요코야마 카즈키라 합니다. 평소 대당나라의 도가 문화를 앙모해온바, 특별히 보고 익히고자 찾아왔으니 부디 잘 살펴주십시오."

이 몸집 큰 중년인은 얼굴이 검고 긴 수염을 길렀다. 비록 일본 견당사절이라고는 하지만 동영 복식이 아니라 현지 풍습대로 유생 차림을 했고, 머리에 쓴 복두 또한 높고 빳빳했다. 예를 올리는 자세도 매우 올발라, 단정하게 두 손을 마주 잡았고 표정 또한 삼가고 공손했다.

뒤이어 야윈 청년 한 명이 사력을 다해 달려와 요코야마 뒤에 서더니 크게 헐떡이며 예를 올렸다.

"이 주전(周全)은 일본 견당사절의 통사를 맡고 있습니다. 부디 잘 부탁드립니다. 여기, 조정에서 저희에게 발행한 증명 문서가 있습니다."

그는 이 말과 함께 공손하게 문서 한 부를 내밀었다. 통사란 바로 역관으로, 이 야윈 청년의 이름은 주전이니 의당 당나라 사람이었다. 이름대로 그 생김새는 자못 주밀하고 건전했다.

알다시피 당시 당나라는 당대 제일가는 휘황찬란한 문화를 자랑했으므로, 일본에 지대한 흡인력을 발휘했다. 일본 고메이 천황이 정관 4년에 첫 번째 견당사를 파견한 뒤로, 문물을 배우러 당나라에 오는 견당사절단은 끊임없이 이어졌다. 일본의 견당사절단은 정사와 부사, 판관, 기록원으로 나뉘는데, 입궁한 뒤로 곳곳을 참관하며 중원의 문화를 배워야 하고, 최소한 일 년간 머물며 배움을 이룬 다음에야 당나라를 떠나 귀국했다. 그러나 일본국 견당사절단 수가 점점 늘어나 매번 오백 명 이상이 찾아오자, 구성원 가운데 재능이 있는 소수만 국도인 장안에 들어오는 것이 허락됐다.

선기 국사는 그제야 일본의 부사를 흘끔 보며 담담하게 말했다.

"동영의 왜인도 도술을 앙모할 줄 알던가? 그대들이 우리 대당나라에 와서 배우고자 하는 것은 불가 위주가 아닌가?"

요코야마가 공손하게 대답했다.

"군왕과 국사께 아룁니다. 우리 일본국에는 음양도가 있는데, 이 역시 중화에서 전해진 것으로 도가의 학설이 주입니다. 음양도에 숙달한 술사는 음양사라 불리며 천황께 큰 신임을 받습니다. 이 미천한 몸이 바로 음양사입니다. 음양도가 비록 일본에 전승되어 발전하고는 있으나, 이 몸은 그 뿌리와 원류를 탐구하려면 중화 도가라는 근원을 좀 더 귀감으로 삼아야 한다고 생각했습니다. 이 미천한 몸이 십 년에 한 번 있는 현진법회를 몸소 겪을 수 있다면 대단한 영광일 테지요. 하여 특별히 상국의 사방관원께 여쭤 성대한 법회를 참관하는 허가를 받았습니다."

비록 일본 사절단이지만 당나라 말도 유창해 막힘이 없었다. 이융기는 문서를 받아 살핀 뒤 홍려시 사방관이 발행한 정식 문서임을 확인하고 저도 모르게 웃으며 말했다.

"이제 보니 일본국에도 도술이 있었군. 그대들이 법회를 참관하고 배우려는 것은 그 장점을 취해 자국의 술법을 발전시키기 위함인가?"

요코야마는 황급히 고개를 저었다.

"어찌 감히 그런 망상을 품겠습니까! 이 미천한 몸이 배운 것을 대당나라 술법과 비교하자면 쌀알을 밝은 해와 달에 대는 것과 마찬가지입니다. 이 위대한 법회에서 조금이나마 얻어갈 수 있다면 지대한 영광일 따름입니다. 게다가 이 몸은 요즘 귀신에 씐 것처럼 정신이 몽롱한데, 본국의 음양술로 귀신을 쫓으려고도 해봤고, 대당나라의 고명한 도사 몇 분께 도움을 청하기도 했으나 시종 효과를 보지 못했습니다. 하여 대당나라 국사와 여러 종사께 도움을 청하고자 합니다."

선기 국사는 그의 공손한 말투에 흡족한 얼굴로 대답했다.

"좋다. 그대는 천경궁 바깥뜰에 묵도록 하게. 잠시 후 사람이 와서 묵을 곳을 안내해줄 것이네. 법회 도중 틈이 나면 술법으로 귀신을 쫓아주겠네."

선기 국사는 손짓으로 시중들 사람을 불러 일본 견당사의 부사와 통사를 접대하라고 한 뒤, 이융기와 함께 안뜰로 향했다. 용은 국사 등 사대 술사와 종정시 관리 왕경이 줄줄이 뒤따랐다. 현진법회에는 규칙이 많아서 기타 종정시 말단 관리와 이융기가 데려온 수행원들은 아무도 안으로 들어가지 못했다.

원승은 고검풍이 아직도 분을 참지 못하는 것을 보자, 어린 도동 한 명을 불러 그를 단방에 데려가 찢어진 겉옷을 갈아입히도록 명했다.

"귀하께서 바로 원승 장군이십니까?"

겁먹은 목소리가 들리더니, 야윈 청년 주전이 원승 앞으로 뛰쳐나와 손을 맞잡고 길게 읍했다.

"소생 주전, 장군께 인사 올립니다."

약간 부끄러워하는 청년의 모습을 보자 원승은 어쩐지 지난날 자신의 모습이 떠올라 미소를 지었다.

"이렇게 예의 차리지 않아도 되오, 주 공자. 만나뵈어 반갑소."

"공자라니 당치도 않습니다. 소인은 평소 현술과 도술을 숭배해왔는데, 가장 존경하는 사람이 바로 원 장군이십니다. 소인의 가장 큰 바람은 바로 원 장군의 제자가 되는 것입니다."

흥분되는 화제를 꺼내자 주전의 낯빛이 불그스름하게 상기됐다.

원승은 웃어야 할지 울어야 할지 알 수가 없었다.

"제자? 아니, 고작 이 나이에 내가 어찌 문호를 열고 제자를 거둔다는……."

그의 웃음소리가 뚝 그쳤다. 살을 에듯 날카로운 검기가 들이닥치는 것을 감지한 탓이었다. 그와 동시에 바늘처럼 가느다란 전음이 들려왔다.

"원승, 거기 서!"

그때쯤 천경궁 대문은 우르릉 소리를 내며 반쯤 닫히고 있었다. 하지만 육충은 곧 맞붙으려는 문틈으로 번개같이 날아들었다.

"원 대장군, 자네, 자네 정말로 그런 짓을 했어? 나를 멀리 떨어뜨려놓은 다음 청영에게 손을 써?"

육충은 노기충천해 있었다. 비록 검은 아직 검집에 들어 있지만 싸늘한 검기가 허공을 건너 원승을 짓눌러왔다. 그가 이를 갈며 말했다.

"어젯밤에 자네, 청영에게 무슨 짓을 했지?"

그때 선기 국사와 단운자 등 오대 술사는 이미 이융기와 함께 멀리 떠난 뒤였고, 오직 원승만 뒤처져 있었다. 그는 수염과 머리카락을 올올이 곤두세운 육충을 가만히 보면서 천천히 말했다.

"아무 짓도 하지 않았네. 그녀는 무사하네!"

육충은 경악했다.

"거짓말…… 거짓말 마. 어젯밤에 성남에서 지부 전설과 관련된 화자방(花子幫, 거지로 구성된 무리)을 조사하느라 오늘 아침에야 알았네. 청영이 자매들을 시켜 신아주로 서신을 보냈더군. 자네가 자신을 해칠 것 같다고! 게다가 나도 느꼈지만 요 며칠 자네는 내내 청영의 행적을 주목하고 있었어."

"그녀는 무사하다고 하지 않았나? 믿기지 않으면 직접 가서 만나보지 그러나?"

"서둘러 돌아오느라 아직 만나보지는 못했어."

육충은 망설였다. 그의 구레나룻마저 후들후들 떨렸다.

"이분이 바로 천하에 이름을 떨치는 육 검객이십니까?"

쭈뼛거리던 주전이 갑자기 입을 열었다.

"혹시 손을 거둬주실 수 있겠습니까? 소인이…… 너무 아픕니다!"

이제 보니 방금 씩씩거리며 달려들던 육충이 원승 앞에 서 있는 주전을 보고 아무렇게나 붙잡아 밀쳤는데, 속이 타들어갈 만큼 초조한 나머지 아직도 붙잡은 멱살을 놓아주지 않은 채였다. 원승은 고개를 들어 선기 국사와 술사들이 임치군왕 이융기와 함께 멀어지는 것을 바라보다가 육충을 끌고 조용한 단방으로 들어갔다.

"자네 마음은 이해하네. 솔직히 말해 내가 청영에게 손을 쓴 것은 맞네."

원승은 안색이 급변하는 육충을 응시하며 한 자 한 자 말했다.

"모든 준비가 되어 있었고 대기에게도 아주 자세히 일러뒀네."

"자네와 대기가 힘을 합쳐서 청영을 공격……."

육충의 얼굴이 삽시간에 하얗게 질렸다.

"도대체 무슨 짓을 했어?"

"결국은 아무것도 하지 않았네!"

원승은 희미하게 한숨을 쉬었다.

"청영은 내내 태평공주에게 복수하려고 했네. 그 집념이 갈수록 강해져 거의 주화입마될 지경이었지. 복수 때문에 미치광이처럼 달려들었다간 달걀로 바위를 치는 격이자 나방이 불로 뛰어드는 격이나 다름없네. 가장 먼저 생각한 방법은 내가 섭혼술을 펼친 다음 대기가 강력한 영력으로 청영의 기억 일부를 씻어내는 것이었네."

"그런 술법이 얼마나 위험한지 잘 알면서…… 제대로 하지 않으면 청영은 백치가 될 수도 있었어!"

육충이 탁자를 내리치며 일어났다. 검집에 든 철검이 쩌렁쩌렁 가볍게 울부짖었다.

"우리도 아주 조목조목 준비했네. 하지만 결국 포기했지. 청영은 무사하네."

원승은 쓸쓸하게 고개를 저었다.

"도중에 청영의 원신이 아주 단단히 닫혀 있다는 것을 발견했기 때문일세. 신비 부적 사건 때 설 전선에게 미혼을 당했기 때문에, 그 후로 남몰래 미혼술을 방어하는 신비한 술법을 다양하게 수련했다는 것을 알 수 있었지!"

"그래서?"

"조심스럽게 움직였으니 청영은 아무것도 기억하지 못할 걸세. 잠깐 졸았다고만 생각하겠지. 일이 끝난 뒤 대기에게 에둘러 떠보라고 했는데, 예상대로 청영은 아무것도 알지 못했고 아무 이상도 없었네. 문제는 그녀가 여전히 태평공주를 향한 복수심을 내려놓지 못했다는 것일세."

육충은 오랫동안 말이 없다가 갑자기 지친 얼굴로 웃었다.

"원 대장, 내가 상원절 현무문 앞에서 자네에게 했던 말, 아직 기억하나? 자네는 모든 것을 그 네모반듯한 가면 속에 숨겨놓고, 심지어는 진짜 사람 같지 않을 정도로 침착해. 그래, 자네는 늘 모든 것을 손아귀에 쥘 수 있다고, 모든 어려움을 제어할 수 있다고 여겨왔으니 자연히 그 누구의 운명도 조종할 수 있다고 생각하겠지."

"내가 제멋대로 청영의 운명을 조종하려 했다고 생각하나?"

원승은 천천히 고개를 저었다.

"어쩌면 그녀의 기억을 지우는 것이 가장 안전한 방법일 수 있네. 비록 그 방법은 실패했지만, 청영은 아직 무사하고 더욱이 나와 대기가 자신에게 술법을 시도했다는 것도 잊었네."

"어쩌면 자네가 옳을지도 모르지. 어차피 이 세상을 바꿀 수 없다면 차라리 이 세상을 향한 그녀의 기억을 바꿔버리는 것 말이야."

돌연 육충의 눈빛이 쓸쓸하고 무력해졌다.

"사실은 우리도 모르는 사이 이미 이 세상에 따라 변해가고 있는 거야."

원승은 문득 마음이 텅 빈 듯 괴로웠다. 그는 가만히 탄식했다.

"자네도 청영의 속마음은 모를 수 있네! 참혹한 멸문지화를 당했을 때 그녀는 나이가 그리 많지 않았지."

육충의 눈동자가 격렬하게 요동쳤다. 그의 입에서 묵직한 목소리가 흘러나왔다.

"그리고?"

"누군가 그녀를 거친 베로 만든 자루에 넣고 원수의 수뇌 앞으로 끌고 갔지. 원수의 수뇌는 피곤한 목소리로 말했네. 고작 꼬마 하나를 처리하는 것까지 일일이 물어야 하느냐고. 그러자 다른 사람이 웃으며 말했지. '아무렴요, 아무렴요, 버려야 할 천 조각이나 닦아낼 진흙 따위에 주인께서 신경 쓰실 까닭이 없지요!' 두 사람의 대화는 칼로 아로새긴 것처럼 그녀의 머릿속에 깊이 남았네. 나중에 그 자루는 그들 말대로 찢어진 천 조각처럼 버려졌네. 높은 곳에서 아래로 집어 던졌겠지. 이것이 청영의 영혼 속에 남은 가장 끔찍한 기억일세. 그때 그녀는 날카롭게 비명을 지르며 놀란 새처럼 추락했네."

퍽 하는 소리와 함께 육충 앞에 있던 탁자가 그의 손에 그대로 부러졌다.

"다행히도 운이 좋아서 자루는 오래된 나뭇가지에 걸렸고, 돌부리와 나뭇가지에 긁혀 찢어졌지. 그녀는 밤이 깊을 때까지 기다렸다가 천천히 기어 올라갔네. 그 두 사람의 목소리는 필사적으로 머리에 새겼지. 그 후 자네와 함께 종상부에 갔을 때에야 우연히 원수 수뇌의 목소리를 들었다네. 바로 태평공주였지. 그리고 버려야 할 천 조각이니 닦아낼 진흙이니 했던 사람은 태평공주부의 대총관 화선객일 가능성이 농후하네."

육충의 두 눈동자에서 불길이 이글이글 타올랐다. 하지만 무슨 말을 해야 좋을지 몰랐다. 두 사람 모두 묵묵히 말이 없었다. 한참 후, 이윽고 육충이 입을 뗐다.

"자네가 한 행동이 옳은지 그른지 모르겠군."

그는 낙담한 모습으로 일어나 비틀거리며 문밖으로 나갔다.

"어쩌면 그것이 자네가 생각해낼 수 있는 최선책인지도 모르지. 하물며 그녀는 자네가 자신에게 뭔가를 했다는 것조차 기억하지 못해. 하지만, 나는 잊지 않겠어!"

풀 죽은 그의 뒷모습을 보는 원승은 뜻밖에도 멍하니 아무 말도 하지 못했다. 육충의 말이 옳았다. 지금의 그에게는 염려할 일이 갈수록 늘어나, 마음먹은 대로 행동하기도 점점 어려워지고 있었다.

원승이 막 바깥뜰로 들어섰을 때 누군가 소리를 길게 빼며 외치는 소리가 들렸다.

"임치군왕을 배웅합니다!"

이제 보니 이융기는 자신이 술법에 관해 완전히 문외한임을 알고, 서둘러 천경궁을 한번 둘러본 후 공무가 바쁘다는 핑계로 떠나려 하고 있었다. 선기 국사 일행도 풍류로 천하에 이름 높은 왕을 도관에 오래 머무르게 할 뜻이 없어서, 즉시 융숭하기 그지없는 태도로 임치군왕을 배웅했다.

이융기는 옥피리를 들고 싱글거리며 천경궁 입구에 서서, 가지런히 늘어선 도동 십여 명을 돌아보고는 선기 국사에게 물었다.

"선기 국사는 자전문 출신이나 평소 묵는 도관은 천경궁이지 않소. 듣자니 귀파의 제자 수가 천을 헤아린다던데 어찌 천경궁 안에서 자취조차 볼 수 없는 것이오?"

선기 국사가 엄숙하게 말했다.

"현진법회에는 엄한 규칙이 있습니다. 법회가 열리는 곳에는 참가하는 대술사 말고는 술법을 익힌 여타 술사들은 들어올 수 없습니다. 천경궁이 운 좋게 법회를 여는 성지가 된 이상 본문의 제자들도 전례에 따라야 합니다. 하여 제가 모두 다른 곳으로 보냈고, 아직 술법을 익히지 않은 동자 열둘만 시중을 들도록 남겨뒀습니다."

"과연 현문에서 제일가는 법회답게 규칙이 많구려."

이융기는 고개를 끄덕이며 찬탄하다가 문득 손을 맞잡고 여러 도사에게 예를 취하며 낭랑하게 말했다.

"종사분들, 현진법회는 이성께서 몹시 관심을 두시는 성대한 행사요. 이성께서 가장 눈여겨보시는 것은 바로 요괴를 억누르고 사귀를 쫓는 법회의 책무요! 근일 장안성에서 요사한 일이 빈번히 일어나고 있소. 먼젓번에는 지부의 풍문이 퍼지더니 이제는 요룡이 군기를 탈취하는 사건이 벌어져 민심이 황황하고 국도 전체가 평안치 못하오. 심지어 머리 위의 해조차 기괴해졌소. 벌써 두 달째 우리 국도에 비가 내리지 않고 뙤약볕만 쏟아지는 통에 벼 이삭이 바짝 말랐소."

이융기는 큰 소리로 말을 이었다.

"본 왕이 이 자리에서 간절히 바라건대, 부디 여러 종사께서 크게 신통력을 발휘해 반드시 사악함을 물리치고 이 장안성에 상서로움을 되찾아주시오."

말을 끝낸 그는 고개를 들어 눈을 찌르듯 쨍쨍 내리쬐는 해를 올려다보며 세상 백성이 가여워 죽겠다는 표정을 지었다.

"저 지독한 해부터 시작합시다. 우선 법회에서 비를 빌려 우리 대당나라 국도에 단비를 뿌려주시오!"

이 말은 그가 방금 이미 오대 술사와 나눈 내용이지만, 헤어지면서 다시금 반복하자 자연히 더욱 무게가 실렸다.

선기 국사는 두 손을 포개어 올리며 대답할 수밖에 없었다.

"군왕께서 이성께 말씀 올려주십시오. 저희는 마땅히 전력을 기울여 대당나라의 안전과 평화와 상서로움을 기원할 것입니다."

이융기는 더 말하지 않고 손을 흔든 뒤 유유히 대문을 넘어가 수행원들에 둘러싸여 말에 올랐다. 육충도 재빨리 군왕의 하인들 틈에 섞여 사람들을 따라 멀어져가면서 시종일관 한 번도 고개를 돌리지 않았다.

원승의 눈에는, 소란스런 사람들 속에 섞인 육충은 도리어 유난히도 낙담하고 고독한 모습이었다. '끼익' 하는 커다란 소리가 울리더니, 신비롭기 짝이 없는 대문이 빈틈 하나 없이 꼭 닫혀 천경궁 안팎을 서로 다른 두 세계로 갈라놓았다.

현진법회 사흘째 날 오후, 하늘에 뜬 해가 폭군처럼 먹구름을 모조리 쫓아냈고, 강렬한 햇빛이 서슴없이 대지를 휩쓸었다.

선기 국사는 구름 한 점 없는 드넓은 하늘을 올려다보며 침울하게 고개를 젓더니 무거운 소리로 말했다.

"우리가 힘을 합쳐 운공하고 비를 빈 지 이미 하루 밤낮이 지났건만 조금도 효험이 없구려. 여러 도형께서는 어찌 생각하시오?"

원승은 저도 모르게 속으로 한숨을 쉬었다. 귀신을 믿던 시기인 당나라에서는 술법을 써서 신통력으로 비를 비는 일이 조정과 백성들에게 널리 받아들여졌다. 올봄부터 장안 일대에 제대로 비가 내린 적이 없어서 가뭄은 보기만 해도 참혹할 정도로 심각했다. 비록 신비 부적 사건에서는 삼청전을 지키던 능연오악이 오룡어수술로 불을 껐으나, 그처럼 작은 범위에 미치는 술법은 아무래도 드넓은 땅덩어리에 두루 내리는 단비와는 함께 논할 수 없었다.

다행히도 이번 현진법회에 대당나라 현문에서 가장 높은 종사들이 모였으니 내친김에 비를 기원하는 것쯤이야 기실 여러 대종사에게는 결코 어려운 일이 아니었다. 이융기가 떠난 날 밤, 선기 국사는 단운자 등과 함께 술법을 베풀어 비를 빌었고, 영허문의 신예인 원승은 제단 아래에서 지켰다.

이상하게도 양대 국사와 삼대 도문의 종주가 일제히 머리를 풀어헤치고 검을 든 채 수차례 제단에 올라가 술법을 베푼 뒤에도 하늘은 여전히 쨍하니 맑기만 했다. 심지어 구름 한 점조차 찾아오지 않았다.

"비를 비는 것은 쉬운 일인데, 우리 여섯 사람의 힘을 합쳐도 공연히 힘만 쓰고 효과가 없으니 돌이키기 힘든 천시(天時) 때문이 아니고서야 원인은 두 가지뿐이외다."

혼원종 종주 천월 진인이 잠시 생각에 잠겼다가 비로소 온화하게 웃으며 말했다.

"그중 가장 가능성이 높은 것은 바로 우리가 선택한 비를 비는 술법이 적절치 않은 것이오. 내 얕은 의견으로는, 우리 혼원종의 용왕영운주로 바꿔야 할 듯싶소!"

용은 국사가 준수하고 재기 넘치는 얼굴로 여유롭게 말했다.

"천하에 비를 비는 술법은 많고도 많은데 어찌하여 꼭 그대 혼원종의 비법을 써야 하오?"

천월 진인은 안색이 살짝 변했지만 점잖게 웃으며 아무 대답도 하지 않았다. 소적하가 기다렸다는 듯 코웃음 쳤다.

"각자 의견을 말하는 것뿐이잖소. 하물며 천월 진인은 이미 얕은 소견이라 자처했는데, 높으신 용은 국사 나리께서는 뭐 하러 구태여 그런 말을 하시는지?"

그간 함께 시간을 보내면서 원승도 깨달았다. 오대 종사 가운데 그가 일찍이 알고 지낸 혼원종주 천월 진인은 성격이 온화하고 다른 이들과 다투는 일이 극히 드물었다. 반면 명성이 가장 높은 용은 국사는 성격이 괴팍했다. 점잖은 외모에 평소 당세의 와룡으로 여겨지는 국사건만 말투가 자못 괴상했다. 곤륜문 종주 소적하는 비록 연치는 가장 많으나 성미가 불같은데, 특히 오늘은 더욱 심해서 걸핏하면 용은 국사와 입씨름을 했다. 두 사람 사이에 감정의 골이라도 생겼는지 모를 일이었다.

용은 국사가 눈썹을 치키며 차갑게 말했다.

"국사라는 단어는 감당키 어렵소만, 소 진인께서 이 몸을 국사 나리라고까지 부르는 걸 보면 필시 아니꼽게 여기는 모양이구려?"

"이 몸이 비록 속에 산악을 품을 만큼 겸허함을 닦지는 못했으나 아무에게나 반감을 갖지는 않소. 단지 용은 국사 나리께는 어떤 고견이 있으신지 묻고 싶구려."

소적하는 체구가 산처럼 큼직해서, 굳은 얼굴로 힐문하자 지대한 압박감을 풍겼다.

원승이 훑어보니, 검선문의 단운자는 시종 손을 놓고 제단 가장 자리에 기댄 채 졸기라도 하듯 두 눈을 살짝 감고 있었다. 대당나라 제일 국사인 선기 역시 내내 말이 없었고 안색도 담담했다.

용은 국사가 갑자기 허허 하고 웃더니 태연자약하게 대꾸했다.

"천하에서 가장 영험한 기우 술법을 논하자면, 기실 모두가 이미 훤히 알고 있을 터, 바로…… 뇌법(雷法)이오!"

'뇌법'이라는 말을 듣는 순간 소적하의 낯빛이 싹 변했다. 다른 종사들도 표정이 각각 달라져 제단 위는 갑자기 조용해졌다. 뇌법이 위력적이고 효험도 확실하지만, 정신과 기운 둘을 써야 하므로 법술을 펼치는 이의 강기 소모가 막심하다는 것은 원승도 알고 있었다. 그리고 소적하와 선기 국사는 천하에서 뇌법에 가장 정통한 양대 술사였다.

천월 진인이 탄식했다.

"그렇소. 뇌법으로 비를 부르면 효과가 어마어마하오. 하면…… 선기 국사께서 결정하시오."

선기 국사의 눈썹이 달싹였다.

“천월 진인께서는 방금 두 가지 원인이 있다 하셨소. 감히 묻건대 술법이 적절치 않다는 것 외에 다른 원인은 무엇이오?”

“솔직히 다른 원인은 말하고 싶지 않았소이다.”

천월 진인은 나지막이 탄식했다.

“우리 여섯 사람이 힘을 합쳐 비를 불러도 여의치 않았다는 것은 우리 중에 누군가 방해했을 가능성이 크오.”

선기 국사는 두 눈을 번뜩였고, 용은 국사는 눈썹을 치켰다. 내내 꾸벅꾸벅 졸던 단운자도 별안간 노쇠한 눈을 떴다. 대종사들의 얼굴이 하나같이 차가워졌다.

“으…… 으악! 거울이……!”

돌연 바깥뜰 쪽에서 처절하고도 괴상한 비명이 들려왔다.

“견당사절 요코야마 부사입니다!”

원승은 깜짝 놀라 황급히 바깥뜰로 달려갔다.

천경궁은 부지가 매우 넓고 들쑥날쑥한 산세를 따라 전각이 첩첩이 세워져 있었다. 이른바 바깥뜰이란 단순히 대문 안에서 청룡과 백호 호법신을 모신 용호전까지를 의미했다. 바깥뜰은 면적이 매우 넓고, 평상시 진리를 구하러 찾아오는 중요한 손님을 접대하는 고상한 단방 서른여섯 칸이 갖춰져 있었다.

다만 현진법회가 열린 뒤로 손님들은 모두 요청을 받아 떠났고, 심지어 상시 도관에 머무는 선기 국사의 제자들마저 거처를 옮긴 터라, 동정의 몸인 도동 십여 명만 남아 널따란 천경궁을 보살피고 있었다. 이런 이유로 바깥뜰에 빈방이 많이 생겨, 일본국 부사 요코야마와 그 통사인 주전은 바깥뜰에 딸린 과원(跨院)을 배정받았다.

과원으로 뛰어든 원승의 눈에 벌써 소리를 듣고 달려온 고검풍, 대기, 청영이 보였다. 퇴마사가 법회의 치안에 관한 전권을 맡았지만, 천경궁이 워낙 넓었기에 원승은 이들 세 사람에게 용호전 중문 뒤쪽의 곁채로 숙소를 옮기게 했다. 육충과 오육랑은 이융기를 따라 바깥에서 장안 지부와 요룡 군기 탈취 사건을 조사 중이었다.

방 안에서는 요코야마가 미친 사람처럼 발버둥 치면서, 입으로 꺽꺽 괴성을 지르고 눈물 콧물을 쏟고 있었다. 주전이 전력을 다해 그를 부둥켜안고서 황급히 외쳤다.

"요코야마 부사가 실성했습니다! 어서 도와주십시오! 어서 와서 잡아 눌러주십시오!"

요코야마 부사는 계속 참담한 비명을 질러댔다.

"거울! 거울 안에 귀…… 귀신이 있다!"

원승이 팔을 뻗어 요코야마의 어깨에 대고 강기를 끌어올려 힘껏 누르자 발버둥 치기를 멈췄다. 주전은 즉시 품에서 은침 하나를 꺼내 요코야마 목 뒤 혈자리에 정확히 꽂았다. 요코야마는 길게 숨을 몰아쉬더니 마침내 안정을 되찾아 눈을 감고 힘없이 쓰러졌다.

원승이 주전을 바라봤다.

"의술을 아시오?"

주전은 땀투성이가 된 얼굴을 들고 대답했다.

"침구술을 대충 압니다. 저는 견당사절단에서 통사뿐만 아니라 반쪽짜리 의원 노릇도 가끔 합니다."

그때 선기 국사가 단운자 등을 이끌고 달려왔다. 요코야마가 이미 엉망이 되어 방에 쓰러진 것을 보자 선기 국사는 저도 모르게 얼굴을 굳히며 물었다.

"요코야마 부사가 어찌하여 갑자기 발작했는가?"

주전은 여전히 두려운 듯 탁자 맡에 있는 동경을 가리키며 떨리는 소리로 말했다.

"부사께서 거울을 보고 계셨는데, 저 안…… 저 안에서 갑자기 손 하나가 나타났습니다. 게다가 이상한 소리까지 냈는데 꼭 원혼이 울부짖는 것 같았습니다."

대기가 동경을 들고 앞뒤로 뒤집어 살펴보면서 중얼거렸다.

"흔한 동경인데, 어디가 이상하다는 거지?"

주전은 여전히 몸을 덜덜 떨며 외쳤다.

"그럴 리가요! 방금 저와 요코야마 부사가 모두 목격했습니다. 똑똑히 봤단 말입니다."

"거울 안에서 소리가 났다 했는데, 뭐라고 했소?"

천월 진인이 동경을 받아 들며 물었다.

"거울에 나타난 손에는 사람 얼굴이 있었습니다. 어찌나 괴이하고 무시무시한 광경이었는지 모릅니다. 늙은 도사의 얼굴이었습니다. 아주 늙은 얼굴이었지요. 그자는 자신이야말로 십 년 전 현진법회의 주인이라고 했습니다. 그리고 노래도 한 곡 불렀습니다. '세상을 떠난 신선이 목숨을 찾으러 왔다네. 큰 재앙이 내리려 하니 재앙에서 달아날 수 없네, 달아날 수 없어'라고……."

주전의 겁먹은 목소리가 스산하게 방 안을 맴돌았다. 사람들은 깜짝 놀라며 속으로 똑같은 생각을 했다.

'십 년 전 현진법회의 주인이라고? 그때 현진법회를 주최한 이는 이미 물고한 홍강 진인이 아닌가.'

"말로 사람들을 홀리는구나!"

갑자기 소적하가 성난 소리로 외치더니 주전의 멱살을 와락 움켜쥐고 꾸짖었다.

"너는 누구냐? 어찌 십 년 전 현진법회의 일을 아느냐?"

"아, 아닙니다! 저는 아무것도 모릅니다!" 주전의 얼굴이 놀람과 두려움에 뒤덮였다. "거울에 나타난 늙은 도사의 혼이 제게 알려준 것입니다."

"소 도우, 뭘 그리 으르렁대시나!"

단운자가 비스듬히 끼어들어 소적하의 손을 치우고 주전을 옆으로 데려간 뒤 말했다.

"천월, 자네는 보고 들은 것도 많고 귀신도 잘 아니, 거울로 수련하는 요술이 있는지도 알겠지?"

천월 진인은 여전히 동경을 이리저리 살피며 말했다.

"이 젊은이와 요코야마 부사는 필시 혹심술의 일종에 당했을 걸세. 이 동경은 아주 평범한 거울일세. 아마도 두 사람이 천경궁에 들어오기 전부터 당했나보군."

본디 혼수상태이던 요코야마가 별안간 침상에서 안간힘을 써서 일어나더니 괴상한 소리로 부르짖었다.

"세상을 떠난 신선이 목숨을 찾으러 왔다네. 큰 재앙이 내리려 하니 재앙에서 달아날 수 없네, 달아날 수 없어……."

처절한 목소리가 쉼 없이 방 안을 맴돌며 날카롭게 귀를 찔렀다.

천월 진인은 동경을 요코야마에게 내밀며 부드럽게 말했다.

"그대가 말한 늙은 도사의 귀혼이 이 거울 안에 있소? 당황하지 말고 보시오. 거울은 망가졌고 귀혼도 재가 되어 흩어졌소!"

그 말과 함께 양손을 가볍게 떨치자 강기가 솟아나며 동경은 금세 가루가 됐다. 동경이 부스러지는 순간, 요코야마의 괴성도 뚝 그쳤다. 그는 녹초가 된 듯 침상에 털썩 쓰러졌으나 몸은 여전히 경련을 일으키고 있었다. 주전도 무거운 짐을 내려놓은 것처럼 길게 숨을 몰아쉬더니, 힘없이 침상으로 늘어져 정신을 잃었다.

"우리 현진법회에 어찌 이런 사특한 일이 벌어진단 말인가?"

소적하는 여전히 굳은 얼굴로 선기 국사를 곁눈질하더니 콧방귀를 뀌었다.

"저 두 사람은 행적이 괴이하고 그중 하나는 왜인인데 어쩌자고 구태여 천경궁 안에 남겨두는 건지!"

이 말을 들은 선기 국사가 눈썹을 치키며 차갑게 말했다.

"내 이미 두 사람에게 귀신을 쫓아주겠다고 허락했건만 어찌 식언할 수 있겠소! 또 이들 가운데 왜인이 있기 때문에 대당나라 술법 종사로서 더욱더 신뢰를 저버려서는 안 되오."

소적하가 눈을 빛내며 반박하려는데, 갑자기 천월 진인이 나지막이 말했다.

"소 도형, 선기 국사께서 옳게 처리하셨소. 이 두 사람은 몹시 괴이하니 곁에 남겨두면 대관절 어떤 꿍꿍이를 품고 있는지 지켜볼 수 있지 않겠소!"

소적하도 더는 말하지 않고 싸늘한 얼굴로 소매를 떨치며 혼자 가버렸다. 단운자가 그의 뒷모습을 응시하며 툴툴거렸다.

"저 늙은 도사가 요 며칠 평상시와 어찌 저리 다른고. 폭죽을 삶아 먹었나, 입만 열었다 하면 싸우려 드는군."

천월 진인은 얼굴 위로 먹구름을 떠올리며 무겁게 말했다.

"참 기괴한 일이오. 소 도형은 요 며칠 자주 악몽을 꾼다고 말한 적이 있소이다."

"악몽?" 단운자는 눈썹을 찡그렸다. "그렇다고 저렇게 성질을 부릴 것까지야. 갑시다. 가서 저 늙은이를 달래봐야지."

그는 다짜고짜 용은 국사와 천월 진인을 잡아끌고 성큼성큼 뒤따라 나갔다. 선기 국사는 그제야 원승을 향해 한숨을 쉬었다.

"원 장군은 의술에 정통하니 간단히 살펴봐주게. 그리고 두 사람의 내력도 유의해주기 바라네."

말을 마친 그는 재빨리 방에서 나갔다. 그의 뒷모습을 보던 고검풍이 속에서 이는 분통을 참지 못하고 콧방귀를 뀌었다.

"간단히 살펴봐? 저렇게 간단한 말로 귀찮은 짐을 우리 퇴마사에 떠넘기다니."

하지만 원승은 침상에 혼절해 있는 요코야마 부사와 주전을 뚫어지게 보며 무거운 소리로 말했다.

"청영, 이 두 사람의 내력이 어떤지 알아냈소?"

"일본 견당사절단은 배를 타고 바다를 건너오는데 많으면 오백, 적으면 이백 명입니다. 정사와 부사 등의 사절단 관리 외에도 의원, 화공, 악공, 통사, 역사를 공부하는 자에서부터 음양사, 유학 온 승려 및 각 분야 장인에 이르기까지 다양한 수행원이 있습니다."

퇴마사는 법회의 치안을 총체적으로 책임지고 있으니 이곳에 들어온 외부인을 엄밀히 조사하는 것은 당연했다. 세심하고 빈틈없는 청영은 이번에도 알아낸 것을 차분하게 설명했다.

"요코야마 부사는 마흔여덟 살로, 경룡 3년에 일본국 견당사절단 부사가 됐습니다. 일본 음양술에 정통해서 대당나라에 온 지 이미 반년이 조금 넘었는데, 늘 장안 부근에서 벗을 만나고 도를 구했으며, 크고 작은 도관과 사찰, 고명한 술사를 적지 않게 찾아갔습니다."

원승은 가만히 들으면서 청영의 고운 얼굴을 바라봤다. 그녀에게서 여전히 이상한 점을 찾지 못하자 마음이 동요했다. 아무래도 그녀는 정말로 그와 대기가 위험을 무릅쓰고 자신에게 술법을 쓰려던 것을 기억하지 못하는 것 같았다.

"주전이라는 자는…… 자료가 아주 적습니다."

청영은 마지막으로 고개를 저으며 말했다.

"요코야마가 영남도의 지방에서 데려온 자 같은데 거의 자료를 찾지 못했습니다. 지금 제가 아는 것은 이자의 침구술과 의술이 얼마쯤 성취를 얻었고 그림을 좋아한다는 것 정도입니다. 아, 이야기를 나눠봤는데 이 청년이 가장 숭배하는 사람이 바로 우리 원 장군이시더군요!"

"음, 의술과 그림이라니 나와 다소 뜻이 맞겠구려."

원승은 혼수에 빠진 주전을 바라보며 저도 모르게 멍한 얼굴이 됐다. 무슨 까닭인지 몰라도 이 야위고 준수한 청년에게 자못 호감이 갔다.

"원 대장, 저 동경과 귀혼은 도대체 어떻게 된 걸까요?"

고검풍이 불쑥 물었다.

"모른다." 원승은 느릿느릿 고개를 저었다. "하지만 아무래도 이 천경궁에 수수께끼가 가득하다는 느낌이 드는구나. 계속 지켜봐야겠다."

처리를 마치자 퇴마사 사람들도 방에서 나왔다. 마치 서로 마음이 통한 듯, 원승과 대기는 몇 걸음을 늦춰 맨 뒤에서 나란히 걸었다. 그는 고개를 돌려 그녀를 쳐다봤다. 페르시아 여인의 고운 눈동자에는 한 겹 희미한 근심이 숨겨져 있었다. 대기는 본래 지난번 청영에게 위험한 술법을 펼치는 일에 동의하지 않았지만 그를 꺾지 못했다.

원승은 문득 그날 밤 현무문 밑에서 육충과 나눈 대화가 떠올라 심장이 아프게 죄어들었다. 모두가 가면을 쓰고 있지만 가면 쓴 사람도 결국 그 가면을 벗는 날이 오리라.

퇴마사의 영웅들은 모두 의기 넘치는 청년 재주꾼이었다. 하지만 어쨌거나 그 퇴마사도 각 세력의 이익이 충돌하는 거대한 소용돌이 안에 있었고, 그 안에서는 누구도 마음 내키는 대로 할 수 없었다. 이제 퇴마사의 영웅들 마음속에도 응어리가 들어섰고, 이것이야말로 가장 우려되는 점이었다.

"청영의 기억을 지우려 한 일은 내가 틀렸던 것 같소!"

원승은 희미하게 탄식하며 말했다.

"당신도 알아야 해요. 사람 일생에는 영원히 잊을 수도 없고, 잊어서도 안 되는 기억이란 게 있어요."

대기도 살며시 한숨을 쉬었다.

"아오. 그러니 내가 틀렸다고 하는 것이오!"

그는 또 한 번 무능한 기분에 사로잡혔다.

"그래요, 사실 별일도 아니죠. 다행히 우린 결국 아무것도 안 했잖아요."

그는 진지하게 그녀를 바라보다가 곧 그녀의 옅은 미소 아래 깊이 숨겨진 근심을 간파하고 물었다.

"대체 무슨 일이오? 요 며칠 근심이 가득한 것 같은데."

페르시아 여인은 이를 악물었다가 말했다.

"그래요, 지난번에 당신네 어르신…… 아, 참, 영존이라고 해야 하죠. 영존께서 나를 찾아왔어요."

갑자기 그녀의 두 뺨이 발그레 물드는가 싶더니 더는 말을 잇지 못했다.

"우리 아버지께서 당신에게 뭐라고 하셨소?"

원승은 불현듯 불안해졌다. 그는 유생 출신인 아버지의 쇠고집을 잘 알고 있었다.

"별건 아니에요."

대기는 눈빛이 어지러워졌지만 결국 입을 뗐다.

"한 가지, 영존께서 모르시는 것 같던데, 나…… 나는 비록 당신들이 말하는 '호희'지만 악적(樂籍)은 아니에요."

놀란 작은 새 같은 그녀의 눈빛에 원승의 심장이 더욱더 죄어왔다. 소리와 미색으로 사람을 즐겁게 해주는 여자는 악적이라 불리며, 당대에는 천민 계층에 속했다. 악적은 상류 선비들의 장난감이 될 수밖에 없어서 명문가와 혼인을 올리는 일은 극히 드물었다.

"게다가 이미 영존께 말씀드렸어요. 난 결코 당신들이 흔히 생각하는, 주루에서 술 따르는 사람도 아니라고요."

여인은 유창하게 말을 이었고 눈빛 또한 꿋꿋해졌다.

"나는 고귀한 영혜여인 출신이라고요."

"알고 있소." 원승이 그녀의 손을 와락 잡았다. "그래도 이 말은 해줘야겠소. 당신의 출신이 어떻든 내 눈에 당신은 무척 특별한 사람이오."

그녀는 그의 손이 아주 뜨겁고 힘이 들어가 있는 것을 느꼈다. 그의 눈빛은 추수처럼 맑고도 깨끗해서 그녀의 마음마저 삽시간에 환하게 물들였다.

"그러니 아버지가 뭐라고 하시든 신경 쓰지 마시오. 태종 황제께서는 이런 말씀을 하셨소. '자고로 귀한 것은 중화(中華, 한족을 의미)요, 천한 것은 이적(夷狄, 오랑캐)이라 하였으나 오직 짐만은 이를 한가지로 어여삐 여기노라.' 그러니 우리 대당나라에서는 이족과 한족이 통혼하는 일이 흔하오. 우리 아버지가 어찌 감히 태종 황제께 맞서시겠소?"

문득 그가 영악하게 웃어 보였다.

대기는 '이족과 한족이 통혼한다'는 말을 듣자 두 뺨이 타들어가듯 더욱더 빨개진 채 웃음 반 나무람 반으로 말했다.

"피, 누가 당신과……."

원승도 웃음을 짓자 그녀는 용기 내어 얼굴을 굳히면서 골을 냈다.

"웃지 말아요."

"그럼 안 웃겠소." 원승은 약간 망설이다가 그녀를 바라봤다. "할 말이 있는 것처럼 보이는구려."

"맞아요." 마침내 그녀가 고개를 숙였다. "아직 잘 생각해보진 않았는데, 어쩌면 언젠가는 영혜여인으로 돌아가야 할 거예요. 솔직히 당신은 영혜여인이 뭔지 잘 모르죠?"

이번에는 그가 긴장할 차례였다. 그는 더욱 힘줘 그녀의 손을 움켜쥐며 가벼운 소리로 말했다.

"영혜여인은 나면서부터 놀라운 영력을 지녔다는 것밖에는 모르오."

"영혜여인은 태양신 아후라마즈다의 빛이 비치는 곳에서 가장 신비한 부족이에요. 우리는 나면서부터 사명을 받아요. 바로 부족을 부흥시키는 거죠. 온 부족 사람들이 내내 우리 부족을 다시 일으킬 사람을 찾아 헤매고 있어요."

여인의 눈빛이 아득해졌다.

"그래서 우리 모두 숙명을 믿죠."

"대체 무슨 말을 하려는 거요?"

그는 더욱더 긴장했다. 대기는 활달하고 시원시원한 여자여서 이렇게 에둘러 말하는 일은 거의 없었다.

대기는 진지하게 고개를 돌려 그를 바라봤다. 무슨 말인가 하고 싶은 듯했지만 그녀는 그저 무력하게 웃어 보일 따름이었다.

"아무것도 아니에요."

"아버지 쪽은 내가 가서 말해보겠소. 당신 마음속에 할 이야기가 있는데도 내게 말하지 않았다는 것은 알겠소. 오늘은 말하지 않더라도 언젠가는 반드시 말해주겠지."

그는 꼭 잡은 그녀의 손을 살며시 흔들었다.

"하지만 기억해주시오. 당신이 어떤 일에 마주치든 나는 늘 당신 곁에 있을 것이오."

그녀의 마음속에서 달콤하고 쌉싸름한 행복이 솟아났다. 해가 서산으로 숨고 석양이 황금빛으로 빛났다. 놀랍게도 그의 손은 석양보다도 따스했다. 그녀는 석양에 비쳐 노을빛을 띤 낯익은 얼굴을 뚫어지게 응시할 뿐, 마음속의 말을 꾹꾹 눌렀다.

정말이에요. 어쩌면 언젠가 난 정말 당신을 떠날지도 몰라요.

3장

최부군묘 요룡 사건

격구장에 흙먼지가 일었다. 기수 열 명이 두 패로 나뉘어 준마에 올라타 장내를 이리저리 질주하면서 통통 튀는 빨간 공을 미친 듯이 쫓았다.

마구, 또 격구라고도 하는 이 놀이는 당나라에서 위로는 황제부터 아래로 부호에 이르기까지 무척 좋아하는 운동이었다. 황실은 매년 몇 차례 성대한 격구 시합을 거행했고, 군대와 상인 및 민간의 부자 도령이 여는 시합은 더욱 많았다. 공개적인 격구 시합에는 관람객이 구름처럼 몰렸다. 장안 백성에서부터 국도에 머무는 각국 사절과 상인 등도 달려와 구경했다. 심지어 장안 도박장에서 격구 대회장의 규모, 관람객 수에 따라 대형 시합을 놓고 도박판을 벌이는 일도 종종 있었다.

이융기는 격구장에서 막대를 휘두르며 말을 몰아 달리고 있었다. 땀이 비 오듯 흘렀다. 사람과 말이 하나가 되어 좌로 내달리고 우로 내달리는데, 참으로 멋들어진 광경이었다.

하지만 육충은 격구장 밖에 철검처럼 우뚝하니 서서, 울상을 지은 채 나는 듯이 질주하는 이융기를 응시했다. 저 귀하신 분께서는 첫 만남 때 그가 본 의기만발한 임치군왕과는 영 딴사람 같았다. 처음 만났을 때는 재기가 찌르는 듯이 날카롭고, 하는 말에는 천지를 삼켰다 뱉는 듯한 기백이 있었으며, 곁에는 하늘을 찌르는 호기를 지닌 청년 군관이 득시글했다.

그런데 고작 몇 년 사이, 임치군왕은 국도 장안에서 제일가는 방탕한 왕으로 전락했다. 술 잘 마시고, 잘 놀고, 악곡과 춤에 뛰어나고, 미녀를 좋아해 이른바 '풍류 하면 이 삼랑'이라는 말도 생겨났다.

공교롭게도 저 귀하신 분이 퇴마사의 신임 상관이 되셨으니 어쨌거나 사건 조사는 해야 할 게 아닌가! 말로는 인력을 둘로 나눠서 이쪽에서는 요룡 사건과 지부 풍문을 조사하겠다고 했지만, 결과적으로는 보여주기 식으로 최부군묘를 두 번 찾아갔을 뿐이고, 매번 성의 없이 대강 처리했다. 그런 다음 사건 조사라는 명목으로 서시에서 가장 유명한 환술사 두 사람을 청해 저택에서 하루 저녁 내내 환술극을 관람했다.

요 며칠 이융기가 주로 한 일이라면, 바로 안락공주가 개인적으로 소유한 이 격구장에서 신나게 공을 때려댄 것이었다. 그와 맞선 사람은 부마 무연수였다. 몇 번인가는 안락공주도 몸소 시녀를 한 무리 이끌고 관전하러 와서 부군을 응원하고 사촌 동생을 놀렸다.

격구장 옆에 놓인 향이 다 타들어가고 시합 종료를 알리는 징이 울리자, 비로소 임치군왕이 흥이 덜 가신 얼굴로 말을 몰아 가장자리로 나왔다. 오늘은 안락공주가 오지 않아서 격구장 주위가 훨씬 조용했다.

"육충, 왜 그리 우거지상을 하고 있나? 사건 조사에 아무 진전이 없는 모양이군?"

이융기가 느릿느릿 말에서 내렸다.

"소소한 실마리는 너무 많은데 큰 건수가 없습니다."

육충이 침울하게 고개를 저었다.

"군왕께서 놀라운 솜씨를 선보여 길 잃은 제게 방향을 알려주시길 기다리고 있습니다."

"삼랑, 오늘은 자네 쪽 운이 좋았네!"

무연수가 멀리서 이융기를 향해 격구 막대를 흔들어 보였다.

"하지만 그간은 자네들과 연습 삼아 놀아준 것뿐일세. 안례문 격구 시합 당일에는 봐주지 않겠네!"

이융기도 막대를 휘두르며 껄껄 웃었다.

"지금부터 지는 법을 익혀놔야 당일에 져도 익숙하실 겁니다. 아차, 안락 누님께 상금을 두둑이 준비해두시라고 잊지 말고 전해주십시오."

양쪽 사람들이 일제히 휘파람을 불고 웃어대더니 각자 말을 달려 떠나갔다.

이융기는 육충과 말머리를 나란히 하고 달리며 아직 여흥이 남은 목소리로 말했다.

"안락이 무연수와 이 삼랑을 지목해 격구 시합을 제안했네. 장소는 놀랍게도 태극궁 안례문 뒤쪽에 있는 황실의 격구장이지. 큰일이야. 다른 사람에게는 져도 안락에게는 질 수 없는데……."

그는 느닷없이 육충의 어깨를 탁 쳤다.

"이 친구야, 온종일 울상만 짓지 말고 사건 조사나 하러 가세."

"조사라면, 최부군묘에 가시려고요?"

육충이 고개를 들어 하늘을 살피니 석양은 깊이 가라앉은 지 오래였다. 아마도 곧 경고가 울리리라.

이융기는 웃으며 대답하지 않았다. 일행은 바람처럼 말을 달려 금방 임치군왕이 홀로 지내는 별원에 도착했다. 이융기는 육충을 데리고 곧장 내원 화청으로 들어가 앉았다. 벌써 시녀들이 왔다 갔다 하며 저녁상을 차려놓았다.

"이 팔보필라(八寶畢羅, 여덟 가지 재료로 소를 만들어 넣은 만두 같은 음식) 좀 보게. 위에 올린 꿀에 절인 과일은 푸르기가 대나무 같고 붉기가 모란꽃 같은 것이 도합 여덟 가지 색깔을 띠는군. 여기에 눈처럼 새하얀 균자 그릇을 곁들여야 비로소 색이 완전히 갖춰져 서로 돋보이게 하지."

이융기는 빙긋이 웃으며 팔보필라 한 점을 균자 그릇에 담아 육충 쪽으로 밀었다.

"특히 맛이 일품이네. 달고 기름지고 시고 향기롭고 짠맛이 뒤섞여서 입술에 닿을 때, 입 안에 넣을 때, 목구멍에 들어갈 때의 맛이 모두 다르거든. 따뜻할 때 들게. 식으면 맛이 없네."

"맛은 정말 괜찮군요. 아니, 저 사람들은 뭐가 저리 바쁩니까?"

육충은 입 안 가득 기름기가 넘치도록 씹다가 화청 바깥에 모여든 사람들을 발견했다. 말단 관리 몇이 거지들을 데리고 들락날락하는데, 심문받은 거지는 곧장 데려나가고 다시 다른 무리를 불러들여 심문했다. 그 밖에도 문사 몇 명이 거대한 지도 위에 표식을 찍고 그림을 그리는 중이었다.

"사건 조사!"

이융기는 예측불허의 웃음을 짓고는 고상하게 팔보필라 하나를 집었다.

얼마 지나지 않아 남색 옷을 입은 말단 관리 둘이 지도를 들고 가까이 와서 말했다.

"군왕께 아룁니다. 이틀간 수색한 결과, 관련 거지 일흔여덟 명을 찾아냈습니다. 형부에서 알아낸 것과 합치고 각지 소식을 추가해 선별해보니 네 사람이 달아난 경로를 짐작할 수 있었습니다."

"이건……."

지도에 진하기가 다른 먹으로 경로 두 개가 그려진 것을 보고서야 육충이 참지 못하고 물었다.

"설마 요룡 사건 현장에 있던 환술사 넷이 달아난 방향입니까?"

이융기가 고개를 끄덕였다.

"형부 쪽은 그 호인 환술사들의 대략적인 노선만 알아냈네. 장안에서 가장 빠른 눈과 귀는 사실상 어디에나 있는 거지들이지. 그 호인들은 복장이 특이하니 허둥거리며 달아나는 동안 필시 시선을 끌었을 걸세. 비록 힘은 많이 들었지만 결국 소득이 있었지!"

"어째서 지도에 경로가 둘입니까?"

육충은 몸을 숙이고 자세히 들여다봤다.

"연한 쪽은 또 다른 주요 사건이네!"

이융기의 눈빛이 약간 무거워졌다. 육충이 물으려고 할 때 문사들이 두툼한 서적 몇 무더기를 안고 와서 이융기에게 예를 올렸다. 백발이 창창한 늙은 유학자가 낡은 유리 축을 댄 족자 하나를 골라 뒤적이면서 말했다.

"군왕께 아룁니다. 민간에는 진작부터 '태종 황제 지부 유람' 이야기가 있었고, 무주 시절에는 이 이야기가 최소 세 가지 변문으로 만들어져 항간에 널리 불렸습니다. 가장 먼저 기재된 서적을 찾으려 하신다면 일이 까다롭습니다. 비록 주신 시간은 짧으나 다행히도 군왕의 홍복에 힘입어 정관 10년에 쓴 《장안유기》를 찾아냈습니다. 저자는 알 수 없지만 이 글에 '장안에 최 판관 묘가 새로 생겼다'는 기록이 있습니다. 그리고 이 서적은 고종 영휘 2년의 《평강변문잡록》으로 〈태종 황제 입명기〉가 기재되어 있습니다. 당시는 태종 황제께서 붕어하신 지 이 년밖에 되지 않았을 때지요."

늙은 유학자가 휘청휘청하는 걸음으로 오래된 서적을 들고 다가왔다.

"태종 황제?" 별안간 육충이 무릎을 탁 쳤다. "생각났습니다. 어릴 때 들어본 이야기군요. 태종 황제께서 정관 연간에 갑자기 병을 얻어 밤중에 늘 귀신이 찾아오곤 했습니다. 대술사인 원천강이 저승에서 판관을 하는 벗 최자옥에게 부탁했지만, 결국 귀졸에게 저승으로 잡혀가 하마터면 황천길을 건널 뻔했습니다. 다행히 판관 최자옥은 담력도 좋고 세심하기도 해서, 몰래 태종의 생사부를 훔쳐 비로소 태종 황제를 부활시켰고, 태종 황제는 저승을 한번 유람한 뒤 이승으로 돌아갔다는 이야기였습니다. 하지만 그 이야기가 사건과 무슨 관계가…… 가만, 저승이면……?"

육충이 두 눈을 크게 떴다.

"그래, 지부!" 이융기가 옛 서적을 뒤적이며 말을 받았다. "가장 일찍 등장한 변문 〈태종 황제 입명기〉에는 바로 태종 황제가 경하에서 실족해 물에 빠진 뒤 곧장 지부로 들어간 이야기를 하고 있네. 그러니 장안성 밑에 지부가 있다는 말은 결코 새로운 이야기도 아니지. 심지어 태종 황제께서 붕어하신 지 오래지 않은 시점부터 비슷한 전설이 천하에 두루 퍼졌네. (당태종이 저승에 갔다가 최 판관의 도움으로 위험에서 벗어난 이야기는 무측천의 천수 연간에 이미 돈황의 변문 〈당태종 입명기〉로 퍼져 있었다. 근대의 대학자 왕국유는 그 글을 '송대 이후 통속 소설의 시조'라고 칭했다 – 작가 주) 그 이야기와 가장 밀접하게 연관된 변문은 바로 진경과 울지공이 수문신이 된 이야기일세. 지난번에 원승이 천마살을 깨뜨릴 때 말한 적이 있지."

이융기는 팔보필라를 맛있게 씹으며 빠르지도 느리지도 않게 말했다.

"그때 일로 원천강이 장안에 치우가 중심이 된 진마 법진 일곱 개를 펼쳐 천마살에 대항하기 위해서였다는 것을 알았네."

육충이 알았다는 듯이 말했다.

"그랬었죠. 그때 장안성에서 일어난 수차례 괴살인 사건도 천마살의 지살이 새어나온 탓이었습니다. 하지만 원승은 신비 부적 사건을 해결한 후에도 천마살이 일으킨 이상한 지살을 완전히 파악하지 못했지요. 설마……."

"맞네. 짐작건대 그 둘이 깊은 관계가 있을 걸세!"

이융기가 몸을 일으키더니 붓을 들고 먹을 듬뿍 찍은 다음 지도 위의 연한 선을 눈에 띄는 겹선으로 만들었다.

"이렇게 하면 한눈에 들어오겠지. 겹선으로 표시한 것은 치우 사당 같은 진마 법진이 있는 위치네. 이 겹선과 네 환술사가 달아난 경로의 교차점이 두 군데 있는데 놀랍게도 두 곳 다 같은 사당, 최부군묘일세."

"최부군이라면 바로 저승에 가서 판관이 됐다던 대당나라 초기 현령 최자옥이군요! 태종 황제께서 지부를 유람할 때 계교를 내어 구해줬다는."

육충은 두 눈을 환하게 빛내더니 느닷없이 또 제 무릎을 세게 내리쳤다.

"게다가 요룡 사건이 일어난 곳 역시 최부군묘고요!"

이융기가 말했다.

"정관 10년에 이미 장안에 최부군묘가 한 곳 있었으니, 최부군이 일찍부터 숭상을 받았다는 것을 말해주지. 하지만 그 후로 장안에 최부군묘 수가 급증해 여섯 곳으로 늘어났네. 그 배후에는 필시 '태종 황제 지부 유람' 이야기가 있었을 걸세. 어쩌면 사당이 너무 밀집됐기 때문인지, 오늘에 이르러서는 그중 두 곳이 황폐해졌는데 그게 바로 이 두 곳일세."

육충은 남은 팔보필라 두 개를 뚝딱 먹어치우고는 칭송했다.

"군왕께서는 참 지혜로우십니다. 한담을 나누고 격구를 즐기고 술을 마시는 동안 그 많은 요점을 이토록 명확히 짚어내시다니요!"

"원승이 올린 묘계일세!"

육충은 움찔하며 얼굴을 약간 굳혔다.

"육충." 이융기가 의미심장하게 그를 바라봤다. "근래에 자네와 원승 간에 오해가 조금 생겼다지? 벗을 사귐에 있어 중요한 것은 용서라는 단어라네!"

육충은 살짝 어두워진 안색으로 무겁게 고개를 끄덕였다.

"용은, 이 늙은 잡놈아, 너무하지 않느냐!"

저녁 즈음, 천경궁 내원에서 호통 소리가 천둥처럼 쩌렁쩌렁 울렸다. 바로 소적하의 외침이었다. 방 안에 있던 원승은 움찔 놀라 황급히 밖으로 나가 자세히 살폈다. 뜰에는 밝은 등이 높이 걸려 대낮처럼 환했다. 청영도 총총히 달려왔다. 오대 술사가 거대하고 웅장한 제단 앞에 서 있는 것이 보였다. 그중 소적하와 용은 국사는 세 장 넘게 떨어져 서서, 각기 한 손을 뻗어 서로 대결하는 중이었다. 소적하의 손바닥에서는 보라색 섬광이 쏟아져 나오고, 용은 국사의 손바닥에서는 하얀 검기가 일어났다. 보라색 섬광과 하얀빛이 두 마리 커다란 용처럼 허공에서 단단히 얽혔다.

옆에서 선기 국사가 외쳤다.

"소 진인, 어서 손을 거두시오! 기우제는 이성께서 명하셨고 뇌법으로 비를 빌면 그 효과가 비할 데 없이 뛰어나오. 어명이 내렸는데도 진원 강기가 그리 아까우시오?"

소적하는 분연히 외쳤다.

"허튼소리! 양심에 거리낌이 없고 공평무사한 내가 어찌 이깟 진원 진기를 아까워하겠느냐? 단지 도둑놈에게 이용당하기 싫은 것뿐이다!"

멀리서 이 말을 들은 원승은, 다른 이들이 소적하에게 뇌법으로 비를 부르는 일을 강요한 모양이라고 짐작했다. 다만 무슨 까닭으로 저 성질 급한 곤륜문 종주가 용은 국사와 싸움을 벌였는지 알 수 없어 걸음을 재게 놀려 달려갔다.

"소 진인이 말하는 도둑놈이란 대관절 어떤 자요?"

용은은 손바닥에서 하얀빛을 일렁이면서 태연자약하게 말했다. 딱 봐도 너끈히 우위를 차지한 것이 분명했다.

"좋다. 네놈이 뇌법을 구경하고 싶다고 했겠다. 네놈의 도둑놈 같은 본모습을 밝혀주마."

초조해하던 소적하는 난데없이 손바닥을 뒤집고 중지와 무명지를 위로 곧추세웠다. 바로 뇌법의 자세였다. 그 순간 손바닥에서 보랏빛 섬광이 급격히 솟아났다.

"멈추시오! 모두 멈추라지 않소!"

위기를 느낀 선기 국사가 황급히 엄한 소리로 꾸짖었다. 다년간 뇌법을 수련한 그는 이 술법이 얼마나 매섭고 빠른지 알고 있어서, 허겁지겁 뇌법을 운용해 손바닥을 휘두르며 맞섰다. 그가 사용한 것은 중지를 쭉 뻗는 영관결(靈官訣)이었다.

뇌법을 극한까지 수련하면 천둥 번개를 부를 수 있었다. 당세에서 가장 뛰어난 양대 뇌법 종사가 동시에 술법을 펼치자 그 위력은 과연 어마어마했다. 하늘에 번쩍 피어난 번갯불이 솟구치는 하얀 용처럼 허공을 가르면서 보라색 용을 향해 날아들었다. 순간 강력한 천둥소리가 우르릉 울렸다.

용은 국사는 황급히 검기를 거뒀다. 선기 국사와 소적하 모두 상대의 술법이 강력함을 알고 있기에 손을 거둘 생각이었으나, 강하고 절륜한 뇌법은 재빨리 펼치거나 거두기가 어려웠다. 두 사람은 번개같이 생각을 바꿔 똑같이 손바닥에 맺힌 뇌전을 옆으로 떨쳐냈다. 떨어져 내리던 새하얀 뇌전과 보라색 섬광이 한데 뭉치더니, 막을 수 없는 기세로 이제 막 달려온 원승과 청영을 내리찍었다.

맨 먼저 당할 사람은 원승이었다. 하지만 피할 수가 없었다. 청영이 바로 뒤에 있기 때문이었다. 아무런 방비도 하지 않고 온 원승은 춘추필을 꺼낼 틈조차 없었다. 너무 삽시간에 일어난 일이라 그저 온몸에 강기를 돋워 힘을 다해 맞서는 것이 고작이었다.

보라색과 흰색을 띤 두 줄기 번갯불이 모여 굵직한 빛기둥을 만들었다. 원승은 눈앞의 모든 것이 눈부시도록 찬란해지고 온 세상이 삽시간에 활활 불타오르는 것을 느꼈다. 꽉 막힌 신음과 함께 원승은 멀리 나가떨어졌다. 혼란한 와중에 청영의 신음이 들리고 멀리서 대기의 비명도 들렸다. 다음 순간, 세상은 공백으로 변했다.

어둠, 그리고 흔들림…… 얼마나 지났을까, 마침내 원승이 두 눈을 떴다.

"아아, 천지신명이시여, 감사합니다. 전능하신 마즈다여, 감사합니다. 드디어…… 드디어 깨어났군요!"

배꽃같이 곱디고운 대기의 얼굴이 아직도 흐릿해 보였다. 그 얼굴뿐만 아니라 세상 전체가 흐릿하고 흔들렸다. 원승은 잠시 의식을 잃었던 것 같기도 하고, 한 시대 동안 혼절해 있었던 것 같기도 했다.

다행히 이곳은 현진법회 현장이라 대당나라에서 술법이 가장 강력한 여러 대종사가 집결해 있었기 때문에 그 자리에서 여러 종사가 힘을 합쳐 술법을 베풀어 도왔다. 의술이 가장 뛰어난 천월 진인은 더욱더 힘을 쏟았다. 대종사들이 힘껏 술법을 써서 치료한 덕분에 원승은 혼절한 지 두 시진 만에 깨어났다. 청영은 그의 뒤에 있어서 약간만 영향을 입었고 상처도 가벼워서 반 시진도 지나지 않아 호전됐다.

원승은 깨어나자마자 난데없이 물었다.

"주전, 주전은 어디에?"

대기는 그만 웃음이 터졌다.

"누가 책임감 강한 원 장군 아니랄까봐 이런 때도 사건 걱정이라니……."

"청영은?"

이것이 원승이 두 번째로 한 말이었다.

"저는 여기 있습니다."

청영이 재빨리 다가갔다. 창백한 얼굴에 감격이 넘쳐흘렀다.

"감사합니다, 장군. 그 무시무시한 뇌전을 대부분 장군께서 막아주셨군요."

열심히 술법을 베풀어준 단운자 등의 종사들도 다가와 따뜻한 말투로 상태를 물었다. 법회의 첫 번째 주최자로서 실수로 사람을 다치게 한 선기 국사는 몹시 미안해하며 몇 번이나 위로하고 사과했다. 원승도 너그럽게 웃으며 넘겨줬다.

무엇 때문인지 또 다른 가해자인 소적하는 맨 마지막에 원승에게 다가와 아무 말도 하지 않고 멍한 얼굴로 잠시 그를 바라보다가 깊숙이 머리를 조아리기만 했다. 안색이 종잇장같이 창백하고 이마에 땀방울이 송골송골 맺힌 그를 보자 원승은 저도 모르게 물었다.

"소 진인, 어찌 그러십니까?"

하지만 소적하는 자신의 상태를 알아차리지 못한 듯 묵묵히 거대한 몸집을 돌리더니 사람들의 의혹어린 시선을 받으며 느릿느릿 자리로 돌아갔다. 그러는 동안 그저 조용히 이렇게 중얼거릴 뿐이었다.

"도둑놈들, 허허, 모두가 도둑놈이로다."

"천월 도형." 선기 국사는 비틀거리며 멀어지는 소적하의 뒷모습을 바라보면서 두 눈썹을 찌푸렸다. "가서 살펴봐주시오. 요사이 소 진인이 퍽 정신이 혼미한 것 같소."

오후의 태양은 더욱 지독해졌다. 최부군묘의 원형 마당 안에는 심지어 미풍 한 자락조차 없었다. 벌써 세 번째로 이곳에 왔지만,

이융기는 여전히 흥미로운 눈길로 사방을 둘러봤다. 마치 시야에 들어오는 모든 것이 새로운 듯했다.

오전 내내 그와 함께 격구를 하고 땀범벅이 된 몸으로 이곳에 온 육충은, 공놀이를 한 다음 기분 전환 삼아 사건 조사를 하는 이 높으신 분의 방식에 영 적응이 되지 않았다.

"자네들과 형부에서 진작 이 최부군묘의 내력을 샅샅이 조사했겠지?"

"그렇습니다. 불가에서든 도가에서든, 이런 원형 마당을 둔 사당은 아주 드뭅니다. 알고 보니 이런 원형 마당은 수나라 말 대란 때 이 지역에서 횡포를 부리던 어느 세가가 건축한 피난 시설이었습니다. 난세에도 버텨야 하는 건물이니 전문가의 가르침을 받아 몰래 팔괘미혼진을 펼치고 안팎으로 대칭 구조를 많이 적용한 데다 둥근 마당에는 문을 세 개나 만들어 드나들 수 있게 했더군요. 듣자니 당시 이곳 지명이 팔괘대였답니다!"

이렇게 말하던 육충은 문득 자료를 수집, 분석하는 업무는 본디 청영의 장기인데 지금은 그녀가 원승 쪽에 있다는 데 생각이 미쳤다. 어찌 된 셈인지 약간 쓸쓸하고 멍한 기분이었다. 그가 다시 말했다.

"정관 연간에 이르러 이곳의 세가가 몰락하면서 이 피난처도 버려졌는데, 그 후 최부군을 숭상하는 분위기가 크게 일어 팔괘대 위에 최부군묘가 세워졌다는군요."

이융기는 사방을 둘러보더니 손가락을 뻗었다.

"그렇군. 팔괘대라는 이름이 딱 어울리는 곳이야. 최부군묘로 재건한 후에도 당시에 만든 둥근 마당과 대칭을 이루는 세 대문은 남

왔군. 수나라 말의 대란 때 이 세 문이 적을 혼란에 빠뜨리는 데 사용됐겠지. 갑옷과 쇠뇌 도난 사건도 저 대칭 문이 부장 이립 등을 혼란에 빠뜨리고 방향을 잃게 한 거야."

"설마 군왕께선 벌써 이 사건의 관건을 파악하신 겁니까?"

"며칠 곰곰이 생각해본 끝에 마침내 요점 몇 가지를 깨달았지!"

이융기는 두 눈썹을 치켰다.

"이번 사건은 심사숙고해서 꾸며낸 교묘한 사기극일세. 형부가 사건 발생 후 묘지기들을 붙잡았는데, 그들의 자백에 따르면, 벌써 한 달 전에 누군가 찾아와 귀인이 수양할 수 있도록 이곳을 내주고 당분간 고향으로 돌아가 농사나 지으라며 높은 가격을 치렀다더군. 그런 다음 그들은 이곳 묘지기를 전부 도적 일당으로 바꿨지. 이립이 병사들을 지휘해 군기를 호송해 들어온 후, 가짜 묘지기는 일부러 병졸들이 갑옷과 쇠뇌를 저쪽 편전에 넣도록 유도했네. 그 편전 비스듬히 맞은편에 있는 편전에는 네 호상이 머물고 있었지. 밤이 되자 병졸들도 이 양쪽 편전에 묵었네. 당시 이립은 편전이 튼튼한지 자세히 살폈겠지. 하지만 이 기괴한 최부군묘가 완전 대칭을 이룬 원형이라는 사실에는 주의하지 않았어. 만약 둥근 마당의 세 대문을 모두 열어놓으면, 한쪽 문으로 들어와서 오른쪽으로 돌아가기만 하면 군기를 보관한 편전 또는 호상 및 병사들이 뒤섞여 자는 편전에 들어갈 수 있게 되지. 둘을 구분하는 유일한 표식은, 군기를 보관한 편전 바깥에 서 있는 육정육갑의 신상뿐이었네. 그 점이 관건이지. 그날 밤 요룡이 허공에 출현했을 때 가장 먼저 발견한 이가 바로 호상이었네. 그자가 큰 소리를 지른 통에 병사들이 구경하겠다고 우르르 몰려나왔지. 자네도 원승이 해결한 벽화 살인 사건을 들어봤겠지. 당시의 흉수 단풍은 섭혼술로 옥졸과 죄수에게 최면을 걸고 교묘하게 탈옥했네. 최부군묘의 네 호상도 양주에서 청해온 고명한 환술사임이 밝혀졌잖은가. 그들도 똑같이 섭혼술을 쓴 거야. 탈옥할 때 줄타기를 쓴 단풍과 달리 최부군묘의 요룡은 사실상 순수한 환술공연이었네."

이융기가 두 손바닥을 가볍게 마주치자 명을 받들고 대기하던 서시 환술사 둘이 허리를 숙이고 나왔다. 그들은 앞뒤로 지형을 살핀 뒤 고개를 끄덕이더니 서투른 당나라 말로 말했다.

"대충 가능합니다. 말씀하신 요룡 환술, 저희가 대충 펼칠 수 있습니다. 다만 말씀하신 효과를 내려면 힘이 듭니다. 하지만 우리는 힘들어도, 아주 고명한 환술사는 이런 것, 해낼 수 있습니다."

이융기가 빙그레 미소를 띠며 말했다.

"그걸세! 하물며 공연을 진짜처럼 만들어 그 많은 병사가 사실이라 믿게 하려고, 그 호인 환술사들은 비밀스런 도구 하나를 썼네. 바로 특별 제작한 용혈 포도주지. 사건 발생 후 형부의 밀탐이 술단지에 남은 포도주를 가져와 검사했네. 개에게 한잔 먹였더니 그 개는 곧 미친 것처럼 흥분해서 한참 동안 날뛰며 울부짖었다네. 형부 사람들은 원인을 몰랐네만, 사실 그 안에 마분이 들었을 거야."

육충은 의아했다.

"마분이 뭡니까?"

"《신농본초경》에 이런 기록이 있지. '마분, 많이 먹으면 귀신을 보고 미쳐 날뛰게 하며, 오랫동안 복용하면 천지신명과 통한다.'"

이융기의 웃음이 다소 쓸쓸해졌다.

"장안에서 음주와 놀이에 정통한 공자들은 다 아는 것일세. 진

(晉)나라 때 만들어진 오석산처럼, 먹으면 정신이 몽롱해지고 신선이 되거나 죽고 싶은 기분이 들게 하지. 천축의 호승과 한담을 나눈 적이 있는데, 천축의 《폐타경》에 사람을 신선처럼 만들어주는 신성한 약이 나온다는군. 그 약이 바로 마분일세." (마분은 《신농본초경》에 기재된 한약재인데, 실제로는 후세에 나오는 '대마'의 씨 알맹이다. 고대 인도 천축에서는 일찍이 그 환각작용이 발견됐고, 중국 《신농본초경》에도 '귀신을 보고 미쳐 날뛰게 한다'는 기록이 있으니 환각을 일으킴을 발견한 것이다-작가 주)

육충은 알았다는 듯이 고개를 끄덕였다.

"그렇다면 그 환술사들이 바로 군기 탈취 사건의 주범이군요?"

"적어도 최부군묘에서의 그날 밤은 그들이 탈취 사건의 주 진행자였네."

이융기는 기괴한 원형 전각을 골똘히 응시하며 서서히 말을 이었다.

"우선, 이립이 서둘러 이 사당을 찾아와 투숙한 것은 허 선생이 떠나기 전에 남긴 당부를 따르기 위함이었네. 도적이 심혈을 기울여 준비한 함정에 뛰어드는 행위인 줄은 몰랐던 거지. 그날 밤 호상으로 분장한 환술사는 이립 및 병사들과 술을 마시며 어울렸네. 마분을 섞은 포도주가 들어가자 이립 등은 정신이 몽롱해졌고 금세 환술에 미혹됐네. 요룡이 갑옷과 쇠뇌를 삼키는 것을 보자 이립과 병사들은 초조해 미치기 직전이었고, 요룡이 추락할 듯 흔들리자 우르르 쫓아갔네. 그들의 임무는 바로 최고급 군기를 국도로 호송하는 것이었어. 군기를 잃어버리면 이유가 무엇이든 누구도 책임에서 빠져나갈 수 없지. 그래서 감히 아무도 남아 있을 생각을 못하고 모두가 요룡이 날아간 방향을 좇아 문을 나섰네."

이융기는 계속 말했다.

"여기서 가짜 묘지기들이 수작을 부렸지. 묘지기는 옆문을 하나 열어놨고 깊은 밤중이라 이립 등은 주변을 판별하지 못한 채 그 옆문으로 쫓아나갔네. 풀이 죽어 돌아왔을 때에도 당연히 옆문으로 들어왔겠지. 그때 그들의 머릿속은 혼란의 도가니여서 본래 하던 대로 오른쪽으로 돌아가 군기를 보관한 편전을 살필 생각뿐이었네. 그런데 웬걸, 그때는 다른 문으로 들어왔으니 오른쪽에 있던 방은 사실상 호상들이 머물던 곳이었지. 당연하게도 그들은 텅 빈 방을 봤고, 곧 요룡이 군기를 집어삼키고 사라졌다고 여긴 거야."

"잠깐, 잠깐만요." 육충이 뭔가 생각난 듯 부르짖었다. "군기를 보관한 편전 앞에는 육정육갑 신상이 있지 않았습니까?"

"그 신상도 교묘한 도구였네. 병사들이 모조리 요룡을 쫓아나간 다음 가짜 묘지기와 환술사들은 그 신상을 호상이 묵던 편전 앞으로 옮겨놓았지."

육충이 '허' 하고 웃음을 터뜨렸다.

"알고 보니 아주 단순하군요. 이립은 다른 문으로 나갔다가 들어왔고, 옮겨진 신상을 표지 삼아 다른 편전으로 들어가 살폈으니 자연히 빈방이었겠지요! 그렇다면 호상들은 자연히 진짜 군기가 보관된 편전으로 들어갔겠군요. 설마 그때는 갑옷과 쇠뇌가 여전히 본래 편전 안에 있었다는 말씀입니까?"

"당연히 그랬지!"

이융기가 냉소를 지으며 말했다.

"원승이 말하지 않았나? 술법은 지엽적인 것으로 오직 사람 눈을 홀리는 속임수만 해낼 수 있다고. 요룡이 군기를 삼킨 것은 모두 환술극에 불과했네. 진짜 군기는 여전히 편전에 놓여 있었지. 그 후 이립이 명령을 내려 방을 샅샅이 뒤졌는데, 호상의 방을 조사할 때는 호상들이 다시 환술극을 펼쳐 장안법으로 편전에 있던 군기를 숨겼네. 병사들이 본 건 용인지 뱀인지 우르르 쏟아져 나오는 것뿐이었고. 뱀 떼가 쏟아져 나오는 끔찍한 광경을 보자 겁먹은 병사들은 화살 본 새처럼 깜짝 놀랐네. 그러는 사이 호상과 묘지기가 맨 먼저 울부짖으며 달아났지. 전쟁이 불리할 때 병사들이 맹목적으로 달아나는 것과 같은 이치네. 하물며 이 병사들은 이미 환상을 보게 하는 마분을 먹은 상태였으니, '귀신을 보고 미쳐 날뛴다'는《신농본초경》의 기록처럼 앞서간 사람들을 따라 이 무시무시한 사당에서 달아난 거야. 마지막은 이립이었네. 그자는 심신이 지쳐 결국 무너졌고, 약과 미혼 환술에 한꺼번에 당해 철저히 미쳐버렸지."

육충이 숨을 몰아쉬며 말했다.

"군왕께서는 이미 최부군묘의 도난 사건 과정을 대강 추리해내셨군요. 말씀대로 모든 것이 환술이라면, 요룡이 출현한 날 밤 군기는 여전히 본래의 편전에 남아 있었다고 치죠. 그렇지만 나중에는요? 그 물건들은 결국 어디로 간 겁니까?"

"그날 밤에 이립은 미치고 휘하 병사들은 뿔뿔이 달아났지. 이튿날 오시가 되자 비로소 담력 좋은 병사 몇이 무리를 지어서 돌아와 살펴봤는데, 그때 사당에는 아무도 없었으니 당연히 환술도 없었지. 하지만 그들이 본 것은 텅 빈 편전이었네. 그 말인즉, 그날 밤 요룡이 출현하고 병사들이 놀라 달아난 뒤부터 이튿날 오시까지 대략 일고여덟 시진 안에 가짜 묘지기와 호상들이 힘을 합쳐 갑옷과 쇠뇌를 운반해갔다는 뜻일세. 선임 병사들의 진술을 들어보면, 최부군묘의 가짜 묘지기는 대략 일고여덟 명이고 호상까지 합치면 총 십여 명이네. 그들 십여 명이 일고여덟 시진 안에 큰 수레 세 대 분량의 군기를 운반하기란 골치 아픈 일이지. 그렇다면 병사들이 버려둔 말에 수레를 매달고 산길로 끌어올린 다음 멀리 달아날 수밖에 없네. 사실상 거의 그렇게 했지. 사건 발생 사흘째 저녁, 형부는 장안성 밖 남산 나한평 부근에서 수레 세 대를 발견했다는 보고를 받았네. 수레를 끌던 말은 그대로였지만 수레에 있던 최고급 기밀 군기는 이미 사라지고 없었지."

육충이 망설이다가 말했다.

"상황을 보면 그 도적들이 밤새 수레를 끌고 가서 군기를 빼돌린 것 같은데, 사실은 아주 위험천만한 방법입니다. 첫째로는 수레를 끌고 가면 아무리 인적 드문 황야라고 해도 물건이 너무 커서 이목을 끌기 마련이고, 둘째로는 준마와 수레가 모두 군대 물품이라 두드러진 표식이 있으니 관문에서 발각당하기 쉽기 때문이지요. 주도면밀한 도적 떼가 그런 실수를 할 리 만무합니다."

"그렇지. 내가 보기에 그들은 밤에만 움직였네. 밤을 틈타 말과 수레를 그곳으로 끌고 간 거야. 경로로 미뤄 최부군묘에서 남산 나한평까지는 딱 세 시진 정도 길을 서두르면 도달할 수 있네. 하지만 가장 큰 문제는 그다음일세."

이융기는 옥피리를 살짝 쥔 채 생각에 잠겼다.

"도적들이야 사방으로 흩어질 수 있으나 그 무거운 군기를 어쨌을까? 섬전노 한 대만 해도 튼튼한 장정 한 사람이 낑낑거리며 운반해야 하는데, 쇠뇌 쉰 대와 영철갑 이백 벌이 통째로 날개 돋친 듯 사라지지 않았나. 심지어 형부가 나한평을 파 뒤집다시피 하며 조사했지만 전혀 흔적을 찾지 못했네."

이융기는 두 눈을 가늘게 뜨고 서쪽으로 지는 해를 노려보면서 무서우리만큼 딱딱해진 얼굴로 천천히 말했다.

"이것이 바로 요룡 군기 탈취 사건의 가장 중요한 수수께끼일세. 만약 그 기밀 군기를 찾아내지 못하면 대당나라 조정의 각 세력에 하나같이 무서운 위협이 될 테니, 그 결과는 상상할 수도 없네."

문득, 육충은 별 볼일 없고 나태하고 퇴폐한 공자의 모습이 희한하게도 저 얼굴 위에서 간데없이 사라졌음을 깨달았다. 지금 이 모습이야말로 그가 알던 임치군왕이요, 진짜 이융기였다.

육충은 저도 모르게 속으로 장탄식을 지었다. 이 순간에야 비로소 이융기의 깊디깊은 무력감이 무엇인지 느낄 수 있었다. 이 사람은 뱃속 가득한 재능에 몸속 가득한 포부에 가슴 가득한 호기를 지녔으나, 지금은 파도처럼 변화무쌍한 정국에 억눌려 부득불 그 모든 호기와 뜨거운 피와 가슴속에 굽이굽이 간직한 비단 자락을 꽁꽁 묶어둔 채 방탕하고 쇠락한 부잣집 공자의 가면을 써야만 했다.

육충 역시 자연스레 그날 밤 원승과 나눈 대화를 떠올렸다. 이 세상에서는 누구나 가면을 쓴다. 단지, 두꺼운 가면을 쓴 자가 있는가 하면 얇은 가면을 쓴 자도 있고, 단순한 가면을 쓴 자가 있는가 하면 복잡한 가면을 쓴 자도 있을 뿐.

그때 하인 하나가 바삐 달려와 떨리는 목소리로 말했다.

"보고드립니다. 내내 혼절해 있던 사미르가 어제 한밤중에 갑자기 정신을 차리고 형부 감옥에서 탈출했습니다!"

이융기가 안색을 굳히며 꾸짖었다.

"어젯밤에 탈옥했는데 어째서 오늘에야 보고가 들어왔느냐?"

그의 이런 엄숙한 면을 거의 보지 못한 하인은 놀란 나머지 안색이 하얗게 질렸다.

"사미르가 워낙 교활하게 군 탓입니다. 그자는 내내 얇은 이불을 둘둘 말고 감옥 안에 누워 정신을 잃고 있었기 때문에 아무도 신경 쓰지 않았습니다. 오늘 오시에 옥졸이 관례대로 살피러 갔다가 비로소 이불만 남아 있는 것을 발견했습니다. 이상한 것은 무슨 짓을 했는지 이불은 여전히 둥그렇게 부풀어 있는데 안에 있던 사람만 종적이 묘연하다고 합니다. 형부육위가 소식을 듣고 달려가 조사한 결과 어젯밤에 탈옥했을 것으로 추리했습니다."

4장

원수를 갚으러 온 피리

뇌법이 유발한 파란은 현진법회에 기묘한 그늘을 드리웠다. 더구나 그 그늘은 계속해서 차츰차츰 어둡고 두껍게 변해갔다.

이튿날 오후, 황삼을 입은 내시 둘이 종종걸음으로 달려와 성후의 명령을 전했다. 선기 국사 등이 비를 부르는 데 힘쓰지 않은 것을 질책하고, 대종사들에게 이레 안에 단비를 내리게 하라고 엄히 명하는 내용이었다. 비를 부르는 기간 동안 대종사들은 반드시 마음을 다해 제단을 지키면서 단비가 오기 전에는 함부로 자리를 뜨지 말라고도 했다.

낭송이 끝나자 내시는 다시 울상을 짓고 한숨을 내쉬며 선기 국사 등에게 말했다.

"성후께서 몹시 진노하셨습니다. 여러분은 비록 살아 있는 신선이시나 성후의 노여움을 사지 않는 편이 좋지요. 행여나 이성의 명 없이 가벼이 천경궁을 떠나는 일은 없도록 하십시오. 그리고 기우 문제는 살아 있는 신선들께서 방법을 생각해주시기 바랍니다. 이성뿐만 아니라 우리 장안 백성 모두가 비를 바라고 있지 않습니까."

어린 내시는 한숨을 섞어 한참 잔소리를 꽥꽥 늘어놓은 다음, 물 한잔도 마시지 않고 바삐 문을 나서 우마차를 타고 거들먹거리며 떠나갔다.

"도우들, 성후의 하교를 모두 똑똑히 들었을 것이오."

저녁 식사가 끝난 뒤 천경궁에서 가장 큰 응접실인 '대청허각'에는 원승과 용은, 천월 등 오대 술사가 가운데 놓인 호문식 자단목 탁자 앞에 둘러앉았다. 상석에 높이 앉은 선기 국사는 울적한 눈빛으로 사람들을 훑어봤다.

"그래도 비를 부르지 못하면 우리 체면이 손상됨은 말할 것도 없고, 성후께 책망을 들을지도 모르오!"

용은 국사는 입을 삐죽이며 말을 하려다가 그만뒀다. 천월 진인의 표정은 어떤 파도에도 흔들림이 없었고, 심지어 단운자는 두 눈을 살며시 내리뜬 채 졸고 있었다. 사람들의 표정이 냉담해 보이자 선기 국사의 안색은 점점 무거워졌다. 그가 불쑥 말했다.

"소 진인, 어찌 그러시오?"

원승은 고개를 들었다가 맞은편에 앉은 소적하가 괴이한 표정에 안색이 창백하게 질린 데다 귀밑머리며 목에서 식은땀을 흘리는 것을 봤다.

"소 진인, 몸이 불편하십니까? 혹시 한열(寒熱)에 걸리셨습니까?"

원승이 일어나 습관적으로 맥을 짚어보려고 손을 내밀었다.

"허튼소리!" 소적하는 원승의 손가락이 독사라도 되는 양 손목을 세게 뿌리쳤다. "구전금단을 연성해 백독불침인 이 몸이 어찌 병에 걸린단 말인가?"

목소리가 뾰족해서 그 자리에 있는 모두가 이상하게 여겼다. 원승은 의아한 표정으로 자리에 앉을 수밖에 없었다. 선기 국사는 눈을 찡그렸지만 끝내 아무 말 하지 않았다.

어색한 침묵 속에 용은 국사가 천천히 입을 뗐다.

"선기 국사, 방방곡곡에 흩어 지내던 우리가 이렇게 현진법회에 모였는데, 진정으로 해야 할 일이 비를 부르는 것은 아니지 않소?"

이 담담한 한마디에 마침내 단운자 등의 눈빛이 환해졌다. 심지어 상태가 불안정하던 소적하마저 살짝 고개를 끄덕였다.

원승도 알고 있었다. 현진법회는 현문에서 가장 성대한 대회로, 그 취지는 현문의 각 세력을 전면 구획하는 것이었다. 또 이번 법회가 지금까지와 다른 점은, 홍강 진인이 세상을 떠나면서 대당나라 현문 삼대 국사에 공석이 생겼고, 법회에 참석한 세력들은 반드시 그 후보를 최종적으로 결정해야 했다. 듣자니 이성도 이미 그 일에 관해 언질이 있었다. 현진법회에서 뛰어난 도사를 추천해 홍강 국사의 공석을 메우고, 나아가 삼대 국사의 순위를 새롭게 정하겠다는 것이었다.

천월 진인, 단운자처럼 수행이 높은 경지에 이른 사람은 재물을 하찮게 본 지 오래지만, 유독 명성 쟁쟁한 그 자리만은 무겁게 여겼다. 그들에게 있어서 국사라는 자리에 오르는 것은 수행자 개인 일생에 크나큰 영광일 뿐 아니라 종파와 사문 전체의 영광이기도 해서였다. 결국, 참다못한 용은 국사가 맨 먼저 그 창문을 열어젖힌 것이다.

"좋소." 선기 국사는 곁눈질로 용은을 흘낏 바라봤다. "이른바 '천지는 각기 자리가 있고 만물은 각기 자란다'라 했으니, 만사와 만물은 반드시 먼저 그 자리를 정해야 하는 법. 우선 국사 후보를 추천한 뒤 그 순서를 정하도록 합시다. 여러분의 뜻은 어떠시오?"

천월 진인과 단운자는 말이 없었다. 용은 국사는 선기 국사가 자신만 뚫어지게 응시하는 것을 알고 어험 하고 헛기침을 했다.

"일리 있는 말씀이오. 우선 그 자리를 정해야 그 이름이 바르고, 그 이름이 발라야 그 말이 따르는 것이니, 뒷일도 순서대로 진행될 것이오. 그런 뒤 기우제를 지내야 몰래 훼방 놓는 자도 없을 것이오."

천월 진인 등이 달리 이견이 없자 선기 국사는 별수 없이 한숨을 내쉬며 말했다.

"그렇다면 향을 피우고 삼청사어(三清四御, 도교의 세 천존과 그를 보좌하는 네 천제)께 빕시다!"

말을 마친 그는 원승을 향해 빙긋 웃었다.

"원 장군, 수고스럽지만 창문을 닫아주게."

마침 창가에 앉아 있던 원승이 이 말을 듣고 일어나 창문을 닫으려는데, 홀연 길게 늘어지는 피리 소리가 들려왔다. 아득하고도 깊은 이 소리는 마치 연주자가 영원히 숨을 들이쉬지 않는 것처럼 끊임없이 이어지고, 말로 표현할 수 없는 괴이함과 음산함이 묻어 있었다. 누각 안의 대종사들도 참지 못하고 일어나서 고개를 들고 시선을 모았다.

밤바람이 점점 거세어지자 하늘을 덮은 옅은 구름이 빠르게 흘러가면서 달빛이 가려졌다 드러났다 했다. 그 빛 사이로 뚱뚱한 그림자 하나가 뜰 안에 나타난 것이 보였다. 술사 차림을 한 키가 작고 튼튼한 남자인데, 머리에 큼직한 삿갓을 쓰고 피리를 불면서 느릿느릿 걸어오고 있었다. 무엇보다 기괴한 것은 온몸에서 희미하게 하얀빛을 내는 것이었다. 폭넓은 소맷자락이 밤바람에 부풀어 펄럭이자 그 빛도 옷자락을 따라 쉼 없이 흔들려 기묘하게 눈이 부셨다.

"누구냐? 멈춰라!"

원승이 크게 외쳤다.

삿갓을 쓴 사람은 이미 창에서 수 장 떨어진 곳에 당도했는데, 그 소리를 듣고 천천히 고개를 들어 동굴같이 텅 빈 눈으로 그쪽을 바라봤다. 누각 안에 있던 종사들 모두가 경악했다. 놀랍게도 온 사람은 장님으로, 두 눈이 있어야 할 곳이 움푹 들어갔다. 별안간 소적하가 비명을 질렀다. 그림자를 뚫어지게 노려보는 그의 몸이 부들부들 떨렸다.

단운자가 참다못해 외쳤다.

"소 도형, 저…… 저 사람은 설마 귀파의 팔방철적선 포무극?"

안에 있던 모두가 숨을 멈췄다. 곤륜문 전임 종주 포무극은 피리를 잘 불어 '팔방철적선'이라는 아름다운 이름을 얻었으며, 키가 작고 튼튼하다는 것은 누구나 알고 있었다. 다만, 몇 년 전에 이미 유명한 자객 천하제삼살에게 암살당했다.

원승은 천하제삼살과 한번 싸워본 적이 있고, 심지어 포무극이 죽은 상황에 관해서도 상세히 알고 있었다. 천하제삼살은 포무극이 가장 믿는 어린 제자로 역용해서, 갑작스럽게 공격을 시도해 우선 포무극의 두 눈을 찌르고 이어서 오른쪽 가슴을 찔렀다. 그때 곤륜문 종주는 죽어가며 반격했고, 그 뒤 천하제삼살의 마지막 일검이 포무극의 머리를 베었다.

그런데 지금 저 희미한 달빛 아래, 뼛속까지 서늘하게 만드는 피리 소리와 함께, 놀랍게도 몇 년 전에 죽은 사람이 천경궁의 넓고 썰렁한 뜰에 모습을 드러냈다. 피리 소리는 시종일관 쓸쓸하게 울렸고, 하얀빛도 느릿느릿 창가로 접근해왔다. 갑자기 퍽 하는 소리가 들리면서 큼직한 삿갓을 쓴 머리통이 떨어지고 가슴팍에도 커다란 구멍이 뚫렸다.

끔찍한 것은 가슴 앞으로 굴러 떨어진 머리가 여전히 피리를 불고 있다는 사실이었다. 피리 소리는 단 한 순간도 그치지 않았다. 누각 안의 모두가 견식이 넓은 고인이라지만, 지금은 가슴 한구석이 서늘해지지 않을 수 없었다.

"막으시오. 저 요물이 들어오게 해서는 안 되오!"

천월 진인이 가장 먼저 외쳤다.

불현듯 날랜 바람 한 줄기가 들이닥쳤다. 바람 속에 요사한 차가움이 스며들어 있어서, 원승은 이것이 강기를 써서 술법으로 끌어낸 강풍임을 알아차렸다. 뇌법에 다쳐 몸이 허약해진 그는 허둥지둥 옆으로 피했다. 거센 광풍이 쌩쌩 소리를 내며 들이닥치자 누각에 켜놓은 촛불이 일제히 꺼졌다. 급작스럽게 방 안이 어둠에 잠겼다. 창밖에 가지 무성한 고목이 한 그루 있어서 달빛을 완전히 가린 탓에 갑자기 촛불이 꺼지자 방 안은 흡사 먹물을 쏟아부은 양 제 손가락조차 보이지 않을 지경이었다.

"조심하시오. 그자가 들어왔소!" 천월 진인이 다시 외쳤다. 황급함이 묻은 목소리였다. "저자가 흑풍주(黑風咒)를 썼소."

어둠 속에서 다급해 어쩔 줄 모르는 소적하의 노한 외침이 들려왔다.

"요물! 요물이다!"

날카롭고 황망한 목소리였다. 이 부르짖음은 이내 어둠에 빠진 방 안에 혼란을 불러일으켰다.

단운자가 큰 소리로 외쳤다.

"모두 당황하지 마시게!"

이어서 선기 국사도 외쳤다.

"게 있느냐, 속히 등불을 밝혀라!"

하지만 오늘 밤 모임은 현진법회의 극비 밀담이어서 도동들은 향로와 차를 대령한 뒤 명을 받고 모두 물러갔다. 대종사들도 편한 차림으로 참석했고 심지어 원승도 부싯돌 같은 것을 지니지 않았다. 누각 안에서 강풍이 일고, 이어서 몇 번의 꾸짖음이 터졌다.

"요물!"

"대담한 요물이로다!"

그다음은 끙 하는 신음이었다. 원승은 방구석에 기댔다. 강풍이 종횡무진하는 것이 느껴지고 앞에 있던 탁자가 뒤집히는 소리, 차 쟁반이 깨지는 소리, 장풍 소리 등이 여기저기에서 울렸다. 무엇보다 간담을 서늘하게 한 것은, 일어난 장풍이 깊고 힘차기 그지없다는 사실이었다. 나타난 사람의 공력이 예측할 수 없을 만큼 깊은 것이 분명했다.

장풍이 마주치는 짧고 강력한 소리 속에 천둥소리가 몇 번 어우러졌다. 별안간 창살이 바스러지는 괴상한 소리가 들리더니 톱밥이 어지러이 날아들었다. 흡사 분노한 바람이 창을 꿰뚫고 밀려드는 것 같았다. 어느 순간 누각 안이 조용해지고 다급히 헐떡이는 숨소리만 남았다.

"요물이…… 떠났소!"

선기 국사가 전력을 다해 침착한 목소리를 냈다. 그제야 도동 하나가 바삐 달려와 허둥거리며 촛불을 켰다. 커다란 초 몇 개가 다시금 타오르며 방 안의 낭패한 광경을 비췄다. 창문은 놀란 말이 뚫고 지나간 양 박살 나 바닥에 흩어졌고, 잔과 그릇도 가루가 되다시피 했다.

"소 도장, 괜찮으십니까?"

문득 원승은 소적하가 어딘지 이상하다고 느꼈다. 포무극의 사숙이요, 곤륜문 현임 종주인 소적하는 상심한 얼굴로 바보처럼 앉아서 손에 쥔 물건을 멀거니 보고 있었다. 기다란 피리였다. 바로 조금 전 그 괴인이 불던 피리가 지금은 그의 손에 쥐어져 있었다.

천월 진인이 이를 보고 외쳤다.

"소 도형, 조심하시오! 피리에 독이 있소!"

소적하는 온몸을 부르르 떨더니 그제야 생각난 듯 피리를 내던졌다가 제 손을 들어 자세히 살폈다. 어느새 양손이 검붉게 부풀어 있었다.

"자, 어서! 본문에서 독을 제거할 때 쓰는 성약인 칠엽고요!"

천월 진인이 달려와 품에서 옥병 하나를 꺼내 약을 그의 손에 발랐다. 상쾌한 약 냄새가 금세 퍼졌다.

하지만 소적하는 손에 바른 것이 불덩이라도 되는 듯 힘껏 뿌리치며 외쳤다.

"비켜라, 비켜! 본 진인은 백독불침이거늘 이깟 조그마한 피리 따위가 무엇이 두렵겠느냐!"

"소 도형." 천월 진인이 한숨을 내쉬었다. "그래도 약을 바르는 편이 만일에 대비할 수 있지 않소."

그러나 소적하는 그를 무시하고 일어나 비틀비틀 문밖으로 나가며 계속 중얼거렸다.

"하찮은 기술 따위. 이깟 하찮은 기술로 어찌 나를 해칠 수 있겠느냐?"

"포무극은 어디로 갔소?"

그제야 정신을 차리고 소적하에게서 시선을 거둔 선기 국사가 노기충천해 사방을 훑으며 외쳤다.

"틀림없이 누군가 농간을 부리고 있는 것이오!"

"그자는 달아나지 못할 것이오!"

용은 국사가 차갑게 콧방귀를 뀌더니 우선을 가볍게 팔락이며 표표히 창밖으로 몸을 날렸다. 천월 진인도 몸을 번쩍하더니 따라 나갔다. 양대 종사의 그림자는 번개처럼 빠르게 짙은 어둠 속으로 질주해 들어갔다.

소적하는 느릿느릿 걸어 문가에 이르러 있었다. 그는 거무튀튀한 얼굴을 하고서 먹물을 쏟은 것 같은 컴컴한 밤하늘을 뚫어지게 응시했다. 마치 저 컴컴한 어둠 속 어딘가에서 여전히 피리를 부는 귀혼이 있기라도 한 듯이.

원승은 그 모습을 보자 아무래도 참을 수 없어 나지막이 말했다.

"소 진인, 소생이 방으로 모셔다드리겠습니다."

하지만 소적하는 차갑게 손을 내젓고는 묵직하게 내려앉은 어둠 속으로 한 발짝 건너갔다. 한 걸음에 어찌나 힘이 들어갔는지, 저 앞에서 보이지 않는 거대한 파도가 출렁이고 있는 것만 같았다.

선기 국사가 하는 수 없다는 얼굴로 원승을 흘낏 보며 말했다.

"소 도형을 보러 가세. 원 장군, 방금 귀신이 출몰했으니 그대의 퇴마사 고수들도 정신을 바짝 차려야겠군."

그러고는 그의 대답을 기다리지 않고 바삐 문밖으로 걸어갔다.

원승은 한숨을 쉬며 차가운 표정의 단운자를 바라봤다.

"방금 그 괴이한 그림자는 처음에는 두 눈이 멀고 나중에는 가슴이 꿰뚫리고 마지막에는 머리가 떨어졌습니다. 포무극이 살해당할 당시의 참상을 그대로 재연한 것이 아닙니까?"

단운자는 고개를 끄덕이며 무거운 목소리로 말했다.

"오늘날 곤륜문에서는 전임 종주인 '포무극'이란 이름은 누구도 입에 담지 못하는 커다란 금기가 되었다지. 하나 사람이 모르는 일은 많아도 귀신까지 모른다는 보장은 없지. 듣자니 소 도형은 이 천경궁에 들어온 뒤로 시종 이것저것 의심하고 자주 악몽을 꿨다네."

"악몽이요?" 원승의 눈동자에 의문이 반짝했다. "어쩐지, 그래서 요 며칠 그처럼 성질을 부리셨군요!"

단운자의 얼굴에도 먹구름이 스쳤다. 그가 코웃음 치며 말했다.

"소 도형은 최근 태평공주부의 빈객이 됐기에 상왕부에 있는 나와 두어 번 만났네만, 나는 원통하게 죽은 그의 사질 포무극과 더 말이 잘 통했네. 심지어 소 도형에게 어째서 전임 종주의 복수를 하지 않느냐고 묻기도 했네만, 몹시 불쾌해하더군."

두 사람이 이야기를 나누는 사이 푸른 그림자 하나가 날아들었다. 어느새 돌아온 용은 국사가 노기등등하게 말했다.

"정녕 귀신을 본 것 같구려. 그자는 필시 백방으로 준비하고 온 것이오!"

그의 손에 큼직한 삿갓 하나가 들려 있고, 삿갓 밑에는 댓살과 얇은 종이로 만든 사람 얼굴이 달려 있었다. 눈이 있는 자리에 무시무시한 구멍이 뚫린 것을 보니 바로 조금 전에 그 괴인이 떨어뜨린 머리였다.

원승은 괴상한 머리를 받아 자세히 살폈다.

"머리에 형석 분말이 묻어 있군요. 특정 술법으로 조종하면 하얀 빛을 낼 수 있습니다."

소란스런 발소리가 들려왔다. 어명을 받아 법회의 치안을 지키고 있는 청영과 대기, 고검풍이었다. 세 사람은 천경궁 두 대문 바깥을 나눠 지키고 있었는데 거리가 제법 멀어 이제야 소식을 듣고 달려온 차였다. 엉망이 된 방 안을 보자 그들도 놀라 비명을 질렀다.

"달아났네!"

그때 천월 진인도 몸을 날려 돌아와 손에 든 흰 장포를 바닥에 팽개쳤다.

"나와 용은 국사가 좌우로 포위했지만 여전히 그자의 잔재주에 당하고 말았다네. 그자는 천경궁 지형을 아주 잘 아는 것 같았네."

"사람이든 귀신이든, 대관절 그 괴물이 뭘 하려는 게지?"

단운자가 종이로 만든 머리를 건네받고 생각에 잠긴 목소리로 말했다.

"밤을 틈타 찾아온 까닭이 그저 피리를 불어 소 도형을 놀라게 하려던 것만은 아닐 텐데?"

원승이 무거운 소리로 말했다.

"그자가 사람이든 귀신이든 간에 감히 여봐란듯이 나타났으니 반드시 흔적이 남았을 겁니다!"

원승은 용은 국사와 천월 진인을 향해 두 손을 포개며 말했다.

"두 분 선배님께서 나가서 살펴보셨으니 어디에서 이 흰 장포와 가짜 머리를 찾으셨는지 알려주십시오."

용은 국사는 얼굴을 굳히고 고개를 끄덕이더니 묵묵히 몸을 돌려 방을 나섰고, 천월 진인도 쓴웃음을 지으며 따라 나갔다. 고검풍 등도 서둘러 작은 등잔을 들고 빠르게 쫓았다.

반 시진을 바삐 움직인 청영은 이미 두 종사가 알려준 곳에서 대강을 추리해냈다. 그녀는 등롱을 들고 이곳저곳 가리키며 말했다.

"방금의 상황은 대략 이렇습니다. 그 괴인은 대청허각 북쪽 창문 건너편에서부터 북에서 남으로 내내 피리를 불며 내려왔고, 흑풍주 같은 술법으로 누각 안의 촛불을 꺼뜨린 뒤 이어서 창문을 통과해 들어와 칠흑 같은 방 안에서 격전을 벌였습니다. 다행히 아무도 다치지는 않았지요. 아마 괴인도 어지러움을 틈타 사람을 해칠 수 없다는 것을 깨닫고 곧장 창문으로 달아났을 겁니다. 다만 피리는 어느 사이엔가 소 진인의 손에 들어갔는데, 어쩌면 어둠 속에서 격전을 치르는 동안 소 진인이 빼앗았는지도 모릅니다. 하지만 괴인이 달아난 방향은 고심해서 계획한 것이 분명합니다. 그자는 왔던 길을 따라 남에서 북으로 가지 않고 대청허각을 반 바퀴 돌았습니다. 그러면서 가장 눈에 띄는 가짜 머리를 대청허각 정문 남쪽 갈림길에 버렸습니다. 하얀빛이 나는 가짜 머리를 공처럼 갈림길 한쪽에 던짐으로써 순조롭게 용은 국사를 따돌리고 그 자신은 다른 길을 택했지요. 다행히 천월 진인께서 계속 쫓아갔습니다. 진인께서는 어둠 속에 몸을 숨기고 용은 국사와 거리가 멀지 않은 길을 골라 쫓으셨는데, 본래 의도는 길을 나눴다가 협공해 괴인의 허를 찌르려던 것이지요. 하지만 괴인은 몹시 교활해서 진인을 발견했습니다. 그리고 흰 장포를 대청허각 서남쪽 오래된 측백나무 위에 던졌습니다. 깊은 밤중에 하얀 옷자락이 나부끼자 단박에 눈에 띄었고, 과연 순조롭게 천월 진인을 유인할 수 있었습니다. 제 생각에는 그 괴인은 틀림없이 장포 안에 야행의를 입고 있었을 겁니다. 흰 장포를 벗은 다음에는 철저히 어둠 속으로 녹아들어 더는 그 자취를 발견할 수 없었던 거지요."

옆에서 듣던 천월 진인과 용은 국사의 표정이 다소 민망해졌다. 필경 천하에 이름을 날리는 대술사이건만, 내력 불명의 괴인에게 쉽게 속아 넘어갔고, 심지어 출신입화의 술법도 펼치지 못했으니 그럴 만했다.

"괴물이 아니라 사람이오!" 갑자기 용은 국사가 한 자 한 자 힘줘 내뱉었다. "심지어 그자의 술법이 결단코 나나 천월 진인 아래가 아니라는 생각이 드오."

뜰 안이 절로 조용해졌다. 원승의 얼굴에도 경악의 빛이 떠올랐다. 이 세상에 오대 술사와 어깨를 나란히 할 여섯 번째 사람이 있다고?

"그렇다면 반드시 신중하게 대응해야 합니다!"

원승은 무슨 생각이라도 났는지 더욱 눈빛을 어둡게 가라앉히며 다시 물었다.

"다른 흔적은 없소?"

"날이 건조해서 발자국 하나조차 보이지 않아요. 정말이지 귀신처럼 종적이 묘연해요."

고검풍은 손에 든 등불을 이리저리 비추며 중얼거렸다.

"날이 밝은 뒤 햇빛 아래에서는 좀 더 똑똑히 볼 수 있을지도 모르겠네요."

"누구 없어요! 어서 좀 와주세요!"

갑자기 건물이 있는 곳에서 당황한 도동의 목소리가 들려왔다. 사람들은 안색이 싹 변한 채 서둘러 달려갔다. 목소리는 소적하의 단방에서 나오고 있었다. 사람들이 우르르 뛰어들자 밝게 흔들리는 촛불 아래로 소적하가 딱딱하게 굳은 채 침상에 누워 있었다. 흡사 악귀를 본 것처럼 두 눈을 부릅떴고 입에서 쏟아진 선혈이 앞섶을 흠뻑 적신 모습이었다.

원승은 깜짝 놀라서 달려가 콧김과 목의 맥박을 확인했다. 천월진인도 소적하의 가슴에 손바닥을 대고 강기를 주입했다.

"소용없습니다."

원승이 침울하게 손가락을 떼며 나지막이 탄식했다.

"벌써 숨이 끊어졌습니다. 이미 떠나셨습니다!"

"대관절 어찌 된 일이오?"

그때 선기 국사가 소식을 듣고 달려왔다. 청영이 소적하의 턱을 살짝 잡아당기며 말했다.

"혀를 깨물고 자진한 것 같군요!"

환한 등불 아래에서 보니, 소적하의 혀 반쪽이 입술 언저리에 너덜너덜하게 처져 있었다. 끔찍한 모습이었다.

"여기 글이 있어요!"

고검풍이 몸을 숙이고 자세히 살피면서 중얼거렸다.

"피로 쓴…… '부끄럽다'?"

소적하의 침상 옆 벽 모서리에는 놀랍게도 핏물로 '부끄럽다'는 단어가 일곱 번이나 쓰여 있었다. 피를 찍어 쓴 것이 분명했는데 필체가 자못 조잡했다. 원승은 심장이 철렁해서 소적하의 오른손 식지를 살폈다. 놀랍게도 그곳에도 상처가 있고 아직 피가 흐르고 있었다. 소적하가 죽기 전에 식지를 물어뜯어 그 피로 벽에 글을 쓴 것이 분명해 보였다.

도대체 무엇 때문에 혀를 물어 자진하고, 나아가 자진하기 전에 벽에 일곱 번의 혈서를 썼을까? 부끄럽다. 그는 도대체 누구에게 부끄러웠던 것일까? 주위를 훑어보니 방금 소리친 열서너 살 먹은 도동이 내내 몸을 덜덜 떨고 있었다. 원승은 저도 모르게 아이의 어깨를 두드리며 따듯하게 말했다.

"네가 맨 먼저 이곳의 문제를 발견했구나. 초조해하지 말고 천천히 말해보려무나."

도동은 더듬더듬 이야기했다.

"제, 제가 방금 문가에 있었는데 소, 소 진인께서 씩씩거리며 도, 돌아오셨습니다. 안색이 모, 몹시 나빴고 제 시중도 필요 없다며 바로 누, 누우셨습니다. 저는 그, 그분 말씀대로 향을 피워드리고 바, 바로 물러났습니다. 그리고 옆방으로 돌아갔는데 저, 정신이 약간 몽롱했습니다. 얼마 안 돼서…… 아마 일다경 정도 지났을 때쯤 바, 방 안에서 괴상한 소리가 들린 것 같았습니다. 마치…… 혀, 혀를 잘린 소가 음매음매 우는 소리 같았습니다."

선기 국사가 참다못해 야단쳤다.

"네 이놈, 말조심하지 못할까!"

도동은 황급히 제 뺨을 철썩 때렸다.

"예, 예, 그런 다음 저, 저는 신발도 못 신고 급히 달려갔습니다. 문을 나오는데 멀지 않은 곳에서 희, 흰 그림자가 보였는데 번쩍하고 사라져버렸습니다. 그리고 방으로 들어갔더니…… 이런 참상이 벌어져 있었습니다."

청영이 생각에 잠긴 소리로 말했다.

"그때 본 흰 그림자가 혹시 귀신 노릇을 한 그 괴물 아닐까? 그자가 여기저기 길을 돌았으니 그때쯤이면 이곳을 지났을 테지."

도동이 두 눈을 크게 뜨고 연신 고개를 끄덕였다.

"확실히 괴물이었습니다. 너무 빨랐어요. 번쩍하고는 사라져서 잘못 본 줄만 알고 당시에는 자세히 살피지 않았습니다."

갑자기 고검풍이 코를 비비며 말했다.

"방금 향을 피웠다더니 과연 방 안이 향기롭군요!"

학 한 쌍이 높이 날아오르는 모양의 순금 향로는 금광을 번쩍이면서 여전히 옅고 그윽한 향을 모락모락 토해내고 있었다.

"소합향일세!"

선기 국사가 독특한 모양의 쌍학 향로 앞으로 걸어가 뚜껑을 열고 안에 든 향약을 덜어보더니 한숨을 쉬었다.

"요즘 소 도형이 늘 정신이 불안정하기에 도동을 시켜 집중력을 높이고 마음을 맑게 하는 향약을 넣어주라고 했네."

원승도 다가가 향로 안의 향약을 자세히 살핀 뒤 다시 도동에게 물었다.

"소 진인께서 평소에도 향을 좋아하셨느냐? 향을 피울 때는 매번 손수 향약을 넣었고?"

도동은 고개를 저었다.

"소 진인께서는 향을 잘 모르십니다. 늘 제가 도와드렸습니다."

원승은 고개를 끄덕였다. 마음속에서 수많은 생각이 일어나 이리저리 맴돌고 끊임없이 충돌했다.

선기 국사가 짜증스럽게 손을 내저으며 나지막이 꾸짖었다.

"나가거라! 감히 한 글자라도 바깥에 흘렸다간 다리를 부러뜨릴 것이다!"

도동이 허둥거리며 물러나자 모두 말이 없어졌다. 방 안은 다시 죽음 같은 정적에 빠져들었다.

"원승." 그가 나무토막처럼 굳은 것을 본 단운자가 저도 모르게 눈을 찡그리고 불렀다. “어찌 그러는가?”

“아닙니다.” 원승은 다소 피곤한 기색으로 손을 내저었다. “다친 곳이 아직 낫지 않아 아무래도 머리가 굼뜨군요. 다소 피곤한 모양입니다.”

선기 국사가 안색을 살짝 바꾸며 나지막이 말했다.

“장군, 성후께서는 현진법회를 대단히 중요하게 생각하시네. 소 도형이 일시적으로 심마에 빠져 부끄러움을 이기지 못해 자진할 줄 누가 알았겠나. 실로 하늘과 사람이 모두 슬퍼할 일이요, 현문의 아픔일세.”

원승은 자연스럽게 눈을 찌푸리며 말했다.

“국사, 아직 검시도 안했는데 자진이라고 단정하시는 겁니까?”

“하면, 아니란 말인가?” 선기 국사는 곧 다시 쓴웃음을 지었다. “하긴, 소 도형의 죽음은 확실히 의심스런 일투성이지. 물론 원 장군이 계속 조사해도 좋네. 다만 모두의 체면을 생각해서 너무 떠들썩하게 만들지 말았으면 하네.”

원승은 선기 국사의 의뭉한 얼굴을 응시하다가 불현듯 처량하고 우스꽝스런 기분이 들었다. 사람의 목숨은 중요한 문제였다. 그런데 명성이 예사롭지 않은 일파의 종주가 급사했는데도 선기 국사의 최대 관심사는 체면이었다.

천월 진인도 탄식했다.

“이런 일이 일어날 줄은 아무도 생각지 못했지. 이번 현진법회를 이성께서 얼마나 중요하게 생각하시는가. 특히 성후께서는 우리에게 복을 빌고 사귀를 쫓으라는 의지(懿旨)를 내리셨네. 한데 법회가 이제 막 시작됐고 비를 부르는 일도 순조롭지 않은 마당에 또 이처럼 큰일까지 터지면……."

그는 더 말하는 대신 용은 국사와 단운자를 바라봤다.

"두 분 도형은 어찌 생각하시오?"

단운자가 불쑥 말했다.

"대청허각에서 그 귀신이 홀연히 습격했을 때 이 늙은이는 본디 비검을 날리려고 했소. 하지만 그 생각을 했을 때에야 강기를 끌어올리기가 둔해졌음을 깨달았지. 그 덕분에 귀신이 유리해졌소. 도대체 무엇 때문에 이 늙은이가 대청허각 안에서 시원하게 술법을 쓰지 못한 게요?"

선기 국사가 약간 긴장한 얼굴로 나지막이 한숨을 쉬었다.

"천경궁은 황실의 도관이라 법진이 펼쳐져 있고, 특히 대청허각 안에는 몇 가지 금제가 있소. 사전에 여러분에게 알리지 못한 것은 이 몸의 실수였소."

오랫동안 말이 없던 용은 국사가 갑자기 코웃음을 쳤다.

"선기 국사, 솔직히 말해 그대의 천경궁에 들어오는 순간부터 몹시 불편함을 느꼈소. 심지어 보이지 않는 우리에 들어온 것 같았지. 법진이건 금제건 속히 물리는 것이 좋겠소."

극히 날이 선 이 한마디에 단운자와 천월 진인도 곧 깨닫고 번쩍이는 눈으로 선기 국사를 바라봤다. 하지만 선기 국사는 개의치 않는 얼굴로 살짝 고개만 끄덕였다.

"힘을 다해보겠소이다."

용은 국사는 고개를 들고 창문 밖의 어둠을 내다보며 낭랑하게 말했다.

"법회는 만사대길을 도모하는 자리니 잠시 큰소리는 내지 않겠소. 하지만 늙었다고 해서 멍청이가 될 생각은 없소. 소 진인의 진짜 사인은 나도 무척 알고 싶소. 법회가 끝난 뒤 반드시 몸소 성인을 뵙고 모든 일을 보고할 것이오."

과연 '용은이 났으니 천하가 족하다'는 용은 국사답게 압박하는 기세가 여간 아닌 데다 선기 국사를 안중에도 두지 않았다.

천월 진인은 은근히 진노한 선기 국사의 얼굴을 보고 황급히 분위기 전환에 나섰다.

"퇴마사가 이곳에 있어 다행이구려. 퇴마사 자체가 사건을 해결하고 흉수를 잡는 권한을 가지고 있으니 남은 일은 퇴마사에 맡깁시다. 다만 두 국사의 말마따나 법회는 만사대길해야 하니 문제가 생겨도 크게 떠들어서는 안 되오!"

오대 술사 중 가장 성품이 온화한 천월은 하는 말도 극히 교묘해서, 영 딴판인 두 국사의 건의를 흔적도 없이 하나로 갖다 붙였다.

결국 단운자가 고개를 끄덕이며 말했다.

"대세가 그렇다니 천월 도형의 말을 따르지. 이 일은 원 장군이 맡아주게."

"좋습니다."

원승은 눈도 감지 못하고 죽은 소적하의 얼굴을 다시 한 번 돌아보다가 느닷없이 현기증이 밀려와 저도 모르게 이마를 매만졌다.

"소 진인, 잠시 편히 쉬고 계십시오. 무슨 일이 있어도 소생이 반드시 마지막까지 진상을 밝혀내겠습니다."

방에 있던 모두가 말이 없어졌고, 장내는 다시금 정적이 흘렀다.

"재앙은 피할 수 없다. 재앙은 피할 수 없도다!"

그때 별안간 애처로운 울부짖음이 들려왔다. 아마도 바깥뜰에서 나는 소리인지 아주 멀게 느껴졌는데 바로 견당사절 부사 요코야마의 목소리였다. 처량하고 애처로운 그 소리는 고요한 밤중이라 유난히 또렷했다. 이런 와중에 느닷없이 사람들의 귓속을 파고든 노랫소리는 춥지도 않은데 오싹 몸서리치게 했다.

선기 국사는 부끄러움과 분노를 참을 수 없어 화난 목소리로 외쳤다.

"여봐라, 저 동영의 미치광이를 결박하고 입을 틀어막아라!"

"사실 어젯밤 사건에서 가장 기괴한 물건은 바로 그 피리요!"

오후의 나른한 햇살이 반쯤 열린 창문을 통해 원승의 단방으로 뛰어들었다. 눈처럼 하얀 도포를 입은 원승은 뒷짐을 지고 방 안을 거닐며 생각에 잠긴 목소리로 말했다.

"방금 단운자에게 가르침을 청하러 갔다가, 도금한 구리 피리는 곤륜문 전임 종주 포무극의 독문 법기였으나 포무극이 피살된 후 온데간데없이 사라졌다는 이야기를 들었소. 많은 사람이 자객인 천하제삼살이 그 피리를 가져가 임무 성공의 표식으로 사주한 자에게 줬을 거라고 했소."

"어쩐지, 그래서 소적하가 피리를 보고 그처럼 충격받았군요."

소십구 고검풍은 저도 모르게 잘생긴 눈매를 크게 떴다.

"하지만 원 대장, 어째서 그 피리가 어젯밤 사건에서 가장 기괴하다는 거죠?"

원승은 미소를 지었다.

"그 피리가 무척 특수하기 때문이다. 구리 피리를 휘두를 때는 독특한 바람 소리가 나니 설령 캄캄한 어둠 속이라 해도 쉽게 분간

할 수 있지. 나는 소적하가 틀림없이 그 피리를 손아귀에 넣고자 했을 것으로 생각한다."

고검풍은 몸을 부르르 떨었다. 원승의 말에는 밖으로 내뱉지 않은 깊은 뜻이 많이도 담겨 있었다.

"원 대장, 보고입니다. 그 피리에는 과연 독이 있었습니다!"

그때 명령을 받고 소적하의 단방에서 계속 조사하던 청영이 표연히 나타났다. 이 여인은 원승과 마찬가지로 상처가 나은 뒤에도 늘 피로를 느껴 얼굴이 눈에 띄게 초췌해진 바람에, 두 눈만이 예전처럼 기민하고 생기가 돌았다. 탁자에 가로놓인 구리 피리의 황금색으로 빛나는 몸체에는 고운 가루가 약간 묻어 있었다.

"방금 검사해봤는데 이 가루는 만강에서 나는 버섯, 백전균입니다. 이런 독버섯은 남만에서 '견혈봉후(見血封喉)'라 불리는 전독목에서 양분을 먹고 자라는데, 비록 전독목 같은 극독은 아니나 매우 독하고 은밀해서, 직접 사람 피부를 침식해 들어가 피부부터 혈관까지 스며들고, 피부를 괴사시키고 차츰차츰 피를 응고시킵니다."

청영은 삼종이로 조심조심 구리 피리를 닦았다. 종이에 희미한 색 가루가 잔뜩 묻어났다.

"다행히 천월 종사께서 일찍 알아보시고 소 진인에게 칠엽고를 발라주신 것이 매우 주효했지요. 칠엽고는 냄새가 아주 짙고 약성이 강합니다. 그러니 비록 피리에 독이 있었어도 소 진인이 백전균으로 죽지는 않은 겁니다."

문득 원승이 말했다.

"독성이 강력하지 않다고 했잖소. 만약 천월 진인이 제때 칠엽고를 발라주지 않았다면 소 진인의 강기만으로 독을 빼낼 수 있소?"

청영은 멈칫하더니 생각에 잠긴 목소리로 말했다.

"당장 독을 제거하지는 못하지만 그 정도 대술사라면 적어도 독성이 퍼지는 것을 늦출 수는 있겠지요. 어쨌거나 백전균의 독성이 지나치게 사납지는 않으니까요."

"향로 속에 든 향약이 역시 이상했어!"

그때 대기가 약상자를 들고 종종걸음으로 들어왔다. 약상자를 탁자에 내려놓은 뒤, 페르시아 여인은 대나무 가지로 타다 남은 향약을 헤집어가며 제 손바닥 들여다보듯 설명했다.

"안식향, 침향, 용뇌향…… 모두 마음을 편안하게 해주는 효과가 있는 것들이니 섞어도 말은 돼요."

고검풍은 그 모습이 신기했는지 참지 못하고 물었다.

"대기 누님, 향도 잘 아세요?"

대기가 대답했다.

"서역에는 본래 여러 가지 향약이 많이 나. 이 누님도 한동안 향약 장사를 했지. 하지만 나 같은 초보를 진정한 전문가로 만든 건 저 사람이야. 저 사람이 많이 가르쳐줬지."

그가 말한 '저 사람'은 물론 원승이었다. 그렇게 말하면서 그녀는 고운 눈길로 그를 흘낏 보다가 원승도 자신을 보고 있는 것을 알고는 두 뺨을 발갛게 물들이며 재빨리 고개를 숙였다. 그리고 대나무 가지로 향로에 든 가늘고 조그마한 잔가지 몇 개를 골라내며 느릿느릿 말을 이었다.

"하지만 여기에는 이것까지 있었어. 만다라!"

"만다라?" 고검풍은 소스라치게 놀라며 말했다. "잎과 과실, 꽃에 모두 극독이 있다는 만다라요? 유명한 독 꽃이잖아요."

원승이 천천히 말했다.

"살인자의 눈에는 독약이지만 의원의 손에 들어가면 신비한 약이다. 통증을 줄이고 마취하는 용도로 쓸 수 있고, 적당량을 쓰면 사람을 깊이 잠들게 할 수도 있지. 그 옛날 신의 화타가 만든 마비산의 주 약재가 바로 만다라다. 하지만 만다라 잎을 이런 향약에 섞으면 맡은 사람의 의식을 몽롱하게 하고 심지어 질식이나 마비를 유발할 수도 있지! 그래, 이것이 바로 소적하의 진짜 사인이었군. 혀가 잘려 피를 흘린 것 말고도 호흡기관이 모두 마비되어 결국 질식해서 죽음에 이른 것이지."

고검풍은 두 눈썹을 치키고 말했다.

"그렇다면 설마 그 도동이 한 일인가요?"

대기가 고개를 저었다.

"내가 방금 그 도동을 자세히 심문했는데 죽어라 부인했어. 천경궁 안에는 만다라 같은 독초가 없다는 거야."

원승도 단호하게 고개를 저었다.

"도동의 소행은 아니다. 도동은 그런 일을 저지를 용기도 없고 해낼 방법도 없다고 할 수 있겠지."

청영이 말했다.

"그렇다면 선기 국사로군요. 그가 어째서 그런 짓을?"

"비록 선기 국사의 혐의가 가장 크지만 사실상 천경궁 안의 모두에게 혐의가 있소."

원승이 눈을 반짝 빛내더니 불쑥 말했다.

"우리가 한 사람을 놓치고 있었는지도 모르겠소. 갑자기 미쳐버린 일본국의 견당사절 부사!"

5장

대재앙이 내리다

요코야마는 천경궁 바깥뜰의 과원에 묵고 있었다. 원승이 방 밖에 이르렀을 때 안에서 괴상한 신음이 들려왔다. 문을 열고 들어가자 종자처럼 꽁꽁 묶인 요코야마가 보였다. 입도 누더기로 틀어막혔지만 여전히 욱욱 소리를 지르고 있었다. 시중드는 몸집 큰 도동이 하는 수 없다는 듯 손을 탁탁 털며 말했다.

"왜인이 온종일 울고 소리를 지르기에 선기 국사께서 술법으로 두 번 치료하셨습니다. 하지만 치료를 받는 순간에는 효과가 있어도 금방 다시 발작하곤 합니다. 어젯밤에도 까닭 없이 소리를 질러대기에 국사께서도 도리가 없어 저희에게 이자를 묶어두라고 하셨습니다."

요코야마는 눈을 괴상하게 홉뜨고 원승을 뚫어지게 노려봤다.

"요코야마 부사, 무슨 일로 이곳에 왔는지 아직 기억하시오?"

원승이 몸을 숙였다. 우는 것인지 웃는 것인지 모를 그의 눈동자에 이상야릇한 느낌이 묻어났다. 요코야마는 두 눈을 감으며 목구멍에서 으르렁거리는 소리만 냈다. 원승은 눈을 찡그리고는 그의 입에 물린 누더기를 빼냈다. 요코야마가 입을 달싹이며 가만가만 노래를 부르기 시작했다. 가락이 통속적이라 영 중원의 악곡 같지 않으나 반복해서 똑같은 구절만 불렀다.

"떠나간 신선이 복수를 하러 왔네. 큰 재앙이 눈앞에 있으니 피하기 어렵다네. 피하기 어려워…… 떠나간 신선이 복수를 하러……."

비록 조용한 목소리였으나 그 속에 담긴 원망은 강렬했다. 원승은 심장이 미친 듯이 달음박질치는 느낌에 무의식적으로 누더기를 달싹이는 그의 입으로 집어넣었다.

"통사 주전은 어찌 됐느냐?"

"주전이란 사람도 참 괴이합니다. 지난번에 거울에서 손이 나왔다며 놀라 혼절한 뒤로 깨어나서도 늘 몽롱한 얼굴로 혼자 천경궁 곳곳을 쏘다닙니다. 지금도 보세요, 또 이틀 동안 돌아올 생각을 하지 않습니다."

도동은 더욱더 기가 막힌 표정으로 고개를 젓고는 원승을 옆방 난각으로 데려갔다. 뜻밖에도 난각 안은 정리정돈이 잘되어 사용하던 주인이 깔끔하고 세심하다는 것을 알 수 있었다. 원승은 가만히 방 안에 섰다. 어쩐지 다소 몽롱해지는 느낌이었다. 고작 며칠 전에 이 방의 주인, 즉 마르고 청수한 젊은이는 그를 찾아와서 흥분과 존경심을 감추지 못했다. 하지만 지금, 그 젊은이는 어디로 갔는지 알 수 없었다. 도동은 말없이 숙연하게 서 있는 그를 보자 무슨 말을 해야 좋을지 몰라 생긋 웃고 물러갔다.

원승은 방 안을 두 번 둘러봤다. 침상 머리맡에 옷 두 벌이 포개져 놓였는데 가지런하기 짝이 없었다. 별 뜻 없이 옷을 툭툭 쳐봤는데 뜻밖에도 그 밑에 딱딱한 것이 있었다. 손을 넣어 꺼내보니 삼종이 한 뭉치로, 위에 빼곡하게 글자가 적혀 있었다. 처음 두 마디는 이랬다.

내 이름은 주전. 내 세상은 아주 단순하다.

무슨 까닭인지 이 두 마디를 보는 순간 원승은 절로 미소가 나왔다. 설마 그 자신 역시 단순한 사람이라고 생각하기 때문일까?

삼종이는 주전의 일기였다. 종이에는 외로운 청년의 단순한 생활이 뒤죽박죽 적혀 있었다. 그는 영남도의 연해 지방에서 왔고 아버지는 의원이었다. 어려서부터 공부를 하고 의술도 익혔지만 모두 큰 성과를 보지 못했다. 그러다가 우연한 기회에 어느 상단을 따르게 됐는데 의술 덕분에 신임을 얻었다. 그 후로 우연히 동영 상인 한 사람을 만나 그의 인도로 일본 견당사절단에 들어갔고 의술로 요코야마 부사의 눈에 들었다. 게다가 천성적으로 언어에 재주가 있어 그 덕에 통사 겸 의원이 됐다.

나는 장안에 왔다. 이곳은 위대한 성시다. 요코야마 부사는, 장안이 이 세상에서 가장 웅장하고 볼 것이 많은 성시라고 말해줬다. 요코야마 부사는 일본에서 아주 유명한 음양사다. 그 뿌리를 추구하고자 하는 마음에 중원 대당나라에 와서 가장 높고도 깊은 술법을 배우려 한다. 그가 대당나라에 온 것이 벌써 세 번째. 대당나라 주요 현문들과 모두 왕래해봤다. 요코야마 부사는 나를 아주 중시한다. 나와 마음이 잘 맞는다고 하기에 몸 둘 바를 모르겠다. 어쩌면 나도 술법을 좋아하고 그림을 그릴 수 있기 때문인지도 모르겠다.

'그림'이라는 단어를 보자 원승의 눈동자가 반짝 빛났다. 삼종이 다발을 뒤적여보니 과연 공들여 그린 그림이 나왔다. 기운 해가 창을 통해 들어와 괴이한 그림을 비추자 햇빛마저 낡고 울적해 보였다. 붓질이 정교한 것이 매우 섬세한 필법이었으나, 그려진 것은 요사한 아름다움이 느껴지는 동영의 미인이었다. 그림 속 미녀의 얼굴을 보는 순간 원승은 정신이 아득해졌다. 미녀는 풍취 있고 요염한 것이 안락공주를 쏙 빼닮은 모습이었다. 그림 밑에는 글이 한 줄 달려 있었다.

요코야마 부사가 서술한 동영의 요괴, 절색의 미녀 귀신 한야. 편협한 속내를 가진 여인의 원망과 질투로 이뤄진 흉악한 영혼을 가졌으며, 요염하기가 비할 데 없다. 가장 아름다운 모습을 했으나 가장 악독한 마음을 가졌다.

순간 원승의 마음이 뒤흔들렸다. 가장 아름다운 모습을 했으나 가장 악독한 마음을 가졌다는 이 절세의 미녀 귀신 한야는 그야말로 안락공주의 모습이었다.

그날의 일기를 펼쳐보니 '그림 이야기가 나와서 말인데, 국도 장안에서 가장 유명한 청년 음양사 원승은 바로 화룡점정의 신술을 지녔다고 한다. 줄곧 그의 꿈을 꿨는데 오늘 그 꿈이 사실이 될 줄이야……'라고 쓰여 있었다.

여기까지 본 원승은 저도 모르게 어이없는 실소를 지었다. 무심결에 종이 다발 마지막 장을 펼쳤더니 미완성 문장이 휘갈겨져 있었다.

서시 구경 가고 싶다. 서시의 환술극을 보고 싶다.

서시? 환술극?

원승은 약간 현기증을 느꼈고, 이어서 머릿속에 빛이 번쩍번쩍했다. 몽롱한 의식 속에서 어느덧 그는 청삼을 걸치고 아직 소년티를 벗지 못한 주전의 모습이 되어 있었다. 주변에서 시끌시끌한 소리가 들려오는 것이, 딱 북적거리는 서시의 환술극장이었다.

그 짧디짧은 찰나, 놀랍게도 그는 주전의 세상 속으로 빠져들었다. 몹시도 괴상한 느낌이지만 또한 몹시도 또렷했다. 다행히도 거의 동시에 가슴속에서 맑은 기운 한 줄기가 솟아나 금세 정신을 차릴 수 있었다.

그는 더는 이 방에 머물고 싶지 않아 재빨리 돌아서서 문을 열었다. 놀랍게도 문가에 아리따운 그림자가 하나 서 있었다. 청영이었다. 원승은 살짝 당황했다.

"두통은 괜찮소?"

"많이 좋아졌어요."

청영은 대충 얼버무렸다.

"저도 주전이 약간 이상하다는 느낌을 받았는데, 요 이틀 그를 보지 못했다는 생각이 들어 살피려고 왔습니다. 뭔가 발견하셨나요?"

"아니오."

원승은 그녀의 눈빛에 주의하지 않고 머리를 긁적였다.

"그건 누구 옷인가요?"

그제야 원승도 머리맡에 쌓여 있던 주전의 옷 한 벌이 손에 들려 있는 것을 알아차렸다.

"아니, 원 대장도 현기증이 생기신 건가요?"

청영이 걱정스럽게 물었다.

"별것 아니오. 조금 쉬면 괜찮을 것이오."

원승은 한숨을 쉬며 고개를 저었다. 그는 비틀거리며 걸어갔지만 청영은 그 자리에 서서 그의 뒷모습을 바라보며 생각에 잠겼다.

하루 전으로 되돌아가서, 그날도 이미 어두컴컴해진 하늘빛은 유난히도 쓸쓸해 보였다. 견당사절단 통사 주전 역시 쓸쓸히 계단에 앉아 인파가 오가는 주작대가를 마주하고서 멍하니 넋을 놓고 있었다. 머리가 약간 아팠다. 마치 기억 일부를 지워낸 양 자신이 어째서 이곳에 있는지 생각나지 않았다.

요 며칠 줄곧 견당사절단 요코야마 부사를 쫓아다녔고 마지막으로 그를 따라 아주 중요한 법회에 참가하러 갔다는 것만 어렴풋이 기억났다. 그래, 현진법회라고 했다. 그곳에서 오랫동안 경모해온 원승을 만났고, 그 후 거울 속에서 손이 하나 튀어나와 요코야마 부사가 실성했다. 그는 계속 슬피 울며 무시무시한 노래만 불러댔다. 그때 주전은 달아나야 한다고 생각했다. 그렇지 않았다간 귀신 울음인지 짐승의 울부짖음인지 모를 저 소리에 미쳐버릴 것 같았다.

날이 밝은 후 그는 살그머니 천경궁을 빠져나왔다. 장안에 오기 전에 명성 쟁쟁한 서시에 관해 들은 적이 있는데, 애석하게도 이곳에 온 뒤로 줄곧 요코야마 부사를 따라 이곳저곳을 방문하기 바빴다. 서시 구경은 그 평생의 바람 중 하나였다. 그래서 천경궁을 나온 뒤 자연스럽게 서시로 달려가 구경했다.

그다음을 곰곰이 생각해봤으나 자신이 얼마 동안 서시에 있었는지 기억나지 않았다. 반나절? 이틀? 아니면 사흘? 주전이 기억하는 것은 고대해온 페르시아 환술공연을 막 보고 왔다는 것뿐이었다. 이상한 점은 환술극을 볼 때 달빛처럼 새하얀 옷을 입은 키 크고 야윈 몸의 늙은 선생이 자신을 따라다니며 이따금 뭐라고 지루하게 이야기를 늘어놓은 것이었다.

주전은 흰옷 입은 그 노인이 자못 낯이 익어 고개를 갸웃하다가 퍼뜩 생각이 났다. 노인은 바로 어릴 때 장원에서 그에게 글공부를 가르친 동 선생이었다. 곧이어 동 선생은 벌써 오래전에 돌아가셨다는 데 생각이 미쳤다. 그런데 어떻게 장안 서시에 나타났고, 또 그와 함께 페르시아 환술극까지 구경한 것일까?

이 생각이 스르르 머리를 스치자 주전은 오싹 한기가 들었다. 그래서 시끌벅적한 웃음소리를 뒤로한 채 소리 없이 환술극 구경꾼들 틈을 비집고 나왔다. 몽롱한 가운데 동 선생이 뒤에서 부르는 소리가 들렸으나 주전은 감히 대답할 용기가 나지 않았다. 주전은 단숨에 주작대가까지 달려나왔고 비로소 숨을 헐떡이며 앉았다.

장안에서 가장 넓은 이 거리의 양쪽은 버드나무와 느릅나무로 가득했고, 드문드문 석류나무도 뒤섞여 있었다. 초여름이면 석류가 무르익을 때라 시야 가득 붉고 푸른 빛이 뒤엉킨 광경이 화폭처럼 아름다웠다. 주전은 늙은 버드나무 아래에 멍하게 앉아서 오가는 사람의 물결을 바라보며 넋을 놓았다.

유감스럽게도 마침내 그는 기억에 문제가 있음을 깨달았다. 천경궁에서 달아난 뒤부터 서시 환술공연을 구경한 조금 전까지, 그 사이의 기억이 공백이었다. 마치 신비한 힘이 억지로 그 기억을 닦아 없앤 것처럼. 심지어 천경궁을 빠져나온 지 며칠이 지났는지도 알 수 없었다.

하지만 상관없었다. 알든 말든 무슨 차이람? 인생이란 바로 이런 거지. 수만의 인파가 곁을 스쳐도 죄다 나와 상관없는 자들인 것을. 주전은 마음 깊숙한 곳에서부터 무력한 탄식을 뱉어냈다.

바로 그때 궤(麂, 사슴의 일종) 가죽으로 만든 육합 무늬 장화 한 켤레가 눈앞에 나타났다. 주전은 천천히 고개를 들었다. 앞에 선 사람은 술사 복장을 한 키 크고 마른 남자였다. 두 눈에서 희미하게 빛을 내고, 손에는 점쟁이가 들고 다니는 듯한 깃발을 쥐고 있었다.

주전은 상대하기도 귀찮아서 다시 고개를 숙였다.

"젊은이, 직언을 용서하게나." 하지만 술사는 귀신이라도 본 듯 떨리는 목소리로 말했다. "자네는…… 자네는 이미 죽은 사람일세."

"뭐라고요?"

주전은 아연실색해서 고개를 들었다.

"사실 자네는 이미 죽었네. 그래, 이미 죽은 사람인 게야."

주전은 펄쩍 뛰다시피 했다.

"무슨 헛소립니까!"

하지만 술사는 고개를 번쩍 들고 고집스레 하늘을 올려다봤다. 마치 두툼한 저녁 구름 저 깊은 곳에 어느 신명이 자리해 자신을 향해 속삭이기라도 하는 것처럼. 술사의 안색은 지독한 두려움에 물들었고 오관이 자꾸만 달싹거렸다. 마치 구름 속에서 전해지는 노한 꾸짖음과 저주를 듣기라도 하는 듯했다.

"왜…… 왜 그러십니까?"

"나는…… 나는 천기를 누설……."

술사가 떨리는 목소리로 반쯤 말했을 때 느닷없이 우르릉 천둥이 울리더니 구름 속에서 '파지직' 섬전이 일었다. 눈부신 광휘, 그리고 귀청을 때리는 천둥소리와 함께 술사의 온몸이 뻣뻣해지고 시꺼멓게 타들어갔다. 놀랍게도 그 자리에서 벼락을 맞아 죽은 것이다.

주전은 온몸이 순식간에 땀으로 축축하게 젖었다. 사건은 너무나 갑작스럽게, 너무나 괴상하게 닥쳐왔다. 고작 두 마디 하는 사이 마주 선 술사가 온몸이 검게 그을린 채 꼿꼿이 서서 죽음을 맞았다. 이것이 바로 전설에나 나오는 청천벽력인가?

벌써 이쪽을 주목하는 사람이 생겨났고 심지어 비명을 지르는 사람도 있었다. 가까이 있던 한량들은 벌써 저리로 달아나버렸다. 주전은 생각할 겨를도 없이 돌아서서 달아났다. 허둥지둥 도망쳤다. 오랜 기간 밑바닥에서 힘껏 버텨온 경험이 그에게 경고했다. 절대로 사달을 일으켜서는 안 되며, 특히 소송에는 절대 휘말리면 안 된다고.

하늘은 아직 밝았으나 해는 서쪽으로 가라앉고 있었다. 불꽃같이 빨간 채운에 둘러싸인 해가 꼭 흉악하게 핏발 선 눈동자처럼 그를 노려봤다.

"사실 자네는 이미 죽었네. 그래, 이미 죽은 사람인 게야."

무시무시한 주문 같은 그 말이 갑작스런 기억 속의 뇌성과 어우러져 주전의 귓가에서 자꾸 뻥뻥 터졌다. 느닷없이 공황상태에 빠져들자 맨 먼저 주전의 머릿속에 떠오른 생각은 바로 한시바삐 천경궁으로 돌아가야 한다는 것이었다. 요코야마 부사에게 들으니, 천경궁은 황실의 가장 큰 도관이며, 지금은 전에 없이 성대한 현진법회가 거행되고 있어 아무나 들어갈 수 없다고 했다.

누군가 그를 발견한 듯 거기 서라고 소리소리 질렀다. 주전이 멈출 리 없었다. 그가 허둥거리며 골목을 도는데 별안간 나지막한 부름이 들려왔다.

"타거라!"

깜짝 놀란 주전이 걸음을 멈추고 쳐다보니 길모퉁이에 검은 마차 한 대가 서 있었다. 마차는 까맣게 칠을 했고, 마차를 끄는 준마까지 까만 오추마였다. 반쯤 열린 창문 너머에서 희미한 그림자가 그를 향해 손을 흔들었다. 새까만 말이 모는 새까만 마차. 검붉은 석양 속에 가만히 선 그 풍경은 말로 표현할 수 없이 괴이한 분위기를 풍겼다. 하지만 주전은 생각할 틈이 없어 재빨리 걸음을 놀려 마차 안으로 들어갔다. 마차 문은 그가 들어가는 순간 쾅 닫혔다.

"다, 당신들은 누굽니까? 어디로 가는 거죠?"

주위의 모든 것이 검은 어둠에 집어삼켜진 것 같아 주전은 별안간 가슴속에서 두려움이 치솟았다.

"네가 가야 할 곳. 너는 천경궁으로 돌아가야 한다."

칠흑 같은 어둠 속에서 그림자가 느릿느릿 입을 열었다. 제법 귀에 익은 목소리였다. 그때쯤 주전도 조금 어둠에 익숙해져 시선을 가늘게 모아 살펴봤는데, 그 순간 온몸이 싸늘하게 식었다. 옆에 앉은 사람은 놀랍게도 그가 조금 전에 피해 달아났던 동 선생이었다. 이미 작고한 동 선생.

"동 선생, 어, 어떻게 아직……."

주전은 더는 말을 이을 수가 없었다. 자신의 귀에도 이가 딱딱 부딪는 소리가 들렸다.

"그래, 나란다, 얘야. 날 기억해줬구나."

동 선생이 메마른 손을 뻗어 그의 어깨를 톡톡 두드렸다.

"네가 어려움에 부닥친 것을 알고 일부러 구하러 왔다. 겁내지 마라, 겁낼 것 없다!"

그의 목소리는 싸늘했고 주전의 어깨를 쓰다듬는 손은 뼈다귀처럼 뻣뻣하고 차가웠다.

이야기하는 동안 마차는 내내 바람처럼 질주했다. 주전은 이 마차가 인간 세상의 것으로는 볼 수 없는 어떤 힘이 이끄는 것처럼 몹시 빠르다고 생각했다. 온몸이 덜덜 떨리기 시작했지만 무슨 말을 해야 할지 알 수가 없었다. 어두컴컴한 마차 안에서는 동 선생의 음산하고 차가운 눈동자만 번쩍번쩍 빛을 내고 있었다. 주전은 자신이 이미 무시무시하고 괴이한 악몽 속으로 뛰어들었음을 느꼈다.

의식이 혼미해진 사이 시간이 얼마나 흘렀는지 갑자기 마차가 멈췄다. 귓가에 또다시 동 선생의 마른 웃음이 들려왔다.

"다 왔구나. 다음에 또 보자."

느닷없이 어떤 힘이 닥쳐와 주전을 마차 밖으로 밀어냈다. 주전은 비틀거리며 앞으로 내달리다가 겨우 서서 고개를 들었다. 천경궁의 웅장하고 고요한 대문이 보였다. 그때 하늘은 이미 캄캄해졌고, 웅장한 황실의 도관은 괴이하고 싸늘한 적막에 뒤덮여 있었다.

그가 홱 돌아보니 칠흑같이 새까만 마차는 어느새 아득한 밤빛 속으로 들어간 뒤였다. 언뜻언뜻 보이던 마차가 완전히 어둠에 녹아들자 마치 찰나의 순간 다른 세상으로 넘어가버린 것 같았다. 주변의 모든 게 모호해지는가 싶더니 주전은 완전히 정신을 잃었다.

주전이 다시 깨어났을 때 눈에 들어온 것은 낯익은 소년의 얼굴이었다. 바로 요코야마 부사를 모시던 몸집 큰 도동이었다.

"어쩌다 이곳에 혼절해 계세요?"

도동이 그를 부축해 일으켰다.

주전이 고개를 들고 주변을 돌아보니 놀랍게도 그가 있는 곳은 천경궁의 외진 쪽문이고, 서쪽 하늘은 피처럼 빨간 노을에 물든 채 어슴푸레한 저녁 빛에 가려지고 있었다.

그의 기억에 따르면 막 어둑어둑해졌을 때쯤 신비한 마차에 올라탔는데 어째서 아직도 황혼일까? 설마 시간이 거꾸로 돌아간 걸까? 그는 어리둥절했지만, 시간이 거꾸로 돌아갈 리는 없으니 자신이 다음 날 저녁까지 혼절해 있었다는 사실을 깨달았다.

주전은 온몸을 덜덜 떨며 방으로 들어갔다. 그는 처음처럼 잘 정돈된 방 안에서도 누군가 왔다 간 것을 분명히 느낄 수 있었다. 머리맡에 놓아둔 옷 한 벌이 보이지 않았다. 대경실색한 그는 황급히 옷을 뒤적였다. 과연 누군가 일기를 뒤진 흔적이 있었다.

주전은 몹시 낙담했다. 누가 와서 그의 물건을 건드렸을까?

어제부터 지금까지 괴상한 일이 수없이 이어졌다. 특히 어제 황혼녘 주작대가에서 벼락을 맞아 죽은 신비한 술사는 그가 지금껏 보고 들은 온갖 경험을 완전히 뛰어넘는 사건이었다. 반드시 고명한 사람을 찾아가 어찌 된 일인지 물어봐야 했다.

고명한 사람? 그는 대번에 원승을 떠올렸다. 그 사람은 자신이 숭배하는 대상이었다. 어쩌면 자신의 문제를 해결할 사람은 그밖에 없을지도 몰랐다.

밤이 무겁게 내려앉은 다음에야 고검풍은 비로소 의혹을 품은 채 제 방으로 돌아갔다.

'선기 그놈의 혐의가 가장 크다면서 원 대장은 왜 그자가 아니라고 하는 걸까? 혹시 다른 생각이라도 있나?'

머릿속에 이런저런 생각이 맴돌았다. 고검풍이 망연히 방문을 밀어젖히는데 갑자기 머리 위에서 서신 한 통이 팔랑팔랑 떨어졌다. 고검풍은 허공에 뜬 서신을 홱 낚아챘다. 아마 문 위쪽에 꽂혀 있다가 그가 문을 여는 순간 바람도 없이 날아 떨어진 모양이었다. 짤막한 서신에는 간단한 글귀가 적혀 있었다.

서신으로 소식을 전하지만 직접 만난 것과 같을지니.

스승은 아직 죽지 않았다.

비밀리에 바깔뜰 서쪽 과원 현자 단방으로 오라.

천기를 누설해서는 아니 될 것.

"어떻게 된 거야? 설마 스승님께서 돌아가시지 않았다고?"

낙관에 적힌 '지(智)' 자를 노려보는 고검풍은 손까지 덜덜 떨렸다. 이는 영허문 내부에서 쓰는 압인(押印)으로 '지'는 곧 둘째 사형 능지자의 비밀 인장이었다. 그는 황급히 서신을 갈무리하고, 방 안에서 신행술을 펼쳐 질풍처럼 달려나갔다.

6장

……

지난날 뿌린 씨앗

"두 분 도형, 근래에 무슨 이상은 없었소?"

용은 국사의 널찍한 단방에는 원승과 천월 진인, 단운자, 용은 등 세 종사가 침울하게 앉아 있었다. 질문을 던진 사람은 천월 진인이었다.

단운자가 대답했다.

"자네가 선기 국사를 따돌린 채 우리만 데리고 용은 국사를 찾아온 데는 필시 하고픈 말이 있어서가 아닌가?"

천월 진인은 몸을 일으켜 아득하게 어두운 밤하늘을 바라보며 나직이 탄식했다.

"이 천경궁에는 참으로 의문스런 일이 가득하오."

"소적하의 죽음 말인가?" 단운자가 눈을 흡떴다. "그 일이라면 원승이 조사하고 있지 않나!"

하지만 용은 국사는 낮은 소리로 무겁게 웃음을 흘렸다.

"역시 천월 진인이 영민하시구려. 벌써 실마리를 찾아냈다니."

"그렇소." 천월 진인이 말을 이었다. "소적하의 죽음도 물론 수상하오. 내가 말한 의문이란 그뿐이 아니오. 소 진인은 죽기 전날 밤 나와 이야기를 나눴고 비밀을 하나 고백했소. 누군가 자신에게 양

심의 가책을 지우려 하는데, 그가 바로 십 년 전 현진법회의 주최자, 홍강 국사라고 말이오. 그렇소. 바로 원 장군의 선사이신 그분이오. 소 진인은 한때 자신이 홍강 국사에게 큰 빚을 졌다고 했소."

원승은 움찔했다.

"무슨 빚입니까?"

"그대도 들어봤을 것이네. 수년 전에도 기우제가 한 번 있었지."

천월 진인은 여전히 어둡게 가라앉은 창밖을 바라보고 있었다. 그 눈빛이 아득했다.

"당시 대치한 양대 고수가 바로 당세에 가장 유명한 양대 국사, 개중에서도 일인자인 홍강 국사와 맹렬하게 치고 올라오는 후기지수인 선기 국사였네. 그 기우제의 결과는 아마 모두 잘 알 것이네."

원승은 입술을 꽉 다물었다. 그 결과는 당연히 그가 누구보다 잘 알고 있었다. 그 기우제 싸움의 패배가 그의 스승이 홍강 국사에서 호승 혜범으로 변신하게 된 계기였으니까.

"하나 그 절정 종사들의 대결이 있기 얼마 전, 홍강 국사가 갑작스런 싸움을 겪었다는 사실은 모르는 이가 많네. 그 도전자는 바로 당시 곤륜문에서 태상 종주라 불리던 소적하 진인이었다네."

원승은 한숨을 쉬었다.

"그 일은 들어본 적이 있습니다. 하지만 그 후 몇 차례 여쭸으나 존사께서는 웃기만 하고 아무 말씀 없으셨습니다. 저도 늘 궁금했습니다. 소 진인이 혹 존사님과 무슨 원한이라도 있던 겁니까?"

"의당 비밀이 있었을 것이네. 어쩌면 소 진인과 선기 국사 두 사람만 명확히 알지도 모르지."

천월 진인은 냉소했다.

"하나 그 후 얼마 지나지 않아 선기 국사는 술법을 겨뤄 이겼고 제일 국사라는 존귀한 위치에 오르는 영광을 차지했네. 그리고 소 진인이 있는 곤륜문에는 큰 변고가 생겼다네. 종주 포무극이 어디든 잠입할 수 있다는 자객 천하제삼살에게 암살당하고 소 진인이 바람대로 곤륜문 종주 자리에 오른 것이지."

원승은 다시 한 번 심장이 철렁했다.

"그 말씀대로라면 설마, 곤륜문 전임 종주 포무극의 죽음이 소 진인뿐만 아니라 선기 국사와도 관련이 있다는 말씀입니까?"

천월 진인이 암담하게 탄식했다.

"사실 홍강 국사에게 빚진 사람은 소 진인만이 아닐세. 나도 그렇다네!"

이 탄식은 원승을 더욱더 놀라게 했다. 원승의 눈에 천월 종주는 자못 선량한 선배로서, 몇 차례 그의 의문을 풀어주고 도를 설명해 주기도 했다. 그런 그가 스승과 옛 원한이 있을 줄은 상상도 못한 일이었다.

"지난날 홍강 국사가 기우제 대결에서 패하자, 나와 가까이 지내던 조정의 권세가 몇몇이 당세 현문의 제일인자가 누구냐고 내게 물었네. 그때 나는…… 선기 국사에게 좋은 쪽으로 대답했다네."

천월 진인은 쓴웃음을 지었다.

"내가 수행력은 고만고만하나 잡학을 약간 익혀 월단평(月旦評, 인물평. 매달 초하루에 인물을 평했다는 후한 허소의 고사에서 유래됨)을 좋아했지. 아마도 그때 한 말이 선기 국사가 훗날 높은 자리에 오르는 데 적잖은 힘이 됐을 것이네!"

"천월 자네, 그리 자책할 필요 없네. 빚이라 하면 이 늙은이도 홍강에게 빚을 졌지." 단운자가 울적하게 신음을 흘렸다. "그보다 더 큰 빚일세!"

원승은 더욱 놀랐다.

"무슨 말씀이신지 감히 여쭤도 되겠습니까?"

"지난날 기우제 싸움에서 영사이신 홍강 국사는 내게 서신을 보내 조법을 청했다네."

강호의 비무에서 벗에게 조력을 청하듯, 술사들의 겨룸에도 다른 술사에게 도움을 청할 수 있는데 이를 조법이라 했다. 대술사가 술법을 쓸 때는 반드시 모습을 드러낼 필요가 없었다. 방 안에서 기를 운공해 술법을 펼쳐도 세상을 발칵 뒤집을 수 있기에 그들의 조법은 훨씬 은밀했다. 원승 역시 당시 존사가 검선문 종주 단운자에게까지 도움을 청한 줄은 몰랐다.

"알다시피 당시 두 종사의 싸움은 천하의 현문을 뒤흔든 일류의 대사건이었네. 선기 국사도 고수의 조법을 청했고, 소 진인은 한 발 앞서 홍강 국사와 싸움을 벌인 뒤 당당하게 선기 국사를 도왔다고 선포했지. 홍강 국사 쪽도 비록 고인을 초빙했으나 소 진인 같은 종사급 인물에 비하면 아무래도 약간 뒤처졌다네. 해서 홍강 국사도 나를 떠올린 게지."

단운자의 늙수그레한 눈동자에 슬픔이 어렸다.

"애석하게도 그때 이 늙은이는 나이를 믿고 거드름을 피우는 홍강 국사의 행실을 원망스러워하던 터라 후기지수인 선기에게 기대를 걸고 있었다네. 그 순간적인 생각 때문에 홍강 국사의 청을 받아들이지 않았네. 내 어찌 알았겠나. 이제 와서 이런……."

한참 동안 말이 없던 용은 국사가 갑자기 쓴웃음을 지으며 고개를 저었다.

"홍강 국사 이야기를 하자면 이 몸도 빚진 일에 빠질 수 없소."

단운자가 '허' 하고 웃음을 지으며 물었다.

"자넨 또 무슨 부끄러운 일을 하셨나?"

하지만 용은 국사는 대답하지 않았다. 천월이 불쑥 말했다.

"기억이 틀리지 않았다면, 당시 홍강 국사와 선기 국사가 겨룰 때 용은 도형은 세 번째 국사로서 이성의 어명에 따라 심사를 맡지 않았소?"

용은 국사는 눈동자를 번쩍 빛냈지만 서서히 고개를 저었다.

"노자께서 이르셨소. 말할 수 없도다, 말할 수 없도다!"

원승의 마음속에서 어두운 구름이 뭉게뭉게 피어올랐다. 불현듯 깨달았다. 이제 보니 각지에서 이번 현진법회에 참석하러 온 종사들은 한 가지 공통점이 있었다. 그들 모두 한때 그의 은사인 홍강 국사에게 잘못을 저지른 적이 있었다. 그 잘못은 비록 겉으로 드러난 것도 있고 숨겨진 것도 있지만, 하나같이 지난날 홍강 국사가 제일 국사라는 존호를 잃은 일에 커다란 영향을 끼쳤다.

이를테면, 단운자는 단순히 조법을 거절했을 뿐이나 당시 존사에게는 죽어가는 사람을 보고도 손 내밀지 않는 잔혹함이나 다름없었다. 당시 선기 국사 쪽은 이미 소적하라는 대종사가 뒤에서 돕고 있었다. 그리고 천월 진인은 비록 평가 몇 마디뿐이었으나, 평소 현문에서 박학다식하기로 이름난 그가 뒤에서 선동하면 또 다른 방법으로 승리를 거머쥐는 효과를 낼 수 있었다. 당시 심사를 맡은 용은 국사는 그로부터 몇 년이 지난 이런 한담 자리에서도 여전히 말하기를 꺼리는 것을 보면, 더욱 놀라운 행동을 했을 수 있었다.

과연 용은 국사가 차가운 목소리로 말했다.

"천월, 지금에 와서 케케묵은 옛이야기를 꺼내다니 대관절 무슨 말을 하려는 것이오?"

"일본 견당사 요코야마가 부르던 '떠나간 신선이 복수를 하러 왔네'라는 노랫말처럼, 이미 하늘로 떠난 홍강 국사가 빚을 갚으러 왔다는 말이오!"

천월 진인은 그렇게 말한 뒤 네모반듯하게 접힌 종이를 탁자에 펼쳐놓았다. 종이에는 단 두 구절이 쓰여 있었다.

홍강 국사에게 부끄러운 줄 알라.

포무극이 목숨을 독촉하리.

용은 국사와 단운자는 종이를 들여다보는 순간 눈빛이 흔들렸다.

"이게 무엇입니까?"

원승이 참지 못하고 물었다.

"소 진인이 죽기 전날 밤, 내 방에서 발견했네. 그때는 어찌 된 일인지 몰랐지. 그 글에 이미 작고한 곤륜문 전임 종주 포무극의 이름이 있기에 소 진인의 단방을 찾아가 가르침을 청했네."

천월은 나지막이 탄식했다.

"뜻밖에도 소 진인은 그 짧은 글을 보자마자 크게 추태를 보이더군. 그런 다음 내게 지난날 홍강 국사에게 저지른 일을 고백했고, 나는 힘써 그를 위로했네. 애석하게도 소 진인이 지난 일을 솔직히 털어놓음으로써 앞 구절의 의문은 풀렸으나, 뒤 구절은 전혀 알 수가 없었다네. 그가 더는 말하지 않기에 나도 다시 묻지 않았네."

그가 마지막으로 느릿느릿 입 밖에 낸 '그가 더는 말하지 않기에 나도 다시 묻지 않았네'라는 말에는 말하지 않아도 다 아는 이야기가 잔뜩 담겨 있음이 분명했다.

하지만 용은 국사는 차갑게 탄식을 지었다.

"그대는 당연히 물을 필요가 없었겠지. 어젯밤 포무극이 목숨을 독촉하러 나타났으니 말이오! 역시 그랬군. 어젯밤 그 괴물이 사람이든 귀신이든 간에 소적하를 노리고 온 것이오."

갑자기 단운자가 입을 열었다.

"천월, 그 짧은 글은 도형이 반쯤 줄인 것이지?"

천월 진인은 깜짝 놀랐다.

"단운 도형께서 어찌 아시오?"

"어디 그것만 알겠나? 자네가 빠뜨린 나머지 반이 '신룡 2년 5월 노강저점 팔백 관'이라는 것도 알지!"

단운자는 냉소를 흘리며 접힌 종이 한 장을 탁자에 탁 내려놓았다. 이 종이에 적힌 내용 앞부분은 천월 진인의 것과 똑같았지만, 그 아래에는 작은 글씨로 한 줄이 덧붙여져 있었다. 바로 '신룡 2년 5월 노강저점 팔백 관'이라는 글이었다.

용은 국사가 느릿느릿 소매에서 종잇조각을 꺼내 역시 탁자에 나란히 놓고는 낮게 탄식했다.

"나도 그 밀서를 받았소."

그 종이에 적힌 것은 단운자가 꺼낸 것과 점 하나 빠짐없이 똑같았다. 용은 국사는 눈동자를 빛내며 위엄 있게 말했다.

"신룡 2년은 바로 포무극이 피살된 해요. 그해 강호를 떠들썩하게 했던 큰 사건이라 이 몸이 똑똑히 기억하고 있소. 정확히 5월의 일이오. 소문에 따르면 유명한 자객 천하제삼살은 사례금을 받을 때 반드시 저 노강저점에서 만난다는 규칙이 있다 했소."

원승은 찬 숨을 들이켰다. 만약 용은 국사의 말이 옳다면 '신룡 2년 5월 노강저점 팔백 관'은 소적하가 당시 유명 자객 천하제삼살을 고용해 장문인 포무극을 암살하는 거래를 맺은 시간과 사례금일 가능성이 높았다. 무엇보다 무시무시한 것은 이 밀서가 천월과 단운자, 용은 세 종사의 방에 동시에 나타났다는 사실이었다.

"천월 자넨 역시 너그럽군."

단운자는 흥미로운 얼굴로 탁자에 놓인 종이 세 장을 비교했다.

"이 밀서는 아마 우리가 진을 만들어 비를 기원할 때 몰래 방에 가져다놨을 게야. 하나 오직 너그러운 자네만이 당사자인 소적하를 찾아 연유를 묻고 위로했고, 지금은 고인의 명예를 위해 중요한 구절을 떼어냈지."

"이미 간 사람도 중요하오." 천월 진인이 쓴웃음을 지으며 고개를 저었다. "소 진인이 우화등선했으니 구태여 깨끗지 못한 것을 꺼내놓을 필요가 없다 생각한 것이오."

그는 이렇게 말하며 소매에서 찢어낸 종이를 꺼냈다. 바로 밀서의 나머지 반쪽이었다. 방 안에 침묵이 흘렀다.

특히 원승은 깊은 생각에 빠졌다. 법회에 참석한 오대 종사는 말하자면 모두 홍강 진인에게 빚이 있었다. 혜범 그 늙은 호승의 성품이면 반드시 방법을 강구해 보복할 것이 뻔했다. 오늘날의 호승 혜범은 수년간의 준비를 거친 덕에 지난날 서운사에 웅크려 있을 때보다 훨씬 무서운 실력을 지녔다는 것을, 원승은 잘 알고 있었다. 그자의 방대한 재력과 주도면밀하고 의뭉스런 계략이라면, 그 보복은 필시 지독하게 음험하고 끔찍할 터였다. 설마 천경궁의 수많은 수수께끼가 모두 혜범 그 늙은 호승과 관계있는 것일까? 견당사절단 부사가 쉴 새 없이 부르던 '떠나간 신선이 복수를 하러 왔네. 큰 재앙이 눈앞에 있으니 피하기 어렵다네'라는 처량한 노래가 귓가에 절로 맴돌았다. 그의 심장도 자꾸만 죄어들었다.

"누가 이런 밀서를 보냈는지, 대관절 무슨 뜻으로 이랬는지 모르겠구려. 설마 홍강 국사의 영혼이 현신하기라도 했단 말이오?"

용은 국사가 다시 한 번 밀서를 들었다.

"아니지. 우리 모두 도를 닦은 종사요. 원귀가 내게 복수하러 오리라고는 믿지 않소. 이는 오히려 사람의 소행이오. 누군가 귀신놀이를 하고 있는 것이오! 이 밀서에 적힌 것은 오직 선기 국사와 소적하만이 훤히 알고 있는 일, 그러니 선기 국사의 혐의가 가장 크오. 심지어 팔백 관이라는 거금도 선기 국사가 소적하 대신 지불했으리라는 의심이 드는구려."

"과장이 심하군." 단운자가 머리를 탁탁 두드리며 말했다. "비록 이 늙은이가 지금은 선기 국사를 미워하긴 하나, 이번 법회의 주최자인 그가 무엇 하러 이런 난장을 벌이겠나?"

"용은 국사의 말이 반드시 과장은 아니오! 선기 국사가 남에게 말 못할 일을 수없이 했을 수도 있소. 단운 도형, 대청허각에서 비검을 펼치려 했을 때 강기를 움직일 수 없던 일을 기억하시오?"

천월 진인이 창밖의 깊은 밤하늘을 바라보며 말했다. 마치 그곳에서 어떤 무시무시한 것이 그에게 손짓이라도 하는 듯.

"사실은 이 천경궁 전체에 지극히 위력적인 금제 법진이 펼쳐져 있소!"

이 말이 떨어지자 법진 학문에 정통하지 못한 편인 단운자와 용은 국사 모두 놀란 기색이었다. 천월 진인이 천천히 말했다.

"다행히 이 몸도 법진을 조금은 알고 있소. 원 장군이 맨 먼저 대문 안으로 들어가면서 깨뜨린 폐문갱 법진은 이곳 전체의 금제 법진과 비교하면 너른 바다에 던진 좁쌀 한 알에 불과하오. 대문 양쪽에 있던 누런 담장을 봤소? 법진에 관한 학문에서는 그처럼 들쑥날쑥하고 굴곡진 담장을 용담이라 하는데 효능이 가장 강하오. 이곳 금제 법진에서 흘러나오는 신호는 사실상 하나, 가둠이요!"

단운자가 놀라 물었다.

"가둠? 무엇을 가둔단 말인가?"

그때 원승이 깨달았다는 듯이 말했다.

"이처럼 발동하지 않고 숨겨져 있는 법진은 당연히 우리를 가둘 수 없지요. 법진이 가두려는 것은 우리가 가진 술법입니다!"

천월 진인이 무겁게 고개를 끄덕였다.

"그렇소. 천경궁 전체가 무형의 자물쇠를 채운 우리와도 같소. 하여 비를 부르는 것도, 사귀를 쫓는 것도, 복을 비는 것도, 그 어떤 술법이든 공연히 기력만 낭비할 뿐 평생을 애써도 성공할 수 없는 것이오!"

"천월 도형, 드디어 옳은 말을 했구려!"

용은 국사는 그만의 독특한 방식으로 오랜 적수를 칭찬한 뒤, 곧이어 울적하게 내뱉었다.

"요 며칠간 나는 벌써 깊이 느끼고 있었소. 선기는 분명히 우리가 이곳에 오기 전에 커다란 수작을 부려놓았소. 이 천경궁은 벌써 괴수로 변했소. 모든 것을 집어삼키는 괴수. 이곳에 들어오면서 우리는 이미 그 괴수에게 잡아먹힌 것이오."

"가둠이라!" 천월 진인이 아득하게 내뱉었다. "안팎에 자물쇠에, 무형의 자물쇠라니. 선기는 대관절 무엇을 하려는 것일까?"

"사실상 그 자물쇠를 풀기란 어렵지 않네." 단운자가 불쑥 말을 꺼냈다. "용은 국사가 당장 가서 성인을 알현하고 모든 것을 아뢰면 되지!"

"어찌하여 나요?" 용은 국사는 거리낌 없이 말하는 검선문 종주를 차갑게 노려봤다. "천월 도형이 법진 학문의 대가니 그가 나서야 증거를 댈 수 있소."

천월 진인은 나지막이 한숨을 쉬었다.

"우리 모두 나갈 수 없소. 비를 부르기 전에는 자리를 떠나지 말라는 성후의 명이 내렸으니, 누구든 감히 함부로 움직이면 명령을 거역한 죄를 짓는 것이오. 예외는…… 원 장군뿐이오!"

여러 갈래의 시선이 원승의 얼굴로 모여들었다. 하지만 원승은 고개를 저으며 말했다.

"실질적인 증거가 필요합니다!"

그는 구중궁궐의 변화무쌍함을 잘 알고 있었다. 증거를 찾지 못한 채 무턱대고 황제를 만나면 상상 못할 결과를 초래할 수 있었다.

용은 국사의 얼굴이 음침해졌다.

"설마하니 이곳에서 속수무책 죽어갈 수밖에 없다는 말이오?"

"성인을 뵙고 아뢸 생각만 아니라면 자네도 작별 인사 없이 떠날 수 있네!" 단운자는 여전히 태연자약하게 말했다. "가보시게. 막는 사람 없으니."

천월 진인이 황급히 말했다.

"이런 때에 누가 감히 말도 없이 떠날 수 있겠소. 소 진인이 급사했고 도형들도 나도 혐의가 있소. 누구든 떠나면 죄가 드러날까 두려워 달아났다고 생각할 것이오."

"원 장군!" 용은 국사가 음침한 눈을 부릅떴다. "우리는 갈 수도 없고 고발할 수도 없네. 이곳에서 기다리다가 비를 부르지 못하면 필시 중벌을 받을 것인바, 아무래도 원 장군한테 희망을 걸 수밖에 없네. 그대가 사건을 해결하고 우리에게 혐의가 없음을 밝혀줘야만 서둘러 이 괴상한 곳을 나갈 수 있네."

원승은 아무 말 없이 의혹어린 시선 속에서 단방을 나섰다.

고검풍은 나는 듯이 바깥뜰에 당도해 서신에 적힌 방을 찾아 문을 열었다. 방 안은 텅 비어 있었지만, 고검풍은 이곳에서 줄곧 누군가 묵었다는 것을 뚜렷하게 감지할 수 있었다. 탁자에 있는 유등에 불을 붙이고 사방을 살핀 뒤에는 더욱더 확신했다.

"둘째 사형!"

문득 탁자에 찍힌 독특한 칼자국이 눈에 띄었다. 바로 영허문 특유의 암호였다. 능지자는 남몰래 이곳에 몸을 숨기고 있던 것이 분명하나, 지금은 어디로 갔는지 알 수 없었다. 고검풍은 참을성을 발휘해 방 안을 서성이면서 기다릴 수밖에 없었다.

탁자 위 유등의 불빛이 한들한들 흔들렸다. 등심지가 태반이나 타들어갔을 때 방문이 '끼익' 소리를 내더니 능지자가 그림자처럼 표표히 들어왔다.

"소십구냐?"

방 안을 배회하던 고검풍을 본 능지자가 빙그레 웃었다.

“둘째 사형, 역시 이곳에 계셨군요!”

고검풍은 다짜고짜 그의 소매를 붙잡고서 서신을 들어 보였다.

“여기…… 이 내용은 대체 사실인가요, 거짓인가요?”

“그런 일에 어찌 허튼소리를 하겠느냐?”

“둘째 사형은 어떻게 천경궁에 들어오셨어요?”

고검풍도 문득 의혹이 생겼다.

“내내 이곳에 잠복해 계셨어요?”

“내가 이곳에 잠복한 것은 바로 너를 찾기 위해서다.”

능지자는 얼굴을 굳혔다.

“십 년 만에 한 번 있는 현진법회? 흐흥, 참 대단도 하지! 지난번 현진법회를 누가 주최했는지 알고 있겠지! 바로 우리의 은사이신 홍강 국사셨다!”

고검풍은 금세 마음이 아파져 나지막이 탄식했다.

“당연히 알죠. 십 년 전에는 존사께서 제일 국사셨으니까요. 어서 말씀해주세요. 서신에 존사께서 아직 돌아가시지 않았다고 쓰셨는데, 정말이에요?”

“그렇다면 다시 한 번 똑똑히 말해주마.”

둘째 사형은 쓸쓸히 웃었다.

“존사께서는 돌아가시지 않았다. 하지만 살아 계시지도 않지!”

“사람이란 죽음 아니면 삶인데, 죽지도 않고 살아 있지도 않다니 도대체 무슨 뜻이에요? 존사께서는 도대체 어디 계신 거예요?”

“도를 닦은 사람이 어찌 그런 말을 하느냐. 아직 죽지 않았다고 하여 꼭 정상적으로 살아 있는 상태라 할 수는 없는 것이다.”

능지자의 미소가 점점 신비로워졌다.

"하나 이는 본문의 최고 기밀이고 대사형도 모르신다."

고검풍은 생각나는 대로 외쳤다.

"그럼 열일곱째 사형은요?"

"원승?" 능지자의 어조가 지극히 차갑고 가소롭게 변했다. "그 극악무도한 놈에게 어찌 이 일을 알릴 수 있겠느냐!"

"열일곱째 사형이…… 극악무도하다고요?"

고검풍은 완전히 넋이 빠졌다.

"소십구야." 능지자가 그를 빤히 바라봤다. "너는 존사께서 생전에 가장 귀히 여기고 어여뻐하시던 제자다. 그렇기에 나도 본문의 최고 기밀을 네게 알려줄 생각이다. 존사께 가서 여쭤보마. 존사께서 윤허하면 혹시 너를 만나주실지도 모른다!"

"존사님과…… 만나게 해주신다고요?" 고검풍은 놀라면서도 기뻤다. "당장 그럴 수 있어요?"

"오늘은 길일이 아니니 다음에 하자꾸나. 이 사형은 여기서 너를 기다리마."

얇은 구름 하나가 하늘의 별을 가렸다. 안뜰에 걸린 등잔이 많지 않아 뜰 안은 다소 어두컴컴했다. 구리를 녹여 만든 거대한 호법 신상은 짙은 보라색 하늘 아래에 거무스름한 빛을 띤 채 우뚝 서서, 보는 사람에게 거대한 압박감을 갖게 했다.

천경궁 전체가 모든 것을 집어삼키는 괴수라니? 원승은 비틀비틀 구리 신상 사이를 지나갔다. 마음속에 괴상한 생각이 맴돌았다.

천월 진인이 빠른 걸음으로 쫓아와 그의 어깨를 두드렸다.

"다친 곳이 아직 낫지 않았는가?"

원승은 쓴웃음을 흘렸다.

"다 나았을 겁니다. 가끔 이마와 뒷머리가 조금 아플 뿐이지요."

천월 진인은 고개만 끄덕였다. 팽팽하게 긴장한 얼굴 위로 짙은 수심이 어린 것을 보자 원승은 참지 못하고 물었다.

"아직 하시고픈 말씀이 더 있습니까?"

천월 진인은 잠시 망설이다가 마침내 말했다.

"원 아우가 알아차렸는지 모르겠군. 매 짝숫날 황혼녘에 선기의 행적이 모호해진다는 것 말일세. 예를 들어 오늘이 바로 짝숫날인데 그가 지금 어디에 있는지 아는가?"

원승은 당황했다.

"선기 국사께서는 지금 단방에서 정좌해 도를 닦고 계시지 않습니까?"

천월 진인은 고개를 설레설레 저었다.

"이곳에 오기 전에 내 일부러 그의 단방 바깥을 한 바퀴 둘러봤네만 그는 없었네."

원승이 놀란 표정을 짓자 천월 진인은 날카롭게 눈을 빛내며 말했다.

"심지어 선기 국사가 숫제 천경궁 안에 없으리라는 의심이 드네. 지난밤 여명이 다가올 때쯤 뜰에서 별을 보며 북두칠성에 절을 올리다가 우연히 그가 천경궁 쪽문으로 바삐 들어오는 것을 목격했기 때문일세."

원승은 즉시 정신이 아득해졌다. 현진법회에서 이 중요한 때에 법회의 첫 번째 주최자인 선기 국사가 하루건너 한 번씩 신비롭게 모습을 감추다니. 대관절 무슨 일을 하는 것일까?

"아우, 자네는 아직 원기를 회복하지 못했으니 너무 신경 쓰면 좋지 않네." 천월 진인이 그의 어깨를 두드리면서 가볍게 탄식했다. "얼른 돌아가서 쉬게나."

그의 맑고 깊은 눈빛을 대하자 원승은 얼떨떨하던 정신이 마치 혼탁한 물을 걸러낸 듯 훨씬 차분해지는 것을 느꼈다. 원승은 고개를 끄덕이며 말했다.

"감사합니다, 종주."

천월 진인은 더는 말하지 않고 돌아서서 달빛을 밟으며 유유히 멀어져갔다. 원승의 생각은 여전히 파도처럼 흔들리고 있었다. 그때 푸른 그림자 하나가 느릿느릿 그의 앞으로 다가왔다. 낯익은 모습, 바로 통사 주전이었다.

"아니, 당신이군."

두 사람은 거의 동시에 입을 떼고 동시에 말했다. 원승은 빙긋 웃고는 구리 신상 발치에 앉았다. 주전도 재빨리 그를 따라 앉았다. 원승 가까이 앉는 순간, 주전은 불현듯 더없이 안전한 기분을 느꼈다. 두 사람 다 말없이 조용히 앉아만 있었다.

잠시 후 주전이 비로소 조심스럽게 말을 꺼냈다.

"원 장군, 요 며칠 저는…… 몰래 달아나 있었습니다. 기분이 답답했던 탓인지 바깥을 돌아보고 싶었습니다."

"그렇다면…… 서시에 갔겠구려?" 원승이 고개를 들어 하늘에 엷게 낀 구름을 올려다봤다. "그처럼 고대하던 서시에 가서 환술극을 봤소?"

"어떻게 아십니까?" 주전은 화들짝 놀랐지만 곧 깨달았다. "당신이군요. 제 일기를 본 사람이!"

"미안하게 됐소. 요코야마 부사가 갑작스럽게 발작했고 주요 조력자인 그대는 인사도 없이 사라졌소. 퇴마사는 당연히 그대의 모든 것을 세밀하게 살펴야 했소."

원승은 경악에 찬 앳된 얼굴을 향해 빙긋 웃었다.

"하지만 다행히도 이상한 점은 찾아내지 못했소."

주전은 살짝 안도했다. 잠시 생각한 다음에야 그가 말했다.

"아마 어제였던 것 같은데 아주 기괴한 일을 겪었습니다. 누가 저더러 귀신이라고 하더군요."

"대체 무슨 말이오?"

원승이 바짝 다가오자 주전은 더욱 쭈뼛쭈뼛해져 차마 자초지종을 말하지 못한 채 두루뭉술하게 이야기했다.

"어떤 점쟁이가 그랬습니다. 허튼소리지요, 제가 귀신이라니요."

원승은 저도 모르게 웃으며 말했다.

"이 세상에는 이른바 귀신이라는 것이 아주 많지만, 사실은 모두 사람이 위장한 것일 뿐이오."

주전이 별안간 긴장해서 물었다.

"그렇다면 저는 어떻습니까?"

원승은 그를 진지하게 살펴보고 말했다.

"압박을 너무 많이 받았나보오. 모두 던져버리고 돌아가서 푹 주무시오. 명심하시오, 세상일이란 그리 대단한 것이 아니오."

"세상일이란 그리 대단치 않다……."

중얼중얼 그 말을 되풀이하던 주전은 문득 마음이 가벼워졌다.

"참 신기하군요. 그 한마디가 꼭 주문 같습니다."

"주문이 틀림없소! 어려운 일과 마주쳤을 때 나도 종종 그 주문으로 나 자신을 일깨우니까."

"감사합니다."

주전은 싱글싱글 웃으며 일어나더니 원승의 겉옷을 가리켰다.

"장군, 옷이 더러워졌군요. 벗어주시면 제가 빨아드리지요."

원승이 대답하기도 전에 열정에 넘치는 주전이 벌써 그를 도와 옷을 벗기고는 손에 들고 싱글거리면서 떠나갔다.

"누구와 이야기한 거예요?"

그때 대기가 쪼르르 쫓아왔다. 원승을 쳐다보는 눈빛에 약간의 의혹이 어려 있었다.

"아, 주전이오!"

원승이 고개를 들고 말했다. 희미한 등불 아래에서 주전은 이미 중문을 돌아 나가고 있었다.

"그 통사가 돌아온 거예요?"

지금 대기는 주전인지 뭔지 하는 자에게는 관심을 둘 생각이 없어서 아미를 잔뜩 찡그리고 그를 바라봤다.

"당신 요즘 늘 정신이 멍해 보여요. 그 뇌법에 당한 게 보통 문제가 아닌가봐요. 당신은 푹 쉬어야 한다고요. 내 말 들어요."

원승은 제 머리를 툭툭 쳤다. 확실히 머릿속이 출렁거리는 느낌이 아직 남아 있지만 그녀를 걱정시키고 싶지 않아 아예 웃으면서 말했다.

"걱정하지 마시오. 세상일이란 그리 대단하지 않소!"

그러면서 나른하게 몸을 일으키는데, 원승은 문득 겉옷이 아직도 제 손에 남아 있다는 것을 깨달았다. 주전이 겉옷을 가지고 신나게 떠나던 모습을 똑똑히 기억하고 있었다. 황망히 고개를 들었으나, 주전의 모습은 분명히 중문을 지나고 있는데 뜻밖에도 불그스름한 등불 아래에는 그의 그림자가 보이지 않았다. 서늘한 감각이 삽시간에 원승의 온몸을 점령했다.

"이봐요, 왜 그래요? 귀신이라도 본 것처럼!"

대기가 놀라고 의아한 눈으로 그를 응시했다.

"주전을 봤소?"

원승이 중문을 가리키며 물었다. 대기가 고개를 들었을 때 푸른 그림자는 이미 깊은 어둠 속으로 스며든 뒤였다. 그녀는 의아한 얼굴로 고개를 저으며 물었다.

"어디에 누가 있다는 거예요?"

원승은 가슴속의 서늘함이 더욱 강해지는 것을 느꼈지만 억지로 누르며 피곤한 듯이 손을 저었다.

"아니오. 아무래도 나는 확실히 휴식이 필요한 것 같소."

"내가 바래다줄게요."

페르시아 여인은 가만히 한숨을 쉬고는 재빨리 그를 부축했다.

"생각은 다 했소?" 원승은 그녀의 부축을 받고 느릿느릿 걸으며 물었다. "마음속에 있지만 하지 않은 말, 언제 내게 해줄 거요?"

대기는 그가 갑자기 그 이야기를 꺼낼 줄은 상상도 못했다. 고개를 돌려 바라보니, 달빛이 비춘 그의 얼굴은 유난히도 맑고 청수하나 또한 더할 나위 없이 초췌했다. 본디 그녀에게는 그에게 할 말이 아주 많았다. 하지만 변고가 빈번히 일어나 온종일 아픈 몸을 이끌고 바삐 뛰어다니는 그가 안되어 도저히 말할 수가 없었다. 심지어 그가 몇 번이나 추궁했지만 그녀는 늘 억지로 환하게 웃으며 피했다. 그런데 이런 달빛 아래에서, 그가 이렇게 초췌하고 흐리멍덩한 모습을 하고도 그 일을 기억하고 있을 줄이야.

"그 이야기는 천천히 해요. 당신이 나은 다음에요."

마침내 여인은 희미하게 한숨을 내쉬었다.

7장

장안의 지부

주전은 수심에 차서 방으로 돌아왔다. 막 등을 켜는데 귓가에 낮고 묵직한 웃음이 들렸다.

"드디어 돌아왔구먼."

익숙한 목소리. 낯익은 야위고 웃는 얼굴. 놀랍게도 낮에 주작대가에서 만난 그 신비한 술사였다.

"어떻게 당신이?" 주전이 떨리는 소리로 말했다. "당신은 이미 벼락을 맞고……."

"나는 죽지 않네! 설사 마른하늘에 날벼락을 맞아도……." 술사는 죽지 않은 것이 고통스럽기라도 한 양 고개를 저으며 탄식했다. "우리는 같은 부류일세."

주전은 어리둥절해서 이렇게 물을 수밖에 없었다.

"같은 부류…… 그러니까 나도 죽지 않는다는 말입니까?"

"그렇지. 우리는 본래가 죽은 사람이니까." 술사의 눈빛이 더없이 엄숙하게 변했다. "이 몸이 또 천기를 누설하는군. 그래, 자네, 자네는 죽은 사람이야!"

주전은 저도 모르게 탁자를 치며 벌떡 일어섰다.

"허튼소리 작작하시죠! 이 요망한 인간 같으니……."

“서두르지 말게. 내 묻겠네.” 술사가 음침하게 웃음을 지었다. “잠은 잤는가? 곰곰이 생각해보게. 오랫동안 잠을 자지 않은 기분이지? 밥은 먹었는가? 마지막으로 구수한 밥과 찬을 먹은 것이 언제인가? 무얼 먹었는가?”

순간, 주전은 멍해졌다. 서늘한 한기가 훅 끼쳐왔다. 그랬다. 마지막으로 밥을 먹고, 마지막으로 잠을 잔 게 벌써 며칠 전이었다.

“중요한 것은, 자네가 굶주리지도 않고 피곤하지도 않다는 것일세. 아닌가? 귀신은 굶주리지도 않고 피로를 느끼지도 않아.”

주전은 제 이가 딱딱 부딪치는 소리까지 들을 수 있었다.

“말도 안 돼. 원 장군이 이 세상에 귀신같은 것은 없다고 하셨습니다. 귀신은 오직 사람 마음속에만 존재한다고…….”

“그렇다면 내 지금 증명해 보이겠네. 자네가 사람인지 귀신인지 알게 해줌세! 따라오게.”

술사는 주전을 데리고 어둠을 더듬으며 바깥뜰의 난각을 나섰다. 하지만 대문을 벗어나지는 않고 바깥뜰 서쪽에 난 쪽문으로 향했다. 밤빛 아래로 한들한들 걷는 모습이 마치 부유하는 그림자 같았다. 주전은 저자가 정말 귀신일지도 모르겠다고 생각했다.

술사는 천경궁의 길에 퍽 익숙해서 주전을 데리고 거침없이 쪽문을 지났다. 주전은 곧 문밖에 멈춰 선 마차를 발견했다. 새까만 마차, 새까만 말. 쓸쓸한 달빛 아래에 선 검은 마차는 지옥처럼 어두컴컴한 검은빛을 뿌리고 있었다.

저 칠흑 같은 색을 보자 주전의 몸은 금세 뻣뻣해졌다. 얼마 전에 저 마차를 탔는데. 한순간 동 선생과 하늘을 가르던 벼락, 석양 속에서 시장을 발칵 뒤집어놓은 추격과 성난 외침, 까만 밤 속을 질주하던 세까만 마차 등 온갖 장면이 밀물처럼 가슴속으로 밀려들었다.

"타게!"

술사가 예의 따지지 않고 그를 안으로 떠밀었다. 달은 한입 베어 먹은 소병(燒餠)처럼 떠가는 구름 사이에 어색하게 떠 있었지만 달빛은 여전히 밝았다. 마차는 이번에도 나는 듯이 달려갔다. 주전은 잔뜩 긴장한 채 반쯤 가려진 창문 사이로 마차가 움직이는 경로를 주시했다.

"이야기 하나 해주겠네."

마차 안에 단정하게 앉은 술사가 유유히 입을 열었다.

"무슨 이야기 말입니까?"

주전은 여전히 마차 밖만 주시했다. 그의 기억대로라면 장안성은 규모가 무척 커서 야간 통금이 있었다. 그가 탄 마차에는 앞에 등롱을 달았는데, 정면에서 순시하던 금오위 무리가 총총히 다가오다가도 등롱에 적힌 글을 보면 뜻밖에도 캐묻거나 조사하지 않고 보내줬다.

"회자수와 서생의 이야기일세."

술사의 웃는 얼굴이 더욱더 음흉해졌다.

"주나라 때는 혹리가 판을 쳐서 억울한 사건이 수두룩했다네. 잘라야 할 목이 셀 수 없을 정도여서 깔끔하게 형을 집행하는 회자수 여럿이 먼 곳까지 이름을 날렸지. 그중에 '무영도'라는 별명을 가진 회자수가 가장 유명했는데, 도법이 기괴할 정도로 빨라서 도를 쓸 때 그림자조차 보이지 않으며 심지어 도에 피가 묻지도 않기 때문이었네. 어느 날 국도에 들어가 권세에 빌붙었던 부잣집 공자가 무고를 당했네. 그가 죄를 짓고 멸문당한 왕의 막료라는 고발이었지.

그 공자는 역적의 잔당으로 몰려 붙잡혀 참형을 선고받았네. 그 부잣집 공자는 주관이라고는 없는 머저리였는데, 어떻게든 벌을 피해 보려고 가진 여비를 탈탈 털어 뇌물을 준비했네. 하지만 힘써줄 고관을 찾을 수가 없어 공연히 재산만 써버린 셈이 됐다네. 결국 그 뇌물은 회자수 무영도 손에 들어갔지."

술사의 목소리는 음침했다.

"다행히도 형을 집행하는 장소는 외진 곳이었네. 무영도는 그자에게 이렇게 말했지. '이 많은 돈을 준 낯을 보아 한 번 전례를 깨뜨리겠소. 이따가 내가 형을 집행하려고 도를 휘두르기 전에 달아나라고 소리칠 테니 그저 죽어라 달아나시오. 그렇게만 하면 내게 처리할 방법이 있소.' 부잣집 공자는 몹시 기뻐했고, 과연 달아나라는 소리가 들리자 전력을 다해 내달렸네. 상갓집 개처럼 꼬리를 말고 다급하게 달렸더니 놀랍게도 무사히 형장을 빠져나왔지 뭔가. 그리고 국도에서 벗어나 한동안 조심스럽게 숨어 지냈네. 그렇게 두 달이 지나 그는 배를 타고 고향으로 돌아갔다네. 어느 날 저녁 천신만고 끝에 몰래 집으로 들어갈 수 있었네. 그런데 웬걸, 그의 아내는 그를 보고 대경실색했지. 알고 보니 그가 숨어 지내는 동안 귀향한 이웃이 그가 처형당한 소식을 전해줬지 뭔가. 그래서 아내는 놀라며 물었지. '당신, 죽지 않았소? 이웃에 사는 장 노인장이 당신 목이 잘리는 것을 직접 봤다고 했소. 도가 아주 빨랐다던데…… 당신, 죽지 않았소?'"

술사의 목소리는 희미했고, 괴상한 운율이 실려 있었다.

"아내의 그 말이 음산한 주문이라도 됐는지, 그 순간 부잣집 공자는 모골이 송연해지고 온몸이 후들후들 떨렸다네. 마침내 깨달은 게지. 사실 자신은 이미 죽은 사람이라는 것을. 다음 순간, 그는 녹

지근하게 바닥으로 쓰러져 핏물로 변했네."

주전은 술사의 두 눈을 뚫어지게 응시하며, 저도 모르게 이를 딱딱 부딪치면서 중얼거렸다.

"당신, 이미 죽지 않았……."

그러다가 갑자기 온 힘을 다해 제 얼굴을 꼬집더니 소리소리 질렀다.

"아니야, 아니야! 나는 살아 있어. 꼬집으면 아프고 가렵다고! 나, 나는 계속 살아 있었어. 난 죽지 않았고, 귀신이 되지도 않았어!"

그때 갑자기 마차가 어느 황폐한 도관 앞에 섰다.

"곧 알게 되네."

술사는 싸늘하게 미소 지으며 이미 몸이 딱딱하게 굳은 주전을 반쯤 끌다시피 해 마차에서 내렸다.

도관 후원에는 사람 키 반만큼이나 자란 잡초 앞에 거무스름한 관이 하나 놓여 있었다. 술사가 촛불을 켜고 얄따란 관 뚜껑을 벌컥 열었다. 허여멀건 불빛 아래 그 안을 들여다본 주전은 그 자리에 얼어붙었다. 관에 누워 있는 것은 그 자신이었다. 어쩌면 자신의 시체라고 해야 할지도 몰랐다.

"이제는 단념했겠지? 자네는 사흘 전, 서시 거리에서 놀란 말에 밟혀 죽었네. 그 부잣집 공자처럼 자네도 집념이 강한 갓 죽은 귀신일 뿐이야. 하나 다행스럽게도 나를 만났지. 나는 자네를 정말 살아 있게 할 수 있네!"

"다시 살 수 있다고요?"

주전의 중얼거림은 개미 소리처럼 가늘었다.

"물론일세. 사람에게는 삼혼과 칠백이 있는데 자네는 삼혼만 부족하고 칠백은 아직 있다네. 만약 자네가 그 부잣집 공자처럼 살겠다는 강력한 집념을 가졌고, 거기에 내 비법이 더해지면 정말로 살아나기란 전혀 어렵지 않네. 모든 것은 자네가 살고 싶으냐 아니냐에 달렸네!"

"당연히 살고 싶죠! 당신이 말하는 그 비법이란 게…… 뭡니까?"

"자네의 삼혼을 되찾아오는 것일세! 하지만 몹시 어려워. 사람이 죽으면 의지할 곳이 없어진 혼백은 재처럼 떠돌고 연기처럼 사방으로 흩어지지. 자네의 삼혼을 되찾는 것은 그물을 던져 바람을 잡으려는 것처럼 실로 어려운 일일세. 다행히 두 번째 방법도 있네. 대역 셋을 구하는 것!"

술사의 눈빛은 더욱더 음침해졌다.

"나더러 사람을 죽이라는 겁니까? 의원인 내가 어떻게……."

주전은 분연히 고개를 저었다.

"의원은 선을 행하는 법이지만, 살인이 꼭 나쁜 것만은 아닐세. 정상인을 죽이면 악행이나, 죽지 못해 사는 사람을 죽인다면? 곧 공덕을 쌓는 일이지."

"무슨 말을 하려는 겁니까?"

주전은 이해가 가지 않았다.

"따라오게. 당장!"

술사는 다시금 그를 끌고 마차에 올랐다. 마차 문이 닫힌 후, 그는 얼굴 가리개를 주전의 머리에 씌우고 나지막이 당부했다.

"명심하게. 그곳에 가거든 말을 적게 하고 무슨 일이든 내 지시를 따르게."

주전은 불안한 마음을 안은 채 마차를 타고 이리저리 방향을 틀며 어둠 속을 한참 동안 달렸다. 야간 통행이 금지된 방문을 어떻게 통과했는지는 알 수 없었다. 마침내 마차가 멈춘 곳은 어느 대저택 앞인 듯했다. 마차에서 내린 주전은 여전히 얼굴 가리개를 쓴 채였다. 발밑으로 높다란 문지방이 몇 개 지나간 것을 보면 들어온 곳에 문이 여러 개인 듯했고, 코끝에 이따금 짙은 꽃향기가 와닿는 것을 보면 저택이 아주 넓고 호화롭다는 것을 알 수 있었다.

"됐네!"

술사의 가벼운 웃음소리가 들려왔다. 얼굴 가리개가 벗겨지자 주전은 비로소 자신이 화려한 난각 안에 들어와 있는 것을 알았다. 술사의 손가락이 가리키는 방향을 봤더니 평상에 겨우 숨만 붙은 노인이 있었다.

주전은 그 모습을 보자마자 놀라 눈을 꼭 감았다. 저 노인은 의당 위중한 화상을 입었을 터였다. 불에 타 엉망이 돼버린 얼굴은 보기만 해도 간담이 서늘했다.

술사는 한숨을 쉬었다.

"봤겠지. 저 노인은 악독한 강도를 만나 참혹한 화형을 당했네. 두 눈은 망가지고 코는 불타 구멍 하나만 남았지. 심지어 입안과 식도도 망가져 물 한 방울, 쌀 한 톨 삼키지 못하고 그저 저기 누워서 산 채로 굶어 죽어가고 있네. 자네는 침술에 능통하니, 어떻게 침을 놓아야 단 한 번에 저자를 고통에서 해탈시킬지 알겠지."

주전이 어찌해야 좋을지 몰라 하는 사이, 부녀자 두 명이 다가왔다. 화려한 옷을 입은 그들은 술사와 주전을 향해 콩콩 소리가 나도록 머리를 조아렸다.

"대사님, 말씀대로 신의를 모셔오셨군요. 어서 저 사람을 제도하여 한시바삐 해탈하게 해주십시오."

"들었는가? 이것이 바로 자네가 공덕을 쌓는 일일세!"

술사는 주전에게 은침 몇 대를 건네며 나지막이 말했다.

"어째서 아직도 멍하니 있는 겐가. 자네의 침술로 선행을 베풀어 저 사람을 해탈시키게. 나 또한 동시에 술법을 베풀어 자네의 첫 번째 혼백을 빌려줌세."

주전은 망연히 앞으로 나아갔다. 거무죽죽해진 노인의 눈 코 입을 바라보자 몹시 마음이 아파 더는 망설이지 않고 안전하게 침을 찔러 넣었다. 은침이 뽑히는 동시에 노인이 숨을 길게 뿜더니 다시는 기척이 없었다.

"잘했네. 첫 번째 대역이요, 첫 번째 혼백일세!"

술사의 눈동자에 어른거리는 빛은 상당히 무시무시했다. 주전도 마음의 짐을 내려놓은 것처럼 숨을 몰아쉬다가 문득 마음속 깊은 곳에서 의문이 솟아올라 참지 못하고 물었다.

"당신은 어째서 날 돕는 겁니까?"

술사의 눈동자가 다시 번쩍였다. 그는 희미하게 대답했다.

"내가 자네와 비슷하기 때문일세. 자네는 삼혼칠백 가운데 삼혼을 잃었고, 나는 삼백을 잃었지. 자네가 첫 번째 대역의 혼을 가져갈 때 나는 겸사겸사 그자의 백을 가져가는 걸세. 자네와 내가 각자 필요한 것을 얻고 선행도 베푸는 게지."

번쩍번쩍 빛나는 눈동자에서 깊고도 어두운 빛이 내비쳤다. 주전은 막연히 고개를 끄덕였지만 어쩐지 정신이 혼미했다.

눈앞에는 처량한 풍경이 펼쳐져 있고 끝이 보이지 않는 잡초가 시야를 가득 채웠다. 큼직한 잡목과 시든 잎, 마른 나무가 어우러져 누릇누릇 푸릇푸릇한 하늘 아래 띄엄띄엄 흩어진 가옥들은 무덤같이 쓸쓸하고 음침했다.

장안성 밖 남곽 일대를 당시 사람들은 보통 '성남'이라고 불렀다. 장안성에서 종남산으로 이어지는 지역이므로 풍경이 수려해 고관들이 성밖에 별원을 지을 때 이상적으로 꼽는 곳이었다.

하지만 눈앞의 이곳은 비록 성남에 속하지만 장안성에서 너무 멀어 지나치게 호젓했다. 임치군왕은 발밑에 수북한 잡초 뿌리를 밟으며 앞으로 나아갔다. 장안성 안 수많은 귀족이 기대하는 성남 지역에 이렇게 황량한 곳이 있다는 사실이 믿기지 않을 지경이었다.

"여기가 바로 귀방입니다!"

육충은 그의 옆을 바짝 따르고 있었다.

"꽤 많은 귀족 자제가 이곳에 별장을 지었지만, 아무래도 너무 멀고 종종 귀신이 나온다는 소문이 있어서 땅값이 주체할 수 없이 떨어지고 별장도 모두 버려졌습니다. 가장 일찍 귀방을 발견한 곳은 화자방입니다."

"화자방이 뭔가?"

이융기는 덧댄 자국투성이인 검정 저고리를 별생각 없이 툭툭 털었다.

"화자방은 개방이라고도 하는데, 성안에 있는 거지들이 모여 만든 것이지요. 장안성은 인구가 백만에다 번화하고 부유한 곳이지만, 아직도 거지가 있습니다. 최소한 수천은 된다고 하더군요. 경관을 해친다며 순찰하는 금오위들이 늘 그들을 쫓아내는데, 한 번 두 번 그러다보니 놈들은 버려진 사당이나 후미진 거리에 차츰차츰 모여들기 시작했습니다. 듣기로는 이곳도 그놈들이 맨 먼저 발견했다는군요. 황량한 곳이긴 하지만 이곳에서도 서시와 유사한 시장이 섰다 사라졌다 하지요."

두 사람은 이야기를 나누며 허물어진 담장을 돌아갔다. 그러자 눈앞이 탁 트였다. 어우러진 잡초 사이로 삐뚤삐뚤하게 선 빈집 몇 채에서 등불이 빛을 내어 흡사 묘지에 도깨비불이 반짝이는 것 같았다. 수많은 사람이 창 아래에 웅크리고 앉아서 각종 신기한 물품을 펼쳐놓고 있었다.

차림새는 괴상했다. 장삼을 입은 사람, 짧은 저고리를 입은 사람, 누더기를 걸친 거지, 선명한 빛깔 옷을 입은 상인, 나아가 기괴한 복장을 한 호상도 몇 있었다. 이 황폐한 곳에서 느닷없이 튀어나온 저 많은 괴상한 상점 덕분에 밤빛마저 알록달록 기괴해 보였다.

낯선 두 사람을 본 탓도 있겠지만 특히 이융기는 소박한 차림을 했음에도 기도가 범상치 않아서, 몇몇이 다가와 물건을 흔들며 호객을 했다.

"사제 동전 모형이요! 진짜 돈과 똑같아서 이게 있으면 화수분을 얻은 것이니, 돈이 돈을 낳아 삼대가 떵떵거리며 살고도 남소."

"두 분 나리, 이것 좀 보십시오! 서진 때부터 내려오는 오석산입니다. 순수 술법으로만 제련한 단약이지요. 단돈 세 관이면 귀신이 돌아가고 금기가 사라지고 창날에도 쓰러지지 않으며……."

이융기가 웃어야 할지 울어야 할지 몰라 하는 사이 육충이 손을 휘저어 귀찮은 사람들을 쫓아냈다. 왁자한 욕설 속에서도 호객 소리는 여전히 줄어들 줄 몰랐다.

"아이고, 완력도 좋으셔라. 소송에 휘말리셨지요? 여기 제대로 만든 중과 도사의 도첩이 있습니다. 한 관에 한 벌 사시면 대당나라 땅에 있는 것이라면 사찰이건 도관이건 비구니 암자건 마음대로 들어가실 수 있습니다. 아이고, 살살 좀…….”

“아이코, 수염쟁이가 사람 친다! 이게 무슨 법도냐? 우리 대당나라 국법이 있는 곳이란 말이다.”

누군가 바닥에 벌렁 드러누워 생떼를 부리기 시작했다.

“어디서 굴러 들어온 촌뜨기냐!”

소란이 벌어지자 사내 몇 명이 지체 없이 달려왔다. 우두머리는 키가 팔 척에 웃통을 벗은 거한으로, 육충을 노려보며 소리를 질렀다. 그자의 어깨에는 흉악한 사자가, 가슴팍에는 '살아서는 경조윤이 두렵지 않고 죽어서는 염라대왕이 두렵지 않으리'라는 두 줄의 문신이 있었다.

이를 본 육충은 저도 모르게 으하하 웃음을 터뜨렸다.

“어이, 손 소사자, 우린 육랑의 친구인데 그냥 좀 둘러보러 왔다.”

'육랑'이라는 말에 손 소사자는 대번에 안색을 누그러뜨리며 콧방귀를 뀌었다.

“좋소. 그럼 같은 편이군. 자자, 해산. 어서 가서 장사나 해.”

그가 손을 휘휘 저어 사람들을 몰아냈다.

“육랑이 누군가?”

참다못한 이융기가 나지막이 물었다.

“퇴마사의 오랜 암탐 오육랑입니다!”

육충이 어쩔 수 없다는 듯이 씩 웃었다.

“그 친구, 장안에서 암탐 노릇을 몇 년 하는 동안 국도 안의 삼교구류며 화자방을 아주 고분고분하게 길들여놓았지요.”

이융기도 쓴웃음이 났다. 오육랑은 비록 근면 성실하지만 술법을 모르는 탓에 가장 눈에 띄지 않는 인물이었다. 그런 그가 장안성 흑도 무리에서 꽤나 명성이 있다니 뜻밖이었다. 오늘 밤 이융기가 육충을 데리고 역용한 채 이곳에 온 까닭은 며칠간 애쓴 끝에 오랫동안 풍문으로 나돌던 장안 지부의 입구가 이 부근이며, 탈옥한 사미르도 이곳으로 왔을 가능성이 크다는 것을 알아냈기 때문이다.

손 소사자가 팔짱을 끼고 물러나려는 것을 보자 이융기가 재빨리 눈짓했다. 육충은 한 걸음 다가가 나지막이 물었다.

"어이, 소사자, 듣자니 장안 지부 입구가 이 부근에 있다던데?"

"뭐요? 지부?" 손 소사자가 두 눈을 부라렸다. "당당한 국도 장안 발밑에 무슨 놈의 지부가 있다고! 다 사람 홀리는 유언비어라는 거 모르쇼? 사람 놀라게 하려고 공연히 과장한 말이라니까! 진짜 이름은 용의 길, '용도'요, 용도. 들어봤소, 용도? 얼마나 길하고 상서로운 이름이오?"

"용도?" 육충이 참지 못하고 물었다. "아니, 용이 땅 밑으로 다니지는 않잖나!"

"지금은 용도 더워서 땅 밑으로 다니는 거요. 알겠소? 하여간 지부라고 부를 수도 없고 귀신 길이라고 부를 수도 없소. 참말이지 세상에는 헛소리가 넘쳐난다니까. 명심하시오. 조정에서 그 뜬소문을 조사하고 있소. 쯧, 생긴 것은 번듯한 사내놈들이 머리를 쓸 생각이 저리도 없나? 조정의 중대사에 관심을 좀 가지란 말이오."

웃통을 벗어젖힌 흑도의 장한에게 조정의 중대사를 모른다고 핀잔을 들은 육충과 이융기는 민망한 표정이었다. 육충은 별수 없이 동전 두 꿰미를 쥐여주며 나지막이 말했다.

"알았네, 용도! 아무튼 그 용도 안에 진귀한 보물이 잔뜩 있다고 들었는데 한번 구경시켜주게."

손 소사자는 동전 꿰미를 꽉 쥐더니 온화한 표정과는 반대로 말했다.

"사실 거긴 그냥 지하 동굴인데, 중요한 곳은 이미 막혔소. 다행히 잠시 후면 그 동굴 안에서 큰 창매회가 열릴 거요. 파는 물건은 모두 천세난 것들이지. 절대로 여기저기 쏘다녀서는 안 되오. 그 안에는 진짜 귀신이 있단 말이오. 아이고, 요 입이 말썽이네! 유언비어요, 유언비어!"

그는 제 입을 세게 때리면서 두 사람을 데리고 두 열로 어지럽게 늘어선 집들을 꺾어 들어갔다. 도깨비불 같은 등잔 불빛 덕에 저 앞쪽에 자리한 거무스름하고 깊숙한 동굴이 보였다. 동굴 입구는 누군가 보수를 했는지 빙빙 돌아 아래로 가는 진흙 길이 나 있었다.

육충이 소리 죽여 이융기에게 말했다.

"화자방 사람들은 돈이면 눈에 불을 켭니다. 각지에 나간 우리 쪽 암탐들이 전해온 소식에 따르면 사미르라고 하는 환술사는 여기로 달아나 화자방을 매수해 이곳에 숨었습니다."

이융기는 고개를 끄덕였다. 수십 걸음을 내려가 조그마한 동굴 입구를 돌아 나가자 갑자기 눈앞에 번쩍이는 빛이 나타났다. 이제 보니 동굴 안은 무척 넓었다. 몇이나 되는지 모를 사람들이 그 안에서 유등을 들고 왔다 갔다 하며 시끌시끌하게 떠들었다. 그 모습을 보니 마치 여름밤에 점점이 반짝이는 반딧불 같았다.

징과 북이 요란하게 울리더니 손 소사자가 청석에 뛰어올라 소리 높여 외쳤다.

"성원하러 와주신 어르신들, 감사합니다. 대당나라의 번성과 이 성의 대길을 축원하고, 여러분의 재산이 부쩍부쩍 늘어나기를 기원하겠습니다. 이제 용도의 '큰 기쁨 창매회'가 시작됩니다! 부디 이 큰 기쁨 창매회의 규칙을 명심해주십시오. 그 자리에서 값을 불러 많이 부른 사람이 물건을 살 수 있으며, 돈과 물건을 바로 맞교환하되 번복은 안 됩니다! 감히 외람된 짓을 하는 자는 용도 안에 던져 넣어 귀신…… 아차차, 귀신이 아니라 용 먹이로 만들겠습니다!"

대당나라 장안에서 조정의 중대사를 가장 잘 아는 거지 우두머리 손 소사자가 한바탕 떠든 뒤, 이른바 용도의 '큰 기쁨 창매회'가 즉시 열렸다. 창매회는 후세의 경매와 비슷했다. 이런 판매 방식은 대당나라 초기부터 이미 있었는데, 처음에는 대부분 사찰에서 유행했다. 고승이 원적하면 사찰에서는 그가 사용하던 옷가지를 경매로 처분하고 고승의 유물을 고가에 파는 것이다. 그런데 뜻밖에 귀방 안에서도 그런 독특한 판매 방식이 사용되고 있었다.

"창매회 첫 번째 보물은 안락공주가 가장 좋아하던 보물, 칠보일월등입니다!"

손 소사자가 외친 첫 번째 보물 이름에 육충과 이융기는 놀라 입이 딱 벌어졌다. 장안을 발칵 뒤집어놓은 흉악한 벽화 살인 사건에 쓰인 보물이자 안락공주가 가장 아끼던 칠보일월등을, 법이고 하늘이고 없는 저자들이 또다시 훔쳐 여기까지 가져왔단 말인가?

두 사람이 경악한 사이 손 소사자가 어느새 구리로 만든 조그마한 등을 높이 쳐들고 큰 소리로 외쳤다.

"보십시오, 여러분. 이 등에는 일곱 가지 보석이 박혀 있어 휘황찬란합니다. 안락공주가 왜 그렇게 좋아한고 하면, 이 등은 기름 절약에 으뜸이기 때문이지요. 절대적으로 기름을 덜 씁니다. 하룻밤 내내 켜둬도 심지를 두 개도 안 씁니다."

무대 아래가 소란스러워졌다. 이융기와 육충 두 사람은 웃느라 하마터면 턱이 빠질 뻔했다. 심지어 이융기는 이 우스꽝스런 이야기를 반드시 안락공주에게 들려주겠다고 결심할 정도였다. 하지만 그래도 떠받드는 사람은 있었다. 몇몇 상인이 다가가 살펴보더니 그 자리에서 값을 불렀고, 최종적으로 오백 푼에 거래가 성사됐다.

"창매회 두 번째 보물은 자유리주로 토하라에서 진상한 공물입니다! 진품이지요."

이융기는 손 소사자 손에 있는 보랏빛 영롱한 조그만 구슬을 보고 나지막이 욕설을 내뱉었다.

"진품이라니, 참으로 못된 놈들이군! 어디서 빼내온 것들이지?"

육충이 대답했다.

"훔치거나 뺏거나, 아무튼 올바른 방법은 아니지요. 그래서 이곳을 귀방이라 부르는 겁니다."

두 번째 보물은 분위기에 불을 붙인 것이 분명했다. 상인 몇 명이 계속 값을 부르더니 결국에는 작고 뚱뚱한 호상이 쉰 관에 사들였다. 보고 들은 것이 많은 이융기는 저 보물의 품질로 보아 서시나 동시에 팔면 맹세코 삼백 관 이상 받으리라는 것을 알았다. 하지만 이 괴상한 곳에서는 내력이 불분명한 구슬을 쉰 관에 판 것만 해도 괜찮은 편이었다.

"창매회 세 번째 보물은 행상 통관 문서입니다. 상서성이 직접 나눠준 것으로 완벽한 진품입니다. 이 과소가 있으면 소를 팔든, 말을 팔든, 호희를 팔든, 장안에서 돈황까지 거침없이 통과할 수 있습니다!"

대당나라는 상업무역을 엄격하게 통제해 각지 해관에서 장사하는 이들이 가진 통관 증서를 검사했는데, 그 증서를 '과소'라 불렀다. 과소는 상서성이나 주부가 배포했으며 극히 엄하게 관리했다. 하지만 장거리 상인에게나 필요한 물건인데, 동굴 안에 있는 사람들 대부분 소매를 하는 평민 보따리상이라 전혀 쓸모가 없었다. 심지어 이쪽저쪽에서 비웃음이 들려왔고, 값을 부르는 이가 없었다.

그때 창매회 청석 무대 뒤에서 시끌시끌한 소란이 일었다. 별수 없이 손 소사자가 청석에서 뛰어내려 그리로 달려간 뒤 큰 소리로 제지했다. 잠시 후 손 소사자가 씩씩거리며 다시 청석 무대로 뛰어올라 크게 소리쳤다.

"조금 전에 뚱뚱한 호상이 자유리주가 마음에 들어서 창매 때는 쉰 관을 불러놓고 거래하려고 하자 번복했습니다. 참석하신 여러분, 우리 용도 큰 기쁨 창매회 규칙을 어지럽힐 수는 없습니다. 여봐라, 그 뚱보 화상을 용도로 집어넣어 귀신 먹이로 던져줘라!"

웃통을 벗어 던진 대한 몇 명이 다짜고짜 굵직한 밧줄로 뚱보 호상을 꽁꽁 묶더니, 비스듬히 가로놓인 커다란 바위 뒤로 데려가 구멍 안으로 집어 던졌다. 구멍 안에서는 이내 뚱보 호상의 처절한 곡성이 들려왔다. 지켜보던 상인과 한량, 거지들은 구경거리가 생기자 왁자지껄하며 환호했다.

육충이 일어날 듯 몸을 들썩이며 착 가라앉은 목소리로 말했다.

"저곳이 용도군요. 사람들이 말하는 지부로 가는 구멍 말입니다.

저 안에 뭐가 있기에 뚱보 호상이 저렇게 놀랐을까요?"

하지만 이융기는 그의 손을 잡아 누르며 고개를 저었다.

잠시 후, 손 소사자가 뚱보 호승을 끌어올렸다. 호승은 축 늘어져서 체로 친 듯 몸을 바들바들 떨며 이렇게만 외쳐댔다.

"도, 돈을 주겠소, 돈을. 어서, 어서 날 놓아주시오."

"돈을 내고 썩 꺼져!"

손 소사자는 수월하게 상황을 처리하고는 아무 일 없던 것처럼 몸을 돌려 두 팔을 올리고 높이 외쳤다.

"여러분, 우리네 장사를 방해하지 마십시오! 자, 다시 과소를 경매에 붙이겠습니다. 백이면 백, 절대적으로 희귀한 물품인데, 어느 분께서 사시겠습니까?"

"아무도 안 사면 날 줘."

어둠 속에서 서투른 당나라 말이 들려오더니, 크고 마른 그림자 하나가 느릿느릿 걸어나왔다.

육충의 동공이 줄어들었다.

"그자입니다, 사미르!"

그는 바로 형부 감옥 안에서 며칠간 미친 척하고 있던 호인 사미르였다. 어디서 났는지 호상들은 거의 입지 않는 저고리 차림이어서 이도 저도 아닌 모습이었다.

육충은 사미르가 다가오는 것을 가만히 지켜보며 강기를 끌어올려 체포할 준비를 했다. 바로 그 순간, 갑자기 쉭쉭 하는 소리와 함께 암기 같은 것이 공기를 가르고 날아들었다. 널따란 동굴 높은 곳에 매달린 유등 등잔이 암기에 맞아 부서졌다. 물론 동굴 안 곳곳에 희미한 등불이 반짝이고 있었지만, 아무래도 높이 매달아둔 커다란 등잔 일고여덟 개가 가장 환했다. 그 등잔이 꺼지자 동굴 안은 금세 어두컴컴해졌다.

"누구냐, 호랑이 간을 삶아 먹은 놈이……."

손 소사자가 대뜸 욕설을 내뱉다가, 관중 속에서 뭐라도 본 듯 갑자기 비명을 지르며 청석 무대 밑으로 달아났다. 쉭쉭 하는 소리와 함께 화살 십여 대가 힘차게 날아들어 방금까지 그가 서 있던 자리에 팍팍 꽂혔다.

"모두 조심하시오!"

동굴 안은 즉시 혼란의 도가니가 됐다. 손 소사자가 목이 터져라 소리를 질렀다.

"귀검방 사람이다! 귀검방이 왔다!"

깜짝 놀란 육충이 황급히 몸을 돌려 이융기를 보호했다. 이융기가 무거운 소리로 말했다.

"멈추지 말고 어서 사미르를 쫓아가게."

하지만 지금 동굴 안은 난장판이었다. 사방에서 날아다니는 반딧불이의 흐린 빛 속에, 귀신 가면을 쓴 수십 명의 사내가 사방팔방에서 달려드는 것이 보였다. 귀신 가면들은 칼과 검을 들고서, 길을 막는 사람이 보이면 일반 상인은 발로 걷어차 넘어뜨리고 화자방 거지는 검을 휘둘러 베었다.

"조심, 조심해라! 귀검방이 진짜 폭력을 쓴다!"

"아이고, 저놈들이 요술을 쓰는구나. 달아나라, 달아나! 어서!"

거지들은 서로에게 알려주며 허둥지둥 사방으로 흩어졌다. 손 소사자는 반응이 빨라서 일찌감치 멀리 달아나버렸다.

사방에서 밀려드는 인파 속에서 이융기가 외쳤다.

"큰일이군. 귀검방도 그자를 쫓아왔네."

과연 사방에서 쏟아진 귀검방 사내들은 곧바로 청석 무대 아래에 있는 사미르에게 달려들었다. 상황이 불리한 것을 본 사미르는 돌아서서 달아나려 했지만, 주변에 불빛이 일렁이더니 어느새 나타난 귀검방 사람들이 앞을 단단히 가로막았다. 사미르는 홱 돌아서서 용도의 구멍으로 몸을 던졌다.

육충이 눈빛을 싸늘하게 빛냈다. 조금만 늦어도 기회가 사라진다는 것을 깨달은 그가 널찍한 소매를 휘두르자 자화열검이 허공을 가르며 날아올랐다. 검광이 번쩍이는 곳마다 귀검방 사내들이 팔다리를 잘리고 참혹한 울음이 터졌다. 어두컴컴한 동굴 안에서 검광이 이리 번쩍 저리 번쩍 하며 신출귀몰하게 움직이자 귀검방 무리는 애처롭게 비명을 지르며 사방으로 흩어졌다.

육 검객 어르신이 득의양양해하는 사이 멀지 않은 곳에서 이융기가 손을 흔드는 것이 보였다. 그의 몸은 점점 가라앉고 있었다.

"임치군왕이 직접 사미르를 쫓아 용도로 들어갔잖아!"

육충은 대경실색해서 황급히 몸을 날렸다. 용도로 가는 구멍이 있는 곳은 비교적 어두워서 이융기의 모습은 금세 사라졌다. 육충은 별수 없이 아래로 뛰어내렸다. 순식간에 이융기를 앞지른 그가 투덜거리며 항의하려는데, 별안간 키가 한 장이 넘는 거대한 귀신이 눈앞으로 들이닥쳤다. 육충은 깜짝 놀라 재빨리 왼쪽 소매를 쳐들었다. 숙동간 두 자루가 힘차게 귀신을 때렸다. '쨍쨍' 하는 날카로운 소리가 들리면서 어둠 속에 불꽃이 튀었다.

육충은 그제야 그 귀신이 흉악하게 생긴 거대한 석상으로, 머리에 뿔이 두 개 솟은 소머리를 한 것을 봤다. 소머리는 그가 날린 숙동간에 두드려 맞자 괴상하게 생긴 눈에서 시뻘건 불빛을 뿜더니 놀랍게도 불길이 이글거리는 열염탁천차를 느릿느릿 들어올려 공격할 자세를 취했다.

"기관 인형술이라니!"

육충은 괴물의 눈이 좌우로만 훑는 것을 보자 퍼뜩 좋은 생각이 나서 이융기를 단단히 붙잡으며 나지막이 외쳤다.

"엎드리십시오!"

두 사람이 바닥에 엎드리기 무섭게 머리 위에서 거센 바람이 휭 스치는가 싶더니, 불길에 휩싸인 탁천차가 막 두 사람의 머리가 있던 동굴 벽을 힘껏 때렸다. 이어서 '쐐액' 하는 파공성과 함께 몇 대인지 모를 화살이 날아들어 불꽃이 번쩍이는 곳에 명중했다.

"움직이지 말게!" 그때쯤 이융기의 말투는 처음처럼 침착해져 있었다. "보아하니 움직이지만 않으면 괜찮겠군!"

육충은 그 말에 따라 황급히 엎드렸다. 언뜻언뜻 반짝이는 불빛에 의지해 가까스로 주변을 살펴보니, 동굴 안은 난각 세 채 정도 크기이며, 멀지 않은 곳에 어디로 통하는지 모를 굴 입구가 몇 개 더 있었다. 소머리 괴물 말고도 몇 걸음 떨어진 곳에 말상을 한 괴물이 서 있고, 가운데에는 관모를 쓴 문관 조각상 두 개도 있었다. 모두 손에 무기를 들었고 눈동자에는 빛이 어른거렸다.

괴물의 눈빛을 가만히 바라보던 육충은 정신이 격렬하게 요동치는 것을 느꼈다. 마치 주위에 귀신들이 겹겹이 모여들고, 헤아릴 수 없이 많은 원귀가 달려들어 몸을 물어뜯는 기분이었다. 방금 그 뚱보 호승이 밧줄에 묶여 이 구멍 안에 잠시 들어가기만 했는데도 똥오줌을 지릴 정도로 놀란 것이 전혀 이상하지 않았다. 아무래도 이곳에 기괴한 금제가 걸려 있는 모양이었다.

"소머리에 말상, 문무 판관이라, 역시 지부로군. 도대체 누가 저런 석상을 만들었지?"

육충은 재빨리 시선을 돌렸지만 아직도 심장이 울렁거렸다.

"저 괴물들은 지난날 지기자가 설치한 지살 법진과 관련이 있을 걸세."

이융기의 목소리도 약간 떨려 나왔다.

"정관 연간에 태종 황제께서 정신이 불안해 밤잠을 주무시지 못하자 국사 원천강에게 친히 사귀를 쫓는 법술을 펼치라 명하셨다지 않나. 그리고 장안성 안에 최부군묘가 하나에서 여섯으로 부쩍 늘어난 것도 그 전후의 일일세. 비록 최자옥이 죽은 뒤에 신령이 됐다는 이야기가 진작 있었고, 정관 초기에 이미 최부군묘가 세워졌다지만, 갑작스레 그 사당이 늘어난 것은 모두 마종 비문이 배후에서 선동한 탓일세. 당시 지기자는 천마를 깨워 대당나라 국운에 영향을 주는 지살 법진을 펼치기로 했지만, 장안성 밑에 신비한 지하 동굴을 만들려면 여간 큰 공사가 아니니 남들 눈에 띌 수밖에 없었지. 공사를 숨기는 가장 좋은 방법은 그 땅 위에 신비한 전각을 짓는 것일세. 그래서 그들은 최부군묘를 선택하고, 나아가 '태종 황제 지부유람'이라는 전설을 지어 붙인 걸세."

육충도 원승에게서 천마살 사건을 상세히 들어 원천강이 일곱 곳의 치우 사당으로 사귀를 쫓아내려 한 것을 알고 있었다. 보아하니 그 전에 마종 제자들은 이미 소문이 돌고 있던 최자옥의 전설을 이용해 급작스레 최부군묘를 여러 채 지은 것 같았다.

"바로 그거군요. 어리석은 백성들이 실수로 그 지하 굴에 들어갔다가 괴뢰 기관술로 움직이는 괴물을 진짜처럼 여기고 놀라 달아났을 것이고, 덕분에 지하 굴은 무사하고 최부군을 숭배하는 풍조만 커졌군요."

육 검객 어르신은 저도 모르게 탄식했다.

"당당한 지부의 신이신 최 판관만 가엾게 됐습니다. 비문의 악마 같은 놈들에게 허울 좋은 간판으로 이용당했으니."

이융기는 한숨을 쉬었다.

"하지만 지기자가 죽은 뒤에 비문은 전에 없던 약탈을 당한 게 분명하네. 장안성 지살을 만든 주요 인물들은 원천강에게 제거됐을 가능성이 크고. 그래서 지하 굴의 비밀은 아무도 모르는 수수께끼가 된 걸세. 얼마 전 지살이 흘러나와 장안에 괴살인 사건이 일어날 때까지 말일세. 그 일로 이곳을 숨길 수 없게 되면서 용도와 귀방이 생겨나고 장안 지부 전설이 다시 등장했지. 가장 먼저 이곳을 발견한 이는 틀림없이 아무 하는 일 없는 거지였을 걸세. 하지만 필시 비문은 일찌감치 이곳을 찾아냈을 걸세. 처음 발견한 거지들은 혼비백산해 달아난 뒤에 틀림없이 죽음을 당했을 거야. 차시환혼이니 지부 전설이니 하는 것은 죄다 거지와 한량들의 입을 막은 다음 덧붙인 이야기일 뿐일세."

육충은 연신 고개를 끄덕였으나 가슴속에서는 점점 더 한기가 강해졌다. 그가 불쑥 말했다.

"그렇다면 지금 나타난 귀검방은 틀림없이 비문 사람이 변장한 것이겠군요."

"그렇지." 이융기가 갑자기 한쪽을 가리켰다. "보게, 사미르가 바로 저기 있군."

탁천차가 흩뿌려대는 불꽃 아래 멀지 않은 곳에, 과연 바닥에 엎드려 엉금엉금 기어가는 사미르가 보였다.

육충은 기쁜 마음에 조용히 말했다.

"사미르란 놈이 이곳 길을 아는 모양입니다."

육충은 이융기를 어깨에 둘러메고 사지를 바닥에 딱 붙인 채 벽호유장술을 펼쳤다. 그의 몸은 번개처럼 움직여 순식간에 사미르 옆에 이르렀다.

"퇴마사가 사건을 조사하러 왔다. 살고 싶거든 순순히 엎드려라!"

말을 끝내기 무섭게 육충 자신도 웃음이 났다. 지금은 세 사람 다 순순히 엎드려 있는 처지 아닌가.

놀랍게도 사미르는 고개를 돌리더니 숨찬 소리로 말했다.

"이제 보니 관부 사람들이구려. 잘됐소. 난 가기 싫으니 날 좀 잡아가시오. 나는 살아야겠소."

이융기가 재빨리 다가가 소리쳐 물었다.

"이곳을 잘 아느냐? 저 앞에 있는 갈림길은 어디로 통하느냐?"

"모르오. 저기 저 동굴엔 가지 않는 게 좋소!"

"어째서?" 육충이 나지막이 호통쳤다. "사실대로 불어. 아는 건 뭐든 빨리 털어놓으라고."

"저긴 아주 끔찍한 곳이오." 사미르는 연신 고개를 저었다. "내가 아는 건 이뿐이오. 이곳이 단순히 지부 입구라면 저 앞이야말로 진정한 지부요. 귀검방 놈들도 감히 들어오지 못하오."

이융기는 시선을 모아 그 '지부' 안쪽 깊숙한 곳을 살폈다. 그 안은 먹물을 쏟은 것처럼 깜깜했고 말로 표현할 수 없는 기괴한 음산함이 느껴졌다. 싸늘한 적막 속에 별안간 차가운 웃음이 터졌다.

“역시 여기 있었구나. 잘됐다. 지살을 발동시켜라. 한 놈도 놓아 줘서는 안 된다!”

순간, 사방에서 뭐라고 표현할 수 없는 기운이 밀려왔다.

8장

거울 속에 나타난 흉사

소적하가 피살된 지 벌써 이틀째이나 사건은 아직도 오리무중이었다. 해가 서쪽으로 기울 때쯤, 청영이 수심 가득한 얼굴로 대기를 찾아와 단도직입적으로 물었다.

"눈치 못 챘어? 요즘 원 대장이 조금 이상해."

대기도 걱정스럽게 말했다.

"그러게. 최근 며칠 계속 흐리멍덩해 보였어. 때로는 만사에 철저하고 모르는 게 없던 예전의 원승이 더는 아닌 것 같다니까. 그리고…… 특히 저녁때, 그러니까 유시(酉時, 오후 5시~7시)에서 술시(戌時, 오후 7시~9시)로 넘어갈 때쯤 늘 꼭꼭 숨어버려."

"내가 찾아온 것도 바로 그 일 때문이야!" 청영이 말했다. "나도 두 번이나 봤어. 유시가 딱 되자마자 몸이 나으려면 쉬어야 한다며 단방에 숨어선 아무도 안 만나. 그런데 너도 안 만나준단 말이지?"

대기가 고운 얼굴을 살짝 붉히고 눈을 흘겼다.

"당연하지. 그 사람이 날 왜 만나?"

"난 또, 숨어서 아무도 안 만나기에 너하고만 만나는 줄 알았지."

청영의 농담에 페르시아 미녀는 얼굴이 새빨개졌고, 두 여인은 한참 동안 쿡쿡 웃었다.

"자자, 중요한 이야기나 다시 해. 그 사람, 어느 날 밤에 한번 마주친 적이 있어." 청영의 얼굴에 다시 수심이 떠올랐다. "혼자서 주전의 방에 들어가서 한참 있다 나왔어."

대기도 말했다.

"뇌법에 맞아서 혼절한 뒤로 몸은 나았지만 머리가 좀…… 이상해진 건 아닐까 걱정이야. 이번에 소 진인이 급사한 일도 그래. 사건 조사하는 것만 봐도 날카롭던 예전과는 퍽 다르잖아. 또 한번은 혼자 앉아서 중얼거리는 것도 봤다니까. 방금까지 주전이랑 이야기했다고는 하는데, 난 주전을 보지도 못했어."

"가보자!" 청영의 눈동자가 기민하게 반짝였다. "벌써 유시야. 몰래 가서 그 사람이 이 시간에 뭘 하는지부터 확인하는 거야."

"몰래?"

대기는 당황했다.

"가자니까. 넌 그 사람의 그거잖아. 그 뭐더라…… 맞아, 홍안지기! 설마 우리가 그 사람을 해칠까봐? 원 대장에게 문제가 생기면 가장 걱정할 사람은 우리뿐이야."

두 여인은 살그머니 방을 나섰다. 막 황혼이 내렸다. 드나드는 잡인이 없는 천경궁 안뜰은 유난히도 고요했다. 아름드리 오래된 측백나무 두 그루가 푸르다 못해 까맣게 보이는 무성한 잎을 활짝 펼쳐 원승이 묵는 단방을 자못 깊고 은밀하게 가렸다.

"돌아왔다! 원 대장 걸음걸이 좀 봐. 정말 이상하다니까!"

청영은 대기를 데리고 나무 위에 몸을 숨기고 있다가, 생각에 잠긴 얼굴로 방으로 걸어 들어가는 원승을 보고 대기에게 나지막이 전음을 보냈다.

"저 걸음이 뭐 어때서? 너희 육 검객보다 만 배는 멋있는걸!"

"그래, 지금 네가 슬프고 답답해서 우리 육충을 질투하는 건 널리 이해해줄게. 싸우지 말자. 어, 저거 봐! 원 대장이 뭘 만지작거리는 거야?"

반쯤 열린 창문을 통해 방 안의 원승이 상자 하나를 열고 안에 든 것을 만지작거리더니 느릿느릿 제 얼굴에 펴 바르는 모습이 똑똑히 보였다.

"역용술일 뿐이야! 대당나라 퇴마사 수장이 역용하고 사건 조사를 하는 건 너무나 자연스러운 일이잖아?"

대기는 다시 콧방귀를 뀌었지만 그다지 자신감 없는 목소리였다.

"하지만 지금 저 사람은 현진법회의 주최자야. 여긴 대종사 몇 명밖에 없는데 역용할 필요가 뭐가 있어? 세상에…… 저거 봐. 주전으로 분장했네?"

원승이 천천히 고개를 돌렸다. 얼굴을 살짝 손본 것뿐인데 그는 어느새 주전의 모습으로 싹 바뀌어 있었다.

대기도 놀랐다.

"그러게. 주전을 처음 봤을 때부터 어딘지 낯이 익었어. 그때도 저 사람과 닮았다고 느꼈지만…… 세상에, 주전의 옷까지 입잖아?"

그 말대로 방 안에서는 원승이 겉옷을 벗고 앞자락을 열어 입는 담청색 가벼운 도포 한 벌을 꺼냈다. 주전이 즐겨 입는 복장이었다. 그 도포를 걸치자 그는 열에 아홉은 주전과 꼭 닮은 모습이었다.

나무 위의 두 사람은 저도 모르게 마주 보며 같은 생각을 했다. 저 사람, 도대체 뭘 하려는 것일까?

어느새 원승이 방에서 나왔다. 걸음걸이가 더디고 이리저리 살피는 것이 신중하고 조심스런 모습이었다.

"저 사람…… 주전의 걸음걸이를 흉내 내고 있어."

눈썰미 좋은 대기는 단번에 상황을 파악했다.

"도대체 뭘 꾸미는 거지? 설마 지난번처럼 엽주에 걸려 꿈과 현실을 왔다 갔다 하는 건 아니겠지?"

"아니, 아마 최부군묘 요룡 사건에 가까울걸!"

청영의 두 눈이 차가워졌다.

"그 환술배우처럼…… 저 사람도 자기가 다른 사람이 됐다고 생각하는 건가?"

대기도 심장이 철렁했다. 최부군묘 사건의 가장 큰 용의자인 환술배우 사미르는 형부에 붙잡힌 후 자신이 설노타라는 다른 배우라고 주장했고, 형부에서 설노타는 이미 죽었다고 확인해주자 느닷없이 쓰러져 혼절했다.

영허문의 인재요, 현진법회 종사의 반열에 있는 퇴마사의 수장 원승이 설마하니 그런 귀신 장난 같은 일을 당했을까?

"저 사람이 그날 은밀히 주전의 방에 한참 있었던 건 주전의 일기를 연구하기 위해서였다고 했어."

청영이 탄식했다.

"주전이라는 자도 행적이 아주 은밀했어. 내가 직접 심문한 적도 있는데, 어리벙벙하게 엉뚱한 대답이나 하다가 세게 나갔더니 아예 훌쩍거리더라니까. 진짜 여자 같았어."

두 사람은 발소리를 죽인 채 깊고 어두운 밤빛 속에서 앞장서 걸어가는 표홀한 그림자를 바짝 따랐다.

"뭐, 나긋나긋하고 부드러운 성격은 원 대장을 쏙 빼닮았다니까.

아아, 그렇게 노려보지 마. 원 대장더러 여자 같다고 하는 건 아니야. 그러니까 내 말은, 원 대장도 주전처럼 때로는 아주 나긋나긋하다는 거지! 아야, 동생, 왜 발을 밟고 그래?"

"발만 밟은 것도 그나마 봐준 거야. 잠깐, 원승은 어디 갔지?"

두 여인이 말다툼하는 사이 어둑어둑한 밤 속을 느릿느릿 앞서 걸어가던 그림자는 어느새 사라지고 없었다.

"두 분, 저를 찾으십니까?"

놀랍게도 부드러운 웃음소리와 함께 푸른 옷을 입은 원승이 두 사람 뒤에 나타났다.

"원 대장…… 다, 당신?"

희미한 빛을 내는 원승의 눈동자를 마주하자 청영은 어찌 된 셈인지 말을 더듬었다.

"소생은 주전입니다. 두 분께서 사람을 잘못 보셨군요!"

원승이 갑자기 웃음을 지었다.

"하지만 두 분이 원하신다면 원승이라고 부르셔도 됩니다."

"이봐요, 대체 어떻게 된 거예요? 괜찮아요?"

대기는 걱정이 태산 같았다.

"괜찮소." 원승은 낯빛이 다소 피곤해 보였지만 천천히 고개를 들며 말했다. "안심하시오. 나는 정상이니까."

맑고 초점이 또렷한 익숙한 눈빛을 보자 대기는 다소 안심이 됐다. 하지만 갑자기 무슨 말을 해야 좋을지 몰라 망설였다.

"두 번째 대역을 찾는 일은 훨씬 간단할 걸세!"

주전의 방 안에서 술사가 미소를 지으며 서한지 한 장을 건넸다.

"기회를 보다가 이 서신을 아무도 몰래 용은 국사의 단방에 밀어 넣으면 되네."

정교하게 접어 교묘하게 입구를 봉한 서한지는 마치 날아오르려는 나비 같았다.

"용은 국사?" 주전은 고개를 갸웃했다. "설마, 두 번째 대역이 명성 쟁쟁한 국사입니까? 아니, 국사는 귀신 잡는 데 전문가인 도술 고수인데 내가 무슨 수로 그분을 잡아 대역으로 삼는다는 거죠?"

"누가 그자를 잡으라던가?" 술사는 다소 흉악하게 웃었다. "사람을 죽일 때 꼭 무력이나 도술이 필요한 것은 아닐세. 때로는 서신 한 통, 말 한마디로 소원을 이룰 수 있지. 중요한 것은 적이 공포를 느끼도록 하는 것일세. 뼛속까지 스미는 공포!"

"이 서신만 몰래 집어넣으면 용은 국사가 뼛속까지 스미는 공포를 느끼게 할 수 있습니까? 그렇다면 왜 당신이 하지 않죠?"

"나는 용은이 묵는 안뜰에 들어갈 수 없으니까. 하지만 자네는 원승과 아는 사이니 원승을 방문한다는 명목으로 몰래 들어갈 수 있지. 지금쯤 용은은 방에 없을 걸세. 가는 길에 자네를 유심히 볼 사람도 없을 것이고. 하지만 더욱 좋은 방법이 있네. 인적 없는 밤에 움직이는 거야. 내가 자네를 원승으로 변장해줄 수 있네."

"원승으로?" 주전은 무척 당황했다. "퇴마사 사람들에게 발각되면 어쩌라고요?"

"살짝 손봐주기만 할 걸세. 누군가 알아보면 당황하지 말고 주전이라 인정하고 원승에게 의술과 그림을 배우러 왔다고 하게. 자네와 그자는 몸집이나 용모가 무척 닮았으니 조금만 손보면 돼."

주전은 술사의 얼음장 같은 손이 벌써 제 얼굴을 만지는 것을 느꼈다. 손에 밀가루 같은 것을 묻힌 탓인지 아니면 본래부터 손이 차가운 건지는 모르지만, 정말이지 죽은 사람 손 같았다.

문득, 주전은 자신이 원승의 장포를 갖고 있다는 사실이 생각났다. 빨아주겠다고 가져온 옷이었다. 하지만 한참 끙끙대며 뒤져도 어디 있는지 찾을 수가 없었다.

"이것이 원승의 장포일세!"

다행히 술사가 옷 한 벌을 던져주고, 이어서 능수능란하게 머리 모양까지 바꿔줬다. 원승은 현진법회에 참가하기 위해 수도사 차림을 했기에, 술사는 주전의 머리도 도사처럼 만들었다.

"명심하게. 사람을 만나도 당황할 것 없네. 깊은 밤이라 그들도 자네를 원승으로 여길 게야."

술사의 가르침대로 주전은 뭐가 뭔지 모르는 채 천경궁 중문으로 들어섰다. 중문 안으로 들어온 것이 벌써 두 번째지만, 이번에는 꿍꿍이를 품고 있어서 더욱 긴장됐다. 운 좋게도 용은 국사의 단방은 비어 있었다.

옅은 구름이 달을 가리고 밤빛은 스산했다. 고검풍은 약속대로 둘째 사형을 찾아갔고, 그를 따라 슬그머니 천경궁을 나섰다. 두 사람은 신행술을 펼쳐 거리를 통과하고 방문을 건너, 얼마 후 서시에 당도했다.

고검풍은 능지자가 익숙하게 어느 호사를 찾아 들어가는 것을 보자 깜짝 놀라 좌우를 둘러보며 말했다.

"여기는 호인들 사찰이에요. 존사께서 어떻게 이런 곳에 계시죠?"

한 번도 배화교나 마니교 같은 호사에 들어간 적이 없는 그였다.

"소광명사는 눈에 안 띄는 배화교 사찰이다. 말했다시피 이번 일은 본문 최고의 기밀이니, 당연히 영허관에 있을 수야 없지 않으냐."

능지자는 밤빛 아래 똑바로 선 채 그를 지그시 응시했다.

"존사께서도 너를 보고 싶어 하신다. 지금 존사께서는 죽지도 살지도 못하는 상태라는 것을 명심하거라. 연이 닿아 그분을 뵙는다 해도 결단코 건드려서는 아니 된다. 들어가자!"

"건드리면 안 된다고요?"

멍해진 고검풍은 둘째 사형이 슬쩍 미는 바람에 저도 모르게 좁은 문 안으로 들어갔다. 문 뒤에는 깜깜한 방이 있었다. 크지 않은 방인데 고검풍은 지극히 광활한 곳에 온 것 같은 이상한 느낌을 받았다. 마치 광야에 서 있거나 또는 저승에 들어온 느낌이었다.

"존사님, 거기 계세요?"

그가 가만히 불렀다.

순간 촛불 하나가 밝혀졌다. 마치 끝없이 깊은 지옥에서 홀연히 날아온 도깨비불 같았다. 촛불이 앞에 놓인 동경을 비췄다. 거울 안에서 빛이 어른거리다가 서서히 모여들며 낯익은 얼굴을 만들어냈다. 온화하고 자상한 얼굴. 세상을 안타까워하고 백성을 가엾이 여기는 인상. 바로 세상을 뜬 지 오래된 홍강 국사였다.

"풍아, 우리가 다시 만나게 될 줄은 몰랐구나!"

거울 속 홍강 국사가 미소 지으며 말했다. 목소리는 다소 가물가물하긴 했으나 지난날처럼 자상했다.

"존사님, 역시 존사님이셨군요!"

고검풍은 놀라고 기쁜 나머지 거울 속에 나타난 사람에게 달려들고 싶었다. 하지만 퇴마사에서 얼마간 경험을 쌓은 덕에 그도 이제는 갓 산을 나온 맹한 소년이 아니었다. 잠시 생각하던 그가 불쑥 물었다.

"존사님, 저는 늘 궁금했어요. 제가 폐관하기 전에 존사님께 벼락 맞은 복숭아나무로 만든 영검을 드렸는데 존사님께서는 딱히 흡족해하지 않으셨어요. 어째서 그러셨어요?"

거울 속의 홍강 국사는 미소 띤 얼굴로 말했다.

"벼락 맞은 복숭아나무는 구하기가 무척 어렵지. 적어도 백 년 이상 된 나무일 게야. 너는 그 가지에 북두성군 모습을 조각해 넣었는데 자못 생생하더구나. 좋은 나무와 훌륭한 조각이 아주 잘 어울리기에 이 스승도 무척 좋아했단다. 다만 네가 아직 어려서 과하게 칭찬할 수 없던 것뿐이다."

고검풍은 마음속에서 한 줄기 따스한 기운이 솟아나는 것을 느꼈다. 이는 스승과 제자 둘만 아는 은밀한 일이었다. 게다가 그 한마디는 제자를 훌륭한 재목으로 길러내려는 스승의 각별한 마음이 훤히 드러나는 것이었다. 고검풍은 즉시 거울 속 사람에 대한 의심을 집어던지고 그 앞에 쓰러져 엉엉 울었다.

"존사님, 도대체 어쩌다 이런 지경에 처하셨어요?"

"이 스승이 오늘 같은 상황이 된 것은 모두 사람 하나를 잘못 본 탓이다."

거울 속 홍강 국사의 얼굴에서 연민이 더욱 짙어졌다.

"그게 누군데요?"

"네 열일곱째 사형이니라!"

"열일곱째 사형…… 원승 말이에요?" 고검풍은 저도 모르게 흠칫했다. "사형이 왜 존사님을 해쳤죠?"

“조정 권력 싸움의 여파지! 이 스승은 이성의 권력 싸움이라는 소용돌이 한가운데 있어 마음대로 할 수 없었단다. 원승은 진작 위황후에게 매수된 모양이나 그때는 이 스승도 알지 못했지. 믿는 이에게 갑작스럽게 해를 당한 뒤, 중상을 입은 이 스승은 선기 같은 악랄한 적에게 추격을 당할까 싶어 부득불 금선탈각(金蟬脫殼, 매미가 허물을 벗는다는 말로, 몰래 달아나는 것을 말함)이라는 하책을 쓸 수밖에 없었느니라.”

거울 속 사람은 그렇게 말하며 희미하게 한숨을 쉬었다.

“그 일에는 여러 가지 내밀한 속사정이 있어 한마디로 말하기 어렵구나.”

속사정까지 모두 밝히자면 확실히 까다로운 일이었다. 하나의 거짓말은 왕왕 여러 거짓말로 뒷받침을 해줘야 하기 마련이라, 홍강 국사는 ‘한마디로 말하기 어렵다’는 말로 슬쩍 넘겼다. 고검풍같이 예기 넘치는 소년에게는, 때로는 증거라는 사실보다 스승의 은혜가 훨씬 무겁고 깊다는 것을 알기 때문이었다.

과연 고검풍은 그 말을 듣자마자 피가 끓어올라 버럭 화를 냈다.

“원승이…… 그런 인면수심이었다니!”

“분해하지 마라.” 거울 속의 홍강 국사는 나지막이 탄식했다. “내 항상 제자들에게, 원한을 내려놓고 사람을 대할 때 덕으로써 원한을 갚으라 가르쳤다. 원승은 이 스승이 아끼고 사랑해온 제자란다. 그 아이 역시 어쩌다 보니 잘못된 길로 들어선 게지. 특히 그 아이는 구제할 방법을 마련해 잘못을 계속하지 않도록 해야 하느니!”

이런 처지가 돼서도 여전히 덕으로 원한을 갚으라 하다니! 고검풍의 마음속에서 감탄이 무럭무럭 솟았다. 그렇지만 원승에게도 이름 모를 숭배심을 품고 있던 고검풍은 그를 구제하라는 말을 듣자 도리어 쉽게 받아들이고 얼떨떨한 얼굴로 물었다.

"어떻게 해야 열일곱째 사형을 구제할 수 있죠?"

"승아도 어쩔 수 없었을 게야. 그 아이는 위 황후에게 이용당하고 선기의 꼬드김에 넘어가 사실상 이미 돌이킬 수 없는 길에 들어섰다. 열일곱째를 구하려면 위험한 길을 가는 수밖에 없구나. 명심하거라. 오늘 이후로는 둘째 사형의 안배를 따라야 한다! 두려워 마라. 앞길이 멀고도 머나 이 스승은 반드시 네 곁으로 돌아갈 것이다! 네게 증거를 주마."

늙수그레한 손이 천천히 거울에서 튀어나와 고검풍의 머리를 쓰다듬었다. 촛불 하나밖에 없는 어두운 방에 쓸쓸하게 놓인 오래된 동경에서 손이 하나 튀어나와 소년을 쓰다듬는 광경이란 실로 기괴하기 짝이 없었다.

"알아들었겠지, 나의 아이야."

늙수그레한 손은 다시 거울 속으로 돌아갔다.

"제자, 잘 알겠습니다. 존사님께서는 진정 자비로우세요. 오욕을 참아가며 무거운 짐을 짊어지시다니……."

고검풍의 얼굴은 어느새 눈물범벅이 되어 있었다.

"이 스승은 수행을 통해 일찌감치 고됨과 즐거움, 영광과 오욕의 구별을 뛰어넘었느니라! 이제 너는 나가고 네 둘째 사형더러 들어오라 전하거라."

고검풍은 비통해하고 안타까워하면서 거울에 대고 머리를 조아린 뒤 아쉬운 듯이 문을 나섰다. 문밖에서 기다리던 능지자는 그가 나오는 것을 보자 말없이 어깨를 토닥여준 뒤 공손하게 방으로 들어갔다.

방문이 꼭 닫힌 후, 동경 옆에 있던 칠흑 같은 병풍 뒤에서 야윈 그림자 하나가 천천히 돌아 나왔다. 바로 혜범이었다.

능지자가 황급히 몸을 숙이며 예를 올렸다.

"경하드립니다, 존사님. 이처럼 짧은 시간 안에 소십구를 설득하셨군요."

"저 아이는 본디 우리 사람이다."

혜범의 늙은 얼굴은 시종일관 흔들림조차 없었다.

"앞으로의 일은 하나하나가 갈수록 중요하다. 천경궁 안에서는 재미있는 일이 시작됐을 테니 모두가 머리를 싸매고 있겠구나. 흥, 내게 진 빚은 반드시 갚아야 할 것이다!"

이른 아침, 천경궁의 대문이 활짝 열리고 북소리가 울렸다. 어린 도동 몇 명이 향로를 들거나 피리를 불거나 북을 치면서 대문 양쪽으로 갈라서서 귀빈을 맞이할 준비를 했다.

오늘은 현진법회를 주최하는 임치군왕 이융기가 육충의 호위를 받으며 두 번째로 천경궁에 왔다. 듣자니 그의 이번 방문에는 달리 중요한 임무가 있다고 했다. 아버지인 상왕 이단을 대신해 황제의 복을 비는 것이었다.

법고와 운반(雲磬, 종교의식에서 쓰는 법기로, 때려서 소리를 냄) 소리 속에서 이융기는 부왕을 대신해 친히 태상현원황제에게 절을 올리고 법회에도 보물 한 무더기와 이단이 금가루로 친히 베껴 쓴 《도덕경》을 바쳤다. 그리고 태상노군상 앞에서 조용히 축원을 올리며 부왕을 대신해 이성의 복을 빌었다.

선기 국사가 미소 지으며 돈수했다.

"군왕의 지극한 효성과 상왕 전하의 지극한 충성이 반드시 신령을 감동시켜 바라는 바를 이루실 것입니다. 저희같이 수행하는 술사들도 밤낮으로 도를 닦으며 이성께서 신령과 나란히 장수하시기를 기원합니다!"

인사치레가 오간 후 이융기는 용은 국사, 천월 진인 등 다른 종사들과 인사를 나눴다. 그는 말투가 시원시원하고 겸손해서 천월 진인과 단운자 등 모두 편안하게 웃으며 이야기를 나눴다. 오로지 용은 국사만은 무슨 까닭인지 굳은 얼굴을 한 채 거의 몇 마디 하지 않았다.

"원 대장." 육충이 성큼성큼 다가가 지그시 그를 응시했다. "청영에게 듣자니 뇌법 번개가 날아들었을 때 한 발도 물러나지 않고 청영 대신 그 큰 재앙을 가로막았다지."

원승이 웃으며 말했다.

"부하를 위해 번개를 막는 일은 본래 상관의 본분일세."

또 저 익숙한 웃는 얼굴. 육충이 며칠 전에 저 담담한 웃음을 봤더라면 저 녀석이 또 심오한 척한다고 생각했겠지만, 이번에는 이제야 원 대장을 좀 더 알게 됐다는 생각이 들었다.

"전에는 미안했네! 오늘부터 자네는 여전히 내 대장일세!"

원승도 육충을 향해 고개를 끄덕여 보였다. 진정으로 절친한 벗 사이에는 쓸데없이 많은 말이 필요치 않았다. 간담상조니 동고동락이니 하는 말은 모두 이처럼 말이 필요 없고 설명이 필요 없는, 거리낌 없이 서로 잘 아는 사이를 뜻하는 것이다.

이융기도 세상사에 닳고 닳은 사람이라, 용은 국사를 통해 대종사들 사이에 퍼져 있는 보일락 말락 하는 먹구름을 이내 알아차리고 무겁게 한숨을 쉬었다.

"그제 원 장군이 서신을 보내 소 진인이 입적했다는 소식을 전했소. 크나큰 사건이니 내 긴히 원 장군에게 물을 것이 있소."

담담한 한마디지만 용은 국사를 비롯한 대종사들의 얼굴이 싹 굳었다. 심지어 선기 국사는 애처로운 얼굴로 원승을 바라보기까지 했다. 원승은 가볍게 헛기침을 하는 수밖에 없었다.

"아마도 심마의 장난질로 인해 소 진인께서 자진하신 것 같습니다. 물론 진상은 더 조사해봐야 합니다."

이 말을 듣자 긴장했던 선기 국사의 얼굴도 곧 풀어졌다. 잠시 후 원승은 이융기와 함께 자신의 단방으로 들어갔다. 이융기가 고개를 돌려보니 육충은 따라오지 않고 청영을 쫓아 옆방으로 들어갔다. 그는 저도 모르게 빙긋 웃으며 말했다.

"저 친구는 스승을 보고 머리를 조아리지도 않고, 상관을 보고 인사하지도 않고, 그저 미인부터 쫓아가는군."

원승이 말했다.

"육 검객은 마음에 거리낌이 없어 늘 저렇습니다. 상관인 저는 이미 익숙해졌지요."

"보아하니 내가 저 녀석을 곁에 둔 것은 못할 짓 같군. 오늘부터는 자네 곁에 두게."

각자 딴생각을 하는 대종사들과 헤어지자 이융기는 금세 홀가분해져 정식으로 차려입은 장포를 단숨에 벗어 던졌다.

"청영을 대신해 군왕께 감사드립니다. 물론, 천경궁에 골칫거리가 산더미라 확실히 저도 사람이 필요합니다."

원승은 한숨을 내쉬며 소적하의 죽음에 관해 자세히 보고한 뒤 마지막으로 무겁게 말했다.

"지금 봐서는 선기 국사의 혐의가 가장 큽니다만 다른 이들에게도 혐의가 있습니다. 제가 가장 의심하는 사람은 미친 요코야마 부사입니다."

그렇게 말하는데 갑자기 뜰 쪽에서 노성이 터져나왔다.

"용은, 뭘 하려는가?"

단운자가 꾸짖는 소리였다. 이어서 용은 국사가 콧방귀 뀌는 소리가 들려왔다.

"미안하게 됐네, 도형. 도형이 함부로 내 방에 뛰어들기에 내 요즘 심사가 좋지 못해 약간 오해를 했군!"

방 안에서 이야기를 나누던 두 사람은 어리둥절했다. 원승은 저도 모르게 눈을 찡그리며 말했다.

"이상하군요. 목소리를 들어보니 단운자가 내상을 입은 것 같습니다. 어찌 된 일일까요?"

두 사람은 참지 못하고 나란히 귀를 기울였다. 단운자가 씩씩거리며 몇 마디 욕설을 퍼부었고, 이번에는 천월 진인의 목소리가 들려왔다. 중재하러 달려온 것이 분명했다. 천월 진인은 말주변이 무척 뛰어나, 그가 몇 마디 하자 대종사 두 사람도 조용해졌다.

"참 이상하군. 대종사들의 마음속에 크나큰 화가 숨겨져 있는 것 같단 말이지."

뜰이 평화를 되찾자 이융기가 비로소 안도의 숨을 쉬며 말했다.

"어제 육충과 함께 귀방을 살피러 갔다가 탈옥한 사미르를 찾아냈네."

그날 귀방 용도 안에서 있었던 무시무시한 탐험을 생각하자, 이융기는 아직도 심장이 떨렸다. 그는 원승의 세심한 성품을 잘 알기에, 어떻게 창매회에 참가하게 됐는지, 어떻게 사미르를 찾아냈는지, 또 어떻게 용도에 들어가 탐험을 했는지 하나하나 상세히 이야기해줬다. 그런 다음 마지막으로 탄식 섞어 말했다.

"사미르는 자신이 입막음 당할 것을 알고 우리를 보자마자 투항하며, 자기를 붙잡아 관아에 넘겨달라고 사정했네. 그런데 성공하기 직전에 귀검방이 서너 명의 고수를 청해 쫓아왔네. 그중 한 명이 지부 안의 괴뢰술과 진에 꽤 익숙해서 지살을 발동해 우리를 포위 공격했지. 우리로선 중과부적이었네. 육충의 검술은 저들이 발동한 지살에 묶여 속수무책이고 곧 무너질 상황이었지. 나는 결단을 내려 일행을 데리고 한층 더 깊은 지부 입구로 들어갔네."

원승은 그 말에 깜짝 놀랐다.

"그 안은 예측할 수 없이 위험해서 귀검방 사람들도 함부로 들어가지 못한다고 하지 않으셨습니까?"

"확실히 위험했지. 내 평생 다시는 마주하고 싶지 않은 곳일세."

이융기의 얼굴은 다소 창백했다.

"그 안으로 뛰어들기 무섭게 가장 뒤처졌던 사미르가 비명을 지르더군. 귀검방이 힘껏 던진 단창 두 자루가 가슴을 꿰뚫어 당장 숨이 끊어질 처지였네. 육충이 포기하지 않고 달려가 그를 붙잡고 소리쳐 물었지. '사미르, 어서 말해! 누가 군기를 훔치라고 지시했지? 너희에게 미혼술을 쓴 술사는 누구냐?' 육충이 제 이름을 부르자 사미르가 갑자기 눈을 번쩍 뜨고 느릿느릿 말하더군. '생각났소. 나는 사미르요! 나는 설노타가 아니오! 그런데…… 내가 형제 셋을 죽이다니…….' 육충이 다급히 물었네. '평강방 상점에서 네가 동료 셋을 죽였느냐?' 사미르는 후회 가득한 얼굴로 느닷없이 외쳤네. '그때 나는 내가 설노타인 줄 알았소. 그들을 서시에 남겨둘 수는 없었지. 서 선생은 마귀요. 그자는 사람을 또 다른 사람으로 만들 수 있소!' 말을 마친 그는 고개를 푹 떨구고 죽었네. 그때 고수들이 다 같이 쫓아오는 바람에 육충은 별수 없이 그를 버리고 나를 보호하며 전력을 다해 적을 베면서 전진했네. 참 기괴한 동굴이었지. 고요하고 깊고 좁고 길어서 마치 영원히 끝나지 않을 것 같았네. 동굴 안에서 각종 환상을 봤다네. 악귀도 있고 원혼도 있고 염라대왕도 있고 소머리나 말상을 한 괴물도 있었지."

"정말 위험한 곳이었군요. 육충이 깨뜨리는 방법을 생각해냈습니까?"

원승은 이야기만 듣고도 간담이 서늘해졌다. 그 동굴 안에 무시무시한 금제 법진이 펼쳐져 있을 가능성이 매우 높은데, 이융기같이 법진이나 술법을 전혀 모르는 귀족 자제가 갑자기 뛰어든 것은 그야말로 죽으러 가는 것이나 진배없었다.

"육충은 법진을 모르잖나. 그도 분명히 각종 환상을 봤을 걸세. 하지만 우리 육 검객께서는 이렇게 말하더군. 스승이 사문에 남겨진 지하 굴 법진에 자신을 던져 넣은 적이 있는데 그 안에서 불변으로 변화무쌍함을 상대하는 오묘한 파진법을 깨우쳤다고 말일세. 그래서 내내 검만 마구 휘둘렀네. 입정에 이르도록 검을 쓰면 검도로써 잡념과 환상을 없앨 수 있다나!"

원승은 사문의 지하 굴 법진에서 사흘간 갇혀 있었다던 육충의 이야기를 떠올리고 고개를 끄덕이며 쓴웃음을 지었다.

"움직임 속에서 멈춤을 구한다…… 그런 방법을 생각해내 다행입니다. 하지만 그 방법으로는 자신만 지킬 수 있지 군왕까지 도울 수는 없었을 텐데요."

"다행히 내겐 이것이 있었네!"

이융기는 손에 쥔 옥피리를 흔들어 보였다.

"육충이 한 말이 나를 일깨웠네. 그는 가는 내내 바람처럼 검을 휘둘렀고 나는 가는 내내 쉼 없이 피리를 불며 전력을 다해 자네가 가르쳐준 〈청심곡〉에 몰두했네. 다행히도 좁고 긴 그 동굴은 그리 중요하지 않은 통로였는지 기관이나 인형술 같은 장난은 없었네. 우리는 서로 부축하면서 마침내 그 험지를 무사히 빠져나왔다네."

"그랬군요!" 원승은 길게 숨을 내쉬었다. "군왕께서 급한 와중에 지혜를 끌어내셔서 다행입니다."

"그것도 몹시 위험했네! 가면 갈수록 눈에 보이는 환상이 점점 기괴하고 다양해졌으니까. 심지어 태종 황제도 뵈었고 묘계로 태종 황제를 구해낸 판관 최자옥도 봤다네. 온갖 지옥의 풍경과 기기묘묘한 일들, 까무러쳐도 이상하지 않을 괴상한 광경을 목격했고…… 마지막에는 옥환아도 봤네. 그 순간에는 숫제 그곳에 남아 평생 그녀와 함께하고 싶다는 생각마저 들더군."

그의 눈빛이 아련해지는 것을 보자 원승은 곧 심장이 죄어들었다. 하지만 이융기는 이내 감상을 털어내고 고개를 저으며 쓴웃음을 지었다.

"다행히 마지막에 육충이 나를 붙잡고 힘껏 뛰어올랐지. 그 순간 모든 환상이 썰물처럼 물러가더군. 하지만 환상이 너무도 빠르게 사라진 탓에 육충도 나도 커다란 정신적 충격을 입고 나란히 혼절했네."

듣고 있던 원승은 또 비명을 터뜨렸다.

"깨어났을 때는 죽었다가 되살아난 기분이었지. 하늘을 보니 벌써 새벽이 다 됐더군. 방향을 가늠해보니, 놀랍게도 성남 지역 끝자락, 갑옷과 쇠뇌를 도난당했던 최부군묘에서 멀지 않은 곳에 와 있었네."

"최부군묘에서 멀지 않은 곳이요?" 원승의 눈이 반짝 빛났다. "군왕, 속히 저를 그 동굴 출구로 데려가 살펴보게 해주십시오."

"찾을 수가 없네!"

이융기는 침울하게 고개를 저었다.

"우리가 정신을 차린 뒤 맨 먼저 한 일이 바로 빠져나온 동굴 출구를 찾는 것이었네. 하지만 찾을 수가 있어야지. 청산녹수도 보고 고목과 잡초도 보고 흙과 자갈과 청석도 봤네만, 동굴 같은 것은 전혀 보이지 않았네. 마치 모든 것이 꿈같았지. 우리 둘이 함께 겪지 않았다면 틀림없이 괴상한 꿈을 꿨다고 치부했을 걸세. 나는 기회를 놓칠 수 없다는 생각에 육충을 데리고 서둘러 퇴마사로 돌아가 인마를 모아 귀방으로 쳐들어갔네. 하지만 그곳은 완전히 변해 있더군. 허물어진 담장 사이로 피살된 거지들 시체만 어지러이 흩어져 있고 거대한 동굴은 무너져 내린 양 돌 부스러기로 태반이 막혀버렸네. 특히 지부 입구는 종적조차 없었네."

방 안에 있던 두 사람은 말없이 서로를 봤다. 한순간 탁자에 놓인 사발에서 보글보글 차 끓는 소리만 울렸다. 잠시 침묵하던 이융기가 이윽고 이마에 솟은 식은땀을 닦으며 나지막이 탄식했다.

"그렇게 된 걸세. 이제 요룡 사건은 미궁에 빠졌네. 하지만 가장 우려스런 것은 태극궁 일일세."

"태극궁?" 원승은 심장이 철렁했다. "설마 구중궁궐에 또 새로운 파란이 생겼습니까?"

"그렇다네! 더군다나 나와 안락 누님이 마구 시합을 해야 하네!"

이융기는 뜻을 알 수 없는 미소를 짓더니 다시 나른하게 기지개를 켰다.

"배웅해주게. 가면서 이야기하지!"

천경궁 안에서는 길게 못할 이야기가 많다는 것을 원승도 알고 있었다. 그는 임치군왕을 배웅한다는 핑계로 함께 뒷문으로 나간 뒤 중문 옆에 있는 쪽문으로 방향을 틀었다.

막 쪽문 입구에 이르렀을 때 용은 국사 특유의 차갑고 날카로운 목소리가 뜰 안을 쟁쟁하게 울렸다.

"천월 도형, 그만 가시오. 당당한 국사인 내가 도형의 잔소리나 들어야겠소?"

이어서 천월 진인이 콧방귀를 뀌었다.

"좋소이다. 내 할 말은 다 했으니 도형께서 알아서 하시오. 마지막으로 잔소리 한마디 더 하겠소. 도를 닦는 사람에게 있어 무엇보다 중요한 것은 마음을 단련하는 것이오. 용은 국사께서는 부디 자중하시오."

"댁이 마음 쓸 일이 아니오. 그리 마음 단련을 하고 싶으면 아예 세상 끝까지 꺼져서 단련하시는 게 좋겠소. 공연히 내 눈앞에 얼쩡거리지 말고."

이융기와 원승은 서로를 향해 쓴웃음을 지으면서 속으로 같은 생각을 했다. 용은 국사는 상대가 신이건 부처건 간에 성미가 여간 아니었다. 천월 진인처럼 온화한 사람에게도 저렇게 세상 놀라게 비아냥거리다니.

천월 진인이 씩씩거리며 나가고, 이번에는 선기 국사의 목소리가 들려왔다. 천월 진인이 선기 국사에게 가 작은 소리로 하소연하는 모양이었다. 다행스럽게도 뜰에서 들려오던 말다툼은 그쳤다. 아무래도 천월 진인이 더는 반응하지 않으니 용은 국사도 기세를 타고 계속 따지기가 뭣한 것 같았다. 이융기와 원승 모두 신중한 성품이어서, 이융기의 튼튼한 마차에 올라탄 뒤에도 한동안 두 사람 다 한가로운 잡담만 나눴다.

원승은 창밖의 세상을 바라봤다. 며칠간 천경궁 안에 갇혀 있다 시피 한 탓인지 장안성 거리 풍경이 오래된 그림처럼 기시감이 들었다. 하지만 어쩌면 얼마 지나지 않아 이 세상은 새롭게 바뀔지도 모른다.

마차는 이융기의 은밀한 별원으로 달려갔다. 고요한 난각 안. 향로에서 그윽한 향이 모락모락 피어오르고, 따끈따끈하고 진한 차가 균자잔을 가득 채웠다. 원승은 도저히 기다릴 수 없어 먼저 한 모금 깊이 음미하며 내내 긴장해 있던 머리에 기운을 돋웠다.

"최근에 철당 결사대를 통해 궁궐의 주요 어의에 줄을 댔고 몇 가지를 발견했네."

이융기는 말을 하려다 말고 깊고 고요한 눈으로 원승을 바라봤다. 잠시 침묵하던 그가 마침내 입을 떼고 물었다.

"대랑, 사실 자네에게 묻고 싶은 것이 있네. 만약 지금 안락공주가 자네에게 또 살뜰하게 대한다면 어찌할 텐가?"

또다시 '안락공주'라는 단어를 듣자 원승의 심장은 여전히 까닭

없이 죄어들었다. 하지만 그는 눈썹을 치키며 태연하게 말했다.

"제가 기꺼이 그녀에게 휘둘릴 생각인지 묻고 싶으십니까?"

이융기의 눈빛이 더욱더 의미심장해지자 원승이 또 물었다.

"부디 알려주십시오. 삼랑의 마음속에 천하란 무엇입니까?"

이융기는 움찔했으나 미소를 지으며 되물었다.

"원 대랑은 천하가 무엇이라 생각하나?"

"유가에서 천하를 말할 때는 군주를 향한 충심을 중요시하나, 도가에서 천하를 말할 때는 천도(天道)를 말합니다. 제가 평생 추구한 것이 바로 '도'입니다. 제 눈에 천도는 허무맹랑한 것이 아니며, 고개를 숙여 군주에게 충성하는 것은 더더욱 아닙니다. 천도는…… 치우침이 없으며 항상 선한 자와 함께합니다(노자 《도덕경》에 나오는 구절로, '선한 자'란 천도에 순응하는 자를 의미함)."

"계속 말해보게."

"이 천하는 본디 태조께서 여신 이 씨의 당나라이고 그 후 현명하고 신무하신 태종 황제께서 등극하셨습니다. 하지만 한 세대 후 무 씨의 주나라로 바뀌어 천하의 성은 무 씨가 됐습니다. 다행히 민심이 당나라를 그리워해 또다시 이 씨의 당나라가 됐습니다만, 이 천하는 언제든 바뀔 수 있습니다. 위 씨의 천하 심지어 다시 무 씨의 천하로 말입니다. 윗사람들에게는 사생결단을 내는 문제지만 아래에 있는 백성들은 어떻습니까? 그들에게는 환술극 몇 편 구경하는 것일 뿐입니다. 그래서 제 마음속의 천도는 간단하고 소박하고 공정한 것입니다. 천하는 오래 편안하게 다스려야 하며 백성을 쉬게 해야 하며, 백성에게 선을 베풀어야 합니다!"

"천도가 겉으로 보기에는 천하의 성씨를 고르는 것 같지만……."

이융기의 눈빛이 번쩍였다. "실상 천도란, 병마가 날뛰고 재해가 빈발하고 사람이 만드는 재앙이 그치지 않는 이 세상에서, 백성에게 선을 베풀 사람을 찾는 것이라는 말이군."

원승은 따뜻한 차 한잔을 받쳐 들며 엄숙하게 말했다.

"백성에게 선을 베푸는 것, 부디 삼랑께서 오늘의 말씀을 영원히 새기시길 바랍니다."

그런 다음 단숨에 차를 마셨다.

"사실 제가 처음 하산한 것은 확실히 그녀 때문이었습니다. 하지만 그 손에 휘둘려 그녀를 위해 목숨을 바치려던 것이 아니라 그녀가 벼랑으로 떨어지기 전에 잡아 세우고 싶었던 것입니다. 제 마음속에서 위 황후와 안락공주 모두 천도가 찾는 사람이 될 수 없기 때문이지요. 영원히! 하지만 퇴마사에서 오랫동안 고된 싸움을 겪으면서, 저는 종종 또 다른 두 글자에 미혹됐습니다. '법도'입니다! 대당나라의 법도는 응당 모든 사람이 전전긍긍하며 순종해야 한다고 생각했습니다. 하지만 시간이 지나며 차차 깨달았습니다. 제가 지키려 애쓰던 법도는 사실 이미 구멍투성이의 어망이 되어 있었습니다. 그리고 위 황후와 안락공주는 아직도 그 망가진 어망을 자꾸만 찢어내고 있습니다."

이융기는 깊이 탄식했다.

"그들 눈에는 오로지 권력뿐일세. 그들 앞에서 법도는 한 푼의 가치도 없지. 하면, 대랑은 앞으로 마음속에 있는 법도를 어찌 다뤄야 하겠나?"

"앞으로는 없습니다. '법이란 여시하다'(불경에 나오는 말로, 자연스러움을 의미)라고 했습니다. 법도가 수많은 이들 눈에 이미 만신창이가 됐기 때문에 저는 더욱더 힘을 다해 이를 지킬 것입니다."

이융기는 마음이 동해 한 자 한 자 힘줘 말했다.

"자네의 그 한마디만으로도 나는 벌주를 한 대접 마셔야 마땅하네."

두 사람은 마주 보고 웃으며 함께 차 한잔을 비웠다. 별로 중요하지 않아 보이는 이야기지만, 이 대화는 두 사람 마음속에 있던 보이지 않는 응어리를 풀어줬다. 원승이 안락공주와의 관계를 해명하지 못했다면 이융기는 다음에 이어질 깊은 이야기를 하지 못했을 수도 있었다.

과연 이융기는 그제야 비로소 처음에 꺼낸 화제를 이어갔다.

"철당 결사대를 통해 궁중 어의에게 줄을 댔고 최근에 성인께서 줄곧 급한 치료를 받아오셨다는 것을 알았네. 비록 어의도 차마 무슨 병인지는 발설하지 못했으나 궁궐에서 서둘러 준비하는 약을 보면 모두 풍질을 치료하는 진귀한 약이었네."

원승은 움찔했다.

"명을 받고 입궁해서 성인을 진맥했을 때 풍질이 우려되는 상태라는 것은 알았습니다. 사실 고종 황제와 태종 황제께서도 만년에 풍질에 시달리신 적이 있지요. 아마 황실 핏줄에 전해지는 질병일 것입니다." (풍질은 고혈압, 뇌경색 등의 증상을 가리킨다. 이세민에서 시작해 고종 이치, 중종 이현 등 그 후손이 이 병을 앓은 게 분명하니 가족성 질병일 것이다－작가 주)

"하지만 최근 손 태의 등 어의들의 긴장 상태를 보면 지금 성인의 병은 예전과는 월등히 다른 듯하네."

이융기는 한숨을 푹 쉬며 말했다.

"자네는 이미 출궁했고 지금 성인 곁에는 위 황후의 심복 어의들뿐이니 애석하군."

"상왕께서는 방법이 있으실 겁니다!"

원승도 긴장하기 시작했다. 이것이 사실이라면, 황제가 이미 중병이 들었는데 상왕 쪽은 황제의 병세를 전혀 모르고, 모든 정보를 위 황후가 단단히 틀어막고 있으니 몹시 골치 아픈 상황이었다.

이융기가 무겁게 말했다.

"요 며칠 부왕과 태평 고모께서 병세를 살피기 위해 각기 세 번 입궁하셨고, 매번 어화원에서 성인을 알현했네. 부왕 말씀으로는, 말씀하시는 것이 다소 곤란할 뿐 정신은 아직 나쁘지 않으니 돌이킬 수 없는 지경은 아닌 것 같다고 하셨네. 저녁에는 성인께서 내시의 부축을 받고 신룡전 어화원을 잠시 산책하기도 하셨다네."

"말씀이 곤란하단 말입니까? 확실히 풍질의 증상이군요."

보기 드물게 사람 좋은 이현이 병이 났다고 생각하자 원승은 더욱더 미간을 찌푸렸다.

"이런 중요한 때 안락공주가 느닷없이 부마 무연수를 시켜 내게 위세를 부리고 격구를 겨루자고 했네. 한쪽은 무연수를 위주로 하는 무 씨와 위 씨 집안의 귀족 청년들이고, 다른 한쪽은 나와 큰형 이성기 등 정통 이 씨 집안 자제들일세."

'이 씨 집안 자제'라는 말을 힘줘 내뱉는 것을 보니 무연수와 안락공주는 안중에도 없는 것이 분명했다. 원승도 당연히 그 뜻을 알아차렸다.

"시합은 내일 오후 태극궁 안에 있는 안례문 뒤편 황실 격구장에서 열리네. 듣자니 성인께서 위 황후를 데리고 친히 구경하러 오신다며 부왕과 태평 고모도 부르셨네. 그렇게 되면 그 시합에 이 씨, 무 씨, 위 씨 세 집안의 청년 인재들이 모이고, 동시에 이성과 안락, 태평, 부왕도 자리하게 되니 조정 각 세력이 모두 나오는 셈이지."

이융기는 옥피리로 손을 가볍게 때렸다.

"자네도 이렇게 생각하겠지. 다사다난한 시기에 마련한 황실 가족 잔치기도 하고, 또 성인께서 각 세력 앞에 나타나 용체가 강건하심을 알리는 좋은 기회일 수도 있다고."

"그렇다면 얼마나 좋겠습니까. 우리 모두 당연히 성인의 용체가 무탈하기를 바랍니다. 만세 만세 만만세!"

원승은 빙긋 웃으며 말을 이었다.

"그리되면 대당나라도 몇 년은 더 태평하겠지요."

"나무가 조용히 있고 싶어도 바람이 가만두지 않을까 걱정일세!"

이융기의 얼굴에 다시 근심의 빛이 떠올랐다.

"이번 격구 시합이 전기가 되기를 바랄 뿐이네. 성인께서는 이번 황실 격구 시합을 몹시 중요하게 여기시네. 어제 막 위 황후가 의지를 내려, 오늘 저녁 부왕과 태평 고모더러 입궁해서 성인과 함께 저녁 식사를 하라고 했다네. 보아하니 성인께서 격구 시합 전날 밤에 가족 연회를 베풀어 위 씨와 이 씨를 중재하고 그 긴장을 완화하고자 하심이 분명하네."

원승은 고개를 끄덕였다. 이씨파와 위씨파의 암투가 나날이 격렬해지자, 중재하기 좋아하는 황제 이현이 가만있을 수 없어 몸소 나서서 쌍방의 모순을 풀어보려는 모양이었다. 당고종 이치의 자녀 가운데 당금 황제인 이현은 일곱째이고 상왕 이단은 여덟째, 태평공주는 가장 어린 막내였다. 일가족이 모이는 오순도순한 가족 연회는 확실히 의혹을 타파하는 좋은 방법이었다. 가족 연회를 연 다음 격구 시합을 치르는데, 두 행사 날이 잇달아 있으니 황제가 이를 얼마나 중요하게 생각하는지 알 수 있었다.

"성인께서 연이틀 모습을 드러내고 쌍방을 중재하신다니, 어쩐지 과하다는 생각마저 드는군요."

원승이 찻잔을 내려놓으며 말했다.

"혹시 그 요룡 사건 때문입니까?"

이융기는 무거운 목소리로 말했다.

"그 갑옷은 이 국도 안에 있는 피 끓는 결사대 한 갈래를 무장시키기에 충분하네. 특히 신기노와 섬전노는 원거리에서 습격하기 딱 좋지. 이렇게 온갖 일이 벌어지고 있으니 성인께서도 자연히 편히 침수 들지 못하셨을 걸세. 누가 이런 일을 저질렀겠나?"

두 사람 다 말없이 가만히 서로를 바라볼 뿐이었다.

잠시 후 이융기가 입을 열었다.

"이처럼 큰일을 저지를 수 있는 자는 이씨파 아니면 위씨파일세. 하지만 누구나 알다시피 위씨파는 이미 금군을 완전히 장악했으니 애초에 그런 일을 할 필요가 없네. 그러니 조정 모든 사람이, 우리 이 씨가 이번 기회에 힘을 모으려 한다고 여기겠지. 이 바람에 성인과 위 황후가 얼마나 긴장했을지 짐작이 가네. 그 때문에 부왕이든 태평 고모든 한시바삐 이 사건이 해결되기를 간절히 바라신다네."

그의 말은 더할 나위 없이 분명했다. 상왕이든 태평공주든 요룡 사건의 배후자가 되는 무모한 짓을 하지 않았으리라는 말이었다.

"알겠습니다. 현진법회를 마무리 지은 뒤 반드시 전력을 다해 요룡 사건을 해결하겠습니다. 하지만……."

원승은 말을 하면서 일어나 정색했다.

"상왕께 한 가지 더 전해주십시오. 소생은 이번에 성인께서 친히 나아가 중재하신다고 해서 반드시 좋은 결과를 가져올 수 있을지 의심스럽습니다. 상왕께서 만사에 조심하시기를 바랍니다!"

이융기는 원승을 뚫어지게 쳐다봤다. 그의 안색이 순식간에 어두워졌다.

9장

누각 위의 범인 색출

임치군왕의 별원에서 천경궁으로 돌아왔을 때 날은 이미 황혼에 가까웠다. 막 안뜰로 들어선 원승은 육충의 입에서 날벼락 같은 흉보를 들었다.

용은 국사 자진.

원승의 머릿속이 '웅' 하고 울렸다. 천경궁을 떠나기 전에 분명히 용은 국사가 비난을 퍼붓는 소리를 들었고, 이융기를 배웅하고 돌아오기까지는 왕복 한 시진 남짓밖에 걸리지 않았다. 어떻게 그 짧은 시간에 용은 국사가 느닷없이 자진했단 말인가?

허둥지둥 용은 국사의 단방으로 달려가던 원승은 발걸음이 초조하고 머릿속이 어질어질해서 부득불 걸음을 늦춰야 했다. 고검풍은 단방 바깥에서 검을 짚고 꼿꼿이 서 있다가 원승이 허영허영 걸어오는 것을 보고 눈살을 찌푸리더니 결국 다가가 부축했다. 두 사람의 시선이 마주쳤지만, 원승은 말할 겨를도 없어서 어린 사제에게 고개만 끄덕여 보인 뒤 빠른 걸음으로 방에 들어갔다. 하지만 그 낯익은 뒷모습을 바라보는 고검풍은 마음이 다소 무거웠다.

'정말 저 사람일까? 내가 누구보다 탄복했던 열일곱째 사형이 정말 존사님을…….'

원승은 육충과 청영, 대기가 방 안에서 바삐 움직이는 것을 볼 수 있었다. 선기 국사까지 이미 와 있었다.

용은 국사의 단방은 무척 널찍했다. 기백이 남다른 이 단방은 본디 선기 국사의 것이었으나 함께 법회를 주최하는 용은 국사가 오자, 선기 국사는 주인 된 도리를 다하고자 일부러 용은 국사의 처소로 내줬다.

단방은 자못 사치스럽게 꾸며졌는데 가장 눈에 띄는 것은 순은으로 도금한 고급 다기였다. 황궁 전용인 저 다기는 황제가 아직 태자일 때 용은 국사에게 하사한 것으로, 용은 국사는 늘 저것을 몸에 지니고 다녔다고 했다. 방구석에 있는 금칠한 삼면짜리 상자형 침상에는 운금(雲錦, 중국 전통 견직물. 색이 선명하고 무늬가 구름처럼 아름다움)이 양쪽으로 드리워져 있었다.

푸른 휘장을 걷어놓아 그 뒤로 몸이 경직된 용은 국사가 누워 있는 모습이 보였다. 뜻밖인 것은 용은 국사가 두 눈을 자연스럽게 감은 채 무척 평온한 얼굴을 하고 있다는 사실이었다. 마치 기분 좋은 꿈에서 채 깨어나지 않은 듯한 모습이지만, 단 하나, 입가로 흘러내린 검은 피 한 줄기가 엉겨붙어 다소 기이해 보였다.

"원 대장이 돌아오기 한 시진가량 전에 선기 국사는 용은 국사의 정서가 평소답지 않다며, 도동을 보내 함께 차를 마시자고 청하게 했습니다. 그런데 도동이 산 전체가 울릴 정도로 방문을 두드렸으나 방 안은 쥐 죽은 듯이 고요했답니다. 소식을 들은 선기 국사가 마음이 놓이지 않아 저희를 이곳으로 불렀습니다. 다시 문을 두드렸지만 반응이 없어서 아예 문을 부수고 들어갔더니 용은 국사는 이미……."

청영이 나지막한 소리로 상황을 보고했다.

"당시 문은 안에서 빗장이 걸려 있었소?"

원승이 물었다.

"그렇습니다. 심지어 창문도 닫혀 있었지요."

청영은 잠시 생각하다가 말했다.

"용은 국사의 방에 있는 향로는 사용하지 않고 놓여 있기만 했습니다. 용은 국사는 차를 좋아하고 향료 냄새는 싫어했습니다."

용은 국사가 절대로 만다라를 섞은 향약에 모살당하지 않았다는 것을 분명히 하는 말이었다.

"하지만 저희는 이 방에서 두 가지를 발견했습니다."

청영은 여기서 잠시 멈췄다가 이윽고 두 물건을 건넸다.

"하나는 낡은 쪽빛 도포, 다른 하나는 흑죽장입니다!"

"허 선생?"

새까맣고 반들반들한 수수께끼의 대나무 막대를 보자 원승의 목소리도 절로 떨려 나왔다.

"이것을 어디서 찾아냈소?"

"흑죽장은 창 밑에 떨어져 있었습니다. 보기에는 대나무 지팡이 같지만 사실은 무기입니다. 지팡이 주둥이에 투골정을 숨기고 튼튼하기 짝이 없는 천잠사로 묶어서 멀리서 급작스럽게 기습할 수 있습니다. 발견했을 때는 투골정이 느슨해져 있었습니다. 그리고 낡은 쪽빛 도포는 침상 밑 비밀 공간에 꼼꼼히 숨겨져 있었는데 수색하다가 막 발견했습니다."

방 안이 절로 조용해졌다. 알다시피 요룡 사건의 최대 용의자인 허 선생은 바로 쪽빛 도포를 입고 흑죽장을 든 사람이었다. 그 후

허 선생은 바다에 떨어진 물방울처럼 신비롭게 사라졌다. 하지만 허 선생의 물품 두 개가 용은 국사의 방에서 나올 줄이야.

모두 똑같은 생각을 하고 있었다. 설마하니 당당한 국사가 갑옷과 쇠뇌를 훔친 진범일까?

원승은 고개를 끄덕여 청영에게 계속 이야기하라는 뜻을 전했다. 청영은 다시 세세히 보고했다. 용은 국사가 갑작스레 죽기 전에 단운자, 천월 진인, 선기 국사가 차례로 그의 단방을 찾아갔으니 세 사람 모두 혐의가 있었다. 다행히 퇴마사 영웅들은 경험이 풍부해, 그처럼 짧은 시간 안에 벌써 대종사 세 명을 한차례씩 심문했다. 워낙 큰일이 벌어졌으니 심문도 실제 공당에서와 비슷하게 진행해, 대기와 육충이 모두 참석했고 심지어 청영은 진술을 간단히 기록하기까지 했다.

더군다나 용은은 국사라는 자리에 있기 때문에, 앞서 급사한 소적하 사건보다 훨씬 엄중했다. 심지어 선기 국사는 몸수색을 통해 결백을 증명하자고 제안했고, 이에 따라 육충이 삼대 술사의 몸수색을 진행했다.

청영이 나지막이 말했다.

"사건이 있기 전, 뜰에서 세 차례 말다툼이 있었습니다."

원승은 눈을 찌푸렸다.

"두 번은 들었는데, 내가 천경궁을 나간 뒤 또 한차례 말다툼이 있었던 모양이구려?"

"그렇습니다. 첫 번째는 원 대장이 임치군왕을 모시고 나간 뒤였지요. 당시 종사들은 군왕이 이미 천경궁을 떠난 줄 알고 신경이 다소 느슨해져 있었습니다. 단운자는 무슨 생각을 했는지 용은 국사와 이야기를 나누려고 그 방으로 찾아갔지요. 그때 원 대장도 들었겠지만 뜰에서 첫 번째 말다툼이 벌어졌습니다."

"단운자에게 무슨 일로 다퉜는지 물어봤소?"

육충이 쓴웃음을 지었다.

"존사께서는 방에 들어가자마자 문 뒤에 숨어 있던 용은에게 다짜고짜 호된 공격을 당했다고 하셨네. 미처 피할 겨를이 없어서 별수 없이 전력을 다해 반격하셨지. 검선문 대참귀기검술이면 딱히 행운이 따르지 않아도 선기문의 음양선기결에 억지로 맞설 수는 있어. 선기문의 술법은 상대방의 공격을 해소하는 데 능하고 우리 검선문은 강력한 힘으로 적을 깨뜨리는 쪽이니, 설사 용은이 먼저 기습했어도 그렇게 강대강으로 부딪치면 우리 영감님도 불리하진 않아. 그래도 혹은……."

육충은 별수 없다는 투로 한숨을 쉬었다.

"양패구상해서 두 사람 다 가볍지 않은 내상을 입을 수도 있어. 그래서 우리 영감님이 대뜸 욕을 퍼부으신 거지."

원승은 고개를 끄덕였다.

"천월 진인이 중재하러 갔다가 두 번째 말다툼이 있었던 건 나도 대강 들었는데 도대체 무엇 때문인가?"

청영이 대답했다.

"그때는 저도 와서 지켜봤습니다. 평소에는 옥같이 온화하고 점잖은 천월 진인이 그때만큼은 망신을 당해 지독한 낭패를 봤지요. 제가 이미 천월 진인을 자세히 심문했습니다. 당시 용은 국사는 미치광이같이 갈팡질팡하던 상태여서, 그분을 보자마자 위군자니, 좋은 척만 하느니 욕을 퍼부었다고 합니다. 또 이 천경궁은 사람 잡아

먹는 우리이고, 그 안에 누구 하나 좋은 사람이 없다고 했다 합니다. 천월 진인은 지금까지도 용은 국사가 어째서 남들에게 그토록 큰 적의를 보였는지 이해할 수 없다고 했습니다."

원승은 시종일관 묵묵히 듣기만 하고 끼어들지 않았다.

"천월 진인은 씩씩거리며 물러난 다음 선기 국사에게 가 하소연했습니다. 선기 국사는 즉시 나서는 대신 일다경이 지난 다음에야 비로소 정색하고 도동 둘을 딸린 채 찾아가 용은 국사의 방문을 두드리라고 명령했습니다. 용은 국사는 기침을 하며, 다리를 약간 다쳐 나가지 못하니 들어오라고 했습니다. 선기 국사는 분통이 터져 그냥 가려고 했으나, 잠시 망설인 끝에 결국 문을 열고 들어갔습니다. 사건이 벌어진 후 선기 국사를 자세히 심문했는데, 선기 국사는 단순히 몇 마디 훈계했을 뿐이라고 굳게 맹세했습니다. 누가 뭐라 해도 용은 국사가 단운자를 먼저 공격했고, 그 후에 중재하러 찾아온 천월 진인에게도 욕설을 퍼부었으니까요. 선기 국사 말로는, 용은 국사가 자신의 체면도 봐주지 않았다고 했습니다. 비록 제 성품이 과격하다고 자조하면서도 선기 국사를 비웃고 신랄하게 풍자하며, 버젓한 현진법회가 선기 국사의 주최 아래 엉망진창이 됐다고 했다는군요. 이 말에 선기 국사는 화가 머리끝까지 나서 그 자리에서 문을 박차고 나왔다고 합니다. 문을 걷어차는 소리가 산을 쩌렁쩌렁 울려서 저희도 똑똑히 들었습니다."

원승이 중얼거리듯 말했다.

"그러면 마지막으로 용은 국사와 접촉한 사람은 선기 국사구려? 이번에도 가장 혐의가 큰 사람은 선기 국사로군."

"꼭 그렇지만은 않아요." 갑자기 고검풍이 말했다. "선기 국사가 씩씩거리며 방을 나갔을 때 제가 입구에 서 있었는데, 마침 방문 안에서 용은 국사가 콧방귀를 뀌며 '꺼지려면 꺼지시지. 이 어르신께서 배웅은 안 하겠어'라고 말하는 소리가 들렸어요. 이는 선기 국사가 결코 용은 국사에게 독수를 쓰지 않았다는 뜻이에요."

내내 몸을 숙이고 용은 국사의 시신에 난 상처를 자세히 살피던 원승이 그제야 느릿느릿 말했다.

"몸에는 눈에 띄는 상처가 없지만 심맥이 끊어졌군. 보아하니 분노에 차 스스로 경맥을 절단하고 죽은 모양이오. 다른 사람에게 맞아 심맥을 다치면 일반적으로 그 자리에서 절명하지 않으니 의당 소리부터 질렀을 텐데."

청영이 무겁게 말했다.

"그렇습니다. 다친 사람은 그 자리에서 절명하지 않으면 필사적으로 버둥거리고 소리를 지르기 마련이지요. 하지만 저희는 전혀 듣지 못했습니다. 방 안의 상태를 볼 때 이곳에서 싸움이 있었던 흔적도 없습니다. 그렇게 본다면, 정말로 독을 먹은 다음 스스로 심맥을 터뜨려 자진한 것일까요?"

육충이 쓴웃음을 지었다.

"모든 증거가 자진했다는 결론에 부합하는군. 심지어 이유까지 있어."

"맞아요. 방 안에 있는 자단목 교두안(翹頭案, 양쪽 끝이 살짝 올라간 탁자) 비밀 서랍에서 이것을 발견했습니다!"

청영은 찢어진 짤막한 종잇조각을 들어올렸다. 대부분 불에 타 너비가 겨우 세 손가락만큼만 남았는데, 두 줄이 적혀 있었다.

기우제에서 군주를 기만하니 용납하지 못할 큰 죄로다.

요룡의 진범은 재앙 속에 달아났구나.

"분명 누군가 몰래 용은 국사의 방에 가져다놓은 걸세."

원승은 타다 남은 종이를 집어 들고서 생각에 잠겼다.

"용은 국사는 이 글을 본 뒤 노여워 어쩔 줄 몰라 했고 그래서 홧김에 태워버리려고 했네. 하지만 나중에는 이 밀서를 남기는 쪽으로 생각을 바꿨네. 아마도 필적을 조사하려고 했겠지."

육충이 의아해하며 물었다.

"여기 적힌 뒤 구절 '요룡의 진범은 재앙 속에 달아났구나'는 당연히 요룡 사건의 진범 허 선생을 지목하는 거겠지. 하지만 앞 구절은 도대체 무슨 말이야?"

원승의 머릿속에 얼마 전 대청허각에서 홍강 진인에게 진 빚에 관한 밀담을 나눈 일이 떠올랐다. 그는 저도 모르게 한숨을 쉬며 말했다.

"지난날 선사이신 홍강 진인과 선기 국사가 기우제로 술법을 겨룰 때, 용은 국사는 세 번째 국사로서 그 심사를 맡았네. 내 예측이 틀리지 않았다면, 당시 용은 국사는 고의로 선기 국사를 편들어 군주 기만죄를 범했을 가능성이 아주 크네. 이 밀서는 아마 그 일을 들춰 용은 국사를 겁주려 했을 거야."

"이상하군요!" 청영의 눈빛이 떨렸다. "그런 케케묵은 빚이 밝혀지다니, 설마 정말 요코아마 부사가 노래한 대로 떠나간 신선이 복수를 하러 온 걸까요?"

사람들 모두 심장이 철렁했다. 특히 원승은 더했다. 가장 먼저 존사에게 빚진 소적하가 피살되고, 그 후 기우제 싸움에서 편파 심사를 한 용은 국사도 피살됐다. 설마 이 모든 것이 정말 과거의 존사, 현재의 호승인 혜범이 남몰래 획책한 일이란 말인가?

원승은 말없이 손가락으로 용은 국사의 목덜미를 쓸어내렸다. 손가락에 물이 묻어나자 그는 의아한 마음에 재빨리 시신을 뒤집어봤다. 그는 나지막이 한숨을 쉬었다.

"진짜 치명상은 여기였군."

청영도 몸을 숙여 자세히 살폈다. 용은 국사의 뒤통수 쪽 숱 많은 머리카락이 물에 조금 젖어 있었지만, 그 밖에 다른 이상은 없었다. 그녀는 저도 모르게 의아한 눈으로 원승을 바라봤다. 원승은 용은 국사의 목 뒤에 자리한 긴 머리카락을 살짝 걷었다. 목덜미 대추혈에 거뭇한 핏방울이 몇 개 응어리져 있었다.

"일격에 목숨을 앗은 걸 보면 매화침 같은 암기일까요?"

청영은 소스라치게 놀랐다.

"시신 곁에 예리한 무기는 전혀 없었어요. 방금 제가 살펴봤거든요."

고검풍이 중얼거리듯 말했다.

"목숨을 앗아간 무기는 침이 확실하다. 청영 말대로 매화침처럼 가늘어서 목적을 달성한 뒤 흔적을 찾기 힘든 침. 강호에서 실전된 지 오래인 한옥침이지!"

원승은 은침을 꺼내 용은 국사의 목에 묻은 물을 묻혔다. 침 끝이 금방 새까매졌다. 육충은 그제야 깨닫고 말했다.

"음습하고 차가운 강기로 만든 뾰족하고 가느다란 얼음침을 갑작스럽게 용은 국사 목에 찔렀구나! 대추혈은 본래 강한 충격을 받으면 목숨을 잃는 요혈인 데다 얼음침에 견혈봉후 액까지 묻혀놨으니 용은 국사가 일격에 사망한 것도 당연하지. 무시무시한 건 그뿐이 아니야. 차가운 강기에 당한 상처에서는 피가 흘러나오지 못해 그대로 굳어버리고, 얼음침은 진작 녹아서 사라졌으니 누가 알아차리겠어."

"보이지 않는 살인이군요." 고검풍의 눈빛이 싸늘해졌다. "그래놓고 완벽하게 계획을 세워 모든 증거가 용은 국사가 울적해서 자진한 것으로 보이게끔 해두다니 정말 고수예요. 더군다나 이 방은 문과 창문이 꽉 닫힌 밀실인데, 어떻게 해냈을까요?"

그때 한 도동이 총총히 달려왔다.

"원 장군, 선기 국사와 천월 진인, 단운자 진인께서 함께 의논하자며 퇴마사 여러 장군을 청하십니다."

"지금 대청허각에 모여 의논을 하자는 것이냐?"

원승은 눈동자를 굴렸다. 도동을 내보낸 뒤 그는 청영과 고검풍에게 나지막이 몇 마디 분부해 일을 맡기고, 육충과 대기를 데리고 방문을 나섰다.

대청허각 계단에 발을 딛는 순간, 원승은 습관적으로 고개를 들어 해를 살폈다. 해는 이미 서쪽으로 기운 뒤였다.

먹물처럼 새까만 마차는 서쪽으로 기운 햇빛 속에 고요히 서 있었다. 주전이 다시 들어간 마차 안은 여전히 두꺼운 창 가리개로 꽁꽁 가려놓아 바깥 풍경이 전혀 보이지 않았다. 술사의 얼굴도 어둠에 가려져 표정을 볼 수 없었다.

술사는 유유히 숨을 내쉬며 말했다.

"마지막 대역일세. 그자의 혼백을 가져오면 자네도 나도 해탈을 얻는 게야."

주전은 고개를 끄덕이고는 물었다.

"목소리가 왜 지난번과 다른 겁니까?"

술사는 콧방귀를 뀌었다.

"근자에 풍한이 들어 그런 것뿐일세. 쓸데없는 말은 그만두지. 아직 갈 길이 한참일세."

주전은 의아해하며 속으로 중얼거렸다.

'나처럼 삼혼칠백 중에 삼백을 잃었다면서 어떻게 병에 걸리지?'

물론 속으로만 의심스러워할 뿐 감히 캐묻지는 못했다. 한동안 마차 바퀴가 청석 길을 짓밟고 지나는 단조로운 소리만 들려왔다.

대청허각에는 이미 선기 국사, 단운자, 천월 진인이 엄숙한 얼굴로 옷자락을 바로하고 앉아 있었다.

원승은 절로 마음이 무거워졌다. 바로 며칠 전에도 이 누각에서 밀회를 했고, 그 결과 모두가 보는 앞에서 소적하가 공격당해 다치고 곧 실의에 빠진 채 목숨을 잃었다.

삼대 종사의 낯빛은 하나같이 엄숙했다. 익살맞은 성품인 단운자마저 제자인 육충이 다가와 예를 올리는 것을 보고도 굳은 얼굴로 살짝 고개만 끄덕였다.

"원 장군." 천월 진인이 암울하게 말했다. "현진법회가 열린 지 며칠도 안 되어 천경궁에서 잇달아 참변이 일어났네. 이는 현문의 크나큰 불행이자 우리 모두에게 억장이 무너지는 아픔이기도 하네. 이성께서 처벌을 내리실 것은 말할 것도 없거니와, 훗날 현문의 현인들에게 거센 문책을 당해도 반박할 낯이 없을 테지. 다행히 퇴마사 정예들이 여기 있고, 또 원 장군은 사건 해결에 뛰어나지 않은가. 우리는 반드시 이른 시일 안에 이 사건을 해결해야 하네."

원승은 사람들을 둘러보며 고개를 끄덕였다.

"소장도 그리 생각합니다. 돌아오기 전에 퇴마사 청영이 여러분께 간단히 진술을 들었습니다만, 용은 국사의 급사는 중대한 사건이고 의문점이 많으니 이 원승이 다시 심문하고자 합니다."

"심문?" 선기 국사는 안색을 굳혔다. "그 단어는 죄수를 조사할 때나 쓰는 것이네. 원 장군은 설마 우리 중에 흉수가 있다고 생각하는 겐가?"

"맡은 직무가 있으니 살얼음판에 선 것처럼 신중에 신중을 기할 수밖에 없습니다! 선기 국사께서는 더는 심문이 필요 없다고 여기시는 듯한데 이미 결론을 내리신 모양이지요?"

"법회에서 참변이 빈발하니, 대당나라 국사이자 법회의 주최자로서 실로 용서받을 수 없는 죄를 지었네."

무겁게 탄식하는 선기 국사의 목소리가 다소 잠겨 있었다.

"최근에 정신적으로 많이 지치고 어쩌다 풍한까지 얻어 사건을 깊이 살필 틈이 없었네만, 생각해보면 용은 국사의 죽음이 반드시 타살이라는 법은 없지 않은가? 타살이라면 분명히 큰 소리로 저항하고 비명을 질렀을 텐데, 우리는 그 어떤 소리도 들은 적이 없네. 심지어 그 몸에서 흉기를 찾아내지도 못했네. 더욱 이상한 일은 그의 단방이 안에서 잠겨 있었다네. 제아무리 신통한 사람인들 무슨 수로 그런 일을 해내겠나?"

선기 국사는 다소 격앙된 듯 몸을 일으켜 사람들을 둘러봤다.

"죽은 얼굴도 평온한 것을 볼 때 답은 자진뿐일세!"

원승이 말했다.

"그렇군요. 하지만 당당한 국사이신 분이 무엇 때문에 자진해야 했을까요?"

"이것 때문일세!"

선기 국사가 쉰 목소리를 내며 꾸깃꾸깃 접힌 종이를 탁자에 올려놓았다. 원승의 눈빛이 굳었다. 그는 저 종이가 무엇인지 알았다. 청영이 용은 국사의 방을 수색하다 찾아낸 밀서와 같은, '기우제에서 군주를 기만하니 용납하지 못할 큰 죄로다. 요룡의 진범은 재앙 속에 달아났구나'라고 적힌 종이였다. 원승은 경악해 단운자와 천월 진인을 바라봤다. 천월 진인은 말없이 쓴웃음을 지으며 똑같은 종이를 꺼냈다.

단운자가 탄식하며 말했다.

"소적하가 죽기 전에 받은 밀서 때와 같네. 이 밀서도 똑같이 우리 모두의 방에 놓여 있었지."

선기 국사는 나지막이 탄식했다.

"밀서에 적힌 내용은 실로 그 진위를 판별하기 어렵네. 하지만 용은은 성격이 불같아서 전혀 화를 참지 못했네. 임치군왕이 왕림하시는 오늘까지도 마음을 추스르지 못해 시시때때로 포효하고 분노를 터뜨렸네. 심지어 단운자 도형을 공격하기까지 했지."

단운자는 참지 못하고 콧방귀를 뀌었다.

"용은이 어쩌자고 이 늙은이를 공격했는지 도무지 모르겠단 말이지. 본 문의 대참귀기검술이 더 사납지 않았더라면 내 벌써 그의 음양선기결에 목숨을 잃었을 게야!"

"상황은 이미 훤히 드러났네!" 선기 국사가 목소리를 높였다. "용은은 갈팡질팡했고, 심지어 아무런 이유도 없이 오래 알고 지낸 도우를 공격했으니 정신의 고삐를 완전히 놓았다는 뜻이 아니겠나. 게다가 단운자 도형의 갑작스런 반격에 중상도 입었네. 그런 안팎의 어려움이 마침내 그를 무너뜨렸고, 나아가 돌이킬 수 없는 선택을 하게 만들었지!"

그제야 원승이 담담하게 말했다.

"선기 국사의 말씀이 하나하나 일리가 있습니다. 게다가 용은 국사께서 정신적인 충격으로 자진하셨다면 우리 모두와 법회에 미치는 영향도 가장 적겠지요."

"바로 그 말일세."

선기 국사가 눈동자에 희색을 띠며 다시금 밀서를 흔들었다.

"가장 중요한 것은, 소 진인의 괴상한 죽음에서도 여태 진범을 밝혀내지 못했다는 것일세. 하지만 용은이 단운자 도형을 느닷없이 기습한 것과 연관 지어 생각해보면 쉽사리 추측할 수 있지. 일목요연하기도 하고. 소 진인 또한 용은의 독수를 당한 것이 분명하네. 결론적으로 용은은 죄가 두려워 자진한 것일세. 이제 증인과 물증을 온전히 찾아냈으니 더는 의심할 여지가 없네."

"묘합니다, 묘해요!" 육충이 속 편하게 손뼉을 쳤다. "소 진인이 용은 국사에게 피살됐고, 용은 국사는 그 죄가 두려워 자진했으니 증인도 있고 물증도 있다, 거기다 소 진인이 피살된 사건을 이미 죽은 용은 국사에게 뒤집어씌우면 당사자가 없으니 증명할 방법도 없겠지. 선기 국사, 정말이지 빈틈없고 지극히 절묘한 논리로군요!"

처음에는 자신이 말한 것과 일치하는 것을 듣고 득의양양해하며 연신 고개를 끄덕이던 선기 국사도 풍자어린 마무리에 이내 얼굴을 굳히며 콧방귀를 뀌었다.

"육 장군은 다른 고견이 있는 모양이구려?"

"고견까지는 아니지만, 애석하게도 용은 국사는 결코 자진한 게 아닙니다. 흉기를 찾았으니까요! 누군가 얼음침을 흉기 삼아 목 뒤를 찔렀는데, 비록 그 침은 녹아서 물이 됐지만 미세한 구멍은 남아 있습니다."

육충은 굳어진 선기 국사의 얼굴을 응시하며 느긋하게 말했다.

"우리 퇴마사가 이제 막 발견한, 따끈따끈한 새 소식이죠. 그래서 미처 위대하신 국사 나리께 보고를 올리지 못했습니다."

갑자기 천월 진인이 웃으며 말했다.

"선기 도형, 오늘 목이 많이 잠기셨구려. 아무래도 풍한이 심상치 않은 모양이오. 당당하신 대당나라 제일 국사마저 목이 쉬게 만들 정도라니."

그런 다음 천월 진인은 곧 웃음을 거두고 몸을 일으켰다.

"하지만 직언을 용서해주시구려. 선기 도형이 방금 내린 추론은 앞뒤가 모순이고 허점도 많소."

선기 국사의 얼굴이 더욱 굳어졌다. 그가 쉰 소리로 말했다.

"상세히 말해보시오!"

"첫째, 살인에는 동기가 무척 중요하오! 국사의 자리에 있는 용은 도형이 소 진인을 죽일 까닭이 무엇이오? 내 골똘히 생각해봤으나 소 진인을 죽여 용은 도형이 얻을 이익이 무엇인지 도저히 떠오르지 않소. 둘째, 정신적 충격으로 자진하는 일은 내가 아는 용은 도형이라면 절대로 할 리 없소. 하긴, 노여움과 부끄러움에 문 뒤에 숨어 있다가 단운자 도형을 기습할 수는 있겠지. 단운자 도형이 위협이 된다고 느꼈거나, 그저 오해로 인해 법회의 동료에게 살수를 썼을 수도 있소. 하지만 용은 도형 같은 사람은 아무리 울분에 차더라도 결단코 자기 자신을 해치지 못하오."

"자진이 아니면 설마하니 흉수가 귀신이라도 된단 말이오?" 선기 국사는 섬뜩하게 웃음을 터뜨렸다. "그것이 아니라면, 쥐도 새도 모르게 용은의 방에 잠입해 그를 죽일 수 있는 자가 누구요?"

"함부로 귀신 이야기를 입에 담지 마시오! 기실 조금만 생각해보면 될 일이오. 용은 도형이 죽으면 누가 가장 이득인지!"

천월 진인의 두 눈이 날카로워졌다.

"현진법회에 참석한 사람 중에서 가장 큰 이득을 보는 이는 의당 선기 국사 당신이오!"

"뭐라고?"

선기 국사의 얼굴이 와락 일그러졌다.

"용은 국사는 그대를 제외한 대당나라의 유일한 국사요. 그가 죽으면 그대는 대당나라 현문을 독차지하겠지!"

천월 진인은 당당하게 말했다.

"용은 국사는 천경궁에 들어와서부터 시시때때로 성인을 알현하러 가겠다고 반복했소. 그렇소, 그것이야말로 그의 진정한 열망이자 동기였지. 그는 '용은'이라는 이름을 등에 업고 지름길을 가고자 했으나 제 꾀에 제가 넘어가고 말았소. 수년간의 은거는 도리어 사람들에게 잊히는 결과를 가져왔지. 이번 법회에 어명을 받고 산에서 내려오게 된 것이 그에게는 드물게 찾아온 호기였소. 법회가 끝난 후 그는 성인을 알현하려 했소. 대당나라의 국사이자 청산에 은거하며 아름다운 명성을 얻은 사람이니 이성의 중용을 받을 가능성이 컸소. 하여 선기 도형은 절대 그런 기회를 줄 수 없었소. 용은 국사를 겨눈 그 밀서는 의당 선기 도형이 고심 끝에 생각해낸 것이 아니오? 그 내용은 분명하오. 지난날 기우제 싸움에서 심사를 맡은 용은 국사가 도형 편을 들었다는 것. 겉으로만 볼 때, 저 밀서는 용은 도형을 협박하기 위한 것이었고, 용은 국사가 지은 죄를 두려워해 자진한 주요 이유가 됐소. 하지만 잊어선 안 되오. 그 일을 깊이 파헤쳐보면 용은 도형이 먼저 군주를 기만한 죄를 짓긴 했으나, 선기 국사 당신인들 어떻게 그 책임을 피할 수 있겠소? 하지만 용은 도형이 죽으면 증명할 사람이 없으니 선기 도형도 만사태평이겠지!"

원승과 육충은 속이 개운해져 서로를 바라봤다. 박학다식하기로 유명한 천월 진인은 과연 견식이 남달랐다. 이는 분명하면서도 사리에 밝은 추리였다.

"허…… 거 참." 선기 국사는 도리어 냉소를 지었다. "참으로 번지르르한 이야기이자 기상천외한 생각이구려. 하면 소적하도 내가 죽인 것이오?"

"소 도형의 밀서에 똑똑히 쓰여 있소. 신룡 2년 5월 노강저점 팔백 관. 이는 당시 소 도형이 자객을 시켜 장문인 포무극을 살해한 일을 의미하오. 당시 소 도형은 그저 문중에서 조용히 지내는 선배에 불과했고 가진 것도 없었소. 누가 그에게 그 많은 돈을 줬겠소? 생각해보시오. 두 국사가 기우제 싸움을 치르기 전에 소 도형이 갑작스럽게 홍강 국사에게 도전했고, 중상을 입는 것도 아랑곳하지 않으며 홍강 국사에게 상처를 입혔소. 그 덕분에 선기 국사 당신은 술법 싸움에서 홍강 국사를 누를 수 있었소. 그런 은혜를 어찌 갚아야겠소? 당신이 원대로 제일 국사가 되면 소 도형은 어찌 돼야겠소? 누가 뭐래도 곤륜문 종주 자리에 앉혀줘야 하지 않겠소? 그 밀서에는 암살을 사주한 내용과 장소까지 분명하게 적혀 있었소. 실마리를 따라가기만 하면 돈을 받은 자와 맨 먼저 돈을 맡긴 자의 정보를 알아낼 수 있소. 소 도형 앞에 나타난 밀서, 그대가 아니라면 누가 그런 내용을 쓸 수 있겠소? 하지만 그렇기에 소 도형은 반드시 죽어야만 했소! 포무극의 귀신도 당신 짓이오. 이곳은 당신의 터전이니 말 잘 듣는 제자를 숨겨놨다가 혼란한 틈에 뛰어들게 하는 것쯤은 식은 죽 먹기였겠지."

선기 국사는 쉰 소리로 냉소를 지었다.

"이 말 저 말 해도 하나같이 근거 없는 헛소리군. 묻겠소. 내가 무슨 수로 밀실에서 용은 국사를 살해했소? 비록 마지막으로 그의 방에서 나왔기는 하나 내가 방문을 나선 뒤에도 용은 국사는 여전히 종알종알 떠들어댔소. 많은 사람이 그 소리를 들었소. 그 후 나는 단운자 도형의 상처를 살피느라 바빠서 도동이 용은 국사가 피살된 것을 발견할 때까지 단독으로 행동할 기회가 없었소. 설마하니 내가 분신술을 써서 용은을 죽였단 말이오?"

단운자가 눈을 찌푸리며 말했다.

"천월, 선기의 말이 옳네. 그때 선기는 씩씩거리며 용은의 방에서 나와 내게 달려왔고, 그 후 용은 국사가 피살된 소식이 전해졌지."

천월은 나지막이 웃었다.

"선기 국사, 허튼소리를 떠들어대는 것은 입이 전부가 아니오. 배도 있지! 내가 알기로 '복중선'이라고 하는 사악한 전음술이 있는데, 복화술과 비슷하지만 낯익은 이의 목소리를 마음대로 흉내 낼 수 있다 했소. 더욱이 공력이 깊은 사람이라면 배에서 낸 소리를 열 장 떨어진 곳까지 전할 수도 있지. 선기 국사는 남의 장점을 두루 섭렵했으니 그런 사소한 술법을 쉽게 해내는 것은 당연하오. 당신이 용은 도형의 단방을 떠났을 때 그는 이미 당신 손에 피살된 뒤였소. 당신이 돌아서 나온 뒤 방 안의 용은 도형과 대화를 나눈 것은 남들에게 보여주기 위한 목적으로 복중선을 펼쳐 목소리를 흉내 낸 것일 뿐이오."

선기 국사는 더는 말이 없었지만 그 눈빛은 무서우리만큼 음침하게 변했다. 방 안이 즉시 싸늘해졌다. 모두의 시선이 선기 국사의 얼굴에 모여들었다. 원승 일행은 조용히 강기를 끌어올려 전력으로 대비했다. 대당나라 제일 국사의 신통력이 얼마나 대단한지는 모두가 알고 있었다. 갑작스럽게 위기에 처하면 극도로 사납게 나올 것이 틀림없었다.

10장

법진에 갇힌 영웅들

저녁 어스름이 내려앉은 천경궁 안뜰은 한층 고요해 보였다. 종사들이 대청허각에서 밀담을 나눌 때 청영과 고검풍은 원승의 분부대로 살그머니 선기 국사의 단방에 숨어들었다.

선기 국사가 쓰는 단방도 보통보다 널찍했다. 방에 들어선 순간 두 사람은 이상야릇하고 삼엄한 색다른 기운을 느꼈다. 입구 맞은편에는 신상이 둘 있었다. 높이 팔 척에다 정동(精銅)에 색을 칠하고 금을 입혀 만들었음직한 두 신상은 과장되게 이상한 형상으로 두 사람을 내려다보고 있었다.

"뇌신이군요. 어쩌자고 저걸 방 안에 모셨을까요?" 고검풍이 나지막이 소곤거렸다. "모양도 괴상하고 요기가 짙어 보이니 정통 현문의 물건은 절대 아니에요!"

청영이 코웃음 쳤다.

"선기 국사가 정통 현문이라고 누가 그래? 그 사람은 자전문 출신이야. 그때만 해도 전혀 이름 없는 작은 문파였지. 선기 국사가 떠오르면서 따라서 사대 도문 중 하나가 된 거야."

"저들이 저를 보고 있어요!"

별안간 고검풍은 저 거대한 두 뇌신의 눈동자가 살아 있다는 놀라운 사실을 깨달았다. 그가 어디로 움직이건 저 으스스하고 큼직한 눈알은 놓칠세라 그의 얼굴을 쫓아와 노려보며 무시무시한 위압감을 쏟아냈다.

그 말을 들은 청영은 움찔 놀랐지만 곧 조용히 귀띔했다.

"조심하고 정신 단단히 차려. 그자가 제 방에도 법진을 펼쳐놓았어."

고검풍은 황급히 정신을 가다듬었다. 법진을 약간 공부한 적이 있는 그가 얼른 속삭였다.

"속으로는 놀라거나 두려워하지 않고, 겉으로는 진흙상을 보듯이 하라. 괴이한 것을 보고도 괴이해하지 않으면 괴이함은 알아서 사라지리니."

자못 신기하게도 두 사람이 강기를 거둬 속을 지키며 두 뇌신상을 평범한 나무 조각상처럼 생각하자 금세 위압감이 줄어들었다. 정신을 집중하고 주위를 둘러보던 고검풍은 창가 책상 앞에 단정히 앉은 사람을 발견했다. 그 사람은 누런 수염에 머리카락마저 누런데 냉소 띤 얼굴로 서늘하게 두 사람을 응시하고 있었다.

바로 대당나라 제일 국사인 선기 진인이었다. 삽시간에 청영과 고검풍은 몸이 뻣뻣하게 얼어붙었다. 저 음산한 눈빛이 두 사람을 그 자리에 못 박아놓은 것이다. 지금쯤 선기 국사는 대청허각에서 원승 및 천월 진인 등과 밀담을 나누고 있어야 하는데 어떻게 이곳에 나타났을까? 고검풍은 반사적으로 검을 뽑았으나 청영이 그의 손을 잡아 눌렀다.

"절대로 강기를 쓰면 안 돼!"

청영은 탁자 앞에 앉은 선기 국사를 노려봤다. 그제야 고검풍도 선기 국사가 꼼짝도 하지 않은 채 얼굴에 냉소를 띠고서 가만히 이쪽을 보고만 있는 것을 알았다. 그가 퍼뜩 깨달은 듯이 말했다.

"저것도 조각상이군요?"

하지만 그렇게 말하기 무섭게 아니라는 생각이 들었다. 앞에 있는 선기 국사가 비록 움직이지는 않지만, 피부나 수염, 머리카락, 눈빛은 진짜 사람과 똑같았다. 심지어 옷자락마저 창문 틈으로 새어드는 밤바람에 살랑살랑 나부꼈다. 하지만 한참 동안 자세히 살펴보니 아무래도 보통 사람과는 다른 점이 눈에 들어왔다. 다소 피상적인 것이 마치 진짜에 아주 가까운 허상 같았다.

"설마 저건…… 화신인가?"

여러 현문의 철학을 연구한 적 있는 청영이 나지막하게 말했다. 고검풍도 저도 모르게 경탄을 터뜨렸다. 화신은 현문의 전설 속에서 신선의 경지로 일컫는 술법인데, 선기 국사가 연성했을 줄이야.

"아니, 화신이 아니야!"

갑자기 청영이 다시 고개를 젓더니 긴장한 듯 사방을 돌아봤다. 그녀의 시선이 입구 쪽 거대한 뇌신 동상을 훑고, 이어 책상 뒤에 놓인 구리 향로와 단방 네 구석에 배치한 옥석 사령 장식품을 살폈다.

"저건 법진 분신이야!"

더욱더 당황하고 초조한 목소리였다.

"네?"

"원 대장이 말했잖아. 천경궁 전체가 선기 국사가 펼친 거대한 법진이라고. 그런데 이곳이 법진의 핵심일 줄은 몰랐어. 앞에 있는 저 선기 국사는 사실 그의 정기로 제련한 분신이야. 법진 분신은 움직일 수 없고 말할 수도 없지만, 법진 전체의 힘이 응집되어 있고 그 힘을 통해서 법진의 정보를 진짜 선기 국사에게 전달해."

여인은 놀란 얼굴로 한숨을 토했다.

"선기는 분신을 이용해 아무 때나 법진을 통제할 수 있고, 또 언제든 방 안에 침입한 강기를 느낄 수 있어."

고검풍은 들을수록 놀라웠다. 다시 탁자 앞에 앉은 선기 국사의 눈동자와 마주치자 처음보다 더 심장이 떨려왔다. 그가 참지 못하고 물었다.

"만약 제가 여기서 강기를 쓰면 저 분신이 멀리 있는 선기에게 그걸 전달한다는 거예요?"

청영은 고개를 끄덕이다가 갑자기 눈동자를 굴렸다.

"소십구, 나한테 좋은 생각이 있어."

잠시 후 고검풍은 검을 짚고 서서 번쩍이는 눈으로 탁자 앞에 앉은 선기 국사의 분신을 노려봤다. 몸 전체의 강기가 시위에 얹힌 화살처럼 쏘아질락 말락 했다. 청영은 강기를 완전히 거두고 민첩하게 움직여 재빨리 방 안을 수색했다.

"청영 누님, 조금 빨리 하실 수 없어요? 이렇게 강기를 쓸락 말락 하는 거, 아주 거북해요."

"거의 다 됐어. 선기는 비밀이 많은데, 우리가 수색했다는 흔적을 남기면 안 되잖아!"

청영은 책상 뒤쪽을 더듬어보다가, 선기 국사 분신 대각선 뒤로 돌아가서 문서 사이에 있는 서신을 살피기 시작했다. 선기 국사는 대당나라 제일 국사이자 현진법회의 첫 번째 주최자로, 퇴마사가 살그머니 와서 그 거처를 뒤지는 것은 완전히 법도에 어긋나는 일이었다. 그래서 몰래 일을 처리할 수밖에 없었다.

다행스럽게도, 이런 일에는 청영이 그야말로 천하제일 적임자였다. 담력 좋고 세심한 이 여인은 몇 년 전, 도술을 급격히 높이기 위해 여러 현문 본원에서 경전을 보관하는 밀실에 숨어든 적이 있었고, 그때마다 최단 시간 안에 복잡다단한 장서 가운데 가장 핵심이 되는 책을 골라내야 했다. 말하자면 여러 번의 지옥 훈련을 거치면서 풍부한 경험을 체득했다고 할 수 있었다.

지금도 그녀는 잽싸게 책상에서 서신을 찾아내 빠르게 훑은 다음 원래대로 돌려놓았다. 선기 국사의 책상은 언제 어느 때건 감정을 드러내지 않는 주인의 얼굴과 똑같아서, 비록 실마리는 일부 찾아냈지만 많은 정보를 알아낼 수는 없었다.

청영은 고운 눈썹을 찌푸렸다. 찾은 실마리를 한데 꿰어보니, 예상대로 선기 국사가 남몰래 큰일을 도모하고 있다는 사실을 은연중에 암시했다. 애석하게도 그 큰일이란 해수면 아래 깊이 감춰진 커다란 빙산과도 같아서, 존재를 느낄 수는 있으나 끝내 완전히 꿰뚫어볼 수는 없었다.

별안간 그녀의 손이 움찔했다. 손끝에 괴상한 고약이 만져졌다.

"그게 뭐죠?"

고검풍은 강기를 쏟아낼락 말락 하며 선기 국사의 분신을 묶어놓는 와중에도 청영의 움직임을 예의 주시하고 있어서, 그녀가 움찔하며 이상한 표정을 짓자 곧 물었다.

"안료예요?"

확실히 안료 같은데, 색이 새까맣고 희미한 약 냄새가 났다. 청영 같은 미녀에게 이처럼 머리카락을 새까맣게 만들어주는 고약은 너무나 익숙한 물건이었다. 하지만 도 닦는 데 평생을 바친 현문의 종사가 어째서 이런 물건을 방에 숨겨뒀을까? 더군다나 이 상자에 든 고약은 분명히 쓴 흔적이 있었다.

책상에 있던 서신에서 얻은 실마리와 연결지어보니, 문득 대담한 생각이 청영의 머리에 떠올랐다. 삽시간에 안색이 하얗게 질렸다. 어렴풋이나마 해수면 아래 숨은 거대한 빙산을 본 것 같았다.

"아무것도 아냐!"

청영은 평소처럼 차분한 목소리를 내려고 갖은 애를 쓰면서 손목을 살짝 떨쳤다. 소매에서 용안 열매만 한 환약 한 알이 굴러 떨어졌다. 그녀는 살그머니 환약을 손에 쥐고 힘을 가해 잘게 부쉈다.

"이상하네요. 머리카락이나 수염을 물들이는 고약 같은데!"

소년답게 내내 목을 길게 뽑아 이쪽을 기웃거리던 고검풍이 결국 참다못해 폭소를 터뜨렸다.

"푸하하, 선기 그자에게 왜 그런 게 있죠?"

"조심해!"

갑자기 청영이 놀란 비명을 질렀다. 몸이 쓰러질 듯 흔들렸다. 고검풍은 대경실색했다.

"왜 그러세요, 청영 누님?"

"법진이야. 절대 선불리 움직이면 안 돼. 법진의 기관이 발동하려고 해!" 청영은 숨을 할딱였다. "명심해. 이정제동, 선불리 움직이지 말 것."

막 발을 떼어 그녀가 무사한지 보러 가려던 고검풍도 이 말을 듣자 어쩔 수 없이 제자리에 몸을 고정했다. 갑자기 달콤한 향기가 나더니 기척도 없이 머릿속으로 스며들었다. 고검풍은 눈앞이 빙글빙글 도는 것을 느끼며 바닥으로 고꾸라졌다. 혼절하는 순간, 청영 역시 쓰러질 듯이 비틀거리는 게 보였다.

대청허각 안, 선기 국사의 눈빛은 갈수록 음침하고 어두워졌다. 마침내 그가 냉소하며 말했다.

"이러니저러니 해도 결국 자의적인 판단뿐 실질적인 증거는 전무하구려."

"실질적인 증거를 원한다면 어렵지 않소."

천월 진인은 여전히 담담하게 웃으며 말했다.

"하늘에는 응보가 있다는 말이 있지 않소. 복중선이 비록 신비하긴 하나 결국엔 사악한 법술이기에, 펼친 후 열두 시진 동안 시술자의 목소리 역시 약간 손상을 입게 되오. 하긴, 당당한 선기 국사께서 얼마나 신통 광대하신데 풍한 따위에 걸리겠소? 당신의 쉰 목소리는 순전히 법술의 반서에 의한 소치요. 그 밖에도 있소. 당신은 방문을 나서면서 용은 국사의 거친 말투를 흉내 내, '꺼지려면 꺼지시지. 이 어르신께서 배웅은 안 하겠어'라고 했지만, 평소 자신을 제갈량에 비교하던 용은 국사는 결단코 '어르신'같이 속된 호칭으로 자신을 칭할 리 없소. 그것이 또 하나의 허점이었지. 물론 다른 허점도 찾을 수 있소. 예를 들어 천경궁 전체에 수수께끼가 그득하며 삼엄한 금제로 우리가 술법을 펼치지 못하게 막은 것도 당신의 걸작일 수밖에 없소. 그리고 내 건의하는데, 이따가 원 장군이 선기 국사의 단방을 수색해보면 혹시 또 놀라운 일이 있을지도 모르오."

"내 단방을 수색하겠다고?"

선기 국사는 고개를 들고 껄껄 웃어젖혔다.

"누가 그런 간이 부은 짓을 할 수 있을지 궁금하군! 소적하는 하나 주면 열을 달라 하는 욕심쟁이요, 용은 그놈은 성질 급하고 도량이 좁아 일을 감당할 인물이 아니오. 그런 폐물들이야 죽이면 그뿐인 것을 아까울 것이 무엇이오?"

누각 안에 남은 사람들은 모두 얼이 빠졌다. 당당한 선기 국사가 이 자리에서 속 시원히 인정할 줄은 누구도 예상 못한 일이었다. 심지어 인정하는 방식도 간단하고 오만방자했다. 사람들의 머릿속에 거의 동시에 같은 생각이 떠올랐다. 저렇게 겁 없이 밝히는 것을 보면 혹시 믿는 구석이 있는 것일까?

"그렇다면……." 원승이 천천히 일어났다. "단운자 진인과 천월 진인 두 분이 자백을 똑똑히 들으셨으니, 선기 국사께서는 저와 함께 이성을 뵈러 가시지요."

"당연히 빈도도 이성을 뵐 생각이네만, 지금은 아닐세!"

선기 국사의 웃음소리가 서늘해서 듣는 사람들은 등골이 오싹했다. 철컥철컥 하는 이상한 소리가 나는가 싶더니, 별안간 선기 국사 앞에 있던 커다란 탁자 네 귀퉁이가 솟아올랐다.

천월 진인이 놀라 외쳤다.

"암기일세! 조심하게!"

원승과 단운자 등도 이제 선기 국사의 속셈이 밝혀졌으니 아마도 흉악한 본모습을 드러내고 큰 싸움을 벌일 것이라 짐작하고 있었다. 탁자의 네 귀퉁이가 솟아오르자 그들 모두 암기가 날아들 것을 대비해 재빨리 뒤로 물러났다.

뜻밖에도 암기는 날아오지 않았다. 다만 탁자 귀퉁이가 솟아난 뒤부터 누각이 '윙윙' 하는 소리를 냈고, 뒤이어 대청허각의 창문과

문도 드르륵 하고 삽시간에 꼭 닫혔다.

단운자가 눈빛을 굳히며 무겁게 말했다.

"선기, 문과 창문을 닫다니, 설마 우리를 모조리 죽여 없애려는 겐가?"

섬광이 번뜩하더니 어느덧 자화열검을 뽑아 가슴 앞에 가로 세운 육충이 차갑게 일갈했다.

"고작 늙다리 당신 혼자서?"

선기 국사는 냉소만 지을 뿐 말이 없었다. 하지만 그 눈빛은 점점 더 무서우리만큼 차가워졌다. 그의 뒤로는 아직도 '윙윙' 소리를 내는 문이 있었다. 창문이 닫힌 뒤에도 기관이 작동하는 소리는 멈추지 않았다. 마치 대청허각 전체에 기관이 작동하는 것 같았다.

갑자기 대기가 비명을 질렀다.

"큰일 났어요! 지붕이 내려앉고 있어요!"

과연, 지붕이 무겁게 내려앉고 있었다. 움직임은 느리지만 묵직하게 내리누르는 기세가 놀라워, 한 치 한 치 내려올 때마다 사람들의 심장을 조금씩 짓눌렀다.

산처럼 눌러오는 지붕을 노려보던 육충은 별안간 모든 생각이 싹 사라졌다. 어디로 피해도 납작하게 짓눌리는 운명에서 벗어날 수 없으리라 느끼자 일순 정신이 아득해지면서 손에 쥔 검까지 떨어뜨리고 말았다.

"조심하게."

기관과 법진에 정통한 천월 진인이 육충의 등을 살짝 두드리더니 소리 높여 외쳤다.

"이것은 단순한 기관술이 아니오. 기관 속에 태산압정진이 내포

되어 있으니 모두 정신을 단단히 차리시오!"

천월 진인이 등을 두드리며 주입해준 순정하고 따뜻한 강기 덕에 육충도 곧 정신이 맑아졌다. 존사 앞에서 추태를 보인 것이 부끄러워 그의 얼굴과 귀가 금세 시뻘게졌다. 강기를 운용하자 자화열검이 다시 그의 손아귀로 날아들었다.

"선기, 이 요사한 도사 놈! 달아날 생각 말고 검을 받아라!"

육충은 눈에 핏발을 세우고 철검을 날렸다. 자화열검이 눈부신 빛을 발하며 '쐐액' 하고 허공으로 솟구쳤다. 하지만 무엇 때문인지 그 빛은 예전처럼 날카롭지 않고 힘없이 떨어지는 유성처럼 비틀비틀 흔들렸다. 그와 동시에 육충은 흡사 온몸의 강기가 쑥 뽑혀나간 양 가슴이 허해지는 것을 느꼈다.

"육충!"

원승이 소리 지르기 무섭게 옆에 있던 대기가 먼저 비명과 함께 바닥에 늘어졌다. 이어서 육충도 흐느적거리며 쓰러졌다. 거의 동시에 단운자도 느릿느릿 주저앉았다. 원승 역시 사지에 힘이 전혀 들어가지 않는 것을 느끼다가 결국 쓰러지고 말았다.

"성동격서."

천월 진인은 여전히 꼿꼿이 선 채 무거운 소리로 외쳤다.

"이제 보니 저 탁자 기관에…… 쇄혼향이 있었구나!"

그제야 사람들은 처음 솟아났던 탁자 귀퉁이에서 가느다란 연기가 뿜어져 나오는 것을 똑똑히 봤다. 머리 위를 짓누르는 태산압정진에 정신이 빠져 저 치명적인 쇄혼향을 주의하지 못한 것이다.

"쇄혼향도 아느냐?"

선기 국사는 여전히 태산처럼 듬직하게 앉아서 뜻을 이룬 사람

다운 웃음을 지었다.

"쇄혼향은 영남의 어느 사악한 문파에서 전해지는 위력적인 미향이오. 주 약재는 만다라 잎인데 무색무취해서 방비하기가 거의 불가능하며, 일단 당하면 영혼 속까지 곧장 스며드오. 쇄혼향에 당했을 때 가장 무서운 점은, 마치 영혼을 사로잡힌 것처럼 팔다리와 근골, 입술이 말을 듣지 않지만, 들을 수 있고 생각할 수도 있다는 것이오. 그로 인해 흡사 악몽을 꾸는 양 주변에서 일어나는 모든 일에 아무것도 할 수 없는 방관자가 되지."

천월 진인은 그렇게 말하다가 갑자기 목소리를 높였다.

"소 도형의 향로에도 그 약을 썼군! 그 약에 취해 강제로 제 혀를 자르게 한 뒤 혀를 깨물고 자진한 것처럼 보이도록 조작한 것이오. 그렇지 않소?"

"그렇다. 심계든 수행력이든, 역시 혼원종주는 명불허전이구나!"

선기 국사는 천월 진인을 응시하며 천천히 걸음을 옮겼다.

"내 본시 마지막으로 너를 죽이려 했지만 네가 지지 않으려 날뛰니 어쩔 수 없구나."

원승 등은 초조하기 짝이 없었다. 지금 이곳에서 쓰러지지 않고 버틴 사람은 천월 진인뿐이어서 저 박학다식한 혼원종 종주가 진정으로 상황을 돌이키기를 기대할 수밖에 없었다. 천월 진인은 꼼짝 않고 서서 천천히 검을 뽑았다. 그 동작은 느리고도 느렸고, 느껴질락 말락 하는 검기가 끝도 없이 면면히 흘러나왔다.

누각 안은 쥐 죽은 듯 고요했다. 선기 국사도 전력을 담은 혼원종 종주의 일격은 필시 비범하리라는 것을 잘 알기에 정신을 집중하고 대비했다. 원승 일행은 두 눈을 크게 뜨고 지켜보면서, 세심하고 주도면밀한 혼원종 종주에게 모든 희망을 걸었다.

그런데 뜻밖에도 갑자기 천월 진인이 정기를 쏙 빨린 사람처럼 몸을 휘청하더니 처연하게 쓴웃음을 지었다.

"선기, 당신이 이겼소."

그 말과 함께 그의 몸은 힘없이 바닥에 주저앉았다.

원승은 저도 모르게 깊이 탄식을 내뱉었다. 혼원종 종주도 필경 신선은 아니니 이렇게 밀폐된 공간에서 쇄혼향을 흡입한 상태에서 예전처럼 강기를 모으기는 쉽지 않을 것이다. 방금은 그저 허장성세에 불과했다.

속이 막 타들어가고 있을 때, 문득 누군가 그의 손가락 끝을 살짝 잡았다. 그는 기뻐하며 눈동자를 움직였다. 온몸에서 유일하게 마음대로 움직일 수 있는 부분이었다. 그 눈동자는 곧 대기의 부드러운 눈빛과 마주쳤다. 이어서 손가락 끝에서 부드럽고 따스한 힘이 전해졌다.

원승은 즉시 깨달았다. 대기는 보통 사람과는 비할 바가 아닌 영력을 지녀, 비록 쇄혼향에 당했어도 팔을 움직일 정도의 힘은 낼 수 있었다. 심지어 지금은 그에게 세찬 영력을 보내줄 수도 있었다.

두 사람의 눈이 마주치자 말은 할 수 없지만 마음속에는 수천수만의 감동이 물결쳤다. 그 순간 원승은 이 여인이 웃으며 이렇게 말하는 것을 느낄 수 있었다.

"이번에도 또 당신 때문에 혼났잖아요!"

대기 역시 그의 눈빛에서 부드럽지만 힘 있는 웃음을 읽을 수 있었다.

"상관없소. 내가 있잖소!"

이어서 원승의 손에 딱딱한 물건이 잡혔다. 대기가 안간힘을 써 칼 한 자루를 꺼내 그의 소매 주머니에 넣어준 것이다. 두 사람은 나란히 쓰러져 거리도 지척이지만, 이만한 움직임으로도 그녀는 이미 진이 빠져 숨 가쁘게 할딱였다. 그녀를 보는 원승의 눈에서 미안함이 흘러나왔다. 이 칼은 페르시아 환술사들이 늘 지니고 다니는 조그마한 암기임을 그도 알았다. 그런데 그녀는 그것을 그에게 내줬다. 어쩌면 그녀에겐 목숨을 구할 마지막 무기일지도 모를 그 물건을. 다시 말해 그녀는 살아날 마지막 기회를 그에게 준 것이었다.

선기 국사가 큰 소리로 웃어댔다.

"쇄혼향에 당하고 여기까지 버틴 것만 해도 쉽지 않은 일이다. 허명만 날린 검선문 종주보다야 훨씬 강하군."

바닥에 쓰러진 육충은 몹시 노해 '이 어르신의 존사께서는 앞서 용은 그놈의 기습을 받아 중상을 입었고 아직 낫지 않았단 말이야' 하고 욕설을 더해가며 알려주고 싶었지만, 애석하게도 쇄혼향 때문에 입술을 움직일 수 없어 눈동자만 데구루루 굴릴 뿐이었다.

"원 장군, 이 몸과 함께 이성을 뵈러 가자 하지 않았나?"

선기 국사는 의기양양해서 원승에게 걸어갔다.

"어디 가보실까!"

"가라!"

별안간, 몸이 굳어 쓰러져 있던 단운자가 와락 노성을 터뜨렸다. 소매에서 붉은빛이 번쩍하더니 번갯불 하나가 선기 국사를 향해 맹렬히 날아들었다. 검선문 종주는 검 같은 무기를 몸에 지니고 다니지 않았다. 그가 쏟아내는 강기가 바로 세상에서 가장 강력한 검이었다. 이는 검선문에만 전해지는 기검술(氣劍術)이었다. 강력한 강기는 서슬 퍼런 검기를 뿜어내며 곧바로 선기 국사의 목을 노리고 날아갔다.

이 공격은 선기 국사도 예상하지 못한 것이 분명했다. 위급한 순간이 닥치자 그는 황급히 손목을 떨쳐 소매를 휘두르며 강기 한 줄기를 쏘아냈다. 두 줄기 강기가 허공에서 부딪치면서 비단이 찢어지는 듯 탁한 소리가 터졌다. 놀랍게도 선기 국사가 비틀거리며 반 걸음 물러섰다. 그의 몸 앞에서 헤아릴 수 없이 많은 종잇조각이 춤추듯 휘날려 흡사 나비 떼를 풀어놓은 듯했다.

나비가 팔랑팔랑 떨어지자 사람들은 깜짝 놀랐다. 이제 보니 두 사람의 강기가 충돌하면서 선기 국사의 얼굴 가죽을 조각조각 낸 것이었다. 단운자의 검기에 가짜 얼굴이 조각조각 떨어져 나가고 그 뒤에 감춰진 놀란 얼굴이 드러났다. 놀랍게도 일본 견당사절 부사, 요코야마의 얼굴이었다.

"요코야마, 역시 네놈이었구나!"

단운자는 껄껄 웃으며 몸을 일으켰다. 단운자가 벌떡 일어나는 것을 본 요코야마는 대경실색해서, 재빨리 원승을 붙잡아 누각 한 가운데 놓인 커다란 탁자 위로 몸을 날렸다. 이 탁자는 앞서 그가 기관을 발동한 덕에 귀퉁이가 솟아오르고 그 가운데에 큼직한 구멍이 소리 없이 생겨나 있었다.

"여러분, 또 만납시다. 지옥에서 다시 모이기를!"

요코야마는 원승을 붙잡고 원숭이처럼 재빠르게 큼직한 구멍으로 뛰어내렸다.

"청영, 청영 누님……."

굳은 채 바닥에 쓰러졌던 고검풍이 몸을 부르르 떨며 깨어났다. 머리가 축축한 것을 느끼고 잠시 기억을 되짚어보니 쓰러지면서 탁자에 있던 필세(筆洗)에 부딪힌 것이 비로소 떠올랐다. 필세가 기울어진 바람에 안에 있던 물이 탁자에서 뚝뚝 떨어졌다. 그 물이 얼굴을 적신 덕분에 깨어날 수 있었던 것이다. 그는 놀라 사방을 둘러봤지만 방에는 청영의 모습이 보이지 않았다.

그때 창밖의 석양은 한 줄기 잔광만 남아 있었고 방 안은 놀랄 만큼 어두컴컴했다. 뇌신과 사령수의 거무죽죽한 그림자가 살아날 것처럼 꿈틀거렸다. 선기 국사의 분신이 밝아졌다 흐려지기를 반복하면서 더욱 기괴하고 음산해 보였다. 청영이 보이지 않아 초조한 고검풍은 이곳에 오래 있고 싶지 않았다. 팔다리에 서서히 힘이 돌아오자 그는 비틀거리면서 단방을 빠져나왔다.

뜰은 여전히 조용하고 그윽했다. 하늘을 찌를 듯 솟은 오래된 측백나무, 거대한 석상, 무성하게 자란 대나무 모두 어둑한 저녁 안개에 숨었고, 나뭇가지에 깃든 지친 새들의 나지막한 지저귐만이 높낮이를 달리하며 들려올 뿐이었다.

그때 별안간 뚱뚱한 사람 그림자가 나는 새처럼 숲을 가로질러 왔다. 아직도 정신이 다소 몽롱한 고검풍은 애써 정신을 다잡아 가까스로 그 모습을 확인했다. 나타난 사람은 두 명인데, 앞선 사람은 다름 아닌 요코야마 부사로 누군가를 붙잡은 채 유성처럼 쏜살같이 안뜰을 가로지르고 있었다.

"요코야마 부사는 미친 게 아니었나?"

고검풍은 힘껏 머리를 흔들었다. 방금 본 장면이 절대로 환상이 아니라는 것을 확신하자 부쩍 경각심과 의심이 솟았다. 그는 황급히 몸을 날려 뒤쫓았다. 하지만 약성이 막 가신 터에 공력을 써서 달리자 몸이 휘청거렸다. 고검풍은 속이 타들어갔다. 요코야마가 누군가를 붙잡고 저 멀리 사라진 것을 봤으니 하는 수 없이 그는 이를 악물고 비틀거리며 쫓아갔다.

다시 대청허각 안. 요코야마 부사가 구멍으로 뛰어든 뒤 무슨 기관을 눌렀는지 커다란 탁자에서는 거대한 철판이 튀어나와 구멍을 물샐틈없이 틀어막았다. 대청허각 전체에서는 아직도 '윙윙' 소리가 울렸다. 문은 이미 단단히 잠겼고, 묵직한 지붕은 느리지만 완강하게 내려앉고 있었다. 한참 동안 힘을 모았다가 전력을 쏟아 일격에 가짜 선기 국사를 물리친 단운자도 남은 강기를 소진하는 바람에 또다시 바닥에 쓰러졌다.

철판이 튀어나오는 순간, 사람들은 동시에 몽롱한 느낌에 빠졌다. 마치 머리 위에서 수미산같이 끝을 알 수 없는 거대한 암석이 느릿느릿 떨어져 내리는 것 같았다. 거대한 암석이 조금씩 내려올 때마다 누각 안의 공기가 조금씩 빠져나갔다. 육충 일행은 숨쉬기가 힘들고 오장육부가 뒤집힌 것처럼 괴로웠다. 하필이면 이럴 때 말을 할 수도 없고, 몸을 움직일 수도 없었다. 그저 이대로 두 눈 뻔히 뜨고 죽음을 기다리는 수밖에 없었다.

갑자기 '끽끽' 하는 소리가 나기 시작했다. 탁자 앞에 비스듬히 누운 육충은 좀 더 높은 곳을 볼 수 있었다. 이제 보니 창문 하나가 닫힐 때 창을 지지하는 막대의 쇠고리에 걸리는 바람에, 기관이 계속 돌다가 쇠고리에 부딪히면 튕겨나고 다시 돌아와 부딪히기를 계속하고 있었다.

바로 저 은혜로운 창문 고리가 막아준 덕에 창문이 잠기지 않은 것이다. 대청허각의 기관은 서로서로 연결되기 때문에 창문 하나가 닫히지 않자 무겁게 짓누르던 지붕의 움직임도 훨씬 둔해졌다.

'아이고, 천제님, 염라대왕님, 태상노군님, 여래불님, 서왕모님, 관세음님…….'

육충은 속으로 아는 신선의 이름을 모조리 읊었다.

'어서, 어서 사람을 보내 저 창문으로 들어와서 우리를 구하게 해 주십시오. 제가 나가기만 하면 반드시 신령님들의 동상을 다시 세워 금칠을 하고 사당을 크게 일으키겠습니다.'

그는 아직 닫히지 않은 창문을 노려보며 단숨에 백여 명에 이르는 신령에게 기도를 올렸다. 훗날 무슨 수로 그 많은 신령의 사당을 세울지는 전혀 고려하지 않았다.

육 검객 어르신의 성실함이 세상천지의 그 어떤 신령을 감동시켰는지 몰라도, 갑자기 검은 그림자 하나가 그 창문 바깥에 소리 없이 나타났다. 창밖은 저녁 어스름이 내려앉은 데다 그 사람은 빛을 등지고 있어서 얼굴을 똑똑히 볼 수 없었다. 신령은 과연 영험했다. 육충은 경악한 듯 두 눈을 휘둥그레 뜨고서 필사적으로 백여 명의 신령 이름을 읊어댔다. 나타난 사람이 푸른 연기처럼 표표히 누각 안으로 들어왔다.

바닥에 쓰러진 사람들은 반짝이는 촛불 빛에 의지해 그 사람의 얼굴을 보고 하나같이 깜짝 놀랐다. 그 사람은 기다란 학창의를 걸쳐 도력이 높은 도사 같은 차림이나 얼굴에는 괴상한 고양이 가면을 쓰고 있었다.

'설마 고양이 요괴?'

수당 때의 백성들은 늙은 고양이가 요괴로 변해 사람을 해친다고 믿어, 항간에는 고양이 요괴 전설이 무성하게 떠돌았다. 육충은 눈알이 튀어나올 것처럼 놀라 속으로 중얼거렸다.

'설마 이 어르신이 신령을 감동시켜서 그분들이 고양이 요괴를 보내 우리를 구하기로 했나?'

고양이 가면을 쓴 사람은 누각 안을 재빨리 둘러보더니 대략적인 상황을 파악한 듯 서둘러 커다란 탁자로 다가갔다. 그는 여기저기 두드리고 누르며 진을 깨뜨릴 기관을 찾으려 했으나 상황은 긴박한데 아무런 효과가 없었다.

바닥에 누운 천월 진인이 불쑥 말했다.

"저 창문이 기관의 허점이오. 창문 고리를 하나 찾아 기관 구슬에 밀어 넣어주시오."

고양이 요괴가 두 눈을 빛내더니 다른 창문으로 가서 쇠고리를 빼낸 다음 왔다 갔다 하는 기관 구슬에 힘껏 밀어 넣었다. 귀 따가운 날카로운 소리가 길게 울리더니 기관에 눌린 창문 고리가 와락 구부러졌다. 다행히 천경궁에 있는 각종 물품은 모두 훌륭하기 이를 데 없어서, 흔한 창문 고리라 해도 정동에 금을 칠해 지극히 튼튼했다. 창문 고리가 미친 듯이 때려대는 기관 구슬을 떡하니 저지하자, 기세 흉흉한 거암 같던 지붕도 마침내 완전히 멈췄다.

"친구, 이렇게 나서서 도와주다니 고마움을 이루 말할 수 없구려."

천월 진인이 부드러운 말투로 웃으며 말했다.

"이왕 돕기로 했으니 끝까지 선행을 베풀어주면 고맙겠소. 우리 얼굴에 냉수를 뿌려주시오. 한 번만 뿌리면 미약은 알아서 풀릴 것이오."

뜻밖에도 고양이 요괴는 콧방귀를 뀌었다.

"미안하지만 나는 선행을 베푸는 사람이 아니오. 저 육 씨 놈은 나와 원한이 있으니 먼저 데려가겠소!"

느닷없이 쌩 하고 날아온 고양이 가면은 육충의 가슴팍을 단단히 틀어잡더니 휭하니 돌아서서 전각 밖을 향해 달려갔다.

육충은 깜짝 놀라 속으로 비명을 질렀다. 설마, 기도를 잘못했나? 하지만 애석하게도 지금은 해명할 수도 없었다. 고양이 요괴는 신법이 번개 같아서 그를 끼고도 구름을 탄 듯 창문을 통과했고, 몇 번 훌쩍훌쩍 뛰자 어느새 천경궁 안뜰을 벗어났다.

원승은 요코야마에게 거꾸로 들린 채 길고 긴 비밀 통로를 통과해 천경궁을 빠져나왔다. 머리가 아래로, 발이 위로 간 상태라 길을 똑똑히 살필 수는 없고 도로가 빠르게 뒤로 물러나는 것만 볼 수 있었다. 요코야마는 점점 더 외진 길로 가는 것 같았다. 심지어 앞에서 어렴풋이 물소리도 들려왔다.

지금 원승은 낭패한 몰골에 몸을 움직일 수도 없지만, 남몰래 계속해서 강기를 끌어모으고 있었다. 쇄혼향은 영력에 직접 침입해 정신을 묶어놓은 다음 강력한 힘으로 강기를 봉쇄하는 미향이었다. 단운자나 천월 진인같이 도력이 지극히 높은 대종사는 가진 영력과 닦은 도력이 놀라울 정도여서 한 번쯤 미향에 대항할 힘이 있었다. 그리고 원승 또한 조금 전에 대기가 손끝으로 살그머니 영력을 전해준 덕분에 미향에 대항할 밑천이 생겼다.

쾅 하는 소리와 함께 요코야마가 원승을 배 위에 내동댕이쳤다. 작은 조각배인데 무엇 때문인지 갑판이 축축했다. 등이 딱딱한 갑판에 찍히며 통증이 밀려들자 원승은 저도 모르게 고통스럽게 기침을 했다. 기침 소리가 나자 자신조차 당황했다. 몰래 영력을 모은 것이 정말 효과가 있을 줄이야. 요코야마도 그 점을 눈치챘는지 의혹에 찬 얼굴로 그를 노려봤다. 눈동자에 살기가 어른거렸다.

"당신은 요코야마가 아닙니다." 원승은 다시 두어 번 기침하고는 천천히 말을 이었다. "둘째 사형, 잘 지내셨습니까!"

'둘째 사형'이라는 호칭은 가볍고도 가벼웠지만 요코야마로 역용한 능지자의 귀에는 마치 벼락이 치는 것 같았다. 동영 왜인의 얼굴이 더욱더 딱딱해졌다.

"뭐…… 뭐라고?"

"둘째 사형은 역시 교활하고 지략이 뛰어나시군요. 이름에 '지' 자가 들어가는 것이 아깝지 않습니다. 주전의 일기를 꼼꼼히 살펴본 덕분에 요코야마가 제 입으로 귀신에 씌었다고 한 일과 각 곳의 사당을 견학하러 간 일에 직접적인 관계가 있음을 발견했습니다. 당신들은 요코야마 부사를 골라 그에게 미혼술을 펼쳐 놀라게 한 뒤 또다시 술법으로 그를 미치게 했습니다. 그런 다음 미치광이를 연기하는 것은 훨씬 순조로웠지요. 둘째 사형은 천부적인 재능이 있으시니 장안 사람들이 잘 모르는 일본 견당사절 부사를 연기하는 것쯤은 문제가 되지 않았겠지요. 하지만 그래도 조그마한 허점이 있었습니다."

"열일곱째야, 이 어리석은 사형이 자세히 듣고 싶구나!"

마침내 능지자가 허허 웃으며 자신의 신분을 인정했다.

"봉래의 고향 길 멀고 약목은 고국의 원림이니, 평생의 보검 한 자루 벗에게 남기노라!"

"열일곱째는 참으로 고상하구나. 그건 누구의 시냐?"

"소제가 장안에서 딱히 꼽을 만한 일은 하지 않았으나 평소 시나 그림을 그리며 벗을 사귀는 것을 즐겼습니다. 그 벗 중에 약관의 일본인이 있는데 이름이 아베노 나카마로였지요. 견당사였던 그는 평소 대당나라의 문화를 경모해 심지어 한인 이름까지 지었습니다. 그 이름이 조형입니다. 조형 형은 시문이 빼어나니, 비록 지금은 무명이나 훗날 반드시 천하에 이름을 떨칠 사람입니다. 그가 제게 일본의 풍토와 인심을 이야기해준 적이 있지요. 왜인은 겸손하고 예의 발라서 그들의 허리는 늘 굽어 있다고 합니다. 둘째 사형은 우리 영허문에서 홀로 자유로움과 본성의 지혜를 제창하신 걸출한 인재이니, 평생을 가도 그 허리는 왜인같이 굽을 수 없지요."

능지자는 말없이 이를 악물고 무의식적으로 허리를 문질렀다.

"솔직히 말씀드리면 오늘 대청허각에서 선기 국사 흉내를 내신 것은 참 그럴듯했습니다. 처음에는 저도 알아차리지 못했지요. 천경궁은 선기 국사의 근거지인데, 무슨 수로 그가 들고 나는 규칙을 탐지해 대담하게 그를 사칭했는지 모르겠군요. 그것이 아직 제 마음속에 남은 큰 수수께끼입니다. 단운자 손에 인피면구가 벗겨지고 요코야마 부사의 가짜 얼굴이 드러났을 때, 저를 포함해 당시 누각에 있던 많은 이들이 이런 생각을 했을 것입니다. '알고 보니 이 모든 것이 저 왜인의 수작이었구나. 저 왜인이 감히 선기 국사로 속이고 사람들을 암산한 것을 보면 소 진인과 용은 국사를 죽인 원흉도 틀림없이 저 왜인일 것이다'라고요. 하지만 저를 끌고 달려가는 동안 숨결의 기복이나 강기 운용 방법, 심지어 젊은 시절에 향을 피우고 북두성을 참배할 때 쓰시던 향약 냄새까지, 그 모두가 제게는 너무도 익숙했습니다. 마지막은 제가 기침했을 때 살기를 띠던 둘째 사형의 눈동자였습니다. 둘째 사형은 본문 내에서도 원신 수행이 뛰어난 분이셨지요. 환한 빛을 뿜는 그 눈동자는 더할 나위 없이 낯이 익습니다. 그 귀혼도 둘째 사형이셨겠지요?"

능지자는 저도 모르게 한숨을 쉬었다.

"어쩐지 존사께서 열일곱째 너를 조심하라고 누누이 당부하시더라니, 역시……."

그가 갑자기 킬킬 웃기 시작했다.

"사람이 너무 영리하면 왕왕 오래 살지 못하곤 하지. 안심해라. 사형제였던 정을 보아 내 너를 천천히 죽여줄 것이며 시신도 보존하게 해주마!"

그는 손가락을 뻗어 원승의 아혈(啞穴, 공력을 써서 누르면 말을 못하게 되는 혈자리)을 짚은 뒤, 포승줄을 가져와 꽁꽁 묶은 다음에야 다시 갑판에 던졌다. 이어서 배 밑바닥을 막는 마개를 뽑고 발로 아무렇게나 배를 밀었다. 조각배는 유유히 강 중심으로 흘러갔다.

이곳은 바로 강물이 방향을 트는 지점으로 주위에는 온통 사람 키만 한 갈대가 무성했다. 마침 막 어스름이 지기 시작할 때라 사방은 짹짹거리는 들새의 지저귐과 출렁대는 물소리만 들릴 뿐 사람은 한 명도 보이지 않았다.

원승은 하늘을 향해 누워 있어서 점점 어두워지는 하늘만 볼 수 있었다. 밑바닥의 마개를 뽑아낸 바람에 물결을 따라 흘러가는 조각배는 점점 가라앉고 있었다. 억지로 숨을 참고 대기가 준 영력으로 다시 한 번 강기를 움직여보는 수밖에 없었다.

서늘한 강물이 금세 어깨를 적시더니 다시 코를 덮치고 두 눈을 가렸다. 하늘을 물들인 노을도 물결 속에 아른거렸다. 비록 도를 닦아 공력을 쌓기는 했으나 장시간 물속에 잠겨 숨을 쉬지 못하자 그 역시 가슴이 터질 것처럼 답답했다. 필사적으로 발버둥 치려 했으나 온몸이 철판 같아서 옴짝달싹할 수 없었다.

갑자기 눈앞이 캄캄해졌다. 어느새 물속에 깊이 잠기고 만 것이다. 그 순간, 수많은 사람, 수많은 일이 그림자처럼 그의 눈앞을 스쳐갔다.

능지자는 강기슭에 서서 원승이 탄 조각배가 물속으로 가라앉는 것을 눈으로 배웅한 뒤 비로소 유감스러운 듯 한숨을 내쉬었다.

"열일곱째, 그곳에 가거든 나를 탓하지 마라. 누가 너더러 사사건건 존사께 대적하라더냐!"

그가 침울하게 몸을 돌리는데 별안간 흰 그림자 하나가 저녁 어스름을 가르며 나는 듯이 달려오는 것이 보였다. 흰 그림자는 빠르게 커져갔다. 핏빛 같은 석양이 펄럭이는 백의와 준수한 얼굴을 빨갛게 비췄다. 놀랍게도 고검풍이었다.

능지자는 흠칫 놀랐다. 순간, 머릿속에 가장 먼저 떠오른 의문은 방금 자신이 한 말을 소십구가 들었을까, 자신이 원승을 물속에 던지는 것을 봤을까 하는 것이었다. 심지어 머리를 긁적이며 일단 무슨 말로 저 덜렁이를 달래놓을까 고민하는데, 느닷없이 서늘하게 찬 빛이 얼굴로 날아들었다.

고검풍이 공격을 한 것이다. 그의 일검은 마치 뿔난 벼락이 산을 가르는 것처럼 세찬 바람을 휘몰아댔다. 눈부신 검광이 순식간에 능지자의 얼굴을 붉게 비췄다. 그는 아직 요코야마의 얼굴을 하고 있었다. 그 때문에 속으로는 경악을 금치 못하는데도 표정은 여전히 딱딱했다.

영허문에서 가장 사납다는 천재 소년 고검풍이 혼신을 다한 일격이었다. 그 예리한 검광 아래에서는 밤바람도 숨을 멈추고 물줄기도 소리를 죽이고 석양도 빛을 거뒀다.

'쐐액' 하는 소리와 함께 검이 정확하게 능지자의 가슴을 찔러 들어갔다. 두 사람 다 경악한 얼굴이 되어 검 한 자루로 서로 연결된 채 멍하니 강기슭에 섰다. 석양이 그들의 그림자를 길쭉하게 늘여 이상한 모양으로 만들었다.

"소……."

능지자는 '소십구'라고 부르려 했지만, 입에서 새빨간 피가 콸콸 쏟아져 말을 할 수 없었다. 마침내 그도 생각이 났다. 원승을 익사시키느라 정신이 극도로 긴장된 바람에 고검풍을 보고서도 자신이 아직 요코야마의 얼굴을 하고 있다는 사실을 잊었던 것이다.

고검풍도 다소 놀라고 안타까웠다. 신행술을 펼쳐 달리던 요코야마의 모습을 본 그는 저자의 도술이 약하지 않은 것을 알고 반드시 생포하겠다고 마음먹었다. 그래서 이 사나운 일검도 사실은 허장성세에 불과할 뿐, 그 뒤에 숨긴 너덧 가지 날카로운 검초로 상대의 두 다리를 못 쓰게 할 심산이었다. 저 용의자를 붙잡기만 하면 천경궁 안에서 벌어진 일련의 괴살인 사건을 밝혀낼 가능성이 있었다.

'이상하군. 왜 피하지 않았지?'

고검풍은 의문에 사로잡혔다. 하지만 살벌하고 과감한 성격이라 상대방이 이미 가망이 없다는 것을 알자 망설임 없이 물러나면서 검을 뽑고 발로 시체를 걷어찼다.

강을 돌아보자 강 가운데 조각배 하나가 떠 있었다. 앞부분은 이미 물에 잠겼고 그 위에 있던 사람도 똑같이 물에 잠긴 상태였다. 하지만 아직 수면 위로 드러난 굼뜬 두 발 덕분에 열일곱째 사형 원승이라는 것을 알 수 있었다. 고검풍은 눈썹에 깊이 주름을 잡으면서 마음속으로 가만히 탄식했다.

'아무리 그래도 한 번 더 기회는 줘야 해!'

그는 침착하게 강가를 따라 걸어갔다. 돌연 조각배 위로 드러난 두 발이 화닥닥 움직이더니 원승의 두 팔이 물 위로 튀어나왔다. 뜻밖에도 포승을 푼 그가 뱃전을 잡고 천천히 올라왔다. 삶과 죽음의 경계를 넘나드는 순간, 몸속에 있던 강기가 마침내 영력의 도움을 받아 손가락 끝까지 전해진 덕분이었다. 이어서 날카로운 무기가 손안에 들어왔다. 대기가 안간힘을 다해 그에게 넘겨준 칼이었다.

축축하게 젖은 몸으로 기슭으로 기어오른 원승은 피투성이가 된 능지자의 시신과 검을 가로 세우고 멍하니 선 고검풍을 보고 저도 모르게 흠칫하며 물었다.

"네가 죽였느냐?"

"멀리서 이 왜인이 누군가를 납치해 달아나는 것을 보고 쫓아왔어요."

고검풍은 어쩔 수 없었다는 듯 어깨를 으쓱하며 검을 거뒀다.

"본래는 생포할 생각이었는데 이놈이 바보처럼 서서 피하지 않더라고요. 설마 정말로 귀신에 씐 걸까요?"

원승은 말없이 다가가 시신의 얼굴에서 가짜 요코야마의 얼굴을 벗겨내 본모습을 보여줬다. 고검풍은 그대로 얼어붙었다. 창백한 얼굴의 능지자는 죽어서도 두 눈을 감지 못하고 흉측하게 하늘을 올려다보고 있었다. 가엾기도 하지만 다소 우스꽝스런 모습이었다.

"어째서…… 어째서 둘째 사형이?"

원승이 그를 응시하며 말했다.

"그래, 처음부터 끝까지 능지자였다. 그는 계략을 꾸며 천경궁에 잠입하고 신분을 뒤바꿔 요코야마 부사 노릇을 했지. 진짜 요코야마 부사는 벌써 저 손에 죽었을 것이다. 오늘은 또 선기 국사로 속여 기관과 미향을 써서 나와 다른 사람들을 모조리 대청허각에 가두고, 나만 이곳으로 끌고 와 깔끔하게 죽이려 했다."

"하지만…… 왜요? 온갖 궁리를 다해 그 많은 일을 한 까닭이 대체 뭐죠?"

고검풍은 도무지 믿기지 않는 눈빛이었다. 하지만 둘째 사형이 요코야마로 변장하고 원승을 익사시키려는 것을 두 눈으로 똑똑히 봤으니 믿지 않을 수도 없었다.

"내가 말해줄 수 있는 것은 우리네 둘째 사형은 교활하고 예측할 수 없는 위험을 지닌 인물이라는 것뿐이다. 만약 둘째 사형이 네게 무슨 이야기를 했다면 틀림없이 허황한 거짓말일 것이다."

원승은 가만히 생각하다가 불쑥 물었다.

"넌 청영과 함께 선기 국사의 단방에 가지 않았느냐? 무엇을 발견했지?"

고검풍은 그래도 원승이 둘째 사형을 두고 한 말에 의심을 품은 채 잠시 생각한 뒤 대답했다.

"선기 그 괴물의 단방은 기관투성이였어요. 청영 누님 말로는 천경궁 전체에 펼쳐진 대법진의 눈일 가능성이 높대요. 심지어 거기서 선기의 법진 분신까지 봤어요."

고검풍은 선기 국사의 단방에서 있었던 일을 간략히 설명했다.

"청영 누님이 선기 국사의 서신을 살폈는데 아무것도 발견하지 못했대요. 우습게도 책상에서 여자들이나 쓰는 머리를 까맣게 만드는 고약을 찾아냈는데, 벌써 반이나 썼더라고요. 정말 우습죠."

"머리를 까맣게 만드는 고약?" 원승이 눈동자를 번쩍이며 몸을 긴장시켰다. "그것도 반쯤 썼다고?"

"그렇다니까요. 왜요?"

소십구는 다소 이상했다. 원승의 저 놀란 표정을 어디서 본 듯했다. 그러고 보니 청영이 저 물건을 발견했을 때에도 저런 표정이었다.

"어쩌면 크나큰 계략인지도 모르겠군!"

원승의 눈동자에 깊은 우려가 떠올랐다.

"심지어 그 계략은 줄기줄기 연결돼 있어서 하나가 발동되면 전부 발동되는 것 같다. 이 음모에 가담한 사람이 단순히 둘째 사형 혼자일 리 없지. 필시 선기 국사 등 다른 이들도 가담했을 것이다."

입술을 꾹 다문 고검풍의 마음속에서는 의문이 뭉게뭉게 피어올랐다.

"청영은? 아직 천경궁에 있겠지?"

원승은 다시 걱정스런 표정이 됐다.

"내가 능지자에게 잡혀올 때 대기와 육충, 천월 진인 등은 아직 대청허각에 갇혀 있었다. 청영이 제때 달려가 구했는지 모르겠군."

"청영 누님은 어디로 갔는지 모르겠어요."

고검풍도 당황스럽고 두려워졌다.

"하지만 요코야마, 참, 아니지, 둘째 사형을 추격하는 길에 신아벽사주의 기척을 느꼈어요. 이곳에서 별로 멀지 않은 것 같아요."

차가운 물이 머리로 쏟아지자 육충은 온몸을 부르르 떨다가 크게 재채기를 했다. 고양이 요괴가 그를 둘러메고 달리는 동안 코에 향약을 집어넣어준 덕분에 그는 이미 차츰차츰 강기를 쓰고 팔도 움직일 수 있게 됐다. 그런 와중에 냉수를 뒤집어쓰자 재채기가 터지며 사지가 번쩍 깨어나는 기분이었다.

"여보, 그 괴상한 가면 좀 벗어." 육충은 고양이 가면을 올려다보며 탄식했다. "진작 당신인 줄 알았어. 당신 냄새와 숨결은 한 번만 맡아도 안다니까."

청영이 느릿느릿 고양이 가면을 벗고 복잡한 눈빛으로 그를 바라봤다. 그 눈빛에 육충마저 움찔 두려움이 밀려왔다. 그는 어쩔 수 없이 쓴웃음을 지었다.

"어떻게 된 거야? 요 며칠 당신 영 이상해. 명령대로 소십구와 같이 선기의 단방을 조사하러 간 거 아니었어? 수확은 좀 있어? 어라, 소십구 그 녀석은 어디 갔지?"

그는 사방을 둘러보고서야 자신이 인적 없는 강기슭에 와 있다는 것을 알았다. 사방에서 물새가 끼룩끼룩 울고 저녁 바람에 갈대가 '쏴쏴' 울음소리를 냈다.

"그 아이는 괜찮아. 걱정하지 마."

청영의 눈빛 속에서 감정이 복잡하게 뒤엉켰다.

"충, 당신을 구한 사람은 내가 아니라 고양이 가면을 쓴 괴인이라고 생각해줘. 괜찮지?"

"뭐야, 대체 뭘 하려는 거야?"

천천히 팔다리를 풀던 육충은 별안간 두 다리가 뻣뻣해지는 것을 느꼈다. 놀랍게도 어느새 청영이 그의 양쪽 경맥을 막았고 강기조차 끌어올리기가 어려웠다.

"이 세상과 나, 둘 중에 어느 쪽을 택할 거야?" 청영이 천천히 웃음 지으며 말했다. "나를 위해 당신 세상을 포기하게 하고 싶지는 않아."

"무슨 말이야, 여보?" 늘 히죽거리던 육충의 얼굴이 굳었다. "그래, 내게는 내 세상이 있어. 하지만 내 세상에서 가장 중요한 사람은 단 하나뿐이야. 지난번에 내가 설무쌍 그 미친 할망구에게 잡혀 땅에 파묻혔을 때 당신이 와서 구해준 일 기억나? 이 어르신은 말이지, 내 마음속에서 당신이 얼마나 중요한지 그때 알았어."

가만히 듣고 있던 청영이 갑자기 뜨거운 눈물을 주르륵 흘렸다. 그녀는 그의 얼굴을 살며시 두드리며 희미하게 말했다.

"고마워, 내 작은 미치광이. 하지만 말했다시피 우리 집안일은 내가 해결해."

"당신 일이라면 나도 다 알아! 도대체 지금 뭘 어쩌려는 건지 말해줘, 어서!"

육충이 애원하다시피 했다.

"말 못해. 지금은 말할 수 없어. 당신은 그 일을 알 필요도 없어."

육충이 고통스럽게 외쳤다.

"여보, 우선 날 풀어줘. 가서 원승을 구해야지!"

"원승은 별일 없을 거야. 소십구가 쫓아갔어."

청영은 고개를 돌리고 강물 저 끝을 내다봤다.

"이 강을 따라 내려가면 황궁 대내가 나오겠지."

아득한 그녀의 눈빛을 바라보는 육충의 마음속에서 두려움이 점점 더 크게 번져갔다. 그가 놀란 소리로 말했다.

"당신…… 당신 뭘 본 거야?"

청영은 대답하지 않고 다른 말을 했다.

"충, 기억해. 우린 이번에 아무것도 하지 않는 거야. 기다리면 돼. 가만히 기다리기만 하면 반드시 큰일이 벌어질 거야."

그때 강 하류에서 고검풍의 외침이 들려왔다.

"충 형님, 청영 누님, 역시 여기 계셨군요."

청영은 움찔하더니 육충을 붙잡고 자리를 뜨려 했다. 하지만 고개를 돌렸을 때는 이미 고검풍과 원승이 번개처럼 빠르게 다가오고 있어서, 별수 없이 속으로 한숨을 쉬며 육충에게 가만히 속삭였다.

"당신이지? 당신이 몰래 신아벽사주를 썼구나?"

신아주는 본디 적을 추적할 때 필요한 신비한 주술의 일종인데, 퇴마사 내부에서는 서로 편리하게 연락을 취하는 용도로 쓰기 위해 원승과 청영이 힘을 합쳐 신아주를 신아벽사주로 개량했다.

신아벽사주는 쌀알만 한 크기에 눈에 띄지 않는 조그마한 구슬로, 위급할 때 꺼내 부수기만 하면 구슬 안에 뭉쳐 있던 약과 주문이 상호작용해 길을 따라 정보를 남겼다. 퇴마사 정예들은 이 신비한 주문을 추적해 금방 상대를 찾아낼 수 있었다.

"물론 방금 쓴 건 아니야. 고양이 얼굴을 한 요괴에게 붙잡혀 천경궁을 나왔을 때 쓴 거지. 당신이 향약을 넣어 미향을 풀어주긴 했지만, 그때는 간담이 서늘해서 당신이 내 마누라인 줄 몰랐어. 그래서 손아귀에 약간 힘이 생긴 틈을 타 벽사주를 썼어."

청영은 원망하고 분노했지만 어쩔 도리가 없었다. 원승과 고검풍이 빠른 속도로 달려오는 것을 보자 그녀는 깊이 한숨을 내쉰 뒤 원승을 향해 태연하게 웃어 보였다.

"방금 육충을 구해냈고, 두 사람을 구하려면 어디로 가야 할지 상의하고 있었습니다."

그러면서 하얀 손으로 육충의 어깨를 살짝 쓸자, 강기가 흘러들어 막힌 육충의 다리 경맥을 풀어줬다.

원승은 단도직입적으로 물었다.

"대기와 단운자 등은 어떻게 됐소?"

청영은 자연스런 웃음을 지으려고 갖은 애를 썼다.

"대청허각의 기관은 중단시켰습니다. 창문이 반쯤 열려 바람이 통하니 미향도 곧 풀릴 겁니다."

"잘됐군."

원승은 길게 안도의 숨을 내쉬고는, 고개를 들어 어느새 서쪽으로 떨어진 석양을 올려다보며 탄식했다.

"갑시다. 시간이 급박하지만 우리가 이 계획을 돌려놓을 수 있기를 바랄밖에!"

마침내 참다못한 고검풍이 물었다.

"계획을 돌려놓으려면 어디로 가야 하는 거예요?"

"황궁으로. 아직 늦지 않았을 것이다. 이 강을 거슬러 올라가면 금방 현무문에 당도할 수 있지!"

원승의 단호한 말에 청영의 낯빛은 순식간에 더없이 창백해졌다.

"우리는 퇴마사 소속입니다. 규칙대로라면 황궁 후원에 들어갈 수 없어요!"

퇴마사는 본래 금오위에 속한 금군 중 하나로, 금군은 부름 없이는 제멋대로 황궁 후원에 들어갈 수 없었다. 지금은 퇴마사가 독립해 나왔다 하지만, 그래도 황궁을 자유롭게 출입할 수는 없었다.

"성인께서 특별히 내게 하사하신 요패가 있소."

원승은 금패 하나를 꺼내 보이며 다소 쓸쓸한 목소리로 말했다.

"현진법회 전에 성인께서 나를 불러 몇 가지 일을 분부하셨소. 오직 나만 할 수 있는 일을……."

금패에는 커다란 글씨가 새겨져 있었다.

짐이 친히 왕림한 것으로 여길 것.

저녁 빛을 받은 글자가 핏방울처럼 빨갛게 반짝였다.

"고검풍에게 명한다. 속히 천경궁으로 돌아가 대기, 천월, 단운자를 구하라. 가능하다면 그들이 즉시 천경궁의 법진 기관을 파괴하게 하라."

소십구는 눈빛을 반짝였지만 결국 명령을 받고 떠나갔다.

"우리도 갑시다!"

원승은 청영을 훑어본 뒤 돌아서서 먼저 달려갔다.

육충이 갑자기 청영을 잡아 세웠다.

"뭐 하는 거야?"

청영의 얼굴은 무서우리만큼 차가웠다.

"알아. 당신이 조금 전에 한 말이 무슨 뜻인지 대충 짐작이 간다고." 육충의 목소리는 무척 평화로웠다. "말했지. 당신 일이 곧 내 일이라고!"

청영은 경악한 얼굴로 그를 돌아봤다. 단호하게 앞을 바라보는 육충의 얼굴은 석양으로 발그레 물들어 있었다.

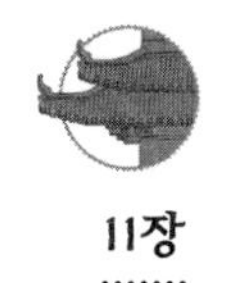

11장

궁궐의 격변

천경궁 대청허각에서는 탁, 탁 하는 소리가 수차례 울렸다. 단운자, 천월 진인, 그리고 대기는 아직도 시달리는 중이었다. 고양이 가면을 쓰고 온 청영이 떠나기 전에 태산압정진 기관을 중단시켰지만 대청허각 안에는 여전히 무겁게 짓누르는 기운이 펴져 있었다.

"아직도 법진이 돌고 있군!"

갑자기 단운자가 쓴웃음을 지으며 말했다.

"어쩌면 용은의 말이 옳았을지도 모르겠네. 이곳이 사람을 가두는 우리여서 나갈 수가 없다던! 이보게, 천월, 자네는 어떤가?"

단운자가 갖은 애를 써서 눈동자를 움직여보니, 천월 진인은 기관 구슬을 막은 창문 고리를 뚫어지게 응시하고 있었다. 구슬은 정동에 금칠한 창문 고리에 몇 번씩 부딪히며 헛수고를 하고 있었지만, 부딪힐 때마다 물러나는 폭이 조금씩 커지는 중이었다.

"당했소!"

천월 진인이 중얼거렸다. 가벼운 목소리지만 무한한 후회가 묻어 있었다.

"무슨 말인가?"

"우리가 선기의 계략에 당했소."

천월 진인의 목소리에 분노와 당혹감이 드러났다.

"앞서 나는 채 닫히지 않은 저 창문이 청허각 법진의 빈틈이라 생각했소. 하지만 선기가 고의로 저 빈틈을 남겨둔 줄은 몰랐소. 그 자는 우리가 이렇게 나오기를 기다린 것이오!"

그러는 사이 별안간 철컥 소리가 나면서 마침내 구슬이 창살의 구멍으로 쏙 들어갔다. 그 순간 이변이 벌어졌다. 본래는 멈췄던 지붕이 느리지만 견고하게 빙글빙글 돌기 시작했고, 줄기줄기 광채를 뿜어냈다. 광채는 갈수록 왕성해지다가 마지막으로 눈부시게 빛나는 일곱 개의 별자리 그림이 됐다.

탐랑성, 거문성, 녹존성, 문곡성, 염정성, 무곡성, 파군성이 하나하나 모습을 드러내더니, 일곱 줄기 광채가 또다시 열네 개로 갈라져 이십팔수 성도를 이루며 휘황찬란한 빛다발을 뿌렸다.

"이십팔수 윤전성진!"

단운자가 놀란 소리로 외쳤다.

"이제 아셨을 것이오. 선기가 심혈을 쏟아부어 이 대청허각과 천경궁 전체에 법진을 설치하고, 심지어 교묘하게 빈틈까지 만들어둔 것은, 언젠가 도형과 나, 용은 같은 종사급 고수를 상대하기 위함이었소. 용은은 이미 죽었으니 이제 도형과 내 차례요."

무슨 이유인지, 예전 같으면 침착하게 앞을 헤아리고 전략을 세웠어야 할 진학의 대가 천월 진인의 목소리에도 전에 없이 무력감과 낙담이 묻어 있었다.

그 말이 끝나기도 전에 탐랑성 위치에서 빛 한 줄기가 쏟아졌다. 번개처럼 위력적이고 날카로운 빛이 곧장 그들 세 사람에게 날아들었다. 대기는 그럭저럭 괜찮았지만 천월 진인과 단운자는 벼락을 맞은 듯 온몸을 부르르 떨었다.

빛다발이 급속도로 회전하면서 거문성, 녹존성, 문곡성, 염정성 같은 별자리에서도 하나하나 빛이 쏟아졌다. 양대 종사의 몸이 격렬하게 떨리고, 이마는 콩알만 한 식은땀으로 뒤덮였다.

"이십팔수 윤전성진은 별자리에 담긴 천도의 힘을 응집해 단전이 구전에 이른 천도의 고수들에게만 영향을 미치오. 선기가 그 왜인 부사와 결탁해 우리 같은 늙은이를 하나하나 죽여 없애려는 것이오!"

천월 진인은 그렇게 말하면서 처량하게 웃음을 터뜨렸다.

"소적하, 용은, 단운자 도형, 그리고 나. 우리 사대 술사를 모조리 죽이는 것이 바로 이번 현진법회의 진정한 의의였소."

"입 다물게!"

단운자가 노성을 터뜨렸다.

"천월, 정신 차리게. 자네는 진학에 정통하니 어서 방법을 생각해 보란 말일세. 분명히 방법이 있을 게야."

"소용없소. 저건 이십팔수 천도의 거대한 힘으로 심마를 일으키는 윤전성진이오. 벌써 심마가 일어났고 우리는 이미 빠져들었소!"

천월 진인의 얼굴이 일그러지며 쓴웃음을 지었다.

"대기 저 낭자가 아직 움직일 수 있다면 모르나 그게 어디 가당키나 한 일이겠소. 이 모두가 운명…… 아니?"

천월 진인의 탄성과 함께 놀랍게도 대기가 비틀비틀 몸을 일으켰다. 저 미향은 주로 원신의 영력을 옭아매지만, 남들과 비교할 수 없는 영력을 지닌 대기는 미향의 힘에 어느 정도 대항할 수 있었다. 게다가 지금은 반쯤 열린 창문 덕에 미향의 힘이 크게 줄어들어 시간이 지남에 따라 그녀의 영력도 순조롭게 순환되기 시작했고 마침내 천천히 일어날 수 있었다.

"이 법진…… 어떻게 풀 수 있죠?"

대기가 숨을 몰아쉬며 물었다. 선기 국사가 미리 펼쳐놓은 이십팔수 윤전성진은 별자리의 힘으로 종사급의 고수를 무너뜨리는 게 목적이어서 그녀에게 미치는 영향은 적었다. 하지만 아무래도 오랫동안 미향에 노출된 탓에 여전히 몸에 힘이 없었다.

"저 창문을 깨뜨릴 수 있는지 해보게. 우리 두 사람을 창밖으로 내보내기만 하면 되네!"

천월 진인도 거칠게 숨을 헐떡이면서 대답했다. 그는 창문을 향해 걸음을 옮기는 대기를 보다가 다시 외쳤다.

"조심하게! 절대로 빠져들면 안 되네!"

"빠져들다니요?"

대기는 이상한 생각이 들어 천월 진인을 돌아보다가 화들짝 놀랐다. 바로 그 순간 천월 진인의 안색은 놀랄 만큼 새빨개져 마치 독한 술을 백 잔 넘게 퍼마신 사람 같았다.

그녀는 천월 진인의 말을 어렴풋이 알아듣고 황급히 보폭을 키워 창가로 다가갔다. 창문은 창문 고리에 막혀 여태 열려 있었다. 본래는 이 창문이 대청허각 법진의 커다란 빈틈이었으나 사실은 선기 국사가 일부러 남겨둔 것이었다. 구슬이 계속 창문에 부딪히다가 창살 구멍으로 미끄러져 떨어지면 더욱 무시무시한 이십팔수 윤전성진이 발동하는 구조였다.

하지만 지금은 이 창문이야말로 진을 깨뜨릴 유일한 출구인지도 몰랐다. 어쨌거나 대청허각을 통틀어 이 창문만 반쯤 열려 있기 때문이었다.

창가로 다가간 대기는 무의식적으로 고개를 빼 바깥을 내다봤다. 그런데 고개를 내미는 순간 보이지 않는 두툼한 그물에 부딪히는 느낌이 들었다. 힘껏 발버둥 치던 그녀는 느닷없이 기괴한 공간 속으로 빠져들었다. 주위의 모든 것이 희부예지고 사방에서 기기괴괴한 기운이 날아들었다.

"아직 이곳에 있었더냐?"

차가운 목소리가 울렸다. 그녀가 깜짝 놀라 돌아보니, 흰옷을 입은 남자 넷이 뒤에 서 있었다. 콧대가 높고 눈이 푹 들어간 데다 푸른 눈동자를 한 이들이었다. 대기의 숨결이 가빠졌다. 저들은 그녀의 부족 사람들, 영혜여인이었다. 그 가운데 한 사람은 높다란 모자를 쓴 것으로 보아 최고 권력자인 대장로였다.

"당신들이 어떻게 여기에?"

대기는 자신의 목소리가 공허하게 느껴졌다.

"너를 찾으러 왔느니라. 내 가엾은 아이여! 네가 어디로 가건 위대하신 태양신 마즈다께서는 우리가 너를 찾아내도록 이끄신다."

대장로가 말하며 한 걸음 다가섰다.

"네가 해야 할 일을 하거라, 나의 아이여."

"당신들 말 듣지 않을 거예요. 당신들이 하라는 일도 하지 않겠어요."

대기는 필사적으로 고개를 저었다.

"너는 전능하신 마즈다께서 선택한 아이니라."

대장로는 순식간에 가까이 다가섰다.

"영혜여인의 족장 자리는 벌써 십 년째 비어 있다. 나를 포함하여 우리 중 누구도 족장이 되기에는 영력이 부족했지. 너를 발견하기 전까지. 그 일을 해내기만 하면 너는 곧 이곳 대당나라 영혜여인의 족장이 될 것이다!"

"난 족장이 될 수 없어요. 당신들이 말하는 일을 하지도 않을 거고요!"

대기는 사력을 다해 외쳤다. 불현듯 천월 진인이 앞서 했던 경고가 떠올라 저도 모르게 흠칫했다. 설마 내가 모르는 사이 진에 빠져든 것일까?

"천월 진인, 단운자 선생, 어디 계세요?"

사방을 둘러보며 외쳤지만 주변은 뿌연 안개뿐, 양대 종사의 자취는 간데없고 소리조차 들리지 않았다.

반면 대장로의 모습은 점점 더 또렷해졌다. 그는 새하얀 얼굴을 그녀의 얼굴에 바짝 붙이다시피 하고 말했다.

"내 일찍이 말하지 않았더냐. 우리 영혜여인은 서역을 떠돈 지 오래다. 이제 이 중원에 기반을 닦으려 하건만 대당나라의 세력이 너무도 복잡하구나. 너의 그 원승이라는 자는 우리에게 큰 힘이 돼 줄 수 없다만 쓸모 있는 물건이지. 그자를 팔면 훨씬 더 좋은 구매자를 얻을 수 있다."

대기는 쉼 없이 쏟아붓는 대장로의 서슬 퍼런 목소리에 머리가 터질 것 같았다. 아예 돌아서서 달아나려고 했으나 뛰고 또 뛰어도 네 남자는 그림자라도 되는 양 시종일관 그녀 곁에 서 있었다.

"아니야. 그 사람은 물건이 아니야. 절대로!"

대기는 화가 치밀어 갑작스럽게 팔꿈치를 구부려 휘둘렀다. 소매에서 날카로운 빛이 번쩍하더니 페르시아의 만도가 대번에 대장로의 어깨를 찔렀다.

하지만 칼 빛이 번쩍인 뒤에도 대장로의 어깨는 여전히 무사했다. 그는 계속해서 조잘거렸다.

"감히 반항하다니. 우리 부족이 너와 네 가족을 멸하는 것이 유락(乳酪) 한입 먹기보다 쉬운 일이거늘!"

'설마 이들 모두 환상이고 그림자인 걸까? 그래서 칼도 두려워하지 않는 걸까?'

대기는 몹시 놀라 미친 듯이 칼을 휘둘렀다. 칼 빛이 종횡무진 움직이며 대장로 등 네 사람을 베었지만, 마치 물에 대고 칼질한 것처럼 그들 몸에 아무 영향을 미치지 못했다.

"너는 태양신 마즈다께서 선택하신 아이니라. 반드시 우리의 지시를 따라야 한다. 이미 비싼 값을 치를 구매자가 우리를 찾아왔다. 지금 네가 할 일은 원승을 미혹하고 때가 오면 구매자의 분부에 따라 그를 팔아버리는 것이다! 그를 팔아라!"

대장로가 입을 크게 벌리고 귀가 찢어질 듯 날카롭게 외쳤다.

"두려움!"

그 무시무시한 입을 응시하던 대기는 머릿속에서 빛이 번쩍하는 것을 느끼고 갑자기 소리를 질렀다.

"무엇이라?"

대장로가 처음으로 의아한 표정을 지었다.

"모든 환상은 마음속에 있는 두려움에 뿌리를 두는 거야! 두려워하는 것이 있으면 환상에 나타나게 되지. 알았어!"

대기는 헐떡이면서 휘두르던 칼을 멈췄다.

"알았다 한들 무슨 소용이더냐. 설마하니 두려움을 이길 수 있다는 것이냐?"

대장로의 입은 점점 더 커져 이미 얼굴 크기를 넘어섰지만 여전히 계속 커지고 있었다. 거대한 송곳니가 입에서 튀어나와 예리한 검처럼 찔러왔다.

"고마워." 대기는 아랑곳하지 않고 천천히 눈을 감았다. "마음속의 두려움을 보게 해줘서! 당신들은 바로 나 자신이야. 내 마음속에 있던 두려움이 만들어낸 환상. 환상이라면 당연히 싸워 이길 필요가 없지."

"아니, 그럴 수는 없다. 그럴 수 없어. 언제나 명심하거라. 너는 마즈다께서 선택하신 아이, 반드시 그자를 떠나야 하느니……."

놀랍게도 대장로가 울부짖기 시작했다. 하지만 그 울음소리는 빠르게 옅어지고 작아져 마침내 산들바람처럼 흩어졌다. 대청허각이 다시금 모습을 드러냈고, 대기는 창문 옆으로 되돌아왔다. 그녀가 의아해하며 돌아보자 천월 진인의 얼굴은 피처럼 검붉게 변했고 입언저리는 실룩샐룩 경련을 일으키고 있었다.

천월 진인의 얼굴을 본 순간 그녀의 눈앞에 기괴한 장면이 스르르 떠올랐다. 거위 깃털 같은 폭설이 바람에 흩날리고, 얇디얇은 옷을 입은 소년이 몸을 웅송그리고 목을 잔뜩 움츠린 채 걷고 있었다. 소년의 생김새는 천월 진인을 닮았지만 너무도 외로워 보여서 신수가 훤한 지금의 혼원종주와는 전연 달랐다.

이 장면이 번개같이 스쳐 지나가자 대기는 깨달았다. 지금 천월 진인은 조금 전의 그녀처럼 무궁무진한 환상에 빠져들었으리라. 어쩌면 그도 힘들었던 소년 시절을 회상하고 있는지도 몰랐다. 단운자 역시 두 눈을 꼭 감고 온몸을 부들부들 떠는 것으로 보아 법진의 영향으로 혼란에 빠진 것 같았다.

대기는 길게 숨을 내쉰 다음, 다시 고개를 돌려 반쯤 열린 창문을 살짝 밀어서 완전히 열었다. 창문을 열고 아득한 황혼을 내다보자 피처럼 붉은 석양이 눈에 들어오고 시원한 저녁 바람이 힘차게 밀려들었다. 더불어 흰옷을 입은 그림자 하나가 유성처럼 다가오는 것도 보였다. 놀랍게도 고검풍이었다.

"대기 누님!"

벌써 그녀를 발견한 고검풍이 놀라고 기뻐하며 창문 밖으로 질주해왔다.

"해냈구나, 얘야!"

창문이 열려 법진이 깨어지자 천월 진인도 가까스로 몸을 일으킬 수 있었다. 하지만 얼굴은 여전히 시뻘겠다.

"병가에서는 신속함이 으뜸이네. 당장 선기의 단방으로 가세나!"

"천월 종사께서도 선기 국사의 단방이 수상하다는 것을 아셨습니까?"

고검풍은 두 눈을 빛내면서 대기와 함께 지친 두 종사를 창문으로 끌어냈다.

"그곳이 천경궁 전체의 중추일세!"

천월 진인의 눈빛이 활활 타올랐다.

"지금은 선기가 그곳에 없을 터, 우리가 반격할 절호의 기회지!"

새까만 마차가 갑작스럽게 속도를 올렸다. 마차 안에 앉은 주전은 마치 나는 듯한 느낌이 들었다. 간이 조마조마해서 술사를 돌아보니, 술사는 고개를 숙이고 뭔가를 중얼거리는 중이었다.

창밖의 바람은 점점 거세어졌으나 말발굽 소리는 들리지 않았다. 마치 수많은 귀신이 이 괴상한 검은 마차를 멘 채 구름을 타고 날아가는 것 같았다.

또다시 한참이 지나자 마차는 어느 거대한 저택으로 들어간 듯 이리저리 방향을 틀기 시작했다. 저택의 규모는 어마어마했고 간혹 누군가 묻는 소리가 들려왔다. 하지만 마차를 모는 사람은 태연하게 대답했고, 마차는 단 한 순간도 멈추지 않고 계속해서 달리기만 했다.

마차가 커다란 문 앞에 멈추자 술사는 그를 잡아끌고 내렸다. 주전이 막 눈을 뜨려는 순간 술사가 머리를 힘껏 때리는 바람에 정신이 혼미해졌다. 막연하게나마 술사가 자신을 어깨에 메고 앞으로 걸어가는 것이 느껴졌다. 구불구불 한참을 걷다가 제법 많은 계단을 올랐다. 주전은 자신이 커다란 전각에 와 있다는 것을 어렴풋이 깨달았다. 몽롱한 가운데 전각에서 여인의 목소리가 들려왔다.

"어떠냐?"

나지막하면서도 끌어당기는 매력이 있는 목소리에다 말로 설명할 수 없는 위엄마저 어려 있었다. 주전은 다소 의아했다. 눈을 뜨고 싶었지만 눈꺼풀이 천근만근 무겁고 정신이 몽롱해서 몹시 괴이한 꿈을 꾸는 것 같았다. 술사의 나지막한 대답이 들려왔다.

"길어야 이틀 살 수 있습니다. 이번에 병이 발작한 뒤로 숨만 붙어 있습니다! 제가 원강진단요법으로 목숨을 붙여놓지 않았다면 아마도 곧 숨이 끊어지겠지요."

"이틀? 이틀 동안 숨만 붙어 있는 시체로 놓아둘 것인가, 아니면 지금……."

여인이 망설이자 전각 안은 별안간 불안한 정적에 빠져들었다. 술사가 나지막이 말했다.

"하나 우리는 모든 준비가 됐습니다. 그 두 사람도 오늘 들어올 것이니…… 만사가 완벽하고 동풍만 불면 됩니다!"

"마침내 이날이 왔구나, 이날이 왔어!"

갑자기 여인이 흐느꼈다.

"안심하고 가시지요. 이틀 일찍 떠나면 이틀 일찍 해탈하지 않겠습니까. 그리고, 꼭 기억하십시오. 당신은 하늘에 가서도 반드시 나를 보우해야 한다는 것을!"

그녀의 목소리에는 형용할 수 없는 고통과 고독함이 담겨 있어 마치 갖은 애를 써서 뭔가를 억누르는 것 같았다. 한바탕 구슬프고 부드러운 울음소리가 주전의 귀에 들려왔다.

"남은 일은 네가 처리하거라."

여인은 순식간에 마음을 가라앉힌 듯, 타고난 위엄을 갖춘 목소리로 쇠처럼 단호하게 말했다.

"너희도 물러가고, 완아에게 속히 보잔다고 전해라."

이어서 어둡고 상심에 찬 처량한 장탄식이 들려왔고, 여인이 스르르 떠나갔다. 그녀가 떠나자마자 한 무리 사람들도 그녀를 따라 우르르 물러갔다. 마치 여왕벌을 좇는 벌 떼 같았다.

"됐으니 눈을 뜨게. 병자는 저기 있네!"

술사의 싸늘한 목소리가 귀를 파고듦과 동시에 뜨거운 힘이 전해졌다. 주전은 멍하니 두 눈을 떴다. 눈앞에는 과연 호화롭고 널찍한 난각이 펼쳐져 있었다. 그가 상상한 것보다 컸지만 다소 어두웠다. 술사가 가리키는 쪽으로 고개를 돌린 주전의 눈에 밝은 노란색

침의를 입고 침상에 누워 꼼짝하지 않는 노인이 보였다. 거의 죽은 사람이나 마찬가지여서 참으로 가여웠다.

"마지막 혼백일세."

술사는 노란 옷을 입은 노인이 조용히 누워 있는 쪽을 가리켰다.

"어서 가게. 이제 곧 목적을 이룰 걸세!"

술사의 목소리에 무슨 마력이라도 담겼는지, 주전은 홀린 듯이 앞으로 나아갔다. 눈이 휘둥그레질 정도로 정교한, 금칠한 삼면짜리 상자형 침상 위쪽에는 술 달린 운금을 달아 장식하고, 연노랑 휘장은 자르르 빛나는 금 고리로 걸어놓은 상태였다. 노인은 두 눈을 반쯤 떴는데 그 눈동자에서는 산 사람의 광채라고는 찾아볼 수 없었다.

하지만 주전의 눈동자는 환해졌다. 그는 금칠한 상자형 침상에 완전히 마음을 빼겼다. 침상을 두른 사람 키 반만 한 단목 병풍에는 기묘한 도안이 수없이 새겨져 있었다. 운해를 뚫고 솟아나는 해와 나란히 춤추는 용봉, 귀한 꽃과 소나무, 치맛자락을 흩날리는 선녀, 명상에 잠긴 신선…….

"정말 아름답군요. 붓놀림 하나하나가 지극히 절묘해서 숨이 막힐 것처럼 정교하고 아름답습니다!"

주전은 자신이 왜 이곳에 왔는지 까맣게 잊은 것 같았다. 심지어 노인에게는 관심도 주지 않고 침상 앞에 서서 홀린 듯이 금박 병풍만 멀거니 응시했다.

바로 그때 거친 외침이 들려왔다.

"불이다! 어서 불을 꺼라!"

이어서 온갖 비명이 터져나왔다.

"어서! 어서 불을 꺼라!"

"이런 젠장, 어쩌다 저리 큰불이 났느냐! 자객이라도 든 게냐?"

멀리서 들려오는 외침에 술사도 더럭 불길한 예감이 들어 황급히 재촉했다.

"어리석은 놈, 어찌 멍청하게 서 있는 것이냐! 어서 은침을 꺼내 혼백을 거두지 못할까!"

"아니, 그는 아무것도 할 수 없습니다!"

냉랭한 목소리와 함께 원승의 모습이 홀연히 난간 안에 나타났다.

"다…… 당신은…… 나, 나……."

주전은 갑작스럽게 나타난 원승을 보자 멍해졌다. 불현듯 이상한 느낌이 들었다. 어째서 마주 선 저 사람이 이토록 낯익은 것일까? 심지어 옷이나 차림새까지 그 자신과 똑같았다.

그 순간 주전은 당황해 어찌할 바를 몰랐고, 자신이 누군지, 무얼 하려 했는지 전부 잊어버렸다. 오직 거울에 비친 자신을 본 것처럼 멀거니 원승을 응시할 따름이었다.

"선기 국사."

하지만 원승은 그를 보지 않고, 입을 떡 벌리고 선 술사를 싸늘하게 응시하며 엄하게 말했다.

"진심으로 묻고 싶군요. 뭘 하고 계십니까?"

술사는 지극히 평범한 얼굴을 쳐들고 음침한 웃음을 지었다.

"잘 왔네!"

술사의 잠긴 목소리가 바뀌었다. 태연자약하고 나지막한 선기 국사의 목소리로.

"순장할 사람을 기다리고 있었다네. 본디 주전을 선택했으나 진짜인 자네가 왔군. 잘된 일일세. 모든 것이 아주 완벽해!"

그 일이 일어나기 바로 직전, 말 네 마리가 끄는 마차 두 대가 태극궁 내원 앞에 멈췄다. 태평공주와 상왕은 각자 마차에서 내려 누런 옷을 입은 내시의 안내를 받으며 공손하게 앞으로 걸어갔다.

"여덟째 오라버니."

문득, 태평공주가 상왕의 소맷자락을 잡아당기더니 어둑어둑한 저녁 빛에 차차 흐려져가는 전각의 윤곽을 응시하면서 느리게 입을 뗐다.

"어째서 불길한 예감이 드는지 모르겠군요."

상왕은 태평공주의 머리를 토닥이며 미소를 지었다.

"막내야, 공연히 걱정할 것 없다. 오늘은 가족 연회이고 내일은 격구 시합이니, 위 황후가 무슨 술수를 부릴 수 있겠느냐? 가자꾸나. 네 아직 수십 년은 더 살 게다. 정관의 휘황찬란함을 되살리고 대당나라의 태평성세를 다시 세우려면 우리 남매가 한마음으로 힘을 합쳐야 하느니라!"

"하지만 안이 너무 조용해요!" 태평공주의 눈동자에 어린 우려는 먹구름처럼 짙었다. "간담이 서늘할 정도로 조용합니다."

바로 그때 멀리서 "불이야", "불을 꺼라" 하는 외침이 터졌다. 그 소리는 점점 가까워졌고 황궁 안을 발칵 뒤집어놓았다. 태평공주는 멀지 않은 곳에서 솟구치는 짙은 연기를 보고 놀라 눈을 휘둥그레 떴다. 태극궁 안에 불이 났다. 그것도 최소한 두 군데에서.

갑작스런 소란에 궁녀와 내시들이 따라서 소리소리 질러댔고, 궁 안의 내위들도 어수선하게 뛰쳐나왔다. 불이 났다 외치는 사람, 어서 불을 끄라고 채근하는 사람, 속히 어가를 보호하라는 사람도 있었지만, 아무것도 하지 않고 사방을 두리번거리며 쓸모없는 놈들이라고 호통만 쳐대는 사람도 있었다.

그때 육충과 청영이 나는 듯이 달려왔다.

"상왕 전하, 태극궁 안에 난데없이 큰불이 났습니다. 상황이 확실치 않으니 속히 피하십시오!"

육충의 시선을 마주한 순간 상왕은 곧 깨달았다.

"어서 가자. 황궁에 소란이 벌어졌으니 우리가 여기서 혼란을 가중하면 아니 된다."

그는 태평공주의 소매를 잡고 돌아섰다. 그들을 안내하던 내시들도 무슨 영문인지 몰라 한순간 그 자리에서 돌부처가 됐다.

육충이 그들을 향해 큰 소리로 을러댔다.

"뭘 멍하니 있느냐! 어서 가서 불을 끄지 않고! 이곳은 우리가 있으니 너희는 상왕 전하와 태평공주를 궁 밖으로 호송해라!"

기세는 어마어마해도 영향은 별로 크지 않은 저 화재는 바로 간이 배 밖에 나온 육충과 청영의 소행이었다.

육 검객 어르신께서는 한동안 황궁 요리사 노릇을 한 적이 있어서, 비록 제대로 된 진수성찬은 만들어내지 못할지언정 태극궁 안의 길이며 방위가 허술한 부분은 훤히 알고 있었다. 그는 날이 막 어두워진 틈을 타 신행술을 펼쳐 사방에 불을 놓고 소동을 일으키며 아주 신나게 즐겼다. 그 후 난리 통을 빠져나와 막 입궁한 태평공주와 상왕을 막아섰다.

육충은 앞장서서 성큼성큼 걸으며 길잡이 겸 호위로서 상왕을 안내했다. 청영은 육충을 바짝 따랐지만 안색은 어둑어둑한 하늘보다 더욱 어두컴컴했다.

위험을 감지하는 태평공주의 감각은 여덟째 오라버니인 상왕보다 훨씬 예민했다. 그녀는 다급한 마음에 폭넓은 치맛자락을 걷어 올리고 거의 종종걸음 치다시피 하며 육충에게서 한 발짝도 떨어지지 않았다. 마침내 궁궐 문을 나오자 태평공주는 비로소 안도의 숨을 내쉬었지만, 잠시도 지체하지 않고 자신의 튼튼한 마차로 뛰어든 다음 대기하던 시위들을 재촉해 공주부로 향했다.

"보통 상황이 아니야." 갑자기 육충이 청영에게 말했다. "당신은 상왕을 왕부까지 호송해. 나는 공주 전하를 모실게!"

"어째서? 당신이 상왕을 모셔야지!"

"어째서가 어딨어? 우리는 관아 사람이니 무슨 일이든 명령을 따라야지. 원승이 없을 때는 이 어르신이 퇴마사에서 가장 높거든?"

신룡전 침궁 안에서는 원승이 선기 국사에게 느릿느릿 한 걸음 다가서면서 냉소를 지었다.

"요 며칠간 이틀에 한 번 저녁마다 시간 맞춰 모습을 감추셨지요. 처음에는 단운자, 천월 진인 모두 당신이 단방 안에서 폐관 수련하는 줄 알았고, 당신도 그런 이유를 댔습니다. 하지만 수련하는 사람은 염색고를 사용하지 않지요."

원승은 그의 눈을 똑바로 들여다보며 한 자 한 자 힘줘 말했다.

"그때 당신은 황궁에 들어와 성인을 가장했습니다!"

선기 국사는 콧방귀를 뀌었지만 아무 말 하지 않았다. 그는 대당나라 제일 국사였고, 오로지 실력에만 의지해왔다. 전각 안이 아직 썰렁해서 원승을 제외한 퇴마사의 다른 이들은 이곳에 없다는 것은 진작 알고 있었다. 원승이라는 후생 하나 처리하는 것쯤은 손가락만 까딱해도 될 일이 아닌가?

지금 그의 유일한 걱정거리는 천경궁이었다. 몰래 강기를 운용해 볍진 분신을 살폈더니 어렴풋이 이상한 것을 느낄 수 있었다. 강력한 강기를 지닌 사람 몇 명이 그의 단방에 들어와 있는 것 같았다.

원승은 천천히 말했다.

"천경궁은 본디 황궁 내원과 가까우니 신행술까지 펼치면 오가는 데 큰 힘이 들지 않지요. 임치군왕과 날짜를 대조한 결과 당신이 천경궁에서 세 차례 모습을 감췄을 때는 상왕과 태평공주가 각각 입궁해 성인께 문안을 올린 날이었습니다. 당신은 명령에 따라 황제를 가장하고 어화원을 산책하며 그들을 안심시켰지요. 위풍당당한 선기 국사께서는 못하는 일이 없으시니 고작 역용술이야 말할 필요도 없겠지요. 하지만 진짜처럼 보이려면 그 노란 수염과 머리카락은 당연히 물들여야 했을 겁니다."

원승은 다시금 주전을 바라봤다. 그가 여전히 덜덜 떨고 있는 것을 보자 저도 모르게 한숨이 나왔다.

"필시 지극히 음험한 대연혼술이겠군요? 환술사 사미르가 그랬듯, 그 술법에 당한 자는 점점 혼돈에 빠져들고 심지어 자신을 다른 사람처럼 여기게 됩니다. 주전도 그랬지요. 그는 당신들이 천신만고 끝에 찾아낸, 나와 꼭 닮은 사람입니다. 주전이 내게 말해준 적이 있습니다. 누군가 자신더러 죽었다고, 이미 죽은 사람이라고 했다고 말입니다. 그런 다음 당신들은 주전을 미혹하는 데 그치지 않고 그가 스스로 원승이라고 믿게 했지요."

그를 단단히 노려보던 선기 국사가 눈빛을 바꾸며 마침내 한숨을 내쉬었다.

"바로 그 때문에 이렇게 급히 달려온 겐가?"

"내일 오후 안례문 황실 격구장에서 각 세력이 자리한 가운데 황실 격구 시합이 열립니다. 상식으로 볼 때, 시합이 끝난 뒤 천자께서 각 세력을 위해 연회를 베푸는 것이 시간과 힘을 절약하는 길이지요. 그래서 나는 내내 이상하게 생각했습니다. 성인께서는 본시 용체가 편치 못하신데 어째서 구태여 시합 하루 전날 상왕과 태평공주를 입궁시키는 수고를 하실까?"

원승도 선기 국사를 응시하며 외쳤다.

"이유는 하나, 당신들이 바로 그 순간 원승을 꼭 닮은 주전으로 하여금 성인을 암살하려 했기 때문이지요. 성인께서 그렇게 가시면 그 원흉은 원승이 됩니다. 그리고 배후에서 지시한 상왕과 태평공주도 마침 궁궐 안에 있으니 쉽게 붙잡히겠지요!"

"원 장군은 과연 남달리 총명하군! 하나……." 선기 국사가 비웃음을 지었다. "애석하게도 지금 알아맞혀봤자 때가 늦었네. 지금 성인의 상태에 자객까지 필요하겠나?"

"무슨…… 성인께서 벌써……."

원승은 깜짝 놀라 차마 말을 잇지 못하고 침상에 굳은 듯이 누운 노인을 바라봤다.

"당신들…… 무슨 말을 하는 거죠?" 정신이 들었는지 주전이 덜덜 떨며 외쳤다. "이분이 황제…… 성인이시라고요?"

"그만! 저자의 헛소리는 듣지 말게!"

선기 국사의 두 눈에서 이채가 쏟아져 나오면서 목소리도 낮고 길게 늘어졌다.

"저자는 지옥에서 왔네. 자네가 사명을 완수하지 못하게 막으러 온 게야. 자네는 죽은 사람이니 반드시 때맞춰 혼백을 취해야 하네. 믿기지 않으면 자신을 보게. 자네에게 그림자가 있나?"

주전은 부르르 떨며 황급히 고개를 숙였다. 휘황한 빛을 발하는 커다란 촛불 아래로 그의 몸이 외로이 홀로 서 있을 뿐 그림자는 없었다. 원승을 바라보니 놀랍게도 그에게도 그림자가 없었다. 술사 역시 마찬가지였다.

그림자가 없는 세 사람이 텅 빈 전각 안에 서 있었다. 주전은 온몸에 식은땀이 흐르는 것을 느꼈다.

"가게나. 가서 사명을 이어 마지막 혼백을 취하게. 그러면 다시 태어날 걸세."

주전은 바르르 떨리는 손으로 소매에서 은침을 꺼냈다.

"멈추시오!"

원승이 버럭 소리를 질렀다. 그런데 좌우를 둘러봐도 육충의 모습이 보이지 않았다. 그의 계산에 따르면, 자신이 잠깐 선기 국사를 막고 있으면 육충이 불을 지른 후 때맞춰 도착해 힘을 합쳐 싸우는 것이었다. 두 사람의 힘이면 대당나라 제일 국사와 일전을 치를 만했다. 하지만 지금 육충은 온데간데없고, 마주 선 선기 국사는 이미 강기를 끌어올리고 있었다. 웅장하고 강력한 강기가 노도처럼 밀어닥치면 지난번 얻은 상처가 갓 나은 원승은 막을 수도 없었다.

"안심하고 자네 할 일을 하게. 지옥에서 온 저 악귀는 내가 붙잡아 지옥으로 돌려보낼 테니!"

선기 국사는 흉측하게 웃으며 소매에서 단검 한 자루를 뽑아 들고 느릿느릿 다가왔다. 단검은 두 자가 안 되는 길이에 서슬도 감춰져 있었지만 말로 다 할 수 없는 살기를 뿜어냈다.

원승은 선기 국사가 제일 국사로서 무기를 거의 쓰지 않는 것을 알고 있었다. 그런데 이번에 먼저 검을 꺼낸 것을 보니 죽일 마음이 확고한 듯했다. 그는 별수 없이 묵묵히 춘추필을 꺼내고, 마지막으로 아직 숨을 쉬고 있는 황제를 돌아봤다. 저 사람 좋은 노인이 곧 떠나려 하는데도 신하로서 그는 아무것도 할 수 없었다.

"여깁니다!"

고검풍이 앞장서서 길을 안내했고 단운자 등은 그를 바짝 따르며 선기 국사의 단방 앞에 이르렀다.

"멈추시오. 섣불리 움직이지 마시오!"

천월 진인이 나지막이 외쳤다. 단방의 문이 반쯤 열려 있고, 안에서 음산한 눈빛이 쏘아져 나오고 있었다. 다름 아닌 선기 국사가 단정하게 탁자 앞에 앉아 있었다. 비록 태산처럼 꿈쩍도 하지 않지만 시위를 잔뜩 당긴 활처럼 기세가 날카로웠다.

"법진 분신이군! 빌어먹을 선기 놈, 아주 갖은 애를 다 썼구나."

단운자가 놀란 소리로 말했다.

"그렇소. 이곳은 천경궁 법진 전체의 핵심이오. 우리가 절대로 들어오지 못하게 한 것도 이상하지 않구려."

천월 진인은 선기 국사의 분신을 노려봤다.

"저 법진 분신만으로도 자유롭게 법진을 움직일 수 있소. 거미줄 깊이 들어앉은 거미처럼 법진의 떨림 하나하나를 즉시 감지할 수 있다오. 하지만 거미를 쓰러뜨리고 이 단방을 무너뜨리면 반대로 거미줄을 망가뜨릴 수 있소!"

천월 진인은 길게 한숨을 내쉬며 두 손에 힘을 모았다.

"단운 도형, 시간이 많지 않소. 선기는 벌써 이상을 눈치챘을 것이오."

그 말이 떨어지기 무섭게 선기 국사의 분신이 갑자기 두 눈을 환하게 빛냈다. 흰빛 두 줄기가 느닷없이 쏟아져 나와 앞에 있던 두 뇌신상을 하나하나 때렸다. 그 즉시 뇌신상이 움직였다. 빛이 쏟아지자, 방 안의 각종 기괴한 신상과 뜰에 놓인 바위가 하나같이 무시무시한 검은빛을 내뿜었다. 심지어 뜰에 있던 우물마저 뒤집히면서 시꺼먼 물보라가 몇 자 높이로 치솟고, 우물 속에서도 검은 기운이 줄기줄기 쏟아져 나왔다.

"그자가 벌써 이곳의 지살을 움직였소!" 천월 진인이 외쳤다. "우물을 조심하시오. 저 안에서 나오는 검은 기운은 지살에 담긴 죽음의 기운이니 절대로 몸에 닿으면 안 되오."

"그렇게 성가시게 할 필요도 없네! 얏!"

단운자의 날카로운 일갈에 따라 소매에서 검광 하나가 폭사했다. 검선문 종주의 전력이 담긴 일격은, 비록 검광이 화려하지는 않지만 더없이 서늘하고 매서운 기운을 품고 있었다. 선기 국사의 분신이 움찔했다. 단 한 번 빛이 번쩍하더니 어느새 검광이 그의 가슴을 꿰뚫었다.

선기 국사의 분신은 여전히 단정하게 앉아 있었지만 가슴에 구멍이 뻥 뚫리고 그 속에서 눈부신 빛이 쏟아졌다. 한낮의 해를 백 개 모아놓은 것보다 더 눈부신 그 빛은 바로 단운자의 검광에 응축되어 있던 힘이었다.

다음 순간, 선기 국사의 분신은 그 찬란한 빛 속에서 오그라들고 뒤흔들리고 쩍쩍 갈라지더니 마침내 천 갈래 만 갈래 조각이 되어 무궁무진한 눈부신 빛 속으로 완전히 녹아들었다. 분신이 녹아 사라지는 순간, 단방 안에서 준동하던 신상들도 우뚝 멈췄고 그 위로 수많은 금이 생겨 이리저리 쫙쫙 퍼져나갔다.

과연 천월 진인의 예상대로였다. 거미부터 쓰러뜨리면 거미줄 전체를 망가뜨릴 수 있었다. 눈 깜짝할 사이, 전각 전체가 고통스런 신음을 토해내기 시작했다. 기둥과 벽이 모조리 갈라지고, 단방도 무너질 것처럼 뒤흔들렸다. 바로 그때 스산한 번갯불이 번쩍하더니 이어서 우르릉 뇌성이 울렸다. 뇌성은 세찬 빗줄기를 이끌고서, 먹물을 풀어놓은 것처럼 시꺼먼 겹겹의 먹구름을 두드려 깨고 장안성의 드높은 하늘을 갈랐다.

번갯불 몇 가닥이 어둡게 가라앉은 하늘을 찢어발기며 신룡전을 눈처럼 새하얗게 비췄다. 선기 국사가 갑자기 걸음을 멈추고 믿기지 않는 얼굴로 자신의 가슴을 내려다봤다. 마치 그곳에 크나큰 상처를 입기라도 한 것 같았다.

"어찌 된 일이지? 설마 천월이?"

그가 중얼중얼하다가 새빨간 피를 왈칵 토했다. 법진 분신이 타격을 입는 동시에 단방에 있던 법진의 눈이 깨어지고 천경궁 법진이 만들어낸 갖가지 금제도 깨어졌다. 마치 사람과 하늘이 감응한 양, 대술사들이 며칠간 고생스레 비를 빌었음에도 얻지 못했던 것이 찾아왔다. 장안성은 마침내 천둥번개와 힘찬 비를 맞이했다.

대당나라 제일 국사인 선기 역시 법진의 강력한 힘에 따른 반서를 입어 온몸의 경맥이 끊어질 것 같은 충격을 받았다. 그의 온몸이 딱딱하게 굳고 입에서는 끊임없이 피가 쏟아졌다.

미친 듯이 울려대는 뇌성이 주전의 귓속에 파고들자 그 역시 정신이 맑아져 황급히 아래를 봤다. 마침내 그도 자신의 그림자를 똑똑히 볼 수 있었다. 번갯불에 비친 그림자였다.

“당신은 주전이오. 일본 견당사절단의 통사 주전. 귀신이 아니란 말이오!”

원승이 다가가 그를 대신해 얼굴에 바른 안료를 닦아주고, 입고 있던 퇴마사 장포를 벗어 그의 어깨에 둘러줬다.

“이 순간부터 당신도 우리 퇴마사의 일원인 셈이오. 당신은 나를 따라서 대역죄를 저지르려는 자객을 체포하기 위해 이곳에 왔소.”

그는 주전을 붙잡아 그늘 속으로 살그머니 들어간 다음 즉시 큰 소리로 외쳤다.

“자객이다!”

전각 밖 멀지 않은 곳에서 웅성웅성 소리가 나더니 용기내위 통령 서도가 심복들을 이끌고 소리치며 달려왔다.

“어서 와서 어가를 호위하고 사방을 봉쇄해라! 절대로 자객이 빠져나가게 해선 안 된다!”

서 통령은 아직 용기내위 수장 자리를 제대로 다지지 못해 다시 한 번 큰 공을 세우고자 눈에 불을 켜고 있었다. 이번에도 일찌감치 귀띔을 받고 미리 신룡전 주위에 매복해 있다가 자객이라는 외침을 듣자 곧바로 어가를 호위하고 적을 체포하려고 뛰어들었다.

사실은 조금 전의 급작스런 화재가 서 통령을 어려움에 빠뜨렸다. 구중궁궐 안에서 두 군데나 큰불이 났으니 진짜 자객이 습격했는지도 몰랐다. 맡은 바 임무가 있다보니 신중하고 조심스런 서도는 별수 없이 용기내워 태반을 보내 불길을 잡게 했다. 난리 통에 각처에서 쏟아져 들어오는 보고에 서도는 정말이지 머리가 터지고 속이 타서 죽을 것 같았다.

원승은 바로 이 혼란을 틈타 살그머니 신룡전에 잠입했다. 다행히 서도가 무너지기 직전에 마침내 고대하던 "자객이다" 하는 외침이 들려왔다. 그는 기세등등하게 부하들을 이끌고 달려왔다가 기괴한 광경을 보고 말았다. 황제의 용상 앞에 낯선 술사가 서 있었다. 술사의 손에는 날카로운 검이 들려 있는데 입에서 자꾸만 피를 토하는 중이었다.

그때 멀리서 원승의 목소리가 들려왔다.

"그자는 가면을 쓰고 역용을 한 채 들어와 성인을 암살하려는 망령된 시도를 했소. 벌써 성공했는지 모르겠소."

오늘 밤의 계획은 철저히 극비여서 애초에 서도는 상세한 상황을 알지 못했다. 더욱이 지금은 머리가 제대로 돌아가지도 않아서, 원승의 전음을 듣기 무섭게 그가 시키는 대로 노기등등하게 손을 휘저으며 외쳤다.

"잡아라! 저 대역무도한 자객을 붙잡아라!"

선기 국사는 아직도 피를 토하고 있었다. 당당한 대당나라 제일 국사는 이미 닭 한 마리 잡을 힘조차 없어 순순히 포박을 받았다.

"어서, 어서 어가를 호위하라!"

그때 종초객, 금오위 대장군 위윤, 무연수, 안락공주, 이성기, 이융기 등이 전각 안으로 뛰어들었다. 오늘 밤 황실 가족 연회에 참가할 사람들로, 방금까지 신룡전에서 멀지 않은 응향각에 앉아 즐겁게 담소를 나누며 이성의 알현을 기다리는 중이었다. 황실 가족 연회의 귀빈은 위 씨와 이 씨, 무 씨 등 여러 파벌이 다양하게 섞여 있었다. 그중에서 종초객과 안락공주만이 오늘 밤의 극비 계획을 알 뿐, 무연수마저 그에 관해 전혀 몰랐다. 사람들을 이끌고 전각으로 뛰어든 순간, 종초객은 눈앞의 상황이 이상한 것을 알아차렸다.

"서 통령, 권세가들이 운집했으니 관직이 오르고 재물을 벌어들일 호기가 왔소. 자, 당장 가서 저 자객의 역용을 벗겨내시오!"

원승은 혼란한 상황을 틈타 주전을 데리고 사람들 뒤로 돌아간 다음 몰래 서도에게 전음을 보냈다.

"그런 다음 내가 하라는 대로 물으시오!"

이 말을 들은 서도는 즉각 마음이 설레어 성큼성큼 술사 앞으로 다가가 외쳤다.

"이 대담한 역적 놈, 네놈의 진짜 얼굴을 보자!"

그때까지도 선기 국사는 사지가 굳어 옴짝달싹할 수 없었다. 무엇보다 끔찍한 사실은 그의 손에 아직도 서슬 퍼런 단검이 쥐어져 있다는 것이었다.

"오냐, 선기 네 이놈, 네놈이었구나."

서도는 깜짝 놀랐지만 곧 서슴없이 소리쳤다.

"열 길 물속은 알아도 한 길 사람 속은 모른다더니, 네가 성인을 암살하려 해? 그래도 고개를 젓다니, 설마 아니란 말이냐? 하면 어디 해명해보시지. 그 검은 대체 어찌 된 것이냐?"

선기는 고개를 젓기만 했다. 목구멍이 후끈거리며 선혈이 왈칵왈칵 쏟아지는 통에 황급히 공력을 끌어올려 필사적으로 억눌렀지만 바로 입을 열기가 어려웠다.

"말하지 않으면 책임을 벗을 줄 아느냐? 철석같은 증거가 있으니 입이 열 개라도 소용없다!"

서도는 귓가에 들려오는 신비한 전음이 시키는 대로 내뱉었다.

"너는 국사로서 이성께 깊이 신임을 얻어 입궁하기란 더없이 쉬운 일인데 어째서 역용까지 해서 술사로 변장했느냐? 대관절 저의가 무엇이냐? 성인께서 침전에서 쉬고 계시는데 손에 날카로운 무기를 들고 용상 앞에 서 있다니! 대역무도한 마음이 낱낱이 드러났구나! 낱낱이 드러났어!"

종초객은 틀렸다 싶어 힘껏 소리쳐 멈추려 했다. 하지만 순조롭게 승진해 부자가 될 수 있다는 생각에 젖은 서도는 원승의 전음에 따라 기세도 드높게 쉬지 않고 캐물었다.

생각나는 대로 내뱉는 것 같지만 죄를 조목조목 짚어나갔기 때문에, 이미 선기 국사를 대역무도한 군주 시해 죄인으로 낙인찍은 것이나 마찬가지였다. 선기 국사도 더는 참을 수 없어 다시 왈칵 피를 뿜었다. 이번에는 정말로 분을 이기지 못한 탓이었다. 그의 몸이 휘청하더니 바닥에 털썩 쓰러졌다.

"죽은 척하시겠다? 네놈의 죄는 산처럼 크니 백번 죽어도 속죄할 수 없다. 죽더라도 뼈까지 잘게 갈아서 뿌려야 할 것이다!"

서도는 여전히 삿대질하고 욕을 퍼부으면서, 눈을 휘둥그레 뜬 황실의 지친들 앞에서 충심을 다해 군주를 보호하는 장면을 충분히 연기했다.

위 황후도 일찌감치 달려와 있었다. 위 씨와 이 씨, 무 씨의 종친과 권력자들 앞에서 거듭거듭 따져 묻는 서도의 목소리에 그녀는 피를 토할 것처럼 초조해하며 연신 종초객에게 눈짓했다.

"됐네!"

종초객은 하는 수 없이 분개한 얼굴을 하고 손을 휘저어 세상 모르는 덜렁이를 저지한 뒤 선기 국사를 향해 말했다.

"선기를 어찌 처벌할 것인지는 자연히 어사대에서 심리해 결정할 것일세!"

내위 두 사람이 성큼성큼 다가가 거의 혼절한 선기 국사를 질질 끌다시피 해 압송해갔다.

"성후." 위 황후를 돌아보는 종초객의 얼굴은 이미 엄숙하고 슬픔에 차 있었다. "성인께서 놀라지 않으셨는지 모르겠습니다."

그제야 모두 정신이 들었다. 그랬다. 일국의 군주가 아직 침상에 누워 있었다. 눈부신 번개가 하늘을 가르고 내리찍으면서 전각 안의 반은 환한 빛으로, 반은 컴컴한 어둠으로 물들였다. 모두가 부르르 떨며, 거대한 힘을 품은 뇌성이 울리기만을 가만히 기다렸다.

청영은 육충의 명령대로 상왕을 호송하지 않고 왕부 호위들을 따라 얼마쯤 달리다가 살그머니 돌아왔다. 그때 하늘에는 이미 우르릉 뇌성이 울리고 있었다. 그녀는 살금살금 태평공주의 호위대에 접근했다. 그런데 어두컴컴한 하늘 아래, 어느새 눈에 띄는 퇴마사 장포를 벗어던지고 그 안에 몸에 꼭 맞는 검은 옷을 입은 육충이 품에서 느릿느릿 가면을 꺼내 얼굴에 쓰는 것이 보였다.

멀리서 이를 본 청영은 심장이 덜컹했다. 저건 그녀가 가져온 고양이 얼굴 가면이었다. 그가 살그머니 빼돌린 줄은 전혀 몰랐다. 그 순간 그녀는 육충이 뭘 하려는지 깨달았다. 태평공주 마차를 에워싼 이들은 모두 공주부의 충성스런 결사대였다.

'미쳤어! 죽으려는 거야?'

어쩌면 이것이 유일한 기회인지도 몰랐다. 육충은 속으로 쓴웃음을 지었다. 혼란한 틈에 태평공주 저 할망구를 죽이고 위 황후에게 뒤집어씌울 생각이었다. 하늘이 내려준 기회를 놓칠 수 없었다!

"어서, 어서! 더 빨리 가거라!"

마차 안의 태평공주는 앞쪽의 발판을 자꾸 걷어차면서 속도를 높이라고 마부를 재촉했다. 갑자기 우르릉 하는 굉음과 함께 벼락같이 광포한 검기가 들이닥쳤다. 준마가 놀라 울부짖고 마차가 격렬하게 뒤흔들렸다. 태평공주는 큰 파도에 휩쓸린 것처럼 온몸의 기혈이 냅다 뒤집히는 느낌을 받았다.

"자객이다! 공주를 보호해라!"

"조심해라!"

"으악, 너무…… 빠르……."

삽시간에 뇌성과 고함과 검이 공기를 가르는 소리와 비명이 한데 뒤섞였다.

"요물이다!"

"설마 고양이 요괴가?"

"으으…… 으악!"

태평공주는 마차 안에서 몸을 잔뜩 웅크렸다. 바깥에서 들리는 외침은 다급하면서 처절했고, 외침 하나하나가 곧 참혹한 비명으로 바뀌었다. 그녀를 지키는 열혈 시위들도 습격한 적 앞에서는 단 일격도 견뎌내지 못하는 것이 분명했다.

"위 황후, 이 악독한 것! 천한 말단 관리의 딸년이 이렇게 적나라

하게 덤빌 줄이야!"

태평공주는 놀랍고도 이가 갈려 온몸을 부르르 떨었다. 매끈한 비단 같은 육충의 검은 사나운 검광을 뿌리며 성난 파도처럼 빠르게 길을 뚫었다. 방금 허공을 가르며 휘두른 검도 천둥처럼 빨랐지만 태평공주를 죽였다는 확신은 없었다. 악을 없앨 때는 뿌리까지 뽑아야 하는 법, 반드시 그 할망구가 죽어 자빠진 것을 두 눈으로 확인해야 했다.

우지끈하는 굉음이 몇 번 들리고 준마의 애처로운 울부짖음이 이어졌다. 육충의 검광이 닿자 마차를 끄는 준마 네 마리가 죄다 다리가 부러져 쓰러졌다. 자화열검이 녹나무로 만든 마차를 내리찍는 순간, 보이지 않는 두툼한 막이 앞을 가로막고 무형의 힘이 마주쳐 왔다. 그 바람에 육충은 하마터면 철검을 놓칠 뻔했다.

"부적?"

육충은 대경실색했다. 곧바로 철당 결사대의 또 다른 무리인 비술의 고인이 펼쳐놓은 호신 부적이 떠올랐다. 하지만 이제는 전진만 있을 뿐 후퇴란 없었다. 그는 노성을 터뜨리며 검을 다시 내리찍었다.

이번에는 반탄력이 더욱 뚜렷하게 느껴졌다. 놀랍게도 서로 다른 다섯 줄기 힘으로 이뤄진 반탄력이었다. 육충의 예리한 눈은 앞에서 벌어지는 장면을 똑똑히 봤다. 누런빛이 번쩍이면서 마차 네 귀퉁이에서 사람 키 반만 한 동인(銅人)이 튀어나와 손에 든 동조를 휘둘러 서로 다른 방향에서 검에 반격했다. 그리고 강렬한 검기가 와해되는 순간, 동인들은 번개처럼 마차 벽 속으로 사라졌다.

"오행괴뢰부!"

육충이 놀란 소리로 외쳤다.

"그렇다. 오행괴뢰 혈부진이지!"

태평공주부의 첫 번째 총관인 화선객이 시위들 틈에서 나타나 냉소를 흘렸다.

"절정의 부적 고수 열두 명이 피로 써서 만든 부적에 사십구 일간 술법을 펼쳐 이룬 혈부진이다. 설사 원천강이 되살아나고 이정이 살아 있다 해도 단번에 이 진을 깨뜨리지는 못할 것이다! 이제 반 시진도 못 되어 금오위와 어사대가 잇달아 달려오겠지."

태평공주는 마차 안에서 버둥거리며 일어나 뒤집힌 기혈을 억지로 가다듬고 무겁게 말했다.

"거기 장사, 그대가 누구든 간에 설사 위 황후가 보낸 사람이라 하더라도 내 휘하에 들어온다면 평생 끝없는 부귀영화를 누리게 해주겠다."

화선객이 냉소하며 말했다.

"공주 전하께 저런 말씀을 듣는 것만으로도 네 팔대 조상의 공덕인 줄 알아라. 알다시피 공주 전하야말로 이 씨 당나라의 정통 핏줄이시다!"

육충은 가소롭다는 듯이 혀를 찼다.

"부귀영화라…… 너희가 얼마를 준들 성후의 손가락 하나에라도 미칠 것 같으냐?"

냉소 속에서 육충은 다시 검으로 허공을 갈랐다. 이번 기회를 허비하고 싶지 않았다. 어쩌면 마지막 기회인지도 몰랐다. 뇌성이 우르릉 터지고 폭우가 억수같이 쏟아졌다. 하지만 벼락처럼 몰아치는 그의 검은 놀랍게도 하늘에서 울리는 성난 뇌성마저 은근히 짓눌렀다.

검기가 일어나자 동인들이 또 나타났다. 게다가 동인들 뒤에서도 날카로운 칼 빛이 모질고 매섭게 번쩍였다. 칼과 검이 맞닿자 '챙' 하는 소리와 함께 녹나무 마차에 금이 쩍 갔다. 하지만 육충의 어깨에도 핏방울이 솟았다.

"동영의 도법!"

육충의 눈동자가 번쩍 빛났다.

폭우 속에서 왜소하고 듬직한 병사 한 명이 눈에 들어왔다. 번개 같은 눈빛을 했고 양손에는 칼을 들고 있었다. 기괴한 부호가 빽빽하게 그려진 칼은 몹시 요사해 보였다. 비록 공주부의 시위 차림이지만 기괴한 칼이나 선 자세, 도법은 완전히 동영 술사 분위기를 띠었다.

그 분위기며 살을 에는 듯한 도기가 어쩐지 눈에 익었다. 육충은 멍해졌지만 저자가 누구인지 생각나지 않았다. 하지만 태평공주 무리에 갑자기 저렇게 용맹한 동영 술사가 나타났으니 자신의 승산이 삼 푼쯤 줄었다는 사실은 알 수 있었다.

"어리석은 놈." 화선객이 노한 목소리로 꾸짖었다. "누가 너를 사주했건 간에 일이 커지길 바라지는 않을 것이다. 한데 잘 들어봐라. 바깥에 벌써 북소리가 울렸고 순가사의 말발굽 소리도 들리지 않느냐? 너는 곧 버린 돌이 될 것이다. 죽어도 묻힐 곳 없는 버린 돌!"

"……돌?"

"세상사란 곧 거대한 바둑이다." 화선객이 냉소를 지었다. "도망자나 용기만 있는 필부는, 진정한 정치가의 눈에는 그저 언제든 던져버릴 수 있는 바둑돌에 불과하지! 검선이니, 기협이니, 술사니, 그 모두가 바둑돌이다. 모두가 언제 버려도 아깝지 않은 천 조각이란 말이다!"

"천 조각?" 육충은 속이 벌컥 뒤집혀 냉소를 지었다. "그러니까, 너희 가족, 남녀노소 수십 명도 언제든 버릴 수 있겠군? 찢어진 천 조각을 내다 버리듯이?"

"당연한 말이다. 네 가족을 생각해봐라." 화선객은 저도 모르게 두 눈을 가늘게 떴다. "네 부모와 네 딸…… 네 행적이 드러나면 설령 암살에 성공하더라도 네 주인 손에 모조리 찢겨 버려질 것이다."

'하늘이시여, 감사합니다. 역시 화 뚱보 네놈이구나. 청영의 기억 속 깊은 곳에 남아 있는 그놈, 다른 사람을 천 조각이니 진흙이니 하고 즐겨 부르던!'

육충은 마음속으로 기도하듯 그렇게 읊은 다음 느닷없이 버럭 소리쳤다.

"설사 천 조각일지언정 네놈들 몸에 진흙을 묻힐 때도 있겠지!"

별안간 청영이 말을 몰아 달려왔다.

"미친놈! 성후의 명이니 즉시 무기를 거둬라!"

고양이 가면이 없는 그녀는 급한 김에 복면으로 얼굴을 가린 채 있는 힘껏 소리를 질렀다.

"좋다, 가자!"

육충도 크게 외쳤다. 그 소리와 함께 자화열검이 역류하는 빙하처럼 허공을 갈랐다. 살을 에듯 서늘한 검기였으나 날아든 곳은 마차가 아니라 허옇고 뚱뚱한 화선객이었다. 동영 술사가 황급히 칼을 휘둘렀다. 검광은 처량하고 날카로운 보랏빛 불꽃 같으며 칼 빛은 얼음처럼 차가운 눈송이 같았다. 칼과 검이 마주치자 동영 술사의 머리카락이 와락 솟구쳤다. 머리카락이 올올이 흩어지고 귀 반쪽이 검광에 싹둑 잘려나갔다. 육충은 어느새 몸을 날려 아득하게 비 내리는 밤 속으로 들어간 뒤였다.

"나아감으로써 물러날 길을 마련하다니, 제법 약삭빠른 놈이군!"

화선객은 속으로 길게 안도의 숨을 내쉬었다. 하지만 육충의 모습이 끝 모를 비의 장막 속으로 사라진 순간 비로소 갑작스런 통증을 느꼈다. 뼛속까지 저미는 통증이었다. 그는 고개를 숙였고 검흔 한 줄기를 발견했다. 보랏빛 불꽃 같은 검흔이 자신의 배에 나타나 있었다. 검흔은 곧이어 빠르게 가슴팍으로, 다시 목으로 번졌다.

하늘 가득 쏟아지는 폭우 속에서 화선객은 소리도 없이 뒤로 넘어갔다. 생명의 마지막 순간에 그가 본 것은 사방으로 튀어오르는 무수한 진흙 방울이었다.

12장

요룡 사건 뒤의 앙화

하룻밤 폭우를 쏟아낸 5월의 푸른 하늘은 씻은 듯이 맑고 투명했다. 아침 햇살이 다시 대지를 비추자 장안성 전체가 새빨간색을 껴입었다. 대당나라 황제 이현이 붕어하고 처음 맞는 여명이었다.

짧디짧은 하루 사이 대당제국은 또 한차례 천지가 뒤집히는 격변을 겪었다. 황제가 붕어하고, 위 황후는 심복에게 명해 백관 앞에서 천자의 유조를 낭독했다. 황제의 가장 어린 아들, 온왕 이중무를 태자로 삼아 영구 앞에서 제위에 올릴 것이며, 위 황후는 태후가 되어 수렴청정하고, 안국상왕 이단은 섭정왕으로서 정무를 보좌한다는 내용이었다.

어젯밤 태평공주와 상왕을 동시에 살해하려던 계획이 물거품으로 돌아가고 상황이 급해지자, 위 황후는 전진을 위한 후퇴를 택할 수밖에 없었다. 상왕 이단을 섭정왕에 임명한 것은 이씨파를 안정시키고 나아가 민심을 가라앉히려는 큰 수였다.

지금의 위 황후는 모든 것이 안정되기를 바랐다. 생각해보면 뛰어난 웅재와 십분 강력한 통솔력을 지닌 무측천도 장장 팔 년 동안 준비한 끝에 등극했다. 그러니 오늘의 위 황후 역시 감히 서두를 용기를 내지 못하고 우선 정국을 안정시킨 다음에 다시 생각하기로

했다.

위 황후를 몹시 우울하게 만든 것은, 어젯밤 황제가 붕어할 때 그녀가 가장 아끼던 선기 국사가 황제의 침궁에 나타난 사실이었다. 선기 국사는 모두가 보는 앞에서 손에 단검을 들고, 귀신에 홀린 듯 온몸을 뻣뻣하게 굳힌 채 피를 토했다. 가까운 신하와 여러 시위가 몸소 목격한 일이라 숨기기 어려운 탓에 위 황후는 부득불 속마음과 달리 선기 국사를 감금하라는 명령을 내렸다.

다행스럽게도, 유조를 낭독한 뒤 백관들은 슬픔에 젖었으나 전체적으로는 차분한 분위기였다. 무주 시절 혹독한 정치와 신룡정변의 시련을 겪은 신하들은 이미 훨씬 온순해져 있었다. 일련의 배치가 끝난 후, 주렴 뒤에 조용히 앉은 위 태후는 속으로 길게 한숨을 내쉬었다. 모든 것이 손아귀에 들어왔고 그녀 자신도 태후로 격상됐다. 대당제국이라는 거대한 마차 바퀴는 결국 그녀와 종초객 등 심복이 이끄는 대로 계속해서 덜컹덜컹 앞으로 굴러갈 것이다.

"퇴마사 원승은 어명을 받들라."

위 태후는 다시 느릿느릿 입을 열었다.

"그대는 앞서 현진법회를 주최하느라 요룡 군기 탈취 사건을 아직 해결하지 못하였다. 짐이 명하노니, 이 사건을 이어받아 속히 갑옷과 쇠뇌를 되찾도록 하라."

원승도 그 갑옷과 쇠뇌가 대당제국의 최신 무기라는 것을 잘 알고 있었다. 만약 그 무서운 것이 국도 부근에 흘러든다면 새 정권에는 손톱 밑의 가시같이 실로 크나큰 우환이었다. 따라서 새 황제가 등극하고 위 태후가 조정을 장악한 첫날, 조당은 속히 그 사건을 조사하라 명했다.

"신, 명을 받들겠습니다!"

원승은 전각 안에 있는 수많은 사람의 시선이 자신에게 쏠리는 것을 민감하게 느꼈다. 위 태후, 종초객, 상왕 이단 등의 눈빛은 각기 달라서 온갖 감정이 뒤섞여 있다 해도 과언이 아니었다. 눈빛 하나하나가 한 가지 생각을 의미했고, 그 생각 하나하나 뒤에는 이익의 부추김이 자리하고 있었다.

"폐하와 태후께 아뢰니다! 신, 큰일에 관해 상주하고자 합니다!"

백관들 가운데 누군가 불쑥 나섰다. 관복을 차려입고 엄숙한 얼굴을 한 사람이었다.

위 태후는 그가 어사 최선임을 알아봤다. 태평공주가 발탁한 주요 언관이기에 위 태후는 저도 모르게 눈을 찡그리며 말했다.

"최 경, 말해보라."

"신이 듣기로 어젯저녁 태평공주가 성인을 뵙고자 입궁했다가 궁문 밖에서 자객의 기습을 당했다 합니다. 그 자객은 고양이 얼굴 가면을 쓰고 나타나 수많은 호위병을 뚫고 공주의 총관인 화선객을 죽인 뒤 달아났습니다. 신이 생각하기로 이는 실로 예삿일이 아닙니다. 황궁의 지척에서 서슴없이 공주를 공격하다니 그 요사한 마음과 대역무도한 행위가 참으로 놀라울 지경입니다. 하물며 대행황제께서는 하필이면 어젯밤에 붕어하셨습니다. 그 대역무도한 자객과 어떤 관계가 있을지도 모르니 의당 낱낱이 조사해야 할 것입니다!"

태평공주가 괴인의 습격을 받은 일을 모르는 관원이 꽤 많아서, 최선의 말이 떨어지자 전각 안은 금세 어수선해졌다. 위 태후는 이미 어젯밤에 그 소식을 들었다. 하지만 본디 태평공주와 상왕을 해칠 생각이던 터라 켕기는 데가 있고, 또 황제의 붕어까지 겹쳐 처리할 일도 많다보니 세세히 캐물을 기분이 나지 않아 그냥 덮어뒀다.

눈치 없는 최선이 조당에서 공공연히 그 일을 들추자, 위 태후는 별수 없이 일부러 놀란 척하며 분개한 소리로 말했다.

"최 경의 말이 매우 옳다. 형부와 어사대가 힘을 합쳐 죄인을 추적하도록 하라. 한시바삐 원흉을 체포하기를 바라노라!"

황혼이 내릴 무렵, 인마 한 무리가 장안성 밖 최부군묘 앞에 당도했다. 원승은 오육랑에게 명해 퇴마사 정예 밀탐들을 데리고 사당 밖을 엄히 지키게 한 후, 고검풍 등과 함께 천월 진인을 안내해 며칠째 봉쇄된 최부군묘로 들어갔다.

"이곳이 바로 사건이 발생한 최부군묘인가?"

천월 진인은 마당을 천천히 둘러봤다. 그는 원승의 청을 받고 이곳에 왔다. 원승의 말에 따르면, 신비막측한 요룡 사건의 열 중 일고여덟은 이미 파악했으나 사건 발생지인 최부군묘의 지살이 기괴해서 숨은 법진이 있는 것 같다고 했다. 법진의 대가인 자신을 찾아와 도움을 청한 것도 그 때문이었다.

"도적의 범죄 수법은 이미 임치군왕이 모두 파악했습니다!" 원승이 미소 지으며 말했다. "단순히 최면 섭혼술에 환술극을 더한 속임수에 불과했지요."

"그랬구먼!" 천월 진인은 고개를 끄덕이며 탄식했다. "터놓고 말해 대단할 것도 없는 수법이나 그 속에 깊이 빠지면 부장 이럽같이 경솔한 자로서는 막아내기가 몹시 버거웠을 걸세. 갑옷과 쇠뇌는 찾았는가?"

"오늘 오전에 종적을 발견했습니다."

"이렇게 빨리? 원 장군이 또 나를 깜짝 놀라게 하는구먼."

천월 진인의 두 눈이 반짝였다.

"군기를 운반하던 수레는 남산 나한평에서 발견됐으나 안에 있던 무거운 갑옷과 쇠뇌는 날개라도 돋친 듯 사라졌다고 했습니다. 형부에서 큰 힘 들여 수색했지만 헛수고였지요."

원승은 천월 진인을 눈에 띄지 않는 뒤쪽 편전으로 데려갔다.

"기실 그때 도적들은 또다시 성동격서의 계책을 썼습니다. 사건이 발생한 지 비교적 오랜 시간이 지났으나, 이곳이 너무 외진 덕분에 수레가 들고 난 바퀴 자국 두 줄을 발견할 수 있었습니다. 자세히 살핀 결과 수레가 나갈 때 안에 무거운 것을 싣기는 했지만, 병사들이 밀고 들어온 처음보다는 훨씬 가벼웠음을 알아냈지요."

"성동격서?" 천월 진인이 유유히 말했다. "그 말인즉, 도적들이 빈 수레에 흙과 돌을 잔뜩 싣고 나간 다음 나한평에서 흙과 돌을 버리고 갑옷을 숨긴 척했다는 말이군. 그렇다면 진짜 갑옷과 쇠뇌는……."

"아직 이 최부군묘 안에 있습니다."

원승은 발밑의 푸른 벽돌을 쿡쿡 밟았다.

"이른바 이 '팔괘대' 안에 법진에 가려진 신비한 비밀 통로가 있을 가능성이 큽니다. 그날 밤 이립은 미치고 병졸들은 사방으로 흩어졌으나 다음 날 오시에 노련한 병사 몇 명이 무리를 지어 돌아와 살폈지요. 그사이 일고여덟 시진 동안 도적들은 갑옷과 쇠뇌를 비밀 통로로 운반해 위기를 넘길 수 있었습니다. 하지만 애석하게도 앞서 찾아온 형부육위나 나중에 온 임치군왕 모두 법진에 능통하지 못해 발밑에 진실이 있다는 것을 알아차리지 못했지요."

원승이 걸음을 멈췄을 때 세 사람은 어느새 별로 넓지 않은 조그마한 전각 앞에 와 있었다. 텅 빈 전각에는 바닥에 새로 판 커다란 동굴 하나만 덜렁 있었다.

"어젯밤에 사람들을 이끌고 이 사당에 와서 거의 밤을 새워가며 바닥을 두드린 끝에 비로소 이곳 수신전에서 비밀 통로 입구를 발견했습니다. 입구 부근에 떨어져 있던 갑옷 잠금 고리도 발견했지요. 하지만 안타깝게도 비밀 통로 앞쪽이 무너져 있었습니다. 무척 중요한 갈림길이다보니 소생도 섣불리 건드리지 못하고 특별히 진인께 진을 깨뜨려달라 청한 것입니다."

이렇게 말하는 사이 고검풍이 횃불을 들고 앞장서서 동굴로 들어갔다. 천월 진인도 원승과 함께 빠른 걸음으로 따라갔다. 동굴 안에는 좁고 길고 깊으며 조용한 길이 이어져 있었다. 허리를 구부리고 걸어가는 동안 말로 표현하기 힘든 음산하고 괴이한 기운이 느껴졌다. 널따란 공터에 이르자 과연 흙더미로 길이 막혀 있었다.

"앞에 세 갈림길이 있네만, 영문을 알 수 없이 쏟아진 흙과 돌 더미에 막혔군."

천월 진인은 횃불 빛에 의지해 사방을 둘러봤다.

"원 아우, 자네는 그 갑옷이 이 중 어느 갈림길 뒤의 동굴에 있다고 생각하나?"

원승이 살짝 고개를 끄덕이는 것을 보자 고검풍이 참지 못하고 나섰다.

"그럼 단숨에 이 갈림길을 뚫어버리면 되지 않아요?"

"도적 중에 법진의 고수가 있어서 이곳에 침사지살술을 펼쳐놓았다. 잘못 파내면 더 커다란 기관을 건드리게 된다."

원승이 살며시 고개를 저으며 대답했다.

"저도 흙과 돌 더미 뒤에 세 갈림길이 있다는 것은 감지할 수 있습니다. 하지만 갑옷을 어디에 숨겼는지는 모르겠습니다."

천월 진인은 두 눈을 빛내며 무너진 흙더미를 뚫어지게 노려봤다. 잠깐 침묵하던 그가 비로소 빙그레 웃으며 말했다.

"도적이 갑옷과 쇠뇌를 이곳에 숨긴 까닭은 필시 언젠가 몰래 꺼낼 수 있기를 바라서일 테니, 돌이킬 수 없는 형국은 아닐세. 하지만 무너진 곳에 절호살을 펼쳐둔 것은 확실하군. 잘못 건드리면 침사지살이 발동해 갑옷이 있는 동굴을 영원히 봉쇄할 것이네."

원승도 미소를 지었다.

"그렇습니다. 기회는 한 번뿐이지요."

두 사람은 밝게 빛나는 눈으로 마주 봤다.

"원 아우는 이미 알고 있는 것이 아닌가?"

천월 진인이 불쑥 입을 열었다.

"소생이 마음대로 결정할 수 없어서 특별히 대사를 청해 길을 가르쳐달라 부탁드리는 것입니다."

문득 원승이 손가락을 내밀었다.

"아마 가운데 길일 겁니다!"

이제 고검풍은 전혀 끼어들 수가 없었다. 내심 기가 꺾인 그는 아무래도 앞으로는 법진을 깊이 연구해야겠다고 생각했다.

천월 진인은 고개를 끄덕이며 미소 지었다.

"흙이 무너져 내린 것은 틀림없이 도적들이 동굴 다른 쪽에서 기관을 발동시켰기 때문일세. 그리 생각하면 흙더미가 무너진 흔적을 볼 때 대응되는 동굴 방향을 파악할 수 있지."

이렇게 말하면서 그 역시 손을 뻗어 자신 있게 가운데 쪽 정면을 가리켰다.

"그럼 제가 대신하게 해주세요!"

고검풍은 한숨을 쉬며 소매를 걷고 검을 뽑아 다가갔다. 법진을 모르니 최소한 몸 쓰는 일이라도 해야 하지 않을까 해서였다.

"육충은 왜 아직 오지 않지?"

원승은 갑자기 육충의 현병술이 그리웠다. 그의 소매에서 나오는 현병은 무궁무진하니, 비삽 십여 자루를 꺼내 번갈아 쓰면 저 흙더미를 파헤치는 것쯤 식은 죽 먹기였다.

"어젯밤에 청영 누님을 찾으러 간다고 했어요. 청영 누님이 어디로 갔는지 모른대요."

고검풍은 어느새 검을 바람처럼 휘두르며 앞에 쌓인 흙과 돌을 가르고 파내는 중이었다. 청영, 육충…… 원승은 잠자코 있었지만 마음속에서 은근히 불길한 느낌이 솟구쳤다.

반 시진 정도 지나 무너진 흙더미를 모두 파내자 과연 동굴 하나가 나타났다. 기쁨에 찬 고검풍의 휘파람 소리가 울려 퍼졌다. 횃불을 비추자, 사람 키 반만 한 갑옷이 겹겹이 가로놓여 있고 갑옷 뒤에는 또 특제 화살을 얹은 쇠뇌가 첩첩이 쌓인 것이 보였다. 쇠뇌 촉에 어린 싸늘한 빛이 예리하고 희미하게 반짝였다.

환호성을 지른 후 고검풍의 마음속은 별안간 모순으로 뒤덮였다. 눈앞에 있는 지혜롭고 다재다능한 열일곱째 사형과 거울 속에 나타난 자상하고 온화한 홍강 진인 가운데 대관절 누가 믿을 만한 사람일까?

비밀 통로에서 다시 최부군묘로 돌아온 고검풍은 급히 오육랑을 불러 사람들을 이끌고 갑옷과 쇠뇌를 운반하게 했고, 퇴마사의 정예 무리는 바빠지기 시작했다. 원승은 몸소 천월 진인을 모시고 최부군묘 안을 거닐었다.

"원 장군, 승전보를 올린 것을 축하하네. 듣자니 태후가 조정에서 반드시 갑옷과 쇠뇌를 찾아내라고 자네에게 명했다지. 이제 공을 세우고 사명을 완수했구먼."

천월 진인의 웃음소리도 훨씬 가벼웠다.

"갑옷과 쇠뇌를 찾아냈으니 소생도 큰 짐을 던 셈입니다."

원승은 한숨을 쉬었다.

"아시다시피 그간 천경궁에서는 의심스런 사건이 수차례 발생했습니다. 가장 먼저 일본 견당사절 부사 요코야마가 갑자기 발작하고, 이어서 소 진인과 용은 국사가 차례로 급사했습니다. 또 금제로 인해 법술이 막히고, 천경궁 전체에 법진이 발동해 결국 우리 모두를 그곳에 가뒀지요. 다행히 그 모든 것은 천경궁 법진을 깨뜨리면서 비로소 최후의 답을 얻게 됐습니다."

천월 진인도 탄식했다.

"당당한 국사인 선기가 그같이 기괴한 사건을 벌일 줄 누가 알았겠나!"

"사실 소생도 천경궁에서 벌어진 일련의 수수께끼 같은 사건에 관해서는 알 듯 말 듯합니다. 진인께서는 재주와 지혜가 절륜하시니 소생을 바른 길로 인도해주실 수 없겠습니까?"

천월 진인은 잠시 생각하다가 비로소 입을 열었다.

"그 모든 이야기는 선기 국사의 동기에서부터 출발해야 하네. 그와 용은 국사, 소 도형 간에는 지대한 이익의 충돌이 있었네. 용은 국사와 소 도형 모두 지난날 선기 국사가 홍강 국사와의 싸움에서 승리하는 데 큰 힘을 썼지. 소 도형은 먼저 홍강 국사와 겨뤄 그 공력을 소비하게 했고, 용은 국사는 불공정한 심사를 했네."

천월 진인은 한숨을 쉬었다.

"그 후 어찌 되었는가 추측해보면, 소 도형은 큰 공을 세웠다고 자처하며 결원이 생긴 국사 자리에 오르고자 했을 것이네. 아마도 여러 차례 선기 국사를 협박하거나 유혹했겠지. 그래서 선기 국사도 그를 죽일 생각을 품었네. 용은 국사는 선기를 제외한 하나뿐인 국사로서, 입만 열었다 하면 현진법회가 끝난 다음 성인을 찾아뵙겠다며 중용될 것을 기대했네. 그러니 선기 국사가 어찌 용납할 수 있었겠나? 하지만 선기 국사에게는 더욱 큰 음모가 있었던 것이 분명하네. 그는 남몰래 천경궁을 거대한 법진으로 개조하고 나 같은 현문의 늙은이들에게 칼을 겨눴네. 우리 같은 늙은이들을 일일이 제거해 현문을 독패하기 위함이었지."

"그랬군요. 선기 국사는 진작 주화입마된 모양이군요."

원승은 천월 진인을 뒤 전각으로 안내하면서 그 말을 받았다.

"진인께서 길을 알려주신 덕에 많은 것을 알았습니다. 지난날 이곳 최부군묘를 지은 사람은 솜씨가 비범하더군요. 뒤 전각에는 마치 수나라 말 대화가 길구의 진적 같은 벽화가 있습니다. 진인께서는 배운 바도 넓고 깊으며 서화의 고수이기도 하시니, 소생이 남의 떡으로 선심 쓰는 셈 치고 길구 대사의 전적을 보여드릴까 합니다."

"길구라니……." 천월 진인은 고개를 갸웃했다. "화마(畵魔)라 불리던 수나라 말의 그 대가 말인가?"

"바로 그렇습니다. 항렬로 말하자면 훗날 정관 연간의 대당 화절 전도현도 제자를 칭하며 화마를 극히 숭배했습니다. 이곳 최부군묘는 정관 초기에 재건됐으니, 그 벽화는 의당 화마 길구가 만년에 그린 작품일 것입니다."

"그의 작품은 마법을 부린 것처럼 놀라워서 심지어 '오래 들여다보면 귀신에 씐다'는 말까지 있네. 하지만 화마의 전적은 오래전에 연기처럼 사라졌다는데, 이 흔하고 작은 사당에 어찌……."

천월 진인도 처음에는 놀랐다가 나중에는 몹시 의심스러워했다.

"원 아우, 정녕 확신하는가?"

"소생이 그림을 조금 볼 줄 아니 부디 믿어주십시오."

천월 진인은 퍼뜩 깨달았다.

"이것 참, 잊고 있었군. 원 아우는 그림의 명수 아닌가. 자네가 그렇다 하면 십중팔구는 그렇겠지!"

이야기하는 동안 그들은 둥근 마당 동북쪽에 있는 전각에 다다랐다. 전각에는 이미 촛불을 켜놓아서, 환한 불빛이 널따란 대전 한가운데의 파손된 벽화를 구석구석 낱낱이 비추고 있었다. 천월 진인은 벽화를 보자마자 숨이 턱 막혔다.

벽화에 그려진 거대한 용 한 마리는 전설에 나오는 '붉은 비늘에 붉은 털, 번쩍이는 눈에 새빨간 혀'(당나라 때 전기소설《유의전》에 나오는 묘사)를 가졌고, 구불구불한 몸뚱이로 줄기줄기 번개를 휘감고서 구름과 안개 속에서 솟구치고 있었다. 비록 낡고 망가지긴 했으나, 용은 여전히 흉악하고 사납기 그지없는 기운을 품고 있어서 당장이라도 벽을 깨부수고 튀어나와 하늘 높이 날아오를 것 같았다.

"지금껏 흙먼지에 뒤덮여 있었는데, 소생이 극히 일부분만으로도 그 비범함을 알아보고 열심히 닦아냈습니다. 과연 하늘은 뜻 있는 자를 저버리지 않더군요. 소생이 비록 화룡술을 익히기는 했으나 이 용은 기세도 드높고 담긴 정신 또한 사람을 압도하니, 소생의 솜씨보다 훨씬 절묘합니다."

천월 진인은 대답마저 잊고 연신 고개를 끄덕였다.

"원 장군, 안에 계십니까?"

주전이 종종걸음으로 들어와 잔뜩 흥분한 표정으로 말했다.

"저더러 보라고 하신 벽화가 바로 이겁니까? 엇, 아니……."

벽화 감상에 몰두하고 있는 천월 진인을 본 그가 저도 모르게 움찔했다.

원승은 빙그레 웃었다.

"주전, 오늘 이곳에서 사건 조사를 하기로 했는데 어째서 이제야 오나? 이분은 천월 종사시네. 자네도 천경궁에서 뵌 적이 있을 테지?"

"저는 천월 종사를 압니다!"

주전은 황급히 천월 진인에게 예를 올렸지만, 이내 시선을 벽화로 옮기며 중얼거렸다.

"불편하시다면 소인은 그만 가보겠습니다. 아아, 그래도 이 벽화는 너무도 아름답고 심금을 울리는군요."

그가 넋 나간 사람처럼 벽화를 응시한 채 발을 움직일 생각도 않자, 원승은 기가 막힌 듯 웃음을 터뜨렸다.

그때 대기가 총총히 들어와 원승에게 조용히 말했다.

"쇠뇌는 아직 운반 중이고, 갑옷은 수량을 확인했는데 몇 벌이 조금 이상해요. 장군께서 먼저 살펴주시면 좋겠어요."

"설마 무슨 변고라도 있었소? 천월 진인, 먼저 실례하겠습니다."

원승은 얼굴을 살짝 굳히고 천월 진인에게 사과한 후 대기를 따라 서둘러 전각을 나섰다. 주전은 여전히 벽화를 응시하고 있었다. 그림에 넋이 나갔거나 잔뜩 취했는지 원승이 나가는 것도 전혀 알아차리지 못한 듯했다.

천월 진인이 고개를 돌려 갑작스럽게 나타난 젊은이를 보며 빙그레 웃었다.

"이곳에는 우레가 많기에 뇌신을 모신 것일세. 그리고 신룡에게는 비를 부르는 능력이 있으니 이곳에 용왕상을 그려 뇌신을 보좌하게 한 것이지."

주전은 '아아' 하고 대답하고는 그제야 몹시 아쉬운 듯 그림에서 눈을 떼고 천월 진인을 바라봤다.

"어쩐지, 그러잖아도 최부군묘 안에 왜 이렇게 무시무시한 용을 그려놨는지 여쭙고 싶었습니다. 그렇지만 사람이 용 한 마리를 이렇게…… 이렇게 심금을 울리도록 그릴 수 있으리라곤 생각지도 못했습니다!"

"심금을 울린다…… 꼭 맞는 말일세!"

천월 진인은 두 눈을 반짝 빛냈다.

"이 그림은 화마 길구 대사의 만년 작품일세. 전설에는, 대사의 그림에 요술이나 마력이 담겨서 보고 있으면 정신이 아득해지고 나아가 오래 들여다보면 마에 빠질 수 있다고 했네."

주전은 '아아' 하고 대답했다. 천월 진인의 깊디깊은 두 눈빛이 어쩐지 낯익다고 느껴지면서 정신이 어질어질했다. 순간, 눈앞에 있던 천월 진인이 사라지고 대전도 사라졌다. 대신 용이 보였다. 흉악한 용이 커다란 입을 쩍 벌리고 그에게 덮쳐왔다. 거대한 용의 몸뚱이가 그의 허리를 휘감고, 이어서 가슴, 목까지 휘감았다. 주전은 온몸의 뼈가 우두둑 소리를 내고 점점 숨쉬기가 곤란해지는 것을 느꼈다.

"사…… 살려……."

주전은 가까스로 몇 마디 내뱉었지만, 거의 들리지 않을 만큼 가느다란 목소리였다.

"천월 진인!"

별안간 전각 문 입구에서 외침이 들려왔다. 전각 전체가 격렬하게 흔들리더니, 흉악한 용이 순식간에 자취를 감추고 질식할 것 같던 끔찍한 느낌도 서서히 흩어졌다. 주전은 바닥에 너부러져 헐떡였다.

천월 진인이 느긋하게 고개를 돌리자 성큼성큼 걸어오는 원승이 보였다. 고검풍과 대기 역시 야무지게 전각 문을 지키고 있었다.

"천월 진인, 저 사람을 죽여 입막음하시려는 겁니까?"

원승이 차갑게 호통쳤다.

"입막음이라니, 무슨 말인가?"

천월 진인은 어리둥절한 얼굴이었다.

주전이 목을 어루만지면서 천월 진인을 가리키며 소리쳤다.

"다…… 당신! 요사한 술법을 쓰는군요!"

원승이 재빨리 주전 앞으로 걸어가 날카로운 눈빛으로 천월 진인을 응시했다.

"위험한 수였지만 역시 원흉을 끌어낼 수 있었군요."

천월 진인은 표정 변화 없이 길게 한숨을 내쉬었다.

"내 비록 일찍이 이곳에 온 적이 있으나 아무래도 급히 다녀가느라 주의하지 않았는데, 뜻밖에도 이곳에 보물이 깊이 숨겨져 있는 줄은 몰랐네. 이 그림이 화마의 진적이 아니더라도 보기 드문 고수의 솜씨일세. 이런 보물이 숨겨져 있었다니 참으로 애석하군."

천월은 낙담한 듯 기상이 흘러넘치는 용의 벽화를 바라봤다.

"가장 단순한 계획이 가장 효과적일 때가 왕왕 있지. 자네가 일부러 저 청년을 이곳에 남겨 내가 허점을 드러내도록 하려는 것임을 뻔히 아는데, 그래도 공격하고 싶어지더군!"

"그렇겠지요. 주전을 없애야만 진인께서 앞서 저지른 살인, 모함, 계략 등 모든 수작이 이 세상에서 전부 사라질 테니까요!"

그때쯤 정신이 돌아온 주전은 떨리는 손으로 천월 진인을 가리키며 외쳤다.

"원 장군, 저 사람입니다! 기억났어요. 천경궁에서 바로 저, 저 사람이…… 술사로 변장해 제게 괴상한 소리를 늘어놨습니다."

"그렇지, 술사." 원승이 냉소를 지으며 말했다. "요룡 군기 탈취 사건에서 가장 중요한 용의자 역시 신비한 술사였네. 두 사람이 펼친 것 또한 극히 희귀한 술법, 대연혼술이었지. 하늘이 놀랄 솜씨를 지닌 그 신비한 술사는 바로 혼원종주 천월 진인일세!"

천월 진인은 눈을 번쩍였으나 말은 없었다. 원승이 주전의 어깨를 두드리며 말했다.

"실제로 술사로 변장한 사람은 앞뒤에 걸쳐 모두 세 명이었네. 첫 번째는 멀리서 자네를 좇아 서시에 갔던 사람인데, 그자의 임무는 말로 혼란을 일으키고 술법으로 거짓 죽음을 연출함으로써 자네를 깜짝 놀라게 하는 것뿐이었네. 그자는 바로 요코야마 부사로 변장하고 천경궁에 잠복했던 능지자일세. 줄곧 자네를 쫓아다니며 틈을 보아 온갖 말로 자네를 유혹할 만큼 시간 여유가 많은 사람은 그 자뿐이었지. 하지만 내가 알기로 능지자는 대연혼술에 정통하지 못하네. 그래서 자네가 혼란에 빠진 틈을 타 급히 천경궁으로 돌려보냈고, 그곳에서 천월 진인이 등장했지. 천월 진인은 두 번째 술사로 분장해 실제로 자네에게 술법을 펼쳤네. 자네는 자신이 이미 죽었다고 믿기 시작했지. 천월 진인은 법회 일 때문에 오직 저녁에만 모습을 드러내 술법을 쓸 수 있었네. 물론, 마지막으로 자네를 데리고 궁궐로 간 그 술사는 바로 선기 국사였네. 그들이 천신만고를 거듭하며 온갖 수단을 쓴 까닭은 바로 그 순간을 위해서였지. 자네를 나로 만들어 은침을 들고 황제 폐하의 용상 앞에 세우는 순간을……."

주전은 말이 나오지 않을 지경이었다. 어젯밤의 끔찍한 경험이 파도처럼 머릿속으로 밀어닥치자 순식간에 온몸에서 식은땀이 줄줄 흘렀다.

천월 진인은 고개를 끄덕이며 찬탄했다.

"비록 늦기는 했으나 모든 요점을 이처럼 막힘없이 추측해내다니, 신기묘산이라는 칭찬이 아깝지 않군."

원승이 무거운 목소리로 말했다.

"모든 요점이라니요? 아직 한참 멀었습니다! 천경궁에서 천월 진인 당신이 맡은 역할은 단순히 미혼술을 펼치는 술사만이 아니었지요. 소 진인과 용은 국사를 죽인 진짜 원흉은 당신이고 선기 국사는 공범입니다. 게다가 당신은 음모를 꾸며 선기 국사에게 창날을 돌린 배신자이기도 하지요!"

결국, 천월 진인의 눈동자에도 경악의 빛이 떠올랐다. 그가 천천히 말했다.

"원 아우는 언제부터 나를 의심했는지 모르겠군. 어디, 자세히 들려주게."

원승은 여전히 뒷짐을 지고 침착한 태도를 유지하는 그를 보자 절로 감탄이 나왔다. 하지만 그럴수록 속으로는 남몰래 경계심을 높였다. 저자가 또 무슨 위험한 수를 숨기고 있을지 모를 일이었다.

"그렇습니다. 현진법회의 오대 술사 가운데 천월 진인께서는 누구보다 유순하고 부드러운 사람이었지요. 더욱이 소생은 박학다식한 진인과 일찍이 아는 사이로서 여러 차례 마주해 가르침을 받았고 얻은 것도 많았습니다. 심지어 나중에는 함께 대청허각에 갇혀 생사의 관문을 넘기도 했지요. 천월 진인께서는 내내 솜씨 좋게 위장하셨습니다. 하지만 소생은 옛일을 들추기 좋아하는 사람입니다. 당시에는 평범해 보인 일도 나중에 곰곰이 돌이켜보면 평범하지 않은 부분이 많지요."

천월 진인의 얼굴에는 한 줄기 표정조차 없었고, 입에서도 말 한마디 나오지 않았다.

"당신들이 세운 이번 계획의 최종 목표는 대연혼술로 주전을 홀려 그를 이 원승으로 만드는 것이었습니다. 그 계획에 힘을 보태려면 동시에 내게도 술법을 펼쳐 정신을 혼미하게 만드는 것이 당연했습니다. 처음에는 소생도 이렇게 생각했습니다. 비어 있는 국사 자리를 차지하려는 소 진인이 선기 국사의 분부대로 일부러 말다툼하는 연기를 펼쳤고, 그로 인해 내가 우연히 뇌법을 맞아 다쳤다고 말입니다. 하지만 아무리 생각해도 누가 내게 최면술을 썼는지 의심스럽더군요. 나중에 대기에게 물어보니, 소생이 뇌법을 맞고 혼절한 사이 운공으로 치료한 사람 중에 천월 진인 당신이 가장 큰 역할을 했다더군요. 맞습니다, 그때가 바로 당신이 최면 연혼술을 쓸 절호의 기회였지요. 하지만 당신의 수법이 몹시 은밀했던 데다, 소생은 염주에 걸린 적이 있어서 자연스레 그 같은 원신 술법에 대항하는 능력이 생겼지요. 그래서 종종 머리가 어지럽고 묵직하기는 해도 크게 신경 쓰지 않았습니다. 어젯밤 술법에 당한 주전이 신룡전에 나타나 자신을 원승으로 오인하고 있는 것을 보고서야 비로소 그 소소한 일들을 곰곰이 돌아보게 됐고, 봄바람처럼 부드러운 천월 진인을 새로이 보게 됐지요."

원승은 말을 이었다.

"사실 대청허각에서 소 진인이 기습당했을 때 당신은 이미 한차례 마각을 드러냈습니다. 포무극으로 위장한 괴인이 느닷없이 달려들었을 당시, 가장 먼저 허둥거리며 비명을 지른 사람은 바로 당신이었습니다. 당당한 일대 종사께서 검은 그림자 하나 때문에 그처럼 야단법석을 떨 리 있겠습니까? 돌이켜보면 포무극을 연기한 자는 틀림없이 당신의 동료인 능지자였을 겁니다. 그날 밤 능지자의 주요 임무는 바로 혼란을 일으키는 거였습니다. 능지자는 기세등등하게 나타났지만 함부로 대청허각으로 뛰어들지는 않았습니다. 뭐니 뭐니 해도 단운자 같은 절정 고수가 누각 안에 있으니, 자칫하면 돌아가지 못할 수도 있기 때문이지요. 그가 한 일은 허장성세에 불과했습니다. 그렇다면 포무극의 귀혼이 소 진인을 괴롭혔다는 것을 무엇으로 증명할 수 있었을까요? 당연히 그 구리 피리였습니다. 사실상 진짜 구리 피리는 내내 당신이 가지고 있다가 촛불이 꺼지고 혼란한 와중에 소 진인의 손에 쥐여준 것입니다. 당신은 일찌감치 피리에 독을 발라놨다가, 사건이 끝난 뒤 좋은 사람인 척하며 소 진인에게 칠엽고를 발라줬지요. 칠엽고는 약 냄새가 강해서 향로에 넣은 만다라의 기괴한 향을 쉽게 가려주지요. 그렇게 해서 방에 돌아간 소 진인은 저도 모르는 사이 만다라의 마약에 취해 온몸이 뻣뻣해져 움직이기 힘들게 됐습니다. 그때 천월 진인 당신은 용은 국사와 함께 귀혼으로 분장한 능지자를 추격했습니다. 당신은 용은 국사와 다른 길을 골라 달렸고 그 틈에 소 진인의 방에 들렀겠지요. 그때 소 진인은 이미 질식해 다 죽어가고 있었는데 당신은 그 혀를 잘라내 그가 혀 깨물고 자진한 것처럼 보이게 했습니다. 물론 귀혼이 썼던 하얀 장포도 미리 준비해뒀다가 소 진인을 보러 간 도동의 눈을 어지럽히기도 했지요. 심지어 능지자를 쫓아간 용은 국사도 당신에게 교란당해, 그 가짜 귀혼의 움직임이 번개 같고 술법 또한 '나나 천월 진인 못지않다'고 여기게 했다는 생각도 드는군요."

"과연 세밀한 추측일세. 그 일은 인정하지 않을 수 없군."

천월 진인은 유유히 고개를 끄덕였다. 시종일관 평화롭고 태연한 모습이었다.

고검풍이 참지 못하고 끼어들었다.

"용은 국사를 죽인 것도 저 사람 짓이에요? 하지만 마지막으로 용은 국사 방에서 나온 사람은 선기 국사잖아요."

"어젯밤 선기 국사가 용은 국사 방에 들어갔을 때 용은 국사는 이미 죽어 있었을 거야. 천월 진인은 살그머니 방에 잠입해 침상 뒤에 숨어 있었고. 그다음에 들려온 용은 국사의 목소리는 모두 천월 진인이 빼어난 솜씨로 모사한 것이었지."

원승은 깊이 탄식했다.

"어젯밤에는 너무 많은 일이 있었지요. 용은 국사는 피살되고, 우리는 대청허각에 갇혀 하마터면 죽을 뻔했고, 황궁 안에서도 크나큰 살인 계획이 펼쳐졌습니다. 심지어 마지막에는 겨우 숨만 붙어 병상에 누워 계시던 성인께서 세상을 떠나셨지요. 바로 그 때문에 선기 국사는 여러 가지 큰일을 해야 했습니다. 용은 국사가 피살된 후 선기 국사는 뒷일을 공고히 하기 위해 몸소 청영의 심문을 받았고, 곧이어 술사로 변장해 주전을 데리고 마차를 탔습니다. 그 후에는 주전을 태극궁 신룡전으로 데려가 입궁할 최적의 순간을 기다렸습니다. 그것이야말로 그에게 가장 중요한 일이었지요. 그때 대청허각 안에서 나와 다른 이들을 불러 모아 대책을 논의하던 선기 국사는 이미 능지자로 바뀌어 있었습니다. 솔직히 말해 천월 진인께서 용은 국사를 기습 살인한 수법은 지극히 고명했다고 하지 않을 수 없군요. 일을 안전하게 처리하고자 당신은 미리 용은 국사의 방에 신비한 밀서를 놓아두고, 이를 이용해 용은 국사를 격노하게 했습니다. 아마 그 밀서 말고도 그를 자극할 다른 방법을 동원해서, 용은 국사가 다음에 자신의 방으로 뛰어들 사람이 바로 밀서를 남겨 겁을 주려던 자라고 오인하게끔 만든 것이 틀림없습니다. 단운자 진인께 여쭸더니, 평소에는 잘 나서지 않는 검선문 종주더러 용은 국사를 찾아가서 달래라고 권한 사람도 바로 당신이더군요. 그래서 단운자는 용은 국사를 방문했다가 소인배 취급을 받았고, 두 사람은 서로 싸움을 벌여 모두 상처를 입었습니다. 용은 국사의 죽음을 분석해보면, 그 평화로운 표정으로 보아 낯익은 사람 손에 죽은 것이 분명했습니다. 예, 단운자 다음으로 살펴보러 간 사람은 당신이었습니다. 용은 국사는 본시 당신과 잘 아는 사이였고, 다친 상태에서 자연스레 의술의 대가인 당신에게 치료를 청했겠지요. 그가 편안하게 눕자 당신은 슬그머니 한옥침을 놓고 그 후 심맥을 터뜨렸습니다."

그는 계속 말했다.

"그런 다음 용은 국사의 목소리를 흉내 내 이미 죽은 그가 살아 있는 천월 진인과 크게 말다툼을 하게 했습니다. 곧이어 당신은 씩씩거리며 나와서 선기 국사에게 달려가 하소연했습니다. 선기 국사가 거들먹거리며 혼내겠다고 말한 것도 당신의 공연에 손발을 맞추기 위해서였지요. 그래서 그는 얼마쯤 지난 다음에야 달려가 상황을 살폈습니다. 그 틈에 당신은 창문을 통해 다시 용은 국사의 방으로 들어가 침상에 휘장을 내리고 계속해서 용은 국사를 연기했습니다. 그 후 들려온 용은 국사의 욕설은 모두 다재다능하신 천월 종사 당신이 흉내 낸 목소리였습니다. 당신은 용은 국사가 이성을 잃고 언제든지 남을 죽이거나 스스로 자진할 수 있는 미치광이가 된 것처럼 온 힘을 기울여 연기해야 했지요. 선기 국사는 마지막에 찾아갔습니다. 그의 출현은 당신의 혐의를 벗기기 위함이었지요. 선기 국사가 물러간 후 당신이 다시 용은 국사 목소리로 호통치며 선기 국사의 혐의도 벗겨줬지요. 이는 물론 두 사람이 약속하고 벌인 일입니다. 하지만 선기 국사의 혐의를 벗기면서 당신은 일부러 허점을 여럿 남겨뒀고, 마지막에 대청허각에서 논리 정연하고 엄숙하게 선기 국사의 죄를 폭로해 맹우에게 배신의 창날을 겨눴습니다. 대청허각에서 당신의 또 다른 맹우인 능지자가 분한 가짜 선기 국사는 당신이 말한 모든 죄상을 전부 받아들이고 태연하게 인정했지요. 같이 누각 안에 갇혔던 단운자, 그리고 소생과 대기, 육충은 선기가 죄를 자백하는 것을 들은 증인이 됐습니다. 본디 그 모든 것은 빈틈 하나 없이 치밀하게 짜여 있었으나, 애석하게도 공력이 깊고 술법에 능통한 단운자가 전력으로 대참귀검을 쏘아 가짜 선기 국사의 첫 번째 가면을 벗겼습니다. 어쩌면 이런 것을 두고 하늘의 그물은 성긴 듯해도 결코 악인을 놓치지 않는다고 하는 것이겠지요."

"역시 능지자였구나! 역시 둘째 사형이었어!"

눈썹을 찌푸리고 여기까지 듣던 고검풍은 마침내 속으로 길게 숨을 토해냈다. 이제야 비로소 둘째 사형이 왜 그렇게 이상하게 굴었는지 명확해졌다. 소십구는 기가 막힌 얼굴로 고개를 저으며 다시 물었다.

"남은 것은 마지막 사건뿐이군요. 천월 진인이 용은 국사 흉내를 실컷 낸 다음, 어떻게 완전히 봉쇄된 그 단방에서 몰래 빠져나올 수 있었죠?"

"허 선생의 흑죽장을 썼다." 원승이 차갑게 콧방귀를 뀌었다. "본래 나도 줄곧 그 부분이 이상했다. 그토록 큰 사건을 저지른 허 선생이 어째서 그처럼 독특하고 사람들의 이목을 끄는 흑죽장을 지니고 다녔을까? 이제 그 답이 명확해졌다. 바로 남에게 죄를 씌우기 위해서였지!"

그는 다시 천월 진인을 보며 말했다.

"흑죽장은 용은 국사의 방 창문 아래 떨어져 있었습니다. 발견 당시 죽장 끝에 숨긴 투골정이 헐거워져 있었는데 발사한 뒤 내장된 천잠사 기관이 다시 잡아당겼기 때문이겠지요. 그렇다면 그 죽장 안에는 기다란 천잠사가 숨겨져 있었다는 것을 알 수 있습니다. 당신은 먼저 천잠사로 닫힌 창문의 지도리를 감고, 그 후 창문을 통해 나와서 천잠사로 만든 기관을 끌어당겨 창문을 단단히 닫은 겁니다. 그렇게 하면 사방이 꽉 닫힌 밀실을 만들 수 있을 뿐 아니라, 흑죽장이 나타났으니 용은 국사가 바로 요룡 사건의 용의자인 허 선생이라고 감쪽같이 위장할 수도 있었지요."

"알고 보니 천월 진인이 바로 진짜 허 선생이었군요! 정말 생각지도 못했어요!"

고검풍은 혼원종주를 돌아봤다.

"당당한 일파의 종사이자 오대 술사 중 한 사람이 갑옷과 쇠뇌를 훔치고 환술사를 죽여 입막음한 진짜 원흉이라니!"

원승은 천천히 고개를 끄덕였다.

"진인께서 몇 년간 명리에 열중하고 권력자와 지위 높은 이들 여럿을 자주 찾아다닌 것은 알고 있습니다. 하지만 어째서 위험을 무릅쓰고 이처럼 큰 사건을 벌이셨습니까?"

"부득이한 일이었네!" 천월 진인의 맑고 고상한 얼굴 위로 침울함이 스쳤다. "기실 요룡 사건은 큰일을 하기 전에 솜씨를 보이기 위한 투항서 같은 것이었지. 그리하지 않으면 그들이 나를 중시했겠나?"

"말씀하신 '그들'이란 대체 누구입니까?"

원승이 나지막이 외쳤다.

천월 진인이 말없이 냉소만 짓자 대기는 화가 났다.

"그렇게 온갖 교활한 꿍꿍이를 내느라 참 고생이 많으셨네요. 어젯밤에 당신과 우린 함께 대청허각 안에서 위험을 이겨냈어요. 정말 위험천만한 상황이었고, 그때 난 당신을 생사를 함께한 맹우로 여겼다고요. 그런데 이제 보니 가짜 선기와 함께 연극을 했군요!"

"어젯밤 우리가 대청허각에서 구사일생의 위험을 겪은 것은, 전반부는 천월 진인과 가짜 선기 국사의 연극이었으나 후반부는 뜻밖의 사고였소. 능지자가 달아난 뒤 천월 진인의 본래 계획대로라면, 미처 닫히지 않은 창문이 적시에 기관을 봉쇄한 뒤 천월 진인이 안전하게 사람들을 데리고 빠져나와야 했소. 그런데 진짜 선기 국사가 토사구팽을 위한 잔인한 수를 남겨뒀을 줄은 몰랐지."

원승은 차갑게 콧방귀를 뀌었다.

"천월 진인과 선기 국사는 서로 손잡고 이용했지만, 서로를 꺼리기도 했소. 천월 진인이 그 많은 비밀을 알고 있는데 선기 국사가 어떻게 그를 용납할 수 있겠소? 그가 천월 진인을 제거하기 위해 쓴 수법이 바로 그 덜 닫힌 창문과 구슬이었소. 천월 진인도 그 심오한 기관을 알지 못했던 것이 분명하오."

"그렇다네."

천월 진인이 마침내 한숨을 내쉬며 입을 뗐다. 깊어서 그 속을 알 수 없는 눈동자에 한 겹 먹구름이 꼈다.

"내 진작 온 힘을 다해 선기를 경계하기는 했으나 그자가 이토록 일찍 흉계를 쓸 줄은 몰랐네."

원승이 말했다.

"두 분이 다르지 않습니다. 오십보백보요, 막상막하지요. 당신이 비록 선기 국사가 맨 먼저 선택한 공모자이기는 해도 모략이 깊고 헤아림이 넓으며, 심기는 더욱더 깊고 험악했지요. 당신은 일찍부터 마지막 순간 반격할 계획을 꾸며 주모자인 선기 국사를 사지에 몰아넣었을 뿐 아니라, 곳곳에 기관을 설치해 소 진인과 용은 국사의 죽음을 교묘하게 선기 국사에게 미뤘습니다."

"그렇다면 성공했네요. 이제 선기 국사는 감옥에 갇혔으니까요!"

대기는 한숨을 푹 쉬었다. 마음속 깊은 곳에서 대장로의 얼굴이 언뜻 떠올랐다. 대당나라 세력이 너무 복잡하다던 그의 말을 생각해보니, 서로 속고 속이는 당나라 사람들의 복잡한 암투가 더욱 탄복할 만했다.

"정말 대단한 심계예요. 그런데 어째서 그렇게까지 열심히 소적하와 용은을 죽이려 한 거죠?"

"성후께서 안전하지 못하다고 느꼈기 때문이오! 게다가 저들이 죽이려 한 사람은 결단코 그들 둘뿐만이 아니오. 필시 단운자도 포함됐을 것이오!"

원승은 무겁게 탄식을 뱉었다.

"당금 조정은 비바람에 뒤흔들리고 있소. 장안에서 요룡 군기 탈취 사건이 벌어지고 지부 전설이 퍼지면서 상서로움을 숭배하는 성후는 아무래도 수상쩍어하지 않을 수 없었소. 더불어 딴마음을 품은 이들이 충동질하자, 마침 최근에 장안으로 달려온 대술사들을 의심하게 된 것이오. 오대 술사 중에서 소 진인은 지난날 선기 국사를 위해 목숨을 걸었으나 바람을 이루지 못했고, 최근에 태평공주 문하에 들어갔소. 단운자는 상왕 나리와 줄곧 개인적인 교분이 있었소. 그리고 용은 국사는 미명을 얻고자 평생 오직 황제 폐하 한 사람에게만 충성하겠다고 밝혀왔소. 한번 의심이 인 성후가 그들을 남겨두지 않으려 한 것은 당연하오."

"고작 성후가 의심했기 때문이라고요?"

고검풍은 믿기지 않았다. 이 대답은 그가 사람에 관해 갖고 있던 인식을 완전히 뛰어넘는 것이었다.

"물론, 전부 내 추측이다."

원승은 심문하는 눈빛으로 천월 진인을 바라보며 말했다.

"원 장군의 고견에 탄복했네. 성후의 뜻을 짐작한 것은 십중팔구 옳네만, 아주 약간 잘못 짚었네!"

천월 진인의 목소리가 얼음처럼 차가워졌다.

"성후께서 죽이려던 세 사람은 속세를 소란스럽게 한 지부 전설이나 요룡 사건과는 무관하네. 오로지 저들의 뛰어난 명성과 신통한 술법, 그리고 공공연히 이씨파에 들러붙은 태도 때문일세. 그것만 해도 성후께서 살심을 일으키기에 충분했지. 더욱 무서운 것은 현진법회에서 그들이 공공연히 한데 모였다는 것일세. 만약 세 사람이 힘을 합치면 그 얼마나 무시무시한 힘이 되겠나? 비상시국이니 죽일 수밖에 없었다네!"

전각 안에 있는 원승 등 세 사람은 가슴속에서 한기가 무럭무럭 솟아나는 것을 느꼈다. 대기의 마음은 특히 복잡했다. 그제야 조정의 높으신 분들 사이에 벌어지는 모질고 단호한 권력 싸움이 얼마나 깊고도 심오한지 느낄 수 있었다. '더 좋은 구매자를 얻을 수 있다'던 대장로의 말이 저도 모르게 또다시 귓가에 어른거렸다.

"그렇지. 용은 국사의 느낌이 옳았네. 그들이 발을 들여놓은 천경궁은 본시 보이지 않고 형태도 없는 법진이요, 들어올 수는 있어도 나갈 수는 없는 지옥이요, 재앙을 피하기 힘든 사지였네. 마치……." 천월 진인은 품에서 둘둘 말린 그림을 하나 꺼냈다. "이 그림에 그려진 것처럼……."

낡은 그림이었다. 그려진 것은 도관으로, 사방이 검은 먹구름에 덮인 데다 화풍마저 울적하고 쓸쓸했다. 그림 양쪽 끝에 봉이 달려 있지 않은 것으로 보아 더 기다란 족자에서 뜯어낸 것 같았다.

"이, 이 그림은…… 어디서 난 겁니까?"

원승의 목소리가 저도 모르게 떨렸다. 그는 이 괴이한 족자에 너무도 익숙했다. 심지어 악몽을 꿀 때도 종종 나타났다. 그에게 맨 처음 이 족자를 보여준 사람은 호승 혜범이었다. 원승은 그것을 천사책이라 여겼으나 혜범은 천서라고 했고, 나아가 그의 앞에서 세 장을 불태우기도 했다. 설마 저것이 천서에서 나온 네 번째 그림일까?

"능지자가 준 것일세."

천월 진인의 웃음소리는 쌀쌀했다.

"자네 둘째 사형은 자못 모략과 심계에 뛰어났으나 영허문에서 뜻을 이루지 못해 울적해했지. 마침 나는 선기에게 반격할 결사 대원을 찾던 터라 그가 투신하러 왔을 때 당연히 흔쾌히 받아줬네. 이 그림은 그가 며칠 전에 내게 준 것일세. 참으로 심오하고 음산한 화풍이 아닌가. 그림에 있는 이 도관은 천경궁일 수도 있고 대현원관일 수도 있네. 물론 최부군묘일 수도 있지. 도관 주위에 먹구름이 잔뜩 끼어 강렬한 압박감과 신비감을 내비치지 않는가. 한마디로 나는 이 그림이 무척 좋았다네. 능지자는 이것이 늙은 호승 혜범에게서 받은 그림이라며, 원 장군을 상대하는 전용 도구이니 중요한 순간에 불태우기만 하면 된다고 했네."

분명히 한참 동안 힘을 모으고 있었던 듯, 그가 그렇게 말하며 살짝 손을 떨치자 손가락 사이에서 불꽃이 솟아났다. 불꽃은 빠르게 그림을 핥아먹기 시작했다. 그림에서 삽시간에 검은 연기가 피어오르고 불이 타올랐다. 두루마리 그림은 불길 속에 오그라들고 돌돌 말리면서 타닥타닥 소리를 냈다. 정신이 멍한 상태에서 들으면 마치 음산하고 처절하게 쏟아지는 울부짖음 같았다.

불빛은 갈수록 밝아졌지만, 원승의 눈동자는 점점 어둡게 변해갔다. 그는 그림이 불타오르는 순간, 자신의 정신적 방어가 눈 깜짝할 사이에 무너지는 것을 깨달았다. 불빛이 강해짐에 따라 주위의 모든 것이 괴이한 변화를 일으켰다.

비록 그는 여전히 용신전 안에 서 있었지만, 전각 사방에 부옇게 안개가 껴 고검풍과 대기를 볼 수가 없었다. 심지어 천월 진인마저 허여멀겋고 흐린 그림자로 변했다. 그의 시야에는 오로지 시선을 빼앗는 불빛과 불 속에서 오그라지는 낡은 그림뿐이었다.

다음 순간, 시꺼먼 그림자가 허공을 가르고 날아들었다. 바로 벽화에 그려진 용이었다. 용은 느닷없이 벽에서 튀어나와 순식간에 그의 허리를 똘똘 감았다. 원승은 말할 수 없을 만큼 기겁했다.

'어쩐지 시종일관 태연자약하며 속셈이 있는 듯이 굴더라니, 이곳 지살에 문제가 있었구나. 심지어 법진이 펼쳐졌을 수도 있겠어. 저자가 그림을 태우는 틈을 타 법진을 발동한 거야.'

그는 하는 수 없이 전력을 다해 정신을 끌어모아 기세등등한 용에게 맞섰다.

"원 장군은 참으로 보는 눈이 대단하군."

천월 진인의 얼굴이 불빛과 연기 속에서 어른거렸다.

"우연히 이 용신전을 발견해 나를 끌어들이고 함정을 팠으나, 이곳이야말로 이른바 지부의 입구인 진의 눈이 있는 곳인 줄은 몰랐을 걸세. 지부의 입구마다 이런 눈이 숨겨져 있고, 그 눈마다 주변의 지살을 동원해 무시무시한 법진을 형성할 수 있지. 원 장군, 이곳은 바로 자네 스스로 선택한 무덤일세. 참, 자네 퇴마사 정예들이 선택한 무덤이기도 하고."

원승은 이미 말을 할 수가 없었다. 시꺼먼 용이 허리에서부터 그의 몸을 돌돌 휘감아 올라 목까지 죄는 통에 숨을 쉬기가 곤란했다. 원승은 차라리 두 눈을 감고 가만히 강기를 움직였다.

"생각해보게. 선기는 손에 예리한 검을 들고 역용까지 한 채 황제 폐하의 용상 앞에 서 있었네. 그 광경을 황실의 귀인들이 똑똑히 목격하는 바람에 증거가 철석과도 같으니 판결을 뒤집을 수는 없다네. 또 용은 국사의 방에서 그가 허 술사로 변장한 증거인 쪽빛 도포와 흑죽장이 발견됐으니 요룡 사건의 최종 용의자 역시 결론이 났네. 성후의 의심도 이미 풀렸지. 지금 상황은 사실상 모든 세력이 크게 기뻐해야 할 결과일세. 그리고 이 몸은 어찌 될까? 선기는 옥에 갇히고 단운자는 자유롭게 노니는 것을 좋아해서 쓸 수 없으니 당금의 국사 자리에 오를 자가 나를 빼고 또 누가 있겠나!"

천월 진인은 말을 하면 할수록 득의만만해서 눈빛을 번쩍번쩍 빛냈다.

"그러니 오늘 원 아우가 벌인 일은 완전히 곁가지일 뿐일세. 그처럼 고생했건만 이게 다 누구를 위해서인가?"

"마음의 평화를 위해, 그리고 내 마음속의 법도를 위해서요!"

원승은 가까스로 말을 토해냈다.

"성후의 기쁨과 노여움은 개의치 않습니다. 그 권력자들의 세력이 크건 작건, 나는 오직 재주를 다해 그 법도를 지킬 뿐입니다! 설사 그 법도가 다른 이들 눈에는 이미 형편없이 망가진 것이라 해도!"

"원 아우의 말에 깊이 탄복했네. 하지만 무척 유감이군."

천월 진인의 얼굴이 활활 타오르는 불빛 속에 천천히 흐려졌다.

"자네 같은 사람에게 가장 좋은 목적지는 바로 지부일세. 지부에 가서 그곳 법도나 지키도록 하게. 이 인간 세상에는 법도가 필요치 않네. 우리네는 이성의 뜻을 헤아리고 각 세력의 균형을 유지하는 방법만 알면 되네."

"계속 위로 오르고자 수단과 방법을 가리지 않는 것!" 갑자기 원승이 탄식하며 말했다. "이 모두가 단지 진인께서 어린 시절 겪은 그 외롭고 괴롭던 세월 때문이 아닙니까!"

"뭐……라고?"

"대기가 대청허각에서 당신 머릿속에 번뜩이던 장면을 봤습니다. 한 소년이 외롭고 힘들게 눈보라 속을 걸어가는 장면이었지요. 나는 그것이 진인의 과거라는 것을 어렴풋이 느꼈습니다. 진인은 빈곤한 집안 출신이었지요. 영당께서는 영존께서 집 밖에 몰래 둔 첩이었고, 영존께서 일찍 돌아가시자 여주인은 당신들 모자를 용납하지 못했습니다. 영당께서 학대당해 죽은 뒤 열네 살이던 당신은 가족에게 버림받고 부득불 깊은 산속으로 달아나야 했습니다."

"가족에게 버림받은 것이 아니라 내가 그들을 버린 걸세! 자네들은 평생토록 내 심정을 알지 못해. 열네 살이던 나는…… 그때 이미 사람을 죽였네."

천월 진인의 얼굴이 불빛 속에서 미세하게 떨리기 시작했다.

"내 어머니는 여주인의 학대로 돌아가셨고, 비분에 찬 나는 달이 어둡고 바람이 거센 틈을 타 그 악독한 여자를 죽이고 밤새 달아났네. 남에서 북으로 올라갔는데, 날씨가 점점 추워지는데도 몸에는 추위를 막아줄 옷 한 벌이 없었지. 그 거친 폭설을 뚫고 화산 기슭까지 달아나던 일을 나는 영원히 잊지 못할 걸세. 옷도 없고, 먹을 것이나 마실 것도 없었네. 세상천지에는 그저 영원토록 끝이 보이지 않는 하얀 눈뿐이었지. 그때 나는 속으로 맹세했네. 반드시 이 길을 가겠노라고. 반드시 정상에 올라 모두를 짓밟겠노라고……."

천월 진인의 귀 따갑고 흉측한 웃음소리를 들으면서도 원승은 별말 하지 않았다. 그의 손가락은 이미 허리춤의 춘추필에 닿아 있었다. 강기가 느릿느릿 그 속으로 흘러들었다.

"이제 나는 성공했네! 원 장군은 안심하고 떠나게. 퇴마사는 갑옷과 쇠뇌의 행방을 찾다가 지살의 반서를 당해 전군이 무너졌으나, 다행히 잃어버린 군기는 찾아냈네. 게다가 용은 국사가 군기를 훔친 주모자로 증명됐으니 이 사건은 이렇게 끝일세. 이번에 세운 공을 독차지할 생각은 없네. 원 아우의 공도 반드시 생생하게 써서 올리겠…… 어?"

천월 진인의 웃음소리가 느닷없이 쏟아진 광채에 뚝 끊겼다. 원승의 춘추필이 어느새 두둥실 날아올라 허공에서 연신 움직였다. 붓끝을 따라 금빛 용 한 마리가 공중에 나타났다. 금빛 용은 이를 드러내고 발톱을 세우며 벽화 속으로 쑥 들어갔다.

우르릉 하는 굉음이 터지고 전각을 채운 안개가 출렁출렁하더니 흉악하고 거대한 용이 벽을 뚫고 튀어나왔다. 그 용은 온몸이 새까맸지만, 머리와 발톱 등에서는 눈부신 금빛을 뿜어내고 있었다. 금빛 머리에 검은 몸을 한 용의 모습은 유난히도 기세가 웅장했다. 금빛 머리 용이 나타난 순간, 전각의 낡은 벽이 우르르 무너져 내렸고 곧이어 허공에서 뇌성이 우르릉 울리면서 폭우가 쏟아졌다.

"설마 이것이…… 화룡술?"

천월 진인의 몸은 비에 홀딱 젖었다.

"요행이군요!" 원승이 숨을 돌리며 말했다. "이곳의 지살은 저용 벽화로 발동하는데 마침 소생이 수련한 화룡술과 서로 통했습니다. 소생도 운으로 이긴 셈이지요."

그의 금빛 붓이 다시 움직이자 거대한 용이 흠뻑 젖은 몸을 뒤집어 천월 진인을 향해 날아갔다.

"자네가 이길까?"

천월 진인이 잠긴 소리로 냉소를 흘렸다. 어느새 그의 손아귀에 서늘한 한기를 뿜는 검이 생겨났다. 검광이 번쩍이며 막 떨어지려는 찰나, 별안간 그가 다시 탁한 신음을 흘렸다. 번개보다 눈부신 두 줄기 검광이 허공을 깨뜨리며 날아들어, 하나는 천월 진인의 어깨를 사정없이 베고 다른 하나는 천월 진인의 늑골을 찔러 들어갔다. 검광은 파죽지세로 천월 진인의 강기 보호막을 깨뜨렸고, 이어서 두 번, 세 번 계속 공격했다. 쌍검이 잇달아 솟았다 떨어졌다 하는데 막으려야 막을 수 없는 기세였다.

천월 진인의 신음은 이내 처량한 비명으로 바뀌었다. 별안간, 그의 두 눈동자에서 눈부신 붉은 광채가 솟아나더니, 곧이어 온몸에서 붉은빛이 흘러나왔다. 그 붉은빛은 갑자기 폭발해 사라졌는데 천월 진인의 몸도 거미줄같이 가느다란 붉은 실오라기로 변해 삽시간에 멀어져갔다.

전각의 벽이 무너지고 비가 그쳤다. 거대한 용이 사라지고 안개가 흩어진 뒤, 원승은 점점 또렷해지는 세 사람의 모습을 볼 수 있었다. 대기가 맨 먼저 달려와 원승을 부축했다.

고검풍은 얼굴을 흠뻑 적신 빗물을 닦으며 검을 거뒀다.

"육 형님의 신기막측한 비검술에 안목이 크게 트였어요. 하지만 내 검이 가장 먼저 찔렀다고요."

육충도 검을 거두며 거만하게 말했다.

"어린 녀석이 진보가 빠르니 전도가 양양하겠어. 하지만 말이야, 가장 치명적인 일검은 역시 내 솜씨였지. 돌아가거든 내 검의 매서움과 단호함을 열심히 생각해보도록 해."

대기가 코웃음 쳤다.

"허풍은 그만 떨어요. 천월 진인이 달아났잖아요."

"그 사람은 대술사이고 이곳은 그가 잘 아는 지살 법진이잖아. 원 대장의 운이 좋아 어찌어찌하다가 화룡술로 용의 지살을 깨뜨렸기 망정이지, 안 그랬으면 우리 모두 원 대장과 함께 순장될 뻔했어."

갑자기 원승이 한숨을 쉬며 육충에게 말했다.

"청영은 찾았나?"

육충은 어두운 표정으로 천천히 고개를 저었다.

"아니!"

종장

어젯밤의 급작스런 천둥과 폭우도 땅을 푹 적실 만큼 충분하지 않았는지, 자정 즈음 온종일 기회를 보던 비가 다시금 주룩주룩 쏟아졌다.

"귀하의 존함을 알려주시오!"

울창한 잡목 숲 속에서 마침내 추격병이 저 멀리 사라지는 소리가 들리자, 선기 국사는 느릿느릿 몸을 세우고 멀지 않은 곳에 있는 검은 그림자를 향해 깊이 돈수했다.

"때맞춰 고원단을 보내 내 원기 회복을 돕고, 성동격서의 계책으로 가짜 진을 펼쳐 추격병을 유인하다니, 솜씨가 참으로 훌륭하오."

선기의 말투는 몹시 겸손했지만 '고맙다'는 말은 없었다. 그는 어사대에 붙잡혀 감옥에 갇힌 그날 밤 절반의 시간 만에 공력 태반을 회복했다. 설사 저 괴인의 도움이 없었더라도 탈옥에 성공할 자신은 있었다.

괴인은 고개를 돌렸다. 환해졌다 어두워졌다 하는 번갯불 아래로 괴상한 금빛 고양이 얼굴 가면이 보였다.

"국사는 이미 자리도 잃고 명예도 잃었소. 오늘 밤은 요행히 탈옥했으나 앞으로 대당나라 조야의 여러 세력이 전력을 쏟아 토벌하려는 사냥감이 될 것이오."

고양이 얼굴을 한 사람의 맑은 목소리는 누가 들어도 여자였다. 하지만 말투는 직접적이고 예리했다.

"앞으로 어쩔 계획이오?"

"선기는 그저 선기일 뿐, 국사라 부르지 말아주시오!"

이렇게 말하고 나자 선기는 가슴 한편이 텅 빈 듯 괴로웠다. 그는 본디 성후의 총아이자 대당나라 제일 국사, 술법계에서 가장 추앙받는 대술사였다. 하지만 신중하지 못해 함정에 빠졌고 하룻밤 사이 조야의 쫓김을 받는 극악무도한 자가 되고 말았다. 앞으로 어찌할 것인지는 전혀 생각해보지 않았다. 심지어 이제 어디로 가야 할지도 몰랐다. 어쩌면 복수만이 그의 남은 삶의 사명일지도 모른다.

"직언을 용서하시오."

고양이 얼굴은 그의 심사를 꿰뚫어본 듯 차갑게 말했다.

"지금은 설령 천월을 죽이고 원승을 벤다 해도 당신의 운명에 아무런 득이 되지 못하오. 내가 한마디 드리겠소. 화광동진(和光同塵, 속인들 속에 들어가 중생을 깨우치게 한다는 불교 용어), 때를 기다려 움직이시오!"

어둡게 가라앉은 선기의 눈동자가 다시금 환해졌다. 그랬다. 우선 예봉을 숨기고 속세에 몸을 숨겨야 했다. 살아만 있다면 비바람에 요동치는 지금 대당나라 시국에서는 틀림없이 그에게도 기회가 오리라.

"이 선기, 귀하의 오늘 도움은 평생 잊지 않겠소. 훗날 부름을 내리면 절대 저버리지 않을 것이오!"

선기는 이번에는 도가에서 쓰는 돈수를 하지 않고 속인들처럼 양손을 겹치는 것으로 예를 올렸다. 이 순간부터 당당하던 선기 국사는 이미 세상을 떠도는 강호인이었다. 그리고 시종일관 이 신비한 고양이 얼굴 괴인에게 '고맙다'는 인사는 하지 않았다. 그는 이 자가 바라는 것이 결코 감사가 아님을 알고 있었다.

"오늘 한 말을 기억하기 바라오."

고양이 얼굴의 두 눈에서 싸늘한 빛이 환하게 번쩍였다.

"훗날 부름을 전하면 절대 어기지 마시오!"

무시무시한 천둥소리가 떨어졌다. 마치 그들의 머리 바로 위에서 터진 듯한 소리였다. 끊임없이 날뛰는 번갯불 아래, 하늘과 땅 사이의 삼라만상은 밝음과 어둠을 따라 쉼 없이 바뀌어갔다.

(3권에 계속)

大唐辟邪司 2

당나라 퇴마사 2 구중궁궐의 대재앙

제1판 1쇄 발행 | 2020년 8월 13일
제1판 2쇄 발행 | 2020년 9월 1일

지은이 | 왕칭촨
옮긴이 | 전정은
펴낸이 | 손희식
펴낸곳 | 한국경제신문 한경BP
책임편집 | 이혜영
교정교열 | 김명재
저작권 | 백상아
홍보 | 서은실 · 이여진 · 박도현
마케팅 | 배한일 · 김규형
디자인 | 지소영
본문디자인 | 디자인 현

주소 | 서울특별시 중구 청파로 463
기획출판팀 | 02-3604-553~6
영업마케팅팀 | 02-3604-595, 583 FAX | 02-3604-599
H | http://bp.hankyung.com E | bp@hankyung.com
F | www.facebook.com/hankyungbp
등록 | 제 2-315(1967. 5. 15)

ISBN 978-89-475-4618-8 04820

마시멜로는 한국경제신문 출판사의 문학 브랜드입니다.
책값은 뒤표지에 있습니다.
잘못 만들어진 책은 구입처에서 바꿔드립니다.